Phantastische Begegnungen

Herausgegeben
von Franz Rottensteiner

Phantastische Bibliothek
Band 250

Suhrkamp

Redaktion und Beratung: Franz Rottensteiner
Umschlagbild von Helmut Wenske

suhrkamp taschenbuch 1741
Erste Auflage 1990

Satz: Wagner GmbH, Nördlingen
Druck: Ebner Ulm
Printed in Germany
Umschlag nach Entwürfen von
Willy Fleckhaus und Rolf Staudt

1 2 3 4 5 6 – 95 94 93 92 91 90

Inhalt

J. G. Ballard, Das Meer erwacht 7
Ambrose Bierce, Ein Bewohner von Carcosa 18
Algernon Blackwood, Kein Zimmer mehr frei 22
Dino Buzzati, Der Eiffelturm 33
Jonathan Carroll, Die Tücke des Subjekts 39
Adolfo Bioy Casares, Eine Reise oder Der unsterbliche Zauberer 50
Julio Cortázar, Die Insel am Mittag 58
Erckmann-Chatrian, Die Krabbenspinne 66
Stefan Grabiński, Der weiße Wyrak 78
Alexander Grin, Die Macht des Unfaßbaren 88
Rudyard Kipling, Die Gespenster-Rikscha 95
H. P. Lovecraft, Die Musik des Erich Zann 122
Guy de Maupassant, Das Hilfswerk für freiwilligen Tod . . 132
Stanisław Lem, Unser Mann in Hiroshima 142
Gérard Klein, Das Tal der Echos 172
Paul Scheerbart, Die wilde Jagd 182
Cordwainer Smith, Die Frau, die in der Seele segelte 227
Ulrich Johannes Beil, OFF oder Doktor Faust inkognito . 256
Marianne Gruber, Wind über der Bucht 278
Bernd Ulbrich, Frankensteins Monstrum. Heimkehr und Ende 302
Tor Åge Bringsvaerd, Erzähl mehr davon 313
Michael Springer, Ite missa est 333
Herbert W. Franke, Besucher vom Himmel 349
Johanna Braun, Günter Braun, Haus der Kindheit 352
Barbara Neuwirth, Villa Dolorosa 361
Heinz Riedler, Armensalz 375
Peter Schattschneider, Diamanten-Deal 414
Andreas Findig, Gödel geht 421

Copyrightvermerke, Quellen- und Übersetzungshinweise . 473
Über die Autoren 475

J. G. Ballard
Das Meer erwacht

Wieder hörte Mason in der Nacht das Geräusch des näherkommenden Meeres, das gedämpfte Donnern der Brandung, die durch die Straßen rollte. Aus dem Schlaf gerissen, lief er hinaus in den Mondschein, in dem die weißgestrichenen Häuser wie Grabstätten zwischen den ausgewaschenen, betonierten Höfen standen. Zweihundert Meter entfernt brodelten und stürzten die Wellen übereinander und ergossen sich über das Pflaster. Schäumend quoll das Wasser zwischen den Zaunlatten hindurch, und die Luft war von dem essigscharfen, salzigen Stechen der Gischt erfüllt.

Vor der Küste spülten die höheren Wellen des offenen Meeres über die Dächer der untergegangenen Häuser, und vereinzelt ragten Schornsteine aus den weißen Schaumkronen. Mason wich vor dem kalten Schaum, der an seinen Füßen züngelte, zurück und sah zu dem Haus, in dem seine Frau im Bett lag und schlief. Jede Nacht kam das Meer ein Stückchen näher, ein zischendes Fallbeil über den leeren Rasenflächen.

Eine halbe Stunde lang sah Mason zu, wie die Wellen zwischen den Dächern hin- und hersprangen. Die leuchtende Brandung warf einen matten Strahlenkranz auf die Wolken, die mit dem dunklen Wind über den Himmel jagten, und überzog seine Hände mit wächsernem Glanz.

Schließlich zogen sich die Wellen zurück, und der tiefe Kessel erleuchteten Wassers verschwand aus den Straßen und gab die Umrisse der mondbeschienenen Häuser frei. Mason lief darauf zu, über die sich auflösenden Strudel hinweg, aber das Meer wich vor ihm zurück, verschwand hinter Häuserecken, glitt unter den Garagentüren hindurch. Er rannte zum Ende der Straße, als hinter der Kirchturmspitze ein letztes Glühen über den Himmel zuckte. Erschöpft kehrte Mason in sein Bett zurück, im Schlaf rauschten die vergehenden Wellen durch seinen Kopf.

»Letzte Nacht hab ich wieder das Meer gesehen«, sagte er beim Frühstück zu seiner Frau.

Ganz ruhig erwiderte Miriam: »Richard, das nächste Meer ist tausend Meilen entfernt.« Sie sah ihren Mann eine Weile an, ihre blassen Finger spielten mit der schwarzen Haarlocke an ihrem Hals. »Geh doch raus und sieh nach. Da ist kein Meer.«

»Aber ich hab es *gesehen*, Liebling.«

»Richard –!«

Mason stand auf und streckte mit Nachdruck die Hände in die Luft. »Miriam, ich habe die Gischt auf meinen Händen gespürt. Meine Füße waren von Wellen umspült. Das war kein Traum.«

»Das muß es aber gewesen sein.« Miriam lehnte sich gegen die Tür, als bemühte sie sich, die sonderbare nächtliche Welt ihres Mannes nicht an sich heranzulassen. Mit ihren langen pechschwarzen Haaren, die ihr ovales Gesicht einrahmten, und dem roten Morgenrock, der offen war und den schmalen Hals und die weißen Brüste freigab, erinnerte sie Mason an eine präraphaelitische Heldin in arthurischer Pose. »Richard, du mußt zu Doktor Clifton gehen. Ich bekomme allmählich Angst.«

Mason lächelte, sein Blick glitt über die Hausdächer, die in der Ferne hinter den Bäumen hervorragten. »Mach dir keine Sorgen. Was hier geschieht, ist in Wirklichkeit ganz einfach. In der Nacht höre ich das Geräusch des Meeres, ich gehe hinaus und beobachte die Wellen im Mondlicht, und dann komme ich wieder ins Bett.« Er schwieg, sein Gesicht sah müde aus. Mason war groß und schlank und hatte sich noch immer nicht ganz von der Krankheit erholt, die ihn während der vergangenen sechs Monate ans Haus gefesselt hatte. »Trotzdem, es ist merkwürdig«, fuhr er fort, »das Wasser ist erstaunlich hell. Sein Salzgehalt ist viel größer als sonst, würde ich sagen –«

»Aber Richard …« Miriam sah sich hilflos um, die Gelassenheit ihres Mannes bedrückte sie. »Das Meer *gibt* es nicht; es existiert nur in deiner Vorstellung. Niemand sonst kann es sehen.«

Mason nickte, die Hände in den Taschen vergraben. »Vielleicht hat es bis jetzt auch noch niemand gehört.«

Er ging aus dem Frühstückszimmer und betrat sein Arbeitszimmer. In der einen Ecke stand noch immer die Couch, auf der er während seiner Krankheit geschlafen hatte, daneben das Büchergestell. Mason setzte sich hin und nahm eine versteinerte Molluske von einem Bücherbord. Im Winter, als er ans Bett gefesselt gewesen war, hatte ihm die weiche trompetenförmige Muschel mit ihren zahlreichen Assoziationen zu alten Meeren und versunkenen Ufern unendlich viel gegeben, ein bodenloses Füllhorn aus Phantasie und Traum. Er wiegte sie in den Händen, so fein und vieldeutig wie das Fragment einer griechischen Skulptur, die in einem ausgetrockneten Flußbett gefunden worden war, und sie kam ihm vor wie eine Kapsel der Zeit, wie die Verkörperung eines anderen Universums. Fast glaubte er, daß das mitternächtliche Meer, das ihn in seinem Schlaf heimsuchte, dieser Schale entronnen war, als er aus Versehen eine ihrer Schneckenlinien beschädigt hatte.

Miriam war ihm ins Arbeitszimmer gefolgt und zog mit einem schnellen Ruck die Vorhänge zurück, als hätte sie gemerkt, daß Mason dabei war, in die Dämmerwelt seines Krankenbetts zurückzukehren. Sie legte ihm die Hand auf die Schulter.

»Hör zu, Richard. Wenn du heute nacht wieder die Wellen hörst, dann weck mich auf, dann gehen wir zusammen hinaus.«

Behutsam befreite sich Mason. »Ob du es siehst oder nicht, hat keine Bedeutung, Miriam. Tatsache ist, daß ich es sehe.«

Später, als er die Straße entlangging, kam Mason zu der Stelle, an der er in der Nacht zuvor gestanden und zugesehen hatte, wie die Wellen sich brachen und auf ihn zugerollt kamen. Aus den Häusern, die er überflutet gesehen hatte, drangen die friedlichen Geräusche von Hausarbeit. Das Gras auf den Rasenflächen war von der Julihitze ausgebleicht, und unter dem gleißenden Sonnenlicht drehten sich Rasensprenger und zeichneten Regenbogen in der klaren Luft. Seit den Regenstürmen Anfang des Frühjahrs lag der Staub des langen Sommers ungestört zwischen Holzzäunen und Springbrunnen.

Die Straße, einer der vielen Boulevards am Rande der Stadt, führte an die 300 Meter nach Nordwesten und mündete dann in den freien Platz vor dem Einkaufszentrum. Mason hielt schützend die Hand über die Augen und sah zu der Uhr an der Bibliothek und zum Kirchturm und erkannte die Vorsprünge wieder, die sich aus den steilen Wellen des Meeres erhoben hatten. Sie nahmen alle ganz genau die gleiche Position ein, wie er sie in Erinnerung hatte.

Die Straße ging zum Einkaufszentrum hin ein wenig bergab und markierte, durch einen merkwürdigen Zufall, die Ränder der Küste, die sich dort befunden hätte, wenn das Gebiet überflutet gewesen wäre. Ungefähr eine Meile von der Stadt entfernt endete dieser flache Kamm, der ein großes natürliches Becken begrenzte, dessen Sohle mit angeschwemmtem Boden bedeckt war, in einer kleinen Kalkerhebung. Obgleich sie zum Teil von den davorliegenden Häusern verdeckt wurde, erkannte Mason darin ganz deutlich den Vorsprung wieder, der wie eine Zitadelle das Meer überragt hatte. Die tiefe Dünung war gegen ihre Flanken gerollt, hatte riesige Schaumflocken in die Luft gewirbelt, die mit fast hypnotischer Trägheit auf das zurückweichende Wasser gefallen waren. In der Nacht hatte dieser Felsen größer und unheimlicher gewirkt, eine unantastbare Bastion im Meer. Eines Abends nahm sich Mason vor, einmal hinauszugehen zu dem Felsen und darauf zu warten, daß die Wellen ihn weckten, während er auf seiner Spitze schlief.

Ein Auto kam vorbei, der Fahrer betrachtete Mason, der mitten auf der Straße stand, den Kopf hocherhoben, mit neugierigen Blicken. Da er nicht noch mehr auffallen wollte, als er es sonst schon tat – der einsiedlerische, etwas sonderbare Ehemann der schönen, aber kinderlosen Mrs. Mason –, bog Mason in die Straße ein, die den Hügelkamm entlangführte. Als er, ein Stück weiter, höher hinaufkam, warf er einen Blick über die Hecken, um nach irgendwelchen Anzeichen für vom Wasser durchweichte Gärten oder nach gestrandeten Autos Ausschau zu halten. Diese Häuser waren vom Wasser überflutet gewesen.

Die ersten Visionen des Meeres waren Mason vor drei Wochen erschienen, aber bereits jetzt war er von ihrer absoluten Gültigkeit überzeugt. Ihm fiel auf, daß das Wasser, wenn es sich jede Nacht wieder zurückzog, keinerlei Spuren auf den vielen hundert Häusern, die es überschwemmt hatte, zurückließ, und er verspürte auch keine Angst, wenn er an die ertrunkenen Menschen dachte, die wahrscheinlich, während er in die funkelnden Wellen starrte, die über die Dächer hinwegrollten, ungestört in dem großen, nassen Verließ des Meeres weiterschliefen. Trotz dieser paradoxen Tatsache war er von der Realität des Meeres voll und ganz überzeugt, so daß er Miriam davon erzählt hatte, wie er eines Nachts von dem Geräusch der Wellen vor seinem Fenster aufgewacht und hinausgegangen war und gesehen hatte, wie das Meer die Straßen und Häuser überschwemmte. Zuerst hatte sie ihn nur angelächelt, hatte diese Illustration seiner seltsamen privaten Welt hingenommen. Aber dann, drei Nächte später, war sie aufgewacht, als er bei seiner Rückkehr den Riegel vor die Tür geschoben hatte, war erschrocken über seinen keuchenden Atem und sein verschwitztes Gesicht.

Von da an warf sie im Verlauf des Tages immer wieder über

die Schulter einen Blick durchs Fenster nach draußen, um irgendwelche Anzeichen des Meeres zu entdecken. Und was sie genauso erschreckte wie die Vision selbst, das war Masons absolute Gelassenheit angesichts dieser entsetzlichen Apokalypse des Unterbewußten.

Von seinem Spaziergang ermüdet, setzte sich Mason auf eine niedrige mit Ornamenten verzierte Mauer, die von den umliegenden Häusern durch Rhododendronbüsche abgeschirmt war. Ein paar Minuten lang spielte er mit dem Staub am Boden, schob die weißen Körner mit einem Zweig hin und her. Obgleich der Staub formlos und passiv war, erinnerte er, genauso wie das Molluskenfossil, an irgend etwas und gab ein merkwürdig dichtes Licht ab.

Die Straße vor ihm machte eine Kurve und führte hinunter in die Felder. Der Kalkfelsen, der von einer grünen Rasendecke überzogen war, ragte hoch in den klaren Himmel. Auf dem Hügelhang hatte man eine Blechhütte errichtet, und vor dem Eingang zu einem Bergwerksschacht bewegten sich menschliche Gestalten und richteten einen Lastenaufzug ein. Mason wünschte, er wäre mit dem Auto seiner Frau gekommen, und beobachtete aus der Ferne, wie die winzigen Gestalten eine nach der andern im Schacht verschwanden.

Das Bild dieser undefinierbaren Pantomime ging ihm in der Bibliothek den ganzen Tag nicht aus dem Kopf, verdrängte die Erinnerung an die dunklen Wellen, die über die mitternächtlichen Straßen rollten. Was Mason aufrechterhielt, war seine feste Überzeugung, daß die andern das Meer auch bald sehen würden.

Als er an diesem Abend ins Bett ging, saß Miriam in voller Kleidung im Sessel neben dem Fenster, und ihr Gesicht trug den Ausdruck fester Entschlossenheit.

»Was tust du da?« fragte er.

»Ich warte.«

»Worauf?«

»Auf das Meer. Mach dir keine Sorgen, kümmere dich einfach nicht um mich und geh schlafen. Es macht mir nichts aus, hier im Dunkeln zu sitzen.«

»Miriam ...« Mason nahm ihre schmalen Hände und versuchte sie aus dem Sessel zu ziehen. »Um Himmels willen, Liebling, wozu sollte das gut sein?«

»Liegt das nicht auf der Hand?«

Mason setzte sich ans Fußende des Betts. Aus irgendeinem Grund, nicht nur, weil er sie beschützen wollte, war ihm daran gelegen, seine Frau von dem Meer fernzuhalten. »Miriam, verstehst du denn nicht? Vielleicht *sehe* ich es gar nicht wirklich, nicht in dem Sinne. Es könnte …« er versuchte zu improvisieren, »… eine Halluzination sein, oder ein Traum.«

Miriam schüttelte den Kopf, ihre Hände umklammerten die Sessellehnen. »Das glaube ich nicht. Auf jeden Fall möchte ich es herausfinden.«

Mason legte sich im Bett zurück. »Ich weiß nicht, ob das die richtige Art ist, die Sache zu klären –«

Miriam beugte sich vor. »Du nimmst das alles so ruhig hin, Richard; du akzeptierst diese Vision, als handele es sich um irgendwelche sonderbaren Kopfschmerzen. Das macht mir am meisten Angst. Wenn dich dieses Meer in Panik und Schrecken versetzen würde, würde ich mir keine Sorgen machen, aber …«

Eine halbe Stunde später schlief er in dem dunklen Zimmer ein, Miriams schmales Gesicht beobachtete ihn aus dem Schatten neben dem Fenster.

Das Plätschern von Wellen, in der Ferne die aufschäumende See rissen ihn aus dem Schlaf, in seinen Ohren dröhnte das Donnern gewaltiger Brecher und das Rauschen tiefer Gewässer. Mason stieg aus dem Bett und zog sich schnell an, während von der Straße das zischende Geräusch zurückweichenden Wassers zu hören war. In der Ecke des Zimmers, im Licht, das von der Gischt reflektiert wurde, saß Miriam schlafend im Lehnstuhl, ein Streifen Mondlicht über ihrer Kehle.

Mit nackten Füßen, geräuschlos auf den Pflastersteinen, lief Mason den Wellen entgegen. Er taumelte über den glitzernden Rand des Wassers, während eine Welle mit rauhem Gebrüll gegen ihn schlug. Mason fühlte an seinen Knien das kalte Wasser, von mikroskopisch kleinen Tierchen brodelnd, einen kurzen heftigen Schlag an Brust und Schultern, dann zog es sich wieder zurück und wurde von dem nächsten Brecher aufgesogen wie von einem bodenlosen Schlund. Mason, dessen nasser Anzug an ihm herunterhing wie ein ertränktes Tier, starrte aufs Meer hinaus. In dem fahlen Mondlicht tauchten die weißen Häuser ins Wasser wie die Paläste eines gespenstischen Venedigs, Mausoleen auf den Dämmen irgendeiner Totenstadtinsel. Nur der Kirchturm war noch zu sehen. Das Wasser hatte jetzt seinen höchsten Stand erreicht, drang noch einmal zwanzig Meter auf der Straße vor, und die Gischt reichte jetzt fast bis an das Haus der Masons.

Mason wartete die kurze Pause zwischen zwei Wellen ab und watete dann durch die Flachstellen zur Straße, die sich zu der gegenüberliegenden Seite der Landzunge schlängelte. Inzwischen hatte das Wasser den Fahrstreifen überquert, ergoß sich über die dunklen Rasenflächen und klatschte gegen die Türstufen.

Als er noch eine halbe Meile von der Landspitze entfernt war, hörte er das Brausen und Ächzen tieferer Gewässer. Atemlos lehnte er sich gegen einen Zaun, während der kalte Schaum über seine Beine rann, ihn mit seinem Sog erfaßte. Dann sah er, von den dahinrasenden Wolken hell beleuchtet, die blasse Gestalt einer Frau, die hoch über dem Meer am Rand einer Klippe an einer Steinbrüstung lehnte, ihr schwarzer Umhang bewegte sich im Wind, ihr langes Haar schimmerte weiß im Mondlicht. Tief unten tanzten und hüpften und überschlugen sich die schimmernden Wellen wie Akrobaten.

Mason lief weiter, verlor sie aus den Augen, als die Straße eine Kurve machte und sich Häuser dazwischenschoben. Das Wasser war jetzt nicht mehr so tief, und durch die Gischt hindurch erhaschte er einen letzten Blick von dem eisig-weißen Profil der Frau. Das Wasser kehrte um, Flut wechselte zu Ebbe, und das Meer schrumpfte zwischen den Häusern dahin und nahm der Nacht ihr Licht und ihre Bewegung.

Als die letzten Tropfen auf dem feuchten Pflaster zerrannen, starrte Mason zur Landspitze, aber die hellbeleuchtete Gestalt war verschwunden. Seine nassen Kleider trockneten, als er durch die leeren Straßen zurückging. Von den Gartenhecken stieg ein letzter Hauch von Salzwasser hinauf in den mitternächtlichen Himmel.

Am nächsten Morgen sagte er zu Miriam: »Es war tatsächlich alles nur ein Traum. Ich glaube, jetzt ist das Meer verschwunden. Jedenfalls habe ich letzte Nacht nichts gesehen.«

»Gott sei Dank, Richard. Bist du auch ganz sicher?«

»Ganz sicher.« Mason lächelte ermutigend. »Vielen Dank, daß du auf mich aufgepaßt hast.«

»Ich kann heute nacht wieder aufbleiben.« Sie hob die Hand. »Ich bestehe darauf. Mir geht es ausgezeichnet nach der gestrigen Nacht, und ich will, daß diese Sache ein Ende hat, ein für allemal.« Sie runzelte die Stirn über der Kaffeetasse. »Komisch, aber ein- oder zweimal habe ich selbst geglaubt, das Meer zu hören. Es hörte sich sehr alt und schwach an, wie etwas, das nach Millionen Jahren wieder aufgewacht ist.«

Auf seinem Weg in die Bibliothek machte Mason einen Umweg zu dem Kalkfelsen und parkte das Auto an der Stelle, wo er die vom Mondschein erhellte Gestalt der weißhaarigen Frau gesehen hatte. Das Sonnenlicht fiel auf den fahlen Rasen, erhellte die Öffnung des Bergwerksschachts, an dem wieder die übliche planlose Aktivität herrschte.

Während der nächsten fünfzehn Minuten fuhr Mason die mit Bäumen begrenzten Landstraßen auf und ab, warf einen Blick über die Gartenhecken auf die Küchenfenster. Bestimmt wohnte sie in einem der umliegenden Häuser, trug noch immer ihr schwarzes Kleid unter einem Hauskittel.

Später, in der Bibliothek, erkannte er ein Auto wieder, das er auf der Landspitze gesehen hatte. Der Fahrer, ein älterer Mann in einem Tweedanzug, betrachtete die Aushängekästen mit lokalen geologischen Funden.

»Wer war das?« fragte er Fellowes, der die Vorzeitfunde betreute, als das Auto davonfuhr. »Ich habe ihn auf den Klippen gesehen.«

»Professor Goodhart, einer der Paläontologen. Offenbar haben sie ein interessantes Knochenbett ausgegraben.« Fellowes deutete auf die Sammlung von Oberschenkel- und Kieferknochenteilen. »Wenn wir Glück haben, kriegen wir vielleicht ein paar Stücke von ihnen.«

Mason starrte auf die Knochen und merkte, wie sich die Parallaxe in seinem Gehirn schloß.

Nacht für Nacht, wenn das Wasser durch die dunklen Straßen floß und die Wellen immer dichter an sein Haus heranrollten, lag Mason wach neben seiner schlafenden Frau und ging dann hinaus und watete durch das tiefe Wasser zur Landspitze. Dort sah er die weißhaarige Frau, mit hocherhobenem Kopf, über der brodelnden Gischt, am Rand der Klippen stehen. Aber nie gelang es ihm, bevor die Ebbe zurückkehrte, bei ihr zu sein, und er sank erschöpft auf dem nassen Pflaster auf die Knie, während das Wasser die überspülten Straßen wieder freigab.

Einmal entdeckte ihn eine Polizeistreife mit ihren Scheinwerfern, wie er am Torpfosten einer offenen Einfahrt lehnte. Ein anderes Mal vergaß er, die Haustür zuzumachen, als er nach Hause kam. Während des ganzen Frühstücks musterte ihn Miriam mit ihrem gewohnten bekümmerten Blick, sah die Schatten, die wie Handfesseln um seine Augen lagen.

»Ich finde, du solltest nicht mehr so oft in die Bibliothek gehen, Richard. Du siehst abgespannt aus. Oder kommt das etwa wieder von diesem Traum von dem Meer?«

Mason schüttelte den Kopf und setzte ein gezwungenes Lächeln auf. »Nein, damit ist Schluß. Vielleicht bin ich ein bißchen überarbeitet.«

Miriam nahm seine Hände. »Bist du gestern hingefallen?« Sie betrachtete die Handflächen. »Die sind ja ganz rauh, Liebling! Das kannst du dir erst vor ein paar Stunden geholt haben. Weißt du es denn nicht mehr?«

Mason dachte sich eine Geschichte aus, um sie zu beruhigen, dann trug er seine Kaffeetasse ins Arbeitszimmer und starrte in den dunstigen Nebel über den Dächern, weich und undurchsichtig und mit den gleichen Konturen wie das nächtliche Meer. Der Nebel löste sich langsam auf, und für einen Augenblick gewann wieder die dahinschwindende Realität der normalen Welt die Oberhand, erfüllte ihn mit schmerzhafter Nostalgie.

In Gedanken griff er nach der fossilen Muschel auf seinem Büchergestell, aber dann zog er die Hand wie unabsichtlich zurück. Miriam stand neben ihm. »Schreckliches Ding«, bemerkte sie. »Sag mal, Richard, woher, glaubst du, kommt dieser Traum von dir?«

Mason zuckte mit den Schultern. »Vielleicht eine Art Erinnerung ...«

Er überlegte, ob er Miriam von den Wellen erzählen sollte, die er noch immer im Schlaf hörte, und von der weißhaarigen Frau auf der Klippe, die ihn zu rufen schien. Aber wie alle Frauen, so glaubte auch Miriam, daß im Leben ihres Mannes nur ein einziges Rätsel Platz hätte. Aufgrund einer merkwürdigen Logik kam er zu dem Schluß, daß es genug Abhängigkeit war, wenn er vom Geld seiner Frau lebte und seine Selbstachtung verloren hatte, und daß er das Recht besaß, etwas vor ihr geheimzuhalten.

»Was ist los, Richard?«

In Gedanken sah er, wie sich die Gischt wie ein durchsichtiger

Fächer öffnete und sich die Zauberin der Wellen zu ihm umdrehte.

Hüfthoch stürzte das Meer über den Rasen. Mason zog seine Jacke aus und warf sie ins Wasser, und dann watete er auf die Straße. Die Wellen waren höher als je zuvor und hatten jetzt sein Haus erreicht, schwappten gegen die Türschwelle, aber Mason dachte nicht mehr an seine Frau. Seine ganze Aufmerksamkeit war auf die Landspitze gerichtet, die von der schäumenden Gischt gepeitscht wurde, und die Frau auf ihrem Gipfel, fast völlig eingehüllt in den Dunst.

Während Mason weiterlief, manchmal bis zu den Schultern unter Wasser, umgaben ihn Schwärme glitzernder Algen. Die Augen brannten ihm von der Salzluft. Völlig erschöpft erreichte er den unteren Hang der Landspitze und sank auf die Knie.

Von oben hörte er das Rauschen der Brandung, die sich an den Rändern der Klippe brach, den tiefen Baß der Wellenbrecher, durchdrungen vom Zischen beißender Luft. Von der Musik getragen, kletterte Mason die Landspitze hinauf, um ihn herum spiegelte sich der Mond tausendfach in den Wellen des Meeres. Als er den Kamm erreicht hatte, war das Gesicht der Frau hinter dem schwarzen Umhang verborgen, aber er sah ihre hochaufgerichtete Figur und die schlanken Hüften. Plötzlich, ohne eine deutliche Bewegung der Glieder, bewegte sie sich entlang der Brüstung von ihm fort.

»Halt!«

Sein Ruf verwehte in der Luft. Mason lief nach vorn, und die Frauengestalt drehte sich um und starrte ihn an. Die weißen Haare umrahmten ihr Gesicht wie Locken aus Silberdampf, und dann fielen sie auseinander und enthüllten ein Gesicht mit leeren Augen und eingekerbtem Mund. Wie ein Bündel weißer Stecken, klauenartig, streckte sich eine Hand nach ihm aus, und dann stieg die Gestalt durch die tosende Dunkelheit in die Lüfte wie ein riesiger Vogel.

Ohne zu wissen, ob der Schrei, den er hörte, von ihm selbst oder von diesem Geist kam, taumelte Mason ein paar Schritte zurück. Und bevor er sich wieder gefangen hatte, stolperte er über das Holzgeländer und stürzte unter dem lauten Rasseln von Ketten und Flaschenzügen rückwärts in den Schacht, und das Donnern des Meeres dröhnte durch die tosende Dunkelheit.

Mason verschwunden

Nachdem er der Beschreibung des Polizisten gelauscht hatte, schüttelte Professor Goodhart den Kopf.

»Ich fürchte, nein, Sergeant. Wir haben hier die ganze Woche an dem Flöz gearbeitet. Es ist niemand in den Schacht gefallen.« Ein wackliges Holzgeländer schwang lose im Wind. »Aber vielen Dank, daß Sie mich gewarnt haben. Ich schätze, wir werden ein stabileres Geländer bauen müssen, wenn dieser Mann im Schlaf herumspaziert.«

»Ich glaube nicht, daß er sich die Mühe macht, bis hier raufzukommen«, sagte der Polizist. »Da muß man ganz schön klettern.« Und dann fügte er noch hinzu: »Unten in der Bibliothek, wo er arbeitet, sagte man mir, daß Sie gestern im Schacht ein paar Skelette gefunden hätten. Natürlich, es ist erst zwei Tage her, seit er verschwunden ist, aber könnte nicht trotzdem eins von ihm sein?« Der Polizist zuckte mit den Schultern. »Es könnte doch sein, daß es irgendeine natürliche Säure gäbe, die ...«

Professor Goodhart bohrte seinen Absatz in den kalkigen Boden. »Reines Kalziumkarbonat, ungefähr eine Meile dick, das sich vor 200 Millionen Jahren während der triassischen Periode angesammelt hat, als hier noch ein großes Binnenmeer war. Die Skelette, die wir gestern gefunden haben, von einem Mann und einer Frau, gehören zwei Fischern aus dem Cromagnon, die an seiner Küste lebten, bevor es austrocknete. Ich hätte Ihnen gern geholfen – aber es ist ziemlich unverständlich, wie diese Cromagnon-Relikte in das Knochenbett gelangt sein sollen. Dieser Schacht hier ist erst vor dreißig Jahren eingesunken. Aber mit diesem Problem werde ich mich wohl selbst herumschlagen müssen.« ?

Der Polizist ging zum Streifenwagen zurück und schüttelte den Kopf. Als der Wagen losfuhr, sah er hinunter auf die endlose Kette friedlicher Vorstadthäuser und Gärten.

»Anscheinend war hier früher mal ein Meer. Vor Millionen Jahren.« Er nahm eine zerknitterte Flanelljacke vom Rücksitz. »Dabei fällt mir ein, wonach Masons Jacke riecht – nach Meerwasser.« Auflösung

Erarbeiten Sie diese Erzählung unter einem von Ihnen gewählten Gesichtspunkt!

Cromagnon

Ambrose Bierce
Ein Bewohner von Carcosa

Denn da sein mannigfache Todesarten. Manche, worein der Leib bleibet; manche auch, worein er ganz enteilet mit dem Geiste. Solches begiebt sich zumeist nur in der Einsamkeit (denn solches ist Gottes Wille) und da wir den Sinn nicht erkennen, so sprechen wir, der Mensch sei verschollen oder habe eine weite Reise angetreten, welch selbiges er in der Tat getan. Doch manches Mal trug solches sich zu im Angesichte vieler, wie mannigfach bezeuget. In einer andren Art des Todes stirbt auch der Geist, welches bekannt ist, daß ers getan, dieweil der Leib noch viele Jahr in voller Lebenskraft. Manch Mal, wie wahrhaftiglich bestätiget ist, stirbt er mit dem Leibe zugleich, nach einiger Zeit aber erhebet er sich wieder am gleichen Orte, wo der Leib verwesete.

Diese Worte von Hali (der im Frieden Gottes ruhen möge) bedachte ich, indem ich, als einer, der zwar versteht, sich aber trotzdem fragt, ob nicht noch mehr dahintersteckt als das, was er begriffen hat, nach ihrer vollen Bedeutung grübelte, und so bemerkte ich nicht, daß ich mich verirrt hatte, bis plötzlich ein frostiger Lufthauch meine Wangen streifte und die Besinnung auf meine Umgebung wieder in mir wachrief. Mit Erstaunen merkte ich, daß mir alles ganz fremd zu sein schien. Ringsum erstreckte sich eine öde, einsame Ebene, bewachsen mit dürren, hohen Gräsern, deren Rascheln und Raunen im herbstlichen Wind Gott weiß welche mysteriöse und unheimliche Botschaft enthielt. In großen Abständen ragten seltsam geformte düstere Felsbrocken daraus hervor, die im Einverständnis miteinander zu sein und Blicke voll unheilvoller Bedeutung zu wechseln schienen und aussahen, als ob sie den Hals gereckt hätten, um irgend etwas zu beobachten, was sie bereits im voraus wußten. Ein paar entlaubte Bäume hier und dort wirkten wie Teilnehmer an dieser bösartig schweigenden Erwartung.

Es muß schon ziemlich spät am Tage sein, dachte ich, obwohl die Sonne nicht zu sehen war. Und wenn ich auch spürte, daß die Luft rauh und frostig war, nahm ich dies doch eher geistig als physisch wahr und hatte kein Empfinden von Unbehagen. Über der gesamten bedrückenden Landschaft hing tief eine fahle Wolkenbank wie ein sichtbar gewordener Bann. In alledem lag eine

Bedrohung und Vorbedeutung, eine Anspielung auf Schlimmes, ein Vorzeichen des Verderbens. Vogel, Insekt, Lebewesen – es gab keine. Der Wind seufzte in den kahlen Ästen der toten Bäume, und das farblose Gras neigte sich und wisperte der Erde sein greuliches Geheimnis zu. Kein anderer Laut, keine andere Bewegung brachen die Totenstille dieser trostlosen Gegend.

Zwischen dem Graswuchs bemerkte ich eine Anzahl verwitterter Steine, die offensichtlich mit Werkzeugen bearbeitet waren. Sie waren geborsten, bedeckt von Moos und halb im Boden versunken. Einige lagen auf der Seite, einige lehnten sich schief nach links oder rechts, aber kein einziger stand aufrecht. Anscheinend waren es Grabsteine, obgleich die Gräber nicht mehr existierten, weder als Mulden noch als Hügel – die Jahre hatten sie eingeebnet. Hie und da bezeichneten massivere Blöcke die Stelle, wo ein prunkvolles oder rühmendes Monument einst seine schwächliche Herausforderung der Vergänglichkeit entgegengehalten hatte. Diese Überbleibsel schienen so alt, diese Spuren der Hinfälligkeit und Wahrzeichen von Zuneigung und Pietät so zerfallen, zerstört, verwittert, der Ort so vergessen und verlassen und verödet, daß ich nicht anders konnte, als mich für den Entdecker der Begräbnisstätte prähistorischer Menschen zu halten, deren Name längst verloschen war.

Mit solchen Überlegungen beschäftigt, vergaß ich eine Weile, was mit mir geschehen war, bald aber fragte ich mich wieder, wie ich eigentlich hierhergeraten sei. Ein Moment der Überlegung schien all dies und auch, wenngleich auf beunruhigende Art, den sonderbaren Charakter zu erklären, mit dem meine Phantasie sicher alles, was ich hier sah und hörte, hervorgebracht hatte: ich war krank. Jetzt erinnerte ich mich daran, daß ein plötzliches Fieber mich niedergestreckt hatte und daß meine Angehörigen mir gesagt hatten, daß ich im Delirium fortwährend nach Befreiung und Luft schreie und man mich im Bett festhalten müsse, um meine Flucht nach draußen zu verhindern. Jetzt also hatte ich mich der Wachsamkeit meiner Familie entzogen und war hierhergeraten, nach – ja, wohin eigentlich? Ich hatte absolut keine Ahnung, ganz bestimmt aber mußte ich mich in beträchtlicher Entfernung von zu Hause und der Stadt befinden, in der ich wohnte, der achtbaren und bekannten Stadt Carcosa.

Keinerlei Anzeichen menschlichen Lebens waren zu sehen oder zu hören, kein aufsteigender Rauch, kein Bellen eines Hofhundes, kein Brüllen einer Kuhherde, keine Rufe spielender Kinder, nichts als diese düstere Gräberstätte mit ihrem Anhauch von Geheimnis und Bedrohung, die meinem eigenen verwirrten Hirn entstammte. Ob ich womöglich wieder in Delirium fiel, hier, weit weg von jeder menschlichen Hilfe? War vielleicht überhaupt das Ganze nur eine Einbildung meines Wahnes? Laut rief ich die Namen meiner Frau und meiner Söhne und streckte suchend die Hände nach ihnen aus, während ich doch zwischen verfallenen Steinen und verdorrtem Gras herumirrte.

Ein Geräusch hinter mir veranlaßte mich, mich umzudrehen. Ein wildes Tier, ein Luchs, kam auf mich zu. Der Gedanke durchzuckte mich, daß die Bestie mir sofort an die Kehle fahren würde, falls ich hier in der Einöde zusammenbrechen sollte, wenn das Fieber wiederkäme. Ich sprang auf das Tier los und schrie, aber es trottete gleichmütig an mir vorüber, keinen Schritt weit entfernt, und verschwand hinter einem Felsbrocken.

Gleich darauf erschien in der Nähe der Kopf eines Mannes, als ob er aus dem Erdboden käme. Er mußte wohl einen niedrigen Wall heraufgekommen sein, der sich von der Ebene kaum unterscheiden ließ. Schnell wurde seine ganze Gestalt vor dem Hintergrund der bleifarbenen Wolkenbank sichtbar, so daß ich sah, daß er zur Hälfte nackt, zur Hälfte mit Fellen bekleidet war. Sein Haar war ungekämmt, sein Bart lang und wild. In der einen Hand trug er Pfeil und Bogen, in der anderen eine brennende Fackel mit langer Rauchfahne. Er ging langsam und vorsichtig, als ob er Furcht hätte, in ein von den Gräsern verborgenes offenes Grab zu fallen. Die seltsame Gestalt war überraschend aber nicht erschreckend, und ich richtete meine Schritte so, daß ich mit ihm zusammentreffen mußte, wobei ich dann die allbekannten Worte an ihn richtete: »Gott zum Gruß!«

Er zeigte keinerlei Reaktion, noch verlangsamte sich sein Schritt.

»Guter Fremdling«, fuhr ich fort, »ich bin krank und habe mich verirrt. Ich bitte Sie inständig, zeigen Sie mir die Richtung nach Carcosa.«

Der Mann brach in einen barbarischen Gesang in unbekannter Sprache aus, ging weiter und entschwand.

Jetzt stieß eine Eule auf dem Ast eines kahlen Baumes ihren trostlosen Ruf aus und eine andere in der Ferne antwortete. Als ich aufsah, erblickte ich durch einen plötzlichen Riß in den Wolken Aldebaran und die Hyaden. In all diesen Dingen lag eine Andeutung von Nacht – der Luchs, der Mann mit der Fackel, die Eulen. Doch ich sah – sah die Sterne, ohne daß es dunkel war. Ich sah, war aber offenbar selber weder zu hören noch zu sehen. Unter welch grauenhaftem Bann stand ich?

Ich setzte mich auf die Wurzeln eines Baumes, um zu überlegen, was ich tun sollte. Daß ich wahnsinnig war, konnte ich nicht mehr bezweifeln, entdeckte aber trotzdem in mir einen Zweifel an dieser Überzeugung. Von Fieber war keine Spur, und überdies hatte ich ein mir ganz unbekanntes Gefühl von Erheiterung und Energie, ein Empfinden von geistiger und physischer Wachheit. Alle meine Sinne schienen geschärft; ich spürte die Luft wie eine berührbare Substanz; ich konnte die Stille hören.

Eine große Wurzel des Baumes, an dessen Stamm ich mich lehnte, hielt einen Stein umklammert, von dem ein Stück aus der Mulde herausragte, die von einer anderen Wurzel gebildet wurde. So war der Stein teilweise vor der Witterung geschützt, wenn auch sehr beschädigt. Seine Kanten waren abgeschliffen, seine Oberfläche rissig und voller Löcher. Auf dem Erdboden ringsum glitzerten Stäubchen von Glimmer, Zeichen seines Zerfalls. Augenscheinlich hatte er auf einem Grab gestanden, aus welchem dann vor Urzeiten der mächtige Baum hervorgewachsen war. Seine starken Wurzeln hatten das Grab zerstört und den Stein zu ihrem Gefangenen gemacht.

Ein Windstoß blies ein paar dürre Blätter und Zweige von der zutage liegenden Oberfläche des Grabsteines, und ich sah das Flachrelief einer Inschrift und beugte mich darüber, um sie zu entziffern. Gott im Himmel! Mein eigener Name. Das Datum meiner Geburt. Das Datum meines Todes.

Jetzt fiel ein schräger Sonnenstrahl auf den Stamm des Baumes, während ich voll Entsetzen aufsprang. Im rosigen Osten erhob sich die Sonne. Ich stand zwischen dem Baum und der riesigen, roten Sonne – kein Schatten fiel auf den Stamm!

Ein Rudel heulender Wölfe begrüßte den Morgen, ich sah sie auf ihren Hinterläufen sitzen, einzeln und in Gruppen, auf den unregelmäßigen Erderhebungen und Grabhügeln, die die Einöde ausfüllten und sich bis zum Horizont erstreckten. Und nun wußte ich, daß dies die Überreste der alten und berühmten Stadt Carcosa waren.

Dies sind die Tatsachen, die dem Medium Bayrolles mitgeteilt wurden durch den Geist Hoseib Alar Robardin.

Algernon Blackwood
Kein Zimmer mehr frei

Spät am Abend, mit der gelben *Diligence*, kam er an, lendenlahm und verkrampft nach der mühseligen Bergfahrt dreier nicht enden wollender Stunden. Das Gebirgsdorf, nicht viel mehr als eine düstre Ansammlung von Schatten, war schon zur Ruhe gegangen. Nur vor dem kleinen Gasthof blitzte Laternenschein, gab es Lärm und Betriebsamkeit – doch auch dort nur für Minuten. Alsbald querten die ausgespannten Postpferde in müdem, schleppendem Trott die Straße: sie wußten den Weg zum Stall von allein und verschwanden darin, während ihr Geschirr im Staub hinterherschleifte. Die klapprige *Diligence* aber blieb für die Nacht stehen wo sie stand – und glich einem riesigen Käfer mit gelben Flügeldecken und geknickten Beinen.

Unerachtet seiner körperlichen Erschöpfung war dem Schullehrer leicht und frei ums Herz im Vollgefühl der allerersten Stunden seines Zehn-Guineen-Urlaubs. Das hochgelegene Alpental atmete ja eine wunderbare Ruhe, die Sterne glitzerten über den zerklüfteten Abstürzen des Dent du Midi, auf denen sich die Schneeflecken gespenstergleich von dem ebenholzschwarzen Gefels abhoben, und die würzige Luft war schwer vom Duft der Nadelwälder, der taunassen Bergwiesen und frischzersägten Stämme. All dies nahm unser Ankömmling minutenlang in sich auf in einer Art fassungslosen Entzückens, während seine drei Reisegefährten vollauf mit ihrem Gepäck beschäftigt waren, wonach sie sich, unter Erteilung letzter Anweisungen, auf ihre Zimmer begaben. Erst als die drei in dem Haus verschwunden waren, wandte auch unser Schullehrer sich herum und schritt über den rauhen Läufer in den erhellten Vorraum, wobei er an sich halten mußte, um nicht sogleich vor der großen, neben der Tür angebrachten Gebirgskarte stehenzubleiben.

Doch gleich darauf fand er sich in ratlosem Erschrecken unvermittelt aus seiner Träumerei in die rauhe Wirklichkeit zurückversetzt: im Gasthof – dem einzigen Haus am Platz – war kein Zimmer mehr frei! Sogar die überzähligen Sofas waren vergeben …

Wie hatte er nur so töricht sein können, sich nicht schriftlich anzumelden! Doch sogleich entsann er sich, daß dies unmöglich gewesen wäre, denn er hatte erst heute morgen in Genf den Entschluß zu dieser Reise gefaßt, verführt von dem strahlendschonen Wetter nach einer verregneten Woche.

Sie beratschlagten eine schier endlose Weile, der goldbetreßte Hausdiener und die hartgesichtige, alte Frau – denn hartgesichtig, das war sie –, ununterbrochen gestikulierend, nach allen möglichen Richtungen ins Dorf zeigend und Ratschläge erteilend, die unser Gast nur mangelhaft oder gar nicht verstand, denn sein Französisch war erbärmlich, und das *Patois* der beiden haarsträubend.

»Da drüben!«, so sagten sie, würde er vielleicht ein Zimmer bekommen, oder *dort oben!* Wir selber sind, *hélas!*, voll bis unters Dach, mehr als uns lieb sein könnte! Morgen vielleicht – falls die Herrschaften von Nummer soundso ihr Zimmer aufgeben!« – Und nachdem der Redestrom versiegt war, blickte die hartgesichtige Alte unter fortwährendem, ratlosem Schulterzucken den Hausdiener an, und der Hausdiener starrte mit schläfrigen Augen auf unsern nicht minder ratlosen Schullehrer.

Schließlich und endlich, geleitet von einer Hoffnung, die er selber nicht verstand, trat unser Freund in Befolgung der völlig unverständlichen Anweisungen, welche die Alte ihm mit auf den Weg gegeben, wieder hinaus auf die Dorfstraße und schritt auf jene düstere Häusergruppe zu, die man ihm gewiesen. Was er mit Bestimmtheit wußte, war nur, daß er die Absicht hatte, gegen die nächstbeste Tür zu trommeln und nach einem Zimmer zu fragen. Über Einzelheiten zerbrach er sich jetzt nicht den Kopf – für derlei Dinge war er viel zu müde. Der Hausdiener, schon im Begriff ihn zu begleiten, wandte dem späten Gast im letzten Moment den Rücken, um mit der Alten weiterzuschwatzen. Die Umrisse der Häuser hoben sich nur undeutlich aus dem alles einhüllenden Dunkel. Die Nachtluft war kalt, und das Tal hallte wider vom rauschenden Donnern stürzender Wasser. Die Morgendämmerung mochte nicht mehr fern sein, und man konnte den Rest der Nacht ebensogut mit dem Durchstreifen der Wälder hinbringen. Dies ging unserm Schullehrer eben durch den Sinn, als ein lautes Geräusch ihn herumfahren machte: jemand eilte ihm nach! Es war der Hausdiener, der da herangekeucht kam.

Und alsbald hub in dem engen Vorraum des Gasthofes erneut ein verwirrender Disput unter sechs Augen an, häufig genug unterbrochen von gemurmelten Beratungen und *Patois*-Getuschel zwischen der Frau und dem Hausdiener – ein Disput, der insgesamt darauf hinauslief, daß, »falls Monsieur nichts dagegen hätten, *doch* noch ein Zimmer frei wäre, im ersten Stock – frei, wenn auch noch immer in gewissem Sinn ›besetzt‹. Die Sache sei nämlich *die* –«

Indes, unser Schullehrer nahm das Zimmer, ohne erst lange das Rätsel ergründen zu wollen, welches hinter so unerwarteter Lösung stecken mochte. Das ethische Moment im Gastgewerbe kümmerte ihn wenig. Wenn die Wirtin ihm ein Quartier anbot, so war's nicht seine Sache, mit ihr zu rechten, ob besagte Unterkunft schon anderwärts vergeben war oder nicht.

Der Hausdiener aber, welcher ganz offenkundig beunruhigt war, geleitete den Gast nach oben und fügte dem bisher Gesagten in einem Kauderwelsch aus französischen und englischen Brokken all das hinzu, was die Wirtin verschwiegen hatte, so daß Minturn – dies der Name unseres nächtlichen Quartiersuchers – alsbald von der nämlichen Unruhe ergriffen ward, die auch seinen Begleiter befallen hatte, ja daß er sich unversehens in das beklemmende Vorgefühl einer möglichen Katastrophe verstrickt fand.

Jedermann, der schon einmal im Leben die eigentümliche Lokkung verspürt hat, welche von entlegenen Gebirgstälern ausgeht – von Tälern, deren besondere Anziehungskraft sich zum Gutteil den gefahrvollen Kletterwegen verdankt –, wird um jenes unwägbare Element tiefinnerer Beängstigung wissen, das den Wanderer im Angesicht der drohend aufragenden Wände ergreift. Man blickt empor zu den einsamen, himmelstürmenden Felsmassiven und gedenkt unwillkürlich der Männer, welche bei Tage wie bei Nacht ihre Lust daran finden, in Seilschaften die todverheißenden, wolkenverhangenen Gipfel zu erklimmen und Zoll um Zoll die eisigen Bergriesen zu bezwingen, die da seit Anbeginn ihr düster drohendes Haupt in den Himmel heben. Kein empfindsames Gemüt kann sich solchem Anhauch des Abenteuers verschließen, einem Anhauch, der überdies noch gewürzt ist durch die beständig drohenden Schrecken einer gnadenlosen Bergtragödie. So wurden denn auch die Vorstellungen, wie sie Minturn bei des Hausdieners Besorgnis überkamen, durch die Unkenntnis der Landessprache durchaus nicht beeinträchtigt. Die rechtmäßige Inhaberin dieses Zimmers, eine Engländerin, war nämlich nicht davon abzubringen gewesen, ohne Bergführer auf Klettertour zu gehen. Schon vor zwei Tagen, knapp vor Morgengrauen, war sie aufgebrochen – er, der Hausdiener, hatte ihr noch nachgeblickt –, und war seither nicht zurückgekehrt. Die Route, welche sie gewählt hatte, war schwierig und gefahrvoll, wiewohl nicht unbezwingbar für einen erfahrenen Kletterer, auch wenn er es im Alleingang wagte – und jene Engländerin verfügte über beträchtliche Bergerfahrung. Auch war sie eigensinnig, keinerlei Ratschlägen zugänglich, taub für jede Warnung, mit einem Wort, eine recht selbstbewußte Person. Dazu kam, daß sie ein wenig wunderlich war, denn sie hatte sich gegen jedermann abgeschlossen und bisweilen tagelang in ihrem Zimmer verkrochen, dessen Tür sie von innen versperrt gehalten, um keine Menschenseele sehen zu müssen. Alles in allem war sie ein Sonderling wie er im Buch steht.

Dies also war es, was Minturn dem Geschwätz des Hausdieners entnehmen konnte, während dieser das Gepäck ins Zimmer schaffte und alles für den neuen Gast zurechtmachte. Ferner wurde ihm bedeutet, daß eine Suchmannschaft schon unterwegs sei, und daß mit ihrer Rückkehr natürlich jeden Moment gerechnet werden müsse, in welchem Fall – nun ja, das Zimmer sei zwar frei, doch noch immer vermietet. »Falls Monsieur nichts dagegen hätte –, und falls das Risiko, sich mitten in der Nacht vor die Tür gesetzt zu sehen – –« Es war einzig die Geschwätzigkeit des Hausdieners, welche mit ihren bohrenden Einzelheiten den Handel so fragwürdig machte! Deshalb trachtete Minturn, solchen Born der Beredsamkeit baldestmöglich loszuwerden, und richtete sich darauf ein, auf schnellstem Weg in die Federn zu gelangen, um bis zum unvermeidlichen Hinauswurf soviel Schlaf wie möglich zu finden.

Zunächst, wir können es nicht verschweigen, fühlte er sich unbehaglich – überaus unbehaglich sogar. Eigentlich befand er sich ja zu Unrecht in diesem Zimmer – es gehörte nicht ihm. Wirklich, er hatte keinerlei Recht, sich hier aufzuhalten. Im ganzen war's ein unverantwortliches Eindringen in die Privatsphäre eines fremden Menschen! Während er seinen Koffer auspackte, mußte er immer wieder über die Schultern blicken, als beobachtete ihn jemand aus einer Ecke des Zimmers. Schon im nächsten Moment, so kam's ihm vor, mochten Schritte auf dem Korridor laut werden, könnte man gegen die Tür pochen! Dann würde sie aufgehen, und im Türrahmen würde jene energische Engländerin stehen, den Eindringling von Kopf bis Fuß mustern, und dies mit indigniertem Befremden! Ja ärger noch: er würde ihre Frage vernehmen, was er denn in ihrem Zimmer – in ihrem *Schlaf*zimmer! – zu schaffen habe. Natürlich – er hatte eine ausreichende Entschuldigung! Aber trotzdem, wenn er's recht bedachte –!

Sobald er jedoch inne ward, daß er ja schon halb ausgekleidet war, kam ihm die Komik der Situation sekundenlang zu Bewußtsein, und er lachte auf – wenngleich nur ganz leise. Doch mit diesem unterdrückten Lachen war da aufs neue jener Anhauch des Tragischen, den er schon zuvor empfunden. War's denn nicht denkbar, daß, während er sich hier noch seiner Heiterkeit hingab, der Körper jener Bedauernswerten zerschmettert und kalt irgendwo in jenen fürchterlichen Höhen lag? Daß der Bergwind ihr den Schnee übers Haar wehte, dieweil ihre glasigen Augen blicklos dem eisigen Licht der Sterne offenstanden? ... Ein Schauder überlief ihn. Die Gegenwart dieser Frau, eines Menschen, den er nie gesehen hatte, ja von dem er nicht einmal den Namen wußte – mit einem Mal ward sie bestürzende Realität. Fast vermeinte Minturn zu spüren, die Unbekannte hielte sich hier im Zimmer versteckt und sähe ihm bei jedem Handgriff zu.

Er öffnete sachte die Tür und stellte seine Schuhe auf den Korridor. Dann drehte er von innen den Schlüssel herum, packte seine Sachen vollends aus und machte sich an die Unterbringung seiner wenigen Habseligkeiten. Dies war bald geschehen, denn erstens hatte er ja nur eine leichte Reisetasche und einen Rucksack bei sich, und zweitens konnte er seine Garderobe nur über das Sofa hängen. Es gab keine Schubladenkommode in dem Zimmer, und der Kleiderschrank, welcher übrigens ungewöhnlich geräumig und solid war, ließ sich nicht öffnen. Allem Anschein nach hatte man die Sachen der Engländerin kurzerhand darin verstaut. Nichts im Zimmer deutete auf kürzliche Bewohntheit hin – nichts als ein Strauß verwelkter *Alpenrosen* in einem Glaskrug auf dem kleinen Waschtisch. Nur dies, sowie ein fast nicht mehr wahrnehmbares Parfum, war von der früheren Bewohnerin verblieben. Und dennoch: wie gering solche Spuren auch sein mochten, so war doch das ganze Zimmer durchdrungen von einem sonderbaren Fluidum, das unsern nächtlichen Gast aufs höchste irritierte. Tatsächlich verhielt es sich ja so, daß für Sekunden die Atmosphäre des Zimmers ihm den Eindruck suggerierte, jemand habe es soeben verlassen, und gleich darauf war's ihm wieder, als sei dieser Jemand in Wirklichkeit noch immer hier, so daß Minturn nicht umhinkonnte, hastig hinter sich zu blicken.

Insgesamt schien das Zimmer sich auf einzigartige Weise gegen ihn zu wenden, und die Stärke solcher Aversion mochte wohl die einzige Entschuldigung dafür sein, daß Minturn den welken Blumenstrauß aus dem Fenster warf und danach seinen Mackintosh über die Schranktür hängte, um dies ungefüge, häßliche Möbel nicht länger sehen zu müssen – dies grabesstille Behältnis, welches die Kleidungsstücke einer Frau in sich barg, die es vielleicht gar nicht mehr nötig hatte, ihre Blöße zu bedecken! (Er konnte solches Bild auf keine Weise loswerden.) Kurz, der Anblick jenes Ungetüms von Kleiderschrank rührte in ihm das Gefühl des Unvereinbaren, ja der Sinnlosigkeit auf. Dabei blieb es aber nicht! Vielmehr kroch solche Empfindung ihm auf tückische Weise bis ins Innerste und überschwemmte seinen Geist mit einem Entsetzen, das schon ans Absurde grenzte! Doch wie dem auch immer sein mochte, das Möbel war ihm widerwärtig, und so hatte er seinen Wettermantel nahezu instinktiv darübergehängt. Dann schaltete er das elektrische Licht aus und begab sich zu Bett.

Doch die plötzliche Finsternis überstieg seine Kräfte. Nämlich, mit der Schwärze der Nacht brach auch ein Schwall von Kälte über ihn herein, dessen Herkunft er sich nicht zu deuten vermochte. Und was noch sonderbarer war: als er die Kerze auf dem Nachttisch anzündete, mußte er gewahren, daß seine Hand zitterte!

Nun, das ging natürlich zu weit! Seine Phantasie begann nachgerade, mit ihm durchzugehen – man mußte sie schleunigst zur Räson bringen! Doch die Art, in der er sie zur Ordnung rief, war recht bezeichnend und verriet in ihrer pedantischen Genauigkeit, daß die Furcht schon eingesickert war in sein Denken. Sitzt uns die Furcht aber erst im Genick, so läßt sie sich nicht so leicht wieder abschütteln. Minturn lag denn auch im Bett, stützte sich auf den Ellbogen und faßte der Reihe nach alle Dinge ins Auge, die sich in dem Zimmer befanden. Er tat dies in der Absicht, eine Art Bestandsaufnahme alles dessen zu machen, was sich seinem Blick darbot, um danach einen Strich darunter zu ziehen und nach dem Addieren in aller Entschiedenheit sagen zu können: »Mehr gibt es hier nicht – ich hab' nicht das Geringste vergessen! Und jetzt werd' ich wohl in Ruhe einschlafen dürfen!«

Aber noch während solch absurden Abzählens der im Zimmer befindlichen Gegenstände befiel ihn eine so fürchterlich drükkende Müdigkeit, daß er kaum mehr fähig war, weiterzuzählen. So rasch und mit solcher Gewalt war's über ihn gekommen, daß er sich unversehens überwältigt fand von einer namenlos enervierenden Erschlaffung. Die erste Folge davon war, daß seine Furcht verflog: es gebrach ihm einfach an der nötigen Energie, sich noch länger beängstigt oder nervös zu fühlen. Einzig die Kälte blieb – die Unruhe jedoch war gewichen. Bis in die letzte Faser seiner sonst so energischen Persönlichkeit kroch ihm nun eine tückische, vergiftende, *körperliche* Ermattung, die sich aber schon nach wenigen Sekunden in eine *geistige* zu verwandeln schien. Mit einem Mal durchtränkte das Wissen um die Narrheit der Welt, um die krasse Sinnlosigkeit des Lebens sowie seiner Mühen und Kämpfe, kurz, um die Eitelkeit alles dessen, was das Leben lebenswert macht, sein gesamtes Wesen, so daß Minturn sich auch noch der letzten Kräfte beraubt fand. Ein Hauch tiefer Niedergeschlagenheit, nicht stark genug, sich voll bemerkbar zu machen, überschwemmte die geheimsten Kammern seines Herzens ...

Woran immer er denken mochte – es war alles in graue Schatten gehüllt: die abgehetzten, schwitzenden Zugpferde – für nichts hatten sie sich den Berg heraufgequält! Die hartgesichtige Wirtin – für ein paar armselige Francs hatte sie ihr Gewissen durch die Habgier betäuben lassen! Und der goldbetreßte, mitteilsame, geschäftig-tatkräftige Hausdiener war einzig darauf aus gewesen, sein Wissen loszuwerden! Welchen Sinn hatte das alles? Und wozu sollte die *eigene* Arbeit und Plackerei führen, der er sich als Junglehrer in jener Vorbereitungsschule unterzog? Welchen Wert hatten all die ziellosen Mühen, wenn des Lebens letzte Geheimnisse dem Blick ja doch verborgen blieben, und kein Mensch den Sinn erkennen konnte? Wie lachhaft war es, sich abzuquälen, sich zu beherrschen, ein arbeitsames Leben zu führen! Und alle Lust, wie leer war sie im Grunde, wie trivial noch die vornehmste Lebensweise! ...

Mit einem Ruck, der fast die Kerze umgeworfen hätte, rief Minturn sich zur Ordnung. Derlei abscheuliche Gedanken lagen ja seinem Charakter so fern, daß ihr unvermutetes, verderbliches Hereinbrechen eine ebenso rasche Gegenwehr bewirkte, die freilich nicht minder rasch wieder verflog: denn gleich danach überschwemmte ihn aufs neue die Woge der Depression. Seine Arbeit – zu was sonst sollte sie führen als zu freudlosem Vegetieren auf einem kleinen Direktorsposten! War das nicht genauso eitel und töricht wie diese Urlaubstage in den Alpen? Welche Idiotie, sich mit einem Rucksack zu bepacken und bis zur Erschöpfung zu schinden auf schwierigen Klettersteigen, die zu nichts führten – weder zu einem Ziel noch zu einem Ergebnis! Grabesdüstere Melancholie bemächtigte sich unsres Feriengastes. Das ganze Leben war nichts andres denn ein gräßlicher Betrug, und die Religion nur ein kindischer Schwindel! Alles ringsum war eine einzige, mörderische Falle, ein buntfarbenes Spielzeug, das der Natur zum Köder diente! Zum Köder wofür? Für nichts! Es lag kein Sinn in den Dingen, und das einzig *reale* Ding war – der TOD. Wer ihn am ehesten fand, war noch am glücklichsten zu schätzen.

Weshalb dann erst noch lange darauf warten?

Zutiefst beunruhigt sprang Minturn aus dem Bett. Das war ja fürchterlich! Das *konnte* nicht bloß körperliche Erschöpfung sein, was ihm da plötzlich die Welt so schwarz erscheinen ließ, ihm alle Aussichten so trübe malte und eine Feigheit in ihm hervorrief, die ihn bis ins Innerste mit Hoffnungslosigkeit erfüllte! Er war doch sonst immer guter Dinge gewesen, überschäumend von gesunder Lebenskraft! Jetzt aber schwemmte diese erschreckende Schwäche noch die Grundlagen seiner Persönlichkeit ins Nichts, ja weckte sogar den Wunsch in ihm, zu sterben! War er denn plötzlich ein anderer Mensch? Natürlich, auch er hatte schon gelesen, daß manche Leute nach schweren seelischen Erschütterungen völlig andere Wesenszüge annehmen, ein gänzlich anderes Gedächtnis erlangen, an ganz neuen Dingen Gefallen finden können. Indes, dergleichen war ihm eher unheimlich gewesen, und obwohl die Männer der Wissenschaft es bezeugten, fiel es ihm schwer, daran zu glauben. Und dennoch, genau jener Prozeß vollzog sich nun in seinem Innern! Kein Zweifel – was da von ihm Besitz ergriffen hatte, waren die Gedankengänge eines *andern Ichs*! Das Ganze war unmoralisch, ja entsetzlich! Es war – nun, wenn man's recht bedachte, so war's trotz allem auch von größtem Interesse.

Und dieses unversehens erwachte Interesse war das erste Anzeichen dafür, daß Minturn wieder zu sich selbst zurückfand. Interesse zu empfinden heißt ja zu leben und am Leben zu hängen.

Schon stand er mitten im Zimmer – schon drehte er das elektrische Licht an. Doch das erste, was ihm in die Augen sprang, war – der riesige Kleiderschrank!

»*Das* also ist es! Der verdammte Kasten!« sprach Minturn unwillkürlich laut vor sich hin. Das Ungetüm barg ja in sich noch die Kleider, die wehenden Röcke, die Mäntel und Sommerblusen der Toten! Denn auf irgendeine Weise wußte er nun ganz bestimmt, daß die Vermißte tot war ...

Jetzt auch drang durch die offenen Fenster das Getöse der stürzenden Wasser ins Zimmer, und mit ihm kam die lebhafte Vorstellung von jener verlassenen, schneeüberwehten Gebirgswelt. Er sah die Tote vor sich liegen – wirklich, er *sah* sie! –, wo der Tod sie ereilt hatte: sah die frosterstarrten Wangen, den über Augen und Haar hinwirbelnden Schnee, sah die gebrochenen, unter den Eisbrocken verklemmten Gliedmaßen. Einen Atem lang wich das Gefühl geistiger Erschlaffung – dies Bewußtsein der Leere allen Lebens – vor solchem Bild zuschanden gewordener Auflehnung und beherzten, jedoch vergeblichen Kampfes der schwachen Menschenkräfte gegen die fühl- und gnadenlosen Mächte der unbeseelten Natur, und Minturn fand wieder zu sich selbst zurück. Doch gleich darauf überkam ihn aufs neue jenes schreckliche Gefühl der Kälte, Nichtigkeit und Leere ...

Noch immer stand er vor dem ungefügen Schrank, der die Kleider der Toten enthielt. Doch mit einem Mal empfand er den zwingenden Wunsch, diese Kleider zu sehen – all das, was die Tote benützt und getragen hatte! Ganz nahe stand er davor, das Holz schon fast berührend – und in der nächsten Sekunde *hatte* er's berührt: er hatte gegen die Schranktür gepocht!

Was ihn dazu bewogen hatte, ist schwer zu sagen. Vielleicht war's die reine Instinkthandlung. Etwas in seinem Innersten trieb ihn dazu – befahl ihm einfach, zu klopfen, und so hatte er's eben getan. Doch der dumpfe Klang des Holzes inmitten der Stille dieses Zimmers rief nichts als Entsetzen in Minturn hervor! Warum dies so war, konnte er sich ebensowenig erklären wie die Ursache seines Klopfens, doch verhielt es sich so, daß er, sobald er das hohle Mitschwingen des Kastens vernahm, plötzlich die Gegenwart jener Frau dermaßen deutlich verspürte, daß eine furchtbare Ahnung ihn von Kopf bis Fuß durchbebte, wie er da zitternd und mit bloßen Füßen auf dem Zimmerboden stand. Fast erwartete er, von drinnen ein Antwortklopfen zu vernehmen

– vielleicht auch das Rascheln der hängenden Kleider, oder, schlimmer noch, die versperrte Tür langsam auf sich zuschwingen zu sehen!

Von da an müsse er, so behauptet Minturn, auf irgendwelche Weise gänzlich außer sich geraten, zumindest aber seiner Urteilskraft beraubt gewesen sein. Es habe ihn nämlich ein dermaßen überwältigendes Begehren nach sofortiger Öffnung der Schranktür und Untersuchung der dahinter befindlichen Kleider überkommen, daß er jeden im Zimmer erreichbaren Schlüssel probiert habe in der vergeblichen Anstrengung, das Schloß aufzusprengen. Schließlich aber, und bevor ihm noch recht zu Bewußtsein gekommen, was er da zu tun im Begriff stand – habe er die Klingel betätigt!

Nachdem er aus keinerlei ersichtlichem oder gar vernünftigem Grund geläutet hatte, blieb er stehen wo er stand und harrte des Stubenmädchens, wobei ihm erstmals aufdämmerte, daß eine Kraft außerhalb seines gewohnten Selbst ihn zu solcher Handlung getrieben hatte. Fast war's, als hätte ihn eine innere Stimme geleitet, und das nämliche Gefühl gab ihm auch blindlings die Worte ein, sobald nach einiger Zeit Schritte über den Korridor herankamen, und er sich dem unwirschen, verschlafenen Stubenmädchen gegenübersah, die aufs höchste erstaunt war, zu so ungewöhnlicher Stunde aus dem Bett geläutet zu werden. Tatsächlich, die nämliche Macht, welche in Minturn den dringenden Wunsch erweckt hatte, den Schrank zu öffnen, zwang ihn nun, Worte zu sprechen, die sich ganz offenkundig seiner Kontrolle entzogen.

»Ich hab' nicht nach *Ihnen* geläutet!« sagte er nachdrücklich und voll Ungeduld. »Das ist nichts für Frauen. Wecken Sie den Hausdiener und schicken Sie ihn mir sogleich herauf – aber schnell! So *machen* Sie doch schon –!«

Doch sobald das Mädchen gegangen war, eingeschüchtert durch die Dringlichkeit solcher Worte, wurde Minturn gewahr, daß diese Worte ja auch ihn in Bestürzung versetzten! Erst im Moment des Aussprechens war er sich ihres Sinnes bewußt geworden und hatte begriffen, daß eine fremde Kraft sich seines Denkens und seiner Organe bediente! Auch die schwarze Melancholie, von der er soeben noch besessen gewesen, war ein Teil davon. Auf irgendeine Weise hatte die starke Ausstrahlung jener verschwundenen Frau sich seiner bemächtigt – sich ihm mitgeteilt kraft der Gegenstände aus ihrem Besitz, die sich nach wie vor im Zimmer befanden! Doch auch jetzt, als der Hausdiener ohne Rock und Kragen schon neben ihm stand, wußte Minturn noch immer nicht, weshalb er mit solcher Heftigkeit darauf drängte, daß der Kastenschlüssel unverzüglich herbeigeschafft, und die Schranktür geöffnet werde.

Es war ein befremdliches Schauspiel. Nachdem der völlig verwirrte Hausdiener sich am Ende des Ganges eine Zeitlang flüsternd mit dem Stubenmädchen unterredet hatte, brachte er nach einigem Suchen den verlangten Schlüssel zum Vorschein. Weder er noch das Mädchen hatten die blasseste Ahnung, was der aufgeregte Engländer eigentlich wollte, oder warum er so leidenschaftlich darauf bestand, jenen Schrank ausgerechnet um zwei Uhr morgens aufzuschließen! So sahen sie ihm nur voll Verblüffung zu und harrten der Dinge, die da kommen sollten. Etwas von seiner sonderbaren Dringlichkeit, ja sogar von seiner anfänglichen Angst hatte sich auf die beiden übertragen, so daß das Knacken des im Türschloß sich drehenden Schlüssels sie zusammenfahren machte.

Sie hielten den Atem an, als die Tür langsam und knarrend aufschwang. Jeder von ihnen vernahm den metallischen Aufschlag des *zweiten* Schlüssels, der *drinnen* auf den Kastenboden fiel. *Der Schrank war von innen versperrt worden!* Doch nur das zutiefst erschrockene Stubenmädchen sah es vom Gang aus zuerst – und taumelte mit gellendem Aufschrei rücklings gegen das Treppengeländer!

Der Hausdiener aber achtete ihrer nicht. Er und der Schullehrer traten gleichzeitig auf die klaffende Öffnung zu – und hatten es nun selber vor Augen.

Weder Kleider noch Röcke und Blusen hingen an den Haken – doch inmitten des Schrankes schwebte vornübergesunknen Hauptes der Körper der Engländerin! Durch die Erschütterung des hastigen Aufschließens in Drehung versetzt, schwang der Leichnam jetzt langsam herum und wies ihnen das Gesicht ... An der Innenseite der Tür aber war ein Hotelkuvert befestigt, darauf in zittrigen Zügen zu lesen war:

»Müde – unglücklich – in tiefster Verzweiflung ... Ich ertrage das Leben nicht mehr ... Alles ist schwarz. Ich muß ein Ende machen ... Wollte es in den Bergen tun, hatte aber Angst. Schlich mich unbemerkt ins Zimmer zurück. Auf diese Weise geht's am leichtesten und schnellsten ...«

Dino Buzzati
Der Eiffelturm

Das waren noch Zeiten, als ich am Eiffelturm mitbaute. Und ich wußte gar nicht, daß ich glücklich war.

Der Bau des Eiffelturms war etwas sehr Schönes und Wichtiges. Ihr könnt es euch heutzutage nicht mehr vorstellen. Der Eiffelturm von heute hat mit der Wirklichkeit von damals beinahe nichts gemeinsam. Zum Beispiel die Maße. Als wäre er inzwischen geschrumpft. Ich gehe an ihm vorbei, hebe den Blick und schaue. Aber es fällt mir schwer, die Welt wiederzuerkennen, in der ich die schönsten Tage meines Lebens verbracht habe. Die Touristen steigen in den Lift, fahren zur ersten Terrasse hinauf, fahren zur zweiten Terrasse hinauf, rufen, lachen, machen Fotos und drehen Farbfilme. Die Armen, sie wissen es nicht, sie können es nie wissen.

Im Reiseführer steht, daß der Eiffelturm dreihundert Meter hoch ist, dazu kommt die Funkantenne mit zwanzig Metern. Auch in den damaligen Zeitungen stand das, noch bevor die Arbeiten begannen. Und für die Allgemeinheit waren dreihundert Meter bereits Wahnsinn.

Dreihundert Meter! Ich habe damals bei Runtiron, in der Nähe von Neuilly, gearbeitet; ich war ein guter Mechaniker. Als ich eines Abends nach Hause gehen will, hält mich auf der Straße ein etwa vierzigjähriger Mann mit Zylinder an. »Spreche ich mit Herrn André Lejeune?« fragt er mich. »Genau«, antworte ich. »Und wer sind Sie?« »Ich bin Ingenieur Eiffel und möchte Ihnen einen Vorschlag machen. Aber zuerst muß ich Ihnen etwas zeigen. Dort steht mein Wagen.«

Ich steige in den Wagen des Ingenieurs, und er bringt mich zu einem Schuppen auf einer Wiese am Stadtrand. Dort arbeiten etwa dreißig junge Leute schweigend an großen Zeichentischen. Keiner würdigt mich eines Blickes.

Der Ingenieur führt mich in den hinteren Teil des Raumes, wo das mehrere Meter hohe Bild eines Turms an der Wand lehnt. »Ich werde für Paris, für Frankreich, für die Welt den Turm bauen, den Sie hier sehen. Aus Eisen. Er wird der höchste Turm der Welt sein.«

»Wie hoch?« frage ich.

»Das offizielle Projekt sieht dreihundert Meter vor. Das ist die mit der Regierung vereinbarte Höhe – damit sie nicht erschrickt. Aber der Turm wird wesentlich höher werden.«

»Vierhundert?«

»Junger Mann, glauben Sie mir, ich kann jetzt nicht darüber sprechen. Haben Sie Geduld. Es handelt sich jedenfalls um ein wunderbares Unternehmen, es ist eine Ehre, daran mitzuarbeiten. Und ich habe Sie aufgesucht, weil ich erfahren habe, daß Sie ein tüchtiger Mechaniker sind. Wieviel verdienen Sie bei Runtiron?« Ich nenne ihm mein Einkommen. »Wenn du zu mir kommst« – der Ingenieur geht unvermittelt zum Du über – »verdienst du dreimal soviel.« Ich habe angenommen.

Doch der Ingenieur flüstert: »Ich habe etwas vergessen, lieber André. Ich lege Wert darauf, daß du zu unserem Team gehörst. Aber du mußt mir zuerst etwas versprechen.«

»Ich hoffe, daß es sich um nichts Unehrenhaftes handelt«, stottere ich, von seiner geheimnisvollen Art beeindruckt.

»Das Geheimnis.«

»Welches Geheimnis?«

»Gibst du mir dein Ehrenwort, daß du mit niemandem, nicht einmal mit deinen Lieben, über unsere Arbeit sprechen wirst? Denke nach, überlege genau, bevor du einschlägst. Denn eines Tages könnte dieses Geheimnis zu einer Last für dich werden.«

Mit dem Arbeitsvertrag erhielt ich einen Vordruck, der besagte, daß ich das Geheimnis bewahren müsse. Ich unterschrieb.

Auf der Baustelle befanden sich Hunderte, vielleicht Tausende Arbeiter. Ich habe sicher nicht alle kennengelernt, ja nicht einmal alle gesehen, weil rund um die Uhr in Schichten gearbeitet wurde und es drei Schichten gab.

Sobald die Betonfundamente fertig waren, begannen wir Mechaniker mit der Montage der Stahlträger. Wir sprachen von Anfang an kaum miteinander, vielleicht wegen des Geheimhaltungseids. Aber aus einzelnen Sätzen, die ich aufschnappte, gewann ich den Eindruck, daß meine Kollegen die Arbeit ausschließlich wegen der außergewöhnlichen Entlohnung angenommen hatten. Niemand, oder beinahe niemand, glaubte daran, daß der Turm jemals vollendet werden würde. Sie hielten ihn für einen Wahnsinn, der die menschlichen Möglichkeiten überstieg.

Sobald die vier riesigen Standbeine in den Boden gerammt waren, wuchs das Eisengerüst jedoch zusehends. Jenseits des

Zauns am Rand der großen Baustelle stand Tag und Nacht die Menge und sah uns zu, wie wir dort oben, wie Ameisen am Spinnennetz hängend, werkten.

Die Bogen des Sockels wurden glücklich verschweißt, die vier Wirbelsäulen erhoben sich beinahe senkrecht und vereinten sich dann zu einer einzigen, die immer dünner wurde. Nach acht Monaten hatten wir eine Höhe von hundert Metern erreicht, und die Belegschaft wurde zu einem Bankett in einem Restaurant an der Seine eingeladen.

Ich hörte keine zweifelnden Äußerungen mehr. Merkwürdige Begeisterung erfüllte Arbeiter, Vorarbeiter, Techniker, Ingenieure, als stünden wir am Vorabend eines außergewöhnlichen Ereignisses. Eines Morgens Anfang Oktober waren wir in Nebel gehüllt.

Wir nahmen an, daß eine niedrige Wolkendecke über Paris lag, aber das stimmte nicht. »Schau dir den Schlauch an«, forderte mich Claude Gallumet auf, der kleinste und schlankste Arbeiter aus meiner Gruppe, mit dem ich Freundschaft geschlossen hatte. Aus einem dicken, am stählernen Gerüst befestigten Gummischlauch drang weißlicher Rauch. Es gab vier solche Schläuche, an jeder Ecke des Turms einen. Aus ihnen quoll dichter Dampf, der allmählich eine Wolke bildete, die sich weder hinauf noch hinunter verlagerte, und in diesem undurchsichtigen Watteschirm arbeiteten wir. Aber warum? Wegen des Geheimnisses?

Als wir eine Höhe von zweihundert Metern erreicht hatten, luden uns die Konstrukteure wieder zu einem Bankett ein, und auch die Zeitungen berichteten darüber. Aber um die Baustelle stand keine Menschenmenge mehr herum, die komische Nebelschicht verbarg uns vollkommen vor ihren Blicken. Und die Zeitungen lobten den Kunstgriff: Der kondensierte Dampf – erklärten sie – hindere die Arbeiter auf den luftigen Gerüsten daran, die Tiefe unter ihnen zu sehen; deshalb schwindle ihnen nicht. Blühender Unsinn: vor allem deshalb, weil wir uns alle an die Höhe gewöhnt hatten; außerdem wäre es nicht einmal zu einem Unfall gekommen, wenn einem von uns schwindlig geworden wäre, weil jeder einen festen Ledergürtel trug und sich mit einem Seil an den Trägern festband.

Zweihundertfünfzig, zweihundertachtzig, dreihundert, zwei Jahre waren vergangen, war unser Abenteuer zu Ende? Eines Abends versammelten sie uns unter dem großen Kreuzgewölbe der Basis, und der Ingenieur Eiffel sprach zu uns. Unsere Arbeit war beendet, sagte er uns, wir hatten Ausdauer, Geschicklichkeit und Mut bewiesen, und die Baufirma würde uns eine Sonderprämie auszahlen. Wer wollte, konnte nach Hause gehen. Aber er, der Ingenieur Eiffel, hoffte, daß sich Freiwillige melden würden, die die Arbeit fortsetzen wollten. Was sollten sie fortsetzen? Der Ingenieur konnte es nicht sagen, die Arbeiter sollten ihm vertrauen, es war das Risiko wert.

So wie viele andere blieb auch ich. Es war eine Art Massenwahnsinn, von dem kein Außenstehender etwas ahnte, weil jeder von uns das Geheimnis noch strenger wahrte.

Statt also in einer Höhe von dreihundert Metern mit dem Gerüst für die Spitze zu beginnen, richteten wir weitere Eisenträger auf, die zum Zenit emporzeigten. Eine Stange auf die andere, ein Eisenstück auf das andere, ein Träger auf den anderen, und Nieten über Nieten, und das Klirren von Hämmern. Die ganze Wolke vibrierte wie ein Resonanzboden. Wir arbeiteten wie im Flug.

Weil wir immer höher kamen, verließen wir schließlich die Wolke, die unter uns blieb, und die Pariser sahen uns wegen dieses Schirms aus Dampf weiterhin nicht, aber in Wirklichkeit hielten wir uns in der reinen, klaren Luft an der Spitze auf. Und an bestimmten windigen Tagen erblickten wir die fernen, schneebedeckten Alpen.

Wir befanden uns jetzt so hoch oben, daß wir Arbeiter zum Hinauf- und Hinunterklettern mehr als die Hälfte unserer Arbeitszeit brauchten. Fahrstühle gab es noch nicht. Von Tag zu Tag wurde die effektive Arbeitszeit kürzer. Bald würde der Tag kommen, an dem wir, sobald wir die Spitze erreicht hatten, uns sofort wieder an den Abstieg machen mußten. Und dann hätte der Turm aufgehört zu wachsen.

Daraufhin beschloß man, dort oben, zwischen den Eisenträgern, für uns Baracken, wie Nester, zu bauen, die man von der Stadt aus nicht sehen würde, weil die künstliche Nebelwolke sie verbarg. Dort schliefen wir, aßen und spielten abends Karten, wenn wir nicht von Illusionen und Siegen schwafelten. In die Stadt stiegen wir an den Feiertagen abwechselnd hinunter.

Zu jener Zeit begannen wir langsam, die wunderbare Wahrheit, also den Kern des Geheimnisses, zu ahnen. Und wir fühlten uns nicht mehr als Mechaniker, sondern als Pioniere, als Forscher, als Helden, als Heilige. Wir begannen langsam zu ahnen, daß der Eiffelturm nie fertig sein würde. Jetzt begriffen wir, warum der Ingenieur auf dieser riesigen Basis, auf diesen vier zyklopischen Eisenfüßen bestanden hatte, die vollkommen überdimensioniert wirkten. Der Bau würde nie fertiggestellt werden, und der Eiffelturm würde ewig zum Himmel emporwachsen, die Wolken, die Stürme, die Gipfel des Gaurisankar überragen. Solange uns Gott unsere Kraft ließ, würden wir die Eisenträger aneinandernieten, immer höher, und nach uns würden unsere Kinder weiterarbeiten, und niemand in der flachen Stadt Paris hätte es je gewußt, die elende Welt hätte es nie erfahren.

Natürlich hätten sie dort unten früher oder später die Geduld verloren, sie hätten protestiert und im Parlament dringliche Anfragen gestellt, wieso denn dieser verflixte Turm nie fertig würde? Nachdem die vorgesehenen dreihundert Meter Höhe erreicht waren, sollte man endlich mit dem Bau der Spitze beginnen. Aber wir hätten Ausreden erfunden, es wäre uns sogar gelungen, einen von uns ins Parlament oder ins Ministerium zu schmuggeln, wir hätten die Sache vertuscht, die Menschen unten auf der Welt hätten aufgegeben, und wir wären immer höher in den Himmel hinaufgestiegen, ein überwältigendes Exil.

Von unten, jenseits der weißen Wolke, kamen Schüsse. Wir stiegen ein gutes Stück hinunter, durchquerten den Nebel, hielten am unteren Rand der Wolke an, und sahen durch das Fernrohr, wie Gendarmerie, Königliche Garde, Polizei, Inspektoren, Direktoren, Bataillone, Heere und Armeen bedrohlich konzentrisch auf unsere Baustelle vorrückten, möge sie der Teufel holen und verschlingen.

Sie schickten einen Boten herauf: Ergebt euch und steigt sofort hinunter, ihr Hundesöhne, ein Ultimatum von sechs Stunden, dann eröffnen wir das Feuer, Gewehre, Maschinengewehre, leichte Geschütze, für euch Bastarde wird es reichen.

Ein niederträchtiger Judas hatte uns also verraten. Der Sohn des Ingenieurs Eiffel, denn der große Vater war bereits seit einigen Jahren tot und begraben, war blaß wie ein Laken. Wie konnten wir kämpfen? Wir dachten an unsere geliebten Familien und ergaben uns.

Sie zerlegten das von uns zum Himmel erhobene Gedicht, sie amputierten die Spitze in dreihundert Meter Höhe, sie pflanzten das elende Hütchen darauf, das ihr noch heute seht.

Die Wolke, die uns versteckt hatte, gibt es nicht mehr, wegen dieser Wolke werden sie sogar einen Prozeß anstrengen. Der mißgestaltete Turm ist von oben bis unten grau gestrichen worden, lange Bänder, die in der Sonne flattern, hängen von ihm herab, heute ist die Einweihung.

Der Präsident in Zylinder und Gehrock erscheint. Die Klänge der Fanfare schnellen wie Bajonette ins Licht. Die Ehrentribüne erblüht vor wundervollen Damen. Der Präsident schreitet die Einheit der Gardekürassiere ab. Händler gehen mit Abzeichen und Kokarden herum. Sonne, Lächeln, Wohlbefinden, feierliche Stimmung. Jenseits des Zaunes sehen wir alten, müden Arbeiter des Turms, die sich unter die armen Teufel verirrt haben, einander an, Bäche von Tränen rinnen in die grauen Bärte. Ach, Jugend!

Jonathan Carroll
Die Tücke des Subjekts

Ehe Erin das Haus verließ, schaltete sie ihren neuen Anrufbeantworter ein. Einige Abende zuvor hatte sie sich mit der Gebrauchsanweisung und einem Glas Wein hingesetzt und war eine lange Liste durchgegangen, was zu tun sei, um das teure, nach High-Tech aussehende Ding zum Funktionieren zu bringen. Sie war der verpaßten Telephonanrufe überdrüssig. Die Leute beschwerten sich die ganze Zeit, daß sie nicht zu erreichen sei, und jetzt, nach ihrer neuen Anstellung bei der Theatergruppe, war es wichtiger als je zuvor, zu wissen, was in den letzten paar Stunden für sie hinterlassen worden war.

Mißtrauisch gegen jede Maschine, die ihr ein Problem so plötzlich abnahm, war sie Samstagabend nur deswegen daheim geblieben, um aufzupassen, ob die Maschine jedesmal korrekt funktionierte.

Das Telephon läutete dreimal, dann ertönte ein Klicken, und ihre mädchenhafte Stimme sagte: »Hallo. Hier ist 760-8942. Tut mir leid, daß niemand zu Hause ist, aber bitte hinterlassen Sie Ihren Namen und Ihre Nummer, und ich rufe Sie so schnell wie möglich zurück. Bitte warten Sie den Summton ab. Danke.«

Sie vernahm Bobs Stimme: »He, also hast du dir schließlich doch eine Maschine angeschafft. Gott sei Dank! Hier ist dein Bruderherz. Ruf mich an, wenn du daheim bist.«

»Erin? Ich hasse diese Maschinen. Ruf Lucia an.«

»Hi, ich rief bloß an, um dir zu sagen, daß ich dich liebe – vergiß Garys Party nicht.«

So viele Anrufe! Sprach sie jeden Tag mit so vielen Leuten, ohne daß es ihr auffiel? Am ersten Abend spielte sie sich die Nachrichten mehrmals vor und lauschte aufmerksam auf die Art und Weise, wie sich unausweichlich die Stimme veränderte, wenn die Anrufer erkannten, daß sie mit einer Maschine und nicht mit ihr sprachen.

Es klang, als verlören sie den Mut. Da riefen sie an, bereit, sich auf ein Geben und Nehmen unter Menschen einzulassen, aber es wurde ihnen nichts weiter zuteil als eine schmissige Erin auf Tonband, die ihnen erklärte, sie hätte jetzt keine Zeit für sie, für keinen von ihnen, würde aber später Zeit haben.

An jenem ersten Abend reagierte sie so laut auf die Mitteilungen, wie sie es in Wirklichkeit gern getan hätte. Ihrem zudringlichen, fordernden Bruder beschied sie, er solle sich fortscheren und sie in Ruhe lassen. Ihre Mutter rief gewöhnlich an, um sich über etwas zu beschweren, daher sagte sie zu der aufgezeichneten Stimme ihrer Mutter, sie möge sich beruhigen. Sag zur Abwechslung mal etwas Nettes. »Warum *plaudern* wir nicht ein bißchen, Mama, nur so? Ohne jemanden durchzuhecheln, ohne sich zu ärgern. Ich geh' dir nicht auf die Nerven, wenn du mir nicht auf die Nerven gehst.« Eine Weile machte es Spaß, mit ihrer Maschine zu reden, aber dann hörte sie auf, denn sie merkte, wie selten sie ihren Familienangehörigen die Wahrheit sagte, wenn sie mit ihnen sprach. Sie hatte Bob nie gesagt, er möge sich fortscheren, oder ihrer Mutter, sie möge sie in Ruhe lassen. Die Erkenntnis, daß sie ihnen diese Dinge nie ins Gesicht sagen würde, stimmte sie traurig, und sie kam sich feige vor.

Seufzend erhob sie sich von der Couch und legte die Hand wie in einer unbewußten Segnung auf die Maschine, als wolle sie ihr erklären, sie glaube ihr – sie vertraue ihr jetzt.

Ein nettes Extra an der Maschine war eine Fernsteuerung, die es ihr ermöglichte, von draußen anzurufen und die Mitteilungen abzuhören.

Zur Mittagszeit betrat sie eine Telephonzelle und probierte es aus. Wie peinlich war es, sich selbst am Telephon zu hören! Wie wenn man die eigene Stimme zum ersten Mal auf Tonband vernahm. Aber sie setzte sich lächelnd über diese Seltsamkeit hinweg, hielt das Kästchen der Fernsteuerung an den Hörer und drückte auf den Knopf. Das Band blieb auf der Stelle stehen. Sie hörte ein leises, sausendes Geräusch, und da waren sie: Anrufe von Weber Gregston und Wyatt Leonard. Was für eine wunderbare Sache! In ihrer Theatergruppe probten sie Szenen aus dem »Tod eines Handlungsreisenden«. In einer davon sagte ein Mann zu Willy Loman, wie wunderbar ein Tonbandgerät sei – jeder sollte sich eines anschaffen. Als sie mit den Mitteilungen von ihrer Maschine die Telephonzelle verließ, fühlte sie sich, als müßte sie das gleiche sagen – jeder sollte einen dieser Apparate haben.

Der wahre, nicht ganz zu leugnende Grund für ihre Maschine war ein neuer Freund namens Morton Palm. Er war kleingewachsen und gutaussehend und vermittelte Erin das Gefühl, daß sich zwischen ihnen etwas ganz Spezielles entwickeln könnte, wenn sie sich nur recht darum bemühten. Es war ein Gartenarchitekt aus Dänemark, der ihr beim zweiten Rendezvous scheu anvertraute, daß er als Hobby Kinderspielplätze entwarf. Wie sie ihn daraufhin begehrte! Die Vorstellung, wie dieser Mann spätabends über das Reißbrett gebeugt saß und sich Gedanken machte über die perfekte Schaukel oder den perfekten Sandkasten für Kinder, rief in ihr die Sehnsucht wach, sich um ihn zu kümmern und zumindest für Jahre seine Freundin zu sein. Ganz klar lag hier die Chance, daß all das wirklich eintrat, aber nur, wenn sie ihn nicht mit Forderungen bedrängte, ihre große schicksalhafte Schwäche.

Erin war mit einer ungeduldigen Natur zur Welt gekommen, und je älter sie wurde, desto schlimmer wurde es. Auf etwas zu warten, war für sie die reinste Tortur – auf die Post, darauf, daß sich die lange Schlange im Gemüseladen weiterbewegte, darauf, daß sie sich zu etwas entschloß. Sie versuchte, Läden erst dann zu betreten, wenn sie bereits wußte, was sie wollte, so daß sie nicht zu warten brauchte. Sie stellte detaillierte, schön gegliederte Listen auf. Biß sich auf die Zunge oder blickte weg, wenn Freunde zu spät kamen oder zu lange brauchten. Sie kam zu Besprechungen immer rechtzeitig, sie war die erste, die ging, sie war fähig und effizient, aber nicht sehr erfolgreich. Erin machte zu viele Leute mit ihrer akuten Pünktlichkeit und ihrem grimmigen Gesicht nervös, wenn sie zu einem Drink erst zehn Minuten nach fünf anstatt fünf Uhr kamen. Einer ihrer Liebhaber sagte grausam, sie sei zur analen Retention unfähig, weil sie bereits so viele Uhren im Hintern hätte, daß es dort keinen Platz mehr gebe.

Bislang war Morton Palm immer pünktlich gewesen, und einmal war er zu einem Rendezvous vor dem *Indochina* noch vor ihr gekommen. Das einzige wirklich Ungewöhnliche an ihm war, daß er zu jeder Tageszeit mit ihr per Telephon reden wollte. Er rief etwa um elf Uhr an und fragte, ob sie sich den Spätabendfilm ansehe. Oder um sieben an einem Samstagmorgen, um herauszufinden, ob sie Lust hätte, später mit ihm einen Spaziergang zu machen. Ursprünglich vermutete sie, daß Dänen eben gern telephonieren, aber er gewann ihr Herz nur noch mehr, als er sagte, er *hasse* das Telephon, liebe es aber, mit ihr zu reden und ihre Stimme zu hören.

Morton rief *so* häufig an, daß sie sich ständig fürchtete, etwas Wichtiges zu versäumen, was er ihr vielleicht sagen wollte. Jetzt

Morton Salman auf Anrufbeantworter mutiger als im direkten Gespräch

jedoch war sie diese Sorge dank ihrem Anrufbeantworter los. Er war sogar kühner, wenn er mit dem Apparat redete statt mit ihr. Er war derjenige, der die ersten Töne von »I Just Called to Say I Love You« anstimmte, obwohl das eigentlich nicht sein Stil war. Sein niedlicher, leicht europäisch angehauchter Akzent, mit dem er die vertrauten Worte sang, bewog sie dazu, jenes erste Band aufzuheben und es nicht zu löschen.

Am ersten Tag hörte sie den Anrufbeantworter zur Mittagszeit erneut ab und dann noch einmal am späten Nachmittag, als ihre Gruppe eine Kaffeepause einlegte. Und warum auch nicht? Dazu war das verdammte Ding ja da!

Doch bei all ihrer Ungeduld wollte sie nicht die Gewohnheit annehmen, fünfmal am Tag anzurufen, wenn sie außer Haus war. *Das* wäre lächerlich, aber Erin konnte bereits den Drang fühlen, so etwas Verdrehtes zu tun: Zur gleichen Zeit an zwei verschiedenen Orten zu sein, war für sie eine echte Versuchung.

Alles war einige Wochen hindurch in bester Ordnung, aber dann, eines Nachmittags, nach einem besonders harten Arbeitstag, als es so wirkte, als sei die ganze Besetzung schlechter Laune, tat sie etwas, was ein bißchen seltsam, aber doch recht lieb war. Erin war nicht wirklich verlegen, aber auch nicht stolz darauf. Das war nichts, was sie jemandem erzählen würde.

Sie hatte eine Lieblingstelephonzelle auf der 64. Straße, die sie oft benutzte, um ihre Maschine anzurufen. Dort war es verhältnismäßig sauber, trotz eines geheimnisvollen Geruchs nach Bananen, der immer in der Luft lag. Draußen regnete es nicht, obwohl es einem so vorkam. Nach einem Tag voll ermüdender Auseinandersetzungen und Wutausbrüche, die aufgeflammt und erloschen waren wie ein feucht gewordenes Streichholz, fühlte sie sich naß und ungewaschen und hoffte auf eine nette Nachricht von Morton. Am Abend zuvor hatten sie eine Meinungsverschiedenheit gehabt, die sich fast zu einem echten Streit auswuchs, über etwas wirklich Albernes ... albern war das einzige Wort dafür. Es war ihre Schuld, aber sie wollte, daß er sagte, es sei die seine. Es war ein Test. Wenn er es tat, so hatte sie die Bestätigung, daß er sie nur noch lieber mochte. Die Schuld um des lieben Friedens willen auf sich zu nehmen, war ein bedeutungsvoller Akt zu Beginn einer Beziehung. Er besagte: Ich liebe dich. Es ist meine Schuld. Können wir die Sache jetzt vergessen?

Es war jedoch kein netter Anruf von Morton gekommen. Tatsächlich hatte niemand angerufen, was bei ihr sofort einen entsetzlichen Krampf im Magen auslöste, wie immer, wenn sie erschreckt war. Nicht Morton. Bitte nicht er.

Sie hängte auf, blickte auf das schwarzglänzende Telephon, dann kramte sie einige Münzen aus ihrer Geldbörse. Sie steckte eine in den Schlitz und wählte ihre eigene Nummer. Es läutete dreimal, und dann kam ihre eigene Stimme, ihr Signal für alle, die zuhörten. Als sie fertig war, wartete sie den Summton ab und sagte dann in ihrer eigenen Stimme: »Erin, hier ist Morton. Ich rief nur an, um dir zu sagen, daß ich dich liebe. Alles ist in Ordnung. Es war ganz meine Schuld.« Sie hängte mit einem kurzen Knall auf und lehnte dann den Kopf an das Telephon.

Die Wohnung daheim war angenehm warm und hob ihre Stimmung wie ein heißes Bad, das sie sich ebenfalls genehmigte. Erst nachdem sie sich etwas zum Abendessen vorbereitet und sich die Sieben-Uhr-Nachrichten angesehen hatte, prüfte sie nach, ob Anrufe eingegangen waren. Er hatte angerufen! Und war nicht mit ihrem albernen Unsinn gekommen. Der *echte* Morton Palm hatte angerufen und gesagt: »Hi, ich bin's. Ich glaube, wir sollten uns aussprechen. Ich hoffe, du bist nicht zornig. Ich bin es nicht.« Dann, beinahe als Überraschung, weil sie so glücklich war, seine Stimme zu hören, kam ihr ... er. Sie überging es mit einem Lächeln und verspürte eine kurze Verlegenheit, aber in dem Augenblick war es ein gutes Mittel gewesen, mit dem sie es rechtfertigen konnte.

Morton führte sie auf ein paar Drinks ins Plaza aus, um ihr zu erzählen, daß er in einem Monat nach Saru reisen würde. Wo war das? Am Persischen Golf. Wie lange würde er dort bleiben? Möglicherweise jahrelang. Er hatte erst diese Woche von dem Projekt erfahren, eine Gelegenheit, wie sie im Leben nur einmal vorkommt, und das war der Grund, warum er beim letzten Zusammensein so unfreundlich war – er war so verwirrt gewesen. Er liebte sie, das stand fest, er wußte aber nicht, ob sie jetzt heiraten sollten – »oder was sonst«.

Würde sie gerne ein paar Jahre lang an einem Ort leben, der so aus der Welt war wie Saru? Sie würde sich ganz in typisch moslimischem Stil kleiden müssen, und Frauen dürften dort nicht arbeiten. Tatsächlich war ihnen in Saru nicht viel erlaubt, abgesehen vom Kinderkriegen. Er lächelte, als er ihr das sagte. Und dieses Lächeln von »c'est la vie« führte mehr als alles andere dazu, daß sie ihn nicht mochte. Ihn so wenig mochte, daß sie ihm sagen konnte, daß sie nicht glaubte, eine Ehe wäre für sie eine so großartige Idee. Sein Lächeln gefror ihm im Gesicht, zeigte kein Bedauern, keine Bitternis, keine Überraschung. Und dieses Gesicht blieb ihr später stets in Erinnerung. Dieses Lächeln. Dieses geheimnisvolle, beschissene Lächeln.

Was vom Abend übrig blieb, der kleine Rest, ging bald zum Teufel. Als sie einander zum letzten Mal »sahen«, wandte sie ihm den Rücken zu und machte sich davon, nachdem sie ihm ins Gesicht gesagt hatte, wie verdammt selbstsüchtig und anmaßend er sei, sich einzubilden, auch nur ... War ihm nicht einmal in den Sinn gekommen, daß sie gern nach ihrer Meinung über eine Heirat oder die Übersiedlung nach Sabu gefragt worden wäre?

»*Saru*«, verbesserte er sie mit demselben Lächeln.

Sie war fort.

Zwanzig Blöcke weiter stapfte sie in eine Telephonzelle und rief sich selbst an. Sobald die Stimme am anderen Ende ertönte, begann sie zu sprechen. »Du hattest recht, Erin. Er ist ein großer Scheißer. Glaub mir, er ist nichts weiter als ein großer, selbstsüchtiger Macho-Scheißer.«

Alles, was auf dem Band drauf war, als sie es abspielte, war ein Summen und das Wort »Scheißer«.

Wie kann so etwas passieren? Wie schleppen wir, in kleinen Schritten, ganz ruhig, unseren Wahnsinn in unser Alltagsleben, wie Gymnastikübungen oder Vollkorntoast zum Frühstück?

Nach und nach begann Erin im Ernst sich selbst anzurufen. Anders kann man es nicht ausdrücken. Sie rief an, wenn sie traurig war, sie rief an, wenn sie etwas vergessen hatte. Sie rief an, weil ihr danach zumute war. Sie wechselte nach einer Weile die aufgezeichnete Begrüßungsformel nur deswegen, damit sie in der Leitung andere Wörter hörte, ehe sie zu sprechen begann.

Hätte jemand zugehört, hätte er vernommen, wie eine sehr normale Frau jemandem Dinge erzählte, die weder besonders interessant noch sehr informativ waren.

Frauen unterhalten sich gerne. Besonders mit anderen Frauen, das liegt in ihrer Natur. Hätte jemand nur die Hälfte von Erin Jennings' Konversation belauscht, hätte er gehört, wie eine nett wirkende Frau dahinplauderte. Nichts Umwerfendes. Wenn ein Zuhörer aber gewußt hätte, *mit wem* sie plauderte, hätte er Reißaus genommen.

Sie rief an und redete über Männer (natürlich viel über Morton, der nicht einmal eine Postkarte aus jenem Teil der Welt gesandt hatte), über ihren Beruf, wie sie ihrer Mutter beim Mittagessen letzte Woche hätte widersprechen sollen. Sie redete, bis der zweite Summton ertönte, was zu bedeuten hatte, daß ihre Zeit auf dem Tonband abgelaufen war. Manchmal hängte sie auf der Stelle ein, manchmal sagte sie: »Bis später.« Einmal sogar: »Warte! Ich rufe dich zurück.« Aber das war nur ein Scherz gewesen.

Sie lernte es, sich alles in dreißig Sekunden von der Seele zu reden, soviel Zeit ungefähr erlaubte ihr das Band, bevor der Summton ertönte. In dem Comicstrip »Peanuts« sitzt Lucy in einer Telephonzelle mit der Aufschrift: »Psychiatrische Hilfe 5 Cents«. Ein Anruf kostete fünfundzwanzig Cents, aber Erin sah »Peanuts« mit anderen Augen, nachdem sie diese neue Art und Weise, wie man den Anrufbeantworter benutzen konnte, entdeckt hatte.

Er wurde zu ihrem Freund und schweigenden Vertrauten; bald kannte er ihre intimsten Geheimnisse. Sie las in einer Zeitschrift einen Artikel über einen Dienstleistungsbetrieb, bei dem man anrufen und alles beichten konnte. Warum würde jemand *so etwas* tun wollen? Das ähnelte zu sehr dem Beichten in der Kirche, bei dem man einem anonymen Priester erzählte, was man getrieben hatte. Das wollte Erin nicht – sie wünschte sich ein mitfühlendes, aufmerksames Ohr und eine Seele, bei der sie sich aussprechen konnte, die mit ihr fühlte, oder die sich überhaupt auf ihre Seite schlagen würde. Wenn sie eine Beichtnummer anrief, wie konnte sie da wissen, ob der Zuhörer nicht über ihre Traurigkeit lachte oder ein Gefühl verhöhnte, das aus den Tiefen ihres Herzens emporstieg? Die einzige Person, die ihren Beichten, Ausbrüchen, Geständnissen richtig zuhörte, war Erin Jennings, und genauso sollte es sein.

Um ihrem Vergnügen die Krone aufzusetzen, tat sie eines Tages etwas sehr Ungewöhnliches, das ihr dennoch enorm half. Spätabends gab es eine Radiosendung, in der ein bekannter Psychologe auf die Probleme der Anrufer einging. Einmal faßte sie den Mut, die Nummer anzurufen, die drei- bis viermal in der Stunde wiederholt wurde.

»Hi. Hier ist das ›Nachtohr‹. Was kann ich für Sie tun?«

»Dr. Knight, hier ist ... also, es spielt keine Rolle, wer ich bin.

Hören Sie, ich habe in letzter Zeit etwas sehr Merkwürdiges getan. Ich würde gern von Ihnen wissen, ob Sie es für verrückt halten oder nicht.«

»Erzählen Sie, und wir werden sehen.«

»Also, ich habe einen telephonischen Anrufbeantworter. Und manchmal ... manchmal rufe ich mich selbst an und hinterlasse Nachrichten. Wissen Sie, etwa wenn ich einen schlechten Tag hatte, rufe ich von einer Zelle aus an und sage ihm – sage mir, ich möge fröhlich sein! Oder ich gebe vor, jemand anderer zu sein und hinterlasse eine nette Botschaft oder dergleichen ...« Ihre Lippen, die ganz ausgetrocknet waren, bewegten sich lautlos weiter, aber sie war zu erschrocken, um fortzufahren, denn sie glaubte, sie klänge bereits verrückt genug.

»Mann! Das ist eine *der* einfallsreichsten und phantasievollsten Verwendungen dieser verdammten Maschinen, die ich je gehört habe. Es ist wunderbar, wer immer Sie sind. Ich werde einigen Leuten, die ich kenne, raten, genau das gleiche zu tun.

Hört ihr draußen zu, ihr Nachtohren? Wenn ihr so eine Maschine habt, ich glaube, unserer Anruferin ist eine verdammt gute Idee gekommen. Das ist eine preisgünstige und hilfreiche Methode, wie man sich selbst einen Puff geben kann, wenn man es nötig hat. Ruft euch selbst an und sagt: ›Du bist in Ordnung‹; ›Was du getan hast, war in Ordnung. *Die anderen* hatten unrecht, nicht du.‹«

Dr. Knight wollte nicht aufhören damit, wie schöpferisch und wie nützlich Erins Idee sei. Neun andere Anrufer meldeten sich, um ihm beizupflichten. Zumindest eine Stunde der Radiosendung jener Nacht bestand aus Anrufen, die sich ausführlich darüber ausließen, was man mit seinem Anrufbeantworter anstellen konnte. Und das alles ihretwegen. Sie fühlte sich klug und hilfreich. Und, was noch wichtiger war, sie fühlte, daß ihr Absolution erteilt worden war.

Sie bekam eine Postkarte von einem gesichtslosen modernen Flughafen. Als sie sie umdrehte, trug sie oben die Aufschrift: »Internationaler Flughafen der Republik Saru«. Einen Augenblick lang mußte sie überlegen, was »Saru« war. Während sie nachdachte, wanderten ihre Augen aber die Karte hinunter, und sie erkannte Morton Palms Handschrift.

»Es ist wirklich ein netter Ort, aber das Plaudern mit Dir am

Telephon fehlt mir. Es fehlt mir viel, was Dich und mich betrifft.« Es folgte eine Adresse und die (dreimal) unterstrichene Bitte, sie möge schreiben.

Sie machte dem Regisseur der Theatergruppe einen Vorschlag, wie man eine Szene ausspielen könne, die sie probten. Er faßte sie an der Schulter, küßte sie und sagte, das sei das erste kluge Wort, das jemand, ihn selbst eingeschlossen, den ganzen Tag über gesagt hatte.

Wir sind auf eine Glückssträhne sowenig vorbereitet wie auf eine Pechsträhne, die wir immer halb erwarten. Ein paar Wochen lang passierte Erin eine nette Sache nach der anderen, und doch wurde sie darüber nie blasiert – jede einzelne kam als erfreuliche Überraschung.

Sie führte ihr Glück mehr oder weniger auf den Moment zurück, als sie bei der Radiostation angerufen hatte. Sie fragte sich dabei, ob sie irgendwie dafür belohnt wurde, daß sie ihr Geheimnis vom Anrufbeantworter mit der Welt geteilt hatte. Wie viele Menschen in der Stadt fühlten sich wohler mit diesem kleinen Kniff, mehr im Einklang mit sich selbst und ihrem Leben?

Ironischerweise hatte sie die Maschine in letzter Zeit nicht oft für diesen Zweck benutzt, denn sie war mit dem Leben so gut zurechtgekommen. Aber sie wußte, sie war da, wenn und falls sie sie brauchte.

Sie brauchte sie an dem Tag, als sie beinahe vergewaltigt worden wäre. Es regnete, sie wartete in Greenwich Village in einer Hauseinfahrt darauf, daß ein Taxi käme. Plötzlich öffnete sich hinter ihr das Haustor und sie spürte, wie sie gepackt wurde und jemand sie hineinzog. Sie trat um sich und schrie und sah nicht einmal das Gesicht des Mannes, der es mit der Angst zu tun bekam und die Treppe hinauflief.

Erin ging schnurstracks zur Polizei, um den Überfall anzuzeigen. Aber die Polizisten waren offenkundig nicht interessiert an ihrer Geschichte, und nachdem sie pflichtgemäß die Einzelheiten niedergeschrieben hatten, taten sie wenig, um sie zu beruhigen oder zu trösten. Die Schweinehunde! Alle Geschichten, die sie über die zynische Gleichgültigkeit der New Yorker Polizei gehört hatte, trafen zu. Sie hatte nichts getan, war aber überfallen worden. Schlimmer noch, als gute Staatsbürgerin hatte sie die Sache angezeigt, doch war ihr nicht mehr zuteil geworden als der

Spruch: »Wir werden uns um die Sache kümmern, meine Dame, aber wir sind hier ziemlich beschäftigt. Ihr Angreifer ist vielleicht jetzt schon in White Plains.«

Sie stürmte aus der Polizeistation und ging in die nächste Telephonzelle, aber ehe sie noch die Tür schließen konnte, mußte sie weinen. Angst und Hilflosigkeit und andere Dinge wirkten zusammen, um ihr Innerstes nach außen zu kehren, und es dauerte lange Zeit, bis sie eine Münze in den Apparat stecken und ihre Nummer wählen konnte.

Sie wartete gar nicht ab, daß die Botschaft endete, als schon aus ihr herausströmte, was ihr in der letzten Stunde zugestoßen war. Während sie redete, grub sie in ihrer Börse nach einer weiteren Münze herum, denn sie wußte, daß es über dieses Verbrechen und die folgenden Ereignisse so viel zu sagen gab, daß sie wegen des verdammten Begrenzungssummens auf dem Band ihres Anrufbeantworters mehrmals würde anrufen müssen.

»– und dann packte mich der Mann am Haar und stieß mich in die Brust –« Es tat wirklich gut, mit jemandem zu reden, der ihr ein aufmerksames Ohr schenken und sie verstehen würde. Wenn sie es Stunden später abspielte, würde sie alle diese entsetzlichen Augenblicke erneut durchleben, aber darum ging es ja – sie würde genau wissen, wie es gewesen war, und würde so für das arme Opfer die mitfühlendste Person auf der Welt sein.

»– ich versuchte ihn wegzustoßen, aber –«

»Wen kümmert das schon?« Ruhig, gelassen, drang ihre Stimme aus dem Hörer.

Sie riß den Telephonhörer vom Ohr weg, dann drückte sie ihn wieder an. »Was hast du gesagt?«

»Ich sagte, wen kümmert das schon? Er hat versucht, dich zu vergewaltigen. Vielleicht wäre das besser gewesen. Vielleicht hättest du ihn lassen sollen.«

»Wer spricht da?«

»Du. Warum fragst du? Du möchtest immer reden, aber es fällt dir nicht ein, daß du es vielleicht nicht hören möchtest. Oder daß nicht dein *ganzes* Du es hören möchte.

Das ist langweilig, Erin. *Du bist* langweilig. Nicht alles an dir, aber das meiste. Jedesmal, wenn du anrufst, geschieht es, um zu jammern und zu weinen: ›Ich armes kleines Ich!‹ Niemals: ›Geht es dir gut?‹ Oder: ›Ist das Leben nicht herrlich?‹ Denk an all die guten Dinge, die dir in letzter Zeit zugestoßen sind. Hast du je angerufen, um von ihnen zu reden? Um uns zu unserem Glück zu gratulieren? Nicht einmal.

Du bist wie ein Kerl, der sein Mädchen einmal im Monat anruft, damit er sie ficken und dann für weitere dreißig Tage vergessen kann.

Es ist unhöflich und ganz und gar selbstsüchtig. Kein Wunder, daß Morton sich in die Wüste abgesetzt hat. Vielleicht *hättest* du den Kerl heute über dich lassen sollen. Dann hättest du eine Vorstellung, wie man sich fühlt, wenn man benutzt wird.

Mach dir nicht die Mühe, weiter anzurufen – es wird niemand daheim sein. Du verdienst keinen 24-Stunden-Zuhörer für dein armseliges kleines Leben.«

Die Leitung war tot. Sie blickte auf den Hörer, eine weitere Münze in der Hand, aber sie fürchtete sich zu sehr, als daß sie sie eingeworfen hätte. Was, wenn sich nach dem Wählen niemand meldete? Was, wenn sich nach dem Wählen jemand *meldete*?

Adolfo Bioy Casares
Eine Reise oder Der unsterbliche Zauberer

Das Wie oder Warum er uns verzauberte,
weiß niemand.
Don Quijote, II, 22

Es gibt, um den Tod zu erreichen, kein so schnelles Fahrzeug wie die Gewohnheit, das süße Einerlei. Wenn Sie aber Leben und Erinnerungen haben wollen, so reisen Sie. Allerdings, reisen Sie allein. Für zu einfältig halte ich den, der mit seiner Familie auf Abenteuer auszieht. Innerhalb der Republik (wir sind da einer Meinung) *gibt es alles*, aber wenn Sie können, fahren Sie über das Wasser, in ein anderes Land. Wer Mut hat, mache es mir nach; wie ich küsse er vorgestern seine Dicke und die Kinder, und unter dem Vorwand, die Firma schicke ihn, breche er auf ins unendliche Blau...

Sobald ich an Bord des Routendampfers gegangen war, entdeckte ich eine Balletteuse, Señorita Zucotti, die in Jugendjahren meine Hoffnungen entflammt hatte. Obwohl sie nun weniger schön war – ich schätze, daß ihr Gesicht um ein Viertel breiter geworden ist –, nahm ich mir das Vergnügen vor, sie noch diese Nacht in ihrer Einzelkabine zu besuchen. Wie für Ballettänzerinnen war dann aber die Überfahrt. Der Fluß war aufgewühlt, die Pille gegen Seekrankheit wollte nicht in den Magen hinunter; mehr als einmal beklagte ich mich stöhnend, keinen festen Boden unter den Füßen zu haben, und da ich mich schon einmal wiegte: warum nicht in den Armen der Ballettänzerin oder meiner Dikken? Ich versuchte zu lesen. In meinem Gepäck entdeckte ich außer dem Fehlen von Illustrierten den *Hinkenden Teufel*. Zu was für Listen meine arme Dicke in ihrem Eifer Zuflucht nimmt, etwas für meine Bildung zu tun! Ich brauchte keine Zeile zu lesen, um zu begreifen, daß ich über diesem Juwel der Literatur niemals die ausgelassene Polka vergessen würde, die Fluß und Schiff tanzten. Als ich endlich aufstand – ich weiß nicht, ob ich in der ganzen Nacht auch nur einmal ein Auge zugemacht habe, um zu blinzeln –, weckte ich meine Lebensgeister mit Kaffee und warmer Milch und einem guten Dutzend Hörnchen vom Vortag. Mit weichen Knien betrat ich den Boden Uruguays.

Ich könnte schwören, daß ich dem Taxifahrer auftrug: »Zum

Hotel Cervantes.« Wie oft werde ich wohl mit kummervoller Seele durch das Fenster des Badezimmers, das nach innen geht, in der Morgenfrühe einen einsamen Baum betrachtet haben, eine Pinie, die im Gebäudeviereck des Hotels steht. Sie sehen selbst, ich kenne es. Aber der Starrkopf von einem Taxifahrer setzte mich vor dem Hotel La Alhambra ab. Ich war ihm dankbar für den Irrtum, denn mir gefallen die geräumigen Zimmer des Alhambra mit diesem Luxus von ehedem. Man könnte sagen, daß sich in ihnen ein magisches Abenteuer erleben ließe. Dazu muß ich rasch erklären, daß ich nicht an Zauberer, mit oder ohne spitzen Hut, glaube, wohl aber an die Magie der Welt. Wir begegnen ihr auf Schritt und Tritt: beim Öffnen einer Tür oder mitten in der Nacht, wenn wir aus dem einen Traum auftauchen, um, wach, in einen anderen zu versinken. Dennoch, da das Leben vergeht und ich nicht sterben will, ohne wenigstens einen Zipfel des Übernatürlichen zu sehen, suche ich geeignete Orte auf und reise. Auf Reisen geschieht alles! Ich wandte mich also beherzt an den Herrn an der Rezeption, der mir sagte:

»Es tut mir leid, aber wegen des Kongresses der Hersteller von Marionetten für Bauchredner, Puppenspieler und ähnliche Berufe habe ich nicht ein einziges armseliges Zimmer mehr frei.«

Es blieb mir nichts anderes übrig, als mit meinem Köfferchen über den Platz zu gehen und mir wie ein Fürst das Nogaró zu gönnen, wo man mir, nicht ohne allerlei Machenschaften und mit der größten Gutwilligkeit, ein Doppelzimmer zuwies, weil die vollzählige Truppe des Berliner Balletts im Hotel logierte. Wenn ich im fünften Stock den Gang nach links ging, war mein Zimmer das letzte, das heißt, daß es noch ein Zimmer auf der rechten Seite gab und links die Zwischenwand und die Leere. Ich bat um Zeitungen. So, wie ich sie durchblätterte, ließ ich die Seiten auf den Boden fallen. Durch das Fenster sah ich den Platz, das Denkmal, die Menschen, die Tauben. Plötzlich fühlte ich mich bedrückt. Durch die Fahrt von da unten herauf, das Symbol sinnlosen Eifers? Durch das Zeitungspapier, das unordentlich in meinem Zimmer verstreut lag? Durch die Kälte in den Füßen und in den Schultern? Durch die Müdigkeit der durchwachten Nacht? Tun wir etwas dagegen, sagte ich mir, und ohne über die Ursache des Kummers nachzudenken, verließ ich das Hotel, befand mich auf dem Platz, um neun Uhr morgens, zu früh, um die Büros der Firma, ihrer uruguayischen Zweigstelle, aufzusuchen. Ich schlenderte durch die Straßen der Altstadt, dachte, daß ich nicht zu spät zu Mittag essen, daß ich um Punkt zwölf im Stradella sein wollte. Bei all dem ging ich auf der Schattenseite, und mir wurde wieder kalt. Ich wechselte auf den anderen Gehsteig hinüber, gerade auf der Höhe einer Negerin, die in einem grün gekachelten Hausflur lehnte. Da ich auf meine Gesundheit achte und schüchtern bin, ging ich rasch vorbei. Um zehn suchte ich die Firma auf. Die Leute nahmen mich so freundlich auf, wie es ihre Art ist, bis mich der Chef der Werbeabteilung um zehn Uhr dreizehn verabschiedete. Mein guter Stern wollte es, daß man mir an der Drehtür einen Herrn vorstellte, einen Wichtigtuer, der Baugründe verkauft und mit dem ich mich zwanzig Minuten lang in einem Café sozusagen über die passive Handelsbilanz unterhielt. Ich beschwatzte ihn hinterhältig, und wir vereinbarten, daß er mich am nächsten Morgen um Punkt acht im Hotel abholen sollte, um mich mit dem Auto den ganzen Tag lang Baugründe in Colonia Suiza besichtigen zu lassen. Vor elf war ich wieder auf der Straße, mehr tot als lebendig.

Während ich zusah, wie die Tauben und einige Flittchen, die man für Bettlerinnen hätte halten können, umherschwirrten, ruhte ich mich auf der Plaza Matriz ein wenig auf einer Bank in der Sonne aus. Im Stradella stellte ich mir ein Menü mit Aji-Paprika, Pfeffer, anderen pikanten Gewürzen und Senf, viel Fleisch, Muscheln, Rotwein und Kaffee zusammen. Ich aß wie ein Wolf. Da es noch früh war, wurde ich rasch bedient, und um halb eins hatte ich noch den ganzen Tag vor mir. Um mein Essen besser zu verdauen, trank ich noch mehr Kaffee in der Bar des Nogaró. Dort sah ich zum ersten- und zum letztenmal in meinem Leben zwei hochgewachsene Mädchen des Berliner Balletts: eine mit einem Katzengesicht, ein wenig vulgär und sehr schön, die andere blond, feingliedrig, eine Sylphide mit einer großen, geraden Nase und kleinen, aufrecht stehenden Brüsten.

Obwohl ich beinahe umfiel vor Schläfrigkeit, ging ich nicht nach oben, um meine Siesta zu halten, denn die Erinnerung an die beiden Mädchen war zu lebhaft. In der *Hall*, wo ich eine lange Stunde in einem Wildledersessel sitzen blieb, hatte ich Gelegenheit, eine ganze Anzahl von Brasilianern zu beobachten, die meisten Kinder oder alte Leute und dazu drei oder vier junge Damen mit allem, was dazugehört, um einem den Kopf zu verdrehen.

Eine von ihnen, sicherlich verheiratet, blickte in meine Richtung und fragte:

»Wollen wir zusammen Siesta halten?«

Ich fragte mich, ob ich träumte – was sehr wahrscheinlich war, denn die Müdigkeit drückte mir den Schädel zusammen –, als hinter meinem Rücken ein Riesenkerl aus einem Sessel aufstand.

Ich wäre auch hinaufgegangen, um mich hinzulegen, aber in meiner Verfassung, überlegte ich, war es besser, das Blut abzukühlen. Ich riß mich los, um auf diesen gottgesegneten Straßen Luft zu schöpfen, durch die ich schon am Vormittag gegangen war. Aus reiner Neugier wollte ich den grün gekachelten Hausflur noch einmal sehen. Anfangs fand ich ihn nicht, und als ich endlich zufällig auf ihn stieß, fehlte die junge und wohlgestaltete ebenholzschwarze Eva, die, als ich vor Stunden vorbeikam, ihren Spruch murmelte. Ich sage das nicht aus Eitelkeit. Ich ging zur Plaza Matriz. Die Tauben waren noch da, aber kaum Kinder und Schuhputzer. Die Wahrheit ist, daß ich ebenso müde wie ruhelos war. Da ich mich daran erinnerte, daß uns der im Bett so spröde Schlaf gern an öffentlichen Orten überfällt, betrat ich ein drittrangiges Kino, wo man einen schwedischen oder vielmehr deutschen Film gab, der unter der Verkleidung von prachtvollen Aufnahmen und Langerweile eine einzige Aufforderung zur Lüsternheit war. Als ich das Kino verließ, ging ich nur über die Straße, um mich in eine kleine Bar zu setzen. Während ich meinen Maraschinolikör trank und Stücke von einem bemerkenswert scharfen Käse kaute, erschienen an der Theke zwei luxuriös herausgeputzte Dämchen in violetten und blauen Samtkleidern, die hinten unter dem Gürtel hochgerafft und gebunden waren wie ein Theatervorhang. Sie fingen an, mit dem Barmixer zu plaudern und lächelten ihm zu wie große Katzen. Als sie gegangen waren, beglückwünschte ich ihn. Er antwortete:

»Was mir gehört, gehört auch Ihnen, mein Herr.« Mein Gelächter klang hohl, ich wagte nicht, um eine Erklärung zu bitten, und ich kehrte ins Hotel zurück. Kaum war ich eingetreten, als man mich auch schon ins Speisezimmer führte, wo ich sofort das Menü zu mir nahm. Dann schleppte ich mich, so gut ich konnte, im Fahrstuhl in den fünften Stock hinauf. Es schlug noch nicht zehn von der Kathedrale, als mich in der Riesigkeit meines Bettes der Schlaf überkam.

Einige Minuten nach Mitternacht weckten mich Stimmen im

Nebenzimmer. Ich unterschied zwei, eine weibliche und eine männliche. Von Anfang an horchte ich nur auf die weibliche, die sehr sanft klang. Ich stellte mir eine zarte, dunkle Frau vor, eine Peruanerin vielleicht. Die Frauen, die ich vorziehe, entsprechen einem anderen Typ, aber diese gefiel mir. Manche werden mich für albern halten, weil ich so von einer Frau spreche, die ich gar nicht sah. Fest steht, daß ich sie mir vollkommen vorstellte. Worüber sprachen sie? Ich weiß es nicht. Es interessiert mich auch nicht. Ich weiß auch nicht, warum ich nicht wieder einschlief. Ich lag wach, als wartete ich auf etwas.

Und, ach, um eins fing es an. Meine ersten Reaktionen waren Unruhe, Unbehagen, der Wunsch zu fliehen. Ich wollte nicht da sein, denn ich darf mich rühmen, nicht die Gewohnheit zu haben, anderen nachzuspionieren. Werden Sie es mir glauben? Ich war verlegen, so als schämte ich mich in einer solchen Lage meiner selbst. Ich sprang aus dem Bett, um mit den Knöcheln an die Wand zu klopfen, vielleicht aus allgemeinem Schamgefühl, vielleicht mit dem boshaften Vergnügen, sie zu unterbrechen. Ich wollte ihnen zurufen: »Barmherzigkeit! Einen Augenblick! Ich gehe ja schon!« als mir einfiel, daß ich nirgendhin gehen konnte, da das Hotel voll besetzt war. Ich erinnerte mich auch an die Vulgarität unserer Zeitgenossen und sah ein, daß ich mich nur wer weiß was für Verhöhnungen aussetzte.

Ich mußte das Paar vergessen, wenn ich nicht um den Schlaf gebracht werden wollte, was unerträglich war: die vorausgegangene Nacht und ebenso der Tag waren hart gewesen; das Programm des nächsten Tages, das um acht Uhr morgens begann und Colonia Suiza betraf, durfte ich nicht auf die leichte Schulter nehmen. Ich war erschöpft. Ich beschloß vernünftigerweise, wieder ins Bett zu gehen, nicht ohne ein letztes Mal das Ohr an die Wand zu legen. Die so sanfte Peruanerin war rauher geworden. In einem endlosen Satz, in dem es keine Pausen gab und der ein Seufzer war, wiederholte sie: »Ich schwöre dir ich schwöre dir ich schwöre dir ich schwöre dir.« Mit einer sardonischen Grimasse murmelte ich: »Nie wird ein so inniger Schwur so schnell vergessen werden.« Die Angst, man könnte mich gehört haben, lähmte mich. Hatte ich laut gesprochen? Einen Augenblick lang herrschte im Nebenzimmer Stille. Ich möchte jedenfalls behaupten, daß es still war, aber dann ging der Streit weiter, und schlimmer als zuvor.

Dann bemerkte ich einen seltsamen Umstand: die Peruanerin schrie, seufzte, keuchte, schnaubte – ja, schnaubte wie eine Robbe im Wasserbecken im Zoo –, und ihr galt mein Mitgefühl, niemals ihrem schweigsamen Gefährten, der sich nur von Zeit zu Zeit bemerkbar machte, und dann auf eine widerwärtige Art, wie ein fetter Schwachsinniger, der geifernd im Todeskampf liegt.

Die Lage, wer will das bezweifeln, war überreich an Einzelheiten, die dazu angetan waren, einen zutiefst humanen Menschen in Aufregung zu versetzen. Es war noch ein Glück, als ich witzig wurde: ich nahm mir mit einem verrückten Gelächter den Scherz vor, unter der Tür eine Visitenkarte durchzuschieben, auf der nicht nur mein Vor- und Zuname stand, sondern auch meine Stellung in der Fabrik, und auf die ich schreiben wollte: *Señor, wenn Sie ihrer müde werden – geben Sie sie mir?* Schlimm war es, als ich mich ärgerte. Wenn Sie sich das Ausmaß meines Zorns vorstellen könnten, würden Sie erschrecken. In meiner Wut wünschte ich mir mit düsterem Frohlocken den augenblicklichen Triumph des Kommunismus, ich nannte meinen Nachbarn einen Schurken und wollte ihm die Frau wegnehmen. Ich schluckte meinen Zorn und murmelte: »ich habe doch auch meine Dicke«, was nicht dasselbe und dazu in diesem Augenblick so fern war, daß es sich in eine reine Vermutung verwandelte. Dann verglich ich mich mit der armen Pelusa – aus einem Kinderbuch, das mir meine Dicke genehmigt hatte, mehr oder weniger als Schmuggelware –, ich verglich mich mit der armen Pelusa, als sie vor den hohen Palastmauern ankommt, die für sie aus durchsichtigem Glas sind, das Festgelage betrachtet, ruft und nicht gehört wird. Ich hielt es nicht mehr aus, warf mich ins Bett und zog mir die Decken über, die viel zu dick waren.

Die Anstrengung, Luft zu bekommen, und die Hitze ließen mir so sehr das Blut in den Kopf steigen, daß ich, als ich Licht machte und mich im Spiegel betrachtete, an Röteln oder Masern erkrankt zu sein glaubte, eine Hypothese, die sich zum Glück nicht bewahrheitete.

Ohne die Decken atmete ich frei, aber dafür hörte ich wieder das Paar. Was murmelte jetzt die Peruanerin? Sie seufzte mit ihrer sehr rauhen Stimme: »Ich sterbe ich sterbe ich sterbe ich sterbe.« Beinahe hätte ich ihr zugerufen: »Wenn Sie es nur, bitte, einmal tun wollten!« Ich suchte Zuflucht im *Hinkenden Teufel*, aber ich hörte sie noch. Ich suchte Zuflucht im Schlaf. Ich löschte das

Licht, schloß die Augen, versuchte zu meditieren; ich hörte sie immer noch. In gerade dem Augenblick, in dem ich den Nachbarn leise meine Schlaflosigkeit vorhalten wollte, bemerkte ich, daß sie, wie ihr abwechselndes Schnarchen verriet, endlich schliefen. Voll Widerwillen sagte ich mir: »Das müssen animalische Subjekte sein«, um sogleich hinzuzufügen: »Schweine.«

Weit davon, erleichtert zu sein, war ich gereizt über die beinahe vollkommene Stille, die im Nebenzimmer eintrat. Warum soll ich es leugnen? Jetzt vermißte ich diesen so fein abgetönten Lärm. Ich fühlte mich wach und seltsam allein. Ich dachte an meine Dicke, dachte außer mir an die Nachbarin. Ich grübelte. Ich haßte den Mann wieder; durch seine jetzige Ruhe reizte er mich mehr als zuvor.

Ich wollte meiner Passivität ein Ende machen. Wenn ich handeln will, sagte ich mir, will ich zu meinem Vorteil handeln. Ich arbeitete also einen Plan aus, den Mann nach unten zu schicken und in der Zwischenzeit seine Frau zu besuchen. Es war nicht möglich, die Gefahr eines mehr oder minder unangenehmen Skandals auszuschließen, aber die Beute war wohl den Einsatz wert.

Als ich die letzten Einzelheiten meines Plans ausfeilte, hörte ich im anderen Zimmer das gebieterische Rasseln eines Weckers. Ich sah auf meiner Uhr, daß es halb acht war. Bald mußte die übliche Geschäftigkeit der aufstehenden Gäste beginnen. Geistesgegenwärtig stand ich mit den beiden zugleich auf, ohne die Geräusche nebenan außer acht zu lassen, denn ich hatte eine Absicht, die ich nicht aufgeben wollte. Es war kein so wahnwitziger Plan mehr wie der nächtliche, nur ein bescheidener Vorsatz, wie er dem nüchternen Tageslicht entsprach. Ich beeilte mich, gewann einen Vorsprung vor meinen Nachbarn, stellte mich an der Zimmertür auf. Ich gebe zu: der Plan war auf eine absurde Weise verharmlost worden. Er bestand jetzt darin, einen möglichst vorteilhaften Beobachtungsposten zu finden. Mein Ehrgeiz war bescheiden, mein Wille übermächtig. Ich wollte die Peruanerin sehen. Niemand soll sich darüber lustig machen: nur wer wenig erwartet, achtet auf das Unglaubliche. Das ist es, was unleugbar mir widerfuhr.

Ich wartete, wie schon gesagt, in meiner strategischen Position. Ich hörte die Schritte; sie kamen schon mit raschem Getrippel durch den engen Innenkorridor, der vom Schlafzimmer zur Ausgangstür führt. Die Tür ging auf. Was sahen meine verblüfften Augen? Einen winzigen Greis, dürr und grauhaarig, bartlos vor Alter, der tausend Jahre alt sein mußte und vollkommen allein war.

»Kann ich das Zimmer machen?« fragte unvermutet einer dieser Diener, die sich mit einer Bürste unter dem Arm auf den Korridoren aller Hotels herumtreiben.

»Warum nicht?« antwortete der Greis sehr lebhaft, und ich glaubte in seinen funkelnden Augen, die mich einen Augenblick lang musterten, eine Spur von Spott zu entdecken.

Sobald sich der Alte entfernte, sagte ich:

»Erlauben Sie, darf ich vorbeigehen?«

Unter dem Vorwand nachzusehen, wie lange die Wäscherei noch brauchte, um mir ein Hemd zurückzuschicken, das es gar nicht gab, schlich ich in das Zimmer. Während der Alte mit dem Diener ging, untersuchte ich alles. Es gab dort keine Peruanerinnen.

In meinem Zimmer läutete das Telefon. Ich hob ab. Man sagte mir, ein Herr erwarte mich. »Um diese Zeit?« fragte ich ärgerlich. Verzweifelt erinnerte ich mich an den Wichtigtuer mit den Grundstücken in Colonia Suiza. Ich hätte gewollt, daß mich, oder besser ihn, der Erdboden verschlang. Ich hätte Zauberer sein und ihn glauben machen wollen, daß ich ihn begleitete, während ich ihn allein zu seinen Baugründen schickte. Ich fügte mich in mein Schicksal. Als ich den Schlüssel ablieferte, fragte ich:

»Wie heißt der Herr, der in dem Zimmer neben mir wohnt?«

Sie sahen in ihrem Gästebuch nach und antworteten:

»Merlin.«

Der Name kommt mir bekannt vor, aber ich habe den Mann weder vor noch nach diesem Morgen je gesehen.

Julio Cortázar
Die Insel am Mittag

Marini beugte sich gerade höflich über die Sitze auf der linken Seite, als er die Insel zum ersten Mal sah. Er war dabei, das Plastiktischchen zu befestigen, um dann das Tablett mit dem Essen daraufzustellen. Die Frau hatte ihn öfter angeschaut, während er mit Zeitschriften oder Whiskygläsern hin und her ging. Marini ließ sich Zeit, als er den Tisch einhakte, und fragte sich gelangweilt, ob es die Mühe lohne, den aufdringlichen Blick der Reisenden zu erwidern, einer Amerikanerin, wie es viele gab; da zeichnete sich im blauen Oval des Fensters die Küstenlinie der Insel ab, der goldene Saum des Strands, die Erhebungen, die zum einsamen Plateau führten. Er korrigierte die falsche Stellung des Bierglases und lächelte die Frau an. »Die griechischen Inseln«, sagte er. »Oh, yes, Greece«, sagte die Amerikanerin mit geheucheltem Interesse. Ein kurzes Klingelzeichen war zu hören, und der Steward richtete sich auf, ohne dabei das professionelle Lächeln seines feinlippigen Mundes zu verlieren. Er bemühte sich um ein syrisches Ehepaar, das Tomatensaft bestellte, aber im Flugzeugheck gönnte er sich ein paar Sekunden, um noch einmal nach unten zu schauen. Die Insel war klein und einsam, und die Ägäis umgab sie mit einem tiefen Blau, das in Spuren von leuchtendem, gleichsam versteinertem Weiß überging. Es würde Schaum sein dort unten, der sich an den Klippen und kleinen Buchten brach. Marini sah, daß die einsamen Strände nach Norden und nach Westen liefen: alles übrige war Fels, der steil ins Meer abfiel. Eine felsige und verlassene Insel, obschon der bleifarbene Fleck in Nähe des Nordstrands ein Haus sein konnte, vielleicht eine Gruppe primitiver Behausungen. Er begann die Büchse Saft zu öffnen, und als er sich aufrichtete, war die Insel aus dem Fenster verschwunden. Es blieb nichts als das Meer, ein unendlicher grüner Horizont. Ohne zu wissen, warum, sah Marini auf seine Armbanduhr: es war genau zwölf Uhr mittags.

Marini war zufrieden, auf der Linie Rom-Teheran eingesetzt worden zu sein. Der Flug war hier weniger trostlos als auf den Nordrouten. Immer hatten die Mädchen ein glückliches Aussehen, weil sie in den Orient reisten oder Italien kennenlernen würden. Vier Tage später, als er gerade einem Kind helfen wollte, das seinen Löffel verloren hatte und untröstlich auf seinen Teller mit Nachtisch zeigte, entdeckte er von neuem den Saum der Insel. Er stellte eine Differenz von acht Minuten fest, aber als er sich am Heck zum Fenster beugte, war kein Zweifel. Die Insel hatte eine unverwechselbare Form – eine Schildkröte, die die Beine ein wenig aus dem Wasser hebt. Er betrachtete sie, bis man ihn rief. Diesmal hatte er die Gewißheit, daß der bleifarbene Fleck eine Gruppe von Häusern war. Er konnte noch die Umrisse einiger weniger Felder wahrnehmen, die sich bis zum Strand erstreckten. Während der Zwischenlandung in Beirut studierte er den Atlas der Stewardeß und fragte sich, ob die Insel nicht Horos wäre. Der Funker, ein gleichgültiger Franzose, wunderte sich über sein Interesse. »Diese Inseln sind eine wie die andere. Ich mach die Route schon zwei Jahre, und sie sind mir herzlich egal. Aber zeigen Sie sie mir das nächste Mal.«

Es war nicht Horos, sondern Xiros, eine der vielen Inseln am Rande der touristischen Rundreisen. »Sie wird sich keine fünf Jahre halten können«, sagte die Stewardeß zu ihm, während sie in Rom ein Glas zusammen tranken. »Wenn du hin willst, beeil dich. Die Massen können jeden Augenblick dort eintreffen – Gengis Cooks Zeltstadt!« Aber Marini konnte seine Insel nicht vergessen. Er betrachtete sie, wenn sich die Möglichkeit bot oder ein Fenster in der Nähe war, und fast immer zuckte er am Ende mit den Schultern. Was konnte das schon für einen Sinn haben! Dreimal die Woche über Xiros am Mittag zu fliegen, war so irreal, wie dreimal die Woche davon zu träumen, daß er am Mittag über Xiros fliege. Alles war falsch an diesem sinnlosen und verlockenden Bild, mit Ausnahme vielleicht des Wunsches, es immer wieder zu sehen, die Armbanduhr kurz vor Mittag zu prüfen dann der kurze blendende Kontakt mit dem leuchtendweißen Saum am Rande eines beinah schwarzen Blaus; die Häuser, wo die Fischer kaum den Blick heben würden, um dem Kommen und Gehen dieser anderen Irrealität zu folgen.

Als man ihm acht oder neun Wochen später die Linie New York mit all ihren Vorteilen anbot, sagte sich Marini, das sei eine Gelegenheit, seiner einfältigen und lästigen Manie ein Ende zu machen. Er hatte in Buch in der Tasche, in dem ein unbekannter Geograph mit levantinischem Namen ein paar Angaben mehr über Xiros machte als die einschlägigen Autoren in ihren Reiseführern. Er hörte sich selbst wie aus weiter Ferne, als er das

Angebot ablehnte, und ging, nachdem er die verärgerte Überraschung eines Chefs und zweier Sekretärinnen über sich hatte ergehen lassen, zum Essen in die Kantine der Gesellschaft, wo Carla auf ihn wartete. Carlas unverhohlene Enttäuschung beunruhigte ihn nicht. Die südliche Küste von Xiros war unbewohnbar, aber in westlicher Richtung hatte man Spuren einer lydischen oder womöglich kretomykänischen Kolonie gefunden. Professor Goldmann entdeckte zwei Felsen, in die Hieroglyphen eingeschnitten waren. Die Fischer benutzten sie als Rammpfähle für die kleine Mole. Carla hatte Kopfschmerzen und blieb nicht lange. Polypen waren die Haupteinnahmequelle der Handvoll Einwohner: alle fünf Tage kam ein Schiff, um den Fang zu laden und ein paar Vorräte und Waren dazulassen. Auf der Reiseagentur sagte man ihm, er müsse in Rynos ein Sonderschiff chartern oder er könne vielleicht mit der Feluke fahren, die die Polypen abholt. Aber das könne Marini nur in Rynos erfahren, wo die Agentur keinen Vertreter hatte. Wie auch immer, seine Absicht, ein paar Tage auf der Insel zu verbringen, war lediglich ein Plan für den Urlaub im Juni. In den folgenden Wochen mußte er für White auf der Tunislinie einspringen, und dann begann ein Streik, und Carla ging nach Palermo zurück ins Haus ihrer Schwestern. Marini quartierte sich in einem Hotel nahe der Piazza Navona ein, wo es Antiquariate gab. Ohne großen Eifer verbrachte er seine Zeit damit, Bücher über Griechenland zu suchen: zuweilen blätterte er in einem Konversationslexikon und fand Gefallen an dem Wort *kaliméra*, das er zum ersten Mal in einem Kabarett bei einem rothaarigen Mädchen anwandte. Er schlief mit ihr, erfuhr von ihrem Großvater in Odos und von unerklärlichen Halsschmerzen. In Rom begann es zu regnen. In Beirut wartete Tanja stets auf ihn. Es folgten andere Geschichten, immer von Verwandten und von Schmerzen. Eines Tages war es dann wieder die Linie Teheran, die Insel am Mittag. Marini blieb so lange am Fenster kleben, bis ihn die neue Stewardeß als einen schlechten Kollegen bezeichnete und ihm die servierten Tabletts vorrechnete. Am gleichen Abend lud Marini die Stewardeß zum Essen ins Feirûs ein, und es kostete ihn keine Mühe, ihre Verzeihung für seine Unaufmerksamkeit am Vormittag zu erlangen. Lucía riet ihm, sich die Haare auf amerikanische Art schneiden zu lassen. Er brachte die Rede eine Weile auf Xiros, begriff aber bald, daß sie den Wodka-Lime des Hilton vorzog. Die Zeit verging über diesen Dingen, den kein Ende nehmenden Tabletts mit den Mahlzeiten, ein jedes mit dem Lächeln serviert, auf das der Passagier ein Recht hatte. Auf dem Rückflug war die Maschine um acht Uhr morgens über Xiros. Die Sonne fiel auf die Fenster an der Backbordseite, und die goldene Schildkröte war kaum zu ahnen. Marini hielt es für besser, die Hinflüge zur Mittagsstunde abzuwarten, weil er wußte, daß er dann eine ganze Weile am Fenster bleiben konnte, indes Lucía (und später Felissa) sich ein wenig spöttisch um die Arbeit kümmerte. Einmal machte er ein Photo von Xiros, aber die Aufnahme wurde unscharf. In einigen Dingen wußte er über die Insel Bescheid; er hatte die seltenen Erwähnungen in ein paar Büchern unterstrichen. Felissa erzählte ihm, die Piloten würden ihn den Verrückten mit seiner Insel nennen, aber es störte ihn nicht. Carla hatte ihm gerade geschrieben, sie hätte sich entschlossen, das Kind nicht zu behalten. Marini schickte ihr zwei Gehälter und dachte, daß der Rest nicht mehr ausreichen würde für seinen Urlaub. Carla nahm das Geld an und ließ ihn durch eine Freundin wissen, sie werde wahrscheinlich den Zahnarzt von Treviso heiraten. Alles das hatte am Mittag, montags und donnerstags und samstags (zweimal im Monat sonntags), so wenig Bedeutung.

Mit der Zeit merkte er, daß Felissa die einzige war, die ihn ein wenig verstand. Sie hatten ein stillschweigendes Abkommen getroffen, daß sie sich mittags, sobald er seinen Platz am Fenster im Heck einnahm, um die Passagiere kümmerte. Die Insel wurde für wenige Minuten sichtbar, und immer war die Luft so rein, und das Meer umriß sie mit so minutiöser Unerbittlichkeit, daß die kleinsten Einzelheiten sich schonungslos an die Erinnerungen von der vorhergehenden Reise anschlossen. Der grüne Fleck des Vorgebirges im Norden, die bleifarbenen Häuser, die auf dem Sand trocknenden Netze. Fehlten die Netze, war es für Marini wie eine Verarmung, fast wie eine Beleidigung. Er dachte daran, den Flug über die Insel zu filmen und das Bild dann im Hotel zu wiederholen; aber er zog es vor, das Geld für die Kamera zu sparen, jetzt, wo es kaum noch einen Monat bis zum Urlaub dauerte. Er zählte die Tage nicht allzu genau. Manchmal war es Tanja in Beirut, manchmal Felissa in Teheran, fast immer sein jüngerer Bruder in Rom, alles ein wenig verschwommen, auf freundliche Art leicht und wunderbar, als stünde es für etwas anderes, indes es die Stunden vor oder nach einem Flug ausfüllte. Auch während des

Flugs war alles verschwommen und leicht und dumm, bis zu der Stunde, da er sich ans Fenster im Heck stellen konnte, das kalte Glas spürend wie die Wand eines Aquariums, darin sich langsam die goldene Schildkröte im dichten Blau bewegte. An diesem Tag zeichneten sich die Netze auf dem Sand deutlich ab, und Marini hätte schwören können, der schwarze Punkt links, am Rande des Meers, sei ein Fischer, der das Flugzeug betrachtete. Kaliméra, dachte er absurderweise. Es hatte jetzt keinen Sinn mehr, länger zu warten, Mario Merolis würde ihm das Geld borgen, das ihm für die Reise fehlte. In weniger als drei Tagen würde er in Xiros sein. Die Lippen am Fensterglas, lächelte er bei der Vorstellung, daß er bis zu dem grünen Fleck klettern würde; nackt würde er ins Meer gehen an den Klippen im Norden, mit den Männern Polypen fischen und sich mit ihnen durch Zeichen und Lachen verständigen. Nichts war kompliziert, hatte man sich erst einmal entschlossen. Ein Nachtzug, ein erstes Schiff, ein zweites, altes und schmutziges Schiff, der Zwischenaufenthalt in Rynos, die endlose Verhandlung mit dem Kapitän der Feluke, die Nacht auf der Brücke, ganz nah bei den Sternen, der Geschmack von Anis und Hammel, der Anbruch des Tages zwischen den Inseln. Sobald es dämmerte, ging er an Land und wurde vom Kapitän einem alten Mann vorgestellt, der der Patriarch sein mußte. Klaios nahm seine linke Hand, sprach langsam zu ihm und schaute ihm dabei in die Augen. Zwei junge Männer kamen, und Marini verstand, daß es die Söhne von Klaios waren. Der Kapitän der Feluke kratzte sein ganzes Englisch zusammen: zwanzig Einwohner, Polypen, Fischerei, fünf Häuser, italienischer Besucher würde Unterkunft Klaios bezahlen. Die jungen Männer lachten, als Klaios über Drachmen verhandelte; und auch Marini, der sich mit den Jüngsten bereits angefreundet hatte, lachte. Er sah die Sonne über einem Meer aufgehen, das weniger dunkel war, als aus der Luft betrachtet. Ein bescheidenes und sauberes Zimmer, ein Krug mit Wasser, der Geruch nach Salbei und nach gegerbtem Fell.

Sie ließen ihn allein und machten sich ans Beladen der Feluke, und Marini begab sich, nachdem er sich ungeduldig die Reisesachen ausgezogen und eine Badehose und Sandalen angezogen hatte, auf einen Gang über die Insel. Noch war kein Mensch zu sehen, die Sonne wurde allmählich wärmer, und ein feiner Geruch, ein wenig säuerlich und mit dem Jod des Windes vermischt, kam von dem Buschwerk her. Es mußte zehn Uhr sein, als er den Felsen im Norden erreichte und die größere der Klippen erkannte. Er zog es vor, allein zu bleiben, obschon er lieber am Sandstrand gebadet hätte; die Insel durchdrang ihn ganz, und er genoß sie mit einer solchen Vertrautheit, daß er nicht fähig war, zu denken oder sich für etwas zu entscheiden. Die Haut brannte ihm von der Sonne und dem Wind, als er sich auszog, um von einem Felsen ins Meer zu springen. Das kalte Wasser tat ihm gut, er ließ sich von heimtückischen Strömungen bis zum Eingang einer Grotte treiben, kehrte dann zum offenen Meer zurück, legte sich auf den Rücken und war mit allem einverstanden in einem einzigen Akt der Aussöhnung, was zugleich auch ein Name sein konnte für die Zukunft. Er hatte nicht den geringsten Zweifel, daß er nie mehr von der Insel gehen, daß er auf irgendeine Weise für immer auf der Insel bleiben würde. Er konnte sich seinen Bruder vorstellen, Felissa, ihre Gesichter, wenn sie erfuhren, daß er sein Leben mit Fischfang auf einem einsamen Felsen verbrachte. Als er sich um sich selbst drehte, um ans Ufer zu schwimmen, hatte er sie bereits vergessen.

Die Sonne trocknete ihn sofort. Er ging hinunter zu den Häusern, wo ihn zwei Frauen erschrocken ansahen, ehe sie davonliefen, um sich einzuschließen. Er grüßte ins Leere und stieg zu den Netzen hinab. Einer von Klaios' Söhnen wartete am Strand auf ihn. Marini wies aufs Meer und lud ihn ein. Der Junge zögerte, zeigte auf seine Tuchhosen und sein rotes Hemd. Dann eilte er in eins der Häuser und kehrte fast nackt zurück. Zusammen warfen sie sich in das bereits lauwarme Meer, das unter der Elfuhrsonne glänzte.

Als sie sich auf dem Sand trocknen ließen, fing Ionas an, die Dinge zu benennen. »Kaliméra«, sagte Marini, und der Bursche bog sich vor Lachen. Dann wiederholte Marini die neuen Sätze und lehrte Ionas italienische Wörter. Die Feluke, nun schon am Horizont, wurde immer kleiner. Marini fühlte, daß er jetzt wirklich allein auf der Insel war mit Klaios und den Seinen. Er würde ein paar Tage vergehen lassen, für sein Zimmer zahlen und das Fischen lernen. Eines Nachmittags, wenn sie ihn schon gut kannten, würde er ihnen davon sprechen, zu bleiben und mit ihnen zu arbeiten. Er stand auf, gab Ionas die Hand und begann langsam zur Anhöhe zu laufen. Der Weg war steil, und er kletterte Schritt für Schritt nach oben, wobei er sich ab und zu verzückt umdrehte, um die Netze am Strand zu betrachten, die Silhouetten der Frauen, die angeregt mit Ionas sprachen und ihn von der Seite anblickten, lachend. Als er den grünen Fleck erreicht hatte, trat er in eine Welt, in der sich Geruch nach Thymian und Salbei mit dem Feuer der Sonne und der Brise des Meers zu einer einzigen Materie vermischte. Marini sah auf seine Armbanduhr, riß sie mit ungeduldiger Bewegung vom Handgelenk und verwahrte sie in der Tasche seiner Badehose. Es würde nicht einfach sein, den einstigen Menschen in ihm zu töten, aber hier auf der Höhe, von Sonne und Raum getragen, spürte er, daß es möglich war. Er befand sich in Xiros, er befand sich dort, wohin zu gelangen er so viele Male bezweifelt hatte. Er ließ sich zwischen die heißen Steine auf den Rücken fallen, ertrug ihre Kanten und glühenden Seiten und schaute senkrecht in den Himmel. Aus der Ferne drang das Brummen eines Motors zu ihm.

Er schloß die Augen und sagte sich, er würde nicht nach dem Flugzeug sehen; er würde sich nicht anstecken lassen von seinem anderen, schlechteren Selbst, das wieder einmal die Insel überflog. Aber in der Dämmerung der Augenlider stellte er sich Felissa vor mit den Tabletts, in eben diesem Moment teilte sie die Tabletts aus, und er sah seinen Stellvertreter, Giorgio vielleicht oder ein anderer von einer anderen Linie, der gleichfalls lächelte, während er die Weinflasche oder den Kaffee hinstellte. Unfähig, gegen so viel Vergangenheit anzukämpfen, öffnete er die Augen und richtete sich auf. Im gleichen Augenblick sah er die rechte Tragfläche des Flugzeugs fast über seinem Kopf, sie neigte sich unerklärlicherweise; die Turbinen hatten einen anderen Klang, der Absturz ins Meer geschah beinah senkrecht. Im vollen Lauf eilte er den Hügel hinunter, stieß gegen Felsen und riß sich einen Arm an den Dornen auf. Die Insel verbarg ihm die Absturzstelle, aber er kürzte ab, noch ehe er den Strand erreichte, rannte quer über die ersten Ausläufer des Hügels und kam zum kleineren Strand. Hundert Meter vor ihm versank das Heck des Flugzeugs in einem vollkommenen Schweigen. Marini nahm Anlauf und warf sich ins Meer. Er wartete, daß das Flugzeug treiben würde, aber nichts war zu sehen außer der weichen Linie der Wellen und einem Pappkarton, der absurderweise in Nähe der Absturzstelle schaukelte. Als es fast keinen Sinn mehr hatte, weiterzuschwimmen, tauchte eine Hand aus dem Wasser auf, nur einen Augenblick, doch lang genug, daß Marini die Richtung ändern konnte.

Er tauchte unter, bis er den Mann am Haar zu packen bekam. Dieser klammerte sich mit aller Kraft an ihn und trank mit heiserem Laut die Luft, die Marini ihn atmen ließ, ohne ihm zu nahe zu kommen. Indem er ihn langsam hinter sich her zog, gelang es ihm, ihn ans Ufer zu bringen. Als er den weißgekleideten Körper auf den Sand legte, blickte er in ein Gesicht voller Schaum, in das der Tod sich bereits eingenistet hatte. Blut trat aus einer riesigen Wunde am Hals. Was konnte die künstliche Beatmung noch helfen, wenn die Wunde sich nach jedem Zusammenziehen ein wenig mehr zu öffnen schien und wie ein abstoßender Mund war, der nach Marini rief, ihn aus seinem kleinen Glück so weniger auf der Insel verbrachten Stunden reißend und unter Gurgeln ihm etwas zuschreiend, das er nicht mehr hören konnte? Im vollen Lauf kamen Klaios' Söhne und hinter ihnen die Frauen. Als Klaios erschien, umstanden die jungen Leute den auf dem Sand liegenden Körper, ohne zu begreifen, wie er noch die Kraft gehabt hatte, ans Ufer zu schwimmen und verblutend sich bis hierher zu schleppen. »Schließ ihm die Augen«, bat weinend eine der Frauen. Klaios schaute aufs Meer und suchte nach einem anderen Überlebenden. Aber sie waren wie immer allein auf der Insel, und der Leichnam mit den offenen Augen war das einzige Neue zwischen ihnen und dem Meer.

Erckmann-Chatrian
Die Krabbenspinne

Das Thermalwasser von Spinbrunn im Hunsrück, einige Meilen von Pirmasens entfernt, genoß seinerzeit einen ausgezeichneten Ruf. Alle Gichtkranken, alle Steinkranken Deutschlands trafen einander dort; die wilde Natur des Landes schreckte sie nicht ab. Man wohnte in hübschen Häuschen am Ende des Tals, badete im Wasserfall, der schäumend von den Felsen herabstürzt, trank täglich ein bis zwei Karaffen Mineralwasser, und der Arzt des Ortes, Doktor Daniel Haselnuß, der in Perücke und braunem Frack Rezepte ausstellte, machte ausgezeichnete Geschäfte.

Heute scheint das Wasser von Spinbrunn nicht mehr im *Codex* auf; man sieht im verarmten Dorf nur noch elende Holzfäller, und Dr. Haselnuß ist längst abgereist.

Das alles ist die Folge einer Reihe von überaus merkwürdigen Katastrophen, die mir der Ratsherr Bremer aus Pirmasens neulich geschildert hat.

»Sie wissen wahrscheinlich, Meister Franz«, begann er, »daß die Quelle von Spinbrunn aus einer Art Höhle hervortritt, die etwa fünf Fuß hoch und zwölf bis fünfzehn Fuß breit ist; das Wasser hat siebenundsechzig Grad und ist salzhaltig. Die Höhle ist zur Gänze mit Moos, Efeu und Gestrüpp umwachsen, und man kennt ihre Tiefe nicht, weil die Dämpfe des Thermalwassers ein Betreten derselben unmöglich machen.

Man hatte jedoch bereits im vergangenen Jahrhundert bemerkt, daß die Vögel der Umgebung, die Drosseln, Tauben, Sperber merkwürdigerweise ohne Zögern hineinflogen, und man wußte nicht, welchem geheimnisvollen Umstand man diese Tatsache zuschreiben sollte.

1801 führte die Quelle aus unerklärlichen Gründen mehr Wasser als sonst, und die Badenden unten auf dem Rasen erblickten zu ihrem Staunen ein schneeweißes menschliches Skelett, das den Wasserfall hinunterstürzte.

Sie können sich das allgemeine Entsetzen vorstellen, man nahm natürlich an, daß in Spinbrunn irgendwann ein Mord begangen worden war und daß der Täter die Leiche des Opfers in die Quelle geworfen hatte. Doch das Skelett wog nicht mehr als zwölf Pfund, und Haselnuß schloß daraus, daß es mehr als drei

Jahrhunderte im Sand gelegen haben mußte, um dieses Stadium der Austrocknung zu erreichen.

Diese sehr einleuchtende Überlegung änderte nichts daran, daß zahlreiche Gäste bestürzt waren, weil sie das salzhaltige Wasser getrunken hatten, und noch am gleichen Tag abreisten; die wirklich Gicht- und Steinkranken beruhigten sich... Doch das Unheil nahm seinen Lauf; alle Rückstände, die in der Höhle lagerten, wurden in den darauffolgenden Tagen ausgespien; wie aus einem wahren Beinhaus kam es den Berg herunter: die Skelette aller möglichen Tiere ... Vierbeiner, Vögel, Reptilien, kurz, man konnte sich nichts Schlimmeres vorstellen.

Haselnuß gab sofort eine Schrift heraus, in der er nachwies, daß alle diese Knochen aus der Zeit vor der Sintflut stammten; daß es sich um Fossilien handelte, die sich während der Sintflut in einer Art Trichter angesammelt hatten ... das heißt, viertausend Jahre vor Christus, und daß man sie daher eigentlich als Steine betrachten könne und keinen Abscheu vor ihnen empfinden müsse. Doch kaum hatte dieses Traktat die Kranken beruhigt, fielen eines schönen Tages der Kadaver eines Fuchses mit vollständigem Haar- und der eines Sperbers mit vollständigem Federkleid aus dem Wasserfall.

Es war unmöglich, sich darauf zu berufen, daß diese Überreste aus der Zeit vor der Sintflut stammten. Der Abscheu wurde so groß, daß alle Kranken ihre Sachen packten und die Kur in einem anderen Ort fortsetzten. ›Welche Niedertracht!‹ riefen die schönen Damen. ›Wie abscheulich! Daher stammt also die Heilkraft dieses Mineralwassers. Oh, ich sterbe lieber an den Steinen, als dieses Wasser weiter zu mir zu nehmen!‹

Nach acht Tagen gab es in Spinbrunn nur noch einen dicken Engländer, der sowohl an Gicht als an Podagra litt, sich Kommodore Sir Thomas Haverbush titulieren ließ und auf großem Fuß lebte, wie es bei britischen Staatsbürgern im Ausland üblich ist.

Dieser große, dicke Mann mit dem blühenden Aussehen, dessen Hände buchstäblich von der Gicht verknotet waren, hätte auch Skelettbouillon getrunken, um sein Leiden loszuwerden. Er lachte über die Zimperlichkeit der übrigen Kranken, ließ sich im hübschesten Chalet nieder und verkündete, daß er die Absicht habe, den Winter in Spinbrunn zu verbringen.«

Hier nahm der Ratsherr Bremer gemächlich eine große Prise

Tabak, als wolle er seine Erinnerungen auffrischen; dann zupfte er mit den Fingerspitzen sein Spitzenjabot zurecht und fuhr fort:

»Fünf oder sechs Jahre vor der Revolution von 1789 war ein junger Arzt aus Pirmasens namens Christian Weber nach San Domingo gereist, um dort sein Glück zu machen. Er hatte tatsächlich bei der Ausübung seines Berufes ein kleines Vermögen von einigen hunderttausend Pfund erworben, als der Negeraufstand ausbrach.

Ich muß Ihnen vergegenwärtigen, wie barbarisch unsere unglücklichen Landsleute in Haiti behandelt wurden. Dr. Weber hatte das Glück, dem Massaker zu entgehen und einen Teil seines Vermögens zu retten. Er reiste von dort nach Südamerika, und zwar nach Französisch-Guayana. 1801 kehrte er nach Pirmasens zurück und ließ sich dann in Spinbrunn nieder, wo ihm Dr. Haselnuß sein Haus und seine verschwundene Klientel überließ.

Christian Weber hatte eine alte Negerin namens Agathe mitgebracht: ein schreckliches Geschöpf mit breiter Nase und faustdikken Lippen, das einen grellfarbigen Turban um den Kopf gewikkelt hatte. Die arme Alte liebte die rote Farbe über alles; sie trug Ohrringe, die ihr bis zu den Schultern reichten, und die Bergbauern des Hunsrück kamen von nah und fern, um sie zu sehen.

Dr. Weber war ein großer, magerer Mann, der stets einen himmelblauen Schwalbenschwanzfrack und Wildlederhosen trug. Auf den Kopf setzte er einen weichen Strohhut und steckte seine Füße in hellgelbe Aufschlagstiefel, an deren Vorderseite silberne Quasten hingen.

Er sprach wenig; sein Lachen klang nervös, und seine für gewöhnlich ruhigen, nachdenklichen grauen Augen leuchteten beim geringsten Widerspruch auf. Jeden Tag unternahm er einen Spazierritt in die Berge, wobei er seinem Pferd den Kopf freigab und immer das gleiche Negerlied vor sich hinpfiff. Dieses Original hatte aus Haiti auch mehrere Schachteln mit merkwürdigen Insekten mitgebracht ... manche eiergroß, schwarz und goldbraun gefärbt; andere klein und glitzernd wie Funken. Er schien auf sie größeren Wert zu legen als auf seine Kranken, und gelegentlich brachte er bei der Rückkehr aus den Bergen Schmetterlinge mit, die er an seinen Hut gesteckt hatte.

Kaum hatte er sich in Haselnuß' großem Haus eingerichtet, bevölkerte er den Hof mit fremdartigen Vögeln, Gänsen mit roten Wangen, Perlhühnern und einem weißen Pfau, der für gewöhnlich auf der Gartenmauer saß und sich mit der Negerin in die Bewunderung der Gaffer teilte.

Ich gehe deshalb auf diese Einzelheiten ein, Meister Franz, weil sie mich an meine Jugendzeit erinnern. Dr. Christian war gleichzeitig mein Cousin und mein Lehrer, und sobald er nach Deutschland zurückgekehrt war, holte er mich zu sich nach Spinbrunn. Am Anfang jagte mir die schwarze Agathe Angst ein, ich konnte mich nur schwer an ihr seltsames Gesicht gewöhnen, aber sie war so gutmütig, konnte so ausgezeichnete Gewürzkuchen backen, trällerte mit kehliger Stimme so fremdartige Liedchen, schnalzte dazu mit den Fingern und stampfte rhythmisch mit den dicken Beinen, daß ich sie schließlich ins Herz schloß.

Dr. Weber stand natürlich mit Sir Thomas Haverbush in Verbindung, dem er den größten Teil seiner Einkünfte verdankte, und ich bemerkte bald, daß die beiden Originale lange Beratungen führten. Sie unterhielten sich über geheimnisvolle Angelegenheiten, über die Übertragung der Flüssigkeiten, und vollführten sonderbare Handlungen, die sie bei ihren Reisen beobachtet hatten: Sir Thomas im Orient, und mein Vormund in Amerika. Das alles machte mich sehr neugierig. Wie bei einem Kind übten auf mich immer die Dinge die größte Anziehungskraft aus, die man vor mir geheimhalten wollte; da ich aber nichts herausbekam, wandte ich mich schließlich an Agathe; die gute Alte ließ mich schwören, daß ich nichts verraten würde, und gestand mir dann, daß mein Vormund ein Zauberer war.

Übrigens übte Dr. Weber einen seltsamen Einfluß auf den Geist der Negerin aus, und die sonst so fröhliche Frau, die immer bereit war, über die kleinste Kleinigkeit zu lachen, zitterte wie Espenlaub, wenn die grauen Augen ihres Herrn sich auf sie richteten.

Das alles scheint nichts mit der Quelle von Spinbrunn zu tun zu haben, Meister Franz. Aber warten Sie nur, Sie werden schon sehen, durch welch seltsame Verkettung von Umständen meine Geschichte sich doch noch darauf bezieht.

Ich habe Ihnen gesagt, daß Vögel und sogar größere Tiere in die Höhle eindrangen. Nachdem die Badegäste den Ort endgültig verlassen hatten, erinnerten sich einige alte Dorfbewohner daran, daß ein junges Mädchen namens Luise Müller, das mit seiner kranken Großmutter in einem kleinen Häuschen am Berghang gelebt hatte, vor etwa fünfzig Jahren spurlos verschwunden war. Sie war eines Morgens in den Wald gegangen, um Gras zu holen, und seither hatte man sie nicht mehr gesehen. Drei oder vier Tage später hatten Holzfäller, die aus den Bergen kamen, ihre Sichel und ihre Schürze einige Schritte von der Höhle entfernt gefunden.

Damit war für alle klar, daß das Skelett aus dem Wasserfall, über das Haselnuß so schöne wissenschaftliche Reden geschwungen hatte, nur das von Luise Müller gewesen sein konnte. Das arme junge Mädchen war zweifellos durch die gleiche geheimnisvolle Macht in den Schlund gelockt worden, der beinahe täglich schwächere Wesen erlagen.

Um was für eine Macht handelte es sich wohl dabei? Das wußte niemand. Aber die Einwohner von Spinbrunn, die wie alle Bergbewohner abergläubisch waren, behaupteten, daß der Teufel in der Höhle hause, und in der Gegend breitete sich Furcht aus.

Im Juli 1802 war mein Cousin an einem Nachmittag damit beschäftigt, die Insekten in seinen Schachteln neu zu ordnen. Er hatte am Vortag ein paar sehr seltene Exemplare gefangen. Ich befand mich bei ihm, hielt in einer Hand die brennende Kerze und in der anderen die Nadel, die ich rotglühend machte.

Sir Thomas hatte seinen Stuhl nach hinten gegen das Fensterbrett gekippt, die Füße auf einen Schemel gestützt, sah uns zu und rauchte nachdenklich eine Zigarre.

Ich verstand mich mit Sir Thomas Haverbush sehr gut und begleitete ihn jeden Tag in seiner Kalesche in den Wald. Es gefiel ihm, wenn ich Englisch sprach, und er wollte, wie er sagte, aus mir einen echten Gentleman machen.

Nachdem Dr. Weber alle Schmetterlinge etikettiert hatte, öffnete er schließlich die Schachteln mit den größten Insekten und meinte: ›Ich habe gestern einen prächtigen Hirschkäfer, den großen *lucanus cervus*, der auf den Eichen im Harz vorkommt, gefangen. Sein Kennzeichen ist, daß sich die rechte Schere in fünf Zacken teilt. Es handelt sich dabei um ein sehr seltenes Exemplar.

In diesem Augenblick reichte ich ihm die Nadel, und während Dr. Weber das Insekt durchbohrte, bevor er es auf dem Kork fixierte, stand der bis dahin unbeteiligte Sir Thomas auf, trat zu einer Schachtel und betrachtete die *Krabbenspinne* aus Guayana mit einem unverhüllten Ausdruck des Abscheus auf dem blühenden Gesicht. ›Das ist sicherlich das scheußlichste Werk der Schöpfung. Schon bei seinem Anblick fröstelt es mich.‹

Tatsächlich wurde er bei diesen Worten bleich. ›Pah‹, widersprach mein Vormund, ›all das sind nur Vorurteile aus der Kinderzeit. Sie haben gehört, daß Ihre Amme geschrien hat, Sie haben Angst gehabt, und dieser Eindruck wirkt in Ihnen nach. Wenn Sie jedoch die Spinne unter einem starken Mikroskop betrachten, wären Sie über die Vollendung ihrer Organe, über deren bewunderswert sinnvolle Anordnung, sogar über ihre Eleganz verwundert.‹

›Sie erfüllt mich mit Widerwillen‹, unterbrach ihn der Kommodore brüsk.

Er hatte kehrtgemacht. ›Ich weiß nicht, warum, aber Spinnen haben mir immer das Blut stocken lassen.‹

Dr. Weber begann zu lachen, und ich, der die Gefühle von Sir Thomas teilte, rief: ›Ja, Cousin, Sie sollten dieses scheußliche Tier aus Ihrer Sammlung entfernen, es ist ekelerregend, es mindert den Wert aller anderer Exponate.‹ ›Kleines dummes Tier‹, antwortete er mir mit funkelnden Augen, ›wer zwingt Sie denn, die Spinne anzusehen? Wenn sie Ihnen nicht gefällt, dann verlassen Sie dieses Zimmer.‹

Er war offensichtlich verärgert. Sir Thomas, der inzwischen ans Fenster getreten war und die Berge betrachtete, drehte sich um, ergriff mich an der Hand und sagte gütig: ›Ihr Vormund, Franz, hängt an seiner Spinne. Wir lieben die Bäume, das Grün mehr. Fahren wir also spazieren.‹ ›Ja, fahren Sie‹, bestätigte der Arzt, ›und kommen Sie um sechs zum Abendessen zurück.‹

Dann fügte er lauter hinzu: ›Nichts für ungut, Sir Haverbush.‹

Der Kommodore drehte sich lachend um, und wir bestiegen seinen Wagen, der wie gewöhnlich vor der Tür auf ihn wartete.

Sir Thomas wollte selbst fahren und entließ daher seinen Kutscher. Er ließ mich neben sich auf dem Kutschbock Platz nehmen, und wir fuhren nach Rothalp.

Während der Wagen langsam den sandigen Fahrweg hinaufkroch, erfaßte mich tiefe Traurigkeit. Auch Sir Thomas war ernst. Er bemerkte meine Melancholie und sagte: ›Sie lieben die Spinnen nicht, Franz, genau wie ich. Aber, dem Himmel sei Dank, in diesem Land gibt es keine gefährlichen Exemplare. Die *Krabbenspinne*, die Ihr Vormund in seiner Sammlung hat, kommt aus Französisch-Guayana. Sie bewohnt die großen Sumpfwälder, die ständig von warmem Dampf und heißen Dünsten erfüllt sind; sie braucht diese Temperatur, um leben zu können. Ihr Netz, oder eigentlich ihr großes Wurfnetz, hüllt ein ganzes Dickicht ein. Sie fängt darin Vögel, wie unsere Spinnen Fliegen fangen. Doch jetzt verbannen Sie diese abstoßenden Bilder aus Ihrem Geist und trinken Sie einen Schluck von meinem alten Burgunder.‹

Damit drehte er sich um, hob den Deckel des Rücksitzes und zog eine Flasche aus dem Stroh, aus der er mir einen Lederbecher vollschenkte.

Sobald ich getrunken hatte, kehrte meine gute Laune wieder, und ich lachte über meine Ängste.

Der Wagen, vor den ein mageres, flinkes Ardennenpferd gespannt war, mühte sich den beinahe senkrechten Weg hinauf. Tausende Insekten summten in den Gebüschen. Höchstens hundert Schritt von uns entfernt erstreckte sich zu unserer Rechten der dunkle Rand der Rothalp-Wälder, in deren düsterer, von Brombeersträuchern und Unkraut überwucherten Tiefe man gelegentlich eine helle Lichtung erblickte. Links von uns stürzte der Bach von Spinbrunn zu Tal, und je höher wir kamen, desto blauer leuchtete das silbrige Wasser und desto lauter wurde sein trommelndes Geräusch.

Dieses Schauspiel nahm mich gefangen. Sir Thomas hatte sich auf dem Sitz zurückgelehnt, die Knie hochgezogen, und gab sich seinen üblichen Träumereien hin, während das Pferd die Beine einstemmte und den Kopf auf die Brust sinken ließ, um ein Gegengewicht zum Wagen zu bilden, da wir beinahe senkrecht am Felsen hingen. Doch der Weg wurde bald flacher: wir hatten die von zitternden Schatten eingefaßte Lichtung erreicht, auf der die Rehe äsen. Ich hatte mich die ganze Zeit umgewendet, und mein Blick hatte sich in dem unendlichen Ausblick verloren. Als die Schatten auftauchten, drehte ich mich nach vorn und erblickte hundert Schritt vor mir die Höhle von Spinbrunn. Die Büsche rings um sie waren leuchtend grün, und die Quelle, die über ein Bett aus Sand und schwarzen Kieseln fließt, bevor sie vom Plateau herabstürzt, war so klar, daß man sie für eiskalt gehalten hätte, wenn nicht der Dampf gewesen wäre, der aus ihr aufstieg.

Das Pferd war von selbst stehengeblieben, um wieder zu Atem zu kommen; Sir Thomas erhob sich und überblickte die Landschaft. ›Wie ruhig es hier ist‹, stellte er fest.

Dann fuhr er nach kurzem Schweigen fort: ›Wenn Sie nicht bei mir wären, Franz, würde ich gern in diesem Becken baden.‹

›Warum sollten Sie es denn unterlassen, Kommodore? Ich kann sehr gut einstweilen einen kleinen Spaziergang unternehmen. In der Nähe gibt es eine große Lichtung voller Erdbeeren. Ich werde ein paar pflücken. In einer Stunde bin ich wieder zurück.‹ ›Das nehme ich gern an, Franz, die Idee ist gut. Dr. Weber behauptet, daß ich zuviel Burgunder trinke. Ich muß den Wein durch Mineralwasser neutralisieren. Dieses kleine Sandbett gefällt mir.‹

Wir stiegen beide aus, er band das Pferd an den Stamm einer jungen Birke und winkte mir, als wolle er sagen ›Sie können gehen‹.

Ich sah, wie er sich auf das Moos setzte und die Stiefel auszog. Während ich mich entfernte, drehte er sich um und rief mir nach: ›In einer Stunde, Franz.‹

Das waren seine letzten Worte.

Eine Stunde später kehrte ich zur Quelle zurück. Das Pferd, der Wagen und die Kleidung von Sir Thomas waren alles, was ich erblickte. Die Sonne ging unter, die Schatten wurden länger. Kein Vogel sang im Laub, kein Insekt summte im hohen Gras. Todesstille schwebte über der Einsamkeit. Diese Stille machte mir Angst. Ich bestieg den Felsen, der die Höhle überragt, blickte nach rechts und links. Niemand! Ich rief. Keine Antwort! Der Klang meiner vom Echo zurückgeworfenen Worte beunruhigte mich. Langsam brach die Nacht herein. Eine unerklärliche Bangnis bedrückte mich. Plötzlich fiel mir wieder die Geschichte mit dem verschwundenen Mädchen ein, und ich lief zum Wagen zurück. Vor der Höhle erfaßte mich jedoch unbeschreibliches Entsetzen: als ich einen Blick in den schwarzen Schatten der Quellgrotte warf, entdeckte ich zwei rote, starre Punkte, dann bewegten sich in der Dunkelheit lange, bizarre, verschlungene Linien, und das in einer Tiefe, die vielleicht noch kein menschliches Auge erblickt hatte. Die Angst verlieh meinem Gesichtssinn, allen meinen Organen eine unerhört gesteigerte Wahrnehmungsfähigkeit. Einige Sekunden lang hörte ich deutlich, wie eine Grille am Waldrand ihr klagendes Abendlied anstimmte, wie ein Hund fern, sehr fern unten im Tal bellte. Dann begann mein Herz, das die Erregung einen Augenblick lang zugeschnürt hatte, wie wild zu schlagen, und ich hörte nichts mehr.

Ich stieß einen schrecklichen Schrei aus, ließ Wagen und Pferd stehen und flüchtete. Ich sprang über Felsen und Büsche und hatte nicht einmal zwanzig Minuten später die Schwelle unseres Hauses erreicht, wo ich mit atemloser Stimme rief: ›Eilen Sie! Sir Haverbush ist tot. Sir Haverbush befindet sich in der Höhle.‹

Nach diesen Worten, die ich vor meinem Vormund, der alten Agathe und zwei oder drei anderen Personen, die an diesem Abend bei dem Arzt zu Gast waren, hervorgestoßen hatte, wurde ich ohnmächtig. Ich habe nachher erfahren, daß ich eine Stunde lang im Delirium lag.

Das ganze Dorf hatte sich auf die Suche nach dem Kommodore begeben, Christian Weber führte die Leute an. Um zehn Uhr abends kehrten sie zurück. Sie führten den Wagen mit sich, auf dem die Kleidung von Sir Haverbush lag. Es war unmöglich gewesen, mehr als zehn Schritte in die Höhle einzudringen, ohne zu ersticken.

Während ihrer Abwesenheit hatten Agathe und ich uns in den Kaminwinkel gesetzt. Ich stammelte unzusammenhängende Worte; sie hatte die Hände auf den Knien gefaltet, sah mit großen Augen vor sich hin und trat von Zeit zu Zeit an das Fenster, um zu sehen, was vor sich ging, denn man erblickte von unserem Haus aus die Fackeln, die sich durch den Wald bewegten. Wir hörten die rauhen, fernen Stimmen, die durch Rufe in der Nacht Verbindung hielten.

Als Agathes Herr zurückkehrte, begann sie zu zittern. Der Arzt trat rasch ein, er war blaß, hatte die Lippen zusammengepreßt, auf seinem Gesicht stand Hoffnungslosigkeit. Etwa zwanzig Holzfäller folgten ihm in einem wüsten Durcheinander; sie trugen ihre breitkrempigen Hüte, ihre Gesichter waren sonnengebräunt und sie schwenkten die Strünke ihrer Fakeln. Kaum hatte mein Vormund das Zimmer betreten, als seine blitzenden Augen etwas Bestimmtes zu suchen schienen. Er bemerkte die Negerin, und ohne daß ein Wort gefallen wäre, begann die arme Frau zu schreien: ›Nein, ich will nicht!‹ ›Und ich will es‹, antwortete der Arzt hart.

Es sah aus, als hatte eine unsichtbare Macht von der Negerin Besitz ergriffen. Sie zitterte vom Kopf bis zu den Füßen; und als Christian Weber auf einen Stuhl zeigte, nahm sie steif wie eine Leiche darauf Platz.

Alle Anwesenden, die dieses erschreckende Schauspiel miterlebten, lauter biedere Leute von primitiver, rauher Lebensart, aber frommem Sinn, schlugen das Kreuz, und ich, der ich damals die schreckliche magnetische Kraft des Willens nicht einmal dem Namen nach kannte, begann zu zittern, weil ich Agathe für tot hielt.

Christian Weber hatte sich der Negerin genähert und fuhr ihr rasch mit der Hand über die Stirn. ›Sind Sie dort?‹ ›Ja, Meister.‹ ›Sir Thomas Haverbush?‹

Bei diesen Worten zuckte sie zusammen. ›Sehen Sie ihn?‹ ›Ja.‹ Ihre Stimme klang erstickt. ›Ich sehe ihn.‹ ›Wo befindet er sich?‹ ›Dort oben, im Hintergrund der Höhle, tot.‹ ›Tot‹, wiederholte der Arzt, ›Wodurch?‹ ›Die Spinne, die Krabbenspinne ... oh!‹ ›Beruhigen Sie sich‹, mahnte der Arzt, der blaß geworden war, ›schildern Sie uns alles klar und deutlich.‹ ›Die Krabbenspinne hat ihn an der Kehle gepackt, er befindet sich hinten, unter den Felsen, mit Stricken gefesselt ... Oh!‹

Christian Weber musterte kalt die Anwesenden, die ihn regungslos im Kreis umstanden und denen die Augen aus dem Kopf quollen. Er murmelte: ›Das ist entsetzlich!‹

Dann fuhr er fort: ›Sie sehen ihn?‹ ›Ich sehe ihn.‹ ›Und ist die Spinne groß?‹ ›O Meister, ich habe noch nie eine so große Spinne gesehen, weder an den Ufern des Mocaris noch in der Tiefebene von Konanama. Sie ist groß wie mein Kopf.‹

Es folgte tiefe Stille. Alle Anwesenden sahen einander totenbleich an. Nur Christian Weber wirkte ruhig; nachdem er der Negerin mehrmals mit der Hand über die Stirn gefahren war, befahl er: ›Erzählen Sie uns, Agathe, wie der Tod Sir Haverbush ereilt hat.‹ ›Er badete im Becken der Quelle. Die Spinne sah seinen nackten Rücken von hinten. Sie hatte Hunger, denn sie hatte lange gefastet. Plötzlich schoß sie wie der Blitz aus ihrer Ecke hervor und packte mit ihren Krallen den Hals des Kommodore, der »O mein Gott« rief. Sie stach ihn und floh. Sir Haverbush brach im Wasser zusammen und starb. Daraufhin kehrte die Spinne zurück, hüllte ihn in ihr Netz ein, und er schwamm langsam in den Hintergrund der Höhle. Sie zog am Faden. Jetzt ist er ganz schwarz.‹

Der Arzt wandte sich an mich. ›Stimmt es, Franz, daß der Kommodore ein Bad genommen hat?‹ ›Ja, Cousin.‹ ›Um wieviel Uhr?‹ ›Um vier Uhr.‹ ›Um vier Uhr war es sehr heiß, nicht wahr?‹ ›Ja.‹ ›Natürlich‹, er schlug sich mit der Hand an die Stirn. ›Die Bestie hat ungefährdet herauskommen können.‹

Er murmelte ein paar unverständliche Worte, dann wandte er sich an die Bergbewohner: ›Meine Freunde, jetzt wißt ihr, woher die Abfälle, die Skelette kommen, die die Badenden mit Entsetzen erfüllt haben. Die Krabbenspinne ist dafür verantwortlich, sie hat euch alle ruiniert. Sie versteckt sich in ihrem Netz und lauert im Hintergrund der Höhle. Wer kann die Zahl ihrer Opfer abschätzen?

Wuterfüllt verließ er das Zimmer und rief: ›Faschinen, Faschinen!‹

Die Holzfäller folgten ihm in einem wirren Haufen.

Zehn Minuten später fuhren zwei große mit Reisigbündeln beladene Wagen den Weg hinauf. Eine lange Reihe von Holzfällern, die die Axt über der Schulter trugen, folgten ihnen in der dunklen Nacht. Mein Vormund und ich schritten voran, führten die Pferde am Zügel, und der trübselige Mond beleuchtete den unheimlichen Zug. Von Zeit zu Zeit knarrten die Räder, dann fielen die Wagen, die von den Felsbrocken am Weg aus den Geleisen gehoben worden waren, krachend wieder in sie zurück.

Als wir uns der Höhle näherten, hielt der Zug auf der Rehlichtung an. Die Fackeln wurden angezündet, und die Menge marschierte zum Schlund. Das klare Wasser widerspiegelte die bläulichen Flammen der dornigen Fackeln, deren Strahlen die Wipfel der schwarzen Tannen beleuchteten. ›Wir müssen die Faschinen hier abladen‹, befahl der Arzt. ›Wir müssen den Eingang zur Höhle verschließen.‹

Wir alle befolgten von Angst erfüllt seine Befehle. Die Reisigbündel wurden von den Wagen hinuntergeworfen. Ein paar Pfähle, die unterhalb der Höhle in den Bachgrund gerammt wurden, hinderten den Bach daran, die Faschinen mitzureißen.

Gegen Mitternacht war die Öffnung der Höhle buchstäblich verschlossen. Das Wasser schäumte darunter hervor und breitete sich rechts und links auf dem Moos aus. Die oberen Faschinen blieben vollkommen trocken; Dr. Weber ergriff eine Fackel und setzte sie selbst in Brand. Die Flammen liefen zornig knisternd von Zweig zu Zweig und erhoben sich bald unter dichten Rauchwolken zum Himmel.

Es war ein merkwürdiges, wildes Schauspiel, als die großen Wälder mit den zitternden Schatten erhellt wurden.

Aus der Höhle drang schwarzer Rauch, und der Wind trieb immer neue Rauchschwaden in sie hinein. Ringsum warteten die Holzfäller ernst und unbeweglich und ließen die Öffnung nicht aus den Augen. Obwohl ich vor Angst bebte, konnte auch ich nicht die Blicke von ihr wenden.

Wir warteten eine gute Viertelstunde, und Dr. Weber wurde bereits ungeduldig, als ein schwarzes Wesen mit langen Hakenfüßen plötzlich im Schatten auftauchte und zur Öffnung lief.

Ringsum ertönte ein einziger Schrei.

Die Spinne wich vor der Glut zurück und kehrte in die Tiefe der Höhle zurück. Da der Rauch sie zweifellos fast erstickte, kam sie wieder heraus und stürzte sich in die Flammen. Ihre langen Fühler krümmten sich. Sie war so groß wie mein Kopf und von rotvioletter Farbe, wie eine blutgefüllte Ader.

Einer der Holzfäller befürchtete, daß sie den Feuerkreis durchbrechen würde, schleuderte seine Hacke nach ihr und traf sie so gut, daß ihr Blut einen Augenblick lang das Feuer um sie erstickte. Doch bald flackerten die Flammen wieder auf und verzehrten das abscheuliche Insekt.

Das ist das seltsame Ereignis, das den guten Ruf der Heilquelle von Spinbrunn zerstört hat. Ich versichere Ihnen, daß mein Bericht genau den Tatsachen entspricht. Es ist mir jedoch unmöglich, Ihnen eine Erklärung anzubieten. Dennoch würde ich es nicht für absurd halten anzunehmen, daß Insekten unter dem Einfluß der hohen Temperatur gewisser Thermalquellen, die ihnen die gleichen Lebensbedingungen wie das heiße Klima Afrikas oder Südamerikas bieten, unwahrscheinliche Größen erreichen können. Es ist ja auch diese extreme Wärme, die für die unerhörte Üppigkeit der vorsintflutlichen Schöpfung verantwortlich ist.

Wie dem auch sei, da mein Vormund annahm, daß es nach diesem Ereignis unmöglich sein würde, wieder Kurgäste nach Spinbrunn zu locken, verkaufte er Haselnuß' Haus und kehrte mit seiner Negerin und seinen Sammlungen nach Amerika zurück. Ich zog in eine Pension in Straßburg, wo ich bis 1809 wohnte.

Da die großen politischen Umwälzungen jener Zeit die gesamte Aufmerksamkeit der Öffentlichkeit Frankreichs und Deutschlands in Anspruch nahmen, beachtete niemand die Ereignisse, über die ich Ihnen soeben berichtet habe.«

Stefan Grabiński
Der weiße Wyrak
Eine Schornsteinfegergeschichte

Józef Jedlicz gewidmet

Ich war damals noch ein junger Geselle, und die Arbeit brannte mir unter den Händen. Meister Kalina – Herr, sei seiner braven Seele gnädig – pflegte manchmal zu sagen, ich würde als erster nach ihm das Meisteramt übernehmen, und nannte mich vor den anderen eine Zierde der Innung. Ich hatte kräftige Beine und stützte mich im Kamin mit den Ellenbogen geschickt wie kaum ein anderer ab.

Im dritten Dienstjahr bekam ich zwei Schornsteinfegerjungen zur Hilfe und wurde Ausbilder der jungen Kollegen. Zusammen mit dem Meister waren wir sieben; außer mir hatte Kalina zwei Gesellen angestellt sowie drei Jungen für die Handlangerdienste.

Wir kamen gut miteinander aus. Manchmal saßen wir an Sonn- oder Feiertagen mit dem Meister plaudernd beim Bier oder im Winter bei heißem Tee am Kamin zusammen, tranken etwas und tauschten Neuigkeiten aus, so daß der Abend verflog wie die Kugel, die mit dem Besen in den Rachen der Schornsteine herabgelassen wird.

Kalina, ein des Lesens und Schreibens kundiger, vernünftiger Mann, hatte ein gutes Stück Welt gesehen und, wie man so sagt, mehr als einen Schornstein ausgeholt. Er war ein bißchen Philosoph, liebte die Bücher sehr, ja wollte sogar ein Schornsteinfegerblättchen herausgeben. Doch in Glaubensdingen klügelte er nicht – im Gegenteil, er verehrte besonders den Heiligen Florian, unseren Patron.

Nach dem Meister schloß ich mich am meisten dem jüngeren Gesellen Józek Biedroń an, einem Burschen, treu wie Gold, den ich wegen seines guten und kindlich einfachen Herzens liebgewann. Ich sollte mich dieser Freundschaft nicht lange erfreuen.

Der zweite Kollege, Osmółka, ein bißchen Melancholiker, hielt sich gewöhnlich abseits und wich den Vergnügungen aus; doch war er ein Könner, gewissenhaft und seltsam verbissen bei der Arbeit. Kalina schätzte ihn sehr und zog ihn, wenn auch ohne sichtbaren Erfolg, unter die Leute.

Dafür saß Osmółka gern abends beim Meister und lauschte in einer dunklen Ecke dessen Geschichten, denen er vorbehaltlos glaubte.

Und niemand konnte so erzählen wie unser ›Alter‹. Wie aus einem Sack schüttelte er die Geschichten. Doch ich war damals noch jung und dumm und nahm nur auf, was mich amüsierte. Allein Osmółka blickte tiefer und drang zum Kern der ›Märchen‹ des Meisters vor. Denn ›Märchen‹ nannten wir Kalinas Erzählungen leise unter uns. Sie waren spannend, manchmal schrecklich, daß einem schauderte und die Haare zu Berge standen, aber trotz allem waren es nur Märchen. Doch das Leben belehrte uns sehr bald eines Besseren.

Eines Tages um Mittsommer fehlte beim abendlichen Geplauder ein Kollege: Osmółka saß nicht in seiner dunklen Ecke hinter der Kredenz.

»Sicher hat er sich irgendwo unter den Mädchen verlaufen«, scherzte Biedroń, obwohl er wußte, daß der Kollege keinen Hang zu den Weibern hatte und wenig unternehmungslustig war.

»Ach, Unsinn«, antwortete ihm Kalina. »Sag lieber, die Melancholie plagt ihn, und er hockt daheim.«

Der Abend verging traurig und irgendwie schläfrig, weil der eifrigste Zuhörer fehlte.

Am nächsten Morgen beunruhigten wir uns allen Ernstes, denn Osmółka war auch um zehn Uhr noch nicht zur Arbeit erschienen. Überzeugt, der Geselle sei erkrankt, wollte der Meister nach ihm sehen. Doch traf er im Hause nur seine Mutter an, eine durch die Abwesenheit ihres Sohnes sehr beunruhigte Frau; Osmółka war, seit er tags zuvor am Morgen in die Stadt gegangen, noch nicht wieder daheim gewesen.

Kalina beschloß, ihn auf eigene Faust zu suchen.

»Osmółka, dieser finstere Kerl. Gott weiß, was er ausgefressen hat. Vielleicht versteckt er sich jetzt irgendwo?«

Doch er suchte ihn bis zum Mittag vergeblich. Schließlich erinnerte er sich, daß der Geselle am Vortage den Schornstein der alten Brauerei vor der Stadt fegen sollte, also wandte er sich dorthin, um Klarheit zu gewinnen.

In der Tat berichtete man ihm, gestern vormittag sei ein Geselle in der Brauerei gewesen und habe den Schornstein gereinigt, sich aber nicht wegen der Bezahlung gemeldet.

»Um welche Uhrzeit hat er die Arbeit beendet?« fragte Kalina einen taubengrauen Alten, den er auf der Schwelle einer der Anbauten der Brauerei getroffen hatte.

»Ich weiß es nicht, Meister. Er ist so unbemerkt weggegangen, daß wir ihn gar nicht mehr gesehen haben, er muß es sehr eilig gehabt haben, denn er hat nicht einmal wegen der Bezahlung bei uns hereingeschaut. Wie man so sagt, er ist verflogen wie Kampfer.«

»Hm...«, murmelte Kalina nachdenklich. »Ein Sonderling wie immer. Ob er auch gut gefegt hat? Wie steht's jetzt mit dem Schornstein? Zieht er gut?«

»Angeblich nicht so sehr. Meine Schwiegertochter hat sich heute beklagt, er rauche fürchterlich. Wenn sich das bis morgen nicht ändert, müssen wir um erneute Reinigung bitten.«

»Wird gemacht«, warf der Meister kurz hin; er war böse, daß man mit seinem Gesellen nicht zufrieden war, und äußerst besorgt wegen des Fehlens genauer Nachrichten über ihn.

An diesem Abend setzten wir uns traurig zum gemeinsamen Abendbrot und gingen früh nach Hause. Am nächsten Morgen dasselbe: von Osmółka nichts zu hören – er war verschwunden wie ein Stein im Wasser.

Nachmittags kam ein Junge von der Brauerei mit der Bitte, den Schornstein zu reinigen, weil er qualme wie die Hölle.

Biedroń ging gegen vier Uhr hin und kam nicht wieder. Ich war nicht dabei, als Kalina ihn hinschickte, und wußte von nichts. So erschrak ich auch, als ich am Abend die besorgten Gesichter der Schornsteinfegerjungen und die einer Hagelwolke ähnliche Miene des Meisters sah. Eine böse Ahnung überfiel mich.

»Wo ist Józek?« fragte ich, während ich ihn vergeblich in der Stube suchte.

»Aus der Brauerei nicht zurückgekehrt«, antwortete der Meister düster.

Ich sprang auf. Doch Kalina hielt mich mit Gewalt fest.

»Allein lasse ich dich nicht. Es reicht mir. Morgen früh gehen wir beide. Ein Teufel – keine Brauerei! Ich werde ihnen den Schornstein reinigen!«

In dieser Nacht schloß ich kein Auge. Beim Morgengrauen legte ich das Lederwams an, zog den Gürtel mit der Schnalle fest, setzte die Steigekappe mit dem Schulterkragen auf, warf den Besen mit den Kugeln über die Schulter und klopfte beim Meister an.

Kalina war bereits fertig.

»Nimm dieses Beilchen«, sagte er zur Begrüßung und gab mir ein offenbar frisch auf dem Schleifstein geschärftes Beil. »Es könnte dir mehr nutzen als Besen und Kratze.«

Schweigend nahm ich das Werkzeug, und wir gingen schnellen Schrittes in Richtung Brauerei.

Es war ein schöner Augustmorgen, große Stille lag in der Luft. Die Stadt schlief noch. Schweigend überquerten wir den Marktplatz, die Brücke über den Fluß und bogen nach links in die Landstraße ein, die sich zwischen Pappeln in die Ferne erstreckte.

Bis zu der Brauerei war es ein gutes Stück Weg. Nach einer Viertelstunde eiligen Marsches bogen wir an einem Vorstadtwäldchen von der Landstraße ab und gingen quer über eine abgemähte Wiese. Fern über einem Erlengehölz erhoben sich mit kupferfarbenen Flecken die Dächer der Brauereigebäude.

Kalina nahm die Kappe ab, bekreuzigte sich und bewegte lautlos die Lippen. Schweigend ging ich neben ihm und unterbrach sein Gebet nicht. Eine Weile später setzte der Meister die Kappe wieder auf, faßte die Axt fester und sagte leise:

»Ein Teufel – keine Brauerei. Bier wird dort schon seit zehn Jahren nicht gebraut. Eine alte Ruine, sonst nichts. Der letzte Brauer, ein gewisser Rozbań, soll Bankrott gemacht und sich aus Verzweiflung erhängt haben. Die Familie ist, nachdem sie die Gebäude und das gesamte Inventar für einen Spottpreis an die Stadt verkauft hatte, fortgezogen. Ein Nachfolger hat sich bislang nicht gefunden. Kessel und Maschinen sollen veraltet und in schlechtem Zustand sein, und neue kann sich nicht jeder leisten; niemand will etwas riskieren.«

»Wer hat denn eigentlich den Schornstein reinigen lassen?« fragte ich, froh darüber, daß das unangenehme Schweigen gebrochen war.

»Irgendein Vorstadtgärtner, der vor einem Monat halb umsonst mit seiner Frau und seinem alten Vater die Brauerei gemietet hat. Räumlichkeiten und Platz haben sie genug, selbst für mehrere Familien. Sicher sind sie in die mittleren Stuben gezogen, die noch im besten Zustand sind, und wohnen da für billiges Geld. Jetzt qualmen ihnen die Schornsteine, weil sie alt und dick mit Ruß verstopft sind. Seit langem nicht gefegt. – Ich mag diese alten Schornsteine nicht«, fügte er nach einer kleinen Pause nachdenklich an.

»Warum? Hat man mehr Arbeit mit ihnen?«

»Du bist dumm, mein Lieber. Ich habe Angst vor ihnen, verstehst du, ich habe Angst vor diesen alten, seit Jahren von keinem Besen berührten, von keinem Eisen ausgekratzten Einlässen. Besser so einen Schornstein einreißen und neu errichten als ihn von Menschen reinigen lassen.«

In diesem Augenblick sah ich Kalina ins Gesicht. Es war von Furcht und innerem Abscheu seltsam verändert.

»Was ist euch, Meister?«

Er aber sprach weiter, als hörte er nicht, und schaute vor sich hin.

»Gefährlich sind solche dicken Rußschichten in engen, dunklen Schlünden, zu denen die Sonne keinen Zutritt hat. Und das nicht nur, weil sie sich leicht entzünden. Nicht nur deshalb, siehst du, kämpfen wir unser Leben lang gegen den Ruß, wir verhindern sein übermäßiges Anwachsen und kommen dem Ausbruch eines Brandes zuvor. Doch der Ruß ist verräterisch, mein Lieber, der Ruß schlummert in der Dunkelheit der Kaminschlünde, in der Stickluft der Ofenschächte und lauert ... auf eine Gelegenheit. Es steckt etwas Rachsüchtiges in ihm, etwas Böses lauert dort. Nie weißt du, wann und was da auskriecht.«

Er verstummte und blickte mich an. Obwohl ich nicht verstand, was er gesagt hatte, wirkten seine mit Überzeugungskraft gesprochenen Worte auf mich. Er lächelte sein gutes, ehrliches Lächeln und fuhr beruhigend fort:

»Vielleicht ist das, was ich vermute, nicht geschehen; vielleicht ist hier etwas ganz anderes vorgefallen. Kopf hoch! Wir werden gleich alles erfahren. Wir sind da.«

Tatsächlich, wir waren am Ziel. Durch das weit geöffnete Eingangstor betrat ich hinter dem Meister den geräumigen Hof, von dem zahlreiche Türen in die einzelnen Brauereigebäude führten. Auf einer Schwelle saß die Gärtnersfrau mit einem Kind an der Brust, hinter ihr stand, an den Türflügel gelehnt, ihr Mann. Als er uns sah, schrak er zusammen und kam uns mit sichtbarer Verlegenheit entgegen.

»Sie kommen gewiß wegen des Schornsteins zu uns?«

»Richtig«, antwortete kühl der Meister, »zu euch, nur nicht wegen des Schornsteins, sondern wegen der beiden Leute, die ich zum Reinigen hergeschickt habe.«

Die Verlegenheit des Gärtners wuchs deutlich; er wußte nicht, wo er hinschauen sollte.

»Meine Gesellen sind aus der Brauerei bis jetzt nicht zurückgekehrt!« rief der Meister zornig und sah ihn drohend an. »Was ist hier mit ihnen passiert? Ihr seid mir für sie verantwortlich!«

»Aber, Meister«, stotterte der Gärtner, »wir wissen wirklich nicht, was eigentlich mit ihnen passiert ist. Wir haben gedacht, der erste hätte sich inzwischen eingefunden, und auch wegen des zweiten kann ich euch keine Auskünfte geben. Gestern nachmittag ist er in meiner Gegenwart durch die Tür in der Küchenwand in den Schornstein gestiegen; eine Zeitlang habe ich deutlich gehört, wie er den Ruß abkratzte, und ich hätte bis zum Schluß gewartet, wäre ich ich nicht plötzlich auf den Hof hinausgerufen worden. Ich mußte das Haus für ein paar Stunden verlassen, und nach meiner Rückkehr war von dem Schornstein und von Ihrem Gesellen nicht mehr die Rede. Des Glaubens, er habe den Kamin gefegt und sei in die Stadt zurückgekehrt, haben wir für die Nacht die Lüftungsklappen geschlossen. Erst jetzt, als ich Sie unseren Hof betreten sehe, wird mir unheimlich zumute; plötzlich ist mir der Gedanke gekommen, es könne sich, Gott behüte, dasselbe wiederholt haben wie vor zwei Tagen. Zu meinem Unglück habe ich richtig vermutet. Aber was kann passiert sein, Herr Kalina? Was tun? Wie helfen? Ich bin unschuldig daran«, schloß er mit einer ratlosen Handbewegung.

»Mindestens hätte man die Kamintür nicht schließen dürfen, Sie Trottel!« donnerte Kalina wütend. »Mir nach, Piotruś!« rief er und zog mich am Arm. »Wir haben keinen Augenblick zu verlieren. Führt uns zu der Kaminöffnung!«

Der erschrockene Hausherr ließ uns in die Wohnung. Binnen kurzem befanden wir uns in der Küche.

»Hier in der Ecke.« Der Gärtner wies auf das sich abzeichnende Viereck der Kamintür.

Kalina trat darauf zu, doch ich kam ihm zuvor, riß ungeduldig an dem vorstehenden Knopf und öffnete die Luke.

Rauchgeruch wehte uns an, etwas Ruß fiel auf den Fußboden.

Ehe der Meister mich hindern konnte, kniete ich auf der Sohle, streckte den Arm hoch und machte mich ans Einsteigen.

»Laß mich, Verrückter!« ertönte hinter mir Kalinas zornige Stimme. »Das ist meine Sache, du stell inzwischen die Leiter an das Dach, steig hinauf und gib acht auf die Mündung.«

Zum ersten Mal gehorchte ich ihm nicht. Wütende Verbissenheit und der Wille, die Wahrheit zu ergründen, beherrschten mich völlig.

»Gehen Sie doch selbst dorthin, Meister!« rief ich zur Antwort. »Ich verspreche, inzwischen hier unten auf ein Zeichen zu warten.«

Kalina fluchte häßlich und unterwarf sich notgedrungen meinem Kommando. Bald hörte ich seine sich entfernenden Schritte.

Da band ich mir das Mundtuch mit dem Stück Seide straffer ums Kinn, zog den Gurt in der Taille zurecht und faßte das Beilchen fester. Es dauerte keine zwei Vaterunser, bis hinter dem Knick des Kaminhalses, der sich dort gerade nach oben streckte, das Klopfen der an einer Leine herabgelassenen Kugel ertönte: Kalina war bereits auf dem Dach und gab mir das verabredete Zeichen.

Auf allen vieren kroch ich sofort zu dem Knick, fand tastend die Kugel, zog dreimal daran zum Zeichen, daß ich das Signal erhalten hatte, und machte mich an den Aufstieg.

Nachdem ich den Knick hinter mir gelassen hatte, richtete ich mich auf und schützte instinktiv den Kopf mit der erhobenen Axt.

Der Kamin war weit genug zum Durchsteigen, aber dick verrußt. Hier unten auf der Sohle hatten sich ganze Schichten leicht entzündlichen Glanzrußes gebildet und leuchteten mit kaltem, metallischem Schimmer im trüben Licht, das von oben einfiel.

Ich blickte hinauf, dorthin, wo die senkrechten Wände zu dem im Tageslicht gleißenden Einlaß zusammenliefen und ... erbebte.

Über mir, vielleicht ein paar Fuß höher als die Schneide meines Beils, entdeckte ich im Halblicht des Rauchfanges ein weißes, schneeweißes Wesen, das mich aus zwei riesigen, gelben Eulenaugen anstarrte.

Das halb einem Affen, halb einem Riesenfrosch ähnliche Wesen hielt in seinen durch Schwimmhäute verbundenen Vorderklauen etwas Dunkles, wie eine kraftlos vom Körper abstehende Menschenhand, und der Körper selbst zeichnete sich in undeutlich gewundener Linie an der Wand daneben ab.

Von kaltem Schweiß überlaufen, stützte ich mich mit den Füßen gegen die Kaminwangen und streckte mich etwas nach oben. Da kam aus dem breiten, von Ohr zu Ohr reichenden Maul des Monstrums ein besonderer, raubtierhafter Ton; das Scheusal knirschte mit den Zähnen wie ein Affe. Meine Bewegung mußte es aufgescheucht haben; offensichtlich hatte es ebenfalls seine Position geändert, denn nun fiel ein breiterer Streifen Licht in das Dunkel und beleuchtete mir deutlich ein furchtbares Bild.

Das durch irgendein Wunder wie mit Saugnäpfen an die Wand geheftete oder an ihr klebende Ungeheuer hielt Biedroń fest umfangen; die mit weißem, flauschigem Pelz bedeckten hinteren Gliedmaßen hatten sich kreuzweise um die Beine des Opfers geschlungen, während der Rüssel, länglich wie bei einem Ameisenbären, sich in gierigem Kuß an der Schläfe des Unglücklichen festgesogen hatte.

Vor Wut sah ich rot, überwand die Angst und kletterte wieder ein paar Steigeisen höher. Offenbar beunruhigt, begann das weiße Wesen, die löffelartigen Ohren zu spitzen und immer lauter zu knirschen; doch es rührte sich nicht von der Stelle.

Ich sah seine vergeblichen Bemühungen, ich sah, wie es versuchte, entweder auf mich herabzuspringen oder aber nach oben zu entweichen. Doch seine Bewegungen waren irgendwie ungeschickt, irgendwie sehr schwerfällig; es schien, als wäre es erstarrt wie eine Schlange, die ihr Opfer verschlungen, oder steif geworden wie ein Blutegel, der zuviel Blut gesogen hat; nur die vorstehenden, tellerrunden Augen hefteten sich immer hartnäckiger auf mich und drohten ... Doch der Zorn überwand in mir die Furcht. Ich holte mit dem Beil aus und schlug aus voller Kraft auf den ekelhaften weißen Schädel.

Der Schlag war stark und zielsicher. Im gleichen Moment erlosch das riesige Augenpaar, irgend etwas streifte mich im Herabfallen, ich hörte unter mir ein dumpfes Stöhnen; das seltsame Wesen war auf den Boden des Kamins gestürzt und hatte sein Opfer mitgerissen.

Ein Schauder des Ekels drang mir bis ins Mark; ich hatte nicht mehr den Mut, herabzusteigen und mich von den Folgen meines Schlags zu überzeugen.

So blieb nur der Weg aufwärts über das Dach. Außerdem befand ich mich sowieso bereits auf der Hälfte des Schornsteins, aus dessen Mündung mir Kalinas Rufe entgegenklangen.

Ich stieg also schnell hinauf, wobei ich mich mit Ellbogen und Füßen aus voller Kraft abstützte. Doch wer beschreibt mein Entsetzen, als ich wenige Fuß höher die an einem aus der Wand vorstehenden Haken aufgehängte Leiche Osmółkas entdeckte?

Der Körper des Armen sah entsetzlich aus, unwahrscheinlich

mager und zu einem Scheit eingetrocknet – fast nur Haut und Knochen –, im Rauch halb geräuchert, wie eine Saite gespannt, trocken und hart wie ein Stück Holz.

Mit zitternden Fingern machte ich die Leiche von dem Haken los, umwickelte sie ein paarmal mit der Schnur der Kugel und gab Kalina durch zweimaliges Ziehen ein Zeichen.

Wenige Minuten später befand ich mich auf dem Dach, wo der Meister mich mit dem bereits herausgezogenen Körper Osmółkas erwartete. Er empfing mich finster, mit gerunzelten Brauen.

»Wo ist der zweite?« fragte er kurz.

Mit wenigen Worten sagte ich ihm alles.

Als wir Osmółkas Körper vorsichtig die Leiter hinuntertrugen, sagte er ruhig:

»Der weiße Wyrak. Er ist's, ich habe geahnt, daß er es ist.«

Schweigend gingen wir durch den Flur, durch zwei Stuben, in die Küche. Keine lebende Seele war da; die Gärtnersfamilie hatte sich still und leise in einen Seitenflügel des Gebäudes begeben.

Nachdem wir die Leiche an der Wand niedergelegt hatten, traten wir zur Kaminöffnung. Aus ihr schauten zwei nackte, steife Füße hervor.

Wir zogen unseren unglücklichen Kollegen heraus und legten ihn neben Osmółka auf den Fußboden.

»Siehst du bei beiden die zwei kleinen Wunden an der Schläfe?« fragte Kalina mit gedämpfter Stimme. »Das ist sein Zeichen. Dort sticht er seine Opfer an. Der weiße Wyrak! Der weiße Wyrak!« wiederholte er mehrfach.

»Ich muß ihm den Rest geben«, antwortete ich verbissen. »Vielleicht ist er noch nicht krepiert.«

»Laß. Er hat genug; er kann Licht nicht ertragen. Aber laß uns nachsehen.«

Wir schauten in den Schlund der Öffnung.

In der Tiefe schimmerte undeutlich etwas Weißes. Kalina blickte sich in der Küche um, und als er einen langen Stock mit einem eisernen Haken an der Spitze entdeckt hatte, schob er ihn in die Kaminöffnung. Gleich darauf begann er zu ziehen...

Ich sah, wie ein weißes Knäuel langsam aus dem Einstieg hervorkam; ein schneeweißes flauschiges Fell näherte sich dem Rand der Öffnung.

Doch unterwegs schien der Kadaver des Wyrak zu schmelzen, einzuschrumpfen, zu vergehen. Als Kalina schließlich den ganzen

Stock herausgezogen hatte, hing an dem Eisen nur ein kleines, milchweißes Knäuel von seltsamer Substanz; es war flockig und faserig wie ein weiches, nachgebendes Pelzchen, wie Flaum, wie Pulver – ganz wie Ruß –, nur weiß, blendend schneeweiß...

Da glitt die Materie vom Haken und fiel auf den Fußboden. Und dann geschah mit ihr eine seltsame Verwandlung: Innerhalb eines Augenblickes wurde die Kugel schwarz wie Kohle, und zu unseren Füßen lag ein großer, metallisch glänzender Haufen pechschwarzen Rußes.

»Das ist von ihm geblieben«, flüsterte Kalina nachdenklich.

Und nach einer Weile fuhr er wie zu sich selber fort:

»Aus Ruß bist du entstanden, und zu Ruß sollst du werden.«

Wir legten unsere unglücklichen Kollegen auf eine Bahre und trugen ihre Körper in die Stadt.

Kurz darauf bekamen der Meister und ich einen merkwürdigen Ausschlag. Am ganzen Körper entstanden große weiße Blasen, ähnlich wie Perlgraupen, und blieben einige Tage. Dann verschwanden sie ebenso schnell und unerwartet und vergingen spurlos.

Alexander Grin
Die Macht des Unfaßbaren

Während die einen in dieser Nacht
von den Bildern träumten,
die Kolumbus ihnen von den Herrlichkeiten
des Ostens entworfen hatte,
sahen die anderen im Schlafe, daß Dämonen
sie in die unbekannten Weiten des Ozeans locken,
wo sie als Strafe für ihre Sünden auf ewig umherirren müssen.

F. Cooper, Mercedes of Castile

I

Unter Menschen von hochgradiger geistiger Sensitivität nahm Gracian Duplais jenen unruhigen Platz ein, wo die Gewalt der Erregung in Wahnsinn umzuschlagen droht. Kritisch wurde sein Zustand in den Momenten, wenn er, sich frei den anströmenden Eindrücken hingebend, jäh zusammenzuckte im faszinierend schaurigen Vorgefühl einer plötzlichen Erleuchtung, deren Sinn die Offenbarung des universalen Sinns gewesen wäre. Natürlich wehrte die menschliche Vernunft in instinktiver Konvulsion eine solche Sintflut ab, und dem nervösen Ausbruch folgte ein Kräfteschwund; andernfalls hätte etwas Gewaltigeres als das Bewußtsein, etwas, das vielleicht auf einer gigantischen Synthese beruhte, unvermeidlich den Verstand zerschmettern müssen, ähnlich einer kleinen Dorfmühle, die plötzlich vom Niagara gespeist wird.

Der Grundton in Duplais' Leben war das ihn nie verlassende Gefühl einer musikalischen Bezauberung. Am besten läßt sich eine solche Eigentümlichkeit der Seele am Beispiel des Kinematographen verdeutlichen, dessen Bilder bekanntlich von Musik begleitet werden. Eine stumme Handlung gewinnt, durch entsprechende Melodien untermalt, poetisches Kolorit. Die moralische Perspektive geht verloren: Heldentat und Ausschweifung, Segen und Verbrechen, die sehr unterschiedliche visuelle Eindrücke hervorrufen, ergeben als Ganzes nur noch ein fesselndes Schauspiel – die Gefühle sind angesprochen, aber rein ästhetisch. Zwischen Handlung und Orchester breitet sich der unsichtbare Schatten der Elegie, und in diesem Schatten versinken die Grenzen zwischen den Fakten, so daß diese – es sei wiederholt – zu einem fesselnden Schauspiel werden. Die Ursache dafür liegt in der musikalischen Bezauberung; die Folge ist ein Spiel bewegter Gefühle, die durch den Schatten der Elegie hindurch zur Freude an subtiler Betrachtung führen.

Eben eine solche Beziehung zum Seienden – die eines musikalischen Erhobenseins – bildete den unveränderlichen Ton in Duplais' Leben. Ihn schien ein unsichtbares Orchester zu begleiten, das ein Grundthema endlos variierte, dessen Töne, mit dem physischen Gehör nicht vernehmbar, den Eindruck vollendeter musikalischer Schönheit hinterließen. Dank diesem komplizierten Wahrnehmungsvermögen glaubte Duplais in allem, was er tat, dachte und sagte, seine eigene Person gewissermaßen von der Seite zu sehen: als handelnde Person in einem Stück ohne Titel und ohne Ende – als Beobachtungsobjekt. Sogar Leiden, in ihrer schwärzesten und qualvollsten Ausprägung, ertrug Duplais auf diesem Wege des indirekten Eindrucks; er selbst – Publikum und Held des Stückes – war in lebhafte, von musikalischer Erregung gefärbte Betrachtung vertieft.

Zugleich hörte er während unruhiger und seltsamer Träume, in denen sich das Leben mit der fast greifbaren Welt plastischer Traumbilder verflocht, mehrmals eine Musik, bei deren ersten Takten er in einem Zustand halbwahnsinnigen Zitterns erwachte. Diese Musik war die Offenbarung einer Harmonie, wie es sie bisher noch nirgends gegeben hatte. Ihre Schönheit entsetzte durch die übernatürliche Macht des Zusammenklangs, der imstande zu sein schien, Höllenglut in Himmelsblau zu verwandeln. Die mit dem Bewußtsein nicht zu erfassende Vollkommenheit dieser göttlich-triumphierenden Musik war – wie Gracian Duplais mit allen Fasern spürte – die vollkommene Verkörperung der Schatten jener großen Bezauberung, in der er durchs Leben ging und die vermutlich ein Echo des funkelnden Urquells war.

Duplais' Gedächtnis weigerte sich jedoch, nach dem Erwachen das Gehörte zu rekonstruieren. Vergeblich griff er, noch ganz erfüllt von wirbelnden Eindrücken, zu Bleistift und Papier, in trügerischer Begeisterung über die vermeintliche Inbesitznahme des Schatzes; die Töne entfernten sich und verblaßten, loderten noch ein paarmal in qualvollem Glück auf und verklangen, und die Stille der Nacht hielt ihr Echo zurück – die musikalische Bezauberung.

Gracian Duplais war Geiger.

2

Roumiers Forschungen auf dem Gebiet der Farbfotografie und der Hypnose, zwei so verschiedenen Bereichen suchender Tätigkeit, die bereits beträchtliche Erfolge gezeitigt hatten, schufen dem beharrlichen Gelehrten einen zahlreichen und ständig größer werdenden Verehrerkreis. Daher war die Türklingel eine Marter für Roumier, und als er an jenem Tag, von dem hier die Rede ist, ihr Schrillen voller Pein zum zwanzigstenmal hörte, sagte er zu seinem Diener, wenn der Besucher sich nicht besonders hartnäkkig zeige, könnte es nicht schaden, ihn daran zu erinnern, daß die Sprechstunde des Doktors in fünf Minuten beeendet sei.

Aber der Diener meldete bei seiner Rückkehr, der Besucher, ein sehr kränklich aussehender Mann, bestehe mit ärgerlicher Starrköpfigkeit darauf, vorgelassen zu werden. Roumier legte ein blasses Foto mit rosigen Morgenwolken beiseite und ging hinüber zum Schreibtisch, wo er seine Besucher zu empfangen pflegte. Nachdem er dem Diener bedeutet hatte, den Unbekannten hereinzulassen, erschien ein Mann von vulgärem Äußeren, der Typ eines Marktgauners, unmodisch gekleidet und von zweifelhafter Reinlichkeit; er war klein, doch schrecklich mager, was ihm hohe Absätze ersparte. Stumpfes Leiden sprach aus seinen eingefallenen Augen; er hatte eine hohe Stirn, aber sie war hinter schwarzen, lange nicht gekämmten Haarsträhnen verborgen; die Nervosität eines Intellektuellen und eine in harter Lebensschule erworbene Roheit mischten sich in den Zügen dieses Mannes, der vielleicht etwas über dreißig Jahre zählte.

»Ich bin Musiker«, sagte er, nachdem sie die üblichen Begrüßungsfloskeln ausgetauscht hatten, »und bitte Sie sehr, mir eine große Hilfe nicht zu verweigern. Ein Fall, wie Sie ihn in meiner Person sehen, wird selbst in Ihrer vielfältigen Praxis schwerlich schon einmal vorgekommen sein. Ich heiße Gracian Duplais.

Vor etwa einem Jahr habe ich in meinen Träumen, deren Empfindungen und Details für mich dank ihrer Prägnanz fast reale Bedeutung haben, ein Motiv wahrgenommen – eine unerklärliche Melodie, die mich seither nahezu jede Nacht verfolgt. Die Macht dieser Melodie und ihre Eigenheiten auf dem gewöhnlichen Weg der Worte wiederzugeben übersteigt jedes menschliche Vermögen; nachdem ich sie gehört habe, bin ich bereit, an Sphärenmusik zu glauben; etwas Nichtmenschliches ist in ihrer

Größe, während die Schönheit des Zusammenklangs in ungeahntem Maße alles übertrifft, was auf Blas- und Streichinstrumenten je gespielt wurde. Sie ist aufgebaut nach uns unbekannten Gesetzen. Beim Erwachen kann ich mich an nichts mehr erinnern. Vergeblich klammere ich mich an den *Eindruck* – das einzige, was mir bleibt, wie eine Feder des Feuervogels – und versuche, die Quelle zu entdecken, deren süßer Tropfen den Durst eines Verschmachtenden verzehnfacht. Vielleicht ist unsere Seele im Traum besonders empfänglich; obwohl ich weiß, mich *erinnere*, daß ich diese wunderbare Musik gehört habe, vermag mein Gedächtnis nicht einen einzigen Takt festzuhalten. Wie dem auch sei, ich bitte Sie inständig, all Ihre Kunst aufzuwenden, um entweder mein Gedächtnis zu stärken oder aber – wenn möglich – mich durch die direkte Macht der Suggestion zu zwingen, in Ihrer Gegenwart all das zu spielen (die Geige habe ich mitgebracht), was mich im Traum so deutlich bewegt. Dieses Experiment kann zwei Ergebnisse von unterschiedlichem Gewicht zeitigen: Erstens, daß die Vollkommenheit der rätselhaften Musik nichts anderes ist als eine Sinnestäuschung im Schlaf, wie es nicht selten Menschen ergeht, die träumen, sie läsen ein brillant geschriebenes Buch, und sich dann beim Aufwachen nur an eine Reihe sinnloser Sätze erinnern. Habe ich mich so von meinem Selbstbetrug überzeugt, werde ich mich systematisch behandeln lassen, vollauf zufrieden in dem Bewußtsein, daß ich wenig dabei verliere. Das zweite Ergebnis – ein Festbannen der Melodie in Noten – ist unermeßlich wichtiger. Vielleicht wird die ganze musikalische Welt der Vergangenheit und Gegenwart in den neuen Entdeckungen verschwinden, so wie die Samenkörner schwinden, wenn sie zu Blumen werden, oder wie die Raupe zu einer bestimmten Stunde aufhört, ein im verborgenen triumphierender Schmetterling zu sein. Vielleicht wird sich, in seinen Grundfesten bewegt, das Bewußtsein der Menschheit selbst verändern, weil – ich wiederhole es und glaube daran – die Macht dieser Musik etwas Göttliches und Zerstörendes hat.«

Das alles äußerte Duplais, indem er seine Rede mit kräftigen, doch fließenden Gesten begleitete; seine Art zu sprechen verriet einen Menschen, der gewöhnt ist, nicht einzig und allein über banale oder familiäre Angelegenheiten Betrachtungen anzustellen; sein Blick war gespannt und ließ wohl äußerste Nervosität erkennen, nicht aber den geringsten Anflug von Wahnsinn, und

Roumier kam zu dem Schluß, daß das Experiment auf jeden Fall interessant zu werden versprach. Doch hielt er es für notwendig, Duplais vor der Gefahr zu warnen, die mit einem so starken Gefühlsaufruhr im Zustand der Hypnose verbunden ist.

»Wahrscheinlich haben Sie keine Ahnung von der Falle«, sagte Roumier, »in die eine übermäßige Erregung des Gehirns Sie lokken kann, wenn diese sich (wie man annehmen muß) als außerstande erweist, Nichtexistierendes zu rekonstruieren. Angenommen, die Melodie ist nur eine verblüffend klare Vorstellung, ein Wunsch, ein Begehren – alles, was Sie wollen, nicht aber die Musik selbst –, dann kann ich Ihnen eine schwere seelische Erkrankung zufügen: Sogar der Tod droht Ihnen im Falle einer Gehirnblutung, was immerhin möglich ist.«

»Ich bin bereit«, sagte Duplais. »Veranlassen Sie, daß man mir meine Geige bringt.«

Als dies geschehen war und Duplais sich, Bogen und Geige in Händen, in einem tiefen bequemen Sessel niedergelassen hatte, schläferte ihn Roumier binnen höchstens einer Minute durch Blick und Gebot ein.

»Gracian Duplais!« sagte der Doktor und verspürte dabei eine ungewohnte Erregtheit. »Ich befehle Ihnen, auf mich zu hören und mir in allem zu gehorchen.«

»Ich gehorche«, antwortete Duplais mit erstorbener Stimme.

Roumiers Wohnung befand sich im Erdgeschoß, das Sprechzimmerfenster ging auf eine kleine Gasse und stand offen. Der Musiker saß in der Nähe des Fensters, regungslos und blaß, große kalte Schweißperlen rannen ihm übers Gesicht. Nach kurzem Zögern sagte Roumier:

»Duplais! Sie hören die Musik, von der Sie mir erzählt haben.«

Ein Zittern überlief den Geiger; die blicklosen Augen öffneten sich weit wie bei einem Irrsinnigen, und ein Blitz der Ekstase veränderte sein Gesicht, so wie die Sonne ein trübes Meer zum Aufleuchten bringt. Ein langes Stöhnen, ähnlich dem verstummenden Klang einer Glocke, erfüllte den Raum.

»Ich höre sie!« schrie Duplais auf.

»Jetzt«, fuhr Roumier fort und zitterte selbst im Bann dieser Nervenstrahlung, die von dem Musiker ausging, »jetzt spielen Sie, was Sie hören. Sie halten die Geige in Händen. Beginnen Sie!«

Duplais erhob sich, setzte energisch und schwungvoll den Bogen an, und das Herz des Hypnotiseurs begann unter dem jäh zuströmenden Blut schmerzhaft zu pochen. Schon bei den ersten Tönen, die von den Saiten der Geige aufstiegen, begriff Roumier, daß er *nicht* weiterhören *durfte*. Diese Töne blendeten und entmachteten. Niemand hätte ihre Wirkung in *Worten wiedergeben* können. Roumier fühlte nur, daß ihm sein ganzes Leben, wie es bis zu diesem Tag verlaufen war, gleichgültig und verhaßt war, er fühlte, daß unter der Wirkung einer solchen Musik der Mensch – wer er auch sei – alles mit rauschhafter Besessenheit tun würde – das größte Verbrechen begehen und das höchste Opfer bringen. Wehmütige Furcht befiel ihn; mit einer fast übermenschlichen Anstrengung entriß er Duplais die Geige und hatte dabei das Gefühl, einer Gottheit ins Antlitz zu speien. Als er so den vernichtenden Zauber gebrochen hatte, rief er:

»Duplais! Sie haben nichts gehört und nichts gespielt. Sie haben alles, was während Ihres Schlafes geschehen ist, völlig vergessen, setzen Sie sich und wachen Sie auf!«

Duplais setzte sich und öffnete verschlafen die Augen. Beim Erwachen empfand er grenzenlose Schwermut; er erinnerte sich nur, weshalb er zu Roumier gekommen war, und als er es sich vergegenwärtigt hatte, stellte er die entsprechende Frage.

»Das war zu erwarten«, sagte Roumier, der mit dem Rücken zu ihm stand und sich erst umdrehte, als er seiner Erregung Herr geworden war. »Sie haben einige Operettenarien gespielt, vermischt mit Bruchstücken einer Serenade von Schubert.«

Sie wechselten noch ein paar Worte, dann entschuldigte sich Duplais verstört, bedankte sich und trat hinaus auf die Straße. Hier wurde er, kaum daß er einige Schritte getan hatte, von einem unbekannten, gutgekleideten Mann eingeholt und angehalten; jener war überaus erregt; nach einem kurzen Blick auf Duplais' Geige und einer flüchtigen Verbeugung fragte er:

»Verzeihen Sie, waren Sie es, der soeben dort am Fenster gespielt hat? Ihre Musik brach plötzlich ab; ich hörte sie, als ich zufällig vorbeikam, und hätte gern noch mehr gehört. Was haben Sie gespielt? Es ist keine müßige Frage: Ich, ein ehemaliger Offizier, habe laut geschluchzt wie ein kleiner Junge, mitten im Lärm und in der Hast des Tages, übermannt von unbekannten Gefühlen. Was ist das, um Gottes willen, und wer sind Sie?«

Duplais, der zuerst nur zerstreut hingehört hatte, erkannte, als der Passant seine Rede endete, mit einem Schlag die Wahrheit.

Rasende Wut packte ihn. Er ließ den Mann stehen und stürmte in alarmierender Hast zurück, läutete und stand gleich darauf wieder vor dem verblüfften Hypnotiseur. In seiner Wut war er nicht mehr imstande, zusammenhängend zu sprechen; keuchend schrie er:

»Du hast es mir verschwiegen! Hast es verschwiegen! Du Schuft! Weißt du denn, was du mir genommen hast?! Das ist schlimmer als Mord! Keine Vergebung! Den Tod! Den Tod dafür!«

Er stürzte sich auf Roumier, riß ihn zu Boden und schlug auf ihn ein. In diesem Augenblick erschienen auf den Lärm hin die Diener. Nicht ohne Mühe fesselten sie Duplais, der danach auf Anweisung des Doktors in eine psychiatrische Klinik gebracht wurde.

Seitdem lebte er dort, zeigte alle Symptome einer unheilbaren Melancholie, die von Zeit zu Zeit abwechselte mit Anfällen zügelloser Raserei. In ruhigem Zustand spielte er gewöhnlich lange voller Wehmut und unter Tränen auf seiner Geige, suchte das Verlorene und verwunderte die Ärzte durch die Originalität einiger Fantasien, die er unaufhörlich ersann. Manchmal, mitten in den Variationen über ein besonders trauriges Thema, stiegen unter dem Bogen seltsame Takte auf, die erbleichen ließen – ein Aufleuchten von kraftloser Schönheit, Andeutungen von etwas Größerem ... doch wiederholte sich dies immer seltener und endete mit seinem Tod, der ihn im Delirium ereilte, als er flehte, den erbarmungslosen Vorhang zu lüften, der das geheimnisvolle, schöne Schauspiel verbarg.

Rudyard Kipling
Die Gespenster-Rikscha

Gib, daß kein böser Traum mich störe,
Kein Teufelsblendwerk mich betöre!
Nachtgebet

Einer der wenigen Vorteile, die Indien England voraushat, besteht in der Leichtigkeit, mit der man dort untereinander bekannt wird: schon fünf indische Dienstjahre reichen aus, um durch andere oder persönlich mit den zwei- bis dreihundert Amtsträgern einer Provinz verbunden zu sein, sämtliche Offiziersmessen der zehn bis zwölf Regimenter und Batterien sowie weitere anderthalb Tausend sonstiger Leute aus nichtoffiziellen Bereichen kennenzulernen. Nach zehn Jahren Dienstzeit hat der Bekanntenkreis sich für gewöhnlich verdoppelt, und nach Vollendung des zwanzigsten Dienstjahrs kennt man jedweden Engländer im gesamten Indischen Reich oder weiß doch zumindest von ihm, so daß man durchs ganze Land reisen kann, ohne jemals für ein Hotel bezahlen zu müssen.

Weltenbummler, die bloß auf das eigne Vergnügen bedacht sind, haben – wie ich mich entsinne – solcher Gastfreiheit eher geschadet. Zählt man jedoch zum »Inneren Kreis« und ist man zumindest kein Grobian oder gar Taugenichts, so stehen einem auch heute noch sämtliche Häuser offen, und diese kleine, für sich bestehende Welt kann sich als überaus freundlich und hilfreich erweisen.

Vor etlichen fünfzehn Jahren war Rickett aus Kamartha zu Besuch bei Polder aus Kumaon. Er wollte nur drei Tage bleiben, erlitt aber einen rheumatischen Anfall mit Fieber und stellte durch volle sechs Wochen Polders gesamte Haushaltung auf den Kopf, machte ihm alle eigene Arbeit unmöglich und wäre in Polders Schlafzimmer fast noch gestorben. Polder jedoch verhält sich seither, als wäre er Rickett auf immer und ewig verpflichtet, ja übersendet den kleinen Ricketts Jahr für Jahr ein Paket mit Geschenken und Spielzeug. Und so ist es überall. Männer, die üblicherweise uns gegenüber ihre Geringschätzung nicht verhehlen, und Weiber, die nicht nur uns Männer bei jeder Gelegenheit schlechtmachen, sondern auch an unsern Frauen kein gutes Haar lassen, mühen sich für dich ab bis auf die Knochen, sobald du erkrankt bist oder sonstwie in ernsthaften Schwierigkeiten.

Heatherlegh, der Doktor, betrieb außerhalb seiner Praxis eine private Krankenstation – ein paar Hütten für Unheilbare, wie ein Freund von ihm es bezeichnete. Im Grunde war's aber nur eine Art Reparaturschuppen für Klimaschäden. Oft genug ist ja das Wetter in Indien von kaum erträglicher Schwüle, und da die Anzahl verläßlicher Bausteine unwandelbar konstant bleibt, und die zugestandene Freiheit einzig in der Erlaubnis besteht, unbedankt Überstunden zu machen, brechen die Leute mitunter zusammen und geraten mental so sehr durcheinander wie die Metaphern in diesem Satz.

Heatherlegh ist der reizendste Doktor, den man sich vorstellen kann: unwandelbar empfiehlt er seinen Patienten »Flachliegen, Kurztreten, Kühlhalten«. Er behauptet, an Überarbeitung gingen bei weitem mehr Menschen zugrunde, als diese nichtsnutzige Welt es verdient, und er beharrt auf dem Standpunkt, auch Pansay, der ihm vor drei Jahren buchstäblich unter den Händen verstarb, sei nur das Opfer zu vieler Arbeit gewesen. Natürlich hat er kraft seiner Autorität nur ein Lachen für meine Annahme, es habe in Pansays Hirn einen Riß gegeben, durch welchen ein wenig vom Dunkel der Anderen Welt herübergedrungen sei, und *das* erst habe ihn vollends erledigt. »Pansay ist aus den Fugen geraten nach einem längeren Heimaturlaub. Ob er zu Mrs. Keith-Wessington sich benommen hat wie ein Schuft oder nicht, spielt dabei keine Rolle. *Ich* jedenfalls behaupte, die Plackerei in der Katabundi-Ansiedlung hat ihn dermaßen hergenommen, daß er schwermütig wurde und sich ein Gewissen gemacht hat aus etwas, das nur ein banaler P. & O.-Flirt* gewesen sein kann. Sicher ist nur, daß er mit Miss Mannering verlobt war, und nicht minder gewiß ist *sie* es gewesen, die das Verlöbnis gelöst hat. Hinterher hat ihn ein kaltes Fieber befallen, und nur daraus hat sich der ganze Unsinn jener vermeintlichen Geistererscheinung entwikkelt. Nein, die Ursache seiner Krankheit ist ganz gewiß Überforderung gewesen – nur sie hat das Übel genährt und am Ende den armen Kerl auch noch das Leben gekostet. Er ist Opfer eines Systems, das den einzelnen zwingt, die Arbeit von zweieinhalb Leuten zu tun!«

Ich bin da freilich anderer Meinung und weiß auch, warum: wenn nämlich der Doktor auf Krankenvisite und ich zufällig in

* Peninsular and Occidental-(bzw. Oriental-)Schiffahrtsgesellschaft. Anm. d. Ü.

Reichweite war, bin ich des öftern bei Pansay gesessen, der mich ganz elend gemacht hat, sobald er anfing, leise und monoton jenen Aufzug zu schildern, den er auf dem Krankenlager beständig vor Augen hatte. Auch der Wortschwall solcher Beschreibung war krankhaft. Als er dann einigermaßen erholt war, schlug ich ihm vor, er solle die ganze Affäre von Anfang an niederschreiben. Ich wußte ja, wie gemütserleichternd sich Tinte manchesmal auswirken kann. Sogar kleine Jungen, wenn sie ein neues, verbotenes Wort gehört haben, fühlen sich erst erleichtert, sobald sie's mit Kreide an eine Wand oder Tür schmieren können. Auch das ist auf seine Art Literatur.

Bei der Niederschrift hatte Pansay noch hohes Fieber, und auch die von ihm gewählte Tonart der Schauergeschichte trug nicht dazu bei, ihn zu kalmieren. Dennoch, zwei Monate später erklärte man ihn für arbeitsfähig. Aber obwohl man ihn dringend für ein unterbesetztes Arbeitsteam brauchte, entschloß er sich, lieber zu sterben. Und bis zuletzt schwor er Stein und Bein, von immer dem gleichen Alptraum besessen zu sein. Wenige Tage vor seinem Hintritt übergab er mir seine Aufzeichnungen. Somit ist, was ich im folgenden wiedergebe, *seine* Version der Affäre, schriftlich fixiert und datiert im Jahr 1885: –

Mein Doktor behauptet, daß ich Ruhe und Luftveränderung brauche. Es ist durchaus möglich, daß ich beides schon bald haben werde – eine Ruhe, die nie mehr gestört werden kann, weder von einem Rotrock-Kurier noch vom Kanonenschuß, der uns den Mittag signalisiert, und einen Luftwechsel, den auch kein Dampfer nach England mir jemals verschaffen könnte. Doch solang es noch nicht dazu kommt, bin ich zum Bleiben entschlossen und will, in bewußter Mißachtung der Ratschläge meines Arztes, alle Welt ins Vertrauen ziehen. Sie soll sich ihr eigenes Bild machen können von meinen Leiden – soll von sich aus entscheiden, ob jemals auf dieser Welt ein vom Weibe geborener Mann Ärgeres durchgemacht hat als ich selber.

Wenn ich auch rede wie ein zum Tode verurteilter Mörder, der nur mehr aufs Schnappen der Falltür wartet, so verdient mein Bericht trotz aller phantastischen Unglaublichkeit doch zumindest Beachtung. Daß man ihn später einmal für glaubwürdig halten wird, erwarte ich nicht. Noch vor zwei Monaten hätte auch ich jeden Menschen, der mir mit so was gekommen wäre, für wahnsinnig oder betrunken gehalten und von mir gewiesen. Vor jenen zwei Monaten war ich ja noch der glücklichste Mensch in ganz Indien. Heute hingegen gibt es von Peschawar bis an die See keinen, der elender wäre als ich. Bisher wissen davon nur zwei Menschen – mein Arzt und ich selbst. Mein Zustand, so sagt er, erkläre sich aus einer leichten Gehirnaffektion, verbunden mit schlechter Verdauung und Schwächung der Sehkraft. Nur das sei die Ursache meiner so hartnäckig wiederkehrenden »Hirngespinste«. Hirngespinste – daß ich nicht lache! Aber was soll's: *ich* schimpfe ihn einen Narren – und *er* steht mir weiterhin bei, gleichbleibend freundlich mit einer höflichen Fachkundigkeit, der sein immer gepflegter, rötlicher Backenbart einen so seriösen Anstrich verleiht, daß ich fast schon an mir zu zweifeln beginne, ja, mich für undankbar halte – für einen übelgelaunten, schwierigen Kranken. Indes, dies möge der Leser von *sich* aus entscheiden.

Vor drei Jahren, nach längerem Heimaturlaub, als ich mich in Gravesend nach Bombay einschiffte, war es mein Glück – und späteres Unheil –, an Bord die Bekanntschaft einer gewissen Mrs. Keith-Wessington zu machen. Sie war die Gemahlin eines bei Bombay diensttuenden Offiziers. Von welcher Art diese Frau war, ist in unserm Zusammenhang nicht von Bedeutung. So sei nur gesagt, daß jeder von uns noch vor Ende der Reise hoffnungslos in den andern verknallt war – einfach blind, ohne jede Vernunft! Nur der Himmel weiß, daß mein Einbekenntnis frei ist von jeglicher Eitelkeit. Affären von dieser Art erfordern stets einen, der gibt, und einen, der nimmt. Schon mit dem ersten Tag jener unheilvollen Beziehung war mir bewußt, daß *Agnes* es war, welche die stärkeren, dominierenderen, leidenschaftlicheren und – wenn ich so sagen darf – selbstloseren Gefühle in unsre Verbindung einbrachte. Ob auch *sie* sich dessen bewußt war, kann ich nicht sagen. Hinterher freilich ist es jedem von uns aufs schmerzlichste klargeworden.

Als wir in Bombay eintrafen, war es schon Frühling. Jeder von uns ging nun seiner Wege, und während der nächsten drei bis vier Monate sahen wir nichts voneinander – bis dann mein Urlaub und ihre Zuneigung uns oben in Simla zusammenführten. Dort verbrachten wir unsere Tage gemeinsam, doch mit dem Hingang der Zeit brannte mein Strohfeuer aus und war gegen Ende des Jahrs zu einem traurigen Häufchen aus Asche geworden. Das soll keine Ausrede sein – ich will mich nicht reinwaschen von aller

Schuld. Mrs. Wessington hatte um meinetwillen sehr vieles geopfert und war bereit, auch noch den Rest hinzugeben. Indes, im August 1882 erfuhr sie aus meinem Munde, ich sei ihrer Gegenwart überdrüssig, sie mache mich krank, ja nicht einmal ihre Stimme könnte ich länger ertragen. Neunundneunzig von hundert Frauen wären daraufhin meiner Person ebenso müde gewesen, und fünfundsiebzig von ihnen hätten sich an mir gerächt durch aktive und offenkundige Flirts mit anderen Männern. Doch Mrs. Wessington war Nummer Hundert: auf sie übte weder die unverhohlene Lustlosigkeit noch die verletzende Schroffheit meiner Gespräche auch nur die mindeste Wirkung.

»Jack, Liebster!« – Das war ihr ewiger Kuckucksruf. »Es ist ganz gewiß nur ein Mißverständnis – ein schrecklicher Irrtum! Du wirst sehn – es wird alles wieder wie früher! *Bitte*, vergib mir doch, liebster Jack!«

Die Schuld lag einzig an mir, das war mir bewußt. Und dieses Bewußtsein verkehrte mein Mitleid zu Passivität – und aus der passiven Duldung entwickelte sich nach und nach blinder Haß. Es war wohl derselbe Instinkt, der einen Mann dazu treibt, eine erst halbgetötete Spinne mit grausamer Lust vollends zu zerstampfen. So weit war es mit mir gekommen gegen Ende des Jahrs '82.

Das folgende Jahr sah uns wieder gemeinsam in Simla – sie mit ihrem ewig gleichen Gesicht und den lahmen Versöhnungsversuchen – und mich, durch und durch von Verachtung und Widerwillen erfüllt. Bisweilen ließ es sich nicht vermeiden, ihr unter vier Augen gegenüberzutreten, und jedesmal waren's die nämlichen Worte – stets dieses vernunftlose Klagen, es sei »ganz gewiß nur ein Mißverständnis« und sie hoffe noch immer, es könne »alles wieder wie früher« werden. Wär's mir der Mühe wert gewesen, so hätte ich sehen müssen, daß nur diese Hoffnung sie noch am Leben erhielt. Immer blasser und schwächer und dünner ist sie geworden, mit jedem weiteren Monat. Es war, um einen Mann in den Wahnsinn zu treiben! Zumindest in diesem Punkt wird man mir beistimmen müssen. Das Ganze war vollkommen überflüssig, ja kindisch und nicht einmal weiblich! Ich bleibe dabei, ein Gutteil der Schuld lag in *ihrem* Verhalten. Trotzdem habe ich später, in den schwarzen, durchfieberten Nächten, mir bisweilen die Frage gestellt, ob ich nicht hätte sanfter, versöhnlicher mit ihr umgehen sollen. Doch eben das *ist* ja das »Hirngespinst«: wie hätte ich ihr denn Liebe vorheucheln sollen, wo ich doch nichts mehr empfand? Nein, das wäre höchst unfair gewesen – sowohl ihr als auch mir gegenüber!

Auch im vergangenen Jahr sahen wir einander wieder – und die Bedingungen waren noch immer die gleichen: die nämlichen, lahmen Versöhnungsversuche von *ihrer*, – die gleiche, schroffe Gleichgültigkeit von *meiner* Seite. Mir ging es darum, sie endlich zur Einsicht zu bringen, wie falsch und wie hoffnungslos es doch wäre, die alte Beziehung erneuern zu wollen um jeden Preis! Im Laufe der Zeit gerieten wir mehr und mehr auseinander – will sagen, es wurde schwierig für sie, mir zu begegnen, denn ich hatte nun andere Interessen, die mich stärker in Anspruch nahmen. Wenn ich mir's heute, auf meinem Krankenbett, recht überlege, so sind jene Tage des Jahrs '84 nur ein verworrener Alptaum, eine phantasmagorische Mischung aus Licht und aus Schatten gewesen: mein Hofieren der kleinen Kitty Mannering; meine Befürchtungen, Hoffnungen, Zweifel; die langen, gemeinsamen Ausritte; meine bebende Liebeserklärung; Kittys Antwort darauf; und immer wieder der Anblick eines todbleichen Gesichts, vorüberhuschend in einer von schwarzweiß livrierten Kulis gezogenen Rikscha – der nämlichen Rikscha, nach der ich vordem so sehnsuchtsvoll Ausschau gehalten; und dann noch das Winken einer behandschuhten Hand und, wenn Agnes mich unter vier Augen traf, was freilich nur selten passierte, die ermüdende Monotonie ihrer Versöhnungsversuche. Nein, Kitty Mannering war's, die ich liebte! Von Herzen und ehrlich liebte ich sie, und je mehr diese Liebe zunahm, desto tiefer zuwider wurde mir Agnes. Im August waren Kitty und ich schon verlobt. Aber am Tage nach unsrer Verlobung begegnete mir hinter Jakko das verwünschte Schwarzweiß jener *Jhampanies**! In einem Anflug von Mitgefühl blieb ich stehen, um Agnes Wessington reinen Wein einzuschenken. Indes, sie wußte schon alles.

»Wie ich höre, hast du dich verlobt, liebster Jack.« Und, schon im nächsten Moment: – »Es ist ganz gewiß nur ein Mißverständnis – ein schrecklicher Irrtum! Du wirst sehn – es wird alles wieder wie früher! Du und ich, wir werden wieder die alten!«

Vielleicht wäre meine Antwort auch einem Manne zu stark gewesen. Jedenfalls traf sie die sterbende Frau wie ein Peitschen-

* Rikschakulis. Anm. d. Ü.

hieb. »Bitte, vergib mir, Jack! Ich wollte dich nicht erzürnen – doch es ist wahr – es ist wahr!«

Dann brach Mrs. Wessington vollends zusammen. Ich aber wandte mich ab und ließ sie ihren Weg fortsetzen. Nur flüchtig hatte ich das Gefühl, mich ganz hundsgemein benommen zu haben. Ich warf einen Blick zurück und sah, daß die Rikscha gewendet hatte – vermutlich wollte sie mich überholen.

Jene Szene und ihre Begleitumstände sind mir mit photographischer Schärfe im Gedächtnis geblieben: der triefende Himmel (es war gegen Ende der Regenzeit), die tropfnassen, zausigen Föhren, die schlammige Straße und die sie begrenzenden schwarzen, aus dem Felsen gesprengten Wände waren der düstere Hintergrund, von dem sich die schwarzweiß livrierten *Jhampanies*, die gelben Rikschapaneele und Mrs. Wessingtons blondes, gramvoll geneigtes Haupt deutlich abhoben. In der Linken hielt sie das Taschentuch, der Körper war kraftlos zurückgesunken in den gepolsterten Sitz. Beim Sanjowlie-Wasserbehälter zwang ich meinen Gaul auf einen Seitenpfad, nahm also buchstäblich Reißaus. Dabei war's mir, als riefe sie mich noch einmal kraftlos beim Namen, aber vielleicht habe ich mir's nur eingebildet. Jedenfalls hielt ich nicht an, ich *wollte* mich nicht vergewissern. Zehn Minuten danach traf ich zufällig Kitty – auch sie war zu Pferd –, und das Vergnügen unseres langen, gemeinsamen Rittes bewirkte, daß ich jenes Rencontre vollkommen vergaß.

In der folgenden Woche verstarb Mrs. Wessington, und damit war die unaussprechliche Last ihres Daseins von mir genommen. Ich kehrte recht selbstzufrieden ins Flachland zurück und hatte nach einem Vierteljahr die gesamte Affäre restlos vergessen. Zwar mahnten die alten Briefschaften mich noch ab und zu an jene alte Beziehung, aber bis Januar hatte ich meine Sachen durchforstet und alles verbrannt, was sich an diesbezüglicher Korrespondenz darin vorgefunden. Und Anfang April jenes Jahres – das war '85 – war ich neuerlich oben in Simla – dem jetzt noch halb ausgestorbenen Simla, wo mir in Kittys Gesellschaft und bei all den verliebten Gesprächen und nicht minder verliebten Spaziergängen die Zeit wie im Fluge verging. Wir faßten dabei den Entschluß, Ende Juni zu heiraten. So wird man mir glauben, wenn ich behaupte, in jenen Tagen der verliebteste, glücklichste Mensch in ganz Indien gewesen zu sein.

Auf diese Weise verstrichen zwei herrliche Wochen, doch ihr

Vorübergang wurde uns gar nicht bewußt. Dann erst kam uns in den Sinn, was sich für Sterbliche in unsern Umständen schicke, und ich bedeutete meiner Verlobten, nur ein entsprechender Ring wäre das äußere, würdige Zeichen unsrer Verbindung. Sie möge vom Fleck weg mit mir zu Hamilton reiten, um sich einen Ring anprobieren zu lassen. Bis zu jenem Moment hatte keiner von uns an derlei Lappalien gedacht, das kann ich beschwören! Nun aber, am 15.4. des Jahrs '85, begaben wir uns sogleich zu Hamiltons Juwelierladen. Es sei darauf hingewiesen, daß ich mich damals – wie gegenteilig mein Arzt sich auch aussprechen mag – bei bester Gesundheit befand, in ausgeglichener Gemüts- und harmonischer Geistesverfassung. Gemeinsam betraten wir Hamiltons Laden, wo ich sofort und ohne mich viel um die Herkömmlichkeiten zu kümmern, meiner Kitty im Beisein des amüsierten Verkäufers den Ring mit eigener Hand anprobierte. Es war ein Saphirring mit zwei Diamanten. Danach unternahmen wir einen Spazierritt hangabwärts zur Combermerebrücke, die zu Pelitis Etablissement führt.

Während mein Waler* sich vorsichtig über den unsichern, schiefrigen Grund wagte, und die nebenherreitende Kitty sich lachend mit mir unterhielt – während ganz Simla, beziehungsweise all das, was bisher vom Flachland gekommen war, sich um den Leseraum und Pelitis Veranda scharte –, war's mir, als riefe mich jemand von ferne bei meinem *Vor*namen. Zwar kam mir die Stimme bekannt vor, doch von wann und von wo, das hätt' ich nicht sagen können. Auf der kurzen Strecke von Hamiltons Laden zu den ersten Bohlen der Combermerebrücke dachte ich an ein Halbdutzend Leute, denen man solchen Fauxpas zutrauen konnte, kam aber doch zu dem Schluß, es hätten mir bloß die Ohren geklungen. Aber unmittelbar vor Pelitis Etablissement fesselten meinen Blick vier *Jhampanies* in schwarzweißer Livree vor einer gelben, billigen Rikscha. Das erinnerte mich an die letzte Saison und damit höchst unliebsam an Mrs. Wessington! Warum konnte es nicht dabei bleiben, daß sie gestorben und abgetan war? Weshalb mußten mir ihre schwarzweiß livrierten Bedienten den herrlichen Tag kaputtmachen? Bei wem immer sie nunmehr in Dienst stehen mochten – ich faßte den Vorsatz, dort um den Gefallen zu bitten, man möge sie doch die Livree wechseln lassen!

* Aus Neu-Südwales importiertes Kavalleriepferd. Anm. d. Ü.

Ja, ich war auch bereit, alle vier in *meine* Dienste zu nehmen und ihnen dann, nötigenfalls auch für Geld, die verwünschten Livreen vom Leibe zu reißen! Unmöglich, hier wiederzugeben, welche Flut unerwünschter Erinnerungen mich bei ihrem Anblick befiel!

»Kitty!« rief ich erschrocken. »Das sind ja die *Jhampanies* der bedauernswerten Mrs. Wessington! Bei wem die wohl jetzt im Dienst sind?«

Kitty hatte während der letzten Saison Mrs. Wessington flüchtig kennengelernt und Anteil genommen an der kränkelnden Frau.

»*Was* sagst du? *Wo*?« fragte sie. »Ich sehe ja gar nichts!«

Noch während sie's sagte, warf sich ihr Pferd, das einem bepackten Lastesel auswich, der näherkommenden Rikscha direkt in den Weg! Mir blieb keine Zeit, einen Warnruf zu tun – da ging es auch schon zu meinem Entsetzen samt seiner Reiterin mitten durch Kulis und Rikscha *hindurch*, als wäre das alles nur leere Luft!

»Was ist denn los mit dir, Jack?« rief sie mir zu. »Weshalb schreist du so durch die Gegend? Wenn ich auch verlobt bin, so muß doch nicht gleich alle Welt darum wissen! Zwischen dem Esel und der Veranda war Platz genug! Glaubst du, ich könne nicht reiten? – *Da*, schau mal her!«

Worauf die eigenwillige Kitty erhobenen Hauptes zum Musikpavillon galoppierte, in der Meinung, ich würde ihr folgen, wie sie mir hinterher sagte. Nun, was mit mir los war? Eigentlich nichts – nur, daß ich entweder betrunken oder verrückt sein mußte – oder, daß Simla heimgesucht war von Dämonen! Ich zügelte meinen störrischen Gaul und riß ihn herum. Auch die Rikscha hatte gewendet und stand mir nun unmittelbar gegenüber, am linken Geländer der Combermerebrücke!

»Jack! Liebster Jack!« (Nein, diesmal gab's keinen Irrtum – die Worte gellten mir durch das Hirn, als hätte man sie mir ins Ohr geschrien.) »Es ist nur ein schrecklicher Irrtum, da bin ich ganz sicher! *Bitte*, vergib mir und laß alles wieder so werden wie früher!«

Das Dach war zurückgeschlagen, und vor mir saß – so wahr ich bei Tage den Tod herbeisehne und ihn fürchte bei Nacht – vor mir saß in ihrer Rikscha die leibhafte Mrs. Keith-Wessington, das Taschentuch in der Linken und das blonde Haupt vornübergeneigt!

Wie lang ich sie regungslos angestarrt habe, weiß ich nicht mehr. Schließlich riß mich mein indischer Stallbursche aus der Betäubung, indem er den Waler am Zügel ergriff und mich fragte, ob mir nicht wohl sei? Vom Entsetzlichen zum Banalen ist oft nur ein Schritt, und so schwang ich mich taumelnd vom Pferd und wankte, fast ohne es wahrzunehmen, in Pelitis Etablissement, um mich mit einem Brandy zu stärken.

An den Marmortischchen saßen etliche Pärchen. Man schwatzte über den Tratsch und die Neuigkeiten des Tages, doch war mir in jenem Moment jedwede Banalität ein stärkerer Trost als der frömmste geistliche Zuspruch: Hals über Kopf stürzte ich mich ins Geschwätz und redete, lachte und scherzte drauflos mit einem Gesicht (ich sah es flüchtig im Spiegel), so blutleer und bleich wie das einer Leiche! Einige Herren bemerkten, in welcher Verfassung ich mich befand. Sie hielten mich für betrunken und wollten mich vorsorglich fernhalten von ihren Damen. Ich aber stieß sie zurück – ich war auf Geselligkeit aus wie ein Kind, das sich im Finstern geängstigt hat und nun bei Erwachsenen Schutz sucht. An die zehn Minuten muß ich drauflosgeschwatzt haben – doch kam's mir wie eine Ewigkeit vor, ehe ich endlich von draußen Kittys helle Stimme vernahm, die nach mir fragte. Und unmittelbar danach stand sie schon im Lokal, um mich nach Gebühr auszuschelten ob meines pflichtvergessenen Verhaltens. Doch mein Anblick hielt sie davon ab.

»Was ist los mit dir, Jack?« rief sie mir zu. »Was *war* denn – was ist da passiert? Bist du krank?« Dergestalt in die Enge getrieben, nahm ich Zuflucht zur Lüge und sagte, die Sonne sei mir zuviel gewesen. Dabei war es fünf Uhr am Nachmittag, bei vollkommen bedecktem Himmel! Schon beim Sprechen erkannte ich meinen Fehler, versuchte ihn zu verbessern, verstrickte mich heillos in Widersprüche – und folgte der zornroten Kitty wie ein begossener Pudel ins Freie, verfolgt von der Schadenfreude der andern. Ich entschuldigte mich irgendwie (genaueres weiß ich nicht mehr) mit einem Anflug plötzlicher Schwäche, und sprengte dann heimwärts, zu meinem Hotel. Kitty mußte allein weiterreiten.

Wieder in meinem Zimmer, setzte ich mich zunächst einmal hin und versuchte, den Vorfall in Ruhe zu überdenken: hier war *ich*, Theobald Jack Pansay, ein Bürger Bengalens von exzellenter Erziehung, im Jahre des Heils '85, bei wahrscheinlich heilem

Verstand und bei voller Gesundheit – und hatte dennoch in panischer Angst vor der Geliebten Reißaus genommen, weil sich mir eine Frau gezeigt hatte, die schon acht Monate tot und begraben war! Das waren Fakten, um die ich mich nicht herumdrücken konnte. Dabei hatte mir beim Verlassen von Hamiltons Laden nichts ferner gelegen als der Gedanke an Mrs. Keith-Wessington! Und nichts war alltäglicher, als draußen der Gehsteig vor Pelitis Etablissement! Es war noch taghell gewesen, und die Straße voll Menschen! Und trotzdem hatte sich mir, ganz unerwartet und gegen jedes Gesetz der Natur, ein Gesicht aus dem Grabe gezeigt!

Kittys Araber war durch die Rikscha *hindurch*gegangen und hatte damit meine erste Vermutung zerstört, die Rikscha mit ihren livrierten Kulis sei nach Mrs. Wessingtons Tod von einer ihr wundersam gleichenden Frau übernommen oder gemietet worden! Immer wieder ging der Gedanke mir durch den Kopf – ich zermarterte mir das Hirn! Doch immer wieder ließ ich das Nachdenken sein – verwirrt und verzweifelt. Der Klang jener Stimme ließ sich sowenig erklären wie die gesamte Erscheinung! Zunächst war mir ja die verrückte Idee gekommen, mich rückhaltlos Kitty anzuvertrauen und sie um sofortige Heirat zu bitten – in ihren Armen Zuflucht zu finden vor der gespenstischen Rikscha-Insassin! »Schließlich«, so sagte ich mir, »beweist ja allein schon die Gegenwart dieser Rikscha das Illusionäre der ganzen Erscheinung: man mag zwar Gespenstern von Männern und Frauen begegnen – aber doch nie einem Geisterfahrzeug mit Kulis davor! Das ganze ist einfach absurd! Man male sich doch den Geist solch eines Bergmenschen aus!«

Anderntags, in aller Frühe, sandte ich Kitty die schriftliche Bitte, sie möge mein gestriges, sonderbares Verhalten als ungeschehen betrachten. Doch meine Angebetete zürnte noch immer, und so schien eine mündliche Aussprache wohl unumgänglich. Mit einem Wortschwall, der das Produkt meines nächtlichen Suchens nach einer Ausrede war, erklärte ich ihr, mich habe ein plötzliches Herzflattern überkommen – wohl infolge gestörter Verdauung. Die eminent brauchbare Begründung verfehlte nicht den erstrebten Effekt, und so unternahmen Kitty und ich schon am Nachmittag einen Spazierritt – wenngleich nun die erste Lüge wie ein Schatten zwischen uns stand.

Nichts hätte Kitty größere Freude gemacht, als im kurzen Galopp rund um Jakko zu reiten. Da aber meine Nerven sich von der jüngstvergangenen Nacht noch nicht erholt hatten, machte ich lahme Einwendungen und schlug vor, lieber die Strecke zum Observatoriumshügel und dann über Jutogh zur Boileaugunge-Straße zu nehmen – mir sei jeder Kurs recht, nur nicht der rund um Jakko! Kitty jedoch wurde ärgerlich, schien fast schon beleidigt zu sein. Also gab ich ihr nach, aus Furcht vor weiteren Mißhelligkeiten, und wir nahmen die Richtung nach Chota Simla. Den größeren Teil dieses Weges ging es im Schritt. Erst eine Meile unterhalb des Konvents legten wir nach Gewohnheit einen kurzen Galopp ein, hinauf zu dem ebenen Straßenstück am Sanjowlie-Reservoir. Die vermaledeiten Gäule schienen zu fliegen, und das Herz schlug mir schneller und schneller, je näher wir jener Anhöhe kamen! Den ganzen Nachmittag war mir der Kopf voll gewesen mit nichts als Gedanken an Mrs. Wessington; jeder Zoll dieser Strecke erinnerte mich an unsre gemeinsamen Ritte und unsre Gespräche; es war in den Felsformationen und tönte im Rauschen der Föhren; scholl aus den vom Regen geschwollenen Wasserstürzen herüber – und war wie höhnisches Lachen ob meiner Beschämung! Noch in den Ohren, der Wind sang von der Schändlichkeit meines Verhaltens!

Und dann, in der Mitte des ebenen Stücks, das man deshalb die »Damenmeile« genannt hat, kam's zu dem gebührenden Höhepunkt: das Entsetzliche wartete schon – es lag auf der Lauer! Keine einzige *andere* Rikscha war zu entdecken, weit und breit nichts – nur die vier schwarzweißen *Jhampanies* mit ihrem gelben Gefährt, und hinter den gelben Paneelen das blonde Haupt einer Frau – alles ganz so, wie ich es achteinhalb Monate früher verlassen hatte! Sekundenlang bildete ich mir ein, auch Kitty müsse erblicken, was *ich* vor mir sah – wo wir doch auch sonst und in allen Dingen so sehr harmonierten! Doch schon ihre nächsten Worte bewiesen mir meinen Irrtum: »Keine Menschenseele in Sicht! Komm, Jack – ich hetz' dich hinunter zum Reservoir-Verwaltungsgebäude!« Ihr kleiner, sehniger Araberhengst flog dahin wie ein Vogel – und mein Waler knapp hinterher! So ging's im gestreckten Galopp zu den Felsen hinunter, und nach einer halben Minute war's nur mehr ein Steinwurf bis zu jener Rikscha! Da zügelte ich meinen Gaul und blieb ein wenig zurück – die Rikscha hielt ja inmitten der Straße –, doch zum andernmal ging der Araberhengst durch sie hindurch, und mein Waler tat es ihm gleich! »Jack! Liebster Jack! *Bitte*, vergib mir!« scholl es mir klagend ans Ohr, und gleich danach, »Es ist nur ein Irrtum – ein schrecklicher Irrtum!«

Ich gab meinem Reittier die Sporen, als ritte mich selber der Teufel! Als ich zurücksah zum Reservoir, warteten dort vor dem Abhang noch immer die schwarzweißen Kulis – harrten geduldig –, und dann wehte der Wind mir höhnisch das Echo der eben vernommenen Worte ans Ohr. Auf der noch verbleibenden Strecke mokierte sich Kitty nicht wenig ob meines plötzlichen Schweigens: ich hatte ja bisher pausen- und wahllos eingeredet auf sie! Jetzt aber hätt' ich ums Leben kein Wort mehr zustandegebracht und hielt wohlweislich den Mund – von Sanjowlie bis zu der Kirchen-Anhöhe.

Da ich noch am selben Abend bei den Mannerings speisen sollte, blieb mir eben noch Zeit, im Galopp heimzujagen und mich dort umzukleiden. Auf der zur Elysiumhöhe führenden Straße – es dämmerte schon – hörte ich aber, wie zwei Männer sich unterhielten. – »Komische Sache«, sagte soeben der eine. »Sämtliche Spuren verwischt! Sie wissen, wie sehr meine Gattin verückt war nach dieser Frau. (Ich selber konnte nichts finden an ihr.) Und da hat sie mir fort in den Ohren gelegen, ich möge die alte Rikscha, und womöglich auch gleich die vier Kulis, um jeden Preis übernehmen. Für mich waren's krankhafte Hirngespinste – aber was blieb mir denn übrig – ich mußte den Wunsch der *Memsahib* erfüllen! Sie werden es mir nicht glauben, aber der Rikschaverleiher hat mir gesagt, alle vier – sie waren übrigens Brüder – seien auf einer Reise nach Hardwar ein Opfer der Cholera geworden! Und die Rikscha will er mit eigenen Händen zu Kleinholz zerschlagen haben. Er verwende niemals die Rikscha einer verstorbnen *Memsahib*, das bringe nur Unheil, hat er beteuert. Merkwürdig, meinen Sie nicht? Welch eine Idee – die arme kleine Mrs. Keith-Wessington könnte außer sich selber auch anderen Unglück bringen!« – Ich mußte laut auflachen bei diesen Worten, doch ich lachte aus purer Verzweiflung: es *gab* also dieses Gespenst einer Rikscha samt ihren geisterhaften Bedienten aus jener anderen Welt! Wieviel ihnen wohl Mrs. Wessington drüben bezahlen mochte? Und für wie viele Stunden pro Tag? Und wohin ging dann die Fahrt?

Die sichtbare Antwort auf die letzte meiner drei Fragen ließ nicht auf sich warten: im Zwielicht des Abends verlegte das infernalische Ding mir aufs neue den Weg! Tote reisen sehr schnell und bedienen sich mancher Abkürzungen, die unsern irdischen Kulis unbekannt sind! Zum andernmal kam mich das Lachen an, indes, ich verstummte sofort: ich befürchtete ja, wahnsinnig zu werden. In gewissem Grade mochte ich es schon sein, denn ich entsinne mich deutlich, unmittelbar vor der Rikscha mein Tier gezügelt und Mrs. Wessingtons Geist einen Guten Abend entboten zu haben! Die Antwort war mir nur zu sehr vertraut, doch ich hörte sie an bis zum Schluß und erwiderte dann, dies alles sei mir seit langem bekannt, und es würde mich freuen, endlich was Neues von ihr zu erfahren. Ein ausbündiger Teufel muß mich geritten haben an jenem Abend, denn ich erinnere mich, auch noch mit dem üblichen Tagesgeschwätz angefangen zu haben.

»Vollständig übergeschnappt! Armer Kerl! – Oder vollkommen besoffen! Komm herüber, Max, und versuchen wir, ob wir ihn heimbringen können!«

Das war aber nicht Mrs. Wessingtons Stimme gewesen: die beiden Männer von vorhin hatten mich auf die leere Luft einreden hören und waren mir nachgekommen, um sich zu überzeugen, was denn mit mir los sei! Doch war ihren Worten, bei aller Hilfsbereitschaft und Fürsorglichkeit, zu entnehmen, daß sie mich für volltrunken hielten. Ohne es selber recht wahrzunehmen, dankte ich ihnen, ritt im Galopp zu meinem Hotel, zog mich dort um, traf zehn Minuten verspätet bei den Mannerings ein, entschuldigte dies mit dem draußen herrschenden Dunkel, wurde von Kitty getadelt ob meiner Säumigkeit – und konnte mich endlich setzen.

Die Konversation war unterdessen allgemeiner geworden. Die Gäste redeten ungeniert miteinander, und im Schutz solcher Unterhaltung versuchte ich, mit der Geliebten ein Gespräch anzuknüpfen. Ich bemerkte dabei, daß am anderen Ende der Tafel ein kleingewachsener Herr mit rötlichem Backenbart sich recht ausführlich darüber verbreitete, wie ihm am heutigen Abend auf offener Straße ein unbekannter Verrückter begegnet sei.

Schon nach wenigen Sätzen wurde mir klar, daß er *unsre* Begegnung meinte, jenen Vorfall vor dreißig Minuten! Als er aber mitten in seinem Bericht beifallheischend rundumsah, ganz in der Art eines professionellen Geschichtenerzählers, bemerkte er *mich* – und verstummte abrupt. Dann, inmitten der peinlichen Stille, murmelte er etwas von »Faden verloren haben« und ruinierte damit eine Reputation, die er sich als blendender Unterhalter in den letzten sechs Urlaubssaisonen erworben hatte. Ich jedoch segnete ihn aus tiefstem Herzen dafür – und wandte mich meinem Fischgericht zu.

Als das Abendessen vorbei war, fiel es mir schwer, mich von Kitty zu trennen: ich war ja so gut wie gewiß, daß jenes gespenstische Etwas schon draußen vorm Haus meiner harrte! Indes, der rotbärtige Herr – ein Dr. Heatherlegh aus Simla, ich war ja inzwischen mit ihm bekannt geworden – machte sich nunmehr erbötig, mir auf dem gemeinsamen Stück unsres Heimwegs Gesellschaft zu leisten, und ich war ihm sehr dankbar dafür und akzeptierte.

Mein Vorgefühl hatte mich nicht getäuscht: das gespenstische Ding wartete schon auf der Mall, mit einer, so wollte mir scheinen, voll teuflischer Bosheit flackernden Lampe! Mein rotbärtiger Begleiter ging sogleich in *medias res* – für mich ein Signal, daß er schon während des Essens an nichts andres gedacht haben konnte.

»Ich frage mich, mein lieber Pansay, was denn zum Teufel mit Ihnen los war heut' abend, auf der Elysiumstraße?« Die Plötzlichkeit dieser Frage entrang mir die Antwort, noch eh' ich mich ihrer richtig versah:

»*Das* da war los!« Und ich zeigte dabei auf das Ding.

»›*Das* da‹, sagen Sie? Nun, wenn's nicht Säuferwahn ist, dann muß es auf Augentäuschung beruhen, glauben Sie mir! Und da Sie kein Trinker sind, wie ich beim Essen festgestellt habe, *kann* es nicht Säuferwahn sein. Dort, wohin Sie soeben gezeigt haben, befindet sich nichts! Trotzdem sind Sie schweißnaß und zittern wie ein verängstigtes Pony! Folglich müssen Sie einer Augentäuschung unterliegen, und gerade *dar*auf verstehe ich mich! Reiten Sie also mit mir nach Hause, in die Untere Blessingtonstraße!«

Zu meiner großen Erleichterung hielt sich die Rikscha, statt auf uns zu warten, gleichbleibend zwanzig Meter vor uns, indem sie sich jeweils der Gangart unserer Pferde anpaßte. Und auf diesem langen, nächtlichen Ritt erzählte ich meinem Begleiter so ziemlich alles, was ich auch hier schon geschildert habe.

»Sie haben mir eine der besten Geschichten verdorben, die ich je zu erzählen Gelegenheit hatte«, sagte er schließlich. »Aber in Anbetracht dessen, was Sie schon durchgemacht haben, sei Ihnen verziehen. Kommen Sie jetzt mit nach Hause zu mir und tun Sie, was ich Ihnen rate. Und sind Sie erst wieder kuriert, junger

Freund, so meiden Sie künftig die Weiber und auch sonst alle schwerverdauliche Kost – und das bis ans Lebensende!«

Die Rikscha vor uns behielt ihren Abstand weiterhin bei, doch meine fortwährenden Hinweise, wo sie sich jeweils befinde, schienen für meinen rotbärtigen Freund eher vergnüglich zu sein.

»Tatsächlich – es liegt an den Augen, Pansay! Ihr Sehvermögen ist daran schuld, Ihr Gehirn und wohl auch der Magen! Sie haben sich viel zuviel durch den Kopf gehen lassen und darüber Ihre Verdauung und Ihre schwachen Augen vergessen. Ist aber Ihr Magen erst wieder in Ordnung, so wird sich in Kürze auch alles andre geben! Sie brauchen ganz einfach was für die Leber. Ab jetzt bleiben Sie in *meiner* Behandlung! Ihr Fall ist nur allzu interessant, als daß ich ihn jemand anderem abtreten möchte!«

Wir befanden uns schon im Schattenbereich der Unteren Blessingtonstraße, als vor uns die Rikscha an einem überhängenden, föhrenbestandenen Felsen urplötzlich anhielt. Ich zügelte unwillkürlich mein Pferd und erklärte dem Doktor den Grund. Er aber stieß einen Fluch aus.

»Wenn Sie glauben, ich hätte die Absicht, eine ganze Nacht hier in der Kälte zu bleiben, bloß wegen Ihrer Magen-Hirn-Augengeschichten ... Gott steh mir bei! Was ist *das*?!«

Mit abruptem, dumpfem Getöse, in einer allesverhüllenden Wolke aus Staub ging vor uns eine Mure zu Tal – etwa zehn Meter Felsengestein, Baumbestand, Sträucher und Trümmerwerk jedweder Art –, wälzte sich über die Straße und schnitt uns den Weg ab! Gleich betrunkenen Riesen taumelten die entwurzelten Stämme herab – und legten sich krachend übereinander! Starr verhielten die Pferde und schwitzten vor Angst. Als das Getöse verhallt war, stieß mein Gefährte halblaut hervor: »Mann! Wären wir weitergeritten, dann lägen wir jetzt zehn Fuß tief begraben! ... Kommen Sie, Pansay, und nichts wie nach Hause zu mir! Danken Sie Gott! *Ich* hab' einen Schnaps bitter nötig!«

Wir kehrten um, ritten zurück bis zur Kirchen-Anhöhe und erreichten nur wenig nach Mitternacht Dr. Heatherleghs Domizil.

Er verlor keine Zeit und begann fast sofort mit meiner Behandlung. Eine volle Woche ließ er mich nicht aus den Augen. Und oftmals in jener Woche dankte ich meinem Schicksal, daß es mich in Berührung gebracht mit diesem besten, verständigsten Arzt in ganz Simla! Ich fühlte mich besser von Tag zu Tag und befreundete mich immer stärker mit Heatherleghs Theorie, einem durch Augen, Verdauung und Denken bewirkten »Hirngespinst« aufgesessen zu sein. Meiner Verlobten sandte ich Nachricht, ich hätte mir durch einen Sturz aus dem Sattel den Knöchel verstaucht und sei nun für mehrere Tage ans Bett gefesselt – hoffe jedoch, das werde sich geben, noch ehe ihr meine Abwesenheit so recht zu Bewußtsein käme.

In gewissem Sinn war Heatherleghs Heilmethode recht simpel: sie bestand aus Lebertabletten in Verbindung mit eiskalten Bädern und ziemlich anstrengenden Ritten, die wir jedoch nur zeitig am Morgen oder spätabends riskierten, was er recht klug zu begründen wußte: – »Ein Mann mit verstauchtem Knöchel kann unmöglich ein Dutzend Meilen am Tag im Sattel verbringen, und falls Ihre junge Verlobte uns zu Gesicht bekäme, so könnte sie argwöhnisch werden.«

Am Ende der Woche, nach gründlicher Untersuchung von Pupillen, Blutdruck und Puls sowie nach striktesten Einschärfungen in bezug auf Diät und Bewegung im Freien, entließ mich der Doktor ebenso plötzlich, wie er meiner sich angenommen. Dabei gab er mir diesen Glückwunsch mit auf den Weg: – »Mann, ich bescheinige Ihnen hiermit Ihre vollkommene Heilung, und die erstreckt sich auch auf den Großteil der körperlichen Beschwerden. Packen Sie also getrost Ihre Sachen zusammen – und widmen Sie sich nach Kräften Ihrer Verlobten!«

Meine Versuche, mich nach Gebühr zu bedanken, tat er von vornherein ab.

»Glauben Sie *ja* nicht, ich hätte es bloß um *Ihret*willen getan! Wahrscheinlich haben Sie sich wie ein Schuft in all diesen Dingen benommen. Gleichwohl sind Sie ein Phänomen, dessen Ausmaß dem Ihrer Schuftigkeit um nichts nachsteht! – Nein, lassen Sie das«, verbat er sich neuerlich meine Erkenntlichkeit. »Nicht eine einzige Rupie – was *glauben* Sie denn! Und jetzt *ab* mit Ihnen, und sehen Sie zu, diese Augen-Hirn-Magengeschichten möglichst bald wiederzukriegen – ich bezahle nämlich ein *Lakh* für jede neue Erscheinung!«

Schon nach einer halben Stunde befand ich mich bei den Mannerings und saß dort im Zimmer mit Kitty vereint, im Rausch meines Glücksgefühls und in der Gewißheit, nie wieder jenem entsetzlichen Etwas begegnen zu müssen! Und im Bewußtsein so neu errungener Kraft schlug ich vor, sogleich einen Ausritt zu unternehmen, denn es reizte mich ganz besonders, von neuem den Rundkurs um Jakko zu nehmen.

Ich befand mich so wohl wie noch nie – ich quoll fast schon über von Vitalität und animalischer Lust an jenem letzten Apriltag! Auch Kitty war hocherfreut ob meiner Verwandlung und beglückwünschte mich von Herzen in ihrer rückhaltlos offenen Art. Lachend und unbeschwert plaudernd verließen wir eilig das Haus und galoppierten wie früher die Chota-Simla-Straße hinauf.

Ich konnte es kaum erwarten, oben am Sanjowlie-Wasserbehälter zu sein, um mich dort vollends von meiner Genesung zu überzeugen. Zwar taten die Pferde ihr Bestes, doch meiner Ungeduld war das zuwenig. Kitty bestaunte denn auch mein ungestümes Verhalten: »Aber Jack, was *hast* du denn nur!« rief sie zuletzt. »Du führst dich ja auf wie ein Kind! Was hast du vor?«

Wir waren knapp unterhalb des Konvents, und aus purem Übermut stachelte ich meinen Waler mit dem Knauf meiner Reitgerte an, sich auf der Straße in allerlei Kapriolen zu produzieren.

»Was ich vorhabe, fragst du mich?« rief ich zurück. »Gar nichts weiter, mein Kind! Hättest *du* eine volle Woche das Bett hüten müssen, so wärst du nicht weniger übermütig als ich und würdest

›Singen und springen und unbeschwert sein,
  Deiner alten Lebenslust inne
Dich aller Wunder der Schöpfung erfreun
  Und der genesenen Sinne!‹«

Noch während ich diesen Spruch zitierte, erreichten wir die Anhöhe über dem Kloster, von wo man schon bis nach Sanjowlie hinübersehn kann. Doch vor mir, inmitten des ebenen Straßenabschnitts – warteten schon die schwarzweißen Kulis von Mrs. Keith-Wessington, und sie selber saß in der Rikscha, hinter den gelben Paneelen! Mein Pferd gewaltsam zurückreißend, blickte ich noch einmal hin – rieb mir die Augen – und muß dabei einen Schrei getan haben! Im nächsten Moment lag ich flach auf der Straße, mit dem Gesicht nach unten, und Kitty kniete tränengebadet an meiner Seite!

»Kind – ist es schon weg?« stieß ich hervor. Aber Kitty schluchzte nur um so heftiger.

»*Was* soll wieder weg sein, Jack, Liebster? Und was hat das zu bedeuten? Da muß doch ein schrecklicher Irrtum obwalten – ach, Jack, ein schrecklicher Irrtum!«

Diese letzten Worte brachten mich auf die Beine – innerlich tobte ich, schäumte beinahe vor Grimm!

»Oh ja – da *waltet* was ob!« wiederholte ich, fast schon von Sinnen. »Und es *ist* ein schrecklicher Irrtum! Komm her und schau ihn dir an!«

Unklar entsinne ich mich, Kitty am Handgelenk bis an den Rikschakarren gezerrt und sie beschworen zu haben, sie möge doch selber reden mit dieser Erscheinung – ihr sagen, wir seien verlobt, und weder Tod noch Teufel könnten unsre Verbindung je wieder trennen! Und nur Kitty mag wissen, was alles ich *noch* gesagt habe! Wieder und wieder wandte ich mich an die entsetzliche Wesenheit in ihrer Rikscha, flehte sie an, meine Worte doch endlich zur Kenntnis zu nehmen und mich nicht zu Tode zu quälen! Dabei muß ich aber im Beisein von Kitty auch jene alte Liebesbeziehung erwähnt haben, denn plötzlich horchte sie auf, schreckensbleich und mit weitoffnem Blick.

»Besten Dank, Mr. Pansay«, sagte sie scharf. »Das war *mehr* als genug. Syce* hora láo!«

Unsere Stallburschen, ungerührt wie Orientalen schon sind, hatten inzwischen die Reittiere eingefangen und waren mit ihnen herzugekommen. Kitty schwang sich aufs Pferd, doch ich fing es am Zügel ab und bat sie inständig, auf mich zu hören und mir zu verzeihen! Als Antwort hieb sie mir mit der Peitsche übers Gesicht, vom Auge bis über die Lippen, und gebrauchte zum Abschied ein Wort, das ich nicht einmal heute und hier zu Papier bringen möchte! Ich schloß daraus – und hatte damit nur zu recht –, daß Kitty nun *alles* wußte! Taumelnd suchte ich Halt an der Rikscha, das Blut rann mir übers Gesicht, der Peitschenhieb hatte darin eine fahlblaue Spur hinterlassen. Jede Selbstachtung war nun dahin – und genau in jenem Moment kam Heatherlegh auf mich zugesprengt! Er mußte Kitty und mir von ferne gefolgt sein.

»Doktor«, sagte ich nur und zeigte auf mein Gesicht. »Das ist Miss Mannerings Signatur auf meinem Entlassungsdekret! Und ... wegen des *Lakh* werd' ich mich später bei Ihnen bedanken!«

In all meinem Elend reizte mich Heatherleghs Miene dennoch zum Lachen.

* Stallbursche oder Reitknecht. Anm. d. Ü.

»Aber – mein ärztlicher Ruf steht auf dem Spiel –«, hub er an.

»Reden Sie keinen Unsinn«, flüsterte ich. »Ich habe soeben das Glück meines Lebens verloren! Nehmen Sie mich lieber mit zu sich nach Hause!«

Noch während ich sprach, war die Rikscha verschwunden, und was weiter geschah, nahm ich nicht mehr wahr. Die Jakko-Anhöhe schien plötzlich zu schwanken – bewegte sich wolkengleich auf mich zu – und ich wußte nichts mehr.

Erst sieben Tage danach (wir schrieben den 7. Mai) kam ich wieder zu mir. Ich lag in Heatherleghs Zimmer, so schwach wie ein Kind. Der Doktor, an seinem Schreibtisch über Briefschaften gebeugt, fixierte mich scharf. Seine ersten Worte waren nicht sehr ermutigend, aber ich war schon zu sehr geschwächt, als daß sie mich sonderlich aufgeregt hätten:

»Hier – Ihre Miss Kitty hat sämtliche Briefe zurückgesandt. Ihr zwei jungen Leute habt ja recht eifrig korrespondiert, muß ich sagen! Dann ist da ein Päckchen – da könnte ein Ring drinnensein. Das gewinnende Schreiben vom Herrn Papa – ich war so frei, es zu lesen – hab' ich lieber sofort ins Feuer geworfen. Der alte Herr scheint Ihnen nicht sehr gewogen zu sein.«

»Und Kitty?«

»Die hat es, nach ihren Worten zu schließen, noch ärger erwischt als den Vater. Anscheinend haben Sie, ehe ich aufgekreuzt bin, allerlei komisches Zeug über Ihr altes Verhältnis von sich gegeben. Sie sagt, daß ein Mann, der sich verhalten hat wie Sie zu Mrs. Keith-Wessington, sich auf der Stelle umbringen sollte – aus purem Mitleid mit seiner Erbärmlichkeit. Eine hitzköpfige kleine Person, Ihre Flamme, ein richtiges Mannweib. Übrigens möchte auch sie den Auftritt während des Rittes um Jakko einem Anfall von Säuferwahn zuschreiben. Eher möchte sie sterben, so sagt sie, als jemals ein weiteres Wort mit Ihnen wechseln zu müssen.«

Aufstöhnend wälzte ich mich auf die andere Seite.

»Sie haben also die Wahl, lieber Freund: Ihre Verlobung ist als geplatzt zu betrachten, aber die Mannerings wollen nicht *all*zu hart sein. Was ist Ihnen lieber? Säuferwahn – oder Epilepsie? Tut mir leid, eine weitere Alternative bietet sich nicht – außer, Sie zögen es vor, an ererbtem Irrsinn zu leiden. Inzwischen weiß schon ganz Simla von jener Szene, die sich auf der ›Damenmeile‹ abgespielt hat. – Na, so kommen Sie schon! Ich geb' Ihnen fünf Minuten zum Überlegen.«

Ich glaube, jene fünf Nachdenkminuten waren die reine Erkundung der untersten Höllenbezirke, soweit überhaupt ein lebender Mensch dorthin vordringen kann. Ich konnte mir selber zusehn, wie ich mich vorantastete durch die finsteren Labyrinthe aus Hoffnungslosigkeit, Zweifel und Elend. Und ich fragte mich wie Dr. Heatherlegh an seinem Schreibtisch, welche der schaurigen Möglichkeiten ich nun auf mich nehmen sollte – und vernahm schließlich eine Stimme, in der ich die eigene fast nicht mehr wiedererkannte:

»Hierzuland ist man besonders penibel in Dingen der Ehre und der Moral. So lassen Sie denn die Leute im Glauben, es wäre Epilepsie, Heatherlegh, und richten Sie meine Empfehlungen aus. Im übrigen möcht' ich jetzt weiterschlafen.«

Dann verschmolz mein gespaltenes Selbst wieder zum alten Ich (dem halb schon verrückten, halb noch vom Teufel genarrten), das sich unruhig wälzte auf seinem Lager, während es das Geschehen der letzten vier Wochen Schritt für Schritt nachzuvollziehen versuchte.

»Aber – ich *bin* ja in Simla«, sagte ich mir unaufhörlich. »Ich heiße Jack Pansay und befinde mich hier auf Urlaub, in Simla, wo es überhaupt keine Geister gibt! Wie unvernünftig von jener Frau, mir als Geist zu erscheinen! Weshalb läßt sie mich nicht in Frieden? Ich hab' ihr doch gar nichts getan! Genausogut könnte *ich* tot sein, und *Agnes* wär' noch am Leben! Nur, *ich* würde *nicht* wiederkehren, um *sie* umzubringen! Kann man mich denn nicht in Frieden und ungestört glücklich sein lassen?«

Erst zu Mittag wurde ich wach – und ehe ich wieder einschlief, stand die Sonne schon sehr tief am Himmel. Doch mein Schlaf glich nur dem des gefolterten Missetäters, der schon zu sehr erschöpft ist, als daß er noch weitere Qualen empfände.

Anderntags war's mir nicht möglich, mein Bett zu verlassen. Gleich am Morgen teilte mir Heatherlegh mit, Mr. Mannering habe Antwort gesandt, und dank seines (Heatherleghs) Zutuns sei die Geschichte von meinem epileptischen Anfall schon publik in ganz Simla, wo man mir allerwärts ehrliches Mitgefühl zolle.

»Und das dürfte mehr sein, als Sie verdienen«, schloß er in gewinnendem Ton. »Auch wenn Sie, weiß Gott, genug durchgemacht haben! Aber was soll's: wir beginnen am besten sofort mit Ihrer Kur, Sie widernatürliches Phänomen!«

Indes, ich verbat mir ausdrücklich jede Behandlung. »Sie haben schon viel zuviel für mich getan, alter Freund«, sagte ich. »Und ich glaube nicht, Sie auch jetzt noch belästigen zu müssen!«

Ich war ja zutiefst überzeugt, daß der Doktor trotz all seiner Mühe mir meine Gewissensbürde nicht würde erleichtern können. Und Hand in Hand mit solchem Wissen ging das hoffnungslose, ohnmächtige Aufbegehren gegen das Sinnlose solchen Geschehens. Gab es nicht zahllose Männer, die *auch* nicht besser waren als ich – und dennoch Strafaufschub hatten über das irdische Leben hinaus? Ich empfand es als grausames Unrecht, als einziger ausersehen zu sein für dieses abscheuliche Los! Doch machte diese Gemütsverfassung alsbald jener anderen Platz, worin die Rikscha und ich die einzige Realität zu sein schienen inmitten einer Umgebung aus nichts als Schattenphantomen, und wo sogar Kitty zur Geistererscheinung wurde; wo Mannering, Heatherlegh und alle andern Bekannten, so Männer wie Frauen, gespenstische Züge annahmen; ja, wo noch die grauen Bergkämme ringsum zu Schattengebilden wurden, nur dazu da, mich zu quälen! Dies unablässige Auf und Ab meiner Stimmung währte die ganze, elende Woche, obschon ich mich körperlich kräftiger fühlte mit jedem Tag, bis mir mein Spiegelbild zeigte, daß ich dem Alltag wiedergegeben und wie früher ein Mensch unter Menschen war. Erstaunlicherweise war meinem Gesicht nichts von dem anzumerken, was ich durchlitten hatte: ein wenig bleicher vielleicht, wirkte es ebenso unauffällig wie früher. Ich hatte nämlich erwartet, auf Dauer verändert zu sein – sichtbar gezeichnet von jenem Übel, das mich von innen her aufzehrte. Doch nichts davon war mir anzumerken.

Am 15. Mai, vormittags um elf Uhr, verließ ich Heatherleghs Haus. Nach alter Junggesellengewohnheit begab ich mich in den Club. Dort stellte ich fest, daß meine Geschichte in der Version, die der Doktor ausgestreut hatte, schon allen bekannt war. Man begegnete mir zuvorkommend und extrem freundlich, wenngleich ein wenig gezwungen. Ich ersah daraus, daß ich für den Rest meines Lebens dem Kreis der Gefährten entfremdet sein würde, und blickte in schmerzlichem Neid auf die lachenden Kulis vorm Haus auf der Mall. Ich speiste im Club, empfahl mich um vier und schlenderte ziellos die Straße entlang, von der vagen Hoffnung beseelt, irgendwo auf Kitty zu treffen. Doch weit gefehlt: am Musikpavillon warteten schon die schwarzweiß livrierten Kulis auf mich, zogen mit ihrer Rikscha einher neben mir, und schon auch tönte das altbekannte Geleier von Mrs. Wessington mir wieder ans Ohr. Seit dem Verlassen des Clubs hatte ich sie erwartet – überrascht war ich eigentlich nur von ihrer Verspätung! Schweigend ging's nun die Chota-Simla-Straße entlang, die gespenstische Rikscha ständig an meiner Seite. Am Bazar überholte mich Kitty. Sie war zu Pferd und in Begleitung eines mir fremden Herrn. Jeden Straßenköter hätte sie stärker beachtet als mich – nicht einmal ihren gemächlichen Trab beschleunigte sie! Indes, daran mochte auch der verregnete Nachmittag schuld sein.

So ging es nun paarweise und im Spaziergängertempo auf dem alten Rundkurs um Jakko herum – uns voran Kitty mit ihrem Begleiter, und hinter den beiden einher ich mit meiner gespenstischen Liebe von früher. Die Straße ertrank schier im Wasser; wie aus Dachrinnen troff's von den Bäumen am Fuße des Felsens; in Schwaden wehte der Sprühregen über uns hin. Mehrmals ertappte ich mich über Selbstgesprächen: – »Jack Pansay«, so redete ich mir zu, »du bist in Simla auf Urlaub – in *Simla*! Im alltäglichen, ganz gewöhnlichen Simla! Das solltest du niemals vergessen, niemals!« Dann versuchte ich, mir den Tratsch aus dem Club ins Gedächtnis zu rufen: wieviel der oder der für sein Pferd bezahlt hatte – kurz, alles, was da in Zusammenhang stand mit meinem vertrauten, anglo-indischen Alltag. Auch das Einmaleins sagte ich her, so rasch ich's vermochte, um mich meiner Sinne zu vergewissern. Das war eine große Beruhigung und ersparte es mir eine Zeitlang, auf Mrs. Wessingtons Reden zu hören.

Aufs neue erstieg ich nunmehr den Abhang zum Kloster. Oben angelangt, betrat ich das ebene Straßenstück. Kitty und ihr Begleiter legten einen Galopp ein, und ich war nun allein mit Mrs. Keith-Wessington. »Agnes«, beschwor ich sie, »möchtest du nicht das Dach zurückklappen und mir erklären, was das zu bedeuten hat?« Das Dach glitt geräuschlos zurück, und ich sah mich nun Auge in Aug mit der längstbegrabnen Geliebten! Sie war noch genauso gekleidet, wie ich sie letztmals im Leben gesehen, auch das Taschentuch in ihrer Rechten war noch das alte, ebenso wie das Visitkartentäschchen in ihrer Linken. (Eine seit so langer Zeit Verstorbne mit einem Visitkartentäschchen!) Innerlich klammerte ich mich verzweifelt ans Hersagen des Einmaleins, doch mit den Händen suchte ich Halt am gemauerten Straßengeländer, um sicher zu sein, daß wenigstens dies noch real war!

»Agnes«, begann ich von neuem, »sag mir um Gottes willen, was das zu bedeuten hat!« Sie beugte sich vor, mit jener raschen, ihr eigentümlichen Kopfbewegung, die mir so vertraut war. Dann begann sie zu sprechen.

Wäre meine Geschichte nicht so überspannt – hätte sie nicht schon längst alle Grenzen der Glaubwürdigkeit übersprungen, so müßte ich jetzt um Vergebung bitten für sie. Da ich aber weiß, daß ohnehin niemand mir glauben wird – nicht einmal Kitty, für die sie ja eigentlich bestimmt ist als eine Art Rechtfertigung meines Verhaltens –, fahre ich fort in meinem Bericht. Mrs. Wessington sprach auf mich ein, und ich immer neben ihr her, von der Sanjowliestraße bis zu der Kehre vorm Haus des Stationskommandanten, ganz als wäre ich im Gespräch mit einer lebenden Rikschapassantin. Mein Zustand war übergegangen in jene andere, qualvolle Stimmung, worin ich, dem Fürsten in Tennysons Dichtung vergleichbar, »inmitten einer Geisterwelt einherschritt«. Offenbar war beim Stationskommandeur ein Gartenfest zu Ende gegangen, denn wir sahen uns plötzlich umgeben von einer heimkehrenden Menge. Dennoch, ich hatte den Eindruck, all diese Leute wären nur Schatten, und Mrs. Wessingtons Rikscha ginge durch sie hindurch wie durch leere Luft! Was wir im Verlauf jenes geisterhaften Gespräches erörtert haben, vermag ich nicht mehr zu sagen – oder vielmehr, ich *wage* es nicht. Heatherlegh freilich hätte nur lachend darauf bestanden, ich sei »wieder mal meinem Augen-, Magen- und Hirngespinst aufgesessen«. Dennoch war das Geschehen für mich, trotz seiner Unheimlichkeit, eine erhebend schöne Erfahrung. Ist es denn möglich, so fragte ich mich, daß ich in diesem irdischen Leben mich abermals um die Gunst derer bemühe, die gestorben ist durch meine Schuld, zugrunde gegangen an meiner Grausamkeit und Mißachtung?

Auf dem Heimweg gewahrte ich Kitty – auch sie nur als Schattengebild unter Schatten!

Wollt' ich der Reihe nach alles beschreiben, was während der nächsten zwei Wochen passierte, so fände diese Geschichte niemals ein Ende und beanspruchte die Geduld meiner Leser weit über Gebühr. Morgen um Morgen, Abend für Abend zog ich nun mit der gespenstischen Rikscha durch Simla. Wohin immer ich gehen mochte – stets folgten mir die vier schwarzweiß livrierten Gestalten, leisteten mir Gesellschaft, ob ich das Hotel nun verließ oder dorthin zurückkehrte. Nach dem Theater erblickte ich sie in der lärmenden, rufenden Menge der anderen *Jhampunies*, verließ ich nach einem langen Whistabend den Club, so standen sie draußen bereit; bei jeder Geburtstagsfeier erwarteten sie geduldig mein Wiedererscheinen; ja noch am hellichten Tag, wenn ich auf Besuchstour war, gaben sie mir das Geleit! Bis auf den einzigen Umstand, daß sie keinen Schatten warf, schien diese Rikscha ein ganz alltägliches Fuhrwerk aus Holz und aus Eisen zu sein. Mehr als nur einmal mußte ich an mich halten, um nicht mit warnendem Aufschrei den oder jenen herangaloppierenden Freund vorm Zusammenstoß zu bewahren. Und mehr als nur einmal promenierte ich über die Mall, im intensiven Gespräch mit Mrs. Wessington, doch zur Belustigung sämtlicher andern Passanten.

Seit ich mich wieder öffentlich zeigte, war noch keine Woche vergangen, und doch mußte ich schon bemerken, daß man meine »Anfälle« jetzt nicht mehr ernst nahm, sondern mehr und mehr dazu neigte, mich für geistesgestört zu halten! Meine Lebensgewohnheiten änderte ich aber nicht, machte weiterhin meine Besuche, unternahm Ausritte in die Umgebung und speiste so unbefangen im Club wie nur je. Stärker als früher verlangte es mich nach der Gesellschaft von meinesgleichen; ich sehnte mich nach dem realen, faßbaren Leben, empfand aber etwas wie Unbehagen, sobald ich zu lange getrennt blieb von meiner Gespenstergefährtin. Indes, es ist mir nicht möglich, die wechselnden Stimmungen zu beschreiben, denen ich seit jenem 15. Mai bis zum heutigen Tag unterworfen war.

Manchmal erfüllte die Gegenwart jener Rikscha mich mit Entsetzen und panischer Angst, dann wieder mit einer Art Freude, der tiefste Verzweiflung folgte. Ich wagte es nicht, Simla den Rücken zu kehren, und wußte dabei nur zu gut, daß mein Bleiben den Tod nach sich ziehen werde. Und überdies wußte ich auch, daß mir bestimmt war, sehr langsam zu sterben, meinem unwiderruflichen Ende Tag für Tag nur um einen kleinen Schritt näher zu sein! Meine einzige Sorge war nur, solchen Sühnetod in aller Stille und möglichst unauffällig zu sterben. Anderseits drängte es mich, Kitty wiederzusehn, und so beobachtete ich nicht ohne geheimes Vergnügen ihr betont verliebtes Getue mit meinem Nachfolger – oder vielmehr, mit den wechselnden Nachfolgern meiner Person. Kitty war ebensosehr aus meinem Leben verschwunden wie ich aus dem ihren. Während des Tages war ich in

Begleitung von Mrs. Wessington unterwegs und fühlte mich dabei fast schon zufrieden. Im Dunkel der Nacht aber betete ich zum Himmel, er mög' mich in meine alte Umgebung zurückkehren lassen. Doch über so vielfältig wechselnder Stimmung schwebte beständig das leise, sinnbetäubende Wunder des Ineinanderfließens von sichtbaren Dingen und Unsichtbarkeiten inmitten so gegenwärtiger Welt – und alles nur zu dem Zweck, eine arme Seele zu Tode zu hetzen.

*

27. *August.* – Heatherlegh hat mir schier unermüdlich Beistand geleistet: gestern erst hat er mir vorgeschlagen, ich solle doch um einen längeren Krankenstand einkommen. – Ein Ansuchen stellen, nur um der Gesellschaft eines Phantoms zu entrinnen! Einen Antrag einbringen, die Regierung möge mir gnädigst gewähren, durch einen Heimaturlaub in England fünf Gespenster und eine gespenstische Rikscha auf immer loswerden zu können! Heatherleghs Vorschlag hatte zur Folge, daß ich einen fast schon hysterischen Lachkrampf erlitt! Hinterher sagte ich ihm, ich sei fest entschlossen, mein Ende in aller Stille *hier* abzuwarten, in Simla. Denn ich bin sicher, daß es nicht mehr allzu fern ist! Glaubt mir, ich fürchte es mehr, als Worte dies ausdrücken könnten! Nacht für Nacht martern mein Hirn unzählbare Spekulationen um diesen Tod.

Werde ich sterben im Bett, wie sich's für einen englischen Gentleman schickt? Oder wird mir auf einem letzten Spaziergang über die Mall vor allen Leuten die Seele entrissen, auf immer und ewig dazu verdammt, ein grauenhaftes Phantom zu begleiten? Werd' ich mich in jener Anderen Welt in alter Botmäßigkeit wiederfinden, gebunden an dieses Weib? Ist es unser Los, gemeinsam bis an das Ende der Zeit überm Schauplatz irdischen Daseins zu schweben? Je näher der Tag meines Todes heranrückt, desto übermächtiger wird das Entsetzen, das unser lebendiges Fleisch vor den Schemen und Schatten von jenseits des Grabes empfindet. Furchtbares Los, so bald zu den Toten hinunter zu müssen, nach kaum noch zur Hälfte gelebtem Leben! Und tausendmal schrecklicher noch, in eurer Mitte verharren zu müssen – ein Etwas erwartend, dessen Entsetzlichkeit wir uns nicht vorstellen können! Habt Mitleid mit mir – nein, mit dem, was ihr »Hirngespinst« nennt, denn was ich sonst noch geschrieben habe, glaubt ihr ja doch nie und nimmer! Und trotzdem sage ich euch: wenn jemals ein Mann von den Mächten der Finsternis umgebracht wurde – so bin *ich* dieser Mann!

Und, um der Gerechtigkeit willen, habt Mitgefühl auch mit *ihr:* nämlich, wenn je eine Frau zu Tode kam durch einen Mann, so bin *ich* es, der Mrs. Keith-Wessington umgebracht hat! Und der letzte Vollzug meiner Strafe ist schon über mir.

H. P. Lovecraft
Die Musik des Erich Zann

Mit größter Sorgfalt studierte ich Pläne und Karten der Stadt, fand jedoch nie wieder jene Rue d'Auseil. Und es waren nicht nur moderne Pläne, die ich untersuchte; ich weiß, daß Straßennamen häufig Veränderungen unterworfen sind. Ich ließ es mir, im Gegenteil, nicht entgehen, die seltensten und ältesten Karten dieser bizarren Stadt durchzuforschen, ich unterließ nichts, in dieser immerwährenden Dämmerung eine wenn auch noch so bescheidene Spur zu verfolgen, die mich vielleicht doch nach dieser verschollenen, traumversponnenen Straße hätte führen können; allein, was ich auch tat, meine Unternehmungen waren von Anfang an zum Mißlingen verurteilt, und es blieb mir nichts denn die demütige Erkenntnis, daß es für mich in aller Zukunft ein Ding der Unmöglichkeit sein würde, jemals dieses Haus, diese Straße, ja selbst die weitere Umgebung wiederzufinden, in der ich in den letzten Monaten meines Hungerlebens als Student der Metaphysik Erich Zanns Musik vernahm.

Es wundert mich keinesfalls, daß meine Erinnerung zerstört ist, denn meine Gesundheit, körperlich wie geistig, hatte während meines Aufenthaltes in der Rue d'Orsay schwer gelitten; auch entsinne ich mich nicht, jemals einen von den wenigen Bekannten, die ich hatte, dorthin mitgenommen zu haben. Daß ich jedoch diesen Ort nicht mehr aufzufinden vermag, erscheint mir einzig dastehend und verwirrend – war er doch keine halbe Stunde Wegs von der Universität entfernt, und außerdem gab es da einige besondere Einzelheiten, die einer, der die Gegend gesehen hatte, kaum mehr hätte vergessen können. Ich bin allerdings noch mit keinem Menschen zusammengetroffen, der die Rue d'Auseil gekannt hätte.

Die Rue d'Auseil lag jenseits eines finsteren, von uralten Lagerhäusern und Speichern begleiteten Flusses, der träge in ein nebeliges Nichts zog. Irgendwo überspannte eine wuchtige Brücke aus schwarzem Stein seine Wässer. Diese Gegend um den Fluß lag fast immerwährend in einem Gedämmer aus Schatten und dem Rauch trauriger Ausdünstungen. Die vielen Fabriken, die seine Nachbarschaft ausmachten, schienen die Sonne schon von vorneherein ausgeschlossen zu haben. Der Fluß selbst war voll von übelriechendem Dunst, einem eigenartigen Gestank, der mir sonst noch nirgendwo begegnet ist – und vielleicht wird mir dieser Umstand einmal dienlich sein, die verlorene Straße wiederzufinden, da ich diesen eklen Geruch aus hundert anderen herauserkennen würde. Auf der anderen Seite der Brücke befanden sich enge, bucklig gepflasterte Straßen mit Eisengeländern; und bald darauf erreichte man einen Anstieg, der sich zuerst gemächlich hochzog, dann aber, kurz bevor man in die Rue d'Auseil kam, unglaublich steil wurde. Ich habe in meinem Leben noch keine so enge Straße gesehen! Sie war nahezu für alle Fahrzeuge gesperrt, eine Klippe, die aus mehreren durch Stufen verbundenen Plätzchen oder Etagen bestand, und sie wurde an ihrer höchsten Stelle von einer riesigen, mit grauem Efeu überwucherten Mauer abgeschlossen. Das Pflaster war unterschiedlich: hier breite Steinplatten, dort katzbuckeliges, festgefügtes Geröll, manchmal auch nur die bloße, von fahlgrünen, namenlosen Moosen und Gräsern bedeckte Erde. Die Häuser waren hoch, spitzgiebelig und unglaublich alt, hin und wieder beugten sie sich weit vor; man hätte meinen können, die Dachtraufen berührten einander, und man konnte den Himmel nicht mehr erkennen. Ja, man hatte sogar häufig das Gefühl, durch langgestreckte Torbögen zu gehen, ein Umstand, der das Licht nahezu verbannte, und wenn ich mich recht entsinne, so war diese traurige Region aus Dunkelheit und Schemen an verschiedenen Stellen von kleinen Brücken, die Haus mit Haus verbanden, überspannt.

Auch die Bewohner dieser Straße übten auf mich einen sonderbaren Eindruck aus. Zuerst glaubte ich, sie seien nur schweigsam und verschlossen; später aber kam ich darauf, daß ich es mit sehr, sehr alten Menschen zu tun hatte. Was mich ursprünglich bewogen hatte, in einer solchen Straße zu wohnen, habe ich vergessen; aber ich war, als ich dorthinzog, kaum mehr Herr meiner selbst. Ich hatte bereits in vielen, höchst elenden Vierteln gelebt, mein ständiger Geldmangel ließ mir keine andere Wahl, bis ich schließlich in diesem zerfallenden Haus in der Rue d'Auseil landete, das von Monsieur Blandot, einem halbgelähmten Greis, unterhalten wurde. Es war das dritte Haus von oben und bei weitem das höchste von allen.

Mein Zimmer lag im fünften Stock. Es war dort der einzige bewohnte Raum, das übrige Haus stand fast leer. In jener Nacht, in der ich einzog, vernahm ich vom Dachboden aus über mir seltsame Melodien und erkundigte mich am nächsten Morgen bei Blandot nach ihrer Bedeutung. Er sagte mir, daß über mir ein alter Violinspieler wohne, ein Deutscher namens Erich Zann, der Abend für Abend im Orchester eines drittklassigen Tingeltangels sein Brot verdiene. Die so hochgelegene Behausung habe er nur deshalb gemietet, weil er stets nach Beendigung der Vorstellung für sich selbst musiziere und dabei möglichst ungestört sein wolle. Das eine Giebelfenster, welches sein Raum besaß, war die einzige Stelle in dieser Gegend, von der aus man über die Mauer hinweg auf das dahinterliegende Panorama blicken konnte.

In der Folge hörte ich Zann jede Nacht spielen, und obgleich ich deshalb oft keinen Schlaf finden konnte, war ich von der Unheimlichkeit seiner Melodien begeistert. Ich verstehe kaum etwas von Musik, aber dennoch wurde mir bald bewußt, daß Zanns Musik auch nicht im geringsten mit den Kompositionen, die ich bisher gehört hatte, in Verbindung gebracht werden konnte. Dieses war der Grund, weshalb ich zu der Erkenntnis gelangte, daß Erich Zann ein Komponist von höchster Genialität sein müsse. Und je länger ich seinem Spiel lauschte, desto mehr war ich davon bezaubert. Nach einer Woche war ich so weit, daß ich mich entschloß, die Bekanntschaft des alten Mannes zu suchen.

Als er eines Nachts heimkehrte, hielt ich ihn im Treppenhaus an, sagte ihm, daß ich ihn gern kennenlernen wolle und bat ihn auch, einmal seinem Spiel zuhören zu dürfen. Er war ein kleiner, magerer, vornübergebeugter Mann, in schäbigen Kleidern, hatte blaue Augen, ein wunderliches Satyrsgesicht, und war nahezu kahl. Anfangs schienen ihn meine Worte zu verärgern und zu erschrecken, aber schließlich brach meine offensichtliche Freundlichkeit das Eis, und er bedeutete mir brummend, ihm über die knarrenden, quietschenden Dachbodentreppen zu folgen. Sein Zimmer – es gab deren nur zwei unter dem hochgiebeligen Dach des Hauses – lag an der Westseite, also jener hohen Mauer gegenüber, die das obere Ende der steilen Straße bildete. Es war äußerst geräumig und schien durch seine große Kahlheit und Verwahrlosung noch größer zu wirken. Die spärliche Einrichtung bestand aus einer schmalen, eisernen Bettstatt, einem verschmutzten Waschständer, einem Tischchen, einem hohen Bücherregal, einem Notenpult und drei altmodischen Stühlen. Stöße von Notenblättern waren über die Dielen verstreut, gestapelt, die Wände hatten wahrscheinlich nie einen Verputz gesehen, und die Unmenge von Spinnweben, die überall staubschwer herunterhingen, ließen diese Räumlichkeit eher verlassen als bewohnt erscheinen. Offensichtlich lag Zanns ästhetische Welt in irgendeinem unendlich fernen Kosmos seiner Imagination.

Der stumme Alte verschloß mit einem großen Holzriegel die Türe und gab mir ein Zeichen, mich zu setzen. Dann entzündete er ein Wachslicht, um genauer sehen zu können, wen er da mitgebracht hatte. Er nahm sein Instrument aus einem mottenzernagten Tuch, setzte es ans Kinn und ließ sich auf dem Stuhl nieder, der ihm von den dreien am wenigsten unbequem schien. Er spielte ohne Noten, fragte mich auch nicht nach meinen Wünschen, sondern improvisierte frei drauflos und unterhielt mich über eine Stunde lang mit der wunderseltsamsten Musik; Melodien, die er sich gerade ausgedacht haben mußte. Für den unerfahrenen Zuhörer, wie ich einer bin, ist die Eigenart dieser Harmonien nicht zu beschreiben. Es war eine Art Fuge, deren stets wiederkehrendes Thema durch seine unglaubliche Vollendung die Seele fesselte; allein in den Nächten zuvor, von meinem Zimmer aus, hatte ich noch ganz andere Klänge gehört – ich vermißte jetzt diese vollends unirdischen, unheimlichen Klänge, die der alte Mann in seiner Einsamkeit für sich selbst hervorzubringen pflegte.

Als nun der Geiger sein Instrument absetzte, bat ich ihn, mir doch eines jener Stücke vorzuspielen, aus denen ich bereits seit Tagen Stellen vor mich hinpfiff oder ganz unbewußt summte. Bei diesen Worten verlor das runzlige Satyrsgesicht mit einem Male die dumpfe Gelassenheit, die ihm während des Spieles wie eine Maske angelegen hatte, um einer ähnlichen Mischung aus Furcht und Ärger Platz zu machen, wie ich sie zuvor im Treppenhaus an ihm beobachtet hatte. Ich dachte zuerst daran, ihm gut zuzureden; alte Leute, so schien es mir, sind ziemlich leicht umzustimmen; auch überlegte ich, ob es nicht angebracht sei, einige Fetzen dieser merkwürdigen Musik zu pfeifen. Das allerdings gab ich sogleich wieder auf, denn das Gesicht des stummen Musikers verzerrte sich plötzlich zu einer unmöglich zu beschreibenden Grimasse; seine lange, kalte, knochige Hand fuchtelte mir vor dem Mund herum, um meine plumpe Imitation zu ersticken. Gleichzeitig warf er einen angsterfüllten Blick nach dem verhängten Fenster, als fürchte er irgendeinen Eindringling – ein Blick, der mir doppelt absurd schien, da doch dieses Fenster so hoch und unerreichbar über all den andern Giebeln und Dächern lag und, wie mir der Hausmeister erzählt hatte, selbst die ungeheure Mauer überragte.

Der verstohlene Blick des Alten rief mir wieder Blandots Bemerkung ins Gedächtnis zurück, und in mir wurde der Wunsch wach, selbst einmal über die mondüberglänzten Dächer zu schauen. Ich trat auf das Fenster zu und hätte den Vorhang weggezogen, wäre mir nicht Erich Zann mit noch größerem Zorn als zuvor in den Arm gefallen. Und während er sich mühte, mich mit beiden Händen vom Fenster wegzuzerren, deutete er mit dem Kopf nach der Türe. Nun vollends angewidert vom Betragen meines Gastgebers, befahl ich ihm, mich loszulassen, da ich auf der Stelle gehen wolle. Sein knochiger Griff, der meine Handgelenke umspannte, ließ nach, und da er meines Ekels und meiner Betroffenheit gewahr wurde, verminderte sich sein eigener Zorn. Gleich darauf verstärkte er aber wieder seinen Griff, diesmal jedoch in einer herzlichen Art, und nötigte mich zum Sitzen; dann, mit einem Ausdruck leiser Traurigkeit, begab er sich an den unaufgeräumten Tisch, nahm einen Bleistift und schrieb in der ungelenken Art, wie sie Ausländern eigen ist, Sätze in Französisch auf ein Blatt Papier.

Die Mitteilung, die er mir schließlich hinschob, war eine Bitte um Nachsicht und Verzeihung. Zann brachte darin zum Ausdruck, daß er alt und einsam sei, von seltsamen Ängsten, Nervositäten befallen, die mit seiner Musik und gewissen anderen Dingen zusammenhingen. Er habe sich über mein Zuhören gefreut und sähe gerne, daß ich wiederkäme, wenn ich mich nicht zu sehr an seinem exzentrischen Benehmen störte. Die unheimlichen Melodien könne er jedoch unmöglich für einen anderen spielen, er könne es nicht ertragen, daß sie ein zweiter höre, noch litte er es, daß ein Fremder etwas in seinem Zimmer berühre. Zann hatte bis zu unserem Gespräch im Treppenhaus keine Ahnung davon gehabt, daß man sein Musizieren vernehmen könne, und fragte mich nun, ob mir Blandot nicht ein tiefergelegenes Zimmer beschaffen könne; er habe es nicht gerne, wenn man ihn bei seinem Spiel belausche. Für die Differenz der Miete, so schrieb er in seiner Mitteilung, würde er ohne weiteres aufkommen.

Als ich so dasaß und das jämmerliche Französisch zu entziffern versuchte, fühlte ich mich dem alten Manne gegenüber schon erheblich milder gestimmt. War er doch, wie ich, Opfer physischer Leiden und nervöser Bedrückungen! und meine metaphysischen Studien hatten mich gelehrt, tolerant zu sein. Vom Fenster her drang ein schwacher Laut durch die Stille – wahrscheinlich hatte sich ein Fensterladen im Nachtwind bewegt, und aus irgendeinem Grund fuhr ich fast ebenso heftig zusammen wie Erich Zann. Nachdem ich fertiggelesen hatte, schüttelte ich meinem Gastgeber die Hand und schied als Freund.

Tags darauf gab mir Blandot ein besseres Zimmer im dritten Stock. Es befand sich zwischen den Wohnungen eines Geldverleihers und eines achtbaren Tapezierers. Der vierte Stock war unbewohnt.

Es dauerte nicht lange, und ich fand heraus, daß Erich Zann gar nicht so sehr an meiner Gesellschaft gelegen war, wie es zuerst den Anschein gehabt hatte, als er mich überredete, aus dem fünften Stock auszuziehen. Er bat mich nicht mehr um meinen Besuch, und als ich dann doch zu ihm ging, spielte er unaufmerksam und eher verdrossen. Diese Besuche waren stets nur zur Nacht möglich – tagsüber schlief er und ließ niemanden zu sich. Dadurch wuchs meine Zuneigung zu ihm nicht gerade, aber dieses Dachzimmer und die unheimliche Musik übten immer noch eine seltsame Faszination auf mich aus. Ich hatte große Lust, einmal durch dieses Fenster zu blicken, über die hohe Mauer hinweg, hinter der, wie ich dachte, die Türme und Dächer der Stadt schimmern müßten. Einmal schlich ich mich hinauf – Zann war gerade im Theater –, aber ich fand die Türe abgeschlossen vor.

Mehr Glück hatte ich beim Belauschen des nokturnen Spiels. Auf Zehenspitzen tappte ich durch die zitternde Dunkelheit zu meiner früheren Wohnung hinauf, wurde aber bald kühn genug, über die knarrenden Treppen bis vor das Zimmer des Alten zu steigen. Dort, in dem engen Vorraum, stand ich an der verriegelten, schlüssellochverhangenen Türe und lauschte den Klängen, die mich manchmal mit einer bizarren, unerklärbaren Furcht durchdrangen – mit einer Furcht aus nebelhaften Wundern und brütenden Geheimnissen. Nicht, daß die Musik an sich furchterregend gewesen wäre, das kann man wirklich nicht behaupten – aber irgend etwas lag in ihren Schwingungen, das nicht aus dieser Welt sein konnte. Ja, hin und wieder erreichte das Spiel symphonische Qualität, von der man sich nur schwer vorstellen konnte, daß sie von einem einzigen Musiker hervorgebracht wurde. Eines stand jedenfalls fest: Erich Zann war ein Genius von wilder Kraft. Im Laufe der folgenden Wochen wurde sein Spiel immer ungebärdiger, während er selbst in zunehmendem Maße körperlich verfiel, so daß es ein Jammer war, ihn anzusehen. Er wollte mich erst überhaupt nicht mehr zu sich lassen und wich mir aus, wenn wir einander auf der Treppe begegneten.

Als ich eines Nachts wieder an seiner Türe lauschte, türmten sich die Klänge der schrillenden Violine zu einem chaotischen Babel von Harmonien; an mein Ohr drang ein wahnwitziges Pandämonium, das mich an meinem eigenen Verstand hätte zweifeln machen können, hätte nicht plötzlich ein Schrei aus dem Zimmer des Alten bewiesen, daß dieser Horror kein Traum war – ein ungeheuerlicher Schrei in höchster Furcht und grausigstem Schrecken, unartikuliert, wie ihn nur ein Stummer hervorbringen kann. Ich trommelte mit den Fäusten gegen die Türfüllung, erhielt aber keine Antwort. Vor Grauen und Kälte zitternd wartete ich, ich weiß nicht wie lange, in der Dunkelheit des Vorraumes, bis ich endlich vernahm, wie sich drinnen der arme Musiker mit schwachen Kräften an einem Stuhl hochzuziehen versuchte. Da ich vermutete, daß er gerade aus einer Ohnmacht erwacht sei, pochte ich abermals und rief ihn beim Namen. Ich vernahm, wie Zann ans Fenster taumelte und es verschloß. Dann kam er an die Türe, um mich einzulassen. Diesmal war seine Freude, mich bei sich zu haben, aufrichtig; denn ein Ausdruck der Erleichterung leuchtete aus seinen verzerrten Gesichtszügen, und er klammerte sich wie ein Kind an meine Kleider.

Heftig zitternd drückte er mich auf einen Stuhl, setzte sich selbst auf einen anderen, neben dem achtlos hingeworfen Violine und Bogen lagen. Er verharrte untätig eine Zeitlang, es war mir aber dennoch, als lausche er bang in die Stille hinein. Nach und nach schien er sich zu fassen, schließlich wandte er sich zum Tisch und schrieb etwas auf einen Zettel. Seine kurze Notiz beschwor mich, um Gottes willen so lange zu warten – und sei es nur, um meine Neugier zu befriedigen –, bis er mir einen vollständigen Bericht über die Wunder und Schrecken, von denen er besessen sei, in deutscher Sprache abgefaßt habe. Ich wartete, und der Bleistift des Stummen flog über das Papier. Es war etwa eine Stunde später, und die fieberhaft bekritzelten Blätter des alten Musikers waren allmählich zu einem Stapel angewachsen, als ich bemerkte, wie Zann plötzlich hochfuhr, von eisigem Schreck durchzuckt. Seine Augen waren starr auf das Fenster gerichtet, er wand sich förmlich vor Schauder; dann war mir, als hörte ich ein feines Klingen, fand es aber keineswegs furchterregend – es war eher eine Harmonie, die mir unglaublich zart und endlos ferne schien. Ich hielt es für Geigenspiel in einem benachbarten Haus oder in irgendeiner Wohnung, die hinter dieser Mauer lag, über die ich noch niemals hatte blicken können. Auf Zann aber hatte es eine schreckliche Wirkung; er ließ seinen Bleistift fallen, erhob sich mit einem Ruck, griff nach Violine und Bogen und spielte die ganze Nacht so besessen und wild, daß ich diese Musik nur mit der von mir heimlich belauschten vergleichen konnte.

Es wäre ein vergebliches Unterfangen, das Spiel Erich Zanns in jener schrecklichen Nacht beschreiben zu wollen. Es war grauenvoller als alles, was ich je in meinem Leben gehört habe, und ich sah zum ersten Mal den Ausdruck seines Gesichts während des Spiels, ein Antlitz, aus dem ich lesen konnte, daß diesmal blanke Furcht das Motiv war. Er versuchte etwas zu übertönen, das von draußen her einzudringen drohte – was es aber war, konnte ich mir nicht erklären, doch fühlte ich instinktiv seine Schrecklichkeit. Das Spiel wurde immer phantastischer, fiebriger und hysterischer, drückte aber bis ins kleinste Detail das Genie des alten Mannes aus. Nun erkannte ich auch die Melodie – es war eine wilde ungarische Zigeunerweise, und mir wurde für einen Augenblick bewußt, daß ich zum ersten Mal Zann das Werk eines anderen Komponisten spielen hörte.

Lauter und immer toller stieg das Schreien und Wimmern des vom Wahnsinn ergriffenen Instrumentes. Sein Spieler schien sich in unheimlichem Schweiße aufzulösen, verrenkte sich wie ein Affe und starrte in sich steigernder Panik nach dem verhängten Fenster. Ich sah in seinen irrsinnsnahen Klangfetzen förmlich bacchanalisch tanzende Satyrn, die in einem delirischen Reigen durch brodelnde, kochende Schlünde und Wolkenschluchten, durch Blitze infernalischer Dämpfe wirbelten. Und dann war mir, als hörte ich dazwischen einen fremden, schrilleren Ton – langgezogen schwoll er an: ein ruhiger, wohlüberlegter, zweckbedingter, spöttischer Klang von fernher aus dem Westen.

In diesem Augenblick begannen die Fensterläden in einem heulenden Nachtsturm, der draußen unvermittelt eingesetzt hatte, wie irrsinnig zu rütteln, als wollten Sie dem Geigenden damit antworten. Zanns Violine brachte nun Töne hervor, wie ich sie in einem solchen Instrument niemals vermutet hätte. Die Fensterläden klapperten immer lauter und wilder, rissen sich endlich los und schlugen mit aller Gewalt gegen die Scheiben. Dann zerbarst das Glas, und der frostige Sturm stieß in das Zimmer, brachte die Kerzenflamme fast zum Verlöschen und fuhr jaulend in die Blätter, auf die Zann sein furchtbares Geheimnis zu schreiben begonnen hatte. Ich blickte zu ihm hinüber und sah, daß er bereits die Grenzen des klaren Bewußtseins überschritten hatte. Seine wasserblauen Augen traten unnatürlich hervor, sie starrten glasig und trübe wie verfaulte Holzäpfel, sein aberwitziges Geigenspiel aber war in eine blinde, unkontrollierte mechanische Orgie übergegangen, die keine Feder wiederzugeben vermag.

Ein jäher Luftstrom, der alle vorhergegangenen übertraf, erfaßte die beschriebenen Blätter und trieb sie dem Fenster zu. Ich griff verzweifelt nach ihnen, aber noch ehe ich sie fassen konnte, waren sie durch die zerbrochenen Scheiben ins Freie gerissen. Wieder stieg in mir mein alter Wunsch hoch, einmal durch dieses Fenster zu spähen, durch das einzige Fenster, das von hier aus den Blick auf den Abhang hinter der Mauer, auf die sich ausbreitende Stadt freigeben mußte. Es war sehr dunkel draußen, aber die Lichter der Stadt würden immerhin brennen, jedenfalls hoffte ich sie durch Wind und Regen zu sehen. Als ich aber durch dieses höchste aller Giebelfenster blickte, bot sich mir kein freundlich schimmerndes Licht, ich sah keine Stadt, die sich unter mir ausbreitete, sondern die Lichtlosigkeit eines unermeßlichen Alls, ein schwarzes unvorstellbares Chaos, das von einer völlig außerirdischen Musik erfüllt war. Ich stand da und blickte in namenlosem Grauen in die Nacht hinaus. Der Wind hatte nun die beiden Kerzen gelöscht, ich befand mich in einer tobenden, undurchdringlichen Finsternis: vor mir das dämonische Chaos, hinter mir der infernalische Wahnsinn der rasend gewordenen Violine. Ich tappte in die Dunkelheit zurück, Streichholz hatte ich keines, stieß gegen den Tisch, warf einen der Stühle um und erreichte schließlich die Stelle, wo die schreckliche Musik ertönte. Wenigstens mich und Zann aus dieser ungeheuren Bedrohung zu retten wollte ich nicht unversucht lassen! Plötzlich fühlte ich, wie mich eine schauerliche Kälte überrieselte, und ich schrie entsetzt auf, aber mein Schrei ging in diesem Pandämonium der irrsinnigen

Geige unter. Da traf mich unversehens der wie toll sägende Geigenbogen aus der Dunkelheit. Ich wußte nun, daß ich neben dem Alten stand; ich griff aufs Geratewohl ins Ungewisse, berührte die Lehne von Zanns Stuhl, bekam ihn selbst an der Schulter zu fassen und schüttelte ihn, um ihn wieder zur Besinnung zu bringen.

Er aber reagierte nicht, seine Violine schrillte unvermindert weiter. Ich hielt mit der Hand das mechanische Nicken seines kahlen Schädels an, dann schrie ich ihm ins Ohr, daß wir vor diesen unbekannten Dingen der Nacht fliehen müßten. Er aber antwortete nicht, ließ auch nicht im mindesten von seinem unaussprechlichen Musizieren ab, während durch das offene Fenster seltsame Windströme fuhren und in diesem Tohuwabohu aus Dunkelheit und Grauen zu tanzen schienen. Als meine Hand zufällig sein Ohr berührte, durchzuckte mich ein kalter Schauer, obgleich ich nicht wußte, warum – bis ich endlich sein eisiges, nicht atmendes Gesicht berührte, dessen hervorquellendes Augenpaar in ein sinnloses Nichts starrte.

Und dann, wie durch ein Wunder, fand ich die Türe und den großen Holzriegel. Von einer wilden Panik gejagt, floh ich dieses glasäugige Etwas in der Dunkelheit, floh ich das ghoulische Geheule jener verfluchten Violine, deren Wüten noch zunahm, als ich in das finstere Treppenhaus hinausstürzte.

Ich rannte, sprang, flog diese nicht endenwollenden Stufen hinunter, durchquerte das verruchte Haus, raste wie besinnungslos auf die enge Straße hinaus; stolperte über das verkommene, bukkelige Pflaster, lief den stinkenden Hafenkai entlang, hastete keuchend über die große, finstere Steinbrücke – bis ich endlich die breiteren, gesünderen Straßen und Boulevards der Stadt erreichte, die wir alle kennen.

Das sind die grauenhaften Eindrücke, die noch immer meine Seele verfolgen und bedrängen. Und ich entsinne mich, daß es windstill war, ein schöner Mond stand am Himmel, und die hellen Lichter der Stadt flimmerten wie eh und je.

Trotz der sorgfältigsten Nachforschungen und Untersuchungen ist es mir nie wieder gelungen, jene Rue d'Auseil wiederzufinden. Aber ich bin darüber nicht so sehr betrübt; auch nicht darüber, daß jene engbeschriebenen Blätter, die allein Erich Zanns Musik hätten erklären können, von den unträumbaren Abgründen des schwärzesten Nichts verschlungen wurden.

Guy de Maupassant
Das Hilfswerk für freiwilligen Tod

Die Seine dehnte sich vor meinem Hause faltenlos und lackglatt in der Morgensonne. Es war ein schönes, breites, gedehntes silbernes Fließen, hier und dort purpurgetönt; und auf der andern Seite des Stroms bildete eine Zeile hoher Bäume am ganzen Ufersaum entlang eine unermeßliche Mauer von Grün.

Etwas wie das jeden Tag aufs neue beginnende Leben, das frische, frohe, liebesbegierige Leben zitterte in den Blättern, bebte in der Luft, glitzerte auf dem Wasser.

Die Zeitungen, die der Briefträger gerade abgegeben hatte, wurden mir gebracht, und ich ging sorglosen Schrittes zum Ufer, um sie zu lesen.

Gleich in der ersten, die ich aufschlug, stieß ich auf die Überschrift: »Statistik der Selbstmorde«, und ich erfuhr, daß sich in diesem Jahr achttausendfünfhundert Menschen entleibt haben.

Sogleich sah ich sie vor mir! Ich wohnte dem abscheulichen, freiwilligen Massaker der des Lebens überdrüssigen Verzweifelten bei. Ich sah verblutende Menschen mit zerschmetterten Kinnbacken, zerborstenem Schädel, von einer Kugel durchlöcherter Brust, die langsam und allein in einem kleinen Hotelzimmer verröchelten und nicht an die Wunde, sondern nach wie vor nur an ihr Unglück dachten.

Ich sah andere mit durchschnittener Kehle oder aufgeschlitztem Bauch; sie hielten noch das Küchenmesser oder das Rasiermesser in der Hand.

Ich sah andere, und die einen saßen vor einem Glas, in dem Streichholzköpfe sich auflösten, und die andern vor einem Fläschchen mit rotem Etikett.

Das schauten sie an, ohne sich zu regen, mit starren Blicken; dann tranken sie; dann glitt über ihre Wangen eine Grimasse und verzerrte ihre Lippen; entsetzliche Angst verstörte ihre Augen, denn sie hatten nicht gewußt, daß man so große Schmerzen erdulden muß, ehe alles zu Ende ist.

Sie standen auf, blieben stehen, fielen nieder, preßten sich die Hände auf den Bauch und spürten ihre verätzten Organe, ihre vom Feuer der getrunkenen Flüssigkeit verbrannten Eingeweide, noch ehe ihr Denkvermögen sich auch nur verdunkelt hatte.

Andere sah ich an einem Wandnagel hängen, am Fenstergriff, an einem Haken der Zimmerdecke, einem Speicherbalken, an einem Baumast im Abendregen. Und ich erriet alles, was sie getan hatten, ehe sie mit heraushängender Zunge unbewegt dort verblieben waren. Ich erriet die Angst ihrer Herzen, ihr letztes Zögern, die Bewegungen, mit denen sie den Strick befestigten, sich überzeugten, ob er auch gut halte, ihn sich um den Hals legten und sich dann fallen ließen.

Andere sah ich auf elenden Betten liegen, Mütter mit ihren kleinen Kindern, vom Hunger ausgemergelte Greise, junge, von Liebesnöten zerfleischte Mädchen, alle starr und steif, erstickt, gasvergiftet, während noch im Zimmer das Steinkohlenbecken rauchte.

Und ich sah auch welche, die nachts auf den menschenleeren Brücken auf und ab gingen. Das waren die Unheimlichsten. Mit einem weichen Geräusch floß das Wasser unter den Bogen einher. Sie sahen es nicht ..., sie ahnten es beim Einatmen seines kalten Geruchs! Sie waren begierig danach und hatten Angst davor. Sie wagten es nicht! Doch es mußte sein. In der Ferne schlug irgendeine Turmuhr die Stunde, und plötzlich erschollen im Schweigen der Finsternis, rasch erstickt, das Aufprallen eines in den Strom fallenden Körpers, ein paar Schreie, ein von Händen aufgerührtes Wasserplätschern. Manchmal war auch nur das Klatschen ihres Sturzes zu vernehmen, wenn sie sich nämlich die Arme gefesselt oder sich einen Stein an die Füße gebunden hatten.

Ach, die armen, armen, armen Menschen! Wie habe ich ihre Ängste nachempfunden, wie bin ich ihres Todes gestorben! Ich bin durch all ihr Elend hindurchgegangen; innerhalb einer Stunde habe ich alle ihre Martern durchlitten. Ich habe allen Kummer durchlebt, der sie dazu geführt hat; denn ich empfinde die trügerische Niedertracht des Lebens, wie keiner sie stärker als ich empfunden hat.

Wie habe ich alle jene verstanden, die in ihrer Schwachheit und vom Unglück gepeinigt, nach dem Verlust geliebter Menschen, nach dem Erwachen aus dem Traum einer späteren Belohnung, aus der Illusion eines anderen Daseins, in dem Gott sich endlich als gerecht erweisen würde, nachdem er bislang grausam und blutgierig gewesen war, und enttäuscht von der Fata Morgana des Glücks, genug davon hatten und mit dieser pausenlosen Tragödie oder dieser schmählichen Komödie Schluß machen wollten.

Selbstmord! Er ist die Kraft derer, die keine mehr haben, die Hoffnung der Glaubenslosen, der letzte, erhabene Mut der Besiegten! Ja, wenigstens diese eine Tür aus dem Leben hinaus gibt es; wir können sie stets öffnen und uns auf die andere Seite begeben. Die Natur hat eine Mitleidsregung gehabt; sie hat uns nicht eingekerkert. Welch eine Gnade für die Verzweifelten!

Was die bloß Enttäuschten betrifft, so mögen sie mit freier Seele und ruhigem Herzen ihres Weges gehen. Sie haben nichts zu befürchten, denn sie können sich ja davonmachen; denn hinter ihnen ist stets die Pforte, die nicht einmal die erträumten Götter verschließen können.

Ich erwog die Unzahl freiwillig Gestorbener: mehr als achttausendfünfhundert in einem Jahr. Und mir schien, als hätten sie sich zusammengetan, um der Welt ein Gebet entgegenzuschleudern, um ein Gelübde herauszuschreien, um etwas zu erbitten, das erst später, bei besserem Verständnis, ausführbar sein würde. Mir schien, als strömten alle diese Abgeschlachteten, diese Erdrosselten, Vergifteten, Erhängten, Erstickten, Ertrunkenen herzu, eine erschreckende Horde, wie abstimmende Bürger, und sagten zur Gesellschaft: ›Gewährt uns wenigstens einen sanften Tod! Helft uns sterben, die ihr uns nicht leben geholfen habt! Seht, wir sind zahlreich, wir haben in diesen Zeiten der Freiheit, der philosophischen Unabhängigkeit und des allgemeinen Wahlrechts ein Anrecht darauf, zu sprechen. Gebt denen, die auf das Leben verzichten, das Almosen eines Todes, der weniger abstoßend und weniger schrecklich ist.‹

Ich begann, vor mich hinzuträumen, und ließ meine Gedanken sich in bizarren und geheimnisvollen Gaukelbildern ergehen.

Eine Weile glaubte ich in einer schönen Stadt zu sein. Es war Paris; aber in welchem Zeitalter? Ich ging durch die Straßen und schaute die Häuser an, die Theater, die öffentlichen Gebäude, und da gewahrte ich auf einem Platz ein sehr elegantes, kokettes, hübsches Bauwerk.

Verdutzt blieb ich stehen, denn an der Fassade war in Goldbuchstaben zu lesen: »Hilfswerk für freiwilligen Tod.«

Wie seltsam sind doch Wachträume, darin der Geist in einer unwirklichen und zugleich möglichen Welt umherschweift!

Nichts erstaunt, nichts macht dort erschrocken, und die zügellose Phantasie vermag das Komische nicht vom Grausigen zu unterscheiden.

Ich trat an jenes Gebäude heran; in der Vorhalle saßen Diener in Kniehosen an einer Kleiderablage, wie am Eingang eines Klubhauses.

Neugierig ging ich hinein. Einer von ihnen stand auf und fragte:

»Der Herr wünschen?«

»Ich möchte wissen, was es mit diesem Hause auf sich hat.«

»Weiter nichts?«

»Nein.«

»Dann möchten der Herr also, daß ich ihn zum Sekretär des Hilfswerks führe?«

Ich zögerte. Ich fragte:

»Aber würde ihn das nicht stören?«

»O nein. Er ist hier, um Leute zu empfangen, die Auskünfte wünschen.«

»Gut, dann komme ich mit.«

Er führte mich durch Flure, wo ein paar alte Herren plauderten; dann mußte ich in ein schönes, etwas düsteres, ganz mit schwarzem Holz ausgestattetes Arbeitszimmer eintreten. Ein junger, beleibter Mann schrieb einen Brief und rauchte dabei eine Zigarre, an deren Duft ich erkannte, daß sie erstklassig sei.

Er stand auf. Wir begrüßten einander, und als der Diener gegangen war, fragte er:

»Womit kann ich Ihnen dienen?«

»Bitte entschuldigen Sie meine Indiskretion«, erwiderte ich. »Mir ist dieses Gebäude nie zuvor aufgefallen. Die Worte auf der Fassade haben mich erstaunt; ich wüßte gern, was hier geschieht.«

Er lächelte, ehe er antwortete; dann sagte er halblaut mit einer Miene der Genugtuung:

»Mein Gott, hier werden die Leute, die sterben möchten, sauber und sanft – ich wage nicht zu sagen: auf angenehme Weise – getötet.«

Das erschütterte mich nicht allzusehr, da es mir alles in allem natürlich und richtig vorkam. Vor allem wunderte mich, daß man auf diesem Planeten mit der niedrigen, utilitaristischen, humanitären, egoistischen, zwanghaften und von aller wahren Freiheit weit entfernten Denkweise ein solches Unternehmen hatte wagen können, das einer mündig gewordenen Menschheit würdig war.

Ich entgegnete:

»Wie haben Sie das fertiggebracht?«

Er antwortete:

»Die Selbstmorde haben in den fünf Jahren nach der Weltausstellung von 1889 so sehr zugenommen, daß Maßnahmen ergriffen werden mußten. Die Menschen brachten sich auf offener Straße um, bei Festlichkeiten, im Restaurant, im Theater, im Eisenbahnabteil, bei den Empfängen des Staatspräsidenten, überall. Das war nicht nur ein übler Anblick für die, die gern leben, wie ich, sondern auch ein schlechtes Beispiel für die Kinder. Daher haben die Selbstmorde zentralisiert werden müssen.«

»Woher rührt denn diese Manie?«

»Das entzieht sich meiner Kenntnis. Ich glaube, die Welt altert. Die Menschen fangen an, sie zu durchschauen, und sie können sich schlecht damit abfinden. Heutzutage ist es mit dem Schicksal wie mit der Regierung: man weiß, was es damit auf sich hat; man stellt fest, daß man überall begaunert wird, und scheidet aus dem Spiel aus. Wenn man erkannt hat, daß die Vorsehung die Menschen belügt, bemogelt, bestiehlt und täuscht wie ein schlichter Abgeordneter seine Wähler, dann wird man wütend, und da man nicht alle Vierteljahr eine andere ernennen kann, wie wir es mit unsern konzessionierten Volksvertretern machen, tritt man von einer Stätte ab, die ganz entschieden schlecht gewählt ist.«

»Tatsächlich?«

»Oh, ich selber habe nicht zu klagen.«

»Möchten Sie mir sagen, wie Ihr Hilfswerk funktioniert?«

»Sehr gern. Sie können übrigens beitreten, wenn Sie wollen. Es handelt sich um einen Klub.«

»Einen Klub ...?!«

»Ja, und zwar um einen von den prominentesten Männern des Landes gegründeten, von den größten Geistern und den hellsten Köpfen.«

Von ganzem Herzen lachend fügte er noch hinzu:

»Und ich schwöre Ihnen: es geht hier sehr lustig her.«

»Hier?«

»Ja, hier.«

»Sie verblüffen mich.«

»Mein Gott, es geht hier lustig her, weil die Klubmitglieder keine Angst vor dem Tode haben; denn die vergällt einem doch alle Freuden dieser Erde.«

»Aber warum gehören sie denn dem Klub an, wenn sie sich nicht umbringen?«

»Man kann Klubmitglied werden, ohne daß das die Verpflichtung zum Selbstmord einschlösse.«

»Und was dann?«

»Sie sollen es hören. In Anbetracht der ins Maßlose wachsenden Zahl der Selbstmorde, in Anbetracht des häßlichen Anblicks, den sie uns geben, hat sich eine auf pures Wohltun bedachte Gemeinschaft zusammengetan als Schützerin der Verzweifelten: denen stellt sie einen ruhigen, unspürbaren, wenn auch nicht unvorhergesehenen Tod zur Verfügung.«

»Wer hat ein solches Unternehmen autorisieren können?«

»Der General Boulanger während der kurzen Zeit, die er an der Macht war. Er hat sich nicht darauf verstanden, etwas abzulehnen. Die Ermächtigung war übrigens das einzige Gute, das er getan hat. Es hat sich eine Vereinigung von klarsichtigen, enttäuschten, skeptischen Männern zusammengetan, die mitten in Paris eine Art Tempel der Todesverachtung errichten wollten. Das Haus hier ist anfangs eine gefürchtete Stätte gewesen; niemand hat sich hineingetraut. Da haben die Gründer, die hier zusammenzukommen pflegten, eine große Einweihungsfeier veranstaltet, mit den Damen Sarah Bernhardt, Judic, Théo, Granier und zwanzig andern, und mit den Herren de Reszké, Coquelin, Mounet-Sully, Paulus usw.; dann Konzerte, Komödien von Dumas, Meilhac, Halévy, Sardou. Es gab nur *einen* Durchfall, mit einem Stück von Becque, das zu traurig war; aber es hat danach einen Riesenerfolg in der Comédie-Française gehabt. Mit einem Wort: ganz Paris ist gekommen. Das Unternehmen war lanciert.«

»Im Festtrubel! Was für ein makabrer Scherz!«

»Durchaus nicht. Der Tod braucht nichts Trauriges zu sein, aber er muß etwas Gleichgültiges sein. Wir haben den Tod aufgeheitert, wir haben ihn mit Blumen geschmückt, ihn mit Düften beträufelt – wir haben ihn leichtgemacht. Man lernt durch Beispiele, wie man sich helfen kann; man kann sehen; dabei ist nichts.«

»Ich begreife vollauf, daß die Leute zu den Festlichkeiten gekommen sind; aber sind sie auch ... deswegen gekommen?«

»Nicht gleich; sie waren mißtrauisch.«

»Und später?«

»Da sind sie gekommen.«

»Viele?«

»Massenweise. Jetzt haben wir täglich über vierzig. In der Seine werden so gut wie gar keine Ertrunkenen mehr gefunden.«

»Wer hat denn den Anfang gemacht?«

»Ein Klubmitglied.«

»Eins, das sich geopfert hat?«

»Ich glaube nicht. Einer in Geldnöten, ein Ausgebeutelter; er hatte drei Monate lang riesige Verluste beim Bakkarat gehabt.«

»Was Sie nicht sagen!«

»Der zweite war ein Engländer, ein Exzentriker. Danach haben wir Reklame in der Presse gemacht, wir haben über unser Verfahren berichtet, Todesfälle erfunden, die Anziehungskraft besaßen. Aber richtig in Schwung ist die Sache erst durch die armen Leute gekommen.«

»Wie verfahren Sie eigentlich dabei?«

»Wollen wir einen Rundgang machen? Ich erkläre es Ihnen dabei.«

»Gern.«

Er nahm seinen Hut, machte die Tür auf, ließ mir den Vortritt und führte mich dann in einen Spielsaal, wo Männer beim Jeu saßen wie in allen Spielkasinos. Dann ging es durch mehrere Räume. Dort wurde lebhaft und heiter geplaudert. Ich habe kaum je einen so betriebsamen, angeregten, von Gelächter durchklungenen Klub erlebt.

Als ich mich darüber wunderte, fuhr der Sekretär fort:

»Oh, das Hilfswerk erfreut sich unerhörter Beliebtheit. Die gesamte elegante Welt der Erde ist Mitglied, um den Anschein zu erwecken, sie verachte den Tod. Wenn diese Leutchen dann einmal hier sind, glauben sie sich verpflichtet, fröhlich zu sein, damit sie nicht ängstlich wirken. Also wird gescherzt, gelacht, gespottet, angegeben; man ist geistreich oder lernt, es zu sein. Unser Haus ist heute die meistbesuchte und amüsanteste Örtlichkeit von ganz Paris. Sogar die Damen sind jetzt drauf und dran, sich einen Anbau zu schaffen.«

»Und dennoch finden hier viele Selbstmorde statt?«

»Wie ich Ihnen schon sagte: etwa vierzig bis fünfzig jeden Tag. Es handelt sich dabei selten um Leute aus der großen Welt; aber die armen Teufel strömen nur so herbei. Auch der Mittelstand liefert viele.«

»Und ... wie geht die Sache vor sich?«

»Durch Vergasung ... ganz behutsam.«

»Auf welche Weise?«

»Durch ein von uns erfundenes Gas. Wir haben ein Patent darauf. Auf der andern Seite des Gebäudes sind die Eingänge für das Publikum. Drei kleine Türen, die an Nebenstraßen liegen. Finden ein Mann oder eine Frau sich ein, so werden sie zunächst verhört; dann wird ihnen eine Unterstützung angeboten, Hilfe, Protektion. Ist der Klient damit einverstanden, so wird eine Sammlung veranstaltet, und wir haben oftmals welche gerettet.«

»Woher nehmen Sie das Geld?«

»Wir verfügen über ansehnliche Mittel. Der Mitgliedsbeitrag ist sehr hoch. Ferner gehört es zum guten Ton, dem Hilfswerk Spenden zu machen. Die Namen sämtlicher Spender werden im ›Figaro‹ veröffentlicht. Zudem kostet jeder Selbstmord eines reichen Mannes tausend Francs. Und sie sterben ihren Verhältnissen entsprechend. Bei den Armen ist die Sache kostenlos.«

»Woran erkennen Sie, daß einer arm ist?«

»Aber, aber! So was wittert man doch. Außerdem müssen sie eine Armutsbescheinigung des Polizeikommissars ihres Bezirks beibringen. Wenn Sie wüßten, wie beklemmend es ist, wenn sie ankommen! Ich bin nur ein einziges Mal in jener Abteilung unseres Unternehmens gewesen, und ich gehe ganz bestimmt nie wieder hin. Was die Ausstattung betrifft, so ist sie genauso nobel und bequem wie hier; aber die Leute ... die Leute! Wenn Sie sie ankommen sähen, die zerlumpten Alten, die sterben wollen; Menschen, die seit Monaten im tiefsten Elend lebten, die ihre Nahrung an den Ecksteinen auflasen wie die Straßenköter; Frauen in Lumpen, abgemagert bis auf die Knochen; sie sind krank, gelähmt, außerstande, sich ihr bißchen Lebensunterhalt zu verdienen, und wenn sie uns dann ihre Lage geschildert haben, sagen sie: ›Sie müssen doch einsehen, daß es so nicht weitergehen kann; ich kann nicht mehr arbeiten und etwas verdienen.‹ Ich war dabei, als eine Siebenundachtzigjährige hereinkam; sie hatte alle ihre Kinder und Enkelkinder verloren und seit sechs Wochen unter freiem Himmel übernachtet. Ich bin ganz krank gewesen, so nahe ist es mir gegangen. Wir haben einen Haufen verschiedenartiger Fälle, ganz abgesehen von denen, die überhaupt nichts sagen, sondern einfach fragen: ›Wo?‹ Die werden hereingelassen, und dann ist es sofort mit ihnen aus.«

Mit verkrampftem Herzen fragte auch ich:

»Wo ...?«

»Hier.«

Er machte eine Tür auf und sagte:

»Treten Sie näher, es ist die eigens für die Klubmitglieder reservierte Abteilung, die, die am wenigsten beansprucht wird. Es haben hier erst im ganzen zwölf Auslöschungen stattgefunden.«

»Ach so! Sie nennen das ... Auslöschung.«

»Allerdings. Treten Sie doch näher.«

Ich zögerte. Schließlich ging ich hinein. Es war eine vollendet ausgestattete Galerie, eine Art Wintergarten, dessen blaßblaue, zartrosa und hellgrüne Scheiben poetisch Gobelins mit Landschaftsdarstellungen umrahmten. In diesem hübschen Salon standen Ruhebetten, prächtige Palmen, Blumen, zumal balsamisch duftende Rosen; auf den Tischen lagen Bücher, die »Revue des Deux-Mondes«, Zigarren in Kistchen der Tabakregie, und zu meiner Verwunderung Vichy-Pastillen in einer Bonbonnière.

Als ich große Augen machte, sagte mein Begleiter:

»Oh, es kommen oft Leute zum Plaudern hierher.«

Er fuhr fort:

»Die Räume für das Publikum sind ähnlich, nur schlichter möbliert.«

Ich fragte nochmals:

»Wo?«

Er wies mit dem Finger auf ein Ruhebett; es war mit sahnefarbenem, weiß besticktem Crêpe de Chine bezogen und stand unter einem mir unbekannten großen Strauch, zu dessen Füßen sich ein Resedabeet rundete.

Mit leiser Stimme fügte der Sekretär hinzu:

»Blumen und Düfte werden nach Belieben ausgewechselt; denn unser völlig unspürbares Gas gibt dem Tod den Duft der jeweiligen Lieblingsblume. Es wird mit Duftstoffen verflüchtigt. Ist es Ihnen recht, wenn ich es Sie einen Augenblick einatmen lasse?«

»Danke«, sagte ich rasch. »Vorerst noch nicht.«

Er fing an zu lachen.

»Oh, es ist völlig gefahrlos. Ich selbst habe es mehrmals ausprobiert.«

Ich fürchtete, als feige zu erscheinen. Also sagte ich:
»Einverstanden.«
»Bitte strecken Sie sich auf der ›Endormeuse‹ aus.«
Ein wenig unruhig setzte ich mich zunächst auf die mit Crêpe de Chine bespannte Lagerstatt; dann machte ich mich lang, und fast gleichzeitig umhüllte mich köstlicher Resedaduft. Ich öffnete den Mund, um ihn besser in mich trinken zu können; denn schon war meine Seele betäubt, vergaß und genoß in der ersten Verwirrung des Erstickens die bestrickende Trunkenheit eines bezaubernden, jäh zerschmetternden Opiats.
Ich wurde am Arm gerüttelt.
»Aber, aber!« sagte der Sekretär lachend. »Mir ist, als wollten Sie sich davon hinters Licht führen lassen.«

Doch eine Stimme, eine richtige Stimme, nicht mehr die der Traumgrübelei, begrüßte mich mit bäurischem Klang:
»Tag, M'sieu. Wie geht's?«
Mein Traum verflog. Ich sah im hellen Sonnenschein die Seine und den Feldhüter des Dorfs, der auf einem Fußpfad herangekommen war und mit der rechten Hand an sein schwarzes Käppi mit der Silberlitze tippte. Ich antwortete:
»Guten Tag, Marinal. Wohin des Wegs?«
»Ich muß ein Protokoll über einen Ertrunkenen aufnehmen, der bei Les Morillons herausgefischt worden ist. Wieder einer, der sich in die Brühe gestürzt hat. Er hat sich sogar die Unterhose ausgezogen und sich damit die Beine zusammengebunden.«

Stanisław Lem
Unser Mann in Hiroshima

I

»Graham, wer ist eigentlich dieser Truman?«

Mein Gast, der sich halb liegend in dem gepolsterten Fauteuil lümmelte, holte eben einen Hering, von dem das Olivenöl wie Tränen tropfte, aus der Konservendose, als ich ihn mit dieser Frage überfiel. Er starrte zu mir herüber, verzog den Mund, weil der Schwanz des Herings eine fette Spur auf dem Tischtuch hinterließ, schluckte schnell hinunter und zuckte die Schultern.

»Wissen Sie es nicht? Er ist ein Niemand.«

»Es stimmt, daß ich noch nie von ihm gehört habe, aber warum gerade er?«

»Er ist ein Niemand«, wiederholte Graham und schob die Reste in der Büchse zusammen. Blitzschnell schleckte er das glänzende Innere aus, schmatzte laut, schluckte hinunter und zog zufrieden eine Limonadenflasche zu sich heran.

»Das ist, mein junger Kollege, ein Versuchsballon, den man aufblasen kann, womit man will, und auch mit allem bemalen kann, was einem gerade in den Sinn kommt. Sehen Sie – der ist gerade goldrichtig.«

Graham machte sich schon seit einer Woche bei mir breit. Er war, wie das bei Amerikanern Brauch ist, direkt aus den Vereinigten Staaten nach London geflogen. Einige Tage später kam auch sein Wagen an, ein wunderschöner Chrysler, der einem erstarrten Mattsilber-Tropfen ähnelte. Der Dicke wohnte bei mir; zwar hätte er leicht ein besseres Quartier finden können, doch er sehnte sich nach »Nestwärme«, und die Londoner Hotels hatten sehr an Gemütlichkeit eingebüßt. Seit die Invasion die deutschen Fronten durchstoßen hatte und in die Tiefe Frankreichs vorgedrungen war, begann sich London von neuem zu füllen, darüber hinaus waren verschiedene Stäbe und Abteilungen im Zentrum einquartiert. Ein- oder zweimal versuchte ich den geheimnisvollen Graham auszuhorchen – jeden Tag stand sein Wagen vor dem Kriegsministerium. Einmal bemerkte ich, wie er während der Dienstzeit mit seiner glänzenden Riesenglatze über den von meinem Zimmer aus sichtbaren Ausschnitt des

Korridors huschte und im Zimmer des Chefs verschwand. Allerdings reagierte er auf diskrete Anspielungen auf die frühere Zusammenarbeit mit steifem Schweigen.

Er bläst sich auf und macht sich wichtig, dachte ich. Am Abend wurde Graham zum Amerikaner und plünderte zu den hölzernen Klängen von Negerjazz mein bescheidenes Buffet. Mit seinem kleinen Schuh schlug er diskret den Takt zur Musik, und als ihn der Bauch zu zwicken begann, wechselte der glatzköpfige Rundliche schließlich vom Stuhl aufs Sofa.

»Oh, wie mein Herz flattert«, jammerte er und griff mit trübem Blick zum Soda.

»Essen Sie nicht soviel«, antwortete ich jedesmal.

»Sie haben leicht reden«, sagte Graham entrüstet, ging einige Male im Zimmer auf und ab, zur »Förderung der Verdauung«, und machte sich erneut auf die Suche nach Eßbarem.

Die Zeiten wurden immer weniger idyllisch. Der Krieg, der sich so viele Jahre lang schläfrig hingezogen hatte, brach von allen Seiten herein, als wolle er unnötig verlorene Zeit aufholen. Nacht für Nacht, wenn ich aus dem Kino oder dem Hyde Park zurückkehrte, flogen Tausende von Bombern über die Stadt Richtung Deutschland, und das war nur ein Bruchteil der Bomber, die von Stützpunkten der Insel aus starteten. Die Luft erzitterte von dem eisernen Dröhnen der Motoren. In den anderen Ministerien war der Teufel los, ganze Schwärme von Befehlen gingen hinaus, man bereitete sich auf die Okkupation vor und druckte nötige und unnötige (das kam vor) Formulare, man riß sich um ruhige Posten und das beste von allem war die Beherrschung der deutschen Sprache in Wort und Schrift. Großdeutschland zerfiel in Stücke, als liefe der Prozeß der Ausbreitung auf fremdem Boden in einem Film verkehrt herum ab. Die Panzereggen zerfurchten tief den lebenden Leib Deutschlands, und das noch nicht besetzte Gebiet wurde Nacht für Nacht von serienmäßig hergestellten Achttonnenbomben durchpflügt. All das verfolgte ich als Privatmann in den Wochenschauen oder in Frontaufnahmen in den Zeitschriften – denn in unserer Abteilung herrschte völlige Ruhe, lautes Gähnen, die Amtsdiener servierten Tee, und der Chef holte sich die nächsten Bände Hemingway ins Büro.

Die Deutschen krochen schon auf allen vieren – und mein Entlassungsgesuch lag seit vier Wochen mit der Zustimmungserklärung meines Chefs im Ministerium. Die Kriegsberichte lauteten so, daß ich jedes verbleibende Interesse an der rätselhaften Rolle des stets irgendwo pausenlos konferierenden Graham verlor. Zum letztenmal hatten wir uns in Alamagordo in New Mexico getroffen. Ich erinnere mich an diese kalte Nacht im Gebirge, die ich in einer stinkenden, von den Hirten verlassenen Hütte verbrachte, als sei es gestern gewesen. Als der alte Bainbridge vom Massachusetts Institute of Technology auf den Knopf drückte und das Uran – auf einem Stahlturm in einer Entfernung von 15 Kilometern – explodierte, wurde die Dunkelheit von einem schrecklichen Licht erhellt. Der versteinerte, aus der Dunkelheit gehauene Horizont zeigte sich wie auf eine Hand gestützt, in der Mitte eine beherrschende Silberflamme. Wir lagen damals auf dem Rücken, im toten Winkel der Hütte – so hatten uns die Fachleute empfohlen, uns hinzulegen: mit den Füßen zur Explosion hin. Ich kann mich erinnern, wie sich das schwarze Gitterwerk des Turms auf dem bleichen Himmel abzeichnete. Neben mir lag Graham – er summte ganz leise vor sich hin, und als ich ihn etwas fragte, antwortete er, doch gleichzeitig schoß die Schallwelle und die Glut auf uns zu, als wäre uns jemand mit einer unsichtbaren Flamme übers Gesicht gefahren. Dann erlosch alles – wir erhoben uns, nur ganz fern, vor dem Hintergrund der Aschenfarbe des Himmels, wuchs eine weiße Säule in die Höhe, ganz steil, wie eine schreckliche Pflanze, die von Wolken in den Farben des Regenbogens umgeben war.

»Was sagten Sie?« wiederholte Graham. »Zwei Milliarden Dollar wurden da in die Luft geblasen«, fügte er hinzu und wischte mit einem Riesentuch die Stirn ab, »aber es hat sich gelohnt.«

Anfänglich war ich der Meinung, daß die Ankunft Grahams in London den raschen Einsatz der Atombombe bedeutete. Er hatte »das Atomei« in Oak Ridge ausgebrütet und es wie eine gute alte Glucke vor den deutschen Agenten behütet, doch der Mangel an Technikern (mir war nicht bekannt, daß in der Hauptstadt welche anwesend waren) und jetzt der näherrückende Zusammenbruch Deutschlands durchkreuzten diese Pläne. Die Atome wurden nicht mehr benötigt.

Am sechsten Mai hielt ich mich länger als sonst in meiner Dienststelle auf. Berlin war schon gefallen, und die Fronten zogen sich zusammen. Ganz oben waren die russische und die angloamerikanische schon ganz eng zusammengerückt, wie Handflächen, nur einige abgetrennte Teile Großdeutschlands zuckten noch wie die Windungen einer Schlange nervös im eisernen Netz. Im Büro fand eine kleine Konferenz statt, der Chef lächelte, und alles geriet zum Frieden: die schönsten Augenblicke vor dem Ende eines Krieges, wenn es einem vorkommt, daß die Schwierigkeiten vorbei sind und daß man endlich ein ruhiges Leben beginnen kann.

Graham war nicht zu Hause. Ich drehte das Radio an – fuhr mit dem weißen Skalendraht über die Stationen – der Großteil sprach schon die eigene Sprache. Ein paar Minuten hielt ich bei Warschau, dann bei Prag – platzte in einen Militärmarsch, bis ich, wohl die letzte deutsche Sendung, einen Soldatensender fand, der etwas in einer geifernden Redeweise von sich gab. Ich horchte neugierig in diese Reste sich überschlagender Wut hinein. Ich erinnerte mich lächelnd an einen nicht allzu alten Kummer: ein Großtransport von Sprengstoff für unsere Saboteure in Deutschland war aufgedeckt worden. Es war Trinitrotoluol, kunstvoll als Kohle getarnt – mehr als ein Dutzend Tonnen solcher »Kohle« – eine prächtige Imitation. Doch die Fronten rückten zusammen und hielten nicht, Hilfe von innen war nicht mehr notwendig, wir verloren fast völlig die Verbindung zu unseren Agenten.

Die Dämmerung brach herein, doch ich wollte mich nicht vom Stuhl erheben. Die Skala des Radioapparates glühte rosa-grün. Das ist also wirklich das Ende, dachte ich, und was wird jetzt sein? Unsere Leute werden zurückkehren, natürlich nicht alle. Die Agenten werden aber nicht wieder ins Zivilleben eingegliedert, ein Teil wird mit der Überprüfung der Hitlersoldaten beschäftigt sein, aber das war ein neues Kapitel, das mich nicht interessierte. Die Abwehrtätigkeit bei unseren Freunden wird ebenfalls zunehmen, also die Untergrundarbeit in Frankreich, Amerika und Osteuropa. Mein Gott, davon spricht man gewöhnlich nicht, doch die Fanfaren, Paraden, Kranzniederlegungen am Grab des unbekannten Soldaten, das ist nur die Fassade der zwischenstaatlichen Beziehungen. In dieser Nacht kam mir alles sehr dumm und unnötig vor. Plötzlich riefen alle wie aus einer Kehle: »Nie wieder Krieg!« Nun ja, aber so war es, so ist es, also muß es so sein. Ich war jetzt im Kurzwellenbereich – aus der Tiefe des magischen Auges flatterte ein grüner Schmetterling und spreizte die Flügel. Aus dem Lautsprecher drang eine kehlige Frauenstimme.

Teishin, Kyoto, Tokio.

Japan. Mein erster Gedanke war: Was wird jetzt Sato Whitten tun? Man muß seinen Vater aufsuchen – ich war lange nicht mehr bei ihm. Der Krieg geht zu Ende, Japan allein wird nicht lange durchhalten. Da es auf seiten der Deutschen kämpfte, mußten arme Industrielle an den sensiblen Nervenfäden ziehen, die die beiden Länder verbanden: hat ihnen nicht das Herz weh getan, als die amerikanischen Investitionen in Hamburg oder Köln in Rauch aufgingen? Was die Japaner anging, hatte man ohnehin keine Skrupel – zwar gab es auch dort amerikanisches Kapital, aber Gummi – Malaysien – das steigerte die Angriffslust. Die USA haben den Anfang gemacht, die USA werden ein Ende setzen, um so mehr, als die Japaner tapfere Menschen sind, aber sonst nichts. »Eine eiserne Faust, eingehüllt in eine Kirschenblüte.« Ihre Religion – überirdischen Belangen näher als irdischen, also eine Weltanschauung, die das Individuum veredelt, den Nationen jedoch schadet. Sie konnten sich für den Kaiser im »jibaku«, dem Panzerselbstmord, opfern, als sie die amerikanischen Kreuzer mit ihren Flugzeugen oder Torpedos angriffen, doch dem Menschen ist es nicht erlaubt, den eigenen Tod als Antriebskraft einzukalkulieren. Die Japaner glaubten mehr an die Tapferkeit als an den Verstand – und als in den Labors von Los Alamos und Princeton die Forschungen vorangetrieben wurden, galt todesmutige Tapferkeit gar wenig.

Wieder mußte ich an Sato Whitten denken. Ich mußte morgen nachfragen, wann die letzte Nachricht von ihm gekommen war. Meistens waren es hauchdünne, mit Chinin getränkte Servietten, die im ultravioletten Licht wunderschön phosphoreszierten, manchmal ganz einfach entsprechend präparierte Ansichtskarten, die nach Portugal abgesandt wurden. Sie hatten einen langen Weg zurückzulegen. Wer weiß, ob sie ihn befreien wollen: Es ist schwierig, zuverlässige, aus idealistischen Gründen arbeitende japanische Agenten zu finden.

Ich hörte das Knarren des Schlüssels in der Tür. Graham hatte wieder die zweite Verriegelung, das Schnappschloß, vergessen und bearbeitete es eifrig.

2

Ich hatte Whitten in Heidelberg kennengelernt, als ich Maschinenbau studierte. In der Technik gab es damals drei oder vier Asiaten – es fiel mir auf, daß er nie mit ihnen verkehrte. Sie hielten zusammen, saßen bei den Vorlesungen zusammen, und wenn sie uns ihre leicht dreieckigen, zitronengelben Gesichter zuwandten, taten sie dies so, als müßten sie einen unsichtbaren inneren Widerstand überwinden. Ich lernte ihn im Zeichenraum näher kennen. Es passierte mir nie, daß ich eine ins reine gezeichnete technische Zeichnung als erster abgab. Entweder kleckste die Tusche oder sie lief aus der Feder, und ich mußte noch einmal von vorn beginnen. Sato half mir ein- oder zweimal aus, ich borgte mir von ihm ein Buch, und langsam erfuhr ich seine sonderbare Geschichte. Er war der Sohn eines Engländers und einer Japanerin, geboren in Asamajama auf Jezo. Seine ersten Lebensjahre hatte er in der Heimat der Mutter verbracht. Als sie starb, war er sechzehn – der Vater, ein Bautechniker, nahm ihn mit nach England. Hier beendete er das in Japan begonnene Gymnasium und lernte, was es heißt, eine gelbe Haut zu haben. Erstaunlich war an ihm die Trennung der Merkmale: äußerlich war er Japaner – kleinwüchsig, dünn, fast ohne Bartwuchs, mit Nickelbrille – der schwarze glatte Haarschopf verbarg nicht den Schädel, sondern wirkte wie aufgeklebt, betonte die Kugelform. Doch fühlte er sich als Engländer. Englisch war seine Muttersprache – und so existierten diese ererbten Lebensmechanismen nebeneinander, anscheinend ohne zu verschmelzen. Nur selten merkte ich, wie schwer ihm das Leben in der Heimat fiel, die ihn für einen Fremden hielt. Aber es war nicht ausschließlich die Schuld der Umgebung. Denn die unbegreiflichen Merkmale der Mentalität des Ostens waren, tief versteckt, in ihm ebenfalls vorhanden und schufen den Nährboden, auf dem der rationale, nüchterne, den Denkweisen Europas nahe Verstand wurzelte. Sein Denken war tatsächlich europäisch, die Gefühlswelt jedoch fremd. Seine Verschlossenheit hatte nichts mit Beherrschung zu tun – denn durch sie kann das Echo gewaltsamer Erlebnisse dringen –, bei ihm war das scheinbar unmöglich. Ich konnte mich sehr gut an einen Streich erinnern.

Es war im Fasching. Wir saßen gegen elf Uhr nachts – fünf Engländer und drei Deutsche – in unserem Lokal »Zum hinkenden Sattler« und spielten auf studentische Heidelberger Art. Papierschlangen flogen durch die Luft, Konfetti, trunkene Sprüche, Schreie, und ringsum im dichten Zigarettenqualm torkelten wie ein Ring voll Kämpfer – oder wie Passagiere an Deck eines Narrenschiffes – die Tänzer, die das Parkett bevölkerten. Der Saal im »Sattler« war klein, der goldene Stuck über den Holzverkleidungen war verrußt, wir aber hielten diesen Stil als für unsere Kreise angemessen. Gegen Mitternacht entschuldigte sich Whitten, den ich mitgebracht hatte, und wollte gehen. Wir wollten ihn natürlich nicht ziehen lassen – niemand legte viel Wert auf seine Anwesenheit, doch widersprach es dem Geist des Festes und der Stimmung, außerdem bot er ein »schlechtes Beispiel«. Er mußte also, von dem dicken Meadows an den Hüften gehalten, versprechen, zurückzukommen. Nachdem er gegangen war, streute jemand auf dem schmutzigen Tischtuch ein Bündel Photos aus. Selbstverständlich weiß man, wie die Musterung und die Besichtigung von Photos in einer solchen Situation vor sich geht. Die neben unserem Tisch Tanzenden schlüpften immer wieder aus dem verzauberten Kreis und gaben unter Lachsalven und unserem Geschrei ihren Senf dazu. Dann schien plötzlich die Stimmung zu sinken, und ich beschloß, ich weiß selbst nicht warum, Whitten im Spaß zu opfern. Vor einigen Tagen hatte er mir das Photo seiner Verlobten gezeigt. Auf einem gelblich glänzenden Papierquadrat war das unscheinbare Konterfei eines mageren verschreckten Mädchens mit dünnen Haaren und großen Augen zu sehen. »Sie ist lungenkrank«, fügte er hinzu, als ich ihm das Photo zurückgab, und barg es in einem mehrfach zusammengefalteten Bogen weichen blauen Papiers.

»Jungs«, schrie ich, »wißt ihr was? Sato hat eine Verlobte in England!«

»Eine gelbe?« fragte Meadows. Er roch nach Schnaps, in seinen Augen spiegelten sich die Lichter des ganzen Saals.

»Nein, keineswegs, sie heißt Ellen.«

»Das gefällt mir nicht«, sagte jemand.

»Aber er ist doch Engländer!« verteidigte ich Sato.

»Mag sein«, erwiderte er ohne Überzeugung. Ich verfolgte die Sache nicht weiter, denn Whitten stand mir nahe, und ich konnte nicht einmal ahnen, mit welcher Reserviertheit ihm die englischen Kollegen in Wirklichkeit begegneten.

Als Sato sich auf der Treppe zeigte, die zum Saal führte, kam der dicke, verschwitzte Meadows gelaufen, hielt ihn schwankend fest und hob ihn in die Höhe. Unter wilden Rufen brachte er Sato zum Tisch. Hier begann er eine irre Hochzeitsrede und sprach mal Whitten, mal seine erfundene Verlobte beim Namen an. Wir bogen uns vor Lachen. Es ist eine sonderbare, jedermann bekannte Tatsache, daß ein momentaner Kretinismus alle bis auf den letzten Mann amüsiert, und wenn man es später erzählen will, kann man nur staunen. Whitten stand die ganze Zeit unbeweglich da, mit ruhigem, erstarrtem Lächeln.

Zwei Monate später bemerkte ich bei Whitten auf dem Tisch ein Kuvert mit schwarzer Umrandung und nahm es unwillkürlich in die Hand.

Er sah meine Bewegung. Er sagte kein Wort dazu, aber als ich fortging, erfuhr ich von ihm, daß Ellen gestorben war.

»Das tut mir wirklich leid. Wann ist das geschehen?«

»Damals als wir bei Sattler waren – im Karneval.«

»Als Meadows« –, ich konnte nicht weitersprechen.

»Ja«, sagte er. »Ich ging damals telephonieren, du erinnerst dich?«

»Am Telephon hast du es erfahren?«

»Ja, denn es ging ihr schon schlecht, und ihr Vater sollte mich anrufen.«

»Und damals – hast du dich erkundigt?«

Er nickte.

»Warum, um Gottes willen, hast du nichts gesagt?«

»Ich wollte euch nicht die Laune verderben«, sagte er kurz, und wir sprachen nicht mehr darüber. Zum zweiten Mal traf ich Whitten dann im Jahre 1939, schon in London. Ich erledigte gerade die Formalitäten für meinen Eintritt in die Spezialabteilung, als ich ihn auf der Straße daherkommen sah. Offensichtlich war er mir stärker in Erinnerung geblieben, als ich ahnte, denn ich sprang aus dem bereits anfahrenden Bus.

Wir begrüßten uns herzlich. In einem gewissen Augenblick, als ich neben ihm ging, kam mir zu Bewußtsein, daß er sich für einen Agenten in Japan eignen würde. Wie jeder junge Adept unserer Kunst war ich von heiligem Arbeitseifer erfüllt und überzeugt, daß es zu meinen Pflichten gehöre, neue Talente für die Armee der Spione ausfindig zu machen. Es versteht sich, daß ich von meinem »Blick« und meiner psychologischen Intuition überzeugt war. Noch am selben Tag sprach ich mit meinem Chef, der, das versteht sich, die phlegmatische Skepsis in Person war. Offensichtlich hatten wir jedoch tatsächlich in Japan keine Agenten mit entsprechendem Aussehen, daher kam es zu zwei Treffen Satos mit den Fachleuten, einem vorsichtigen Interview über seine Familienverhältnisse und endlich zu dem Vorschlag, den ich ihm persönlich machen wollte.

Jetzt war ich bereits sechs Jahre im Dienst. In Japan hatte es schon drei große »Entlarvungen« unserer Leute gegeben: in den Jahren 40, 42 und 43, aber an Whitten gingen alle glücklich vorüber. Als technischer Kontrolleur des Großkonzerns Hasegawa, der für das Militär arbeitete, vom Militärdienst befreit (selbstverständlich trat er als Japaner auf), konnte er sich im ganzen Land frei bewegen. Seine Mitteilungen waren ab und zu recht wertvoll – ich hatte nichts damit zu tun, doch beiläufig hörte ich dies und jenes von den Kollegen in der Fernostabteilung. Man muß jedoch die Einschränkung anbringen, daß auch die alarmierendsten Mitteilungen von Agenten, selbst wenn sie sich auf fundierte Dokumentation und Sachinformation stützen, von den Stäben meist geringgeschätzt werden. Einer der Untergebenen Satos unterrichtete uns von dem bevorstehenden Angriff auf Pearl Harbor – kurze Zeit, ehe er verstummte und so plötzlich verschwand, daß wir jegliche Verbindung zu ihm verloren. Wir leiteten diese Information nach Amerika weiter, mit den bekannten Folgen. Dieses Zusammenspiel von bösem Willen, Stumpfsinn und Ignoranz wird schon durch die Tradition geheiligt. Nirgends ist ein so verknöcherter Konservatismus anzutreffen wie bei Kommandostellen.

Am siebenten Mai frühmorgens stempelte ich die lila, schwarzen und rosaroten Aktenmappen, band die Faszikel mit einer Schnur zusammen und trug sie mit echter Freude ins Archiv. Zwischen einem solchen Gang und einem zweiten fand ich eine Weile Zeit, um bei Starrow vorbeizuschauen.

Aus Japan waren in letzter Zeit keine Informationen gekommen, ich bat ihn also, mich zu benachrichtigen, wenn es etwas gebe, und kehrte in mein Büro zurück.

Nachdem ich das Zimmer des Chefs betreten hatte, erblickte ich Graham, der bei meinem Anblick die Augenbrauen leicht hochzog und lächelte. In letzter Zeit hatte er angelegentlich den Geheimnisvollen gespielt.

3

Zwei Monate später machte ich in meinem Schreibtisch Ordnung und entdeckte mit Staunen in der untersten Lade alte Akten, die sich auf den Fall von acht deutschen, per Fallschirm abgesetzten Agenten bezogen, man hatte sie unter Mithilfe des amerikanischen FBI festnehmen können. Sie wurden geschnappt, als sie gerade mit dem Bau einer schönen pyrotechnischen Fabrik begonnen hatten. Die Sache tat mir ein wenig leid, denn ich konnte mich nicht erinnern, auf welche Art und Weise sich die Papiere zu mir verirrt hatten – es war natürlich strengstens verboten, solche Akten mit nach Hause zu nehmen. Aber der Krieg war vorbei, mein Gesuch um Entlassung war schon unterwegs, also beschloß ich, die bereits veralteten Unterlagen ins Amt zu bringen. Bald würde ich mich von dem Büro verabschieden – nicht ohne Ergriffenheit betrat ich das Zimmer, in dem ich sechs Jahre lang gearbeitet hatte. Ich gehörte zu den Glückspilzen, die ein blutiges Schlachtfeld von ihren Tischen und Stühlen aus betrachten konnten, von einem Panoramasitz aus, und häufig konnte ich den Ausgang von Schlachten intensiver beeinflussen als ein mit Todesmut kämpfender Soldat.

Auf dem Rückweg aus dem Archiv schaute ich bei Starrow vorbei.

»Gut, daß du kommst«, rief er und erhob sich, »hier habe ich etwas für dich.«

»Gibt es eine Nachricht von UTU?«

Das war der Deckname Whittens.

»Ja, und nicht einmal über Portugal – stell dir vor, über Dänemark, und noch dazu ganz schnell: aufgegeben am 19. Juli.«

»Darf man wissen woher?«

Starrow hielt einen Augenblick inne, dann lachte er wieder laut und klopfte mir auf die Schulter.

»Nanu, du wirst uns doch nicht ans Zeug flicken wollen«, sagte er und lachte noch ein Weilchen, hochzufrieden über den eigenen Witz.

»Aus Hiroshima. Er ist jetzt dort und arbeitet in den Maomato-Nyes-haka-Werken. Weißt du, dort werden Raketenmotoren hergestellt.«

»Hiroshima? Der Name sagt mir nichts – wo liegt das?«

»Ich weiß es nicht, aber ich glaube, auf Hondo. Es ist eine Hafenstadt.«

»Ich danke dir herzlich.«

Ich verabschiedete mich, ging zur Tür und dachte, daß sich der alte Whitten über die Nachricht von seinem Sohn freuen würde: Offiziell galt Sato nach einem schönen Begräbnis als Bombenopfer während des deutschen Blitzes. Graham wartete zu Hause schon auf mich. Ich hatte ihn zu einem opulenten Mittagessen eingeladen, um die Unterzeichnung eines Vertrages mit der Aktiengesellschaft Right & Carrel zu feiern: ich sollte dort als Ingenieur und Konstrukteur arbeiten. Der Dicke glänzte heute mehr als gewöhnlich. Seine Augen drehten sich wie Steine, die in einem rosigen Globus eingefaßt waren und leuchteten vor Zufriedenheit. Nach dem Dessert zog er die Zuckerdose zu sich heran und begann: »Passen Sie auf, junger Mann.«

Sein Feixen gefiel mir gar nicht.

»Es wird Ihnen eine Ehre zuteil«, sagte er und plusterte sich noch mehr auf.

Plötzlich stieß er die Luft aus den Backen und sagte, sorgsam den Kaffee umrührend:

»Übermorgen beginnt der erste Tag einer neuen Epoche. Der des Atomzeitalters.«

»Was gibt es denn?«

»Übermorgen, am sechsten August, endet die alte Epoche«, wiederholte er und führte die Tasse zum Mund. Als er einen Schluck genommen hatte, setzte er die dampfende Tasse ab und schob sie beiseite.

»Schon alles beschlossen, es ist so gut wie geschehen.

Meine Atome werden über Japan aufgehen.«

»Wirklich?« schrie ich. »Über Tokio?«

»Nein – über Hiroshima.«

»Was???«

Graham labte sich an meinem Anblick. Andächtig erhob er sich vom Tisch und holte eine bauchige Brieftasche hervor, aus der er einen grünen, wie ein Büchlein zusammengefalteten Wisch zog. Er unterzeichnete ihn und händigte ihn mir aus.

»Und hier haben Sie ein Gratisbillet für die Vorstellung.«

»Wie das – fliegen wir?«

»Wir fliegen nirgends hin. Sie werden das alles hier, in London, durch einen Flugfernseher beobachten.«

Ich beherrschte mich.
»Das darf nicht sein«, wagte ich einzuwerfen, »das ist ausgeschlossen.«
»Was darf nicht sein?«
»Man darf das nicht auf Hiroshima abwerfen.«
»Oh, wirklich nicht, und warum? Sind Sie Vegetarier geworden?«
Grahams Laune wurde immer besser.
»Dort befindet sich doch unser Mann«, rief ich zornig.
»Was heißt ›unser‹?«
»Unser Agent, gerade heute kam eine Meldung von ihm – man muß ihn warnen.«
»Hallo, hallo, sind Sie verrückt geworden? Wollen Sie die Japaner warnen?«
»Nicht die Japaner.« Ich erhob mich, denn ich konnte mich einfach nicht mehr mit diesem selbstzufriedenen Kerl unterhalten.
»Und wann soll das geschehen?«
»Übermorgen, gegen Mittag. Man muß vor elf dort sein, hier haben Sie die Adresse.«
»Und mein Oberst weiß davon? Wird er ebenfalls kommen?«
»Ja. Sie haben mich doch einmal bei ihm gesehen?«
Dabei zwinkerte er mir verständnisvoll zu.
Ich lief aus dem Zimmer.
Der Autobus schlich dahin, ich sprang ab und nahm ein Taxi. Ich war wie in Trance – innerlich tief aufgewühlt, nach außen hin völlig ruhig.
Der Oberst war nicht im Büro – gut, daß ich das Taxi hatte warten lassen.
Ich fuhr zu ihm nach Leyton.
Schon von weitem sah ich seinen Kopf, der über die Hecke ragte – mit einer Baumschere stutzte er die Zweige, die abgeschnittenen Teile fielen auf den Kies.
Ich bezahlte das Taxi und ging über den Kiesweg.
»Guten Abend, Herr Oberst«, begann ich. »Ich war im Büro, aber man sagte mir, Sie seien schon gegangen.«
»Wie Sie sehen, bereite ich mich auf den Friedensdienst vor.«
Sein Profil wirkte auf mich vor dem Hintergrund der efeuüberwachsenen Wände der Villa sonderbar klar und fremd. Sein Haar war glatt, wie aus grauem Metall, das in der Tönung alten Silbers glänzte.

»Herr Oberst.«

»Bitte erlauben Sie.« Er führte mich zu der offenstehenden Glastür der Veranda, über der die Blätter wie Segel schwebten.

Wir setzten uns in den duftenden Schatten.

»Herr Oberst, Graham, der bei mir wohnt – Sie wissen davon, nicht wahr? – hat mir endlich sein Geheimnis verraten. Sie kannten es wohl schon früher. Also, man wird die Atombombe über Hiroshima abwerfen, und dort befindet sich unser Mann, Sie wissen schon, wer gemeint ist, Sato Whitten – UTU.«

»Ja, das ist mir bekannt.« Der Oberst gab mir eine Zigarette und Feuer.

»Nun ... Herr Oberst, damit habe ich schon alles gesagt. Man muß etwas unternehmen. Ich verstehe, daß man den Abwurf nicht absagen kann, denn ein Mensch wiegt in einer solchen Situation nichts, aber es ist meine Pflicht.«

»Sie wissen wohl ebenso Bescheid wie ich. Wir haben noch knapp vierzig Stunden, nicht wahr?«

»Ja. Ich habe mich bemüht, einen Plan auszuarbeiten, aber es gibt große Schwierigkeiten. Er hat kein Funkgerät, das heißt, er trägt keines bei sich, und verwendet es nur selten, um sich nicht zu verraten. Warnen kann man ihn wohl nur über das Radio.«

»Das ist eine Einwegverbindung, wohl auf einer festgelegten Wellenlänge?«

»Ja, Starrow sagte mir, zweimal im Monat, die Tage ändern sich nach einem bestimmten Schlüssel, die nächste Nachricht ist am sechsen August morgens fällig.«

»Ja, ja. Entschuldigen Sie einen Augenblick.«

Der Oberst kehrte ins Haus zurück. Einen langen Augenblick saß ich allein da und beobachtete, wie der Aschenkegel meiner Zigarette wuchs. Schließlich warf ich, als seine Schritte zu hören waren, die Kippe hinter die Balustrade.

»Ich fürchte, daß wir kein Radiogramm senden können«, sagte er und setzte sich.

Erneut reichte er mir die Zigarettenschachtel.

»Man kann bis auf weiteres überhaupt kein Radiogramm nach Japan schicken.«

»Ah, so steht es.«

»Ja.«

»Selbstverständlich kann keine Rede davon sein, dort jemanden mit dem Fallschirm abzusetzen. Zwar gibt es kein offizielles

Verbot, aber Sie verstehen wohl selbst...«

»Das heißt dienstlich?«

»Oberleutnant! Ach, ich verstehe.« Im Raum herrschte längeres Schweigen.

»Sie haben diesen ... Whitten entdeckt?«

»Ja, Und ... gestern war ich bei seinem Vater.«

Der Oberst lehnte sich tief in seinen Rohrstuhl zurück.

»Graham hat Ihnen einen Passierschein für den sechsten ausgestellt.«

»Ja.«

Wieder schwieg er eine Weile.

»Sehen Sie, wir haben unsere Pflicht erfüllt und, wie es scheint, im Sinne der eigenen Überzeugung gehandelt. Sie hatten mehr Glück als ich und brauchten nicht die schnellen Entschlüsse fassen, die einer gewissen Gruppe von Menschen auferlegt wurden ... um einen Abschnitt in einem taktischen Unternehmen durchzuführen. Doch wenn Sie überlegen, müssen Sie zu dem Schluß kommen, daß es harte Gesetze sind, die für uns gelten. Aus jedem Zusammenwirken vieler Menschen, besonders in einem Krieg, entsteht etwas, was ich eine große, sich langsam in Bewegung setzende Maschinerie nennen könnte. Wenn sie einmal in Bewegung ist, liegt es nicht mehr in der Macht des Einzelnen, und manchmal, so merkwürdig es klingen mag, auch nicht in der Macht aller, sie aufzuhalten. Ich will Ihnen sagen, was ich von Hiroshima halte. Das ist der Teil eines amerikanischen Planes. Doch gehört es nicht zu einem taktischen Plan, der Kriegsplanung gegen Japan, auch wenn die Atombombe zweifelsohne das Ende dieses Ringens beschleunigen wird, aber darum geht es hier nicht. Das ist nicht bloß ein Angriff auf eine japanische Stadt, sondern ein Experiment, das Teil einer schon einsetzenden Nachkriegsstrategie ist. Das soll eine Drohung gegenüber Dritten sein, daher die doppelte Notwendigkeit für Amerika, diesen Schlag durchzuführen. Wir sind bloße Beobachter. Das ist das eine. Und zum anderen – es geht um die Vernichtung einer Großstadt. Sie können sich das besser vorstellen, Sie haben doch die Wirkung einer solchen Bombe in den Vereinigten Staaten gesehen. Eine Stadt mit einer Viertelmillion Einwohnern wird von der Erde gefegt. Ich glaube also, daß ein weiterer ungerechter Tod in dieser Katastrophe –«

»Aber so kann man es doch nicht sehen«, sagte ich, »und

außerdem ist es unsere Bombe, und er soll durch sie umkommen. Und dieses Warten, ohne etwas tun zu können, zwei Tage lang, und es dazu noch mitansehen – nein, das kommt nicht in Frage.«

»Ich verstehe Sie sehr gut. Sie fühlen sich für ihn verantwortlich, denn Sie haben Whitten diesen Weg gewiesen. Aber das ist ein Irrtum. Es ist eine fiktive Verantwortung. Es steht nicht in Ihrer und nicht in der Macht eines anderen, etwas zu tun, etwas zu ändern. Bedenken Sie das, und ich bin überzeugt, daß Sie mir zustimmen werden. Sie wissen sehr gut, daß viele unserer Soldaten von den eigenen Bomben und Granaten getötet wurden, und was Agenten betrifft, so erinnere ich nur an die Sache mit den acht.«

»Ja«, sagte ich, »aber ich habe Ihnen erklärt, daß ich es für unwürdig halte. Wir haben Menschen in Deutschland im Stich gelassen.«

»Aber das geschah auf Befehl von oben.«

»Sie haben das gesagt, und ich habe es nicht zur Kenntnis genommen.«

»So lautete der Befehl. Und jetzt, als Ihr Vorgesetzter« – der Oberst erhob sich –, »gebe ich Ihnen den Befehl, sich diese Sache in Ruhe zu überlegen und keine Schritte zu unternehmen ... ohne mich in Kenntnis zu setzen.«

Ich nickte und stand auf.

»Jawohl, Herr Oberst, leider – je sachlicher Ihre Worte sind, desto schlimmer ... für mich und für alle.«

Er begleitete mich zum Ausgang.

»Ach, wissen Sie«, sagte er und hielt mich an der Pforte zurück, »ich wollte Ihnen eine sehr interessante Sache vorschlagen. Wir brauchen in Deutschland wachsame Fachleute allerbester Güte, gerade jetzt, da die Okkupation begonnen hat.«

Ich schüttelte den Kopf.

»Sie werden verstehen, daß ich damit nichts zu tun haben möchte.«

Er drückte mir schweigend die Hand.

4

Vor dem Gebäude standen schon Dutzende von Wagen – ein Blick machte klar, daß man es mit einer ausgesuchten Elite zu tun hatte. Die amerikanischen überwogen – die neuesten Modelle von Buick und Chevrolet. Grahams Chrysler, mit dem ich gekommen war, wirkte im Vergleich zu den mattglänzenden Riesen aus Glas und Stahl gewöhnlich. Meine Papiere wurden höflich, aber aufmerksam überprüft. Ich folgte Graham durch einen langen, mit roten Läufern ausgelegten Korridor. Hinter einer Biegung befanden sich große weiße Türen, vor denen einige Herren mit ausgeprägter Kinnpartie Wache standen. Man bat uns um etwas Geduld: ein gehetzter Mechaniker im Arbeitsmantel, ein Glaskännchen in der Hand, lief hinter einen Vorhang; endlich ließ man uns ein.

Ein kleiner Saal mit Stühlen, hufeisenförmig auf eine Leinwand hin angeordnet. Ihr mattes Rechteck bedeckte die ganze Wand. Hinter uns traten einige höhere Offiziere ein. Ihre Orden und Spangen blendeten die Augen. In den ersten Reihen sah ich die Minister der Regierung sitzen, und es kam mir vor, als wäre darunter auch die korpulente Gestalt Churchills, der sich über einen General beugte. Aber schon ließen wir uns behutsam in den plüschüberzogenen Fauteuils nieder – der ganze Innenraum war mit dem gleichen roten Material ausgekleidet. Das Licht erlosch, nur die grünen Stäbe der Neonröhren glommen an der Decke, und über der Leinwand leuchtete ein rotes Dreieck. Die Stühle knarrten, denn die letzten setzten sich eilig. Ein Offizier trat auf das Podium.

»Ich bitte Sie um Ihre Aufmerksamkeit«, sagte er. »Das Flugzeug, das die Bombe abwirft, wird einige Sekunden später auch die Fernsehsenderapparatur an zwei Fallschirmen abwerfen. Man kann also die Einzelheiten der Explosion in dem Maße verfolgen, wie der Apparat an den Fallschirmen zu Boden sinkt. Es kann aber sein, daß ihn die Explosion allzu schnell zerstört, denn er wird nicht gesteuert. In diesem Fall wird natürlich keine Übertragung zustande kommen.«

Er hob die Uhr vor die Augen und trat dann zurück. Die letzte Glühbirne glimmte rot über der Leinwand und erlosch dann. Es herrschte eine erzwungene Stille. Nach kurzer Zeit glänzte die Leinwand in einem blassen, schwachvioletten Licht, wie Frühlingsschnee auf den Feldern. Die einzelnen schmalen Streifen liefen nach hinten. Dann begannen sie sich zu teilen – sie rissen gleichsam ab, doch unter ihnen zeigten sich neue Dunstschichten: hohe, übereinandergetürmte Regenwolken, die langsam ihre Form änderten. Plötzlich wich das Gesichtsfeld zurück, alles wurde aufgewirbelt und die Wolken waren verschwunden. Unten lag das Meer, schwarz, glatt wie eine Granitplatte. Über ihm zogen tiefschwebende Wolken dahin, vom Wind angetrieben, wie die blühenden Zweige sonderbarer Bäume.

Im Oberteil der Leinwand zeigte sich Land, eine gezackte Uferlinie, gelbgrau, gezeichnet in weichen Konturen. Das Bild zitterte kurz, das Ufer floß durch die Mitte der Leinwand und zerteilte die Fläche in zwei Teile.

Bis jetzt herrschte völlige Stille. Ich hörte das harte Husten eines Nachbarn, der mir mit seinem Atem den Nacken wärmte. Nun ertönte das Knacken eines gigantischen Kontakts, und der ganze Saal war von dem aus unsichtbaren Lautsprechern strömenden dumpfen Dröhnen von Flugzeugmotoren erfüllt.

Es wurde stärker, dann langsamer – die Stadt zeigte sich.

In die schwarze Meeresfläche ragten drei lange, schmutzigweiße Halbinseln hinein, rechteckig, wie aufgestülpte Klaviertasten. Tiefer auf der Landseite lag, eng eingeschnitten in sich windenden Strichen von Weiß, das Stadtgebiet. Schmale Straßen zerteilten die grauen Bienenstöcke der Bebauung, gepflasterte Wege, dicht umsäumt von Gebäuden. Hier und da zogen die kleinen Schatten von Wolken, die in beträchtlicher Höhe dahintrieben, doch unter dem Flugzeug, über die Dächer. Jetzt begann das Blickfeld zu kreisen: die Mitte der Bucht mit den ins Meer hinausragenden Molen schwamm langsam vorbei, unter dem Flugzeug fügten sich immer größere Ausschnitte der Stadt zusammen. In die einheitliche Gebäudefarbe drangen die tief gewundenen schwarzen Schlingen der Buchten, die rechts und links von weißen Betonausstülpungen eingefaßt waren. Das Dröhnen, das den Saal erfüllte, wuchs an, dann verstummte es. Plötzlich ertönte ein heftiger Knall, und es war so plastisch, als flöge an der Leinwand ein schwarzer, voluminöser Gegenstand vorbei, der einige Purzelbäume schlug und im Nu unten war – ich verlor ihn aus den Augen, bis er in der Nähe einer ausgezackten Wolke barst und sich im Wind bauschte. Es war der Fallschirm mit der Bombe. Jetzt verschob sich die Stadt scharf, der Boden schwankte und verschwand seitwärts, statt ihr zeigten sich breite gelbliche Wolkenbäuche. Kurz darauf endete die Drehung der Maschine – und das Blickfeld erzitterte und machte einen Satz nach vorn. Kurze Zeit sackte sie mit solcher Geschwindigkeit senkrecht ab, daß ich hinter mir ein besorgtes Schnaufen hörte. Dann wirbelten Erde und Himmel durcheinander, wie in einem wahnwitzigen Korkenzieher, bis ein dumpfer, getragener Knall ertönte – offenbar hatte sich der Fallschirm geöffnet, dachte ich. Die Stadt trat wieder ins Blickfeld, aber nunmehr größer und dunkler. Die Mitte des Bildes wurde nun vom Stadtzentrum eingenommen, rechts und links durch Buchten getrennt, ähnlich einem weiten, langen Blatt.

Über dem Wasser waren bräunlich-schimmelfarbige lange Brücken zu sehen. Alles – die Spaliere der Straßen, dicht besetzt mit Häusern, die vieleckigen Grünflächen, die kleinen Teiche, die wie Bruchstücke eines blinden Spiegels aussehen – lag im Sonnenlicht. Ich versuchte, vor diesem Hintergrund das weiße Pünktchen des Fallschirms mit der Bombe auszumachen, und es schien mir, ich hätte ihn über der breitesten, s-förmigen Straße entdeckt, als es geschah.

Von unten schoß ein sich aufblähender Blitz in die Höhe. Die Lichtkugel dehnte sich aus, und eine schreckliche weiße Welle sprang mir in die Augen. Die Mikrophone bebten, es krachte entsetzlich, dann herrschte dumpfe Stille. Die ganze Leinwand glühte auf wie entflammtes Magnesiumpulver, und von der Mitte aus begann ein riesiger spinnenförmiger Klecks auf die Seiten zu kriechen, als rinne ein Behälter mit Tusche aus.

»Diesen schwarzen Fleck gibt es in Wirklichkeit nicht; er ist nur das Ergebnis einer Lichteinwirkung, die stärker ist, als wenn Sonnenlicht auf eine Photozelle fällt«, sagte jemand laut und ruhig neben der Leinwand.

Der Fleck begann zu verblassen und verschwand schließlich. Das Blickfeld vergrößterte sich, der Apparat sank tiefer. Die Stadt war von einem grünlichen Nebel mit roten Verdickungen bedeckt, durch den nur noch die größeren Gebäudekomplexe hindurchschimmerten.

In der Mitte brannte eine weiße Scheibe, bauschte sich kugelförmig auf wie eine Lavablase, die langsam aus einem Kraterschlund aufsteigt. Von ihr gingen allmählich Ringe weißen Qualms aus, schrecklich groß, mit einem Durchmesser von einigen Kilometern, und schwebten unter leichtem Zittern, an den Rändern abbröckelnd, in die Höhe. Die größten von ihnen fanden auf der Leinwand keinen Platz.

Die flammenden Fackeln wuchsen, brachen an den Rändern aus, plötzlich zerplatzte die Spitze, und aus dem blauen Schlund sprudelte ein Geysir mit schwarzem Stamm in die Höhe. Er durchbrach die Wolken, raste mit ungewöhnlicher Geschwindigkeit nach oben, vibrierte wie eine Saite, quoll auf und schrumpfte schlangenförmig zusammen. Von seiner Basis gingen auf den Seiten schreckliche Ringe eines weißen Qualms aus. Das, was da aus dem Mittelpunkt hervorbrach, sah aus wie ein dem Menschen unbekanntes Lebewesen, das sich unter Schlägen wand, die es von innen füllten und das mit jedem Schlag immer höher pulsierte, als würden durch die zerrissene Erdkruste ihre brennenden stählernen Innereien hervorquellen. Die senkrechten Häuserzeilen zogen sich an den Rändern zusammen, begannen dann aufzuquellen und sich zu verdicken. Die Spitze wuchs zu einem gespaltenen bläulichen Fächer in einem glühenden Purpurkissen voller Blitze aus, zu einem zergehenden Pilz. Die durchbohrten Wolken vibrierten, torkelten und wichen beiseite, wie Wattebäuschchen, die von einer Hand beiseite geschlagen werden, und von oben herab fiel ein immer größer werdender Schatten, den der pilzartige Auswuchs warf. Nun sank die Fernsehkamera tiefer hinab. Die Basis der viele Kilometer langen Rauchsäule verschwand, bedeckt von Wolken eines schwarz-braunen Staubes, seine Ausläufer und brennenden Ruten flimmerten heftig, das Blickfeld schwankte konvulsivisch, rotierte und torkelte, tauchte zeitweise in dem schrecklichen unteren Ausschnitt einer immer weiter wachsenden Rauchsäule auf, die vor dem unbeweglichen Himmel von einem medusenartigen Haupt gekrönt wurde.

Dann wurde alles in tintenartige Schwärze getaucht, die nur ab und zu von einem knallenden Blitz durchbohrt wurde, begleitet vom röchelnden Knattern der Mikrophone. Die Ströme heißer Luft trugen den Apparat noch einmal seitlich ab, und plötzlich zerriß der Qualmknäuel.

Ich erblickte den Westrand der Stadt. Einige hundert Meter unten lag das Rechteck der Landfläche, auf zwei Seiten von dem glatten schwarzen Wasser der Bucht gesäumt. Irgendwo aus dem Inneren des schwarz, gold und braun wirbelnden Panoramas ging ein steiler Graben aus, eine Art Flutwelle, und holte mit entsetzlicher Geschwindigkeit das nach hinten davoneilende Blickfeld ein. Dort, wo die Ausläufer dieser Welle die Häuser berührten, die sich in steinernen Schnüren entlang der Straßen erstreckten, kam es zu kurzen, explosionsartigen Entladungen, orange-grüne Lichter, im Zickzack dahinrasende Funken, Fontänen schäumenden Rauchs. Dann stürzte sich die schwarze Masse auf alles, löschte die letzten Blitze des Brandes aus und riß sie mit sich.

Plötzlich zeigte sich ein erstaunliches Bild: die Stoßwelle hatte den Apparat über die Dächer der zermalmten Gebäude bis hin zu den Gewässern der Bucht geschleudert. In ihrem noch unbewegten Spiegel glänzte für einen Augenblick das Abbild des Apparates auf: die silbrig glänzende Kamera mit den Kulleraugen der Objektive, hinter dem sich als Hintergrund die Fächerstreifen der Fallschirme erstreckten. Das dauerte nur einen Augenblick, das Bild kam ruckartig näher, dann wurde die Hälfte der Leinwand vom Blitz erfaßt, der Strom des alten Rauchs verpuffte in der Mitte, ein letztes Knattern in den Mikrophonen, und Dunkelheit brach herein.

Einen langen Augenblick saßen wir schweigend da, bis die grün-weißen Neonröhren aufglühten.

5

Alle meine Versuche, nach Japan zu fahren, scheiterten. Sogar die Intervention meines Chefs half nicht viel: alle Plätze waren von Amerikanern belegt. Am Tag nach der Kapitulation erfuhr ich endlich, daß die ersten Rettungsmannschaften aus Hiroshima nach Osaka zurückgekehrt waren, wo man die Opfer, die die Explosion überlebt hatten, in den Kliniken der Kaiserlichen Universität untergebracht hatte. Graham, von mir unter Druck gesetzt, ging endlich aus sich heraus, um seinem Ruf von Allwissenheit gerecht zu werden, und unternahm entsprechende Schritte – wieder bedurfte es der Empfehlungen der Spezialabteilung. Glücklicherweise hatte ich aus meiner Zeit in Oak Ridge einen Kollegen beim FBI, und nicht zuletzt dank seiner Hilfe erhielt ich endlich die Papiere und einen Platz in einer viermotorigen Maschine. Ein überaus höflicher Flugoffizier schlug mir sogar die Strecke über Rußland vor – ich hätte dabei mit unseren Botschaftsangehörigen zusammen an der Siegesfeier in Moskau teilnehmen können –, aber ich wollte so schnell wie möglich nach Hondo. Wir flogen am 22. August um vier Uhr morgens in London ab und landeten noch am selben Tag in Kairo. Die Stadt wirkte in der Hitze wie in einem Teerkessel gesotten. Dem Rat der »Fachleute« folgend, trug ich Uniform, denn mein amerikanischer Freund hatte mir versichert: »Wenn du in Zivil bist, wird man dich gleich in ein Internierungslager stecken.« Aus diesem Grunde unterschied ich mich kaum von den Mitreisenden, die dienstlich unterwegs waren. Nach der Überprüfung der Motoren und einem kleinen Imbiß im Flughafen starteten wir um vier Uhr nachmittags. Das Wetter war während des ganzen Fluges sehr schön und heiß. Am zweiten Tag frühmorgens zeigten sich die nebelverhüllten Berge bei Osaka.

Wir landeten auf dem Militärflugplatz. Es traf sich gut, daß meine Maschine gerade dort landete, denn so konnte ich möglichst genaue Informationen über Hiroshima einholen. Man wollte mich aber nicht allein aus dem Flughafen herauslassen. Das Areal eines künstlich eingeebneten Hügels war von Stacheldrahtrollen umgeben. Dort taten ausschließlich grimmig dreinschauende amerikanische Fallschirmjäger Dienst. Ihr Kommandant, ein alter Haudegen und Trunkenbold, der vier Jahre in Malaysien gekämpft hatte (»wir schliefen auf Krokodilen«, behauptete er), behandelte seine Malaria (er behauptete, außer den japanischen Divisionen auch die Pest besiegt zu haben), und zwar mit Arrak und Gin. Abermals mußte ich meine Spezialpapiere vorweisen, was ich ungern tue, denn die Einstellung der Frontsoldaten zu unserem Dienstzweig ist bekannt; man bezeichnet uns unverblümt und ungerecht als »Drückeberger«. Wer im eigenen Land unter deutscher Besatzung den Untergrundkampf gegen den Feind führen mußte, dem fällt es leichter einzusehen, daß es eines überaus großen Mutes bedarf, den Feind auf dessen eigenem Territorium zu bekämpfen, unter den Augen einer wachsamen, mißtrauischen Bevölkerung, wo nicht nur das Sammeln von Informationen, die Übermittlung von Nachrichten und Sabotageakte mit dem Tode bestraft werden, sondern schon die kleinste Unvorsichtigkeit aus Dummheit und der Verlust der Beherrschung mit einem Scheitern gleichzusetzen ist.

Ich mußte daher im Hafen nichtdienstliche Argumente ins Feld führen – ich hatte einen Flachmann mit Hochprozentigem mit. Der Umstand, daß sich über dieser Flüssigkeit die Luft des alten London befand, rührte den steinernen Flughafenkapitän. Ich bekam einen kleinen Jeep und einen Fahrer, der malerisch mit MG-Patronengurten geschmückt war. Man durfte nicht außer acht lassen, daß die ganze Brüderschaft noch vor wenigen Tagen auf Guadalcanar zwischen Lianen im Gebüsch saß und nicht auf der Höhe der gesellschaftlichen Gepflogenheiten war. Nach Osaka führte eine gewundene Straße – von weitem waren der Hafen und die noch qualmenden Reste einer Fabrik zu sehen, die »aus Unachtsamkeit« noch nach der Kapitulation von den Japanern gesprengt worden war.

Einheimische konnte ich unterwegs nicht sehen – in der Ferne glänzten gelbliche Häuser. Dafür erblickte ich von der schön betonierten Autostraße die in den Hafen einlaufenden Frachter und Landungsschiffe der Amerikaner. Zweifellos hatten sie sich sehr ernsthaft auf die Invasion der japanischen Insel vorbereitet, und wer weiß, ob es nicht ein schöneres Spektakel als die Landung in der Normandie geworden wäre, denn dort wurde eine solche Fülle von Material an Land gespült. Mein Chauffeur, ein geschwätziger New Yorker, bemerkte, daß die Amerikaner die großzügige Gewohnheit hätten, den Gegner zuerst zu pulverisieren, und dann könne man schon in Paradeuniform an Land gehen.

Das erste Hindernis bei meinem Ausflug waren die Flughafenwachen, die uns nicht hereinlassen wollten. Wie immer zu Beginn einer Besatzung achteten alle sehr auf ihr Auftreten, und eine geschlagene halbe Stunde lang konnte ich zwischen zwei Wänden aus Kisten die Entladung von Waffen beobachten, bis der Chef der Wache, ein Oberleutnant, geweckt und herbeigeschleppt wurde. Eine Unmenge glänzender, fabrikneuer Sherman- und Grant-Panzer wanderte unter dem Griff eines Krans an Land, zum ersten Mal bekam ich die auch auf dem östlichen Kriegsschauplatz verwendeten Raketenwerfer zu sehen, die nach russischem Muster gebaut waren, doch größer, weil zwölfläufig, und auf einem Panzerfahrgestell montiert waren. Schließlich ließen uns die »harten Eier« (die amerikanischen Militärpolizisten mit ihren runden Helmen) passieren, und wir fuhren über eine breite, herrlich angelegte Straße direkt zur Stadtkommandantur.

Mein Chauffeur, den ich in der Masse der Wagen vor dem Tor zurückließ, hatte eindeutig die Absicht, mit der Jagd auf Japanerinnen zu beginnen. Er vertraute mir an, daß sie nicht in die Stadt dürften und er eine Gelegenheit abwarten wolle. Ich ging die Riesentreppe hinauf und fragte umhereilende Soldaten nach der Sanitätsabteilung. Hier herrschte ein fürchterliches Durcheinander. Niemand wußte von einer solchen Abteilung, schließlich erwies es sich, daß sie abgesondert lag, doch kannte niemand die Adresse.

Ich irrte auf den Korridoren herum, bis ich endlich einen Offizier traf, der dienstlich zu Oberst Keller, Chief Medical Corps, unterwegs war; er hielt sich in einem Spezialauftrag (Untersuchung der Atomverseuchten) in der Kaiserlichen Universitätsklinik auf.

Wir fuhren also mit meinem Jeep zu der Klinik, die sich in einem Vorort an der Küste in einem riesigen Park befand. Das japanische ärztliche und Hilfspersonal arbeitete dort normal, alles lief so still und perfekt ab, daß man, wenn man durch die Korridore eilte und den Japanern auswich, die heftigen Veränderungen vergessen konnte, die der Stadt in den letzten Tagen durch den Krieg widerfahren waren.

Ich hatte natürlich keine große Hoffnung auf irgendwelche konkreten Informationen in der Angelegenheit Whitten, ich wollte nur erfahren, welchen Weg ich nach Hiroshima einzuschlagen hatte, denn dieses Gebiet wurde evakuiert, und sogar Armeeinheiten hatten dort keinen Zugang, mit Ausnahme der wissenschaftlichen Forschungsabteilungen, die keine Schiffe benutzten, aber über eigene Direktflugverbindungen mit ihrer Basis in den Vereinigten Staaten verfügten. Nach langem Warten wurde ich zu Oberst P. Keller vorgelassen.

Wieder holte ich die Papiere hervor, um mich zu legitimieren, und bat ihn um Hinweise, wie ich in das Gebiet von Hiroshima gelangen könnte.

»Das ist unmöglich«, sagte er lächelnd. »In dieses Gebiet kann man nicht gelangen, überdies ist der Boden radioaktiv, und der Aufenthalt dort kann lebensgefährlich sein. Wir haben jedoch hier rund zweihundert Patienten, die von den Japanern noch vor der Kapitulation aus der Stadt evakuiert wurden. Wenn Sie die sehen möchten, dann begleiten Sie bitte Dr. Makatawa.«

Ich erklärte mich damit einverstanden und ging mit dem kleinen japanischen Arzt fort. Gleichzeitig beschloß ich, die Stoßrichtung zu ändern: die Sanitätsbehörden waren zu bedeutungslos, man mußte zu den Wissenschaftlern vordringen, dachte ich. Glücklicherweise kannte ich einige hervorragende Atomwissenschaftler – Physiker aus Oak Ridge.

Nach allem, was ich in den Zeitungen gelesen hatte, hegte ich kaum Hoffnung, Sato zu finden, aber man durfte keine Chance auslassen.

Im ersten Saal wunderte ich mich über das verhältnismäßig »normale« Aussehen der Katastrophenopfer.

»Das sind wohl Leute aus den fernen Vororten?« fragte ich den Arzt, der mich begleitete. Er sprach Englisch.

»Nein«, antwortete er, »das sind vorwiegend Einwohner aus der Stadtmitte.«

»Wieso, ich las doch ...«

Er nickte.

»Wir haben zwei Patienten, die heil davongekommen sind, obwohl die Bombe in einer Entfernung von nur 160 Metern von ihrem Wohnhaus explodierte.«

»Aber das ist ausgeschlossen, ich las, daß die Glut sogar Eisen zum Schmelzen brachte.«

»Das weiß ich nicht«, antwortete er noch immer höflich und still, »aber sie sind noch am Leben. Einer von ihnen ist ein christlicher Geistlicher. Der da, beim Fenster, Vater Kleinsorge.«

Es war schon ein älterer Weißer mit verbundenem Kopf, bis zum Kinn zugedeckt. Seine Augen waren geschlossen.

»Sind sie wach? Normal? Was sagen sie?« fragte ich.

»Zum Großteil – ja. Das heißt, dieser Kaplan behauptet, den Knall gehört und ein großes grünes Licht gesehen zu haben.«

»War er im Schutzbunker?«

»Nein, niemand war dort – es gab keine Vorwarnung. Er befand sich in einem steinernen Gebäude, das einstürzte« – an dieser Stelle suchte der Arzt einen Augenblick lang nach dem richtigen Wort –, bis er schloß: »und alle Bewohner zerquetschte. Er als einziger blieb wie durch ein Wunder unversehrt. Er wurde von den Glassplittern nur leicht verletzt.«

»Also wird er bald aus dem Krankenhaus entlassen, er und die anderen?« fragte ich. Mir kam es plötzlich vor, als habe man den Mund über die Bombe zu voll genommen – na schön, aber ich hatte doch selbst das Grauen der Explosion gesehen.

Der Arzt schüttelte den Kopf. Wir passierten zwei Bettreihen, aus denen sich schwarze kalte Blicke auf uns richteten. Die Kranken folgten meiner Uniform schweigend mit dem Blick, als reichten sie mich von Auge zu Auge weiter. Der Arzt öffnete die zweite Tür, die mit einer weißen Masse verkleidet war, blieb stehen und blickte mir zum ersten Mal ins Gesicht, aber so, als wäre ich aus Glas.

»Nein«, sagte er, »weder er noch sonst jemand wird davonkommen. Sie müssen alle sterben.«

»Wieso?«

»Ihre Körper sind anscheinend gerettet«, erklärte er, »aber alle inneren Organe, insbesondere die Leber und das Knochenmark, das das Blut bildet, sind so schwer geschädigt, daß sie früher oder später sterben werden. Das ist die Folge der Strahlung.«

»Der Strahlung – sie werden also sterben?«

»Ja«, bestätigte er.

Ich konnte ihm nicht ins Gesicht sehen.

»Geht es hier hinaus?« fragte ich, denn wir standen noch immer in der Tür.

»Nein, es gibt noch einen Saal«, sagte der Japaner und ließ mich vorangehen.

Im zweiten Bett dieses großen Saales, der so hell war wie eine verglaste Veranda, lag Whitten.

Ich erkannte ihn sofort und lief zu seinem Bett. Er öffnete ganz langsam die Augen, und sein Blick konzentrierte sich.

»Sato, ich bin's«, sagte ich leise und beugte mich über ihn. »Wie geht's?«

Er nickte, indem er die Augenbrauen hob.

»Danke, gut.« Eine Weile atmete er ruhig und sagte dann mit normaler lauter Stimme: »Bist du dienstlich hier?«

Ich wunderte mich.

»Das ist genau der Mann, den ich gesucht habe«, wandte ich mich an den Arzt, der ebenfalls leicht die Augenbrauen hob, sich ernst und sonderbar verbeugte und sich zurückzog.

Ich holte einen Schemel herbei, setzte mich ans Kopfende des Bettes und betrachtete so aufmerksam wie nie zuvor das japanische Gesicht Satos: es unterschied sich in nichts von Dutzenden anderen, die überall zu sehen waren – links und rechts –, im schneeweißen Rahmen von Bettwäsche und Verbandszeug. Er war sehr bleich – wie alle –, seine Haut hatte einen etwas wächsernen Glanz.

»Ich bin nicht dienstlich hier«, sagte ich, »ich bin heute morgen hergeflogen, weil ich dich suchen wollte.«

Es klang etwas unbeholfen, wie alle Gespräche nach einer langen, ereignisreichen Zeit.

»Bist du aus England hergeflogen?«

»Ja. Wie fühlst du dich?« wiederholte ich, und auf einmal fielen mir die Worte des Arztes ein: »Alle müssen sterben.« Ich war verstört, aber sie ahnten wohl nichts davon? Die ärztliche Schweigepflicht gilt doch wohl auch in Japan?

»Danke«, wiederholte er. »Es wird mir manchmal übel und ich habe auch andere Beschwerden, aber ich fühle mich nicht sonderlich schwach.«

»Wo warst du – als es passierte?« fragte ich sehr leise.

»Ach.« Er schwieg eine Weile. Schließlich richtete er sich im Bett auf, was mich leicht erschreckte, denn mir kamen diese Menschen wie Mumien vor, die bei der kleinsten Bewegung zu Staub zerfallen konnten. Aber Sato hatte sich im Bett aufgesetzt und blickte mir in die Augen.

»Ich wohnte«, sagte er, »in der Straße des Lächelnden Himmels.« Und er lächelte.

»Des lächelnden Himmels«, stammelte ich, »und ... war es weit?«

Er verstand, was ich meinte.

»Das war vielleicht dreihundert Meter von meinem Haus, aber ich war weiter entfernt. Ich kaufte gerade im Laden Fleisch, als es passierte.«

»Bist du nicht verletzt worden?«

»Doch, aber die Wunde ist schon verheilt«, sagte er. Er sagte es und dachte dabei an etwas ganz anderes. Er umfaßte mit einem Blick den ganzen Krankenhaussaal, dann kehrte er zu seiner Hand zurück – der flachen gelben Hand, die unbeweglich auf der weißen Bettwäsche lag.

»Ich sah ein grünes Licht, und etwas traf mich so, daß ich das Bewußtsein verlor. Aber dann wachte ich auf – ringsum lagen Glassplitter, Holzteile und Fleischstücke –, denn ich war in einem Laden. Die Bretter fingen zu brennen an, und es gab viel Rauch. Dann ging ich auf die Straße hinaus: mir tat nichts weh, und ich fühlte mich sonderbar leicht. Ich ging gerade zur richtigen Zeit hinaus und konnte sehen, wie die Stadt starb. Im Zentrum stieg schwarzer Rauch auf, ähnlich einer verdorrten Hand mit einer Faust im Himmel. Das Holz brannte, die Mauern glühten sogar und barsten, und brennende Dächer flogen durch die Luft wie fliegende Drachen. Überall lagen Menschen herum: auf dem Boden, auf den Gehsteigen, Frauen auf dem Rücken – in der flachgequetschten Eisenbahn – in verbrannten Autos; unter den Häusern lagen die Nackten und Verbrannten, und die Holzhäuser gaben noch mehr roten Schein von sich, denn es ist wohl nicht bekannt, daß es dort viele Holzhäuser gab. Dann wurde es ganz still, und von oben herab begann es zu regnen – ein tiefschwarzer

Regen. Alles kam herunter, was die Explosion in die Luft geschleudert hatte, und es regnete so lange, bis alles schwarz war.

Ich versuchte irgendwo hinzugehen, außerhalb der Flammen traf ich auf verbrannte Menschen und verbrannte Hunde, einige Male begegnete ich Menschen, die auf der Straße hin und her liefen, um die verbrannten Häuser herum, schließlich stürzten sie sich in die Flammen und kehrten nicht wieder zurück. Dann brach die Nacht herein. Die Stadt brannte die ganze Nacht über, und es gab kein Wasser – ich ging durch Straßen voller Flammen – die Glut war so heftig, daß sich die Haare kräuselten, und der Weg war von Trümmerhaufen versperrt, von oben fielen Teile herab, eine Mauer zerbarst in der Hitze, Ziegel und Dächer flogen durch die Luft.«

Er richtete sich auf, die Hand auf der Decke ballte sich zusammen.

»Und da waren die, die lebten – ohne Hände und Füße und ohne Kleider – Greise und kleine Mädchen saßen vor ihren Häusern oder auf den großen Plätzen, und ringsum war ein Ring aus Feuer und Rauch und Staub – und sie schwiegen. Ich hörte weder Klagen noch Stöhnen. Auch kein Stöhnen«, wiederholte er. »Die Stadt brannte die ganze Nacht, Haus war von Haus, Straße von Straße durch Glut und Feuersbrunst getrennt. Es gab kein Wasser, keine Ärzte, keine starken Männer. Und während der ganzen nächsten Nacht und des zweiten Tages und der darauffolgenden Nacht erstickten die Leute und kamen, von der Glut verschüttet, ums Leben. Alle Brunnen waren verschüttet. Und das Wasser im Hafen war mit Erdöl bedeckt, das ebenfalls brannte. Dort, wo die Gärten und Tempel gewesen waren, lag drei Mann hoch der Schutt, so winzige Teilchen, als ob sie durch ein Sieb gepreßt worden wären. Und dort, wo die Bombe gefallen war, hatte sich das Pflaster in Türkise verwandelt. Ich habe sie gesehen«, fügte er hinzu.

»Ich sah Menschen, die flogen, ja, sie flogen, so weit trug sie die Explosionswelle, und doch passierte ihnen nichts. Und ich sah welche, die gleichsam aus Holz waren: fast spindeldürr. Viele Ratten kamen aus dem Hafen und nagten die Leichen an, aber dann verendeten auch die Ratten.« Nach einem Augenblick fuhr er fort: »Und weißt du, was die Japaner gemacht haben? Während der ganzen Zeit: Tag und Nacht, Tag und Nacht, sie schwiegen. Sie gingen zu der Stelle, die Straße des Lächelnden Himmels geheißen hatte – zur Starken Kirsche und zur Blauen Blume –, und holten die Menschen aus den Ruinen; und sie gruben lange Gehwege in den Schutt. Man brauchte kein Licht, und die Nacht war so rot wie der Tag. Und es fiel ein schwarzer Regen – bis die Rettungsmannschaften eintrafen.«

»Versuche, nicht daran zu denken«, sagte ich leise, »ich bemühe mich, dich so schnell wie möglich nach Hause zu bringen, zu deinem Vater. Bald wirst du gesund sein.«

»Nach Hause?« sagte er verwundert. »Was sagst du da? Hier ist mein Zuhause. Ich bin dir dankbar, daß du gekommen bist. Aber ich weiß genau, daß diejenigen, die hier liegen, es auch wissen.«

Er hob die Hand und sagte mit aufgerichteter Hand etwas auf japanisch. Für einen Augenblick erwachte der Saal zum Leben, ein kurzer, kehliger Chor ertönte.

»Siehst du, alle wissen es – jeder trägt den Tod in sich«, sagte Sato. »Ich glaube, daß wir uns nie mehr sehen werden, darum sage ich dir: Es geht nicht um die Stadt. All das war für mich unwichtig. Auch jener große amerikanische Wissenschaftler, der die Bombe erfand und mithalf, sie auf dem Flughafen zusammenzubauen – obwohl sein Verstand so viel auszurichten vermochte, konnte er weder voraussehen noch verstehen, was ich dort gesehen habe. Der Mensch hat in einem einzigen Augenblick eine ganze Stadt ermordet. Viertausend Jahre lang wuchsen Stein auf Stein, mühselig, langsam, die Tempel wurden erbaut, so viele Bilder in jedem von ihnen, so viele Meister und Künstler. Und die unendliche Liebesmühe, reicht ein Leben aus, um sie zu erfassen? Die Straßen wuchsen wie Äste aus den Straßen. Und nun konnte ein Mensch in einem Augenblick millionenfach mehr tun, als der menschliche Verstand je fassen kann. Die amerikanische und die englische Presse schreiben von einer neuen Ära – begann ihr erster Tag also in Hiroshima? Wer hat diese Stadt auf der Landkarte ausgewählt? Wer setzte ein rotes Kreuz auf die Karte? Wer wagte zu sagen, hier? Eure Flieger kamen hier vorbei und sagten: Schöne Rühreier. Die Deutschen konnte man nicht umbringen, weil sie Menschen sind. Und was sind wir? Eidotter!«

»Sato, ich bitte dich, beruhige dich. Ich verstehe, du hast lange hier gelebt, du hast die Menschen liebgewonnen. Es war grausam, ich weiß. Du mußt auch verstehen, daß ich als Einzelner hier nichts vermochte, ich wußte es nicht einmal, und ...«

»Warte – und wäre es von dir abhängig gewesen, hättest du den Befehl, die Bombe auf Hiroshima abzuwerfen, nicht erteilt?«

»Aber ich wußte doch, daß du hier bist – es ist doch selbstverständlich, daß ...«

»Es geht aber nicht um mich. Warum wiegt ein Mensch, den du kennst, mehr als eine Viertelmillion Fremder?«

»Du bist erregt«, sagte ich, »aber ich wundere mich, daß du dich immer mit den Japanern identifizierst. Es tut mir leid um sie, aber es waren Feinde – und der Krieg...«

»Ich bin nicht erregt«, sagte er, »ich bin tot. In mir lebt nur noch mein Tod, der immer noch stärker wird. Von den Menschen, die in der Stadt waren, wird niemand übrigbleiben, und die Frauen aus dieser Gegend werden Ungeheuer und Krüppel gebären. Die Amerikaner erfassen bereits die schwangeren Frauen.«

»Ich gehe jetzt, Sato. Habe ich dich nicht zu sehr angestrengt? Ich glaube, daß du es dir überlegen wirst und mit mir zu deinem Vater, nach England, zurückkehrst. Ich komme morgen früh wieder...«

»Nein, nicht notwendig«, erwiderte er, »es ist besser, wenn wir uns nicht mehr sehen. Es war eine gute Fügung, daß du mir geholfen hast, nach Japan zu kommen, und ich wollte mich bei dir dafür bedanken. Nein, ich sage es ganz im Ernst, das ist keine Ironie. Und weil ich schon so gut wie tot bin, sage ich es dir, und du kannst es wissen – ich habe nicht für euch gearbeitet, denn wer seid ihr? Könntet ihr so sterben wie ein Japaner? Alles, was mir möglich war, habe ich für meine Mutter getan, und wenn es auch wenig war, bin ich dir doch dankbar dafür.«

»Was redest du da, Sato?«

»Ich habe für Japan gearbeitet«, wiederholte er. »Und jetzt kannst du gehen.«

Die Kranken in den anderen Betten, als hätten sie unser Gespräch verstanden, richteten ihre schwermütigen schwarzen Blicke auf mich, und Sato schloß die Augen und lag unbeweglich da, langsam und schwer atmend. Eine Weile stand ich noch an seinem Bett, bis ich mich schließlich leise wie ein Verbrecher davonschlich.

Im Korridor traf ich auf Oberst Keller und den Oberleutnant, der mich zur Klinik gebracht hatte. Unter den weißen Mänteln waren die Uniformblusen halb sichtbar.

»Eine verdammte Geschichte«, sagte der Oberst, »was für ein unmenschliches Land. Aber angeblich haben Sie Ihren Mann gefunden?«

»Ja«, sagte ich. »Ist es wahr, daß sie alle sterben müssen?«

»Ich fürchte ja. Wissen Sie, welche Neuigkeit mir vor einem Augenblick überbracht wurde? Wir haben versucht, die Schwangeren, die sich im Gebiet von Hiroshima aufhielten, zu erfassen, insbesondere jene, die knapp vor der Entbindung standen. Bedenken Sie: Die Kinder können normal zur Welt kommen, aber unter der Einwirkung der Strahlen haben sich vielleicht mutative Änderungen vollzogen – das könnte eine ungewöhnliche wissenschaftliche Bedeutung haben. Aber die Frauen – glauben Sie es mir –, töten ihre Kinder bei der Geburt. Alle. Die japanischen Ärzte müssen dabei die Finger im Spiel haben, denn woher hätten sie diese Dinge erfahren können?«

»Ja, das ist ungewöhnlich«, sagte ich. »Bleiben Sie gesund, Oberst.«

»Wieso, Sie essen doch wohl mit uns zu Mittag?«

»Ich kann leider nicht: Um vier Uhr geht mein Flugzeug. Ich fliege noch heute nach London zurück.«

Gérard Klein

Das Tal der Echos

Diesmal hatten wir uns ein Stück über die rosa Berge von Tula, die Kristalloase, hinausgewagt und waren tagelang zwischen unzähligen Dünen umhergefahren. Der Marshimmel war immer noch ebenso heiter, beständig, dunkelblau, manchmal mit fast grauem Einschlag und einem prächtigen rosa Schimmer beim Sonnenauf- und -untergang.

Unsere Traktoren funktionierten zu unserer vollen Zufriedenheit. Wir wagten uns in, zumindest zu Lande, noch wenig erforschte Gebiete und waren ziemlich sicher, diese öden Bereiche als erste zu betreten. Zumindest als erste Menschen, denn was wir mehr oder minder verschwommen suchten, war eine Spur einer alten Zivilisation. Die Erde hat sich nie zur Meinung bekannt, daß der Mars nicht nur eine tote, sondern sogar eine seit eh und je unbewohnte Welt sei. Sie hoffte lange, daß wir die Reste verblichener Reiche und vielleicht einige späte und heruntergekommene Erben der mythischen Herren des roten Planeten entdecken würden. Es waren zu viele Geschichten über den Mars in Umlauf gewesen, als daß zehn Jahre wissenschaftlicher und fruchtloser Forschung alle Legenden hätten zerstören können.

Aber wir, Ferrier, La Salle und ich, glaubten nicht sehr an die Möglichkeit einer so phantastischen Begegnung. Wir waren reife und ein wenig müde Männer, und wir hatten vor Jahren die Erde verlassen, um dem Wind des Irrsinns zu entfliehen, der damals über unseren Heimatplaneten fegte. Wir sprachen nicht gern darüber, denn es schmerzte uns. Manchmal dachten wir, daß es eine Folge der ungeheuren Einsamkeit einer Spezies war, die vor kurzem erst ihr Selbstbewußtsein gefunden hatte, die dem Weltall kühn die Stirn bot, die für ihre Herausforderung eine Antwort, und wäre es eine tödliche, zu erhalten wünschte. Aber der Raum blieb stumm, und die Planeten waren verlassen.

Wir fuhren also nach Süden, in Richtung zum Marsäquator. Die Karten waren damals noch ungenau, und wir waren beauftragt, gewisse geologische Daten aufzuzeichnen, die sich vom Flugzeug aus nicht feststellen lassen. Ich war als Psychologe für diese Aufgabe nur begrenzt qualifiziert, konnte aber einen Traktor fahren und mich der Instrumente bedienen, und auf dem Mars gab es nur wenige Menschen.

Das Schlimmste an diesen Tagen war ihre Eintönigkeit. Auf der Erde schreiben Menschen, die bequem an ihren Schreibtischen sitzen, Dinge über uns, die Tausenden von Lesern Tränen des Mitgefühls entlocken; sie sprechen von unserem Heroismus und von den Abenteuern, die uns bei jedem Schritt erwarten, von der immer wieder neuen Pracht der unbekannten Welten. Mir ist Derartiges nie begegnet. Wir kennen die Gefahr, aber sie kommt nicht aus den Dünen; es sind tückische Gefahren wie Undichtheit unseres Atmungsapparats oder gleichzeitiges Versagen unserer Traktoren und Funkgeräte. Und vor allem die Langeweile. Der Mars ist eine öde Welt. Der Gesichtskreis ist dort kurz und begrenzt. Und ich wüßte mir begeisterndere Anblicke als den einer riesigen, grauen, stellenweise von Flechten bewachsenen Sandebene. Die Landschaft an sich hat nichts Erschreckendes, was man aber mit herzergreifender Schärfe empfindet, ist das Bewußtsein, daß sich um einen herum Tausende ebensolcher Kilometer ausdehnen, daß man sie nicht sieht und daß sie nach und nach unter den Rädern des Fahrzeugs abrollen, während man selbst unbeweglich bleibt. Es ist ungefähr so, als wäre man sicher, daß das Morgen dem Gestern völlig gleichen werde.

Da fahren Sie also stundenlang dahin wie eine Maschine. Und die Maschine sind Sie, der Traktor sind Sie; stundenlang winden Sie sich zwischen den Dünen hindurch, weichen sie Steinhaufen aus, die langsam vom Wind geformt wurden und dazu bestimmt sind, selbst zu Sand zu werden. Dann und wann erheben Sie die Augen zum Himmel und erblicken zwinkernd mitten am Tag das Funkeln der Sterne, was Sie zuerst verwundert und später so sehr ermüdet, daß Sie alles dafür geben würden, damit sich diese Nachtaugen endlich schließen.

Also träumen Sie davon, was Sie auf der Erde tun werden, wenn Sie dorthin zurückkehren: Sie haben die Nachrichten gehört, sie sind schlecht, immer schlecht. Auf der Erde ereignen sich nur irrsinnige Vorfälle; es sind die »tollen Jahre« sagt man, und die Lust zurückzukehren, verwandelt sich in eine Art Ekel, es wird einem übel.

Wir fahren weiter. Ohne etwas zu erhoffen. Nach einiger Zeit sehen wir Dinge, die zwischen den Dünen auftauchen. Einer reißt das Steuer zur Seite, um ihnen auszuweichen, aber es ist nichts, gar nichts. Manche schlafen ein. Das merken die anderen, denn die Fahrt des Traktors wird plötzlich chaotisch; sie rütteln den Fahrer aus dem Schlaf oder übernehmen das Lenkrad, das bringt ein wenig Abwechslung.

Was mich anlangt, so reagiere ich anders. Manchmal erfinde ich Geschichten. Geschichten, die sich auf dem Mars oder im freien Raum oder in einer anderen Welt, nie aber auf der Erde abspielen. An die Erde denke ich lieber nicht. La Salle geht es wie mir. Für Ferrier ist die Lage schlimmer: er kann sich nicht helfen, er muß unaufhörlich an die Erde denken. Ich frage mich, wohin ihn das führen wird.

Er ist Geologe. Ich sah ihn den Sand durchwühlen und eine mikroskopisch kleine Muschel schwenken, das einstige Gehäuse eines längst vertrockneten, von den milden Marswinden entführten Lebewesens. Er hat nie ein vollkommeneres Fossil, Überreste eines größeren und stärkeren, zugleich zarteren Wesens entdeckt. Ich sah, wie er sich gegen die Tatsachen wehrte, ich sah, wie er die Marshügel überschaute und stillschweigend überlegte, daß man eines Tages diese Millionen Tonnen Sand werde umgraben müssen in der Hoffnung, im Herzen des Planeten den gebleichten Fötus eines vergessenen Geschlechts zu entdecken. Ich glaube, er spricht nicht genug. Auf dem Mars tut das Schweigen den Menschen nicht gut. Auch im Weltraum nicht. Er schweigt, als lasteten diese Millionen und Abermillionen Liter Sand auf ihm. Wie La Salle und wie ich hatte er im Weltraum einen Ausgang, eine Fluchtmöglichkeit aus der Erde gesucht, aber er erwartete anderes als dies. Er hoffte, dort anderem zu begegnen als sich selbst; er glaubte, er werde das völlig Fremde treffen, er meinte auf den Marsfelsen die Geschichte einer für die Erde ganz und gar neuen Welt erkennen zu können. Wahrscheinlich hatte er als Kind zu aufmerksam den Geschichten über den Mann im Mond gelauscht.

Ebenso übrigens wie La Salle und ich. Es gibt nämlich Dinge, die wir nicht ertragen würden, wenn wir nicht sicher wären, eines schönen Tages in einer Krümmung im Weltraum oder zwischen zwei Hügeln eine schillernde Stadt und ideale Lebewesen zu finden. Aber La Salle und ich, wir wissen, daß es noch nicht heute oder morgen der Fall sein wird, während Ferrier es nicht mehr erwarten kann.

Wir sind drei, und das ist für das Kartenspiel eine ungünstige

Zahl. Manchmal lesen wir, mitunter hören wir auch den Rundfunk. Vor allem aber schlafen wir. Das ist eine gute Methode, um Sauerstoff zu sparen und auch, um sich in die Zeit zu projizieren. Wir träumen nie.

Wenn es Abend wird, steigen wir aus dem Traktor und packen unsere Apparate aus. Wir stellen einige Messungen an und geben die Ergebnisse durch. Wir setzen den katalytischen Ofen in Gang; er funktioniert geräuschlos unter seiner durchsichtigen Glocke, rotglühend im Dunkel wie eine Treibhausblume. Wir essen. Wir entfalten den Schirm, der uns als Zelt dient und verhindert, daß uns die mörderische Marskälte bis in die Knochen dringt, und wir versuchen wieder einzuschlafen. Erfolglos – denn wir haben fast den ganzen Tag, durch die Stöße des Traktors geschaukelt, gedöst, abwechselnd am Lenkrad gesessen, und wenn die Nacht hereinbricht, stört uns unsere Maske, wir haben Atembeschwerden, bekommen plötzlich Durst und liegen mit offenen Augen, starren auf die milchige Zeltkuppel, hören das nervenzermürbende Knirschen der vom Wind gegen das Plastik geschleuderten Sandkörner, das wie das Kratzen von Insektenfüßchen klingt.

Manchmal denken wir in diesen Nächten daran, was der Weltraum, was die Planeten sein könnten. Wir denken, daß die Menschen einmal den Mars mit einer Atmosphäre, mit Ozeanen und Wäldern versehen werden, daß hier märchenhafte Städte, höher als alle Städte der Erde, erstehen werden, daß Schiffe diesen Planeten mit anderen Welten in Verbindung setzen werden und daß die ständig weiter aus dem sichtbaren Horizont hinausgerückten Grenzen des Unbekannten anderswo im Raum liegen werden. Dann vergeht unsere Angst, und wir erkennen, daß die Erde und die Menschen heute fehlgehen, wenn sie vom Mars verlangen, was dessen Welt nicht zu geben vermag, wenn wir uns der Vergangenheit zuwenden, die Erinnerung durchsieben in der Hoffnung, darin die Spuren einer früheren Niederlage zu finden. Dann ahnen wir zitternd, daß sich in der Zukunft eine Antwort findet und daß wir uns an die Zukunft halten müssen.

Und mitunter werden wir uns über das Paradoxe unserer Lage klar. Wir sind zugleich Vergangenheit und Zukunft. Wir gehören zu den tollen Träumen von seit wenigen Jahren toten Generationen, und wir bahnen die Wege für noch ungeborene Kinder. Anonym waren wir Mythen, vergessen werden wir Legenden sein.

Nachts fahren wir nicht, wegen der Kälte; die sehr dünne Atmosphäre läßt große Temperaturunterschiede zu. Am Morgen fahren wir jedoch gegen neun Uhr wieder los.

Heute haben wir eine Zone grauen Sandes überschritten und dann ein Gelände entdeckt, auf dem schwarze, flache Steine, durch Windwirkung entstandene äolische Kiesel von bisweilen seltsamen Formen liegen, und erreichten schließlich den Außenrand der roten Ebene, die manche Stellen des Marsäquators umgibt. Über dem Horizont erheben sich langsam einige zerklüftete Berge. Die Dünen sind niedriger, verstreuter. Die stumpfen Tafelränder, die den Ausblick begrenzen, schützen diese Ebene gegen den Wind. Unsere Spuren brechen die Unregelmäßigkeit der Wüste. Sie werden uns überleben.

Langsam senkte sich die Plateaufläche, als tauchten wir ins Innere eines ausgetrockneten Meeres, in die illusorischen Tiefen einer imaginären Küstenlandschaft hinab. Und plötzlich sahen wir, wie durchscheinende Nadeln vor uns auftauchten und gegen den Horizont immer größer wurden; es waren so schmale und so hohe Felsen, mit so scharfen Konturen, daß wir unseren Augen nicht trauten. Ferrier, der am Lenkrad saß, stieß einen Schrei aus. Er trat auf den Gashebel, und die jähen Stöße des Traktors hätten uns, La Salle und mich, fast von den Sitzen geschleudert.

»Unglaublich!«

»Eine richtige Bergspitze!«

»Eher ein Felsen!«

Später am Tag sahen wir jedoch, daß es nichts von alledem war. Es war ein wahrscheinlich kristallinisches Massiv, eine vor langer Zeit aus dem Innern des Planeten emporgedrungene oder vielleicht vom Himmel gefallene Bodenerhebung, die durch einen unvorstellbaren Stoß gespalten worden war, so daß sie auf dieser Ebene unveränderlich wirkte wie ein abgebrochener, aber doch außerordentlich spitzer Zahn.

»Zum erstenmal sehe ich auf dem Mars einen spitzen Winkel«, sagte Ferrier. »Hier gibt es keine Erosion. Es ist weder dem Wind noch dem Sand gelungen, diesen Felsen etwas anzuhaben. Vielleicht ist es nur ein Riesenkristall, der allmählich gewachsen ist, der langsam die gleichen Atome konzentriert hat, oder vielleicht...«

Wir blickten einander an. Uns lag ein Wort auf den Lippen: Kunstprodukt. War es endlich der Beweis, auf den die Erde so lange gewartet hatte?

Es gibt, glaube ich, nichts Schlimmeres, als durch einen Gegenstand getäuscht zu werden. Denn man kann es ihm nicht vorwerfen. Wir hatten voreilig dem Mars unser Vertrauen geschenkt. Wie Kinder.

Und wir hatten uns geirrt. Es war kein Kunstprodukt.

Wir wollten uns jedoch deswegen keine Vorwürfe machen. Es war verrückt gewesen zu hoffen. Aber wir konnten einfach nicht anders.

Wir verbrachten die Nacht am Fuß der Kristallberge, und das Einschlafen fiel uns noch schwerer als an den vorangegangenen Tagen. Wir waren enttäuscht und befriedigt. Unsere Reise würde nicht vergeblich sein, und doch war ihr geheimes Ziel nicht erreicht.

Als es Morgen wurde und die Temperatur erträglich war, legten wir unsere Masken an und gingen hinaus. Wir hatten beschlossen, das Felsenmassiv zu erforschen, den Traktor stehenzulassen und nur wenig Mundvorrat und Instrumente in unserem Gepäck mitzunehmen.

Die Kristallfelsen waren nicht allzu steil. Sie wiesen Spalten und Risse auf, mit deren Hilfe wir uns hochziehen konnten. Der Felsen war schwarz wie Tinte, stellenweise jedoch durchscheinend, was uns an jene Eisblöcke erinnerte, die Reste uralter Meere, Fragmente zerschellter Eisfelder und Trümmer zerfallener Planeten, die im Weltraum streifen.

Wir waren bestrebt, die große Kluft zu erreichen in der Hoffnung, auf diese Weise die Tiefen des Massivs festzustellen und dessen Struktur zu erkennen. Vielleicht erwarteten uns dort ein Quecksilbersee, behauene Felsen oder sogar irgendein Lebewesen, eine Pforte zu einer anderen Dimension, die Spuren früherer Besucher; denn dieser Felsen hatte durch Millionen von Jahren die Verschüttung durch Sand überlebt, die allen Dingen auf dem Mars droht, er war der Staubflut entgangen, die über die Oberfläche des roten Planeten fegt, und der Bewegung der ständig durch den leichten Wind wandernden Dünen; er war eine Art Zeuge vergangener Zeitalter, Epochen, in denen die Menschen noch nicht wagten, ihre Gesichter zum Himmel zu erheben, und noch viel weniger daran dachten, daß sie einmal sogar zu diesen Gestirnen schweben könnten.

Doch als die Sache geschah, traf sie uns unvorbereitet. La Salle, der als erster ging, schrie auf. Wir hörten ihn deutlich und stürzten hin. Ferrier, der mir folgte, trieb mich voran. Wir umgingen einen Felsblock und sahen La Salle vor uns, der etwas mit äußerster Aufmerksamkeit zu beobachten schien.

»Hört zu!« sagte er uns.

Zuerst hörten wir nichts; als wir dann einen Schritt vorwärts machten, hörten wir von dem Rand, der die Stille vom Schall trennt, ein Knirschen hochsteigen.

Wir regten uns nicht. Und es war weder die Stimme des Windes noch sein Gesang, noch etwa das leichte Gepolter eines Steins oder das Knirschen eines im Frost sich spaltenden Felsens. Es war ein regelmäßiges Zischeln wie das angesammelte Geräusch von Millionen übereinanderliegender Signale.

Die Marsluft ist zu dünn, so daß unsere Ohren die Töne nicht vernehmen können, die der Planet von sich gibt. Außerdem würde unser Trommelfell dem Druckunterschied zwischen der Außenwelt und unserem Atmungssystem nicht widerstehen können. Deshalb haben wir unsere Ohren völlig abgedichtet, wobei winzige Verstärker uns ermöglichen, den Klang unserer Stimme und die Geräusche auf dem Mars zu hören. Dies jedoch, dafür kann ich mich verbürgen, war anders als alles, was ich bisher auf dem roten Planeten gehört hatte. Es klang nicht menschlich und nicht mineralisch.

Ich bewegte ein wenig den Kopf und vernahm etwas anderes, das dieses Zischeln übertönte, es auf einen unbedeutenden und ständigen akustischen Hintergrund reduzierte. Ich vernahm eine Stimme, vielmehr das Murmeln von einer Million Stimmen, den Tumult eines ganzen Volkes; es sprach unglaubliche, unverständliche Worte, die ich mit Hilfe unserer irdischen phonetischen Zeichen nicht ausdrücken könnte.

»Sie sind da«, sagte mir La Salle mit blitzenden Augen. Er machte ein, zwei Schritte vorwärts, und plötzlich sah ich, wie er die Einstellung seiner Hörer änderte. Ich folgte ihm und machte es ihm nach, denn das Murmeln war zu einem Sturm geworden, die Insektenstimmen hatten sich in ein grelles, unerträgliches Heulen, in dumpfes und schreckenerregendes Donnern verwandelt.

Wir gingen in einer schmalen Spalte zwischen zwei Felswänden entlang, und die Laute fielen in aufeinanderfolgenden, wirbelnden Wellen über uns her. Wir waren trunken. Wir spürten, wir wußten, daß wir endlich finden würden, was wir auf dem Mars suchten, was wir vergeblich vom Weltraum erfleht hatten: den Kontakt mit einem anderen Leben.

Denn die Laute wurden stärker, und kein einziges Mal befielen uns Zweifel. Wir waren nicht Menschen, die sich leicht täuschen ließen oder bereit waren, ihre Phantasie schweifen zu lassen. Der unglaubliche Reichtum klanglicher Modulation mußte unbedingt von einem Leben herrühren. Es machte uns nichts aus, daß wir nichts davon verstanden; wir vertrauten auf die Erde, die solche Probleme lösen würde, auf ihre Gehirne und ihre Maschinen. Wir waren nur die Abgesandten der Erde.

Endlich, an der letzten Biegung der Spalte, erschien vor uns das Tal. Es glich dem Becken eines ausgetrockneten Sees, umschlossen von hohen, glatten Felsen, die immer steiler wurden, je höher sie anstiegen. Das gegenüberliegende Ende des Tals wurde schmäler und verlor sich in einer felsigen Klamm, welche schließlich durch eine Felsmauer abgeschlossen war.

Es gab keinen anderen Weg zu diesem Tal als den von uns eingeschlagenen, außer man ließ sich vom Himmel hinab. Es war übrigens eher ein Kessel als ein Tal, ein großer, länglicher und einsamer Zirkus.

Und dennoch bestürmten uns die unerklärlichen Stimmen.

Es war ein unsichtbarer See, verstehen Sie, ein See von Klängen und Staub, einem hauchfeinen Staub, den die Jahre in diesem Schlupfwinkel abgesetzt hatten, ein von den Sternen gefallener, vom Wind getragener Staub, in dem nie ein Schritt eine Spur hinterlassen hatte, ein Staub, in dem sich vielleicht die Wesen, die uns riefen, eingegraben hatten, in dem sie versunken waren.

»Wir grüßen euch!« schrie La Salle mit heiserer Stimme.

Er wollte antworten, er hoffte auf eine Stille, ein Erstaunen, aber der Talkessel war leer, und die dichten Klangwellen fielen nacheinander über uns her. Geflüsterte Worte, gesprochene Worte, lange, von unsichtbaren Lippen in einem Atemzug hervorgestoßene Sätze.

»Wo seid ihr? Ach, wo seid ihr?« schrie La Salle mit dumpfer Stimme. Was er hörte, genügte ihm nicht, er wollte die unbekannten Boten erblicken, er wünschte, aus dem Staubsee Gott weiß welche fürchterlichen oder wunderbaren Formen erstehen zu sehen. Seine Hände zitterten, die meinen auch, und hinter mir hörte ich Ferriers pfeifenden und kurzen Atem.

»Wir grüßen euch«, rief eine unglaublich schwache Stimme vom anderen Ende des Tals her.

Es war La Salles Stimme. Sie hob sich deutlich von dem Klanghintergrund der zahllosen Stimmen ab, sie war ein an unser Ufer geschwemmtes Wrack.

»Sie antworten uns«, sagte mir La Salle, ohne daran zu glauben.

Und seine Stimme erhob sich wieder an tausend Stellen des Tals, eine hohe, murmelnde, gebrochene Insektenstimme. »Wir grüßen euch, wir grüßen euch, wir grüßen euch«, sagte sie. »Wo seid ihr, wo seid ihr-ihr ihr ihr ihr ihr? ...«

Ein Echo, dachte ich. Ein Echo, und La Salle wandte sich mir zu; ich las in seinen Augen, daß er begriffen hatte, und ich spürte Ferriers Hand schwer auf meiner Schulter lasten. Unsere Stimmen, unsere vermischten Geräusche verschmolzen in der Klangmaterie, die das Tal erfüllte, und schufen Interferenzspiele, dann kamen sie, gleichsam zurückgeworfen durch seltsame Klangspiegel, verändert, jedoch keineswegs abgeschwächt, zu uns zurück. War es möglich, daß es auf dem Mars ein solches Tal gab, ein Echotal, ein Tal, in dem die helle und dünne Marsluft ewig die von den kristallinischen Wänden zurückgeworfenen Töne aufbewahrte?

Gab es im ganzen Weltall einen Ort, wo die Fossilien Töne waren und nicht Minerale? Hörten wir jetzt die Stimmen der einstigen Marsbewohner, lange nachdem die Sandmassen die letzten Spuren ihrer Anwesenheit verbraucht und verschlungen hatten? Oder handelte es sich um Bekundungen von anderen Besuchern aus Welten, die wir noch nicht kannten? Waren sie gestern hier gewesen oder vor einer Million Jahren? Waren wir nicht mehr allein?

Das würden uns unsre Instrumente später sagen, und vielleicht würde es ihnen gelingen, das Gewirr dieser Wellen zu durchschauen, diese Knoten zu lösen, dieser ungewollten Botschaft einen aufklärenden Sinn zu entnehmen.

Das Tal war so einsam und leblos. Ein Behältnis. Der ganze Mars war nur ein Behältnis, das unsere Spuren aufnahm, um sie zu vernichten. Ausgenommen war nur dieser Punkt, dieses Echotal, das wahrscheinlich den Klang unserer Stimmen durch Zeit und Raum für unsere weit entfernten, möglicherweise nicht menschlichen Nachfolger aufbewahren würde.

Ferriers Hand ließ meine Schulter los, er drängte mich ab, stieß La Salle zur Seite und begann gegen die Mitte des Tals zu laufen.

»Hört sie!« schrie er, »Hört sie!«

Seine Stiefel sanken in dem hauchdünnen Sand ein, der sich wirbelnd um ihn erhob. Und wir hörten das Dröhnen der Stimmen an unseren Ohren in einem Sturm, den er verursacht hatte. Ich sah ihn laufen und begriff, was die Sirenen waren, jene Stimmen, die in seinen Ohren flüsterten und ihn riefen, die er sich all die letzten Jahre gewünscht und die er vergeblich gesucht hatte. Und er stürzte sich in dieses Klangmeer, versank im Staub, und ich wünschte mir, an seiner Seite zu sein, war jedoch unfähig, mich zu bewegen.

Die Stimmen hämmerten an meine Trommelfelle.

»Der Narr«, sagte La Salle traurig, »ach, der arme Narr!«

Ferrier brüllte. Ferrier rief, und die unwandelbaren Stimmen, die alten Stimmen antworteten ihm. Er nahm die Stimmen in sich auf, er trank sie, verschlang sie gierig, wirbelte sie mit seinen irren Gesten durcheinander.

Und sie nahmen langsam ab. Er hatte irgendwo ein labiles Gleichgewicht gestört, einen heiklen Mechanismus vernichtet. Sein Körper war ein Schirm. Er war zu schwer, zu stofflich, als daß diese leichten Stimmen den Kontakt mit ihm ertragen hätten.

Die Stimmen wurden schwächer. Ich spürte, wie sie mich allmählich verließen, wie sie mit einer letzten Schwingung verschwanden; ich hörte sie knistern und ersterben. Und schließlich verstummte Ferrier; in meinen Hörern vernahm ich ein letztes Flüstern.

Eine Art Abschied.

Stille. Die Stille des Mars.

Als Ferrier sich endlich umwandte, sah ich trotz der Entfernung, trotz der Staubwolke, die langsam wieder zu Boden sank, durch seine getrübte Maske Tränen über seine Wangen laufen.

Und er führte die Hände an seine Ohren.

Paul Scheerbart
Die wilde Jagd
Ein Entwicklungsroman in acht anderen Geschichten

Goetter!

Die schwarzen Diener gossen Oel in die vielen Maschinen. Die schwarzen Diener krochen in unglaublich grossen Scharen wie schwarze Salamander an den Maschinen hinauf und hinunter. Die Oeltonnen ragten übereinanderstehend zwischen den Maschinen wie stilisierte Berge in die Luft. Die schwarzen Diener gossen auch die letzten Oeltonnen vorsichtig in die starken Räderwerke hinein und atmeten dann erleichtert auf; sie hatten eine schwere Arbeit hinter sich. »Jetzt,« flüsterten sie sich zu, »müssen die Geister gleich kommen.« Andre jedoch sagten: »Das Gewürm muss gleich kommen.« Die Schwarzen warteten auf die Geister, die sich von ihren Sternen trennen wollten. Diese Sterne waren sämtlich Kugelsterne. Und die Geister, die oberhalb oder innerhalb dieser Kugelsterne lebten, wurden Wurmgeister genannt. Die Wurmgeister, die sich von ihren Sternen trennen wollten, liessen jetzt auf sich warten. Und die schwarzen Diener riefen empört: »Dieses Gewürm!« Auf den Maschinen flackerte der Glanz schlafloser Nächte. Am graden Rande einer halbrunden Steinebene stehen die blanken Maschinen; die Steinebene ist schwarz und ganz glatt wie ein Eismeer ohne Schnee. Und entsetzlich gross ist die halbrunde glatte Steinebene; um ihren krummen Rand hat sich ein hellgrauer Wolkenkranz gelegt; die Wolken sind stilisierte hellgraue Riesenrosen, die zu masslos hohen Gebirgen wurden. Weiss ist der Himmel – wie Milch. Und auf der schwarzen glatten Steinplatte spiegeln sich die Wolken und zwischen den Oeltonnen die Maschinen, die mit der Kopfseite nach aussen gerichtet sind und den ganzen graden Rand des Halbrunds bedecken. Vor dem graden Rande versperren zarte, sich leicht bewegende Nebelschleier alle Aussicht. Obwohl nun die Zahl der Maschinen eine ganz ungeheure ist, nehmen diese doch eben nur den graden Rand des Halbrunds in Anspruch. Wird die Maschinenreihe verglichen mit der ganz leeren halbrunden Steinebene, so werden die Maschinen so klein wie Kinderspielzeug – und sie sind doch so gross. Es sind eiserne Fahrzeuge am schwarzen schnurgraden Plattenrande – und sie haben ein abenteuerliches Aussehen – da giebts Riesenkanonen, deren Stahlröhren so lang sind, dass man sagen möchte, sie seien viel länger als ein Jahrhundert – da giebts Bahnzüge, die tausendmal länger sind, und Lokomotiven vorgespannt haben, deren Schornsteine Kirchtürmen ähnen. Da giebts schlanke Schlitten mit weiten Flügeln, die wie Wolken aufragen – da giebts Stelzmaschinen, die auf hundert meilenlangen Stelzen stehen – da giebts himmelhohe räderartige Maschinen, in deren Speichen lauter Körbe hängen – da giebts geflügelte Riesenräder – da giebts Korbketten, die an hohen Eisensäulen befestigt wurden und an beiden Enden Raketenapparate besitzen – da giebts Luftschiffe mit Kanonen, die gefesselte Kugeln abschiessen können; durch ihre Kugeln können sich die Luftschiffe sehr schnell fortreissen lassen; die Kugeln dürfen sich nur nicht losreissen. Da giebts – – viel zu sehen! Das ist ein gewaltiges Maschinenreich! Und alle diese Maschinen sind bloss für das grosse Wettrennen gebaut, das jetzt gleich beginnen soll. – – – – – – – – Auf der schwarzen Plattform entstanden jetzt viele runde Löcher und aus diesen runden Löchern stiegen jetzt langsam, steif und gespensterhaft viele Billionen Geister heraus. Die Geister staken in perlgrauen unbestimmten Gewändern, und ihre Köpfe waren weiss wie Lilien; wie Standbilder stiegen sie empor. Und die Löcher schlossen sich wieder. Und die Geister schwebten langsam dicht über dem schwarzen Fliesenboden zu den Maschinen hin. Und die schwarzen Diener machen den Geistern Platz. Die schwarzen Diener haben viele Schlangenbeine und viele dicke Köpfe, die Molchköpfen ähnen. Und ihr Rumpf ist wie ein schwarzer Sack, in dem sich durchscheinende rote Würfel balgen. Und ihre schwarzen Kopfhaare stehen immer hoch empor wie Besen und steife Pinsel. »Es ist alles vortrefflich eingeölt!« sagen die Diener unter devoten Bücklingen. Und die Geister prüfen die Oelung und bewundern ihre Maschinen; die haben sie selbst in vielen schlaflosen Nächten unter dem schwarzen Fliesenboden erfunden und oben mit Hilfe der molchköpfigen Diener aufgebaut. Nun verabschieden sich die Geister von einander und steigen in ihre Bahnzüge und in ihre Maschinen hinein, denn es soll gar balde losgehen. »Als Götter sehen wir uns wieder!« Das rufen sie sich in vielen Sprachen lachend zu. »Ist es wahr,« fragen da die Diener, dass bloss die erste Million zu Göttern wird?« »Gewiss,« erwidern die grauen Geister mit den lilienweissen Köpfen, »sonst wäre doch das ganze Wettrennen überflüssig. Wir sind ja zu Billionen hier. Nur die erste Million, die durch die Allee zuerst durchkommt, wird zu einer Million von Göttern.« »Und ist es wahr,« fragen die Diener weiter, »dass Euch alle Mittel beim Weiterkommen erlaubt sind? Ist es wahr, dass Ihr unterwegs um die Plätze kämpfen dürft?« »Ja, das haben wir schriftlich!« antworten die Geister in Chören, »sogar jede Gemeinheit und jede Niedertracht ist uns erlaubt.« Das Stimmengewirr wird zum reinen Meergebrause, denn die Billionen Geister sprechen alle noch mit einander in unsäglich vielen Sprachen und nehmen auch freundlich von den Schwarzen Abschied, deren Zahl auch ins Billionenhafte steigt. »Das Gewürm,« flüstern sich die Schwarzen zu, »ist so siegesgewiss, dass man beinahe neidisch werden könnte. Wenn sie früh genug durch die Sternallee durchkommen, werden diese Würmer selber zu Sternen – zu Kugelsternen. Und als Kugelsterne sind sie Götter. Dann giebts wieder eine Million Götter mehr. Das muss herrlich sein, so als Gott weiterzuleben.« Aber die Diener, die selbstredend ebenfalls ganz waschechte Geister sind, lächeln dabei – ihnen liegt eigentlich sehr wenig daran, zu Göttern zu werden; die Wurmgeister aber, die jetzt Götter werden wollen, sind sehr entwickelte Geister, die eine lange lange Vergangenheit hinter sich haben – ein vielfaches Leben auf und in den Kugelsternen, die jetzt gleich zu sehen sein werden. Die Nebelschleier, die vor dem graden Rande der halbrunden, von grauen Rosenwolken umrahmten Plattform alle Aussicht bislang versperrten – diese Nebelschleier zerfliessen jetzt und gehen zur Seite. Und eine Sternallee wird sichtbar. Breit ist die Allee – rechts gehen Kugelsterne wie eine Perlenschnur in die Unendlichkeit – und links ist ebenfalls eine solche Sternperlenschnur. Die beiden Sternketten der Allee scheinen in der Ferne eine Spitze zu bilden. »Die Allee ist natürlich keineswegs unendlich!« sagen die Geister in ihren Maschinen und in ihren Bahnzügen. Zwischen den Kugelsternen liegen die vielen Schienen, doch ist die Mitte der Allee ohne Schienen – in der Mitte befindet sich nur spiegelglatter schwarzer Steinboden – wie auf der Plattform, die als Ausgangspunkt des Rennens mit ihrem Wolkenrahmen sehr stattlich wirkt; die vielen grauen Riesenrosen sind noch grösser geworden. Aber die Kugelsterne überragen die Rosen um ein Beträchtliches; die Kugelsterne sind nur so weit ab, dass ihre Grösse nicht so drückend empfunden wird. Eine Götterallee ist diese Sternallee, denn jeder Kugelstern ist wie gesagt ein Gott. Und die Wurmgeister, die durch diese Allee durchkommen, werden wie gesagt selber Götter als selbständige Kugelsterne. Aber es kann wie gesagt nur eine Million der Wurmgeister den Götterpreis erringen – daher das grosse Wettrennen, das jetzt sofort beginnen soll. Der Himmel ist weiss wie Milch. Und die Kugelsterne sind grau wie die Wurmgeister. Und es giebt einen furchtbaren Knall! Und die Maschinen gehen alle los – im selben Augenblick! Und ein einziger Jubelschrei durchgellt die Welt.

»Als Götter sehen wir uns wieder!« Das haben die Wurmgeister auch den molchköpfigen Dienern zum Abschied zugerufen. Die molchköpfigen Diener stehen jetzt ruhig auf dem graden Rande der Plattform zwischen den Oeltonnen. Die Maschinen sind schon weit fort. Nur die grossen Kanonen und ein paar hohe Eisensäulen sind zurückgeblieben. – – – – – – – – – – – – – Und die Maschinen jagten dahin. Das war ein Geknatter, als würde mit Billionen Peitschen geknallt. Und die Geister machten einen Lärm – es hörte sich an, als würden Billionen Hunde geprügelt. Wie ein heulender Sturmwind jagte das Geisterheer durch die Sternallee. Die Schienen bebten und zitterten, und alles rasselte, als sollten ganze Höllen zerrissen werden. Ungeheure Dampfmassen blieben hinter einzelnen Maschinen zurück. Der furchtbare Knall, der das Signal zum Losfahren bildete, war von den Kugelsternen erzeugt worden; auf den Kopfplatten der Kugelsterne hatte zu gleicher Zeit ein Vulkanausbruch stattgefunden. Und nun lag oben auf jedem Kugelstern ein kleiner weisser Wolkenkranz – wie eine Krone aus weissen Perlen. In der Mitte der Allee, wo der schwarze Steinboden spiegelglatt und geölt war, flogen die geflügelten Schlitten wie die Pfeile dahin; jeder Flügelschlag wurde mit stürmischem Halloh begrüsst. Auf den Schienensträngen, die der Mitte am nächsten lagen, rollten die grossen Kanonenkugeln – haushohe Bälle – viele durchsichtige Schalen drehten sich auf diesen Kugeln um einander und bildeten eine sehr komplizierte Kugeloberfläche, sodass sehr viele Geister im Innern der Kugeln ruhig sitzen und hinausgucken konnten, trotzdem die Kugeln rasend rasch dahinrollten. Die Lokomotiven mit den langen

Bahnzügen machten einen mörderlichen Spektakel. Auf der linken Seite der Allee hatte der Boden in beträchtlicher Breite ganz unebene Formation – da stolzierten die Stelzmaschinen neben den geflügelten Riesenrädern, die ihre Passagiere seitwärts an der verlängerten Achse trugen. Da stolperten auch höhere Radmaschinen herum, die ihre Geister an Speichenkörben trugen. Und oben sausten fortwährend knallend die Kanonenluftschiffe durch die Luft – immer wieder schossen sie ihre Fesselkugeln ab und liessen sich von denen ruckweise vorwärts reissen, dass es beängstigend schien, dem zuzusehen. Jedoch zwischen den Luftschiffen arbeiteten sich noch die grossen Korbketten durch, die an beiden Enden Raketenapparate besassen und sich immerzu in grossen Bogen überschlugen; kaum hatten sie sich mit dem vorderen Ende in dem unebenen Bahnboden festgebohrt, so ging das hintere Ende los und flog im grossen Bogen weiter wie ein geschleudertes Tau; die Raketenapparate, die gegen das Anprallen am unebenen Steinboden musterhaft geschützt waren, funktionierten tadellos. Die Lokomotiven, die rechts und links am äussersten Rande der Rennbahn mit den längsten Wagenzügen dahinrasten, schossen öfters eine Harpune in die Kugelsterne und gewannen durch das Ziehen an der Harpune, wenn diese festsass im Stern, einen erheblichen Vorsprung; losgemacht wurde die Harpune durch elektrisch entzündbare Platzapparate. Die Rennbahn dröhnte wie ein Meer im Frühlingssturm. Die geflügelten Schlitten und die Korbketten mit den Raketenapparaten hatten die Führung. Und darob begann ein wildes Gefluche, denn nun wollte jeder mit diesen schnellsten Fahrzeugen fahren. Viele verliessen ihre sicheren Plätze, um auf einem Flügelschlitten schneller weiterzukommen. Die Geister hatten – was gesagt sein muss – wohl die Fähigkeit zu schweben – aber ihnen lag trotzdem noch ihre volle Sternschwere auf den Schultern – sodass sämtliches Gewürm nicht schneller vorwärts kam als im früheren Leben – sonst hätte ja das Maschinenmaterial ein ganz anderes sein müssen. Es wurde nun aus dem Platzwechsel ein erbitterter Kampf, in dem es wie in allen schwierigen Lebenslagen an lächerlichen Momenten nicht fehlte. Ein Wurmgeist, Namens Knipo, thut schrecklich empört, als er von einem Flügelschlitten heruntergeworfen wird. »Unter welches rohe Volk bin ich geraten!« schreit er wütend, »Ihr wollt Götter werden? In Schweine müsstet Ihr verwandelt werden.« Und der Knipo springt mit der ganzen Gewandtheit, die einem Wurmgeiste zu Gebote steht, auf eine jener haushohen Kugeln, die auf ihren besonderen Schienen dahinrollen. Aber die glatte Kugel rollt weiter, und der Springer bleibt mit flatternden Gewändern in der Luft zurück. Er fasst ein Tau, das von einem Luftschiffe herunterbaumelt, und will sich dran emporziehen – aber das Tau wird oben mit einer grossen Scheere abgeschnitten. »Diese Tücke!« ruft Knipo ärgerlich, während er das Tau zusammenballt, »beim Einsteigen und Abfahren ging alles ganz gemütlich zu – und jetzt benehmen sich diese Kerls wie die gemeinsten Raubtiere. Schöne Geister! Und die wollen Götter werden! Rabiates Gesindel!« Die Korbketten mit den Raketenapparaten überholen währenddem sämtliche Flügelschlitten, und ein Mordsradau entsteht – besonders auf den geflügelten Rädern, deren Passagiere einen bequemen Ueberblick geniessen. Knipo versucht es noch, sich auf eine Stelzmaschine zu schwingen, wird jedoch auch hier mit vielen anderen Geistern zugleich durch lange Stangen fortgetrieben; die meisten Geister wollten an den Stelzen emporklettern. Die Stelzmaschinen kommen scheinbar ohne Anstrengung vorwärts und erinnern an laufende Kameele; nur haben die meisten Stelzmaschinen mehr als vier Beine. – – – – – Diejenigen, die einen Platz auf den schnelleren Maschinen erobern wollten, wurden fast sämtlich zurückgedrängt und liessen sich schliesslich in Scharen auf den Verdecken der längeren Bahnzüge nieder, wo sie sich ordentlich festhalten mussten in nicht gerade beneidenswerter Lage. Knipo rettete sich ebenfalls durch einen Sprung auf das Verdeck eines Bahnwagens und hatte da leider unter den Rauchwolken einer Radmaschine viel zu leiden, sah jedoch zu seiner Rechten einen langen Zug, dessen Lokomotive immer wieder eine Harpune in die Haut der dicken Kugelsterne schoss. Die meisten Geister, die sich aus den vorderen Gefährten in die hinteren gedrängt sahen, beklagten sich nicht. Doch Knipo beklagte sich gar bitterlich, denn er hatte seinen festen Schlittenplatz durchaus nicht mit einem besseren Platze vertauschen wollen. »Ich bin vergewaltigt worden!« schrie er, »glaubt man denn, ich hätte kein Recht, auch ein Stern zu werden? Ich will sogar ein Doppelstern werden – ja, das will ich! Ich will als Doppelgott weiterleben.« Die andern Geister auf dem Verdeck des Zugwagens mussten trotz ihrer schwierigen Lage bei dem Worte »Doppelgott« laut losprusten. Knipo jedoch rief sehr grimmig: »Ich erinnere mich jedenfalls ganz genau, dass ich das

Meiste zur Erfindung der Flügelschlitten beigetragen habe.« Hiernach wurde die Aufmerksamkeit von dem Knipo abgelenkt; in einem Bahnzuge, der auf dem Nebengleise mit ähnlicher Geschwindigkeit fuhr, wurde laut und heftig über transparente Empfindungen debattiert. Mitten durch den furchtbaren Lärm der rasselnden Schienen drang vernehmlich die Stimme eines jungen Geistes herüber, der seiner abenteuerlichen Ideen wegen überall berüchtigt war: »Ihr könnt Euch ruhig Eure Geisterlunge ausschreien,« kreischte seine Stimme, »mir wird zu allen Zeiten bombenklar sein, dass ein Kugelstern anders empfindet als ein Wurm – Sterngeist und Wurmgeist sind zwei ganz verschiedene Weltsubjekte. Der Sterngeist hat eben lauter transparente Empfindungen und nicht Empfindungen, wie sie durch Wurmsinne erzeugt werden. Ein Stern hat nicht bloss viel mehr Sinnesorgane als ein Wurm – die Sinnesorgane eines Sterns sind auch qualitativ von denen eines Wurms verschieden. Aus diesem Grunde wollen wir ja Sterne werden, damit wir endlich mal rauskönnen aus unsrer alten Empfindungswelt. Als Wurm sehen wir immer nur mit unsern alten Augen – das, was wir eben sehen können; es ist nichts für uns dahinter. Als Stern aber haben wir hinter jedem Sinneseindruck noch eine ganze Portion weiterer Sinneseindrücke zu gleicher Zeit. So wie wir heute als Wurm im durchsichtigen bunten Glase nicht bloss dieses, sondern noch das, was dahinter ist, wahrnehmen können – so werden wir später als Stern Aehnliches hinter allen Eindrücken haben – die Transparenz der Empfindungen wird in Permanenz erklärt werden – wir werden überall mit jedem Sinnesorgan, das astraler Natur ist, gleich noch weiter zu empfinden vermögen – gleichsam durch durchbrochene Wände durch – durch ein paar Dutzend transparenter Wände hindurch. Der Stern kommt eben in vielfacher Art hinter seine Sinneseindrücke – was uns noch nicht gelang – da ja für uns durchsichtige Glaswände immer nur einen einzigen Sinneseindruck bilden.« Leider verschlang jetzt ein furchtbares Sturmgetöse – begleitet von schrillem Schienengeknack – die ganze Debatte.

Eine blendende Helligkeit drang aus der Höhe herunter auf die Rennbahn hernieder. Eine Brillantensonne durchquerte funkelnd die Richtung der Götter-Allee; die Sonne schien hoch über den perlartigen Wolkenkronen. Aber während die neue Sonne so viel

Licht verbreitete, entdeckten die wettfahrenden Geister plötzlich unzählige feinste bunt glitzernde Spinngewebefäden, die die Geister mit den Kugelsternen verbanden; es waren gradezu unendlich viele Fäden da, von denen unzählige weit nach vorn mit den Schienen parallel gingen. »Aha!« rief da der Knipo, »so sind wir also sämtlich doch noch mit unsern Sternen verbunden. Wie mich das freut!« Die Brillantensonne verschwand jedoch bald hinter den Kugelsternen. Und mit der Sonne verschwanden auch die nie gezählten Spinngewebefäden. Der Lärm der fahrenden Geister war plötzlich verstummt. Indessen – Knipo fand bald seine Sprache wieder und sagte zu denen, die mit ihm zusammen auf dem Wagenverdeck lagen und sich immer noch krampfhaft an Ecken und Haken festhielten: »Meine Herren! Wovon ich immer überzeugt war, hat sich also plötzlich als unumstössliche Wahrheit erwiesen. Wir sind sämtlich noch mit den Sternen, von denen wir uns loslösen wollten, verbunden. Ja – das Eine gehört eben dem Anderen und umgekehrt! Bewundert meinen horrenden Tiefsinn! Es ist mir bei den Fäden, die uns festhalten, nicht recht begreiflich, wie wir jemals selbständige Sterne und Götter werden sollten. Ich sehe auch garnicht ein, warum wir durchaus und durchum sogenannte Sterne und sogenannte Götter werden möchten. Ich habe den ganzen Selbständigkeitsrummel eigentlich bloss so mitgemacht wie eine Modesache. Schliesslich muss doch jeder das bleiben, was er war – wenn er nicht aufhören will – zu sein.« »So spring doch ab!« riefen da die andern. »Ih nein!« erwiderte dazu Knipo lachend, »ich mache zunächst alles mal mit! Es kann ja niemand wissen, wo's uns vergönnt sein dürfte, noch mal zu enden. Ausserdem möchte ich mal wo festen Fuss fassen; mich macht die Fusschonung der Geister zu empfindlich in der Sohle; ihr verdanken wir wohl die feinen Fäden, mit denen wir so fein angebunden sind.« Die andern Geister dachten voll Geringschätzung über Knipos schwach entwickelte Selbständigkeitssucht; sie schauten sich voll Sehnsucht die grossen Kugelsterne an, neben denen sie vorüberfuhren. Rechts und links schienen unendlich viele Kugelsterne die Allee zu bilden – aber es waren noch lange nicht unendlich viele – rechts stand bloss eine halbe Million – und links desgleichen. Die Geister erschraken nur, als sie bemerkten, dass jeder nächste Stern beträchtlich grösser war, als der vorhergegangene. Die Wurmgeister sollten so gross werden wie die Sterne der Allee; jeder früher durchs Ziel schiessende Wurmgeist musste also grösser werden als sein Nachfolger. Danach musste den Wurmgeistern, die jetzt im Schienengeklapper um die Wette dahinjagten wie hungrige Wölfe, noch viel mehr daran liegen, einander zuvorzukommen – die ganze zukünftige Grösse stand ja auf dem Spiele – die Kugelsterngrösse. Es wurde den Wurmgeistern ganz schwül zu Mute, als sie sich dieser Einsicht nicht mehr verschliessen konnten. – – – – – – – – – – – – – – Und den Wurmgeistern ward die Fahrt sehr lang. »Steigert Eure Kräfte!« riefen sie sich gegenseitig zur Ermunterung zu. Aber ihre Kräfte liessen sich nicht mehr steigern. Ein Kugelstern wurde nach dem andern genommen – doch die Kugelsterne wurde immer grösser – und es dauerte immer länger, eh die Maschinen an einem der ungeheuren Sternleiber vorbeikamen. Und es ergriff die armen Geister eine masslose Ungeduld; auf ihren Schultern begann es zu prickeln – den Geistern ward es immer schwerer, die alte Sternschwere auf ihren Schultern zu ertragen. Voll Sehnsucht starrten die Ungeduldigen zu den grossen Kugelsternen hinüber. »So sollen wir werden!« »So sehen Götter aus!« So sagten die Geister den Rennbahn. Aber die Götter, die immer noch ihre Perlkronen aufhatten, bekamen allmählich Gesichter – ihnen wuchsen scharfe Augen und Nasen und Bärte – und um ihren Mund begann es zu zucken. Und plötzlich lachten die Kugelsterne grell auf, dass die Wettfahrer zusammenschraken. Und viele Geister sprangen ab von den Maschinen und blieben zurück, denn sie verzweifelten daran, zur richtigen Zeit durchzukommen. Die Maschinen hatten nicht gelitten; die Flügelschlitten und die Korbketten, die sich immerzu überschlugen, behaupteten abwechselnd wie am Anfange die Führung – die Bahnzüge rasselten unaufhörlich weiter, dass die Funken nur so stoben – die Luftschiffe knallten auch jetzt noch ihre Schüsse in die Alleeluft – die Stelzmaschinen trabten unermüdlich weit ausgreifend dahin, und die geflügelten Räder drehten sich polternd und schwankend wie bisher, und die durchsichtigen Kugeln, in denen so viele Geister sassen, rollten auf ihren Schienen so gleichmässig weiter, als wenn nichts los wäre – und die Harpune that ihre Schuldigkeit – und die Kühlapparate thaten ebenfalls ihre Schuldigkeit. – – – – – – – – – – – – – – Trotzalledem waren die Geister müde geworden und wollten bald sämtlich nicht mehr weiter fahren. »Es hat ja keinen Zweck!« riefen sie gähnend und händeringend und ohne jedwede Spannkraft.

Jahre hatten sie gebraucht, um bis zum siebenunddreissigsten Alleestern zu gelangen. Und schneller fahren konnten sie nicht. Da ging denn ein gellender Pfiff durch die lange lange Allee. Die Wurmgeister blickten erstaunt auf. Die Gesichter der Kugelsterne wurden dunkler und dunkler und zuletzt ganz schwarz. Und plötzlich machten alle Kugelsterne gleichzeitig eine halbe Wendung nach rechts – und die Rennbahn brach unter betäubendem Donnergeknarr durch und durch entzwei. Sämtliche Maschinen fielen gleich mit durch und sanken in die Tiefe. Und die Wurmgeister fielen aus den Maschinen und Wagen raus nach oben, da das Eisen schwerer ist als der Geist; einzelne Maschinen liessen allerdings ihre Geister nicht los. Und in diese grosse Katastrophe blendete eine zweite Brillantensonne hinein, die noch grösser war als die erste. Und abermals sahen die Geister unzählige glitzernde Spinngewebefäden, die nun alle nach oben zu den fortziehenden Kugelsternen hinaufführten. Die Wurmgeister fielen immer tiefer – immer tiefer – hinab. »Aha!« sagte Knipo, »unsre Sterne lassen uns nicht los!« Und die unzähligen Spinngewebefäden glitzerten in unzähligen Farben.

Eier!

Das wogte hin und her und schien los zu wollen und schien nicht los zu können. »Das ist das alte Lied des Lebens – es kann sich alles nicht loslösen von dem Anderen – und es passt alles nicht zusammen.« So sprachen die Geister, während sie immer tiefer in den Nebeln der Welt versanken – in den Nebeln, die hin und her wogten und nicht fortkonnten. Und während die Geister glaubten, wieder im Unergründlichen zu sein, zog alle Freude von ihnen fort. Und es bildete sich eine harte Kruste um ihr ganzes Wesen. Und diese Kruste ward den Geistern sichtbar – aber sie konnten durch die Kruste durchsehen wie durch Glas. Und es berührte die Geister nichts mehr; das ganze Durcheinander der Weltnebel ward ihnen zum Bilderspiel; die Glaskruste liess nichts näher an die Geister ran. Mittlerweile wölbte sich eine jede Glaskruste und erhielt die Form von grossen Eiern. Als das die Geister bemerkten, sagten sie seufzend: »Na ja, nun dachten wir schon, bald mal Götter zu werden – und nun sind wir wieder bloss die reinen Eier. Aller Anfang ist schwer. Aber dass der Anfang immer wiederkehrt, ist noch schwerer zu ertragen.« Müde bewegten sich die Nebelschleier. Die Geister in ihrer Verkapselung sanken tiefer und stürzten in ein grosses Meer. Es staken gerade zehn Tausend Geister in den Glaseiern – nicht mehr. – – – – – – – – – – – – – – – Jetzt wirbeln die Wassermassen durcheinander – wie Viehherden, in die der Blitz schlug. Und die zehn Tausend gehen unter in den aufgeregten Wassermassen und glauben, dass jetzt bald alles vorbei sein wird – das ganze lange Leben. Aber die eiförmigen Glaskrusten halten auch das Wasser von den Geistern ab, dass sie ruhig weiter leben können, obschon sie sich nicht bewegen können – wie Gelähmte. Die zehn Tausend bleiben leben, doch sie haben keine Freude am Lebenbleiben. Die Glaseier sinken in ein helleres Wasserreich, in dem bandwurmlange dickköpfige Schlammschlangen umherschwimmen; die Schlangenkörper sind stellenweise von topasartig leuchtenden Gewändern umgeben, die sich zierlich aufbauschen und sich anschmiegen in gewundenen knittrigen Faltengebilden an die Schlangenhaut. Die Faltengebilde, die knotenartig an vielen Stellen des Schlangenleibes haften, leuchten wie Topase, hinter denen Licht ist. Die zehn Tausend wissen nicht mehr, ob sie steigen oder sinken. Knipo, jener Geist, der nie recht weiss, ob er sich ärgert oder sich freut, befindet sich ebenfalls in einem Glasei. Die Geister bemerken es schmerzlich, dass sie sich nicht bewegen können – die Glaskruste ist so fest – und schliesst jetzt auch den Mund. Verworrene dumpfe Töne dringen durchs Wasser, als kämen sie aus weiter Ferne. Die Glaseier schwimmen so ruhig wie hohle Steine – die Schlammschlangen bleiben ziemlich weit ab – zu denen gesellen sich glatte Seestiere mit dicken gelben Augen und dicken gelben Entenfüssen; die Seestiere werden aber scheu und gehen auf die Schlangen wütend los und zerreissen mit ihren hakigen Hörnern die leuchtenden Topasgewänder, dass die Fetzen nur so rumwirbeln. – – – – – – – – – – – – – Und Flundermänner bliesen dazu auf grossen Panzerschnecken einen Parademarsch, der den Geistern sehr gedämpft und klimprig klang. Die Flundermänner hatten ganz lange steife Hälse und braune Würfelköpfe und Flunderleiber, die so schlapp wackelten wie faule Fische; die Würfelköpfe sahen dagegen so fieberhaft erregt aus, dass sie Angst einflössten. Und umgestülpte graue Töpfe schwammen herzu; in den Töpfen staken am Schwanz festgebundene Aale; die Aale verursachten gleichsam als Klöppel einen dumpfen Glockenlärm, der die Nervosität ins Bestialische steigern konnte; mancher Topf ging durch einen Aalkopf entzwei, und die geborstenen Topftöne machten den gedämpften Glockenlärm so unheimlich wie blutbefleckte Leichen. Und alte Priester fielen samt jungen Soldaten zwischen die kämpfenden Stiere und Schlangen, die gleich Platz machten; viele Töpfe wurden dadurch heftig zur Seite gegen die Flundermänner geschleudert, dass vielen von diesen der steife Hals durchbrach; viele braune Würfelköpfe sanken mit ihren Panzerschnecken am Munde rasch in die Tiefe. Und stille Seesterne kreisten um die Soldaten und die Priester rum. Und die Seesterne machten einen so friedlichen Eindruck. Knipo sagte: »Die Seesterne sind gut!« Doch seine Stimme war nicht zu hören; die Glaskruste liess die Geisterstimme nicht mehr durch, obwohl der greuliche Topflärm und das klimprige Trompeten der Flundermänner noch als dumpfe Radaumusik von den Geisterohren empfunden wurde. »Was soll das?« fragten sich die Geister fortwährend – sie wurden ganz wirr im Kopf; es hob sich die Feierlichkeit der Priester so merkwürdig von dem trivialen Gethue der Soldaten ab, und die stillen Seesterne bewahrten eine so unnatürliche Ruhe vor den grauen Töpfen. Die Flundermänner bliesen unaufhörlich ihre zimperliche Marschmelodie, nach deren Takt die Schlangen und Stiere kämpften – so pausenlos, dass es einfach blödsinnig wirkte; dass die Töne nur gedämpft von den Geisterohren aufgenommen wurden, machte ihnen das wirre Lebensbild nicht sanfter. Und die Fetzen der Topasgewänder leuchteten dazu, dass auf dem wüsten Gedränge ein durchdringender Glanz bebte, der so angriff – wie der Glanz gestorbener Träume, wenn er sich vermischt mit dem Glanz wahnsinniger Rauschgebilde, die so alt sind. Die Glaseier warfen den Glanz heftig zurück, dass von den Geistern ein Licht ausging – wie von trunknen Todeswonnen. Und dieser Glanz und dieses Licht krallte sich in diesen grossen Wirrwarr mit Gespensterfingern so schmerzhaft tief hinein. Bildschöne Kinder mit widerlichen gelben Weibermasken im Arme sanken auch in die glänzenden Wassermassen; jedes Kind sah so lustig aus wie ein Reiterleben. Und ganz feine lange Säulen, die ziseliert und durchbrochene Arbeit waren, schwammen oben wie ein grosser Heringsschwarm vorüber; fette Kröten krochen auf den Säulen auf und ab im gleichmässigen langsamen Kriecherschritt. Jede Säule war anders als die nächste und oft so köstlich wie ein flinkes Pferd. »Was soll das?« fragten sich die

Geister, während sie mit den Achseln zucken wollten. Und grosse langsam sich bewegende Strudel entstanden, die alles um einander wirbelten und auch die lichtsprühenden Glaseier ergriffen und hineinzerrten in den seltsam glänzenden Wirrwarr, den keiner verstand. Doch trotz allem Regelhohn bewegte sich alles so, dass die Geister weltferne Rhythmen zu fühlen glaubten. Und Nixen sprangen plötzlich in das glanzumwirbelte Strudelreich. Und die Nixen bewegten sich wie schlanke Tänzerinnen – und es zuckte so viel Spott durch ihre Bewegungen, die nur so leise an Tänze erinnerten. Ihre Finger ahmten den Takt nach, in dem die Schlangen mit den Stieren kämpften, und die langen flossigen Fischbeine der Nixen bewegten sich, wie sich die Aale in den Töpfen bewegten. Und die anderen Bewegungsspiele in den Strudeln versuchten die Nixen ebenfalls nachzuahmen. Und die Geister verstanden das Gethue der Nixen nicht im mindesten. Und die Geister konnten nicht fragen; das Eiglas verschloss ihnen den Mund. Indessen – nun senkte sich in die Geister eine neue Neigung: sie wollten unwillkürlich thun, was die Nixen thaten – auch wie diese die Bewegungen, die sich in den gemächlich kreisenden Glanzstrudeln entfalteten, nachahmen. Das ging nun zwar nicht – des Eiglases wegen – dafür ging jedoch was andres: sie konnten das Strudelreich, das jetzt nur noch ganz langsam kreiste, allmählich ein bischen verstehen; es bewegte sich der ganze Krempel so wundervoll. Und die Nixen lachten und sprachen, dass es dumpf hallte – wie in fernen Kellergewölben: »Ihr lacht Euch scheckig, wenn Ihr den ganzen verworrenen Hexensabbat des Lebens nur als Bewegungsspiel nehmt. Es macht irrsinnig, wenn man alles für tiefsinnig halten möchte. Das Tiefsinnige muss sich doch immer, um als solches zu gelten, aus einer Fülle von Flachsinnigem herausheben können. Darum lasst das Tiefsinnige seitwärts stehen und nehmt zunächst mal alles bloss als Bewegungsspiel, so werdet Ihr die Welt besser begreifen als bisher.« Knipo wurde sehr ärgerlich. »Hier baumelt ein Rettungsanker für die Flachköpfe!« Also wollte er rufen, leider vermochte er nicht, sich hörbar zu machen. Die Worte der Nixen, die sich jetzt ins dunkle Wasser zurückzogen, wirkten aber nach, und viele Geister gaben zu, dass das Reich der sinnverwaltenden Vernünftigkeit immer nur klein sein dürfte, denn wenns überall zu sehen und zu haben wäre, so wärs doch gleich was Gewöhnliches. »Das Gewöhnliche muss aber grundsätzlich vermieden werden!« sagten sie eifrig. Und die Wassermassen wurden ruhig. Und nun zog der Glanz fort aus dem ruhigen Wasserreich – und der Wirrwarr darinnen wurde grau und farblos – und die Gestalten schrumpften zusammen und sahen elend und ärmlich aus, obgleich sie sich im ganzen genommen lebhafter bewegten als bisher. Und abermals erschienen die Nixen. Und abermals ahmten die Nixen das Bewegungsspiel der Schlangen, Stiere, Soldaten, Aale und Priester – Töpfe, Seesterne, Flundermänner, Kinder, Säulen und Kröten nach. Und die Geister verstanden das Nixenspiel; sie empfanden als richtig, dass auch der Reichtum an Glanz und Farbe nicht als solcher fühlbar werden könnte, wenn er überall zu sehen und zu haben wäre – und dass das Bewegungsspiel farbloser Massen nicht weniger reizend wirke – wie das der farbenreichen und glanzvollen. »Im Farblosen,« wollte Knipo sagen, »wirken die Bewegungen als solche noch viel mehr.« Und die Geister bedauerten, dass sie sich nicht so bewegen konnten wie die Nixen. Die Geister hatten sich aber allmählich an den durchgerührten Lebenspunsch mit seinem Wirrsal gewöhnt und schwammen ganz munter drinn herum. »Man muss sich an die Welt nur gewöhnen – nur gewöhnen – und nicht immer höhnen.« Diese Worte hätten sie gerne laut ausgesprochen. Sie merkten aber währenddem, dass allmählich alles so recht schmutzig wurde – so recht unanständig – gemein und ekelhaft. Trotzdem blieb das Bewegungsspiel so reizvoll wie bisher. Die Nixen riefen – in gedämpften Basstönen: »Ja – ja – das Anständige muss auch seinen Hintergrund haben, sonst wird es gewöhnlich.« Knipo fand, dass die Verworrenheit einen ganz neuen Reiz durch die schmutzigen Elemente erhielt; er hätte so gerne gesagt: »Glaubt doch den Nixen nicht ein einziges Wort! Die Geschichte wird thatsächlich immer köstlicher, obgleich sie schmutziger wird. Der Schmutz macht ja das Bewegungsspiel so schrecklich reich, er braucht wirklich nicht entschuldigt zu werden.« Die Nixen wurden nun leider so scheusslich schmutzig – so voll Schlamm und Unrat – dass sie – scheinbar aus Scham – wieder im dunklen Wasser verschwanden. Und die Geister bemerkten über sich ein helles weisses Licht. Und sie kamen an die Oberfläche des Meeres – obgleich sie geglaubt hatten, dass sie immer tiefer runterkämen. Das Meer war so weiss, als wäre weisse Kreide drin aufgelöst. Und der alte Himmel war gelb wie frische Butter. Und die Geister stiegen in den Himmel empor wie Luftballons. Und die Glaseier lösten sich oben auf und fielen tropfend in das Kreidemeer hinein – das Kreidemeer zischte. Und die zehn Tausend konnten sich wieder bewegen und atmeten auf.

Lust!

Geister, die sich lange nicht bewegen konnten, bewegen sich wieder. Und jetzt wollen sie wieder selbständig werden, um noch anders die Welt geniessen zu können; nicht hoffen sie mehr, Götter zu werden – doch sie hoffen immer noch, was andres zu werden. Und wenn sie was andres geworden sind, dann wollen sie erst mal wieder geniessen – anders geniessen – anders – eine andre Welt. Alles Göttliche wird im fernen Hintergrunde auch immer wieder anders – bald grösser und bald kleiner. Und während sich die Geister recken und drehen und den Kopf nach allen Seiten biegen, sehen sie, wie im weiten gelben Himmel unzählige blutrote Sterne aufleuchten. Doch die blutroten Sterne stehen nicht still; sie fliegen herum, wie Fliegen im Sonnenschein hin und her zucken – und nur zuweilen fest bleiben in der Luft, um noch heftiger hin und her zu zucken. Beim Anblick der zuckenden Sterne glauben die Geister, dass sie fühlen, wie ihre Selbständigkeit langsam aufkeimt, und ihnen wird so stolz zu Mute, als wenn sie flott in die Unsterblichkeit segeln dürften. Die Geister gruppieren sich kegelförmig, sodass sie zusammen eine runde nach unten offene Düte bilden. Hoch oben auf der Spitze steht Knipo. Mattgrau sind die Geister, ihre Gewänder werden steif und kriegen grade regelmässige Falten; die Köpfe heben sich höher, sodass die Hälse länger werden. Die Hälse werden sehr beweglich, und auf den Köpfen bilden sich glänzende Opalaugen, sodass die Geister viel mehr sehen als bisher. Die Geisterdüte dreht sich – ganz langsam. Und am gelben Himmel, in dem die blutroten Sterne immerzu hin und her zucken wie Fliegen im Sonnenschein, entwickelt sich ein buntes Lampenfest, was sehr seltsam wirkt, da's ganz hell bleibt. Zunächst entstehen weiter unten ringsum in der Runde grosse hellblau leuchtende Pyramiden; sie bilden einen weit abstehenden Pyramidenkranz um den runden hohlen Fuss der Geisterdüte. Und über den hellblauen Pyramiden entstehen dunkelblaue Riesenoktaëder; diese bilden einen noch weiter abstehenden Kranz, der sich noch tiefer in den gelben Welthimmel hineinschiebt. Und aus diesen unteren hellblau und dunkelblau leuchtenden Lampenkränzen schiessen hellgrüne und dunkelgrüne Raketen hoch in die gelbe Himmelshöhe und bleiben und vereinen sich in einem dicken Punkte hoch, hoch über Knipos Kopf, dass die Geister die Empfindung haben, sich inmitten einer Kranzkrone zu befinden. Und die hellblauen Pyramiden und die dunkelblauen Oktaëder drehen sich unten, und mit ihnen drehen sich die hellgrünen und dunkelgrünen Raketen. Die Raketen bestehen aber aus lauter leuchtenden kleinen Kugeln, die sich auch drehen und wie hellgrüne und dunkelgrüne Perlen schimmern und spiegeln. Zwischen den grünen Raketen zucken noch wie anfangs auf dem gelben Himmelsgrunde die blutroten Sterne wie Fliegen im Sonnenschein hin und her. Und dieser sich drehende Raketenkorb verwirrt die Geister, die mit ihren Opalaugen in der Mitte stehen wie eine schlanke Kirchturmspitze. Es ist aber sehr still im weiten All. Und Knipos Stimme erschallt und sagt laut von oben herunter: »Wohl dem, der sich niemals wundert über die Wunder der Weltbewegung. Wohl dem, der ruhig alles hinnimmt wie ein Geschenk – und nicht mehr haben will. Und ich weiss, dass es Geister giebt, die so viel haben, dass sie garnichts damit anzufangen wissen – und dennoch immer mehr haben wollen. Ich weiss das und wundre mich auch darüber nicht.« Knipos Stimme hallt weit hin – wie die Stimme eines Predigers in der Wüste. Die Pyramiden, die Oktaëder und die Raketen bleiben wohl an ihrer Stelle – aber sie drehen sich ohn Unterlass vor dem gelben von roten Sternen durchzuckten Himmel um sich selbst. Und helle weisse Sporen, die Sicheln ähnen, springen überall aus den hellgrünen und dunkelgrünen Raketen heraus. Und die weissen Lichtsicheln machen alles so furchtbar hell, dass die gelben, roten, blauen und grünen Farben fast dunkel erscheinen – und dass wieder die Spinngewebefäden, mit denen die Geister an ihre Sterne gebunden sind, sichtbar werden. Die Fäden glitzern im hellen Licht und gehen nach allen Seiten durcheinander; sie gehen auch nach oben und nach unten – kreuz und quer. Und die Fäden glitzern so perlmuttbunt im hellen weissen Sichellicht. Und die Raketen recken sich höher und höher empor, dass sie auch zusammen einen runden Kegel bilden, dessen auch schlanke Spitze eine unermessliche Höhe erreicht. Und nun dreht sich dieser ganze Raketenkegel wie die Geisterdüte langsam um sich selbst. Und dabei drehen sich auch noch die einzelnen Raketen um sich selbst, dass die weissen Lichtsicheln nur so blitzen. Die blauen Pyramiden und Oktaëder drehen sich mit dem Raketenkegel mit und auch noch um sich selbst – um sich selbst drehen sie sich noch schneller als bisher. Und alles dreht sich allmählich immer schneller, dass die Geister den gelben Himmel mit den roten Sternen bald nur noch als zuckende Streifen empfinden. Und die Geister können dieses sich drehende Lichtspiel nicht verfolgen – trotzdem sie so viele Opalaugen haben. Und sie wollen doch das farbige Lichterspiel – dieses himmlische Lampenfest – geniessen – und sie könnens doch nicht fassen – es geht ihnen alles um und um. Und trotzdem erfüllt das Lampenfest die ganze Geisterdüte mit wundersprühender Lust. Und Knipos Stimme wird nochmals oben hörbar – sie sagt jetzt etwas hastig: »Grade das Verwirrende erzeugt doch den Gipfel aller Lebenslust. Grade dort, wo wir nicht mehr folgen können, fängt der grosse Rausch an, der uns ganz und gar durchglüht.« Da fragt eine kleine wispernde Stimme aus der Geisterdüte: »O Knipo, sage bloss, wo hast Du alle Deine Weisheit her?« Knipo erwidert nach einer Pause melancholisch: »Das weiss ich nicht.« Und dabei erinnert er sich an leuchtende Nixen und an ein Bahnwagenverdeck, an rasselnde Schienen und lachende Kugelsterne – aber seine frühere Zeit erscheint ihm ganz voller Nebel. Leise fragt er: »Was war ich, als man von der grossen Wettfahrt noch nichts wusste?« Und wieder wisperts aus der Geisterdüte heraus und spricht kichernd: »O Knipo, Du wirst wohl geölt haben – die Maschinen.« »Nein«, tönts von oben zurück, »ein schwarzer Diener war ich nicht. Ich glaube jetzt aber zu wissen, woher wir alle unsre Weisheit her haben: von den Sternen, an die wir immer noch gefesselt sind, müssen wir unsre Weisheit her haben.« »Haben wir,« fragt da wieder unten eine kichernde Stimme, »auch unsre Dummheit von den Sternen her?« Und Knipo entgegnet zum zweiten Male melancholisch: »Das weiss ich nicht.« Die Raketendüte dreht sich langsamer und wird wieder durchsichtig – und goldene und silberne Schlangen ringeln sich um die grünen Raketen und lassen sich herunter und schnappen nach den dunkelblauen Oktaëdern und nach den hellblauen Pyramiden. Und die Geister der Düte erinnern sich an lauter verworrene Geschichten, die sie früher mal erlebt zu haben glauben – und die Geschichten ringeln sich wie Schlangen um ihren Hals – und die Luft wird ihnen verwirrend. Und sie wollen das Verwirrende abschütteln und darum wieder selbständig werden, da sie glauben, dass die Selbständigkeit alles klar und übersichtlich machen müsse. Und die Geister verfluchen die unzähligen Spinngewebefäden, die sie nicht zerreissen können – die so dehnbar sind – und die sich jetzt teilweise um die goldenen und silbernen Schlangen wickeln; währenddem fühlen die Geister, dass ihr Hals wieder frei wird und die Luft besser. Doch Knipo wird höhnisch und ruft hart durch die stille Luft: »Wenn ich nicht irre, sind selbständige Leute gar nicht fähig, zu geniessen. Jedenfalls kann die Selbständigkeit den Genuss nicht erhöhen. Der eigentliche Genuss beginnt immer erst da, wo die Klarheit aufhört – das ist nun mal meine Meinung. Wo aber die Klarheit aufhört, kann von Selbständigkeit nicht mehr viel die Rede sein. Demnach bin ich wohl im Recht, wenn ich behaupte, dass die selbständige Herrlichkeit eine wenig erbauliche Sache ist.« Da werden die Geister so wütend wie alte Hetären und reden alle über einander weg wie Kinder, die aus der Schule kommen. Schliesslich bringt eine rauhe Stimme den Lärm zum Schweigen und sagt zornspritzend: »Knipo, Du erlaubst Dir da oben, lauter dummes Zeug zu reden und das für Weisheit zu erklären. Deine alte Manier! Aber wenn wir diese Lichteindrücke nicht in uns aufnehmen können, werden wir sie nicht geniessen. Was sollen wir mit der Verworrenheit anfangen? Was nützt es uns, wenn uns die ganze Welt ewig und immer als ein grosser sinnloser Lichtspektakel erscheint?« »Hoho!« ruft da Knipo hoch oben, »nur die Gebrechlichkeit unsrer Aufnahmefähigkeit ist der Grund aller Weltverworrenheit. An unsern Sinnen liegt es, dass uns die Welt so verworren erscheint – die Welt selber ist es gar nicht.« »Aha!« wispert da wieder eine kleine Stimme in der Geisterdüte, »also haben wir doch Ursache, zu wünschen, dass sich unsre Sinne verändern. Es muss wahrhaftig alles anders werden – vergöttlichen müssen sich unsre Sinne! Ich werde schon zufrieden sein, wenn bloss meine Sinne göttlich werden – ich selbst will schon ruhig bleiben, was ich bin.« Das Lichtfest ist so still, obgleich sich die Raketendüte mit den Schlangen, Pyramiden und Oktaëdern allmählich wieder schneller dreht. Und Knipo sagt langsam: »Vielleicht sind unsre Sinne bloss deswegen so unvollkommen, damit wir nicht alles auf einmal aufnehmen. Wir müssen uns doch was für spätere Zeiten aufbewahren. Vielleicht werden unsre Sinne immer vollkommener. Die Weltbilder sollen uns wahrscheinlich erst allmählich in ihrer ganzen Grossartigkeit zugänglich werden.« Da lachen sehr viele Geister in der Düte laut auf und schreien: »Das ist ja grade unsre Meinung schon seit Olims Zeiten! Deshalb wollen wir doch Götter werden!« Und alle rufen zusammen mit ihrer ganzen Lunge: »Wenn wir doch erst Götter wären!« »Wenn wir doch erst Götter wären!« Knipo aber spricht ärgerlich: »Ihr scheint den Wert der Gegensätze nicht zu begreifen. Die besten Sinne sind für uns so gut wie wertlos, wenn wir nicht die weniger guten kennen gelernt haben. Ihr wollt, dass alles gleich vollendet da sei – während doch die langsame Entwicklung zum immer Besseren viel köstlicher ist als das Beste ohne Gegensatz und ohne Entwicklungsfähigkeit.« Die Geisterdüte steht still – und die Raketendüte steht auch still. Und die kleine wispernde Stimme ruft so laut, dass es energisch klingt: »Wir sind auf der wilden Jagd nach dem grossen Diademe der Gottheit, und Knipo soll uns nicht in die Zügel fallen.« Die weissen Lichtsicheln werden von den silbernen und goldenen Schlangen verschlungen. Und es wird den Geistern vor ihren Opalaugen alles sehr dunkel. Die Fäden verschwinden in ein paar Augenblikken. Und die Raketendüte steigt mit den Schlangen, Oktaëdern und Pyramiden hoch empor und wird bald unsichtbar oben in der dunkleren Höhe. Der Himmel wird ganz schwarz in ein paar Augenblicken. Jetzt aber leuchten die Geister selber und erschrecken, wie sie sich so leuchten sehen.

Theater!

Geister, die lange zusammen waren, erkennen sich plötzlich nicht wieder; sie sind ganz verändert; ihr Rumpf ist fort, und ihr Kopf besteht nur noch aus zwei kleinen Ohren und unzähligen Opalaugen. Eine schlanke Geisterdüte von regelmässiger Kegelform ist zu einer Opalaugendüte geworden. Die Opalaugendüte leuchtet wie faules Holz; die Ohren der Geister ähnen dunklen Perlgebilden, die aber das gleissende Opalisieren der Geisteraugen nicht stören. Vom Fuss der gleissenden Düte, die wie die ungeheure Glanzspitze einer verborgenen Pickelhaube hoch in den dunklen Himmel emporragt, geht jetzt nach allen Seiten flach ansteigend ein grünes Moosland trichterförmig in die Höhe und bildet eine ungeheure runde flache Schale – eine grüne Mooslandschale – in deren Mitte die Geisterspitze steht – wie der Schirmstock in einem umgekehrten offenen Regenschirm. Doch die Mooslandschale ist nicht gewölbt. Der Himmel, der so lange dunkel war, wird hell – weisse Wolken machen den Himmel hell – der ganze Himmel besteht bald nur aus sehr hoch gestiegenen weissen Wolken, die klein aussehen – wie ganz kleine Lichtblüten. Die Opalaugen der Geister sehen nach allen Seiten und sehen alles anders als sonst – sehen wie durch unzählige ganz feine durchsichtige Schleier, die von den Bildern der Welt nicht fortnehmen sondern zuthun. Und ganz langsam dreht sich die spitze Düte – die Drehung ist kaum merklich. Und Riesenpilze wachsen aus dem Moosboden heraus. Die Riesenpilze kriegen oben sehr dicke blaugraue Köpfe mit langen wächsernen Nasen. Und andere Pilze, die neben den bekopften wachsen, kriegen oben Hände mit dicken rosafarbigen Fingern. Und diese Finger legen sich an die wächsernen Nasen. Und da thun sich die breiten Mäuler der Pilzköpfe auf und reden unverständliche Worte. Doch in der Mitte die Geister mit den feinen Perlenohren verstehen einzelne Sätze – so diese: »Der dicke Rausch hat uns geboren!« »Wir sind die grandiosen Symbolika des Rausches.« »Wir allein verstehen den Rausch, weil wir selber Rausch sind – und weil sich der Rausch nur selbst verstehen kann.« Und ihre Köpfe werden ganz unförmlich. Ein grünlicher Schimmelpilz mit gelben Flecken, aus dessen Schädel spiralförmige bleiartige Blätter herauswachsen, sagt bedächtig: »Giebt es eine berauschendere Sache als die vollkommene Rauschlosigkeit? Die könnte doch der Gipfel der Selbständigkeit sein! Ja! Es ist das nicht unmöglich!« Und ein andrer Pilz, dessen Kopf wie ein altes verfallenes Felsenthor aussieht, fragt leise: »Liebe Rauschbrüder, wisst Ihr vielleicht, ob wir im Sterben nach dem Rausch mehr nach höherem Bewusstsein oder mehr nach Bewusstlosigkeit verlangen? Läge uns an dieser, so müsste uns die Selbständigkeit sehr egal sein. Andernfalls wär's vielleicht anders.« Es ertönt keine Antwort. Nach langer Pause spricht die klappernde Stimme eines schwarzen Keulenpilzes: »Denken wir nur, um berauscht zu werden? Oder – werden wir nur berauscht, um denken zu können?« Und ein andrer Pilz, der blaue Krebsscheeren statt der Haare auf dem Kopfe hat, sagt in langgezogenen Tönen, während seine Radaugen furchtbar rollen: »Wir sind heute wieder so recht nüchtern. Das macht wahrscheinlich das viele Denken. Wollen wir denn den Rausch begreifen? Der sieht ja täglich anders aus. Chamäleon!« Und die Pilze schwanken und steigen mit ihren Fadenwurzeln aus dem Boden und gehen wackelnd hinauf zum fernen fernen Mooslandsrande; mit den dünnen Wurzelbeinen kommen die Dicken nur langsam vorwärts. Grüne Dämpfe steigen vorn auf. Und die Pilze werden unsichtbar.

Ein Windzug – und die grünen Dämpfe sind fort. Knirschend steigen aus dem Moosboden durchsichtige Krystallsäulen heraus. Astartige Arme wachsen den Krystallsäulen; die Arme sind auch Krystall und haben keine Hände – an Stelle der Hände entstehen Krystallköpfe mit lauter rechteckigen Formen – auch die zwei Augen der Köpfe sind rechteckig. Und die Krystallwesen unterhalten sich; es reden die sämtlichen Armköpfe einer Säule für gewöhnlich im Chore. Die Geister der Düte vernehmen die folgenden Reden und Gegenreden: »Meine Wenigkeit hat bislang erst zweitausend Entwicklungsprozesse durchgemacht. Aber ich würde nette Lügenmäuler haben, wenn ich behaupten möchte, ich hätte jemals in meinem langen Leben eine Ahnung davon gehabt, wohin mich diese ganze Entwicklung führen könnte.« »Ist es denn nötig, dass die Endziele der Entwicklungsprozesse uns ganz klar wie Krystallsäulen vor Augen stehen? Ist es nicht genug, dass wir immer noch ein unbestimmtes Vergnügen daran finden, uns weiter zu entwickeln? Hätte die Entwicklung noch irgendwelchen feineren Reiz, wenn wir über die Endziele des ganzen Weltbestrebens völlig im klaren wären? Wären wir in diesem Falle nicht am Ende aller Weisheit und entwicklungsunfähig? Ist aber nicht grade die stete Entwicklungsfähigkeit die Krone der Lebenskraft und Lebenslust?« »Alle diese köstlichen Fragen hindern uns nicht, Betrachtungen über die Entwicklung unsrer Krystallseelen auch fürderhin anzustellen. Für mich giebt es immer noch zwei Kardinalfragen: Entwickeln wir uns zur Selbständigkeit, wenn wir immerzu anders werden – oder entwickeln wir uns thatsächlich zu unbestimmbaren Grössen? Nach meiner Meinung müssten wir bald so weit entwickelt sein, um eine dieser beiden Fragen ausmerzen zu können.« Eine zitternde Stimme spricht nach einer Weile ganz allein: »Sind wir Geschöpfe, so giebt es auch Schöpfer, und sind wir selber Schöpfer, so müssten wir eigentlich mehr schaffen als bisher. Wir können auch schaffende Geschöpfe sein. Und wir können auch was andres schaffen – es brauchen nicht immer lebendige oder tote Geschöpfe zu sein. Wenn ich aber schaffen will – ganz gleich was – so frage ich immer: was ist für die grossen Schöpferstunden günstiger: der Wechsel der Lebensumstände oder die Gleichförmigkeit der Lebensumstände?« In klingenden Chören tönt es zurück: »Streben wir nach Ruhe oder nach Bewegung?« »Wärs nicht besser, wenn ein Moment still stehen bliebe wie ein alter Träumer?« Knirschend sinken die Krystallsäulen wieder in den Moosboden – und sind bald den Blicken der Opalaugen entzogen.

Und riesige Schachtelhalmwälder wachsen in der grossen Moosschale rasch empor – und die Wälder biegen sich und rauschen. Und es tönt aus den Wäldern ein schwerer Gesang. Und dann rufen die Wälder seufzend: »O Nebulosa! O Nebulosa! Wo weilst Du? Weisst Du denn nicht mehr, dass wir so schrecklich unselbständig sind und die Gesellschaft so nötig haben?« Und blaue Wolken wirbeln aus den Wäldern heraus, die blauen Wolken steigen höher und vermischen sich da mit lilafarbigen und orangefarbigen. Und diese bunten Wolken umschweben die Wipfel der sich biegenden, rauschenden Schachtelhalmwälder. Und die Wolken sprechen, ohne dass die Geister Mund oder Nase sehen: »Wir haben nun über alles nachgedacht und freuen uns über unser Nichtwissen viel mehr als über unser Wissen.« Die Wolken steigen höher. »O Nebulosa!« rufen die Wälder. »Die Nebulosa,« tönts nun von oben herunter, »ist ein einziges Wesen und besteht doch aus sehr sehr vielen Wolken; die Nebulosa glaubt, dass es ihr gar nicht mehr behagen könnte, andre Wesen für klüger zu halten als sich selbst; die grosse Nebulosa, die eigentlich garnichts weiss, will auch nichts mehr wissen – piept opp die olle Weisheitstinte.« »Recht schade!« sagen die Schachtelhalmwälder, »wir hätten so gerne gewusst, was uns angenehmer sei – das Licht oder die Finsternis.« Da blitzt es heftig in den bunten Wolken. Aber die Wälder schweigen nicht; während die Schatten der Wolken über den Wipfeln hin und her huschen, fragen sie: »Zieht das Aufgeben des Ichgefühls Mangel an Bewusstseinsempfinden nach sich?« Noch heftiger blitzt es in den Wolken. »Sind wir lebenskräftiger,« fragen die Schachtelhalmwälder weiter, »wenn wir uns als ein Ich fühlen – oder wenn wir jedes Ichgefühl aus Hochachtung vor dem Ganzen, zu dem wir gehören könnten, unterdrücken?« Da schlagen die Blitze in die

Schachtelhalmwälder, dass die aufflammen und sich im nächsten Augenblick in Staub verwandeln. Die blauen Wolken mit den lilafarbigen und orangefarbigen Flecken steigen hell blitzend immer höher und rufen aus der Höhe herunter: »Die Nebulosa verlacht das Ichgefühl – und vernichtet das Ichgefühl.« Und oben verfliegen die bunten Wolken, sodass keine Spur von der Nebulosa übrig bleibt. Wieder leuchten die kleinen weissen Wolken. Den Geistern der Düte treten Thränen in die bunten gleissenden Opalaugen, sodass sie funkeln wie Tautropfen im Sonnenglanz.

Und mit mächtigem Gepolter wachsen riesige rote Berge durch den Schachtelhalmwälderstaub. Und die roten Berge sind von glitzernden Flüssen durchzogen, die sich wie seidene Bänder um die Gipfel der Berge schmiegen. Zinnoberrot sind die Berge – und die Flüsse so wie Silber – wie Quecksilber – auch so beweglich. Und aus den roten Bergen werden grosse lachende Riesenköpfe, die sehr gutmütig schmunzeln. Und die silbernen Flüsse umschlingen den breiten Hals der Bergriesen und gehen oben ins Haar der Bergriesen und bewegen sich wie flüssige Schlangen und flüstern schmeichelnde Worte ins Ohr der Bergriesen. Und dann fangen die Flüsse zu fragen an wie gute Kinder – sie wollen so gerne was wissen – sie wollen was von den Göttern wissen. »Ist die Zahl der Götter, die, wie wir wohl wissen, auch Sterne genannt werden, wirklich gar nicht auszusprechen?« Also fragen die schmeichelnden Schlangen, und die roten Riesen antworten: »Die Zahl der Götter ist nicht einmal auszudenken – es giebt gar nicht so viel Platz, um die Zahl aufzuschreiben – die Unendlichkeit ist für die Zahl viel zu klein – die Götter überragen Alles.« Da wundern sich die Flüsse sehr, und ihre Wasser umplätschern die Stirn der Riesen. Aber die Flüsse sind neugierig; sie wollen noch mehr von den Göttern wissen. »Können die Götter,« fragen die Neugierigen, »wirklich machen, was sie wollen?« »Ih, kein Bein!« erwidern schmunzelnd die Roten, »die Götter hängen wieder von andern Wesen ab, die viel grösser sind als alle Sterne zusammen. Und diese Obergötter hängen wieder von Ober-Obergöttern ab u. s. w. Alle haben immer noch einen Höheren über sich – es reisst gar nicht ab. Und dann sind alle – sowohl die einfachen Götter wie die oberen – durch unzählige dicke Taue aneinandergebunden – und hängen alle unter einander von einander ab. Das alles solltet Ihr Euch mit Euern Eingeweiden in

Euer Herz schreiben.« Da zittern die Flüsse, denn sie können sich das alles gar nicht ordentlich ausmalen – so grossartig erscheint es ihnen. Sie wollen nun nur noch wissen, ob sich die Götter ebenfalls immer weiter entwickeln wie die Flüsse und Berge und all das Gewürm, das auf und in ihnen lebt. Und zu dieser Frage nicken alle Bergriesen so kräftig mit den Köpfen, dass sich ihre Halsketten kaum festhalten können. Und kopfnickend rutschen die roten Berge nach allen Seiten aufwärts bis in die weite Ferne zum Schalenrande, wo sie immer kleiner werden und schliesslich so klein sind, dass die Opalaugen nichts mehr von den roten Bergen mit ihren neugierigen Flussketten bemerken. Und die Opalaugen können so weit sehen – nach allen Seiten zu gleicher Zeit.

Schnee fällt aus den weissen Wolken – sehr viel Schnee, so dass die ganze Mooslandschale bis zum fernen Rande zum grossen Schneetrichter wird. Wie aller Schnee unten ist und die Opalaugen wieder weit herumblicken können nach allen Seiten, sehen sie einen dunkelgrünen Himmel und oben rings um den ganzen Schneetrichterrand grosse dunkelblaue Schmetterlinge mit goldenen Schnörkeln. Und alle diese Schmetterlinge sind aneinander gefesselt mit schweren eisernen Ketten, so dass sich die herrlichen Sammetfalter nicht bewegen können. Die Schmetterlinge schreien: »Jetzt wollen wir uns eine Willensrichtung geben, denn das haben wir stets gewollt! Jetzt kanns losgehen!« Es geht aber garnichts los – die Schmetterlinge bilden ruhig weiter ihren Ring am Trichterrande. Der Schnee schmilzt.

Und unter dumpfem Gepuff springen ringsum zackige alte Berge mit alten Burgen aus der immer noch sanft ansteigenden Mooslandschale, die jetzt wieder so dunkelgrün ist wie einst. Und aus den Burgen springen Riesenfrösche heraus – und tanzen. Und die Berge mit den Burgen tanzen mit. Ganze Wälder entstehen im Hintergrunde, ballen sich zusammen und tanzen mit. Kornfelder und Fahrstrassen entstehen vorn und tanzen mit. Und die Riesenfrösche brüllen in mehrstimmigen Chören: »Wollen wir denn frei sein?« »Wollen wir denn frei sein?« Und das tanzende Schalenreich wird furchtbar hell – und die Opalaugen der Geister sehen unzählige dicke Strippen, an denen die ganze tanzende Gesellschaft hängt. Oben im dunkelgrünen Himmel werden auch dicke

Fäuste sichtbar, die die Strippen halten und regieren. Plötzlich sausen unzählige breite Schwerter vom Himmel herunter und funkeln vor den Opalaugen so heftig hin und her, dass die Geister glauben, vor ihnen entwickle sich der grosse Kampf der Unsichtbaren, die alles an ihren Strippen lenken. Und bei dem Schwertgefunkel ist das lustige Hampelmannreich mit den Riesenfröschen bald nicht mehr zu entdecken.

Die Geister der Düte bedauern lebhaft, dass sie infolge Mundmangels nichts zu sagen vermögen; die Schauspiele, denen sie beiwohnen dürfen, haben etwas Beklemmendes für die Düte. Die blinkenden Schwerter hauen sich allmählich gegenseitig kaputt und fallen fort. Und das Hampelmannreich kommt wieder zum Vorschein. Während der Schwerterfehde sind aber noch grosse blaue Meere zu den Bergen, Burgen, Fröschen, Fahrstrassen, Kornfeldern und Walddistrikten hinzugekommen. Die Strippen sind nicht mehr zu sehen, doch die Hampelei nimmt ihren Fortgang – und zwar mit erheblichster Vehemenz. Die Geister sehen nach allen Seiten und werden nicht klug aus diesem Getanze; alles drängt sich den blauen Meeren zu, die mächtig rauschen. Die Geister horchen mit ihren Perlohren und verstehen nach und nach, was geredet wird. Die Frösche sagen: »Wir sind die grossen Fragezeichen, und jetzt soll der grosse Kampf um die erlösenden Sätze beginnen. Die erlösenden Sätze haben die grossen Antworten in sich. Und die Meere haben alle beide in sich – sowohl die Sätze wie die Antworten. Und diese beiden Dinge müssen wir den blauen schlauen Meeren entreissen. Das wird ein famoser Krieg!« Und die Frösche springen in die blauen Meere hinein, dass es ein grosses Geplumpse giebt. Und dabei fragen diese Frösche lachend: »Was macht mehr Spass als die Unwissenheit?« »Fragen wir, um was zu wissen, – oder fragen wir, um bloss zu wissen, dass das Wissen nur ein Wissen vom Nichtwissen ist?« »Giebt uns das Wissen vom Nichtwissen nicht die grösste Portion Selbstbewusstsein?« Die Frösche tauchen unter; auf den dunkelblauen Meeren bildet sich viel weisser Schaum. Und die Berge mit den Burgen drängen sich nun auch an die Meere und wollen ihnen ebenfalls erlösende Sätze abringen. Die Meere werfen ihre donnernden Wogen den Bergen entgegen, dass der Schaum die Burgen bespritzt. Und die Berge fragen ächzend: »Ist Denken mehr als Fragen?« »Ist Denken und Fragen dasselbe?« »Besteht unsre ganze Weisheit bloss aus grossen Fragen?« »Werden wir ewig bloss Fragezeichen sein?« »Besteht vielleicht unser Glück bloss im Fragenkönnen?« Und die Burgen fragen: »Giebt es eine Frage, die uns nüchtern machen kann?« Die Meere ziehen, als wären sie verletzt, ihre blauen Fluten weit von den Bergen fort und bäumen sich hoch auf. Und die Meere werden zu hohen Gebirgen. Und jetzt gehen ihnen die Fahrstrassen nach und fragen heftig: »Wird uns das Ausserunsseiende leichter bewusst als das sogenannte Ich?« »Sind Welt und Ich bloss Traumspässe?« »Ist überhaupt ein Wesen denkbar, das der Welt ins Herz sehen kann?« Und wogende Kornfelder fragen: »Hat die Welt ein Herz?« »Ist die Welt ein einziges Wesen – so wie ein Kornfeld?« »Hat die Welt eine Haut?« »Ist die Welt klüger, als alles das, was in ihr lebt?« »Kann ein Ding, das in der Welt lebt, mal eben so klug oder eben so dumm wie die ganze Welt werden?« Die Wälder aber ballen sich wieder zusammen wie Igel und fragen knarrend: »Wenn wir fragen, ob wir selbst es sind, die da fragen – ist das denn wirklich die grösste Frage?« »Wenn wir fragen, ob wir selbst es sind, die da denken – ist das denn wirklich der grösste Gedanke?« Da spritzen die Meere ihre Fluten empor, dass es aussieht, als gingen Millionen Fontänen in die Höhe. Und die Geister der Düte vernehmen, wie die Meere ganz deutlich schimpfen und sagen: »Seid doch froh, dass Ihr so viel Vergnügen am Fragen findet. Ihr seid so naiv wie die patriotischen Krieger. Würden wir Euch Eure Fragen alle beantworten, so würdet Ihr nur auf neue Fragen sinnen müssen. Dieser Mühe sollt Ihr durch unser Schweigen überhoben sein.« Da recken sich die Berge mit den Burgen, die Fahrstrassen und Kornfelder ganz hoch in die Höhe und wollen mit den Meeren kämpfen. Aber den Meeren wachsen weisse Flügel in den Seiten. Und die Riesenfrösche fliegen, während die weissen Flügel mächtig wachsen, in grossen Bogen aus den blauen Fluten raus und fliegen mit solcher Wucht gegen die Berge und auf die Fahrstrassen, dass die lustigen Tiere platzen und elendiglich verrecken. Und dann hauen die blauen Meere so heftig mit ihren weissen Flügeln um sich, dass die Berge zu Billionen Steinen zerschlagen werden, die die Frösche und Wälder, Fahrstrassen und Kornfelder ganz und gar überschütten, sodass die Mooslandschale von oben bis unten mit Steinen übersäet ist, als hätte es Steine geschneit. Und die blauen Meere erheben sich und fliegen mit ihren weissen Flügeln wie Riesenvögel hoch empor zum Himmel. Und die geflügelten Meere, in deren Wasserleibe die Fische herumschwimmen und die Korallen wachsen und die Seesterne mit den Austern kämpfen – diese geflügelten Meere werfen grosse Schatten hinunter, die viel viel grösser sind als Billionen Meere zusammen. Die Opalaugen der Geisterdüte können bald garnichts mehr erkennen – so dunkel sind die grossen Meeresschatten.

Aber am fernen Rande der grossen Schale, in deren Mitte die Düte steckt, sehen die Opalaugen unheimliche Gespenster – die kriechen wie Spinnen über den Rand und kommen sachte heruntergekrochen. Wie sie sich aber aufrichten erschrecken die Geister der Düte über die ungeheure Grösse dieser Spinnen; sieben schrecklich lange Beine tragen einen Panzerrumpf; krinolinenartig stehen die Beine auf dem schrägen mit Steinen übersäeten Boden der Schale. Und der Panzerrumpf geht hoch in den Himmel hinauf, der jetzt so grau ist wie Blei und nicht sehr hell – und so seltsam gerippt erscheint, als gingen Röhren durch. Die Gespenster haben oben einen ganz kleinen Kopf, in dem kaum die Augen zu unterscheiden sind. Sieben riesig lange Arme haben die Riesenspinnen, und in sieben knolligen Fäusten halten sie den Griff eines rostigen Bratenmessers, das gefährlich aussieht. Und diese unheimlichen Gesellen klettern einander auf die Schultern, und die obersten berühren mit ihren rostigen Bratenmessern den bleigrauen Himmel – und schneiden nun vorsichtig grosse siebeneckige Stücke aus dem Himmel raus. Und durch die siebeneckigen Löcher können die Opalaugen in ein grosses, buntes Sternenall sehen, in dem es sehr hell ist. Und die Opalaugen sehen, dass da die bunten Sterne mit bunten langen Stricken aneinander gebunden sind, sodass dieser Sternhimmel wie ein alter Winkel aussieht, in dem unzählige Spinngewebefäden Wustnetze bilden. Und die siebenbeinigen Gespenster steigen mit ihren Bleihimmelstücken herunter und wollen mit dem himmlischen Gut davongehen nach hinten zum fernen Rande, wo sie herkamen. Aber die Bleihimmelstücke drehen sich den langen Kerlen aus den Händen raus und schweben wie fliegende Swift-Inseln empor und schweben in der Luft herum. Die Siebenbeinigen stehen ganz ratlos da. Plötzlich aber fallen die Bleihimmelstücke den Siebenbeinigen auf den Kopf und drücken den Rumpf mit solcher Gewalt durch, dass unten die langen Beine wie Glas zerplittern. Die Bleihimmelstücke schlagen aber gleich mit den Panzerrümpfen so tiefe Löcher in die Mooslandschale, dass die auch auseinander birstet und in grossen Stücken in eine unbekannte Tiefe fällt. Die Opalaugendüte bricht dabei um und fällt den Bleihimmelstücken und den Mooslandschalenstücken nach. Und die Geister lösen sich von einander los und fallen in ein dunkles Luftreich, in dem sie sich wieder verwandeln und seltsame Blumengerüche empfinden. In dem dunklen Luftreich duften unsichtbare Blumen so stark, dass die Geister an ferne Vergangenheit denken müssen – und sich plötzlich an ein langes langes Leben erinnern.

Jammer!

Geister, die lange nichts von ihren Füssen wussten, fühlen wieder, dass sie Füsse haben, und können wieder gehen. Das ist aber keine Erlösung. Das Gehen ist eine Qual. Von vielen seltsamen Geruchsempfindungen werden unzählige Erinnerungen aufgeweckt; und die sind so lebhaft, da der Pfad, auf dem die Geister gehen, ganz dunkel ist wie ein vergessener Keller. Und die Erinnerungen nagen an den Geistern und schwächen ihre Lebenskraft; lange vergangene Zeiten erscheinen den Wandernden nur als grosse Qualketten; betäubende Blumendüfte machen die Erinnerungsschwere noch fühlbarer. Da zünden sich vorn und rechts und links kleine räuchernde Lampen an und beleuchten spärlich eine breite Steintreppe. Trübselig ist die Beleuchtung – da brennen so die richtigen Thranfunzeln. Den Geistern wird nicht besser, aber sie steigen die schlecht behauenen Steinstufen hinan – immer höher und höher, obschon keiner weiss, wohin die Treppe führt; oben ist wenig zu erkennen, da die Thranfunzeln ihr bischen Licht bloss an die Seiten werfen. Und während die Geister mühselig auf der breiten Steintreppe aufwärts steigen, werden sie von drückenden Empfindungen ganz und gar umgarnt, und ihre Gedanken gehen immer mehr nach jener Richtung hin, die dem Leben keinen Glanz lässt. Und es kommt den Geistern ihr ganzes Leben so recht überflüssig vor. Und dann dauerts nicht lange, und alle erklären einstimmig: »Es ist ja doch alles Unsinn.« Jedes Streben und jedes Zielsetzen wird als Albernheit bezeichnet. Die Resultatlosigkeit grinst die Geister plötzlich in allen Dingen an. Und die penetrante Empfindung, dass alles resultatlos und als alberne Spielerei verläuft, erstickt jeden frischen Ton, sodass die Geister – es sind immer noch zehn Tausend Mann – stumpfsinnig werden wie betrogene Gauner. Nur Knipo hält sich noch mit zwei anderen Geistern etwas aufrecht. Alles Glänzende, das die Vergangenheit bot, ist verblasst, und nur das Trübe und Leere wirkt in den zehn Tausend fort. Einige Geister fallen und bleiben auf den Steinstufen liegen; niemand kümmert sich darum. Knipo sagt stöhnend: »Mir ist ja beinah so wie einem Arbeiter zu Mute, aber – hatte man nach der Arbeit nicht mal so'n frohes Gefühl?« »Jawohl,« erwidert der gelbe Geist neben ihm, »die sogenannte Arbeit war immer eine etwas billige Nervenaufregung.« Und alle fühlen, dass ihre Nerven nicht mehr in Erregung zu bringen sind; alle haben das Gefühl, dass ihre Empfindungsfähigkeit gebrochen und morsch ist – mit dem Lebenkönnen gehts bergab. Und sie steigen weiter die Steinstufen hinauf und kommen oben auf einen breiten Absatz, der mit schwarzen Fliesen getäfelt ist. Knipo rafft sich auf und sagt deutlich: »Ich gestehe, dass ich Eure Schmerzen eigentlich nicht verstehen kann, und empfinde grossen Schmerz über meine Schmerzlosigkeit. Ich komme mir so unbedeutend vor.« Und er lacht. Es lacht aber keiner mit. Und auf vielen klapprigen Holztreppen steigen die Geister weiter empor. Da ist die Beleuchtung noch trübseliger. Katzenaugen glühen auf den Geländern der Holztreppen. Neben den Treppen rauschen alte Bäume mit trocknen Blättern; auf den Aesten der Bäume winden sich dicke gefleckte Schlangen, die den Geistern beleidigende Worte zuzischen. Und die mürben Holzstufen knarren. Auf sehr vielen Treppen gehts empor, sodass sich nur die Geister gegenseitig erkennen, die sich auf derselben Treppe befinden. Nur noch zuweilen leuchtet eine alte Lampe, die kein ganzes Glas hat. Das Treppensteigen wird so mühselig wie ein Künstlerleben. Und jede Schlange spricht so beleidigend wie ein Kind. Viele Geister setzen sich auf die Stufen hin und lassen alles über sich ergehen – und rühren kein Glied. Und die Geister empfinden, dass sie gekränkt werden sollen. Und sie fühlen plötzlich, dass unsichtbare Hände ihnen Ohrfeigen geben. Und ein langer Wutschrei geht über alle Holztreppen. Aber auch die Wut bricht gleich wieder zusammen; es bleibt nur noch ein stumpfes Gefühl zurück, das so träge macht – so schlampig; es brennen den Geistern die Fusssohlen und die blassen Wangen. Ein alter Geist sagt traurig: »Unser Jammer ist wohl bloss eine Folge der Eitelkeit. Wären wir nicht so eitel, so wären wir nicht zu verwunden. Nur der Eitle lernt den wahren Jammer des Lebens kennen. Wer seine Natur stets mit Zärtlichkeit zu würdigen pflegt, wird immer verletzt und jammervoll sein. Wir durchleben bloss die Tragikkomödie der Eitelkeit. Alle Tragik ist pure Eitelkeitssache.« Da wird Knipo neben dem Alten furchtbar wütend und brüllt: »Das wollen wir uns doch nicht gefallen lassen!« Und von den Geistern bleiben Hunderte auf den Holzstufen liegen; nur die Stärksten erreichen oben das Ziel – abermals einen breiten Absatz, der mit schwarzen Fliesen getäfelt ist. Der gelbe Geist sagt zum Knipo: »So wehre dich doch! Sag mir nur, wie Du's machen möchtest.« Knipo möchte Witze machen, doch sie sterben ihm zwischen den Zähnen. »Jawohl,« sagt er schliesslich, »ich glaub's schon, dass alles Verletztsein nur ein Verletztsein der Eitelkeit ist. Aber wahrlich – ich sage Euch: Der Kern Eurer Eitelkeit ist nur Eure verdammte Selbständigkeitssucht.« »Unsre!« setzt der gelbe Geist verbessernd hinzu. Und unartikulierte Laute des Ekels werden überall gehört, die Geister empfinden nicht bloss Ekel vor dem Leben – sondern auch Ekel vor einander. Und der Ekel ist so grässlich intensiv. Sie denken zuweilen an die Einsamkeit, aber sie sind zu schlapp, um sich an dem Gedanken aufzurichten – er kann ihnen nicht mehr zum lachenden Endziele werden. Die Katzenaugen auf den Geländern leuchten unheimlich – aber sie reizen nicht mehr auf – und auch das beleidigende Gezische der Schlangen verhallt wirkungslos. Nur unartikulierte Ekellaute kommen über die Lippen der Geister. Knipo sagt zum Gelben, nachdem er lange geschwiegen hat: »Humor entsteht, wenn man sich mit einer Situation notgedrungen abfinden muss, ohne den Knoten zerhauen zu wollen oder zu können.« Er kann sich aber mit der trübseligen Treppen-Situation nicht abfinden, und so entsteht auch kein Humor. Der Gelbe spricht kein Wort. Es ist ein Jammer! Und nun gehts noch auf eisernen Wendeltreppen höher – immer in der Runde herum – in Pfropfenzieherkurven. Da haben die Geister wiederum alle den einen Gedanken: »Es ist alles zwecklos und sinnlos!« Jetzt kann aber keiner mehr liegen bleiben, da sämtliche Wendeltreppen so schmal sind, dass die armen Geister einzeln hinter einander gehen müssen. Und auf den eisernen Geländern klettern langsam dicke Krokodile herunter; die Geländer sind breit. Und der gelbe Geist sagt zum Knipo: »Wir sind geworfene Meteore – nicht fliegende – in Schneckenlinien sollen wir aufwärts steigen.« Aber die Krokodile bewegen sich so unheimlich, dass jetzt unartikulierbare Entsetzenslaute auf allen Wendeltreppen hörbar werden. Jedes Krokodil thut so aufgeregt wie ein irrsinniger Patriot – und schimpft auch so. Es ist entsetzlich! Jedes Krokodil redet nur von den peinlichen Momenten, an die kein Wurmgeist und kein Sterngeist erinnert sein mag. Und die Geister auf den Wendeltreppen werden innerlich überall da berührt, wo sie unter keinen Umständen berührt werden möchten. Jedes Krokodil benimmt sich in seinen Reden so taktlos wie der Diplomat eines jungen Raubstaates. – – – – – – – – – – – – – – Und es entstand ein Licht neben den Wendeltreppen. Und das Licht ging nach allen Seiten weit weg und wurde immer schwächer. Und es kamen Schatten aus dem Lichte heraus – und das waren Geisterschatten – Schatten von jenen Billionen Geistern, mit denen die auf den Wendeltreppen einst zusammen waren – zwischen rasselnden Schienen. Und die Billionen Geister wurden erkennbar – und sie waren alle fröhlich; obgleich ihre Gesichter ganz im Schatten waren, bewegten sie sich doch so lebhaft, dass ihre Lebenskraft aller Welt offenbar wurde. Die Billionen schienen einander gar nicht ähnlich zu sein; die seligen Scharen, die da in der Ferne plötzlich vorüberschwebten, bildeten nicht eine gleichartige Masse wie die zehn Tausend – jeder sah dort drüben anders aus als seine Nachbarn. Und das wunderte die Trübseligen auf den Wendeltreppen. Doch das ferne Licht zerging, und die befreundeten Billionen wurden rasch wieder unsichtbar. – – – – – – – – – – – – – – Und die Trübseligen kommen oben aus den Wendeltreppen langsam einzeln heraus – und stehen nun auf einer grossen eisernen Plattform da, und von dieser eisernen können sie hinabsehen auf die tief unter ihnen liegenden Holztreppen und Steintreppen, die sich zusammen von den dunklen Felsen und Wäldern so abheben wie ein grosses streifiges Leichentuch. Bleierne Schwere fühlen die Geister in ihren Gliedern. »Das ist die vermaledeite Sternschwere!« sagen sie traurig. Viele wünschen sich den Tod. Aber an Selbstmord denkt keiner. Und der Gelbe wundert sich darüber. Da bemerkt der Alte wehmütig: »Von unsrer Gesellschaft einen Mordsgedanken zu erwarten, find ich naiv. Diese Gesellschaft hat ja nicht mal mehr die Kraft, die ein zahmer Gedanke verlangt.« Knipo jedoch flüstert mit einem Anfluge von Humor: »Wenn das Leben keinen Zweck hat, so hat doch das Sterben erst recht keinen Zweck.« »Ach ja,« ruft da der Gelbe sehr laut, »das

Lebenlassen ist der Gipfel der Grausamkeit.« Der Alte sagt still: »Die Todesstimmungen sind genau so vorübergehender Natur wie die Luststimmungen.« Und auf Strickleitern solls von neuem weiter in die Höhe gehen; eine unsichtbare Gewalt treibt dazu. Dennoch mag keiner den Strickleitern nahe sein. Und die Geister sehen da nach einer Weile molchartige Wesen auf und abklettern. Die Molchartigen haben einen bunt gefleckten Rücken und drei Büschel weisser Haare auf dem Kopfe, die wie drei grosse soeben gewaschene Pinsel in die Luft ragen. Und über den Pinseln werden hellgrüne Wolkengebilde sichtbar, die an den Strickleitern auch auf und ab steigen, sodass man nicht weiss, ob die Wolken die Molche oder die Molche die Wolken zum Auf- und Absteigen zwingen. Ein dickes, giftiges Krokodil sagt brummig: »Das sind die Hoffnungen, die immer einen Narren finden, der ihnen folgt.« Ein altes Krokodil ruft zornig: »Quatsch doch nicht! Das sind die alten Narren, die ihre Hoffnung niemals fahren lassen.« Danach sprechen die Geister durch einander: »Wären wir doch auch solche Narren!« »Wenn wir nur einmal glauben könnten, dass wir in ferner Zukunft selbständige Weltenschöpfer werden könnten – dann hätten wir doch eine Hoffnung.« »Wir wären auch zufrieden, wenn wir bloss glauben würden, dass wir einstmals frei sein dürften.« »Derartigen Glauben,« bemerkt Knipo, »haben wohl bloss noch die Säuglinge.« »Ja,« ruft der Gelbe schmerzlich, »der Glaube würde uns eine Hoffnung gebären.« »Gelber,« spricht zornig der Knipo, »willst Du uns etwa durch Geburtsphantasien wieder Lebensmut beibringen?« Und der Alte schreit: »Die Sternschwere! Die Sternschwere! Wir sind immer noch festgebunden an unsern Stern.« Es wird plötzlich furchtbar hell. Und die Geister sehen wieder die unzähligen Spinngewebefäden – aber sie gehen diesmal von einem Geist zum andern und dann die Wendeltreppe hinunter zu den Holz- und Steintreppen, auf denen noch die vielen Geister liegen, die da unten nicht weiter konnten. Die Fäden glänzen nicht sehr, als wenn sie staubig wären. Und das Atmen wird so schwer. Die Molche mit den grünen Wolken sind fort. Die Strickleitern schwanken. Alle Geister sind still und wollen sich nicht bewegen – wollen nicht weiter. Das helle Licht erlischt. Und es wird stockfinstre Nacht. Und keiner denkt mehr daran, noch höher zu steigen. Die Strickleitern schwanken und berühren sich, dass ein leises Geräusch entsteht – wie von nassen Peitschen, die trocknen sollen im Nachtwinde.

Geister, die lange starr waren und nicht weiter konnten, bemerken wieder, wie sich was in ihnen bewegt; es durchrieselt sie eine feine Substanz, die so freudig macht. Und gewaltige eiserne Flügelthüren knarren in ihren Angeln – und öffnen sich. Und zehn Tausend Geister blicken in ein neues Reich, in dem ein stilles Licht so weich anschwillt wie warme Luft. Und durch die vielen Flügelthüren werden die Geister hineingetragen in das neue Reich. Die Geister bemerken, dass sie in kostbaren seidenen Sänften liegen; viel Elfenbeinschnitzerei ziert die Ränder der Sänften. Und unsichtbare Hände tragen die Sänften durch die Luft, dass die Getragenen sich freuen. In einem allmächtigen Saale sind die Geister; eine hohe Topaskuppel lässt gelbes Licht von oben herunter. Die dunkelgrünen Wände sind durchsichtig, und es sieht überall so aus, als bewege sich was hinter den Wänden – in dunklen gedämpften Farben. Auch oben hinter der Topaskuppel scheint sich was zu bewegen – wie Wolken. Und durch schimmernde Krystallpforten schweben die Sänften mit den Geistern in einen Saal, der beinahe ganz so wirkt, als wenn er aus Rubinglas bestände – nur im oberen Teile sind verschiedene Luken mit türkisblauen Gläsern gefüllt – und an den Wänden schimmert viel fein geschliffenes wasserhelles Krystall. Und die Geister bemerken, dass die ganze Architektur durchsichtig ist – wie Glas; sie sind in den transparenten Tempelhallen, von denen sie oft gehört zu haben glauben; wie eine lange bekannte Sache kommt ihnen die transparente Architektur vor – und doch ist nur ein kleiner Teil von Glas – die grösseren Wandteile bestehen aus anderen Stoffen. Seltsame Musik dringt aus den Tiefen der rubinglasroten Tempelhalle herauf – es klingt, als käms von unzähligen neuen Instrumenten. Während die Geister verwundert horchen, sehen sie viele Krystallschalen an den Wänden, und in die Krystallschalen fallen Tropfen aus verschiedenen Höhen hinein. Und durch diese Tropfen bildet sich die neue Musik; es sind allerdings noch andere Töne dabei, die den Schalen nicht gut entspringen können – doch hierüber werden die Geister im nächsten Saale aufgeklärt. Da setzen sich die Wände aus unzähligen Säulen verschiedenster Konstruktion zusammen – und die bilden kolossale Nischen. Hinten in den Nischen gehts fensterartig hinaus in ein weiteres Säulenreich; da draussen im Freien stehen durchsichtige Säulen, die farbige Lichtsäulen sind, mit grossen Wassermassen in einem architektonischen Zusammenhange – bunte rauschende Wasserfälle und bunte durchsichtige Springbrunnen sind unter einander in ähnlichen Rhythmen gehalten wie die farbigen Lichtsäulen. Diese Wassermassen in der Ferne machen auch eine Musik – und die steht mit der Tropfenmusik der Tempelhallen in einem musikalischen Zusammenhange. Und zu der Wassermusik gesellt sich noch eine Windmusik, die in den durchbrochenen Wänden bald leiser und bald stärker auftönt und sich immer milde den Melodien und Harmonien der Wassertonwelt anschmiegt. Die zehn Tausend schweben in der nächsten Galerie, die sehr lang ist, auch an grossen transparenten Standbildern vorüber, deren Inneres wunderbar leuchtet – wie flüssiges Edelgestein. Diese abenteuerlichen Gestalten spotten jeder Beschreibung; die Geister glauben, dass diese Standbilder lebendige Götter sind, obgleich Knipo dieser Behauptung lächelnd widerspricht. Nun gehts noch durch sehr sehr viele Säle durch, und die Geister starren durch all die transparenten Wände durch – und sehen in eine Kaleidoskop-Architektur, in der die Farben so auf- und niederwogen wie die Regenbogenfarben in Seifenblasen. Jede Säule ist, ob sie bunt, farbig oder wasserartig ist, durchsichtig wie Glas – und die Galerien sind ebenso – und die Kuppeln auch – und die Wände auch. Und alles ist so reich durch das, was hinter allem ist. Und wo durch eine Oeffnung durchzusehen ist, da sehen die Geister immer wieder und wieder weitere transparente Architekturgebilde – und zwischen denselben Wasserwerke, die zumeist ebenfalls transparent wirken – und nur im Schaume was Kompaktes besitzen. Fernere Wasserstrahlen werden auch durch die Kuppelluken sichtbar, die hier und da offen stehen. Oft sehen die Wandsteine so wie Sammet aus – und sind trotzdem durchsichtig. Durch die stete Weiterbewegung der Sänften verändert sich die Wirkung dieser transparenten Tempelhallen in jedem Moment. Diese Farben- und Bewegungsreize sind so gross an Zahl, dass einzelne Eindrücke von der Wirkung der ganzen rauschenden Bilderfülle keine Ahnung erzeugen. Und die Wassermusik mit der Windmusik ist eben so reich und überwältigend schon in wenigen Augenblicken, dass ans Ganze kaum zu denken ist. Alles ist in seifenblasenartiger Bewegung, sodass die Geister annehmen, Lebendiges sei draussen hinter den Wänden – und die Bewohner dieser transparenten Räume seien ebenfalls draussen.

Und die zehn Tausend möchten so gern wissen, obs Wurmgeister oder Sterngeister sind, die da draussen noch mehr Bewegung und Farbenspiel in die vielen Wände Galerien und Säulen hineinzaubern. Und die Götterbilder wirken so geheimnisvoll – mit ihren abenteuerlichen Gliedern, ihren durchsichtigen Prunkgewändern und ihren durchsichtigen Köpfen. In der Tiefe sehen die Geister viele Kronen neben einander liegen und glauben daher, dass die Zahl der Standbilder in der Tiefe noch grösser sei. Der Weg durch die vielen Tempelhallen, in denen die Musik oft nur leise flüstert, als wenn sie verbergen und nicht verkünden möchte, geht bald rechts und bald links – oft in grossen Bogen und auch im Zickzack – labyrinthisch. Und dann sind die Sänften mitten in einem Raume, der viel grösser ist als alle anderen zusammengenommenen. Die Musik tönt hier so leise wie stille Gebete, doch die Stimmen der Geister tönen sehr laut, sodass die meisten erschrecken, wie sie den lauten Ton ihrer Stimme vernehmen. Und so schweigen bald alle. Der Knipo findet sich jedoch am schnellsten mit dem Schallwunder ab, und es überkommt ihn eine so grosse Redewut, dass er nicht mehr schweigen kann – und er redet – wie ein Erleuchteter – seine Stimme donnert durch den weiten Raum: »Wir wissen nicht, dass es eine Welt giebt, und trotzdem können unzählige Welten lebendig sein. Es können unzählige Welten schon tot sein – sie können auch noch geboren werden. Sie können auch nie geboren sein und dennoch lebendig sein. Was wissen wir, was Leben heisst! Können wir behaupten, dass wir leben? Es lebt der Baum ein andres Leben als der Stein. Mit dem Wort »Leben« können wir jedesmal was andres meinen. Wir wissen aber nicht, was unser Leben heisst, und wissen nicht, was unser Sterben heisst. Wenn wir nun nicht wissen, ob wir leben oder sterben – tot oder lebendig sind – so muss es uns doch ziemlich gleichgültig sein, ob wir die Geister, die hier wohnen und doch nicht hier sind, für Wurmgeister oder für Sterngeister zu halten haben. Wenn wir so wenig mit unsern Worten anzufangen wissen, so dürfen wir doch nicht annehmen, dass das uns räumlich grösser Erscheinende bedeutender ist, als das uns räumlich kleiner Erscheinende. Vielleicht sind grade die Wurmgeister die wirklichen Götter. Was aber sind denn die Wurmgeister mehr, wenn sie sich Götter nennen dürfen? Stern und Wurm und Gott, Wurm und Gott und Stern – das sind doch schliesslich bloss Worte! Lasst die Worte doch laufen – lasst sie ans Ende der

Welt lauten – dann haben die Worte doch was zu thun und stiften kein Unheil.« Laut dröhnten Knipos Worte durch den weiten transparenten Raum, der wie eine allmächtige Hohlkugel wirkte. Und die ganze Kugel war im Innern doch köstlich gegliedert. Die Sänften schwebten auf und nieder, und die Geister reckten sich in den weichen seidenen Kissen. Ein Oben und Unten gabs für die Geister in diesem Hohlkugelraum nicht, so dass sie das herrliche Tempelgebiet nach allen Seiten durchschauen konnten. Auch hier wirkte die reich mit Säulen, Nischen, Galerieen und Luken durchbrochene Wandung durch die ins Jenseits führende Transparenz; hier hatten die Geister so recht die Empfindung, in einer ungeheuren Seifenblase herumzuschweben. Aber es giebt verschiedene Seifenblasen, und die Kugel, in der Knipo so laut sprach, verdient nicht, dass man sie Seifenblase nennt. Die Kugelwandung war vom Mittelpunkt so weit entfernt wie ein ferner, ferner Sternhimmel. Auch diese Hohlkugel war ein Sinnbild der Unendlichkeit. Und Knipo redete zum anderen Male: »Liebe Brüder! Es ist schon viele Billionen Jahre her – da erlebten wir was, worüber wir heute noch lachen könnten. Damals wollten wir mal unser liebes sogenanntes Ich erweitern und mit diesem Ich die ganze Welt durchdringen – und auch alles das, was nicht in der Welt ist. Nicht bloss selbständig wollten wir werden, wir wollten sogar weltumspannende Persönlichkeiten – ganze Allwesen – werden. Wie klein muss uns damals die Welt vorgekommen sein! Heute halten wir die Welt nicht für klein und nicht für gross – wohl aber für eine so übergewaltige Sache, dass wir uns belächeln müssten, wenn wir uns einbilden wollten, wir hätten heute schon ein Recht, uns über die Bedeutung dieser Allumfassenden ein Urteil zu bilden. Und daher wollen wir fürderhin nicht mehr bloss mit unserm Stern zusammen einen guten Ton zu bilden suchen – wir wollen mit dem uns Unbekannten auch einen guten Ton erzeugen. Wir wollen ruhig weiterschweben, ohne was zu wollen. Ich glaube, unsre Willenlosigkeit ist unsre ganze Stärke – obgleich diese Worte so alt klingen wie die Ruinen eines »Götterlebens.« Da rauschte wunderliche Musik durch viele Luken in die transparente Hohlkugel hinein, und die Sänften schwebten einer fernen Rosette zu. Und viele Geister wiederholten Knipos Worte: »Ich glaube, unsre Willenlosigkeit ist unsre ganze Stärke!« »Ja, ja!« rief Knipo, »wenn wir willenlos sind, so kann eine andre Kraft – ein Jenseitswille – in uns lebendig werden. Und es ist doch so seltsam, dass wir trotzdem unsre Selbständigkeitssucht für die Dauer nicht unterdrücken können.« Rauschend klangen die Wassermelodien um Knipos Ohren – und er vergass seine Rede. Und die Geister schwebten durch die Rosette aus der Hohlkugel raus in andre Säle – wieder gings teils im Zickzack teils in grossen Bogen weiter. Und so gelangten die Geister nach langer langer Zeit in den Zorntempel. Dort wurde die Stimme der Geister gleich ganz rauh; kaum hatte Knipo ein paar Worte gesprochen, so merkte er schon den Hohn im Ton, dass er vor sich selbst zusammenschrak wie ein Verfolgter. Im Zorntempel wurden alle sehr zornig – da sahen auch die Fenster wie rotglühende Augen herunter – und die durchsichtigen Säulen waren gewundene Schlangen – und die Musik donnerte – und die Götterbilder ähnelten griffsicheren Raubtieren. Und Knipo musste wieder sprechen – und er sprach, als wenn ein Geist in ihn gefahren wäre, der ihm so lange fremd blieb, mit rauher, bebender Stimme: »Das wahre Glück besteht nur in der langsamen rachsüchtigen tückischen Vernichtung alles dessen, was da lebt. Den einzigen Schmerz, den wir für den wahren halten müssen, bildet die Empfindung, dass es doch leblose Dinge geben dürfte, die wir vielleicht niemals vernichten könnten, da sie ja infolge ihrer Leblosigkeit auch unsterblich sein könnten.« Ein wieherndes wahnsinniges Gelächter durchbraust den vieleckigen Zorntempel. Und die Sänften drehen sich alle so fix um sich selbst, dass den Geistern ganz schwindlig wird. Knipo brüllt aber aus vollem Halse: »Nur die Zerstörung kann die Entwicklung fördern.« Eine Götterfratze thut ihren Rachen auf und spricht mit hohler Metallstimme: »Ich bin der gebändigte Tiefsinn dieser Welt – ich bin der Gott des unsterblichen Augenblicks.« Da steigt den Geistern etwas Unbekanntes im Leibe empor und bleibt ihnen in der Kehle stecken – wie eine kalte Faust. Und sie fürchten sich. Jetzt erhalten die roten Luken, die wie glühende Augen ins eckige Innere des Zorntempels hinunterglotzen, eine heftige Anziehungskraft. Und im nächsten Augenblick sind alle zehn Tausend Geister draussen. Und sie fliegen aus ihren Sänften raus auf ein schräges glattes Glasdach. – – – – – – – – – – – – Auf dem Glasdach geniessen sie einen weiten Rundblick über die gesamten transparenten Tempel und Wasserwerke. Die Sänften sind verschwunden. Schräg ist das Glasdach, und die Geister rutschen langsam runter – doch sie sehen drüben eine grosse Kugel – einer bunten riesigen Seifenblase ist sie nicht unähnlich. Und von der Kugel gehen unten mehrere schlauchartige Gebilde heraus, von denen eines im nahen Zorntempel endigt. Und die Geister sehen auch die durchsichtigen Wasserwerke und hören die Musik, die jetzt so wenig durchsichtige Melodieen hat. Und die Geister sagen sich, dass die schlauchartigen Gebilde, die transparent sind und zur Mittelkugel führen, die Saalreihen vorstellen, die sie in den Sänften durchschwebten – und sie wundern sich, dass von den Bewohnern dieser Tempel auch draussen keine Spur zu entdecken ist. Die Geister staunen alles an und rutschen auf dem schrägen glatten Glasdach immer weiter runter dem Rande zu. Und schwarze ungeheure Kapuzen sinken hernieder und bedekken die Architektur nebst den Wasserwerken; der Krallenrand der Kapuzen hakt sich unten schnell fest – und die Geister sehen nicht mehr die transparente Welt. Alles Licht ist fort, und die Musik ist mit einem Male zu Ende. Die Geister rutschen immer weiter – und fürchten sich – vor einem grossen Fall.

Raserei!

Geister, die auf einem schrägen Glasdach immer weiter runterrutschen und in der Dunkelheit die grosse Angst vor dem Unbekannten empfinden, sehen in der Ferne weisse Punkte aufleuchten. Die weissen Punkte werden grösser, und die Geister erkennen, dass sich weisse Vögel ihnen nahen – leuchtende Vögel. Die Vögel sind sehr gross, und in ihren grossen Krallen haben sie grosse blanke Scheeren. Molchköpfe haben die Vögel, und sie sagen zu den Geistern mit glucksender Stimme: »Wenn Ihr wollt, so könnt Ihr jetzt selbständig werden; mit unsern blanken Scheeren können wir die Spinngewebefäden, die Euch an Eure Sterne fesseln, zerschneiden.« Die Geister rufen natürlich: »Los! Los! Schneidet nur zu!« Da werden die Vögel so leuchtend hell, dass wieder die glitzernden Fäden zu sehen sind – und die werden dann gleich eifrig von den Vögeln entzweigeschnitten; die Scheeren klappern wie in einem grossen Friseurladen; es sind wohl einige hundert Scheeren in Bewegung. Und die Geister sind frei! Und sie jauchzen und schweben gleich hoch in die Luft hinauf – und in die nächste Sternenwelt hinein. Die Sternschwere ist fort, und die Geister sausen dahin wie flinke Kometen – nur noch flinker. Alles Lästige ist fort. Frei sind die Geister. Und dahin schiessen sie – bald so schnell wie Billionen Orkane zusammen. Die Sterne flitzen nur so vorüber, dass die Geister bald garnicht mehr sehen, an was für Sternen sie vorüber jagen. Die Geister haben gar keine Zeit, sich das Aussehen der Sterne anzusehen – ob die eckig, rund oder schlauchförmig, scheibenartig oder wie Trichter sind – ist ja saumässig piepe den freien Weltjägern, die nur empfinden wollen, dass sie frei sind – und hinschiessen können, wohin's ihnen passt. Und sie wollen hinaus in die freiste Welt – dorthin, wo's keine Sternwelten mehr giebt. Und die Sterne bilden für ein paar Augenblicke glitzernde Fäden rechts und links von den Geistern – so schnell schiessen sie dahin. Und dann sind die Geister in einer Weltgegend, die frei von allen Sternen ist – alle grossen Sternwelten zusammen bilden da bald bloss einen kleinen Lichtpunkt – und auch der verschwindet. Und es ist finster, und Knipo wird zum Anführer der zehn Tausend ernannt. Jetzt glauben die Geister, sie könnten aus einer Weltecke in die andre fahren; und sie setzen dem Knipo auseinander, dass er ihnen sämtliche Weltwunder zeigen müsse. Knipo meint, er möchte wohl zunächst alle unsichtbaren Weltwunder sehen. Doch auch die absoluteste Freiheit hat ihre Schranken – die Geister können das für sie Unsichtbare nicht erblicken. Da schlägt Knipo vor, die grossen bunten Gasräume zu besichtigen. Und sie fliegen wieder raus aus der Finsternis – wieder an unzähligen Sternen vorüber, die ungeheure Polypen sind und grade die Absicht haben, sich gegenseitig die langen Beine auszureissen. Wie die Polypen immerzu die Farben wechseln! Aber die Geister haben keine Zeit, dem Spiele zuzuschauen – und an manchen anderen Sternschauspielen fliegen sie eben so schnell vorüber, dass schliesslich rechts und links von ihnen wiederum nur noch bunte Streifen aufflammen – so schnell rast die wilde Jagd dahin. Und es durchrauscht die Geister eine wilde heisse Seligkeit – jetzt endlich können sie sich austoben – durch die ganze unendliche Welt durch – immerzu im rasenden Tempo durch und durch gehen – alles steht ihnen offen. Und so kommen die Geister in die Gasräume – und da gehts aus grüner Luft in rote – und aus der roten in die bunten Lüfte – und aus den bunten in die weissen und gelben. Aber es geht wieder so schnell, dass sie die einzelnen Gasräume nur ganz flüchtig kennen lernen – kaum bleiben ihnen Geruchserinnerungen haften. – – – – – – – – – Und die hastigen

Weltdurchstürmer empfinden ihre Freiheit nicht mehr als ein reines Glück – es geht alles zu schnell – und sie fragen sich schon, ob sie für solch freies Leben auch geschaffen sind – es wird ihnen bereits das Hastige, das naturgemäss in jeder Freiheit steckt, zu einer Art Qual. Aber Knipo hat schon wieder einen Plan: er will die grosse Götterallee kennen lernen, von der er schon mal wo gehört haben will – da soll die kolossalste Bildhauerkunst zu sehen sein. Und sie kommen auch dahin und erblicken dort unmässig grosse Standbilder, von denen die Geister immer nur kleine Partien sehen. Ganz unmöglich erscheint es den Hastigen, sich auch nur eine ungefähre Vorstellung von dieser kosmischen Skulptur zu bilden; so viel Zeit lassen sie sich eben nicht. Auch hier gehts wieder mit Blitzesschnelligkeit durch – ach – viel schneller, als alle Blitze, die's geben könnte, zusammen – so schnell, dass selbst diese Götterbilder zu Lichtstreifen werden. Und der gelbe Geist schreit plötzlich laut auf: »Sollten wir nicht unsre Kugelsterne unterschätzt haben?« Die rasende Hast wirkt so zerstörend; feinere Genüsse dringen garnicht durch. – – – – – – Und sie kommen zu den grössten Riesen, die's in der Welt giebt. Die Riesen schlafen grade und schnarchen; das Schnarchen hört sich wie ein wahnsinniges Orkangeheul an. Die Geister bemerken mit den Augen nur gewaltig hohe steile Felsenwände, die Knipo für Fusssohlen halten will...... Die ganze Welt erscheint den zehn Tausend bloss ein grosses Buch zu sein, in dem sie blättern, aber nicht lesen dürfen; nicht mal die Bilder können sie sich ansehen. – – – – – – – – – – – – – – – Knipo kriegt den Einfall, dass sie sich neue Sinne besorgen müssten, um diesen vermaledeiten »Weltkrempel« besser durchschauen zu können. Und hinter sechs luftleeren Räumen bekommen die Geister die neuen Sinne. Indessen jetzt geht alles noch viel schneller als bisher; sie wissen nichts rechtes mit den neuen Sinnen anzufangen, da sie doch nicht gelernt haben, mit ihnen umzugehen; sie lassen sich auch nicht die Zeit, die neuen Sinne zu schärfen und sich anzupassen. Und so sind sie schliesslich froh, wie sie ihre alten Sinne wieder haben. Durch andere Verwandlungen werden die tollen Geister ebenfalls nicht klüger. – – – – – – – – – – – »Sollte dieses Götterleben,« sagt Knipo in einer smaragdgrünen Weltecke, die dick wie Teer ist, »nicht ein wenig verfrüht in unserem Weltleben sein? Aus reiner Blasiertheit könnte ich beinahe wieder fesselsüchtig werden. Die Unbenutzbarkeit und die Unübersehbarkeit der neuen Geschichten hat mich so blasiert gemacht, dass ich mich demnächst für ein Steinwesen halten werde. Hol der Teufel dieses Götterleben!« Man stutzt bei dem Worte »Teufel«, aber es erfolgt doch eine lebhafte Zustimmung im ganzen Zuge! Es dauert nur nicht lange, so redet der gelbe Geist von der Fabrik neuer Weltkräfte mit einer hinreissenden Lebendigkeit. »Da müssen wir mal hin!« ruft er aufgeregt, »alte Narren denken natürlich, die Schwerkraft und manche andre Kraft fülle die halbe Welt. Und dabei ist die halbe Welt noch weniger denkbar als die ganze. Die Kräfte reichen nicht so weit. Thatsache bleibt es jedenfalls, dass noch unsäglich viele neue Kräfte fabriziert werden – und für die muss doch Platz gemacht werden.« Und die unternehmungslustigen Geister rasen durch Schlangen- und Trichtersterne durch – und kommen in die Fabrik. Diese Fabrik ist nun leider so masslos gross, dass die armen Geister gar nicht verstehen, was sie da sehen – ihre Eindrücke empfinden sie teils als fleckige, teils als strichförmige Feuergebilde – viel mehr unterscheiden sie nicht. »Dies ist die unüberwindliche Raserei!« ruft der alte Geist. Und keiner versteht, was der Alte damit sagen will – der aber redet weiter von der Vergänglichkeit aller Empfindungen. – – – – Und die zehn Tausend sehen plötzlich neben einem unendlich scheinenden Schornstein lange Geisterzüge vorbeischweben – und die sind ganz still – wie die Windstille nach dem Orkan. »Es ist die schnelle Fahrt so anstrengend!« Also rufen viele seufzend aus. – – – – – – – – – – – – – Knipo will, wie sie aus der Fabrik nicht klug werden, die Weltenschöpfer kennen lernen, die ganz weit, weit hinten in der Unendlichkeit wohnen – in dieser Unendlichkeit, in der niemand ein Ende findet – in keiner Richtung. Und die zehn Tausend finden die Weltenschöpfer und sehen sie da sitzen und Sterne formen – wie grosse Töpfer – so kommts wenigstens den Geistern vor – sie wissen wohl, dass sie sich täuschen könnten – jedoch der Eindruck ist immerhin da. Und die alleswollenden Geister möchten auch so gerne mal Sterne formen. Ein Grosser wills ihnen erlauben, wenn sie im stande sein sollten, eine neue Sternform zu erfinden, die's noch nicht giebt. Aber sie können nichts neues erfinden – das Neue ist so grauenhaft schwer auszudenken – lässt sich auch nicht so leicht entdecken. – – – – Da werden die Geister allmählich wütend und wollen auf einmal alles vernichten. Jedoch selbst hier ist wieder ein Riegel vor die Türe der Freiheit geschoben: vernichten darf der, der nichts neues machen kann, in keinem Fall. »Verdammte Freiheit!« brüllen die Wütenden. Und sie fliegen durch eine verzerrte Hohnwelt durch – in der alles Hohn ist – das absolute Karikaturenviertel! Ein grausiges Gelächter durchbrüllt jenes Viertel fast unaufhörlich – nur wenn neue Sonnen kommen, wirds still. Und alle merken hier, dass sie so roh geworden sind – so roh – wie Ungeheuer, die die unendliche Welt nur für ihre Speisekammer halten. – – – – – – – – – – – – – – – – – Es ergreift die zehn Tausend Heimweh. Und sie wollen durch den nächsten Symbolraum durch – auf dem kürzesten Wege – nach Hause. – – – – – – Der Symbolraum erscheint ihnen ganz leer – wie ein ausgeraubtes Haus, das zerfällt. Eine zinnoberrote Eidechse von imposanter Gestalt springt aus einem meilenlangen Fenster, versperrt den Weg und sagt eifrig: »Vergesst nicht, dass alle Sterne zusammengenommen und alles Denkbare zusammengenommen, so sehr wirs auch vergrössern mögen, der Unendlichkeit gegenüber immer wieder bloss einen mathematischen Punkt bilden – der Alles hat – nur keine Ausdehnung.« Die zinnoberrote Eidechse platzt und steigt als Feuerregen empor. Und die Geister fühlen, dass sie noch nicht reif zur Freiheit sind. Sie können das freie Leben nicht aushalten. – – – – – – – – – – – – – – – – – – Und in rasender Hast gehts zurück – durch all die vielen Weltgegenden zurück – zu jener kleinen Ecke, in der jene Kugelsterne leben, mit denen die gehetzten zehn Tausend einstmals zusammenhingen. Und kaum sehen sie in der Ferne die Kugelsterne, so wirds auch gleich wieder sehr hell vor ihren Geisteraugen – und sie erblicken wieder mal nach langer langer Zeit die Spinngewebefäden, die alle straffgespannt in parallelen Linien von den Geistern zu den Kugelsternen hinführen. Die Scheeren der weissen Vögel sind offenbar nicht scharf genug gewesen. Molchgesichter gucken oben aus grauen Wolken herunter und schmunzeln. Und die zehn Tausend fühlen wieder die alte Sternschwere auf ihren Schultern. Und die Heimkehrenden atmen auf, als wären sie erlöst.

Viktoria!

Und die Geister, die lange von ihren Sternen getrennt waren, sind wieder mit ihnen zusammen – und gehen auf ihnen herum – und freuen sich. Aber ein ungeheurer Kanonendonner schallt ihnen jetzt entgegen. Und die schwarzen Diener, die wie alle Molche gern überall herumklettern, kommen den Geistern entgegen und bitten sie, die Ehrenpforten zu durchschreiten, die extra zu ihrer Begrüssung erbaut sind. Die Geister, die sich jetzt auf den verschiedenen Sternen als begrüsst sehen, werden verlegen. Das Kanonengedonner wird immer stärker, dass die Ohren sausen. Und die schwarzen Diener rufen mit ihren Molchmäulern: »Viktoria! Viktoria!« Da fragen eltiche Geister, was denn das Geschiesse bedeuten soll. Da antworten die Diener mit ihren Molchmäulern: »Wir glaubten, dass die Nerven der Herren Wurmgeister durch die lange Fahrt wohl so überreizt sein dürften, dass nur noch ein allgemeiner Kanonendonner eine wirkungsvolle Begrüssung abgeben könnte.« Die Herren Wurmgeister hören zwischen dem Kanonendonner immerzu die Molchmäuler rufen: »Viktoria! Viktoria!« Und dieser Empfang wird ihnen recht peinlich. Doch sie nehmen auch diese etwas zweifelhafte Ovation ruhig hin und sind froh, dass sie endlich wieder zu Hause angelangt sind; vieles hat sich ja zu Hause verändert, doch die Hauptsache scheint intakt geblieben zu sein. Bloss dieser Knipo ärgert sich über dieses Geschiesse und über dieses Viktoriageschrei! Er war auf seinem Stern der einzige Geist, der mal fort wollte – und zwar mehr der Mode denn der Neigung zur Freiheit wegen – und nun soll er sich diesen Empfang gefallen lassen! Er spricht zu den Schwarzen: »Meine Herren! Mir ist niemals begreiflich gewesen, wozu dieser ganze Entwicklungsrummel, den ich mitzumachen die Ehre hatte, insceniert wurde. Ich muss mir daher die Ehre, die Sie mir jetzt noch zum Schluss erweisen wollen, ganz ergebenst verbitten – denn ich habe nichts erobert und nichts profitiert, sodass Sie kein Recht haben, mich als heimkehrenden Helden zu feiern. Das ist ja veritabler Hohn von Ihnen!« »Was?« schreien da die schwarzen Diener, »Sie wollen durch die lange Fahrt nichts profitiert haben? Sie sind ja ein ganz undenkbares Kameel, Herr Knipo! Erinnern Sie sich doch an die weissen Vögel, an die Leitern, auf denen wir Ihnen was vorkletterten, an die langbeinigen Geister, denen die Himmelsstücke auf den Kopf fielen – und an all die anderen grossen Eindrücke, die auf Sie eingestürmt sind mit so grosser Vehemenz. Dadurch soll Ihre werte Entwicklung nicht gefördert sein? Davon wollen Sie nichts profitiert haben? Aber Herr Knipo, sehen Sie jetzt nicht die Welt mit ganz andren Augen an? Sehen Sie sich doch mal um!« Und Knipo, ein ehrlicher Mann, erinnert sich an alles und blickt sich um – und sieht seinen Stern ganz verändert – überall Architektur mit Türmen, Mauern und Balustraden. Und Knipo empfindet, dass er auch ganz anders geworden ist – seine Gedanken sind andere, denn seine Erinnerungen sind andere. Und Knipo stottert nach einiger Zeit: »Verzeihen Sie mir! Ich erkläre Ihnen, dass ich bittres Unrecht that, als ich mein Schicksal tadelte! Die Entwicklungen, die ich durchmachen durfte, sind nicht ohne Einfluss auf mich geblieben. Es ist mir manches, was ich früher nur vom Hörensagen kannte, in Fleisch und Blut übergegangen; die letzten Worte verstehe ich natürlich nur bildlich.« »Sehen Sie,« sagen da die Diener, »da können Sie also auf unserm Stern fürderhin ein wertvoller Entwicklungsfaktor werden. Jetzt können Sie mal treibende Kraft spielen. Sie werden unsern Spass und unsern Ernst verstehen, wenn Sie über Ihre Erlebnisse ruhig nachdenken – und mit uns fördern wollen, was zum Besten unsres Sterns ist – dessen Diener wir doch alle sind. Einem Stern können nur die Leute etwas nützen, die sich Mühe gaben, sich zur Selbständigkeit zu entwickeln.« Knipo steht ganz still und sieht die Schwarzen lange an – und die verbeugen sich – und einer von ihnen fragt höflich: »Wollen der Herr Knipo vielleicht göttlich verehret werden? Wir sind allesammt gerne bereit, Ihnen göttliche Ehren zu erweisen – und die Leute, die hier auf diesem Sterne leben und uns nicht sehen können, würden auch sehr glücklich sein, wenn sie zu Ihnen so vertrauensvoll aufblicken dürften wie zu einem Gott. Die Bewohner unsres Sterns sehnen sich grade nach einem neuen Gott mehr denn je.« Und Knipo erwidert einfach: »Ich danke Ihnen für Ihr Anerbieten, muss es aber ablehnen, eine Rolle zu spielen, die ich heute und morgen noch nicht ausfüllen kann.« Und er dreht sich so einfach um wie ein Mann, der die gefährlichsten Leidenschaften endgültig überwunden hat. Und während das Kanonengedonner ruhig seinen Fortgang nimmt steigt Knipo langsam auf den nächsten Turm und wirft sich dort oben etwas ermüdet in den ersten besten Thronsessel. – – – – – – Und jetzt denkt er in seinem Thronsessel darüber nach, wie er wohl die Entwicklung seines Stern fördern könnte. Die andern Geister, die die lange Fahrt mitmachten, denken ein Aehnliches. Aber von den Billionen Geistern, die ausfuhren, um das Diadem der Gottheit zu erobern, sind erst sehr wenige zurückgekehrt. Knipo denkt an die lange Fahrt und ordnet seine Erinnerungen. Und die anderen Geister, die mit Knipo so lange zusammen waren, thun ein Aehnliches.

Cordwainer Smith
Die Frau, die in der Seele segelte

I

Die Geschichte begann – ja, wie begann sie eigentlich? Jeder hatte schon von Helen America und Herrn Nicht-mehr-grau gehört, aber keiner wußte genau, was zwischen den beiden gewesen war. Ihre Namen waren unlösbar verbunden mit dem zeitlosen, glitzernden Geschmeide der Romantik. Manchmal wurden sie mit Héloïse und Abélard verglichen, deren Geschichte man in Büchern einer nach langer Zeit wieder ausgegrabenen Bibliothek entdeckt hatte. Andere Zeitalter sollten ihr Geschick mit der häßlich-schönen Geschichte des Go-Kapitäns Taliano und der Lady Dolores Oh vergleichen.

Zweierlei blieb von alledem in der Erinnerung haften – ihre Liebe und das Bild der großen Segel, jener Schwingen aus hauchdünner Metallfolie, an denen die Menschen schließlich ins All zu den Sternen hinausschwebten.

Sprach man von ihm, fiel auch ihr Name, sprach man von ihr, fiel der seine. Er war der erste von draußen kommende Segler gewesen, und sie war die Frau, die das Segelschiff *Seele* gesteuert hatte.

Es war gut, daß ihre Bilder den Menschen verlorengegangen waren. Der romantische Held war ein sehr junger doch vorzeitig gealterter Mann gewesen, und er war noch ziemlich krank, als die Romanze begann. Und Helen America war ein nettes Mädchen, aber ein Bankert: eine eigensinnige, ernste, traurige kleine Brünette, die unter dem Gelächter der Menschheit geboren worden war. Sie war nicht die hochgewachsene, selbstbewußte Heroine, als die sie später immer auf der Bühne dargestellt wurde.

Aber sie war eine wundervolle Seglerin. Dies immerhin traf zu. Und mit Leib und Seele liebte sie Herrn Nicht-mehr-grau, mit einer Hingabe, die spätere Zeitalter weder zu übertreffen noch zu vergessen vermochten. Die Geschichte kann die Patina ihrer Namen und ihres Äußeren wegkratzen, doch auch sie kann nicht mehr tun, als die Liebe von Helen America und Herrn Nicht-mehr-grau zu verklären. Beide, nicht zu vergessen, waren sie Segler.

2

Das kleine Mädchen spielte mit einem Wechseltier. Als Hühnchen machte es ihr keinen Spaß mehr, und so verwandelte sie es wieder in ein Pelztier. Als sie ihm die Ohren so lang gezogen hatte, wie es nur ging, sah es wirklich drollig aus. Ein leichter Windstoß warf das Spieltier um, doch es richtete sich unverdrossen wieder auf und knabberte zufrieden am Teppich.

Auf einmal klatschte das kleine Mädchen in die Hände und platzte mit einer Frage heraus:

»Mama, was ist denn ein Segler?«

»Früher einmal gab es Segler, mein Schatz, aber das ist lange, lange her. Das waren tapfere Männer, die mit ihren Schiffen zu den Sternen hinausfuhren, mit den ersten Schiffen, die jemals Menschen von unserer Sonne fortbrachten. Und diese Schiffe hatten große Segel. Ich weiß nicht genau, wie es funktionierte, aber es muß wohl so gewesen sein, daß das Licht sie schob. Sie brauchten für eine einzige Fahrt in einer Richtung ein viertel Menschenleben. Die Menschen wurden damals nur hundertsechzig Jahre alt, mein Schatz, und Hin- und Rückfahrt dauerten zusammen achtzig Jahre. Heute brauchen wir keine Segler mehr.«

»Natürlich nicht«, sagte das Mädchen. »Heute können wir ja einfach so hinfahren. Du warst doch mit mir schon auf dem Mars und auch auf der Neuen Erde, nicht wahr, Mama? Und wir können bald auch sonst überallhin fahren, aber das dauert nur einen Nachmittag.«

»Weil wir heute planoformieren können, Liebling. Aber es hat lange gedauert, bis die Menschen wußten, wie man das macht. Und weil sie noch nicht so fahren konnten wie wir, machten sie sich die großen Segel. Die waren so groß, daß sie gar nicht auf der Erde montiert werden konnten. Man mußte sie im Weltraum aufhängen, auf halbem Weg zwischen Erde und Mars. Und weißt du was, da passierte etwas ganz Komisches ... Hast du schon mal von der Zeit gehört, als die Welt gefror?«

»Nein, Mama, wie war das, erzähl mal.«

»Also, vor langer Zeit riß sich einmal eins dieser Segel los und flog davon. Die Menschen wollten es zurückholen, denn ein solches Segel zu bauen machte sehr viel Arbeit. Aber das Segel war so groß, daß es zwischen Sonne und Erde geriet. Und von da an schien auf der Erde nie mehr die Sonne, es war immer nur Nacht.

Und es wurde sehr kalt auf der Erde. Alle Atomkraftwerke liefen auf Hochtouren, und die Luft fing an, komisch zu riechen. Die Menschen ängstigten sich, und in ein paar Tagen hatten sie das Segel weggezogen. Und die Sonne schien wieder.«

»Mama, hat es auch Mädchen gegeben, die gesegelt sind?«

Ein seltsamer Ausdruck huschte über das Gesicht ihrer Mutter. »Ja, *eine* Frau hat es einmal getan. Wenn du größer bist, wirst du von ihr hören. Sie hieß Helen America, und sie fuhr mit der *Seele* zu den Sternen hinaus. Sie war die einzige Frau, die das je gewagt hat. Und das ist eine wundervolle Geschichte.«

Die Mutter betupfte sich mit dem Taschentuch die Augen.

Das Kind sagte: »Mama, erzähl sie mir jetzt. Was ist das für eine Geschichte?«

Aber die Mutter ließ sich nicht erweichen und sagte: »Mein Schatz, es gibt Dinge, für die du noch zu jung bist. Aber wenn du ein großes Mädchen bist, erzähle ich dir alles von den beiden.«

Die Mutter war eine aufrichtige Frau. Sie überlegte einen Moment und fügte dann hinzu: »... falls du es nicht vorher selbst liest.«

3

Helen America sollte sich einen Platz in der Geschichte der Menschheit erobern, aber sie hatte einen schlechten Start. Schon der Name war ein Malheur.

Niemand hat je erfahren, wer ihr Vater war. Die Behörden hatten vereinbart, Stillschweigen zu bewahren.

Über ihre Mutter herrschte keinerlei Ungewißheit. Ihre Mutter war das berühmte Mannweib Mona Muggeridge, eine Frau, die unverdrossen für die hoffnungslose Sache der völligen Gleichheit der Geschlechter gekämpft hatte. Sie war eine Frauenrechtlerin sondergleichen, und als Mona Muggeridge, die allseits bekannte, eine *Miß* Muggeridge, der Presse mitteilte, sie erwarte ein Kind, war das eine Sensationsmeldung.

Mona Muggeridge ging noch weiter. Väter, so erklärte sie, sollten nie identifiziert werden. Keine Frau sollte von ein und demselben Mann nacheinander mehrere Kinder haben; es sollte im Gegenteil den Frauen der Rat gegeben werden, sich verschiedene Väter für ihre Kinder zu suchen, um die Rasse zu verfeinern und aufzufächern. Zu guter Letzt verkündete sie, daß sie, Miß Muggeridge, sich den vollkommenen Vater ausgesucht hätte und deshalb mit Sicherheit das erste vollkommene Kind zur Welt bringen werde.

Miß Muggeridge, eine knochige, ausladende Blondine, erklärte ferner, sie sei nicht gesonnen, den Unfug mit der Ehe und dem Familiennamen mitzumachen, und werde ihr Kind, falls es ein Junge sei, John America, falls es ein Mädchen werde, Helen America nennen.

So kam es, daß die kleine Helen America das Licht der Welt erblickte, während der Entbindungsraum von den Vertretern der Nachrichtenagenturen belagert wurde. Mattscheiben zeigten das Bild eines hübschen, sechs Pfund schweren Babys.

»Es ist ein Mädchen.«

»Das vollkommene Kind.«

»Wer ist der Vater?«

Das war erst der Anfang. Mona Muggeridge war hartnäckig. Auch als das Baby zum tausendsten Mal photographiert worden war, bestand sie darauf, daß es das schönste und beste Kind sei, das je geboren wurde. Jedem rühmte sie die einzigartigen Vorzüge ihrer Tochter. Mit einem Wort, sie zeigte die ganze Vernarrtheit einer übertrieben zärtlichen Mutter, meinte aber, sie, die große Kämpferin, habe diese Zärtlichkeit als erste unter allen Frauen entdeckt.

Daß die kleine Helen es unter diesen Umständen nicht leicht hatte, versteht sich von selbst.

Aber Helen America war ein wundervolles Beispiel für die Fähigkeit eines unverbildeten Menschenkindes, über seine Peiniger zu triumphieren. Mit vier Jahren sprach sie sechs Sprachen und ging daran, einige der alten marsianischen Texte zu entziffern. Mit fünf kam sie in die Schule. Ihre Klassenkameraden hatten gleich einen Spottvers zur Hand:

Helen, Helen,
dick und fein,
wer mag denn wohl
dein Vater sein?

Helen wurde mit alledem fertig, und vielleicht war es nur ein genetischer Zufall, daß ein kompaktes kleines Persönchen aus ihr wurde – eine zu allem entschlossene kleine Brünette. Durch schlechte Erfahrungen gewitzigt und überall von der Neugier der Öffentlichkeit verfolgt, entwickelte sie sich zu einer jungen Frau, die überaus zurückhaltend und reserviert war. Freundschaften mied und ein einsames, nach innen gewandtes Leben führte.

Als Helen America sechzehn war, nahm ihre Mutter ein böses Ende. Mona Muggeridge brannte mit einem Mann durch, den sie als den vollkommenen Partner für die von der Menschheit bisher übersehene vollkommene Ehe bezeichnet hatte. Dieser vollkommene Ehemann war gelernter Maschinenpolierer. Er war schon verheiratet und hatte vier Kinder. Er trank Bier, und sein Interesse an Miß Muggeridge war offenbar eine Mischung aus gutmütiger Kameraderie und dem weniger uneigennützigen Gedanken an ihr ansehnliches Bankkonto. Die planetare Jacht, mit der sie durchbrannten, verstieß mit einem nicht genehmigten Flug gegen die Vorschriften. Die Folge war ein Zusammenstoß mit einem Roboter-Frachtschiff; ihre Leichen waren nicht mehr zu identifizieren.

Mit sechzehn war Helen schon berühmt und mit siebzehn wieder vergessen und sehr einsam.

4

Es war das Zeitalter der Segler. Die vielen tausend Photoaufklärungs- und Meßfahrzeuge kamen nach und nach mit ihrer Ausbeute von den Sternen zurück. Ein Planet nach dem andern rückte in den Gesichtskreis der Menschen. Neue Welten wurden von den interstellaren Sonden erkundet, die mit Photos, Atmosphäre-Proben und Meßergebnissen über Gravitation. Wolkendecke, chemische Zusammensetzung und ähnliches heimkehrten. Von den überaus zahlreichen Sonden, die von ihren zwei bis drei Jahrhunderte dauernden Fahrten zurückkehrten, brachten drei auch Berichte von der Neuen Erde, einem Planeten, der so sehr der guten alten Terra glich, daß er besiedelt werden konnte.

Die ersten Segler waren schon fast hundert Jahre zuvor gestartet. Sie hatten noch kleine Segel gehabt, ganze dreitausend Kilometer im Quadrat. Nach und nach wuchsen die Segel. Das neue Verfahren der adiabatischen Verpackung und des Transports von Passagieren in einzelnen Kapseln verringerte das Risiko einer Beschädigung der menschlichen Fracht. Es war eine Sensation, als der erste Segler auf der Erde landete, der unter dem Licht eines anderen Sterns geboren und aufgewachsen war. Einen Monat lang hatte er quälende Schmerzen auf sich genommen, um ein paar im Schlaf eingefrorene Siedler auf die Erde zu bringen. Er hatte das riesige, lichtgetriebene Segelschiff gelenkt, das die Reise durch die immensen interstellaren Räume in einer objektiven Zeitspanne von vierzig Jahren bewältigt hatte.

Die Menschheit erfuhr, wie ein Segler aussah. Wenn er ging, setzte er die ganzen Sohlen auf. Wenn er den Kopf drehte, war das eine ruckartige, steife, mechanische Bewegung. Der Mann war weder jung noch alt. Er war vierzig Jahre lang wach und bei Bewußtsein gewesen, dank der Droge, die ihn in einen Zustand begrenzter Empfindungsfähigkeit versetzt hatte. Als die Psychologen ihn befragten, zuerst im Auftrag der Behörden der Instrumentalität und dann für die Nachrichtenagenturen, stellte sich heraus, daß er die vierzig Jahre tatsächlich wie einen Monat erlebt hatte. Er bewarb sich nie um einen Rückflug, denn er wußte, daß er tatsächlich um vierzig Jahre gealtert war. Er war ein junger Mann, jung in seinen Hoffnungen und Wünschen, doch ein Mann, der den vierten Teil eines Menschenlebens in einem einzigen qualvollen Erlebnis aufgebraucht hatte.

Zur selben Zeit ging Helen American nach Cambridge. Das Lady Joan's College war das beste College in der Atlantischen Welt. Cambridge war genauso wiedererstanden, wie es in protohistorischer Zeit ausgesehen hatte, und die Neo-Briten hatten dabei die Feinheiten der Baukunst wiedererlernt, die ihre Überlieferung wieder mit der frühesten Antike verband.

Die Sprache war selbstverständlich kosmopolitisches Irdisch und nicht etwa archaisches Englisch, aber die Studenten waren stolz, an einer Universität studieren zu dürfen, die fast genauso wiederaufgebaut worden war, wie sie archäologischen Funden zufolge ausgesehen hatte, bevor das Zeitalter der Dunkelheit und des Elends über die Erde hereingebrochen war. Helen fiel inmitten dieser Renaissance ein wenig auf.

Die Nachrichtenagenturen spähten Helen auf die grausamste Weise aus. Sie zerrten ihren Namen wieder an die Öffentlichkeit und wärmten ihre Geschichte auf. Dann vergaßen sie sie wieder. Sie hatte sich für sechs Berufe eingeschrieben, deren letzter »Segler« lautete. Es ergab sich, daß sie die erste Frau war, die sich um eine Ausbildung in diesem Beruf bewarb – vor allem deshalb, weil sie die erste Frau war, die noch vor Erreichen der Altersgrenze die nötigen wissenschaftlichen Qualifikationen erworben hatte.

Noch bevor sich die beiden kennenlernten, erschienen so ihre Bilder gemeinsam auf den Schirmen.

Doch das alles vermittelte einen ganz falschen Eindruck von ihr. Sie hatte als Kind so viel unter *Helen, Helen, dick und fein* gelitten, daß sie sich ausschließlich auf kühl professioneller Basis dem Wettbewerb stellte. Sie haßte und liebte und vermißte die sagenhafte Mutter, die sie verloren hatte, und hatte sich so fest vorgenommen, nicht wie ihre Mutter zu sein, daß sie in allem das genaue Gegenteil von Mona wurde.

Ihre Mutter war grobknochig, blond, groß gewesen – die Art Frau also, die zur Feministin wird, weil sie nicht sehr feminin ist. Helen machte sich nie Gedanken wegen ihrer Weiblichkeit. Sie machte sich nur Gedanken über sich selbst. Ihr Gesicht wäre rund gewesen, wenn es etwas Plumpes gehabt hätte, aber sie war nicht plump. Schwarzhaarig, dunkeläugig, breithüftig war sie, aber auch schlank, und verriet somit den genetischen Einfluß ihres unbekannten Vaters. Ihre Lehrer hatten oft Angst vor ihr. Sie war ein blasses, ruhiges Mädchen, und sie hatte immer ihr Pensum gelernt.

Ihre Kommilitonen rissen ein paar Wochen lang Witze über sie, doch dann machten die meisten von ihnen Front gegen die Unverschämtheiten der Presse. Wenn auf dem Bildschirm irgendein lächerlicher Bericht über die seit langem verstorbene Mona gesendet wurde, ging im Lady Joan's die Flüsterparole um:

»Paßt auf Helen auf ... die ziehen schon wieder ihre Mutter durch den Kakao.«

»Laßt Helen jetzt nicht an die Bildschirme. Sie ist die Beste in den nichtkollateralen Wissenschaften, und wir können es uns nicht leisten, daß sie sich gerade jetzt vor den Zwischenprüfungen aufregt ...«

Sie bemutterten sie, und es war purer Zufall, daß sie eines Tages doch ihr eigenes Gesicht auf dem Schirm sah. Neben ihr war das Gesicht eines Mannes. Er sieht ein bißchen wie ein Affe aus, dachte sie. Dann las sie: *»Vollkommenes Mädchen möchte Seglerin werden. Wird der Segler sich mit dem vollkommenen Mädchen treffen?«* Ihre Wangen röteten sich vor auswegloser, unvermeidlicher Verlegenheit, doch hatte sie mittlerweile zuviel

Erfahrung darin, sie selbst zu sein, um zu tun, was sie als Teenager bestimmt noch getan hätte – den Mann zu hassen. Sie wußte, daß er auch nichts dafür konnte. Nicht einmal die albernen, zudringlichen Leute von den Nachrichtenagenturen konnten etwas dafür. Es war der Zug der Zeit, es waren die Menschen überhaupt. Aber sie brauchte nur sich selbst treu zu bleiben – wenn sie nur gewußt hätte, wie sie das anstellen sollte.

5

Ihre Zusammenkünfte – denn sie trafen sich dann tatsächlich – hatten etwas Alptraumhaftes.

Eine Nachrichtenagentur schickte eine Frau zu ihr, um ihr mitzuteilen, daß sie einen einwöchigen Urlaub in Neu-Madrid geschenkt bekommen habe.

Mit dem Segler von den Sternen.

Helen lehnte ab.

Dann lehnte auch er ab, ein bißchen zu schnell für ihren Geschmack. Sie wurde neugierig auf ihn.

Zwei Wochen vergingen, und im Büro der Nachrichtenagentur brachte ein Kassierer dem Direktor zwei Zettel. Es waren die Gutscheine für Helen America und Herrn Nicht-mehr-grau, die ihnen die Unterbringung in der höchsten Luxusklasse in Neu-Madrid gesichert hätten. »Diese Gutscheine sind bereits bei der Instrumentalität als Geschenke registriert, Sir. Sollen wir sie entwerten?« Der Direktor hatte an diesem Tag schon genug Stories hereinbekommen und gab einer menschenfreundlichen Anwandlung nach. Kurz entschlossen wies er den Kassierer an: »Wissen Sie was. Geben Sie die Gutscheine doch den beiden jungen Leuten. Ohne Aufsehen. Wir halten uns ganz raus. Wenn sie uns nicht haben wollen, lassen wir sie eben in Ruhe. Also, erledigen Sie das in diesem Sinne. Das ist alles. Sie können gehen.«

So bekam Helen den Gutschein wieder. Sie hatte inzwischen die Prüfung mit dem besten Ergebnis abgeschlossen, das jemals an der Universität erreicht worden war, und brauchte ein bißchen Erholung. Als die Frau von der Nachrichtenagentur ihr den Gutschein aushändigte, fragte sie:

»Steckt da ein Trick dahinter?«

Als die Frau ihr versichert hatte, dies sei nicht der Fall, wollte sie wissen:

»Fährt dieser Mann auch hin?«

Sie hätte es nicht über sich gebracht, »*der* Segler« zu sagen – das klang zu sehr danach, wie die Leute immer über sie selbst redeten –, und außerdem fiel ihr tatsächlich im Moment sein Name nicht ein.

Die Frau wußte es nicht.

»Muß ich mich mit ihm treffen?« erkundigte sich Helen.

»Natürlich nicht«, sagte die Frau. Es sei keinerlei Bedingung an das Geschenk geknüpft.

Helen lachte ein bißchen gezwungen. »Na schön, ich nehme dankend an. Aber ich warne Sie: *ein* Bildermacher, nur ein einziger, und ich bin weg. Und auch ohne jeden Grund kann ich abreisen, wenn es mir paßt. Ist das in Ordnung?«

Es war in Ordnung.

Vier Tage später war Helen in der Vergnügungswelt von Neu-Madrid, und ein Meister der Tänze stellte ihr einen seltsamen, ernst und eindringlich dreinschauenden alten Mann vor, dessen Haar schwarz war.

»Junior-Wissenschaftlerin Helen America – Segler der Sterne Herr Nicht-mehr-grau.«

Er sah die beiden prüfend an und lächelte freundlich und weise. Dann sagte er die leere Floskel seines Metiers auf:

»Ich hatte die Ehre und ziehe mich zurück.«

Sie standen allein am Rande des Speisesaals. Der Segler musterte sie scharf und sagte dann:

»Wer sind Sie? Kennen wir uns? Sollte ich mich an Sie erinnern? Es gibt so viele Menschen hier auf der Erde. Was tun wir jetzt? Was erwartet man von uns? Möchten Sie sich setzen?«

Helen beantwortete alle diese Fragen mit einem einzigen »Ja«, und sie hätte sich nicht träumen lassen, daß in den kommenden Jahrhunderten zahllose große Schauspielerinnen dieses Ja wiederholen würden, jede in ihrem eigenen charakteristischen Tonfall.

Sie setzten sich wirklich.

Wie es dann weitergegangen war, wußte später keiner von beiden genau zu sagen.

Sie hatte ihn beruhigen müssen, beinahe wie einen Verletzten im Haus der Genesung. Sie beschrieb ihm die Gerichte, und als er auch dann noch nicht wußte, was er essen sollte, bestellte sie ihm etwas beim Roboter. Sie klärte ihn, so taktvoll wie möglich, über die Tischsitten auf, denn er vergaß die simpelsten Anstandsregeln

– daß man aufstehen mußte, um die Serviette zu entfalten, daß die Essensreste in die Auflösungsschale gehörten und das Besteck in den Überweiser.

Schließlich entspannte er sich und wirkte nicht mehr so alt.

Sie vergaß für einen Augenblick, wie oft man ihr selbst schon dumme Fragen gestellt hatte, und fragte ihn:

»Warum sind *Sie* Segler geworden?«

Er starrte sie mit weit aufgerissenen Augen an, als hätte sie ihn in einer fremden Sprache angeredet und erwarte jetzt eine Antwort von ihm. Nach einer Weile sagte er leise:

»Wollen Sie, auch Sie, damit sagen ... daß ich es nicht hätte tun sollen?«

Sie legte sich erschrocken die Hand auf den Mund.

»Nein, nein, nein. Schauen Sie, ich möchte ja selbst Seglerin werden.«

Er sah sie bloß an, und seine jung-alten Augen waren hellwach. Er starrte sie nicht an, sondern schien nur zu versuchen, Worte zu begreifen, die er einzeln durchaus verstand, deren Summe jedoch auf schieren Wahnsinn hinauslief. Sie wich seinem Blick nicht aus, so unbehaglich ihr auch dabei war. Wiederum hatte sie Gelegenheit, die unbeschreibliche Eigenart dieses Mannes wahrzunehmen, der draußen in der blindschwarzen Leere zwischen niemals blinkenden Sternen die gewaltigen Segel dirigiert hatte. Er war fast noch ein Junge. Das Haar, das ihm seinen Namen gegeben hatte, war glänzend schwarz. Sein Bart mußte für immer entfernt worden sein, denn seine Haut war die einer Frau mittleren Alters – gepflegt, schön anzuschauen, aber von unübersehbaren Altersfältchen durchzogen und ohne jede Spur von den normalen Bartstoppeln, die sich die Männer ihrer Kultur im Gesicht stehenließen. Die Haut war alt, doch ohne Erfahrung. Die Muskeln waren älter geworden, doch sie ließen nicht erkennen, *wie* der Mann sich entwickelt hatte.

Helen hatte sich angewöhnt, die Menschen scharf zu beobachten, während ihre Mutter sich mit einem Fanatiker nach dem anderen eingelassen hatte; sie wußte wohl, daß den Menschen ihr Lebenslauf ins Gesicht geschrieben steht und daß ein Fremder, dem wir auf der Straße begegnen, uns (ob er will oder nicht) seine innersten Geheimnisse verrät. Wenn wir nur genau genug hinsehen und die Beleuchtung richtig ist, wissen wir, ob Angst oder Hoffnung oder Vergnügen seine Tage erfüllt haben, wir erahnen die Quellen und die Wirkung seiner geheimsten sinnlichen Lüste, wir gewahren den schwachen, doch haftenden Widerschein jener anderen Menschen, die ihm den Stempel ihrer Persönlichkeit aufgedrückt haben.

Das alles fehlte bei Herrn Nicht-mehr-grau; er war gealtert, doch das Altern hatte ihn nicht gezeichnet; er war gewachsen, doch ihm fehlten die Spuren des Wachstums; er hatte gelebt, ohne zu leben, in einer Zeit und einer Welt, in der die meisten Menschen jung blieben, während sie zuviel lebten.

Er bildete den schärfsten Gegensatz zu ihrer Mutter, den Helen sich vorzustellen vermochte, und wie ein plötzlicher Schmerz durchzuckte sie die vage angstvolle Erkenntnis, daß dieser Mann von nun an eine wichtige Rolle in ihrem Leben spielen würde, ob ihr das recht war oder nicht. Sie sah ihn ihm einen jungen, vorzeitig gealterten Junggesellen, einen Mann, der seine Liebe der Leere und dem Schrecken gewidmet hatte, nicht den greifbaren Erfolgen und Enttäuschungen des menschlichen Lebens. Er hatte den ganzen Weltraum als Geliebte gehabt, und der Weltraum hatte arg an seinen Kräften gezehrt. Noch so jung, war er schon alt; obwohl alt, war er eigentlich noch jung.

Das war eine Mischung, von der sie wußte, daß sie ihr nie zuvor begegnet war, und von der sie vermutete, daß auch sonst niemand sie je gesehen hatte. Er besaß schon am Anfang seines Lebens die Traurigkeit, das Mitleid und die Weisheit, die den meisten Menschen erst am Ende ihres Lebens zuteil werden.

Er war es, der endlich das Schweigen brach. »Sie sagten, wenn ich Sie richtig verstanden habe, Sie hätten sich selbst darum beworben, Seglerin zu werden?«

Sie fand selbst, daß ihre Antwort albern und schulmädchenhaft klang: »Ich bin die erste Frau, die sich in den notwendigen wissenschaftlichen Fächern qualifizieren konnte, solange sie noch jung genug war, die physischen Anforderungen ...«

»Sie müssen wirklich ein außergewöhnliches Mädchen sein«, sagte er freundlich. Helen wurde mit einemmal klar, daß sie sich an die süße und bitter ernste Hoffnung klammerte, dieser junge alte Mann von den Sternen möchte nie von dem »vollkommenen« Kind gehört haben, das im Augenblick seiner Geburt ausgelacht worden war, dem Mädchen, das ganz Amerika zum Vater hatte, das berühmt und ungewöhnlich und so schrecklich einsam war, daß es sich gar nicht vorstellen konnte, normal, glücklich, ehrsam oder einfach zu sein.

Sie dachte bei sich selbst: *Man kann wohl nur von einem weisen Sonderling von den Sternen erwarten, daß er nicht weiß, wer ich bin,* doch laut sagte sie nur: »Es hat keinen Sinn, darüber zu reden, wie ›außergewöhnlich‹ ich bin. Ich habe diese Erde satt, und da ich nicht zu sterben brauche, um sie zu verlassen, meine ich eben, daß es mir gefallen würde, zu den Sternen zu segeln. Ich habe weniger zu verlieren, als Sie vielleicht glauben ...« Sie fing an, ihm von Mona Muggeridge zu erzählen, doch dann besann sie sich.

Die grauen Augen ruhten mitfühlend auf ihr, und jetzt war er, nicht mehr sie, Herr der Situation. Sie betrachtete diese Augen. Vierzig Jahre lang waren sie ständig offen gewesen, in der fast pechschwarzen Dunkelheit der winzigen Kabine. Die matt leuchtenden Skalen hatten sich wie glühende Sonnen in seine müden Netzhäute gebrannt, bevor er die Augen abwenden konnte. Von Zeit zu Zeit hatte er in das schwarze Nichts hinausgeschaut, um die Silhouetten seiner Segel zu sehen, Fast-Schwärze vor totaler Schwärze, die mit ihrer riesenhaften Fläche den Schub des Lichtes selbst aufsaugten und ihn und seine eingefrorene Fracht mit schier unmeßbarer Geschwindigkeit durch einen Ozean unauslotbarer Stille trugen. Und doch wollte sie es ihm gleichtun.

Der unverwandte Blick seiner grauen Augen wich einem Lächeln seiner Lippen. In diesem jungen alten Gesicht, dessen Züge so männlich und dessen Teint so weiblich war, wirkte das Lächeln unendlich sanft und gütig. Es war ihr wie nie zuvor nach Weinen zumute, als er sie so anlächelte. War es das, was die Menschen zwischen den Sternen lernten? Daß man den anderen Menschen von Herzen zugetan sein und sich ihrer nur bemächtigen soll, um ihnen Liebe zu erweisen, anstatt sie als Beute zu verschlingen?

Mit gemessener Stimme sagte er: »Ich glaube Ihnen. Sie sind die erste, der ich glaube. Fast alle haben gesagt, auch sie würden gern Segler sein, sogar während sie mich ansahen. Sie wußten nicht, wovon sie sprachen, aber sie sagten es trotzdem, und ich verachtete und haßte sie deswegen. Sie aber – Sie sind anders. Vielleicht werden Sie eines Tages zu den Sternen segeln, doch ich hoffe, Sie werden es nicht tun.«

Wie aus einem Traum erwachend sah er sich in dem luxuriösen Raum um, in dem mit Gold und Emaille verzierte Roboter-Kellner mit lassiger Eleganz herumstanden. Sic sollten stets gegenwärtig sein und doch nie aufdringlich wirken – ein nicht leicht zu erreichender ästhetischer Effekt, doch ihr Konstrukteur hatte ihn erreicht.

Der Rest des Abends verlief mit der unausweichlichen Gesetzmäßigkeit guter Musik. Er ging mit ihr an den ewig einsamen Strand, den die Architekten von Neu-Madrid vor dem Hotel angelegt hatten. Sie unterhielten sich ein bißchen, sie sahen einander an, und sie liebten sich mit einer bejahenden Gewißheit, die nicht aus ihnen selbst zu kommen schien. Er war sehr zärtlich, und er konnte nicht wissen, daß er, obwohl sie einer in genetischen Dingen so liberal und sachlich eingestellten Gesellschaft angehörte, der erste Liebhaber war, den sie sich je gewünscht und je gehabt hatte. (Wie konnte die Tochter von Mona Muggeridge sich einen Liebhaber oder einen Ehemann oder ein Kind wünschen?)

Am Nachmittag des folgenden Tages nahm sie sich eine für ihre Zeit selbstverständliche Freiheit und bat ihn, sie zu heiraten. Sie waren wieder an ihren Privatstrand gegangen, an dem dank der Wunderwirkung ultrafeiner meteorologischer Korrekturen das rauhe Klima der Hochebene im Herzen Spaniens in die Milde eines Nachmittags in der Südsee verwandelt worden war.

Sie bat ihn, sie zu heiraten, und er wies sie ab, so zärtlich und gütig, wie ein Mann von fünfundsechzig Jahren ein Mädchen von achtzehn nur abweisen kann. Sie drängte ihn nicht; sie setzten ihre bittersüße Romanze fort.

Sie saßen im künstlichen Sand des künstlichen Strandes und planschten mit den Füßen im künstlich erwärmten Wasser des Ozeans. Dann legten sie sich unter eine künstliche Düne, die den Ausblick auf Neu-Madrid verstellte.

»Ich möchte dich noch mal fragen«, sagte Helen, »warum du Segler geworden bist.«

»Gar nicht so leicht zu beantworten«, erwiderte er. »Vielleicht aus Abenteuerlust. Ja, das hat zumindest mitgespielt. Außerdem wollte ich die Erde sehen. Ich konnte es mir nicht leisten, in einer Kapsel zu fahren. Aber jetzt bin ich geheilt, ein für allemal. Zurück zur Neuen Erde kann ich in einem Monat statt in vierzig Jahren fahren – ich lasse mich einfrieren, werde in eine adiabatische Kapsel gelegt und an das nächste Segelschiff angehängt und wache erst wieder auf, wenn ich zu Hause bin – das Schiff lenkt irgendein anderer Narr.«

Helen nickte. Sie machte sich nicht die Mühe, ihm zu sagen, daß sie dies alles wußte. Sie hatte sich über Segelschiffe informiert, seit sie den Segler kannte.

»Und wie ist es dort draußen inmitten der Sterne?« fragte sie. »Kann man das beschreiben?«

Sein Gesicht schaute nach innen, in seine Seele, und dann kam seine Stimme wie aus unermeßlicher Ferne.

»Es gibt Augenblicke – oder sind es Wochen – in einem Segelschiff kann man das wirklich nicht unterscheiden –, da hat man das Gefühl, daß es sich lohnt. Man fühlt sich ... es ist, als reichten die eigenen Nervenenden bis zu den Sternen. Irgendwie kommt man sich ungeheuer groß vor.« Allmählich kehrte er zu ihr zurück. »Es klingt natürlich banal, aber man ist hinterher nie mehr derselbe. Ich meine das nicht in dem offenkundigen physischen Sinne. Es ist vielmehr ... weißt du, man findet sich selbst, oder vielleicht verliert man sich. Das ist der Grund, weshalb ich das da«, er deutete mit der Hand nach dem hinter der Düne verborgenen Neu-Madrid, »nicht ausstehen kann. Die Neue Erde, dort ist es ... na ja, ich glaube, so wie es früher auf der Erde gewesen sein muß. Alles ist irgendwie neu, oder frisch. Hier dagegen ...«

»Ich weiß«, sagte Helen America, und sie verstand ihn wirklich. Die leicht dekadente, leicht korrupte, allzu komfortable Atmosphäre der Erde mußte erstickend wirken auf einen Mann, der von jenseits der Sterne gekommen war.

»Du wirst es nicht für möglich halten«, sagte er, »aber dort ist das Meer manchmal zu kalt zum Schwimmen. Wir haben Musik, die nicht aus Maschinen kommt, und wir kennen Freuden, die aus dem Innern unseres Körpers kommen, ohne daß sie vorher hineingetan wurden. Ich muß zur Neuen Erde zurück.«

Helen sagte eine Zeitlang nichts. Sie war ganz damit beschäftigt, ihr Herzweh zu stillen.

»Ich ... Ich«, setzte sie an.

»Ich weiß«, unterbrach er sie heftig und wandte sich jäh zu ihr um. »Aber ich kann dich nicht mitnehmen. Ich kann es nicht tun! Du bist noch so jung, du hast noch dein ganzes Leben vor dir, und ich habe ein Viertel von meinem weggeworfen. Nein, das stimmt nicht. Ich habe es nicht weggeworfen. Ich würde es nicht zurückhaben wollen, denn ich bin um eine innere Erfahrung reicher geworden, die man auf keine andere Art erlangt. Und ich habe dich bekommen.«

»Wenn ich aber –« beharrte sie.

»Nein. Verdirb es nicht. Ich lasse mich nächste Woche in meiner Kapsel einfrieren und warte auf das nächste Segelschiff. Mir wird das hier unerträglich, und ich könnte schwach werden. Das wäre ein verhängnisvoller Fehler. Aber jetzt sind wir zusammen, und wir können beide unser Leben lang an diese Zeit denken. Hör auf, nach einem anderen Ausweg zu suchen. Es gibt nichts, gar nichts, was wir sonst tun könnten.«

Helen sagte ihm nichts – auch später nicht – von dem Kind, auf das sie seit einigen Tagen hoffte. Natürlich hätte sie das Kind benutzen können. Sie hätte ihn an sich binden können, denn er war anständig und hätte sie geheiratet, wenn sie es ihm gesagt hätte. Aber Helens Liebe war trotz ihrer jungen Jahre von der Art, daß solche Mittel nicht in Frage kamen. Sie wollte, daß er aus freien Stücken zu ihr kam, daß er sie heiratete, weil er nicht ohne sie leben konnte. In einer solchen Ehe wäre ihr Glück durch das Kind vollkommen geworden.

Aber es gab natürlich auch eine andere Möglichkeit. Sie hätte das Kind austragen können, ohne zu verraten, wer der Vater war. Aber sie war keine Mona Muggeridge. Sie wußte zu gut, wie unsicher und einsam ein solches Kind sein mußte, als daß sie es je auf sich genommen hätte, für die Existenz einer zweiten Helen America verantwortlich zu sein. Und in ihren Plänen war kein Platz für ein Kind. Deshalb tat sie das einzige, was ihr übrigblieb. Als ihre Zeit in Neu-Madrid um war, verabschiedete sie sich von ihm, als sei es für immer. Wortlos und ohne Tränen verließ sie ihn. Dann fuhr sie in eine arktische Stadt, eine Luststadt, in der solche Dinge nicht ungewöhnlich waren, und voller Scham, Kummer und bitterer Reue wandte sie sich an eine vertrauliche medizinische Einrichtung, wo das ungeborene Kind entfernt wurde. Anschließend kehrte sie nach Cambridge zurück und erneuerte ihren Anspruch, die erste Frau zu sein, die ein Segelschiff zu den Sternen lenken würde.

6

Der präsidierende Lord der Instrumentalität war damals ein Mann namens Wait. Wait war nicht grausam, aber er zeichnete sich auch nicht gerade durch Nachsicht oder Verständnis für den

Abenteuergeist der Jugend aus. Sein Adjutant meldete ihm eines Tages: »Dieses Mädchen will partout mit einem Segelschiff zur Neuen Erde fahren. Werden Sie das zulassen?«

»Warum nicht?« sagte Wait. »Ein Mensch ist ein Mensch. Sie ist aus gutem Hause und hat eine gute Ausbildung genossen. Scheitert sie, so werden wir das in rund achtzig Jahren erfahren, wenn das Schiff zurückkommt. Hat sie Erfolg, dann wird wenigstens diesen Weibern einmal der Mund gestopft, die sich andauernd beschweren.« Der Lord beugte sich über den Schreibtisch: »Falls sie sich aber qualifiziert und wirklich losfährt, geben Sie ihr keine Verurteilten mit. Verurteilte sind zu gut und zu wertvoll als Siedler, als daß wir sie einem so ungewissen Schicksal überantworten könnten. Bei dem hohen Risiko spielen wir besser mit kleinem Einsatz. Geben Sie ihr alle religiösen Fanatiker mit. Wir haben ja mehr als genug davon. Stehen nicht zwanzig- oder dreißigtausend auf der Warteliste?«

»Ja, Sir, sechsundzwanzigtausendzweihundert, die letzten Neuzugänge nicht mitgerechnet.«

»Ausgezeichnet«, sagte der Lord der Instrumentalität.« Die geben Sie ihr alle mit. Außerdem kriegt sie das neue Schiff. Haben wir ihm schon einen Namen gegeben?«

»Nein, Sir«, sagte der Adjutant.

»Machen Sie einen Vorschlag.«

Der Adjutant starrte betreten ins Leere.

Ein verächtliches, schlaues Lächeln huschte über das Gesicht des ranghöchsten Bürokraten. Er sagte: »Stellen Sie das Schiff jetzt in Dienst und geben Sie ihm einen Namen. Taufen Sie es *Seele,* und lassen Sie die *Seele* zu den Sternen fliegen. Lassen Sie Helen America einen Engel werden, wenn sie unbedingt will. Das arme Ding, sie hat nicht viel von ihrem Leben auf dieser Erde gehabt, kein Wunder, bei der Geburt und der Erziehung. Es hätte auch keinen Sinn, sie ummodeln zu wollen. Eine ausgeprägte, reiche Persönlichkeit läßt sich nicht so ohne weiteres verändern. Warum sollten wir sie dafür bestrafen, daß sie sie selbst ist. Lassen Sie sie fahren. Lassen Sie ihr ihren Willen.«

Wait stand auf, fixierte seinen Adjutanten und wiederholte eindringlich:

»Aber lassen Sie sie nur fahren, *wenn sie sich qualifiziert.*«

7

Helen America qualifizierte sich.

Die Ärzte und die Experten versuchten, sie von ihrem Vorsatz abzubringen.

Ein Techniker sagte: »Ist Ihnen auch klar, worauf Sie sich da einlassen? Vierzig Jahre Ihres Lebens verströmen innerhalb eines einzigen Monats. Sie fahren hier als Mädchen los. Wenn Sie ankommen, sind Sie eine Sechzigjährige. Sicher, Sie haben dann wahrscheinlich immer noch hundert Jahre vor sich. Im übrigen ist es schmerzhaft. Und denken Sie an die vielen tausend Menschen, die Ihnen anvertraut sein werden. Sie werden nämlich Fracht von der Erde mitbekommen. An die dreißigtausend Kapseln werden Sie in sechzehn Reihen hinter sich herziehen. Leben müssen Sie in der Steuerkabine. Wir geben Ihnen so viele Roboter mit, wie Sie brauchen, wahrscheinlich ein Dutzend. Sie werden ein Großsegel und ein Focksegel haben, und beide müssen Sie in Ordnung halten.«

»Ich weiß, ich habe das Buch gelesen«, sagte Helen America. »Und ich fahre mit Licht – sobald das Segel von Infrarotstrahlung getroffen wird, geht es los. Wenn ich Störstrahlung bekomme, hole ich die Segel ein. Und wenn die Segel kaputtgehen, halte ich aus, solange ich lebe.«

Der Techniker schien ein bißchen verärgert. »Kein Grund, eine Tragödie draus zu machen. Tragödien sind billiger zu haben. Wenn Sie mit einem tragischen Ende liebäugeln, können Sie auch kriegen, was Sie suchen ohne dreißigtausend andere mit ins Unglück zu reißen und ohne riesige Vermögenswerte der Erde zu vernichten. Beispielsweise können Sie ins Wasser gehen oder in einen Vulkan springen, wie die Japaner in den alten Büchern. Eine Tragödie ist nicht das Schlimmste. Das Schlimmste ist, wenn man den Erfolg knapp verfehlt und weiterkämpfen muß. Wenn man ewig weitermachen muß, obwohl die Aussichten auf Rettung minimal sind und die Versuchung, endgültig zu verzweifeln, immer größer wird. Also, das Focksegel funktioniert folgendermaßen. Dieses Segel mißt an der Breitseite dreißigtausend Kilometer. Es verjüngt sich nach unten, und die Gesamtlänge wird knapp 120 000 Kilometer betragen. Eingeholt und ausgerollt wird es von kleinen Servo-Robotern. Die Servo-Roboter sind funkgesteuert. Sie sollten allerdings mit ihren Funkgeräten sparsam umgehen, denn schließlich müssen die Batterien vierzig Jahre halten, und das ist auch für Atombatterien eine lange Zeit. Sie dürfen auf keinen Fall vorzeitig erschöpft sein.«

»Ja, Sir«, sagte Helen America zerknirscht.

»Sie dürfen nicht vergessen, was Ihre Aufgabe ist. Sie fahren, weil Sie nicht viel kosten. Sie fahren, weil ein Segler viel weniger wiegt als eine Maschine. Es gibt noch keinen Allzweck-Computer, der unter 150 Pfund wiegt. Bei Ihnen ist das der Fall. Sie fahren einfach deshalb, weil Sie entbehrlich sind. Von dreien, die zu den Sternen hinausfahren, erreicht einer sein Ziel nicht. Aber Sie fahren nicht, weil Sie besonders tüchtig sind, sondern weil Sie jung sind. Sie haben ein Leben zu geben und ein Leben übrig. Weil Ihre Nerven noch gut sind. Sie verstehen, was ich meine?«

»Ja, Sir, das wußte ich.«

»Außerdem fahren Sie, weil Sie die Reise in vierzig Jahren bewältigen werden. Würden wir automatische Geräte losschikken und sie die Segel bedienen lassen, so würden sie wahrscheinlich auch ans Ziel kommen. Aber sie würden mindestens hundert bis hundertzwanzig Jahre dafür brauchen, und dann wären die adiabatischen Kapseln defekt, der größte Teil der menschlichen Fracht wäre für eine Wiederbelebung untauglich, und allein der Wärmeverlust würde schon ausreichen, den Erfolg der ganzen Expedition in Frage zu stellen, von welcher Seite wir auch an dieses Problem herangehen würden. Denken Sie also daran, die Tragik und die Schwierigkeiten, die Sie erwarten, bestehen größtenteils in Arbeit und nochmals Arbeit. Das ist Ihre große Aufgabe.«

Helen lächelte. Sie war ein ziemlich kleines Mädchen mit vollem dunklen Haar, braunen Augen und sehr kräftigen Augenbrauen, und wenn sie lächelte, war sie beinahe wieder ein Kind, und ein ganz reizendes dazu. Sie sagte: »Meine Aufgabe ist Arbeit. Ich bin mir dessen bewußt, Sir.«

8

Auf dem Startgelände gingen die Vorbereitungen zügig, doch ohne Hast voran. Zweimal drängten sie die Techniker, noch einmal Urlaub zu nehmen, bevor sie sich zum abschließenden Training meldete. Sie nahm den Rat nicht an. Sie wollte vorankommen. Sie wußte, daß sie wußten, daß sie die Erde für immer verlassen wollte und daß sie nicht einfach die Tochter ihrer Mutter war. Irgendwie versuchte sie, sie selbst zu sein. Sie wußte, daß die Welt ihr nicht glaubte, aber die Welt war ihr gleichgültig.

Als man ihr zum dritten Mal sagte, sie solle Urlaub machen, war es kein guter Rat mehr, sondern ein Befehl. So verbrachte sie zwei Monate Ferien in gedrückter Stimmung, die sich erst am Schluß besserte, als sie auf den wundervollen Hesperiden war, den Inseln, die aus dem Meer aufgetaucht waren, als durch das Gewicht der Erdhäfen südlich der Bermuda-Inseln eine neue Gruppe kleiner Archipele emporgehoben wurde.

Fit, gesund und abfahrbereit, meldete sie sich nach den zwei Monaten zur Stelle.

Der leitende Arzt war außerordentlich direkt, beinahe brutal.

»Sind Sie sich wirklich darüber im klaren, was wir mit Ihnen anstellen werden? Wir werden Sie so umbasteln, daß Sie vierzig Jahre Ihres Lebens wie einen einzigen Monat erleben.«

Sie nickte, mit bleichem Gesicht, und er fuhr fort: »Um das zu erreichen, müssen wir ihre Körperfunktionen verlangsamen. Schließlich bedeutet schon allein die rein biologische Aufgabe, die Luft für vierzig Lebensjahre binnen eines einzigen Monats ein- und auszuatmen, eine Beschleunigung um rund das Fünfhundertfache. Das könnten die Lungen niemals verkraften. Ihr Körper muß Wasser in einer Art Kreislauf immer wieder verwenden. Er muß Nahrung aufnehmen – größtenteils reine Proteine. Sie werden eine Art Hydrat bekommen. Und Sie werden Vitamine brauchen.

Vor allem werden wir Ihr Gehirn retardieren, und zwar ganz beträchtlich, so daß es etwa in dem genannten Verhältnis von fünfhundert zu eins arbeiten wird. Sie dürfen natürlich nicht arbeitsunfähig werden. Irgendwer muß ja die Segel bedienen.

Wenn Sie deshalb zögern oder nachdenken, dauern ein oder zwei Gedanken mehrere Wochen. Ihr Körper muß natürlich auch verlangsamt werden, aber das ist nicht bei allen Organen und Funktionen im selben Verhältnis möglich. Den Wasserbedarf haben wir beispielsweise auf achtzig zu eins heruntergedrückt. Den Nahrungsbedarf auf etwa dreihundert zu eins.

Sie werden nicht das Wasser für vierzig Jahre zu trinken brauchen. Wir führen es Ihnen zu, reinigen es, sobald es ausgeschieden wurde, und pumpen es wieder in Ihren Kreislauf, das heißt, falls Sie die Zuleitung nicht unterbrechen.

Was Ihnen bevorsteht, ist also folgendes: Einen ganzen Monat lang liegen Sie völlig wach auf einem Operationstisch und *werden dabei ohne Narkose operiert;* gleichzeitig müssen Sie aber noch die härteste Arbeit leisten, die je von der Menschheit ersonnen wurde.

Sie werden Beobachtungen anstellen müssen, Sie werden die langen Reihen der Kapseln mit Menschen und Fracht hinter sich überwachen und die Segel bedienen müssen. Falls am Bestimmungsort noch welche von Ihren Passagieren am Leben sind, werden sie herauskommen und Sie begrüßen.

So ist es jedenfalls meistens.

Ich kann und will Ihnen nicht garantieren, daß Sie das Schiff sicher zur Landung bringen. Falls man Ihnen nicht entgegenkommt, gehen Sie am besten auf eine Umlaufbahn um den fernsten Planeten und lassen sich entweder sterben oder versuchen, sich zu retten. Auf keinen Fall können Sie mit dreißigtausend Menschen ohne Hilfe auf einem Planeten landen.

Jetzt gleich steht Ihnen aber eine ganz andere Prozedur bevor. Wir werden Ihnen diese Instrumente direkt in den Körper einpflanzen. Wir beginnen mit dem Einsetzen von Ventilen in Ihre Brustarterien. Als nächstes wird Ihr Wasser katheterisiert. Wir werden eine Kolostomie anbringen, die hier, genau vor Ihrem Hüftgelenk herauskommen wird. Ihre Wasseraufnahme hat einen gewissen psychologischen Wert, weshalb wir Sie etwa ein Fünfhundertstel Ihres Wassers aus einer Tasse trinken lassen. Der Rest wird Ihnen direkt in den Blutkreislauf gepumpt. Dasselbe gilt für ein Zehntel Ihrer Nahrung. Haben Sie das verstanden?«

»Sie meinen«, sagte Helen, »ich esse ein Zehntel, und den Rest bekomme ich intravenös?«

»Ganz recht«, bestätigte der medizinische Techniker. »Wir pumpen es in Sie hinein. Die Konzentrate sind hier, der Rekonstitutor da. Diese Leitungen haben doppelte Anschlüsse. Diese Anschlüsse hier führen zu der Wartungsmaschine. Das wird sozusagen das Nachschublager für Ihren Körper. Und diese Leitungen sind die Nabelschnüre für ein menschliches Wesen, das allein zu den Sternen hinausfährt. Von ihnen hängt Ihr Leben ab.

Falls nun diese Leitungen reißen oder falls Sie hinfallen, kann es geschehen, daß Sie für ein bis zwei Jahre ohnmächtig werden. In diesem Fall tritt Ihr lokales System in Aktion; das ist der Packen, den Sie auf dem Rücken tragen werden.

Auf der Erde wiegt er genausoviel wie Sie selbst. Sie haben schon mit dem Übungspacken trainiert. Sie wissen, wie leicht er im Weltraum zu dirigieren ist. Damit können Sie für eine subjektive Zeitspanne von etwa zwei Stunden am Leben bleiben. Eine Uhr, die mit dem menschlichen Zeitgefühl synchronisiert wäre, ist noch nicht erfunden, weshalb wir Ihnen statt einer Uhr ein Hodometer mitgeben, das an Ihren eigenen Puls angeschlossen wird und eine Gradeinteilung aufweist. Wenn Sie beispielsweise in Abständen von zehntausend Pulsschlägen auf dieses Instrument sehen, werden Sie daraus möglicherweise bestimmte Informationen entnehmen können.

Ich weiß zwar nicht genau, welche Art von Informationen, aber sicher wird Ihnen das Hodometer behilflich sein.« Er sah sie scharf an, drehte sich zu seinen Instrumenten um und nahm eine glänzende Nadel mit einer Scheibe am Ende in die Hand.

»Kommen wir jetzt wieder hierauf zurück. Dieses Gerät werden wir Ihnen direkt ins Gehirn einpflanzen. Es arbeitet ebenfalls auf chemischer Basis.«

Helen unterbrach ihn. »Sie hatten versprochen, keine Kopfoperation vorzunehmen.«

»Wir führen ja auch nur diese Nadel ein. Es ist die einzige Möglichkeit, an Ihren Verstand zu gelangen. Wir müssen ihn ja stark genug verlangsamen, daß die vierzig Jahre in Ihrer subjektiven Wahrnehmung wie ein Monat erscheinen.« Er lächelte grimmig, doch wich dieser Ausdruck sogleich einem Anflug von Zärtlichkeit, als er ihre tapfere, unerschütterliche Haltung sah, ihre mädchenhafte, bewundernswerte, bedauernswerte Entschlossenheit.

»Ich will mich nicht dagegen sträuben«, sagte sie. »Das ist genauso schlimm wie Heiraten, und die Sterne sind mein Bräutigam.« Sie sah das Bild des Seglers vor sich, aber sie sprach nicht von ihm.

Der Techniker fuhr fort. »Wir haben bereits psychotische Elemente eingebaut. Sie können nämlich nicht einmal damit rechnen, daß Sie bei Vernunft bleiben. Deshalb machen Sie sich besser keine Sorgen deswegen. Sie müssen einfach wahnsinnig sein, um die Segel bedienen und die absolute Einsamkeit dort draußen auch nur einen Monat lang ertragen zu können. Das Bedenkliche ist, daß Sie während dieses einen Monats wissen werden, daß Sie eigentlich vierzig Jahre durchleben. Einen Spiegel gibt es nicht in der Kabine, aber Sie werden sich in glänzenden Oberflächen betrachten können.

Sie werden schon bald nicht mehr so gut aussehen. Sie werden jedesmal, wenn Sie Ihr Spiegelbild betrachten, feststellen, daß Sie schon wieder gealtert sind. Ich weiß nicht, wie sehr Ihnen das zu schaffen machen wird. Es ist schon für die Männer nicht leicht.

Mit dem Haar werden wir bei Ihnen weniger Probleme haben als bei Männern. Bei den Seglern, die wir ausschickten, mußten wir die Haarwurzeln abtöten, sonst wären sie in ihrem eigenen Bart versunken. Außerdem wäre ein beträchtlicher Teil der Nahrung dafür vergeudet worden, Barthaar mit solcher Geschwindigkeit wachsen zu lassen, daß keine Maschine der Welt es schnell genug hätte abschneiden können, um den Mann arbeitsfähig zu erhalten. Ich denke, bei Ihnen werden wir eine Wachstumsverzögerung des Kopfhaares herbeiführen. Ob die nachwachsenden Haare dann dieselbe Farbe haben werden, müssen Sie später selbst feststellen. Haben Sie eigentlich den Segler kennengelernt, der von draußen kam?«

Der Arzt wußte, daß sie ihn gekannt hatte. Aber er wußte nicht, daß er es war, der Segler von jenseits der Sterne, der sie rief. Helen gelang es, sich nichts anmerken zu lassen. Sie sagte lächelnd: »Ja, Sie haben ihm zu neuem Haar verholfen. Ihr Techniker pflanzte ihm die neuen Haare ein, ich erinnere mich. Irgendeiner von Ihren Leuten hat es gemacht. Das Haar wurde schwarz, und er bekam den Spitznamen Nicht-mehr-grau.«

»Falls Sie bis nächsten Dienstag bereit sind, werden auch wir soweit sein. Glauben Sie, daß Sie es bis dahin schaffen, Mylady?«

Helen war eigenartig berührt davon, daß dieser alte, ernsthafte Mann sie so ehrerbietig anredete, aber sie sagte sich, daß er wohl mehr den Beruf als den einzelnen Menschen meinte.

»Dienstag ist in Ordnung.« Sie empfand es als Kompliment, daß er altmodisch genug war, um die uralten Namen der Wochentage zu kennen und zu verwenden. Das war ein Zeichen dafür, daß er an der Universität nicht nur das Wesentliche, sondern auch die eleganten Nebensachen gelernt hatte.

9

Zwei Wochen später waren nach den Chronometern in der Kabine schon einundzwanzig Jahre vergangen. Helen drehte sich zum zehntausend mal zentausendsten Mal um und sah prüfend auf die Segel hinaus.

Der Rücken schmerzte ihr von einem heftigen Pochen.

Sie spürte das Virbrieren ihres Herzens, dessen Schläge ihrem gerafften Zeitgefühl wie das rasende Ticken einer überdrehten Maschine erschienen. Wenn sie auf das Hodometer an ihrem Handgelenk sah, konnte sie verfolgen, wie die Zeiger auf der zifferblattähnlichen Skala langsam von einem Teilstrich zum nächsten vorrückten, von denen jeder zehntausend Pulsschläge bedeutete.

Sie hörte das gleichmäßige Pfeifen der Luft in ihrer Kehle, und ihre Lungen bewegten sich so schnell, daß sie kaum ein Zittern wahrnahm.

Sie spürte auch einen pulsierenden Schmerz an der Stelle, wo durch eine dicke Röhre ungeheure Mengen breiigen Wassers direkt in ihre Halsschlagader gepumpt wurden.

In ihrem Unterleib brannte es wie Feuer. Die Ausleerungsröhre arbeitete automatisch, doch die Stelle brannte, als hätte man ihr glühende Kohle auf die Haut gedrückt, und der Katheter, der ihre Blase mit einer anderen Röhre verband, stach wie eine weißglühende Nadel. Der Kopf tat ihr weh, und es schwamm ihr alles vor den Augen.

Noch konnte sie aber die Instrumente ablesen und die Segel beobachten. Ab und zu erblickte sie hinter sich die unendliche Kette ihrer eingekapselten Passagiere, schwach wie eine staubige Spur.

Sie konnte sich nicht hinsetzen. Es tat zu sehr weh.

Die einzige Art, sich auszuruhen, bestand darin, daß sie sich an die Instrumentenkonsole lehnte, die unteren Rippen an der Konsole und die Stirn an den Instrumenten.

Einmal, als sie sich so ausruhte, stellte sie fest, daß zweieinhalb Monate vergangen waren, als sie sich wieder aufraffte. Sie wußte, daß das Ausruhen keinerlei Wirkung hatte, und sie konnte sehen, wie ihr Gesicht sich ständig veränderte, ein verzerrtes Abbild ihres alternden Gesichts im spiegelnden Schutzglas des Meßinstruments, das das »scheinbare Gewicht« anzeigte. Sie konnte auch mit verschwimmendem Blick ihre Arme ansehen und verfolgen, wie die Haut sich straffte, schlaff wurde und sich wieder straffte, im Rhythmus der Temperaturschwankungen in der Kabine.

Sie warf wieder einen Blick auf die Segel und entschloß sich, das Focksegel einzuholen. Müde schleppte sie sich zu dem Steuerpult eines Servo-Roboters hinüber. Sie suchte nach dem richtigen Hebel und drückte ihn für eine Woche nieder. Sie blieb wartend vor dem Pult stehen, während ihr Herz summte, die Luft in ihrem Hals pfiff und ihre wachsenden Fingernägel mit leisem Knistern abbrachen. Schließlich prüfte sie, ob sie wirklich den richtigen Hebel gedrückt hatte und drückte ihn nochmals nieder, aber nichts geschah.

Sie drückte ein drittes Mal. Keine Reaktion.

Nun ging sie an das zentrale Steuerpult zurück, las wieder die Instrumente ab, ermittelte die Lichtrichtung und entdeckte einen bestimmten Betrag Infrarotdruck, der sich eigentlich hätte bemerkbar machen müssen. Die Segel waren nach und nach fast bis auf Lichtgeschwindigkeit beschleunigt worden, denn das Licht selbst schob diese riesigen, auf einer Seite mattierten Schwingen an; die Kapseln, wie an Perlenschnüren hinter dem Schiff aufgereiht, versiegelt gegen den Einfluß von Zeit und Ewigkeit, schwebten artig in beinahe vollkommener Schwerelosigkeit dahin.

Sie las wieder ab. Sie hatte sich nicht geirrt.

Der Fehler lag tatsächlich am Segel.

Sie ging wieder an das Kontrollpult für Notfälle und drückte den Hebel. Nichts geschah.

Sie brach einen Reparatur-Roboter heraus und erteilte ihm die notwendigen Anweisungen, so schnell sie die Karten lochen konnte; er sollte hinausgehen und den Schaden reparieren. Der Roboter ging hinaus und erstattete einen Augenblick (drei Tage) später Bericht. Die Instrumententafel des Roboters sandte das Signal »Nicht vorschriftsmäßig« aus.

Sie schickte einen zweiten Reparatur-Roboter los. Auch der richtete nichts aus.

Dann schickte sie einen dritten, den letzten. Drei helle Lichter mit der Bedeutung »Nicht vorschriftsmäßig« blinkten zu ihr herüber. Sie schickte die Roboter auf die andere Seite der Segel und zog kräftig an.

Das Segel stand immer noch nicht im richtigen Winkel.

Ermattet stand sie da, einsam und verlassen im All, und betete: »Nicht für mich bitte ich, Gott, ich fliehe vor einem Leben, das ich nicht wollte. Aber für die Seelen des Schiffes und die armen, törichten Menschen, die auf ihre Weise fromm sein möchten und das Licht eines anderen Sternes brauchen, bitte ich dich, Gott, hilf mir jetzt.« Sie glaubte, sehr inbrünstig gebetet zu haben, und hoffte, ihr Gebet würde nicht unerhört bleiben.

Aber es half nichts. Sie war verzweifelt, allein.

Es gab keine Sonne. Es gab überhaupt nichts außer der winzigen Kabine und ihr selbst, die einsamer war als je eine andere Frau vor ihr. Sie spürte das Kribbeln und Kräuseln ihrer Muskeln, die sich dem Lauf der Tage anpaßten, während ihr Verstand nur Minuten registrierte. Sie beugte sich vor und zwang sich, nicht der Müdigkeit nachzugeben; dann plötzlich fiel ihr ein, daß einer der übereifrigen Offiziellen ihr eine Waffe mitgegeben hatte.

Was sie mit der Waffe anfangen würde, wußte sie nicht.

Die Waffe war im Anschlag. Sie hatte einen Wirkungsbereich von dreihunderttausend Kilometern. Das Ziel konnte automatisch angepeilt werden.

Sie ließ sich auf die Knie nieder und zog die Unterleibsröhre und die Ernährungsröhre und die Helmkabel hinter sich her, die alle mit dem Pult verbunden waren. Sie kroch unter das Pult für die Servo-Roboter und zog ein Handbuch heraus. Nach einer Weile hatte sie die richtige Frequenz für die Bedienung der Waffe gefunden. Sie baute die Waffe auf und trat ans Fenster.

Im letzten Augenblick dachte sie: »Womöglich haben die Idioten nicht an das Fenster gedacht, und ich schieße es jetzt kaputt. Die Waffe müßte so konstruiert sein, daß man durch das Fenster schießen kann, ohne es zu beschädigen. Daran hätten sie denken müssen.«

Sie dachte ein paar Wochen darüber nach.

Als sie gerade abdrücken wollte, drehte sie sich noch einmal um, und da stand der Segler vor ihr, der Segler von den Sternen, Herr Nicht-mehr-grau. Er sagte: »So geht es nicht.«

Sie sah ihn ganz deutlich, genauso, wie sie ihn aus Neu-Madrid in Erinnerung hatte. Er hatte keine Röhren, er zitterte nicht, sie sah, wie seine Brust sich normal hob und senkte, wenn er etwa alle Stunden einen Atemzug tat. Ein Teil ihres Verstandes glaubte, daß er real sei. Sie war wahnsinnig, und sie war in diesem Augenblick froh, wahnsinnig zu sein, und ließ sich von der Halluzination Ratschläge geben. Sie stellte die Waffe neu ein, so daß sie durch die Kabinenwand feuern würde, und sie feuerte eine kleine Ladung auf den Reparaturmechanismus am äußersten Ende des verdrehten und unbeweglichen Segels ab.

Die niedrige Ladung brachte den gewünschten Erfolg. Die Störung war für die Techniker völlig unvorhersehbar gewesen. Die Waffe hatte das Hindernis aus dem Weg geräumt, so daß sich jetzt die Servo-Roboter gleich wildgewordenen Ameisen auf ihre Arbeit stürzen konnten. Sie funktionierten wieder. Sie besaßen eingebaute Ausgleichsmechanismen gegen die kleineren Störungen im Weltraum. Emsig trippelten und hüpften sie herum.

Mit einem Gefühl fast religiöser Ehrfurcht sah sie, wie der Wind des Sternenlichtes die riesigen Segel blähte. Sie schnappten wieder in die richtige Stellung. Die *Seele* war wieder auf ihrem Kurs.

10

»Es ist ein Mädchen«, sagten sie ihm auf der Neuen Erde. »Es ist ein Mädchen. Sie kann nicht älter als achtzehn gewesen sein.«

Herr Nicht-mehr-grau konnte es nicht glauben.

Aber er fuhr in das Krankenhaus, und dort sah er Helen America.

»Hier bin ich, Segler«, sagte sie. »Auch ich bin gesegelt.« Ihr Gesicht war kreidebleich, ihr Ausdruck der eines Mädchens um die Zwanzig. Ihr Körper aber war der einer gut erhaltenen Sechzigjährigen.

Er selbst dagegen hatte sich seither nicht verändert, denn er war in einer Kapsel heimgekehrt.

Er schaute sie an. Seine Augen verengten sich, und dann waren auf einmal die Rollen vertauscht und er kniete an ihrem Bett und benetzte ihre Hände mit seinen Tränen.

Halb zusammenhanglos stammelte er: »Ich bin von dir fortgelaufen, weil ich dich so sehr liebte. Ich kehrte hierher zurück, wohin du mir nie folgen würdest, aber hättest du es doch getan, wärst du immer noch eine junge Frau und ich immer noch zu alt für dich gewesen. Aber du hast die *Seele* hierher gesteuert und du wolltest mich.«

Die Schwester in dem Krankenhaus auf der Neuen Erde hatte keine Vorschriften für die Behandlung von Seglern, die von anderen Sternen kamen. Leise ging sie aus dem Zimmer, und sie lächelte voller Zärtlichkeit und Rührung über die Liebe, die sie gesehen hatte. Aber sie war eine praktisch veranlagte Frau und dachte an ihr eigenes Vorwärtskommen. Sie rief einen Freund an, der bei einer Nachrichtenagentur arbeitete, und sagte ihm: »Ich glaube, ich bin der größten Romanze aller Zeiten auf die Spur gekommen. Wenn du gleich herkommst, wirst du vielleicht als erster die Geschichte von Helen America und Herrn Nicht-mehr-grau erzählt bekommen. Sie sind sich einfach so begegnet. Ich glaube, das muß schon vor einiger Zeit und woanders gewesen sein. Sie sind sich einfach begegnet und haben sich ineinander verliebt.«

Die Schwester wußte nicht, daß die beiden einer Liebe auf der Erde entsagt hatten. Sie wußte nicht, daß Helen America eine einsame Reise mit einem unerschütterlichen Vorsatz unternommen hatte, und sie wußte nicht, daß das aus Wahnvorstellungen geborene Bild des Herrn Nicht-mehr-grau, des Seglers selbst, aus dem absoluten Nichts aufgetaucht war und zwanzig Jahre lang Helen America in der Tiefe und pechschwarzen Nacht des interstellaren Raumes zur Seite gestanden hatte.

11

Das kleine Mädchen war erwachsen geworden, hatte geheiratet und war nun selbst Mutter einer kleinen Tochter. Die Mutter hatte sich nicht verändert, aber das Spieltier war sehr, sehr alt geworden. Es hatte seine wundersame Verwandlungsfähigkeit mit den Jahren eingebüßt und nun schon seit längerer Zeit immer dieselbe Rolle einer gelbhaarigen, blauäugigen Puppe gespielt. Aus einem sentimentalen Sinn für Ordentlichkeit heraus hatte sie dem Spieltier einen hellblauen Pullover und dazu passende Hosen angezogen. Das Tierchen kroch auf seinen winzigen Menschenhänden auf dem Fußboden herum und benutzte dabei seine Knie als Hinterfüße. Das nachgemachte menschliche Gesichtchen schaute mit blicklosen Augen auf und quäkte nach Milch.

Die junge Mutter sagte: »Mama, wir sollten jetzt endlich mal dieses Ding wegtun. Es ist total ramponiert und paßt überhaupt nicht zu deinen schönen Stilmöbeln.«

»Ich dachte, du hängst an ihm«, sagte die ältere Frau.

»Ja, schon«, erwiderte die Tochter, »es war natürlich toll, als ich noch klein war. Aber ich bin schließlich kein Kind mehr, und außerdem funktioniert es nicht mehr.«

Das Spieltier hatte sich mühsam aufgerichtet und umklammerte das Bein seiner Herrin. Die ältere Frau trug es behutsam in eine Ecke und stellte ihm ein Schälchen mit Milch und eine fingerhutgroße Tasse hin. Das Spieltier versuchte, einen Knicks zu machen, wozu es vor langer Zeit motiviert worden war, verlor das Gleichgewicht, fiel hin und wimmerte. Die Mutter stellte es auf die Beine, und das kleine alte Tier fing an, mit dem Täßchen die Milch aus der Schale zu schöpfen und sie mit seinem winzigen zahnlosen alten Mund einzuschlürfen.

»Weißt du noch, Mama –« sagte die junge Frau und hielt inne.

»Was soll ich noch wissen, Liebling?«

»Du hast mir von Helen America und Herrn Nicht-mehr-grau erzählt, als das Spieltier noch nagelneu war.«

»Ja, Liebling, das kann schon sein.«

»Aber du hast mir nicht alles erzählt«, sagte die jüngere Frau vorwurfsvoll.

»Natürlich nicht. Du warst noch ein Kind.«

»Es war eine schreckliche Geschichte. Diese widerlichen Leute, und die gräßlichen Qualen der Segler. Ich verstehe nicht, wie du so etwas zu einer Romanze verklären kannst.«

»Aber es war eine, es ist eine«, beharrte die Mutter.

»Eine schöne Romanze«, erwiderte die Tochter verächtlich. »Das ist genau dasselbe wie du und dein abgenutztes Spieltier.« Sie zeigte auf die kleine, lebendige, alte Puppe, die neben ihrem Milchschälchen eingeschlafen war. »Ich finde es gräßlich. Du solltest es dir vom Halse schaffen. Und die Welt sollte sich die Segler vom Halse schaffen.«

»Sei nicht so herzlos, Liebling«, sagte die Mutter.

»Und du sei nicht so eine sentimentale alte Schachtel«, sagte die Tochter.

»Vielleicht sind wir wirklich sentimental«, sagte die Mutter mit einem liebevollen Lachen. Ohne viel Aufhebens setzte sie das Spieltier in einen Polstersessel, wo es niemandem im Weg war und ihm nichts geschehen konnte.

Außenseiter haben nie erfahren, wie die Geschichte ausging.

Über ein Jahrhundert nach ihrer Heirat lag Helen im Sterben; sie starb glücklich, denn ihr geliebter Segler war bei ihr. Sie war fest überzeugt, daß sie beide, da sie den Raum überwunden hatten, auch den Tod würden überwinden können.

Ihr ganz von Liebe erfülltes, glückliches, müdes, sterbendes Bewußtsein begann zu verschwimmen, und sie nahm einen alten Streit wieder auf, den sie seit Jahrzehnten begraben hatten.

»Und du bist *doch* in die *Seele* gekommen«, sagte sie. »Du hast *doch* neben mir gestanden, als ich verloren war und nicht wußte, wie ich die Waffe handhaben sollte.«

»Wenn ich damals zu dir kam, Liebes, werde ich immer wieder zu dir kommen, wo du auch sein magst. Du bist mein Schatz, mein Leben, meine Liebe. Du bist meine tapfere kleine Frau, die tapferste aller Frauen. Du bist mein. Du bist für mich gesegelt. Du bist meine Frau, die in der *Seele* zu mir kam.«

Seine Stimme versagte, aber sein Antlitz blieb ruhig. Nie zuvor hatte er jemanden so gefaßt und so glücklich sterben sehen.

Ulrich Johannes Beil
OFF
oder
Doktor Faust inkognito

Offenbarung Jesu Christi, die ihm Gott gegeben hat, seinen Knechten zu zeigen, was in Bälde geschehen soll. Und er hat es durch Sendung seines Engels seinem Knecht Johannes kundgetan, der das Wort Gottes und das Zeugnis Jesu Christi bezeugt, alles, was er gesehen hat. Selig der, welcher vorliest, und die, welche hören die Worte der Weissagung und bewahren, was in ihr geschrieben steht; denn die Zeit ist nahe. So nahe, daß ich meine Abschrift an dieser Stelle unterbrechen, ergänzen muß ... Verzeihung, unbekannter Leser! Aber der Fluch, der mich bestimmt, wird Ihnen schrecklicher erscheinen als alles, was Johannes auf Patmos phantasierte. Geduldig sitze ich seit Wochen in dieser Zelle – allein, als falscher Bruder Johannes, nur gelegentlich vom Blick des Abts gestreift –, geduldig kopiere ich die fünfundvierzig Bücher des Alten, die vier Evangelien des Neuen Testaments, geduldig widmete ich mich (mit einer vollmechanischen Hand) der Kalligraphie ... Und müßte jetzt sklavisch dem Text der Apokalypse weiter nachfolgen, Buchstabe für Buchstabe. Dem Folianten, der vor meinen Augen verschwimmt.

Aber meine Geduld ist zu Ende. Meine Bereitschaft, über das Vorgefallene zu schweigen. Das Risiko, das ich mit meinem Betrug eingehe, halte ich übrigens nicht für allzu groß – sieht man einmal von der göttlichen Gerechtigkeit ab, der ich mich nicht unterworfen weiß. Nur oberflächlich kontrolliert man meine Arbeit, der Abt schlürft ab und an zu mir herein und überfliegt die zuletzt geschriebenen Zeilen. Der Betroffene sind vor allem Sie. Aus irgendeinem Grunde haben Sie, ein wohlhabender Laie, diese Ausgabe nicht nur gekauft, sondern auch aufgeschlagen, und zwar eben an dieser Stelle. Ungeheuere Anmaßung, werden Sie sagen. Blasphemie! Sie denken an Klage, Beschwerde. Sie erwarten ja – zu Recht – die Sendschreiben an die asiatische Provinz, die Öffnung der Siegel. Sie hungern möglicherweise nach Zeichen, die endlich deuten, was um Sie herum geschieht. Das scharlachrote Haar der Hexe auf dem Scheiterhaufen, die Glasperlen des Columbus in der Hand der Indianer, die Faust, die ein Augustinermönch gegen die Tradition ausstreckt, Spagniolis Vorwurf der Korruption von Tempel, Priester, Himmel, Gott. Sie lesen diese Zeilen vielleicht, weil Sie auf den Trost des Endes hoffen. Weil Sie die Gnade des Aufschubs zum Kotzen finden (die ewigen Sonnenaufgänge, das Fett des Lammragouts an den Lippen, die Wülste am Bauch Ihrer Frau). Magenverstimmungen, die den Wunsch nach einem Weltende hervorkratzen, Melancholie ... Eine Fliege, schreibt Buridan, habe genügt, das Weltall anzustoßen. Prüfen Sie sich, unbekannter Leser. Vielleicht haben Sie nach der Apokalypse gegriffen, weil Ihnen langweilig war – die Hure Babel (oder wie sie auch immer heißt) schlich sich nicht in Ihr Zimmer, rollte nicht ihre rauchfarbenen Strümpfe nach unten. Manchmal kam mir der Gedanke, daß das Ende schon eingetreten sei. Daß unsere Geschichte die Chance, zu Ende zu kommen, bereits überschritten habe. Und die Gnade des Aufschubs wurde zur Strafe des Jüngsten Gerichts ... Entschuldigen Sie meine Unverfrorenheit! Aber ich habe nichts zu verlieren. Auch das Geständnis, das ich Ihnen nun mache, wird mir kaum etwas anhaben können. Erleichtern soll es mich, das ja. Erlauben Sie mir das bißchen Egoismus. Außerdem baue ich auf Ihr Mitleid mit einem so – im wahrsten Sinn des Wortes – gottlosen Geschöpf wie mir.

Doktor Faustus ist tot. Diese Traumstoffigur, dieser Übermensch, diese Männerphantasie, der es gelang, mit dem Teufel zu paktieren ... Ich muß nicht mehr dazu sagen. Ihr Herz schlägt – aus Neid, aus Genugtuung über die Höllenstrafe des Lüstlings – ein wenig höher. Sie wissen Bescheid. Oder, wie ich nun nachdrücklich sagen muß: Sie glauben, Bescheid zu wissen. Sie sehen sie vor sich, die Legende aus Fleisch und Blut. Den Fußtritt, den der Magister seinen Büchern versetzte (die Staubwolke). Sie riechen den orientalischen Duft, den er aus dem Gestrüpp der Hurenschöße trank. Sie erinnern sich an den Mantel, mit dem er sich über die angeschlagenen Köpfe der anderen erhob – in eine Luft, in der alles leichtfiel, die satt war von Imagination ... Sie zweifeln nicht an seiner Existenz, genausowenig, wie Sie an der Existenz von Jesus zweifeln. Ihr Leben – wenn Sie ein richtiger Mann sind – springt zwischen beiden hin und her. Es pulsiert zwischen dem, der dem Teufel nachgab, und dem, der ihm widerstand. Dem Lüstling und dem Asketen. Jetzt ist Doktor Faustus tot. Zugleich aber, behaupte ich, lebt er, abgeschlossen von der Außenwelt, in einem Kloster, die zwölf Stufen benediktinischer Demut im Ohr, über das Papier gebeugt, aus dem er einst auferstanden war. Während die Platane ihre Wurzelenden in seine Brust treibt, sitzt er in einer Zelle, taucht die Feder in die Tinte, schreibt, fälscht die Offenbarung des Johannes. Schreibt: fälscht die Offenbarung des Johannes. Erschrecken Sie nicht. Ich bin Doktor Faustus. Ich bin es, ich selbst, auch ich habe das Recht, diesen Namen zu tragen, immer schon hatte ich es, und jetzt ohne allen Zweifel. Sie können mich ruhig für verrückt, blasphemisch, besessen halten. Der andere, der sich einst so nannte, war ja nur eine lächerliche Karikatur von mir, ein Krüppel, der an seinem Kopf wie an einer bösen Wucherung litt. Ein Menschentier, verzeihen Sie, ein Menschentier eben. Nichts blieb übrig von ihm als Gestank, das Schmatzen der Würmer. Ich schreibe dies nicht ohne einen Anflug von Mitleid. Das Schlimme ist nur, daß er keine Ruhe zu geben scheint in seinem Staub. Daß ein fauliger Rest von ihm in mir zu arbeiten beginnt, er in mir, Er-inn-erung ... Ich weiß nicht. Jedenfalls, seit er tot ist, fällt oft etwas in mich ein (fällt mir ein, sagt man wohl), das nichts mit meiner Gegenwart zu tun hat. Etwas, das sich hinschleppt. Wühlt. Sich wiederholt. Bild, das sich von hinten her, als hätte ich ihn in meinem Kopf beerdigt, über die Augen schiebt – so daß ich in dem blinden Fenster vor mir mit einemmal dieses verhaßte Gesicht sehe, den fransigen Bart, die Schatten um die Augen.

Dieses Geistergesicht, das leidende, das ich, wenn ich meines befühle ... Was tu ich nur, um nicht immer daran denken zu müssen. Als sei der Spiegel jetzt erst für mich erfunden worden, in dieser Klosterzelle. Sein Gesicht und das meine, da starren sich Gesichter an, die um kein Haar verschieden sind: ein einziges Gesicht, verdoppelt, und sich selber zugewendet. Was tat ich nicht alles, um die Augen zu säubern von diesem Spuk. Bot allen meinen Willen auf. Zwang meinen Blick, der sich immer auf mich selbst – auf ihn zurückkrümmen wollte, hinaus, dorthin, wo er immer gewesen war. Liebe, befahl ich mir, liebe die Dinge! Verlier dich nicht in den Schlingen der Wörter, die du malst, sei nichts als Griffel und Tinte, scharrendes Gebet! Wenn du nur genügend liebst, dachte ich, zieht es dich weg von ihm, und du bist wieder draußen, draußen ... Egal, worauf du dich konzentrierst. Der Sprung im Fensterglas, die feuchte Bahn der Schnecke an der Mauer, der Klosterhof, die zugespitzten Bögen der Arkaden, die Stalaktitengewölbe des Umgangs, die Wände, die nicht steinern scheinen, sondern aus fein durchwirktem sandfarbenem Tuch. Faszinierend (wenn ich mittags mit den Mönchen dort gehe, Gleichgültiges plaudere) die rätselhafte, Haken schlagende Schrift dieses ehemaligen maurischen Palastes, die Fassade, die Wände entlang, sichtbar gewordenes Murmeln, Panoramen verwickelter Städte mit ihren Minaretten, Vogelsymbole, lüstern sich umschlingende Ornamente ... Nur für Augenblicke bin ich der Alte. Fließe dann selbst in den Rausch dieser Schrift mit ein, in meinen Schritten schreibt sie sich fort, und ich rede wie bewußtlos mit den anderen – die mich ja für ihn, für den Toten halten. Doktor Faustus. Natürlich hieß er hier nicht so. Als Frater Johannes hatte er sich (mit der fleckigen Kutte, die ich jetzt trage) vor das Tor dieses Konvents geschleppt. Man ließ Gnade walten. Platz war genug in dem geplünderten Gebäude. Ehrlich gesagt: Ich möchte mich nicht an die Zeit mit ihm erinnern. Loswerden möchte ich die Erinnerung. Und dann Mönch sein – im Mönchsein verschwinden. Fiat voluntas tua. Das hat, verstehen Sie mich nicht falsch, nichts mit Glaubenskampf zu tun oder mit Gnadengewinsel. Ich leide nicht an Verstopfung wie Bruder Martin in Wittenberg, auch nicht an Seelenunterkühlung, denn dazu müßte mir jemand so etwas Seltsames wie eine Seele eingehaucht haben. Es reizt mich vielmehr, anderes, Radikales auszuprobieren. Die Faustmaschine in eine Mönchmaschine zu verwandeln, in ihr äußerstes Gegenteil. Versucher bin ich also (das Satanische, das Sie assoziieren, schreckt mich wenig), Experimentator an mir selbst. Frage mich allerdings, ob es gelingen wird, aus den Fibern des Fleisches in die Schrift zurückzuspringen (die Matrix meiner Geburt), in den Rhythmus, die Ruhe der Fläche. Rhythmus – Ruhe – Rhythmus – Ruhe. Ob ich es ausschalten kann, das Gedächtnis, wie früher, als es nur augenblicklich aufblitzte, um die Lust zu entzünden. Denn seit seinem Tod bin ich anfälliger geworden für Grübeleien, meine Haut schließt sich enger um mich her, und manchmal meine ich, ich müßte mich aufreißen, vorne, an der Brust. Es ist, als ob er sich rächte, dieser Unglücksrabe. Als ob er sich aus Wut gegen das Sterben stemmte, noch einmal seine Macht fühlen ließe über mich, sein verhaßtes Glanzstück. Sein vornehmstes, aberwitzigstes Produkt. Athene, aus dem Haupt des Zeus ...

Da ging ich zu dem Engel und sagte zu ihm, er solle mir das Büchlein geben. Und er sagte zu mir: Nimm und verschlinge es, und es wird dir bitter machen im Bauche; aber in deinem Munde wird es süß sein wie Honig. Und ich nahm das Büchlein aus der Hand des Engels und verschlang es, aber immer noch dachte ich an ihn, brachte den Gedanken, daß ich – ich ihn – umgebracht habe, nicht aus dem Kopf. (Der Abt ist wieder zur Türe hinaus, lautlos fast, hörbar nur das Flattern des Skapuliers). Ja, Sie haben richtig gelesen. Geahnt haben Sie es wahrscheinlich schon die ganze Zeit. Ich bin sein Mörder. Ich bin der Mörder des Doktor Faustus, bin an seine Stelle getreten. Und dieser Mord treibt den Motor meines Gedächtnisses an, in meiner Gehirnkapsel rollen seine Zahnräder. Abrollen, ausrollen lassen, denke ich. Berichten. Bis die verfluchte Schraube sich ins Leere dreht.

Doktor Faustus (der andere, tote) hatte in Wittenberg Theologie, Philosophie und, ach, was weiß ich noch alles, studiert und für seine Kopf-Verstopfung den Doktorhut erlangt. Den letternschwarzen Hut des Magisters, den er später mit dem das Magiers verwechselte. Aber die papierne, staubige Welt, die ihn von nun an umgab, war ein jämmerliches Königreich, ebenso jämmerlich der Schlot auf seinem Kopf, aus dem nichts ausrauchen durfte. Ekel erfaßte den Doktor (der selbst bald einen Doktor gebraucht hätte) vor den Menschen und Dingen, etwas formlos Fremdes zog noch die besten Gedanken in die Eingeweide hinab, um sie dort einzustampfen – etwas, teuflischer als der Teufel selbst mit seiner klar umrissenen Fratze ... Sog eines dunklen Universums in ihm selbst, umgekehrte, schrumpfende Unendlichkeit ohne Ruhe, ohne Punkt ... Wie mir Faust oft genug berichtete, halfen auch weitere Studien ihm nicht aus seinem Zustand: Spekulationen über die verzweigte Verwandtschaft Saturns (Saphir, Zypresse, Skorpion und Basilisk) oder über Agrippa von Nettesheims systematisierten Aberglauben. Hoffnung blieb bald nur noch die eine – der Pakt mit dem Teufel. Für ihn fühlte er sich auf Grund astrologischer Erwägungen disponiert. Er zögerte nicht lange. Schlich sich eines Nachts in den Spesser Wald bei Wittenberg, kauerte sich an einem Kreuzweg nieder, ritzte mehrere konzentrische Kreise in den Boden, zelebrierte die Räucherliturgie und flüsterte die endlose Formel (nach Trithemius oder Agrippa, ich weiß nicht mehr genau). Nichts geschah. Auch, als er es ein zweites Mal wagte, mit stärkerer Stimme. Kein Laut. Kein Blitz, keine Feuerkugeln, keine Pferde, keine Musik. Es war ihm, so erzählte er mir, als befinde er sich bereits in einer Wüste jenseits des Kosmos, auf den sich Gottes Macht erstreckt. Als sei er eine derart elende, lächerliche Existenz, daß ihn noch der Teufel mit Nichtachtung strafe. Als sei er selbst – wie sagte er noch – der »grausamen Gnade Luzifers«, der kurzen Lust in der Sünde nicht würdig. Nur das eigene Echo war da, verhöhnte ihn. Weite, leere Räume ... Selbst von den Sternen prallte sein blasphemisches Geschrei zurück. Kurz und gut: Sein Flirt mit Satanas mißlang. Und zwar gründlich. Nicht einmal zu einer müden Vision taugte die Zeremonie. Da rannte er fort aus dem zottigen Frieden der Bäume, diesem falschen Trost, rannte, halb blind, halb verrückt, stach sich selbst ins Fleisch (ohne doch, wie Sebastian, Martyrer sein zu dürfen), tauchte seinen Kopf in Tümpel, wälzte sich in abgefallenem Laub. Doch nichts befriedigte ihn. In einer Waldkapelle tobte er sich schließlich aus, bespuckte das Allerheiligste, rammte den Zirkel in die Wunden des Erlösers. Erst Wochen später hatte er sich von diesem schizophrenen Anfall einigermaßen erholt. Statt auf Reisen zu gehen, seinen Pakt im Bett eines Mädchens zu schließen, verstieg er sich erneut in Spekulationen. Kam auf die närrische Idee, daß Gott (dem Anfang des Johannesevangeliums gemäß) Wort sei. Und zwar nichts als Wort – als die Wörter in seinem Kopf, eins wie das andere, das vernünftige wie das begehrliche. Einen unsteten, schillernden, unglücklichen Gott brütete er aus, einen ohnmächtigen Minotaurus, zitternd in den Labyrinthen der Gehirne ... Einen, für den die Köpfe Kerker waren, aus denen sich kaum in die Freiheit des Körpers ausbrechen ließ! Unter Schaudern begriff er, daß sich dann der Unterschied zwischen Gott und Teufel aufhob. Daß sich beide in den Wort- und Gedankenketten, die sich ohne Anfang, ohne Ende durch sein Bewußtsein drehten, vermischen. Gott, soviel wurde mir aus seinen Reden klar, verlor in diesem theologischen Salto mortale seine Souveränität. Schrumpfte zu einem Chamäleon in den Köpfen, zu einem bunten Luftblasenwirbel namens Einbildungskraft, die sich selbst, ihrem Wabern zu entkommen suchte. Et verbum caro factum est (wie es in dem anderen, dem nichtapokalyptischen Johannes steht): Diesen Satz las Faust als Futurum exactum. Der Imaginationsgott sehnte sich nach Verkörperung. Er schuf, produzierte, trieb die Geschichte voran, – weil er, er selbst: bloßer Schrei nach gelungener Fleischwerdung – die

Erlösung brauchte! Daß der Mensch eine Mißgeburt war, davon zeugte die Bibel. Nötig war ein anderes Wesen. Eines, das den Gesetzen des Geistes endlich gehorchte. Das in vollkommenerem Sinn Bild Gottes war als der sogenannte homo sapiens. Das sich selber nicht mehr widersprach (Wille contra Leidenschaft, das alte Dilemma), weil es die Begierde, die Gott war, erfüllte ...

Die Idee vom künstlichen Menschen war die Konsequenz dieser gottlosen Theologie. Die Idee, der ich mein Leben verdanke. Und die ich (in aller eingestandenen Unbescheidenheit) bis dato verkörpere. Nur Geduld, unbekannter Leser! Noch bin ich, hier auf dem Papier, nicht geboren. Noch spuke ich im Buchstabenkopf des melancholischen Doktors herum. Als Gedanke von einem anderen Messias. Einem, der das Kreuz des Menschseins nicht erst tragen muß, um aufzuerstehen (in Kraft, Herrlichkeit undsoweiter ...). Des Doktors Phantasie kreiste – als wolle ein erkaltender Planet sich seine Sonne erfinden – um eine mächtige, unversehrbare Gestalt. Ein Wesen, das dem Menschen nach außen hin bis zur Verwechslung ähnelte und das doch aus keinem Mutterschoß geboren, sondern aus Elementen gebrannt, geschweißt war. Ein Wesen jenseits von Schuld und Gnade. Verzeihen Sie diese hochtrabenden Worte. Ich gebe nur wieder. Kein Mensch, ein Übermensch sollte es sein, Hüne mit herkulischen Kräften, alterslos wie die antiken Götter, lüstern wie Dionysos, eins mit dem Plan seines Konstrukteurs wie Christus. Eine Marionette, verstehen Sie? Sklave und frei, ganz Geist und bewußtlos zugleich, ganz Grazie, ohne Aufschub zwischen Denken und Tun, Wunsch und Erfüllung. Dieser Held, Held aller Helden, mußte (so schwor sich der Doktor) endlich aus dem Grab der Bücher steigen. Phönix, aus der Asche der Lettern. All die Imaginationen, an denen Faustus krankte, würden sich auf diese Weise ablenken lassen von ihm selbst – und hinaustreiben ins Exil des Androiden. In diesem perpetuum mobile, diesem mannshohen Garten der Lüste, fänden sie ihren Ort.

Wie sollte er aber den Homunculus herausschneiden aus seinem Gehirn? Wie den Schutt seiner Bilder verkleistern, eine Puppe kneten, eine Waise, ohne Nabelschnur? Wieder tat der Doktor das einzige, was er konnte, nämlich lesen ... Roger Bacon, Arnald von Villanova, die Kabbala (die Golem-Spekulationen). Die Geheimniskrämerei der meisten Autoren nervte ihn.

Erst ein venezianischer Franziskaner, der sich in einer Gassenschenke betrank, brachte ihn auf die entscheidende Spur. Schwärmte von dem Genie Paracelsus, vom Reich des Geistes, das einen neuen Menschen verlange. Da war von »arcana sanguinis humani« die Rede, von Samenzellen, chemischen Analysen, von Brutöfen und »Roßmisttemperatur«, von den zwölf Phasen des alchemistischen Prozesses. Faustus hörte zu, hellwach geworden – und begriff. Was der andere monologisch in den Wirtshausdunst lallte, war die Lösung, mußte die Lösung sein: die kristallklare naturwissenschaftliche Anleitung zur Erzeugung eines Androiden. Nicht ohne dem Mönch einen Teil seines Ersparten an den Strick gehängt zu haben, brach er auf. Machte sich noch in derselben Nacht an das große Werk. Spritzte seinen Samen (geil nicht auf eine Frau, sondern sein Produkt) in eine Glasphiole, analysierte die Partikel nach der Vorschrift des Fremden. Erst Wochen später stieß er, abgemagert, auf die hochkomplexe Formel, in der sich seine Individualität verdichtete: und zwar bis ins Detail, bis in die Gesten – von der Hornhaut an den Zehen bis zur Wölbung der Brust, von der Intensität des Händedrucks bis zum rhythmischen Wippen mit den Knien. Nichts war zufällig. Alles gehörte dem geheimen Plan an, ohne Differenz. Als er die endlose Formel – die, wie er sich ausdrückte, seine »verfehlte Verkörperung« dokumentierte – endlich fertig vor Augen hatte, gelang ihm dann auch das entscheidende. Nämlich, Abweichungen zu markieren, die der Grundausrichtung widersprachen. Mit anderen Worten: Es galt, die Formel von ihren Bruchstellen und sinnlosen Verzweigungen zu reinigen. (Den Attributen der Erbsünde, wenn Sie mir diesen Scherz erlauben.) Es galt, den verworrenen, unübersichtlichen Text auf jenes Ideal reduzieren, das im Lauf seiner Biographie verlorengegangen, von seltsamen, destruktiven Zahlenspielen überwuchert worden war. Faustus wollte nichts als das »reine Gesetz« seines Ichs. Das Gesetz, das dem Konflikt von Kopf und Körper zuvorkam. Das die Bereiche wie eine Uhr präzise und vollkommen miteinander verzahnte.

Und es erschien ein anderes Zeichen am Himmel, und siehe da, ein feuerroter großer Drache, der sieben Köpfe und zehn Hörner und auf seinen Köpfen sieben Kronen hatte. Und sein Schwanz zog den dritten Teil der Sterne des Himmels nach sich; und er warf sie auf die Erde. Und der Drache stand vor dem Weibe, das gebären sollte, um, wenn sie geboren hätte, ihr Kind zu verschlingen. Und das Weib war ein Mann, und der Mann war der Drache, und das Kind war das Spielzeug, vor dem der Drache den eigenen Schwefelgestank und seine sieben Köpfe vergaß. (Lästig heute, der Abt. Immer wieder spitzt er herein, als ahnte er ... Oder liebt er, wie Sie, die Apokalypse?) Das Kind des Drachen bin ich. Selbstgebastelter Erlöser. Sohn eines Spiegelbildhauers, eines Praxiteles-Narziß. Zur Vollendung verurteilter Doppelgänger, inkarniertes Phantasma, das das Original zum Abklatsch herunterkommen läßt. Zur häßlichen, schrundigen Kopie. Zugegeben: Ich habe ihn nie geliebt, meinen Vater (der Einfachheit halber nenne ich den Pfuscher manchmal so). Ich habe überhaupt nie jemanden geliebt. Oder gehaßt. Denn ohne Schmerzen, ohne Schreie wuchs ich in eine Experimentierstube hinein, zwischen Reagenzgläsern, grünlichen Dämpfen und Metallzwingen. Wurde in wenigen Wochen zu dem Supermann herangezüchtet, als den man mich kennt. Herangebildet mit einer Art Nürnberger Trichter. Das Gekrabble der Kindheit übersprang ich. Verzichtete gern auf Furcht und Zittern, Gier, den Sumpf der Gefühle, aus dem sich kaum einer selbst an den Haaren herausziehen kann. Gefühle – die Wörter für Gefühle – konstruiere ich in meinem Kopf. Ich nenne sie, wenn ich sie brauche. Erst in letzter Zeit, wie gesagt, weht mich manchmal Fauliges, Animalisches an. Als sträubte sich erstmals etwas gegen meine Vernunft. Gegen die Gleichung, die ich war. Die reine Gegenwart. Glauben Sie nicht, daß ich dem Doktor Dank wußte für die Gnade, sein Messias sein zu dürfen. Verachtet habe ich ihn seit meiner Geburt. Bis heute. Diese schmeichlerischen, hündischen Gebärden! Wenn er mir zu nahe kam mit seinen Brotkrümeln im Bart, seiner Knoblauchfahne, seinem widerlichen Schmatzen und Malmen ... Gar nicht zu reden von der schwulen Lüsternheit, die ihn hin und wieder aufstachelte. Von den vergeblichen Versuchen, mir (beim Mantelzuknöpfen zum Beispiel) die Hoden zu kraulen. Oder im Gespräch, blitzschnell, die Lippen auf die Wangen zu pressen. Aber nur zu bald erfuhr der feine Doktor, woran er bei mir war. Und wer das letzte Wort zu sagen hatte. Er, der vertrocknete Trabant – oder ich, seine »Sonne«, um die er fast ununterbrochen buhlte, herumsprang. Die seine polaren Wüsten als einzige zum Glimmen brachte.

Als seine handgreiflichen Annäherungsversuche nichts fruchteten, stilisierte er seine Geilheit zur Andacht. Zimmerte mir ein kreuzförmiges Bett, reihte armdicke Kerzen um mich auf und schwenkte Weihrauch, während ich schlief. Diese Beförderung zum Hausaltar behagte mir, wie Sie sich denken können, ganz und gar nicht. Hatte er mich doch – er! – für Abenteuer, Luft, für die Frauen und Straßen der Welt geschaffen. Und nicht für diese Krypta, sein Labor. Was er auch selber ganz genau wußte. Nur (das plagte ihn): Was würden die Leute sagen, die ihn kannten, er – und dieser aus heiterem Himmel gefallene Doppelgänger ... Rollentausch hieß meine (auch ihn befriedigende) Lösung. Nicht mehr er war von nun an Doktor Faustus, sondern ich! Da ich ihm bis in die Windungen des bläulichen Schläuchchens an der linken Schläfe ähnelte – wer sollte den Schwindel bemerken? Die Leute würden seine überschäumende Energie, die märchenhafte Explosion seiner Lebenskraft an mir bestaunen. Munkeln würden sie von Teufelspakt, Zauberei. Das Kreuzzeichen schlagen. Und klatschen (und doch nichts ahnen von dieser schamlosesten Übertrumpfung ihres Gottes, für die den Höllenkreis doch niemand erfand). War es nicht besser so?

Von nun an kreuzten wir die Wege der Menschen. Wir, dieses seltsame Paar. Vielleicht erinnern Sie sich. Ich: in einem messingbeschlagenen Harnisch (den Vater für mich bei einem Altwarenhändler ersteigert hatte). Darüber, flatternd im Wind, meine »Adlerschwingen«, der schwarze Doktorumhang. Er: eingenäht in das Fell eines Braunbären, manchmal auch in das eines Menschenaffen oder eines riesenhaften Pudels. In der Öffentlichkeit nannte ich das promovierte Tier Mephisto – nach einem böhmischen Clown, der gerne mit Pferdefuß auftrat. Ein wenig gebückt trottete es neben mir her, ewiger, geduldiger Begleiter. Motzte nie, wenn ich es schlug oder trat. Ersparte den Leuten (und vor allem mir) seine ausgezehrte, gelbliche Visage. Aber ich will nicht ungerecht sein: Von jetzt an kamen wir geradezu blendend miteinander aus. Kein Vergleich zu vorher. Eine herrliche Zeit begann, für mich wie für ihn. Wir gaben die vermottete Dachkammer auf. Stürzten uns von heute auf morgen ins Nomadenleben. Tranken aus Flüssen, jagten, stahlen den Speck, den wir brauchten, von den Bauernhöfen. Pilgerten bald als Gaukler quer durch die Lande, von Jahrmarkt zu Jahrmarkt, durchschlüpften die Grenzen, trickten die Grenzer aus, inszenierten uns an den entlegensten Orten, brauchten nach kurzem einen Esel für die Kostüme und das eingeheimste Metall, das der schwächliche Mephisto kaum noch schleppen konnte. Später einen Wagen. Pferde, Knechte. Schrieben so Schritt für Schritt an der inzwischen gedruckten (Wahrheit und Lüge untrennbar vermischenden) Legende von D. Johann Fausten, die sicherlich auch Sie, unbekannter Leser, die eine oder andere Nacht gefesselt hat.

Der Magier und seine Bestie! Doktor Faust und Mephisto! Hereinspaziert meine Damen, meine Herren! Staunen Sie über einen Zauberer, der Ihre Träume auf der Bühne zum Leben erweckt! Garantiert ohne Zylinderhut, doppelte Böden, vollgestopfte Ärmel! Lassen Sie sich mitreißen von wirklicher, Sie hören richtig: wirklicher Magie! Doktor Faustus und Mephisto, der Ritter von der herrlichen Gestalt und der gezähmte Teufel im Hundspelz erwarten Sie heute um Mitternacht hinter dem Allerseelenacker. Ein Gulden nur – und Sie nehmen an dem Jahrhundertereignis teil! Und vor Ihren Augen entpuppt sich die Hölle als das Paradies! Erinnern Sie sich? Brachten wir nicht auch in Ihrer Stadt die Leute zum Toben, zum Zittern? Warf nicht auch hier der Pfarrer mit dem Kruzifix nach uns oder schüttete einen Kübel Weihwasser über unsere Plane? Ja, ganze Städte machten wir unsicher ... Entkamen aber immer den vertrottelten Schergen der Inquisition. Tatsächlich arbeiteten wir weniger mit Tricks als mit ausgefeiltester Technik. Meine physische Kraft, meine Merkfähigkeit war das eine – der Doktor, aus dem die Ideen nur so purzelten, das andere. Auch die Maschinen, die wir brauchten, bastelte er. Zu den harmloseren Gags gehörten die Sauforgien und Kraftmeiereien, die mir meine Unnatur erlaubte. Kein Burgunderfaß, das ich nicht binnen Sekunden (als efeuumwickelter Dionysos) ausgetrocknet, keine mehrstöckige Prinzentorte, die ich nicht in Minutenschnelle hinuntergeschaufelt hätte. Halbnackt, als Herakles, erwürgte ich die lernäische Hydra (falls in der Gegend ein verhaßtes Reptil aufzutreiben war), oder ich schleuderte einen muskelbepackten Rowdy über die Köpfe seiner Bewunderer. Stand manchmal auch als Urwaldmensch auf der Bühne: mit Lendenschurz, versteht sich, in kaffeebrauner Haut. Doktor Faustus Africanus! Brachte einen »Urschrei« hervor, der den Leuten fast das Trommelfell zerfetzte. Der unmenschlich – gewaltig klang. Wie von einem Tier gewordenen Gott. Das machte Spaß, sage ich Ihnen! Dieses Entsetzen in den Gesichtern. Und das Erstaunen, wenn ich wenig später als Superdoktor auf der Bühne saß. In schmuckloser Gelehrteneleganz, grau, geschlechtslos, ganz Kopf, mit wippenden, Zahlen malenden Füßen. Der fahrende Scholast mit dem Automatengehirn! Der alles weiß und nichts vergißt! Fragen Sie nach Fakten, Details, meine Damen und Herren ... Das Superquiz. Da konnte ich ausspukken, was ich gespeichert hatte. Ob es sich um den elften Gesang der Odyssee handelte (Wort für Wort natürlich), um das Nachbeten von Anselms Gottesbeweis oder die Jahreszahlen der antiken Schlachten: Die Information war immer sofort da. Ohne Stirnrunzeln. Ohne Irrweg zwischen Gedächtnis und Zunge.

So und ähnlich sah unser Standardprogramm aus – plus entsprechende Variationen. Darauf beschränkten wir uns, wenn das Risiko nicht allzu hoch geschraubt werden durfte. Skandalöser wirkte da schon das violette, künstliche Licht, das man per Knopfdruck ein- und ausschalten konnte. Unser kosmisches Spiel. Erst winzig, dann sich bis auf Sonnenumfang vergrößernd, wuchs das Licht vor dunklem Bühnenhintergrund auf die Leute zu – unheimlicher Planet aus den Tiefen des Weltalls, der nach der Apokalypse verglühte. Nicht zu vergessen auch unsere Sternbildshow. Die kleine astronomische Orgie. Sichtbar zunächst: der klare Nachthimmel (eine Simulation von Lichtpunkten auf teerfarbenem Tuch). Nach wenigen Minuten verschob sich die Stellung der Planeten. Abstände verzerrten sich. Die Himmelskörper krochen aufeinander zu, begannen sich allmählich zu drehen. Und bevor das Publikum begriff, was geschah, kreisten die Punkte in bizarren Rhythmen, tanzten Sonnen und Fixsterne durch den Raum, blitzten Kometen auf, verschwanden wieder, tobte ein Sternen-Schneesturm durch unser künstliches All – als schrumpften Jahrtausende zum Tag. Als rasten wir in einer übergeschnappten Zeit dahin, selbst Atome, dieses Wirbels, der das Dunkel mehr und mehr in sich aufsog ... Am Ende nur noch eine strahlende Kuppel. Am Höhepunkt der astralen Ekstase ein einziges Lichtmeer, die zuckenden Sterne ununterscheidbar. Und aus. Lichtmaschine, Drehscheibe abgeschaltet (Mephisto). Atemlose Ruhe. Und Beifall. Vor Zugaben hüteten wir uns, wie Sie sich denken können. Mußten doch um jeden Preis vermeiden, daß man uns durchschaute. Denn es war ja keinerlei Magie im Spiel.

Von unserem Ikarus-Wunder haben Sie sicherlich gehört. Man nannte es oft »Der Mantel des Doktor Faustus«. Eine Delikatesse für Abergläubische und Teufelspaktforscher, nach wie vor. Selbst eine Mondlandung schreibt man mir in diesem Zusammenhang zu. Ich bestreite es nicht. Die Venus allerdings wäre mir lieber. Wer wird mir diese Reise noch andichten? Wir jedenfalls, Mephisto und ich, präsentieren in der Regel folgende Szene: Eine auf den ersten Blick jämmerliche Gestalt wankt herein – erdrückt fast von den ungelenkt an die Arme geschnallten Flügeln (fledermausartig, schwarz). Gelächter anfangs über diesen tolpatschigen Vogelmenschen, sein unsinniges Projekt. Wie soll der sich in die Luft werfen können? Als Mensch wie als Gefiederter verkrüppelt. Krank von der übergroßen Prothese ... Und doch ereignet sich das »Wunder« (infolge des Propellermotors, den Mephisto auf meinen Rücken schnürte): Zentimeter um Zentimeter heben sich die Füße vom Boden ab, ich schwebe, scheinbar getragen von diesen hilflos knarzenden Schwingen, alles unten ist jetzt still, jemand pfeift, schaffe ich es, schaffe ich es nicht, die Sonne (den Schweinwerfer unter dem Zeltdach) zu erreichen ... Kurz bevor ich das Licht berühre, reißen die Flügel ein. Ich stürze nach unten. Das Wrack des Fluggeräts begräbt mich.

Das Exzessivste, was wir zu bieten hatten, war zweifellos »Die Nacht mit einem Helden«. Ein äußerst riskantes Spiel, das die guten Sitten verhöhnte. Und das eben deshalb mit den heimlichen Begierden rechnete. Mit der Hemmungslosigkeit des weiblichen Wunsches: Einmal im Leben – einmal mit ihm ... Ein Spiel, das alles von uns verlangte: meine Mannes- und Verwandlungskraft, Mephistos Technik des Lichts, der flirrenden Bilder. Mein tüftlerischer Kumpan hatte einen Apparat gezimmert, mit dem es beispielsweise gelang, das Alpenpanorama (im Moment eines Lidschlags) einzufangen – und es wenig später, farb- und detailgetreu, auf einen Karton zu zeichnen. Aber damit nicht genug. Die zweite Maschine (außen eine Kurbel, innen eine Spule) bildete nicht nur Erstarrtes ab, sondern Bewegungen, egal was: den Sprung eines Hasen, das Zittern der Wasseroberfläche, die Rotation eines Rads. Dieses phantastische Ding machte es möglich, das Bühnenbild schlagartig zu wechseln. Die Zuschauer in Sekundenschnelle vom Kap Sunion an den Ätna zu versetzen, oder vom Coliseo in die Kaiserstadt Aachen. Welchen Helden wünschen Sie? lautete die Frage an die Schönen dieser Welt. Das Rad des Schicksals dreht sich! Einmal im Leben in den Armen Alexanders einmal in Walthers Minnebett! Per Los bestimmten wir die Glückliche. Die ihrerseits den Helden wählte, ihren Traumritter von der herrlichen Gestalt. Ich, Doktor Faustus, war dieser Held. Der frivole Proteus. Ich war sie alle zusammen. Schlüpfte in das Kostüm des Begehrten. In seine Haut. Seinen Akzent. Sein Händeschütteln. Das Schlängeln seiner Zunge beim Küssen war meines. Ohne die geringste Mühe schaltete ich von einem Typen auf den anderen um, oft bis zu fünfzehn Mal an einem Abend. Lebensläufe, Texte, Legenden: Das wußte ich alles auswendig. Ab dem Moment, da mir die Frau den Namen nannte, vergaß ich, wer ich war. Versuchte dem Entwurf, den ich aus ihren Pupillen ablas, ähnlich zu werden. Mich in ihnen nach Möglichkeit zu spiegeln. Halten Sie mich bloß nicht für pathetisch! Es ging vielmehr darum, für jede Frau der richtige Alexander, der richtige Walther zu sein – je nach dem Gesicht, aus dem der Name kam. Damit sie nicht nur unter den Achseln feucht wurde. Sondern auch zwischen den Beinen ... Sie verstehen, was ich meine.

Oder etwa nicht? Sie denken, eine Show – eine öffentliche Inszenierung? Was hat das eine mit dem anderen ... Ich glaube, es ist besser, Ihnen einen dieser Auftritte kurz zu skizzieren. Sie sollen eine Vorstellung haben (Vorstellung der Vorstellung). Hören Sie also von der letzten, heißesten, die Mephisto und ich wagten. Die die erträgliche Zeit zwischen dem Alten und mir allerdings abrupt beendete.

Es war ein turbulenter Abend. Die Gulden klimperten, die Frauen kämpften besessen um die Lose, jede hungerte nach ihrem Idol. Manche schrien auf, wenn die Wahl auf sie fiel. Rissen sich die Kleider vom Leib, wenn sie mich nur auf der Bühne ahnten. Auch die dicken, häßlichen. Gerade die. Wie viele bedienten sich meiner Potenz bis weit nach Mitternacht – zehn, zwölf, fünfzehn? Die letzte, die wir auslosten, blieb vergleichsweise zurückhaltend. In der ersten Reihe saß sie: fuchsrot das Haar, unscheinbar blaß das Gesicht, aus dem nichts als die Augen blitzten. Als sie aufstand: dieser Bogen von einem Körper! Die Aufmerksamkeit, die jeder ihrer Schritte verlangte!

Den größten wollte sie. Das sah ich ihr sofort an. Den Mann aller Männer. Alexander. Von dem es hieß, daß nachts die Ilias unter seinem Kopfkissen lag und das Schwert. Sie forderte, was zu fordern ihr Recht war. Das Ganze. Keinen Schmierenkraftprotz, keinen Helmbuschgockel, der den obligatorischen Beischlaf hinter dem Paravent vollzog: stinkend vor Parfüm wie ein Strichjunge, gleichgültig wie eine Prostituierte. Sie wollte den wirklichen Alexander. Mephisto kapierte recht schnell, worum es ging. Jetzt durften wir uns keinen Schnitzer leisten. Keinen Kompromiß. Und so spielte er zum ersten (und letzten) Mal seinen größten technischen Triumph aus: Er konnte in seinem blauen Kasten gespeicherte Ölgemälde in Bewegung setzen. Die Bilder durch Lichteffekte zum Laufen bringen. Und, darüber hinaus, eine Symphonie von Geräuschen simulieren, die dem Geschehen aufs genaueste entsprach. Die perfekte Illusion! Fragen Sie mich nicht, wie der alte Gauner das anstellte. Jedenfalls gelang es. Vorlage für das Alexander-Spektakel war das Werk eines Regensburger Künstlers: »Die Schlacht bei Issus«. Ein hochmodernes, in den Details bestechendes Bild ... Als mein Zeremonienmeister den Hebel betätigt hatte, liefen die Apparate an. Bühne und Zuschauerraum verdunkelten sich. Und ich sah das Tier und die Könige der Erde und ihre Heere versammelt, um Krieg zu führen mit dem, der auf dem Pferde saß, und mit seinem Heer. Und das Tier wurde ergriffen und mit ihm der falsche Prophet, der vor seinen Augen die Zeichen getan hatte, durch welche er die verführte, die das Malzeichen des Tieres annahmen und die sein Bild anbeteten ...

(Verzeihen Sie. Schon wieder der Abt, dieser Spitzel des Herrn. Doch es wird ihm nichts nützen.) Der Gong ertönte, unsere revolutionäre Vorführung begann. Nicht nur die Bühne verwandelte sich jetzt, sondern der ganze Raum rund um das Publikum. Alles gehörte plötzlich zum Theater. Der alte Graben spielte keine Rolle mehr. Woher plötzlich dieser Schlachtenlärm, fragte man sich wohl. Diese wie von Geisterhand skizzierten, zuckenden Gestalten, flach, und doch auch wieder täuschend echt? Zauberei ... Und wenn sie im nächsten Moment ins Publikum stürzten, die Leute aus ihren Sesseln rissen, zur Teilnahme an ihren Riten zwangen? Hilfe, rief es hier und dort. Aufschreie. Mephistos Tonmaschinen dröhnten, seine Lichtmaschinen flackerten.

An den Wänden blitzten Rüstungen, schimmerten Pferdeflanken, krachten Lanzenspitzen gegeneinander. Dazwischen Fahnen, gelbe, rote, gestreifte, Löwenköpfe, zerrissene Adler. Und Gebrüll. Das Wiehern von Schimmeln, die sich aufbäumten, nach hinten kippten. Staubwolken, Hüpfende Helmbüsche. Fontänen.

Blut aus unsichtbaren Körpern. Überall Bewegung, die die lahmen Pupillen zum Tanzen brachte – Menschen, Tiere, Waffen, ineinander getrieben, fragmentiert. Erst im Bühnenmittelgrund erstarrte die Kulisse. Zu Felsen. Ruinen. Palästen. Darunter sich verdichtende, winziger werdende Speere, buntes, hin und her wogendes Schilf, Feldzeichen wie ferne Segel, das Gewimmel der Ritter, ununterscheidbar. Weiter hinten, auf den Horizont zu, ein glasgrünes Meer, Inseln, Flußläufe. Und schließlich, unter eine kaltrote Sonne gebreitet: Gebirge mit kristallinen, glitzernden Kronen. Smaragdene Formation bis hinaus ins Unendliche. Sternenlandschaft. Spiegelung des Himmels.

Der Effekt war überwältigend, wie Sie sich denken können. So sehr allerdings, daß Mephisto unter seinem Hundsfell zu zittern begann. Jetzt dreht sie durch, die Zeit, die Zeit dreht durch, riefen die einen. Man hat uns zurück in die Geschichte geschossen! die anderen. Schwindel! rief es. Blasphemie! Zum Henker mit dem Teufelspack! Wieder andere reagierten begeistert, sprangen auf, wollten sich in die Reihe der Krieger mischen – und prallten verwundert gegen die Plane unseres Zelts, ohne die Schemen greifen zu können. Manche bekreuzigten sich manisch, murmelten Rosenkränze. Manche heulten. Schrien, das Ende der Welt sei gekommen, das letzte, apokalyptische Gemetzel ... manche hasteten zum Ausgang, um so zurückzufinden in die Gegenwart. Kurz: Eine Panik drohte, gefährdete unsere Inszenierung. Weshalb wir uns spontan dazu entschlossen, die Maschinen noch einmal zu stoppen. Und die Scheinhaftigkeit des Ganzen zu beweisen. Mephisto schaltete den Ton ab und rief: Es ist alles nur Spiel! Durch die Flüstertüte. Beruhigen Sie sich, verehrte Damen und Herren: Und auf einmal wurden die projizierten Figuren steif, Lanzen blieben hängen in der Luft, mitten im Sprung hielten die Pferde an, das Flattern der Fahnen erstarrte. Wer gerade seinen Gegner gewürgt hatte, dem fehlte jetzt die Kraft, sein Mordwerk zu beenden. Wer vom Roß gestoßen worden war, der schwebte jetzt, die Glieder panisch von sich streckend, in sicherem Abstand über der Erde. Lauter Bernsteinexistenzen ... In die Ewigkeit eines beliebigen Augenblicks gebannt.

Der Dornröschenschlaf, mit dem wir die Show minutenlang stillstellten, erfüllte seinen Zweck. Die Gemüter, die meisten zumindest, beruhigten sich. Und wir konnten von neuem beginnen.

Noch einmal ließen wir sie anlaufen, die Bilder und Geräusche der berühmten Keilerei, dreidreidrei, bei Issus. Und bald schon entdeckte man, schemenartig im Waffendickicht, die beiden Hauptkontrahenten. Links: Darius, der Heide, der Perserkönig. Sein mit imperialen Ornamenten überladener, schwer manövrierbarer Thronwagen bog mühsam ab – auf der Flucht. Rechts, wenig hinter ihm, flog Alexander daher mit nichts als einem Schimmel zwischen den Beinen. Der Dreispänner des Persers schlingerte. Wütend schlug der König auf seine Pferde ein, die Peitsche in der einen, den goldenen Schild in der anderen Hand, um seinen Rücken zu decken. Sein gigantischer Helmbusch schwankte, er brauchte Augen vorne und hinten zugleich. Aber unaufhaltsam schoß der andere heran: ein einziger Pfeil Waffe und Körper. Dann verschlechterte sich die Sicht. Gewimmel von Kriegern. Der Helmbusch des Persers, die weiße Palme verschwand. Hörbar nur das Krachen des Wagens, das Wiehern der Pferde. Ein markerschütternder Schrei, der von den Bergen widerhallte. Der vielstimmige Jubel auf seiten der Griechen ließ keinen Zweifel am Ausgang des Zweikampfs. Das Publikum, mitgerissen, applaudierte. Und schon sah man eine mächtige Gestalt durch das Gewühl heransprengen. Wie von selbst bildete sich eine Gasse. Ein Hüne mit schweißnassem Gesicht, blutbespritztem Panzer preschte in den Bühnenvordergrund, sprang vom Pferd, wühlte mit der Hand in seiner Mähne.

Mein Augenblick war gekommen. Bis jetzt hatten wir ja nur künstliche Bilder vorgeführt. Alexander aber mußte wirklich werden für diese rothaarige Frau, die still in der ersten Reihe saß. Aufmerksam, ohne sich zu bewegen. Unauffällig schlich ich auf die Bühne und tauchte in die Silhouette des Feldherrn. Mein Körper wuchs gleichsam aus der flachen Gestalt Alexanders (des lichtgezeugten) heraus. Wuchs aus der zweiten in die dritte Dimension. Gleiche Kleidung, gleiche Gesten, gleiche Gestalt. An seine Stelle trat ich, Doktor Faustus. In der rechten Hand den Speer, der noch vom Blut des Persers glänzte. Das Bild war Fleisch geworden. Und ich forderte, wie zur Belohnung für meine Heldentat, die schöne Rote auf, zu mir nach vorne zu kommen. In den Halbkreis der Krieger, die erwartungsvoll murmelten. Und ohne zu zögern stand sie auf. Hinter sich das atemlose Publikum. Kam, ohne jede Hysterie, nach vorne, ausgesetzt den Augen der

Schemen und der Menschen. Obwohl meine Erektion fast das Metall zu sprengen drohte, sprach ich eine Weile mit ihr (während der lästige Mephisto aus der Pferdeattrappe heraus moserte, ich solle zur Sache kommen, die Leute wollten nach Hause). Das störte mich natürlich nicht. Im Gegenteil. Ich genoß. Streichelte, küßte sie.

Zog sie unendlich langsam aus, als mir irgendein Schimmer in ihren Augen die Bereitschaft singalisierte. Ließ mir Zeit. Das Knurren Mephistos stachelte mich nur an. Legte sie endlich auf orientalische Teppiche, Kissen (erste Beutestücke). Und trieb es mit ihr. Trieb es einmal, zweimal, siebenmal. Als gäbe es nicht diese Voyeure um uns her, Männer, die nach Alkohol riefen. Pfiffen. Bebten. Trieb es mit ihr, die wie keine von einer Ekstase in die andere zuckte, in allen möglichen Stellungen ... Am Ende ungeheurer Beifall.

Ein Ansturm des Publikums, wie wir ihn noch nie erlebt hatten. Fluchtartig mußten wir die Bühne verlassen. Trotz Mephistos Gezeter tat ich dann etwas, was ich noch nie getan hatte. Was unserer Abmachung, enge Kontakte zum Publikum zu vermeiden, widersprach – denn das Geheimnis meiner Retortengeburt wollten wir so schnell nicht lüften. Ich nahm die Rote mit. Die Unersättliche. Esmeralda. Eine fürstliche, verstoßene Mätresse aus Preßburg, wie ich später erfuhr. Sie folgte mir wie in Trance. Die ideale Geliebte für jede Nacht, draußen, in unseren Zirkuskutschen, dachte ich. Manisch. Unermüdlich. Nur sie würde meiner Triebmaschine standhalten. Keine andere. Als sie mir nach wenigen Tagen ihre furchtbare Krankheit, ihre Syphilis gestand, ließ mich das begreiflicherweise kalt. Denn ich wußte ja, daß meinem eisernen organischen Kostüm solche und ähnliche Wehwehchen nichts anhaben konnten. Um so besser! dachte ich. Sie wird bei mir bleiben. Und bis zu ihrem Tod einen Helden genießen, den kein Ungeheuer schreckt. Nicht einmal das einer mörderischen Krankheit. Aber ich hatte meine Rechnung ohne Mephisto gemacht. Der Kretin hatte sich (was ich anfangs nicht wußte) in dieses Teufelsweib verliebt. Pech für ihn, daß er gerade diesmal drauf und dran war, seine voyeuristische Distanz zu überwinden. Daß er gerade jetzt sich ins erotische Leben mischen und sich nicht mehr mit Faust-Ergötzungen begnügen wollte. Weniger aus Mitleid, sondern weil er unentbehrlich war für unser magisches Theater, warnte ich den Alten. Worauf er so unausstehlich wurde wie nie zuvor. Stichelte, nörgelte. Mich mit seiner Eifersucht verfolgte. Nacht für Nacht, jammerte er, höre er unser Stöhnen, die spitzen Schreie Esmeraldas, und könne nicht schlafen. Von wegen arbeiten. Außerdem schwitze er sich in seinem Hundefell halb zu Tode. Gar nicht zu reden von der Demütigung, Esmeralda die Hände lecken, seine Schnauze an ihrem Schoß reiben zu müssen.

Jedenfalls sträubte er sich, in der Doktor-Faust-Show weiter die Regie zu führen. Solange wir diese Frau an Bord hätten (diese Hure, Nymphomanin, die er zu hassen vorgab), sei er außerstande, auch nur den kleinsten Finger für unsere Sache zu rühren. Stellen Sie sich diese Unverschämtheit vor: Dies mir, den er angebetet hatte – seinem Gott! Geistesgegenwärtig drehte ich den Spieß um. Drohte mit einem Ultimatum: Wenn es ihm innerhalb dieses Jahres (es war Spätsommer) nicht gelänge, eine mir gleichwertige künstliche Frau, eine Helena zu konstruieren, müsse die Rote weiter bei uns bleiben. Punktum. Ein faires Angebot an den Quacksalber, nicht wahr? Wer will mir Vorwürfe machen.

Keine Aufführungen mehr, von jetzt an. Die Doktor-Faustus-Company rollte ihre Zelte ein, verstaute die Kulissen für immer. Die Säcke prall voll Geld, brachen wir mitsamt unserem Troß, mitsamt Esmeralda, nach Hellas auf. Mieteten ein verwildertes Landhaus in den Bergen bei Delphi: das obligatorische Gnothiseauton auf zerbrochener Schwelle, ein Bach, Orangenbäume, Torsen. Vor allem die Skulpturen lockten mich, ihretwegen war ich hier. Genaugenommen hätte die mächtige, fast unversehrte Helena-Statue genügt, um mich für diese Villa zu entscheiden. Sie sollte Vorbild sein für das von mir bestellte Super-Girl. Für die alchemistische Wiedergeburt der Schönsten, für die man sich vor Troja totgeprügelt hatte. Das nackte, noch marmorne Wunder ließ ich ungeduldig vom Garten ins Schlafzimmer hieven. Und genoß es dann, den Leib mit meinen Blicken abzutasten, während ich in Esmeralda eindrang.

Mephisto aber, der verfluchte Scharlatan, zerschlug diese Idylle. Seine unsinnige Eifersucht machte ihn zu dem Tier, das er vor Esmeralda spielte. Zu einer Bestie. Es war, als kehre sein alter Wahnsinn wieder zurück. Als forderte die Glut, an der er innerlich verdorrte, das Verbrechen.

Nicht genug, daß er seine Schöpfergott-Experimente nur zum

Schein betrieb. Nicht genug, daß er mich wochenlang glauben ließ, in den Phiolen im Keller brodle bereits der märchenhafte Embryo, brüte sich etwas aus, das hinreißender, erotischer, makelloser sein würde als alles, was je mit Brüsten auf die Welt gekommen war. Der Teufel hatte es, ich erkannte das zu spät, auf unser – Leben abgesehen. Meines und das Esmeraldas. Da er wußte, daß ich gegen die üblichen Gifte, Krankheiten resistent war, griff er zu einem rabiateren Mittel. Kochte eine Idee aus, die mir, seinem magnum opus, den Garaus bereiten, ihn für alle Zeit von mir befreien sollte. Von mir: dem widerwärtigsten Tyrannen, wie er mir zubellte. Dem Frauenverächter. Monster. Dem mißratensten aller Söhne dieser Welt. Worauf ich immer gelassen erwiderte: Genauso, wie du wolltest, bin ich geworden, bester Vater. Nichts an mir, keine Wimper, die du nicht geplant hättest. Ich bin du. Nur vollkommen. Nur ohne den Schutt, mit dem du dich selber zugräbst. Ohne das perpetuum mobile deiner Wahngedanken ... Nein, ganz ehrlich: Ich ahnte nichts. Mephistos Mordphantasie fieberte danach, die Statue Helenas von ihrem Sockel auf uns herunterstürzen zu lassen. Nachts, wenn wir schliefen. Ein allzu fein ausgeklügeltes Drama. Gedacht als letzter Akt der Doktor-Faustus-Show: zwei Fliegen mit einer Klappe. Eine flaschenzugartige Vorrichtung, die zeitlich programmierbar war, half, das Vorhaben in die blutige Tat umzusetzen. Während der Täter längst über alle Berge war. Um sich als Mönch auf ein Handelsschiff (Kurs Spanien) zu schmuggeln. Vorhang.

Als ich erwachte, war es schon zu spät: Die Augen aufreißen, die schweren Brustgeschosse Helenas über mir, zur Seite drehen (was nur mehr halb gelang), in Deckung gehen, eine Zehntelsekunde, da krachte es, wo, bei mir, bei ihr, links von mir Esmeralda, der Gedanke, sie fortzustoßen, aber schon bekam sie, das arme Ding, die volle Wucht des Unterleibs ab, die Hüften, spitz genug für drei ihres Schlages, die Schenkelsäulen. Zu spät. Der steinerne Gast hatte sein Werk getan. Sein Amazonenwerk. Brach sich aber selber die Glieder dabei. Zerschlug sich selbst, indem er uns zerschlug.

Trümmer, rund um das Bett: zwei Kopfhälften, eine Brustwarze, ein Unterarm, Zehen. Und Blutspritzer überall, auf den Adern des Marmors. Esmeralda-Blut. Ihres natürlich. Nicht meines. Was hatte sich der senile Doktor eigentlich gedacht? Daß ich aus Pappe wäre? Aus Pergament? War er, der Androiden-Erzeuger, nicht einmal mehr zum Morden fähig? Ein paar Kratzer nur an mir (wie man sagt). Ein Summen im Kopf. Erstmals eine Ahnung von etwas wie – Schmerz ... Aber sonst war ich heil, wie sollte es anders sein. Die Trümmer Helenas waren wie Schalen von mir fortgesprungen. Getroffen hatte das Attentat nur Esmeralda. Sie, sie allein war das Opfer.

Was nun noch geschah, lief wie von selber ab. Ich: Der Automat des Fatums. Ich begrub Esmeralda im Garten. Dort, wo Helena sich einst in den Himmel gestreckt hatte. Entlohnte die Diener. Verließ das Haus. Machte mich noch am selben Tag auf die Suche nach dem Monster, das mich, meine Erschaffung, meinen Beinahetod, das, last not least, Esmeralda auf dem Gewissen hatte. Folgte dem scheinheiligen Mönch durch Hafengassen, Bordelle, Basare. Folgte ihm quer durch das mare nostrum bis zur Iberischen Halbinsel, wo er sich endlich vor mir sicher glaubte. Bis hierher, in diesen Benediktinerkonvent. Wo er hoffte, ein anderer Gott (als der Buchstabensalat in seinem Kopf) sei dumm genug, seine Beichte zu hören, sich seiner zu erbarmen. Aber jeder hat nur den Gott, den er verdient. Pech für Mephisto. Seiner war ich. Ein zorniger. Gnadenloser. Gott-Sohn ...

Vollstrecker der Marcionschen Vision vom Tod des Vater-Schöpfers. Sie erinnern sich. Wer, wenn nicht ich, hätte das Recht dazu? Schon, daß ich ihn den Würmern zum Fraß zuwerfen konnte, entlarvt meinen Schöpfer als Pfuscher. Die Tat ist ihre eigene Rechtfertigung ... Ach was. Ich genoß es einfach, dem alten Hund die Feder (die eigene!) ins Herz zu bohren. Den Stift in die Tinte seines Bluts zu tauchen. Den Punkt zu setzen, den er selber nicht zu setzen wagte. Ich setzte ihn für ihn. Übrigens ohne einen Anflug von Reue, falls Sie die mönchische Rolle stutzig macht, die ich von meinem Vater übernahm (an seiner Stelle!). Nichts da von Gefühlsduselei. Nur das Bedürfnis, ein ganz anderer zu werden. Und im Schreiben zu vergessen. Mit jedem notierten Wort aus meinem Gedächtnis auszuradieren, was da war. Und kein Zweifel: Es gelingt! Schon ist mir, als habe sich der Kreisel in meinem Kopf zu Ende gedreht. Als schöben sich Jahrhunderte zwischen die Perfektion der Lust, die ich war, und die Perfektion der Arbeit, der Askese, die ich bin. Als kalligraphierte ich schon in einer anderen Sprache ... zurück in der Gegenwart. Ich bezeuge jedem, der die Worte der Weissagung dieses Buches hört: Wenn jemand zu ihnen etwas hinzufügt, wird Gott ihm die Plagen zufügen, die in diesem Buche beschrieben sind. Und wenn jemand etwas hinwegnimmt von den Worten des Buches dieser Weissagung, wird Gott seinen Anteil an den Bäumen des Lebens und an der heiligen Stadt hinwegnehmen, die in diesem Buche beschrieben sind. Es sagt der, welcher dies bezeugt: Ja, ich habe fortgelassen und hinzugefügt. Aber ich habe keine Angst vor dem angedrohten Fluch. Ich habe überhaupt keine Angst. Ich komme bald.

Marianne Gruber
Wind über der Bucht

Mitternacht war eben vorbei, als Sargatt zwei Gestalten lautlos über die Umzäunung des Messegeländes klettern sah. Die eine war klein, beinahe zart, die andere groß und kräftig. Der Große versuchte gerade, den Kleinen zu sich hochzuziehen, eine Hand im Maschendraht verkrallt, die andere nach unten gestreckt, als auf der gegenüberliegenden Straßenseite in einem der geparkten Wagen ein Feuerzeug aufflammte. In der Dunkelheit war von einem Fahrer nichts zu erkennen, wohl aber der Umriß des Gefährtes. Es war ein Kastenwagen, ähnlich denen, wie sie für Krankentransporte verwendet wurden, und Sargatt erinnerte sich, daß unmittelbar vor Dienstschluß eine Meldung hereingekommen war, die den Diebstahl eines solchen Gefährtes angezeigt hatte.

Fröstelnd duckte er sich in die Polsterung des Sitzes. Keine Profis, dachte er. Profis würden niemals rauchen, während sie warteten und damit ihre Position verraten. Er drehte den Kopf so, daß er das Fahrzeug und die beiden Gestalten gleichzeitig im Auge behalten konnte. Sie waren jetzt endlich auf der anderen Seite des Zaunes angelangt und verschwanden im Schatten des nächstliegenden Ausstellungspavillons. Nun hieß es warten. Er stellte den Mantelkragen auf. Es war so kalt, daß die Luft bei jeder Bewegung zu klirren schien. Wölkchen gefrorenen Atems schwebten im Widerschein der Straßenbeleuchtung, und Sargatt verwünschte sich für den Umweg, den er eingeschlagen hatte, um bei Alina vorbeizuschauen, noch mehr allerdings für den Entschluß, im Wagen vor ihrem Haus auf sie zu warten, da sie nicht daheim gewesen war. Einen flüchtigen Kuß – das war es, was er heute Abend gesucht hatte, eine nächtliche Begegnung, die in einer unverbindlichen Umarmung endete, entweder in der von Körpern oder von rasch abgleitenden Gedanken, keine kleinen Ganoven, die ihm zum Zeugen eines Einbruchs machten und zum Eingreifen zwangen.

Mißmutig unterdrückte er einen Hustenreiz. Der schmale Ausschnitt des nächtlichen Himmels, die Straße, die schwarze Silhouette der Bäume im Schatten der Nacht. – Der Trick beim Warten lag darin, daß man sich seinen Gedanken nie völlig hingeben durfte und ständig das Thema wechseln mußte. – Die Erinnerung an den ermüdenden Alltag erfolgloser Recherchen. Ein Blick auf die Uhr. Sitzposition wechseln. Die Ankunft des Kastenwagens hatte er nicht bemerkt, auch nicht die Aussteigenden. Kunststück, da er mit den Gedanken ganz bei Alina gewesen war. Noch ein Blick auf die Uhr, bald eins, und sie kam noch immer nicht. Er war sicher, daß er sie in jeder Dunkelheit am Schritt erkennen würde und spürte plötzlich wieder die alte Eifersucht aufsteigen, mit der er ihr und sich drei lange Jahre eine kleine Hölle bereitet hatte.

Er schob die Kappe in den Nacken und zwang sich, an etwas anderes zu denken. Die Trennung lag über ein Jahr zurück, und nun, sollte man meinen, war die Zeit allmählich reif für eine gelegentliche Tändelei, eine unverbindliche Freundschaft, die man einging, damit man bei einer zufälligen Begegnung nicht die Straßenseite zu wechseln brauchte. – Nun gut, das war seine Eifersucht. Trotzdem eine übertriebene Reaktion, denn im Grunde lebte er gern allein. Das ersparte ihm, irgend jemanden um etwas bitten zu müssen und auch die absonderlichen Verrenkungen der Seele, die man anstellte, wenn man seinen Willen durchsetzen wollte und keine Lust hatte, sich dafür schuldig zu fühlen. Alles in allem war es doch das Leben, das er zu führen wünschte – oder? Außer in den Nächten vielleicht. Nachts war es manchmal schlimm, wenn er in der Dunkelheit aufwachte, von etwas geweckt, das er nicht erklären konnte, und er dann irgend jemanden lieben wollte, egal wen, irgend jemanden, nur um nicht allein weiterschlafen zu müssen.

Der Fahrer des Kastenwagens rauchte wieder, und Sargatt dachte, daß es keinen Grund gab zu glauben, er gehörte zu den anderen. Konnte gut sein, daß er auf jemanden wartete, der ewig nicht kam und sich dabei mit ähnlichen Vorstellungen quälte wie Sargatt. Das Leben wiederholte sich ständig und auf die absonderlichste Weise. Oder er beging in seinem Kopf gerade einen Mord, seinen Selbstmord vielleicht, was nicht soviel Unterschied bedeutete. Die bestürzende Nähe von beidem hatte Sargatt immer beunruhigt. Übergab man Richtern nicht auch Selbstmörder und Psychiatern Mörder?

Jetzt kamen leise Geräusche vom Messegelände her. Bald danach tauchten zwei Gestalten hinter dem Gitterzaun auf. Sie schleppten eine Kiste mit sich. Der Fahrer des Kastenwagens stieg aus, blickte sich prüfend um und ging dann zur Umzäunung. Also gehörten sie doch zusammen. Ein Strick flog über den Zaun, der auf der anderen Seite um die Kiste geschlungen wurde. Sargatt glitt lautlos aus dem Auto und duckte sich hinter den Kühler des nächsten Fahrzeuges. Ungeduldig schaute er zu, wie die Kiste mit Hilfe des Strickes hochgehievt wurde. Die Schwerarbeit leistete dabei der große Bursche, der Kleine spannte das Seil und tat sonst nichts.

Könnte auch eine Frau sein, dachte Sargatt. Und: Macht schon, so macht schon. Schafft alles ins Auto, wir wollen die Sache hinter uns bringen und dann nach Hause gehen. Schlafen und vergessen, das war es. Er schlich noch ein Stück näher und richtete sich auf. Wenn jetzt Alina kam ...

Gerade da stürzte ein Körper vor seine Füße. Lautes Jammern ertönte und zwei Hände klammerten sich an ihm fest. Völlig überrumpelt versuchte er sich zu befreien, während er gleichzeitig aus den Augenwinkeln registrierte, daß die drei auf der anderen Straßenseite für einen Moment zu ihm herüberstarrten. Sargatt fluchte lautlos. Jetzt sah er, mit wem er kämpfte. Es war eine alte Frau. Für den Bruchteil einer Sekunde schaute er in ihr blasses Gesicht, das sie ihm entgegenhielt, sah das Entsetzen in ihren Augen und auch den Schmerz. Grotesk, schoß es ihm durch den Kopf. Endlich hatte er sich befreit und lief auf den Kastenwagen zu, der gerade anfuhr und dessen Fahrer anscheinend in Panik zuviel Gas gab. Die Räder drehten sich auf der glatten, schneegepreßten Fahrbahn durch, und Sargatt kam ganz nahe heran. Das Kennzeichen. Vier Buchstaben, eine Ziffer. Dann hatte der Fahrer seine Nerven doch unter Kontrolle, und der Wagen schoß davon. Sargatt lief ein Stück hinterher und blieb schließlich heftig atmend stehen.

Absurd. Einfach absurd. Von ein paar Amateuren übertölpelt. Immerhin: die alte Frau. Er trabte zurück, aber sie war nicht mehr da. Das wurde ja immer verrückter. Er schaute in die dunklen Nischen der Haustore, eines nach dem anderen. Niemand. Weiter bis zur nächsten Quergasse. Auch da war niemand zu sehen. Leer und dunkel lag sie vor ihm, voll nächtlicher Stille, als wäre alles ein Spuk gewesen. Weiter bis zur Hauptstraße, wie unsinnig das auch erscheinen mochte. So weit konnte sie noch nicht gekommen sein. Aber sie war. An der nächsten Kreuzung sah er sie gerade behend in ein Taxi steigen.

Verblüfft schaute er ihr nach. Das war ein Ding. Die ganze Szene bloß Spiel, um ihre Komplizen zu warnen. Und gekämpft, als gelte es ein Leben zu retten. Was für eine Löwin. Und trotzdem alles völlig vergeblich. Er kannte ihr Gesicht, er hatte die Nummer der Gesellschaft erkannt, zu der das Taxi gehörte, und es war zwanzig nach ein Uhr. Da erinnerte sich jeder Fahrer an Gäste, die alte Damen waren. Der Rest war Routine. Er notierte beides: die Nummer der Taxigesellschaft und das Kennzeichen des Kastenwagens, dann schlug er die Richtung zum Hauptportal des Messegeländes ein, um die Wachmannschaft herauszuläuten. Es würde eine lange Nacht werden, ja. Verfluchter Job, aber es war sein Job.

Er blieb stehen und schaute in den nächtlichen, sternenübersäten Winterhimmel, aus dem die Kälte in einem gleichmäßigen Strom herabfloß und alles erstarren ließ. Ja, war das sein Job – die meiste Zeit halb blind zu sein? Was, zum Teufel, ging ihn die ganze Sache eigentlich an? Er war dienstfrei, und nun war auch der Anfall von Eifer wieder vorüber. Er hatte getan, wozu er verpflichtet war, aber tatsächlich interessierte ihn das alles nicht. Alina interessierte ihn und wo sie sich um diese Zeit herumtrieb. Vielleicht war sie inzwischen nach Hause gekommen, und er konnte sie dazu überreden, trotz der späten Stunde mit ihm Tee zu trinken, zu sprechen und diese innere Öde zu überbrücken. Nun spürte er die Kälte wieder, die sich mit Eiskristallen auf der Haut in Erinnerung rief und plötzlich auch die Leere der Nacht, in der nichts zu hören war außer dem Knirschen des Schnees unter seinen Schritten. Wie damals. Wie wann? Er schritt rasch aus, aber als er vor Alinas Haus anlangte und zu den dunklen Fenstern emporblickte, fühlte er, daß es ein Fehler gewesen war, hierhergekommen zu sein. Es gab Erinnerungen, die man besser vermied, weil sie unheilbar waren. Und vorbei war vorbei. Er stieg ins Auto, aber er fuhr nicht ab. Nach einer Weile stieg er wieder aus, läutete an der Gegensprechanlage. Keine Antwort. Er versuchte es ein zweites, ein drittes Mal, verbissen und mit einem Mal auch wütend, als könnte er Alinas Anwesenheit durch sein Verlangen erzwingen. Es meldete sich niemand. Sie verbrachte ihre Nächte also nicht zu Hause. Ja, um Gottes Willen, was hatte er denn erwartet? Sie war eine schöne Frau. Seltsam, wie klar er sich ihr Gesicht vorstellen konnte und wie sehr die Vorstellung ihres Gesichtes alles andere in eine weite Ferne rückte.

Du liebst sie ja noch immer, dachte er. Erschrocken setzte er sich in den Wagen, startete und fuhr los, als befände er sich auf einer Flucht.

Als Sargatt am nächsten Morgen sein Büro betrat, erwartete ihn die Nachricht, daß er sich unverzüglich in der Leitstelle einzufinden habe. Er warf einen flüchtigen Blick auf die Meldungen, die seit dem Vortag eingegangen waren und ging dann hinüber. Seit dem Aufstehen quälte ihn ein bohrender Kopfschmerz und noch immer die Erinnerung an Alina. Sie hatte seine Arbeit nie gemocht und er ihre nicht verstanden. Das war es, was sie gründlicher voneinander trennte als jede andere Verschiedenheit. Er stieg in den falschen Aufzug ein, merkte es zu spät, mußte bis ins Parterre zurückfahren und verlor noch ein paar Minuten bei der Suche nach dem kleinen Konferenzraum in C5.

Kolberg, der Leiter der Sonderkommission, wartete bereits, zusammen mit zwei Herren, die sich als Mitarbeiter der Firma Gestaform vorstellten, ein lächerlicher Name, der Sargatt an Büstenhalter und Miederhöschen denken ließ. Und dann war da noch ein Kollege vom Einbruchsdezernat, der ihn aus übernächtigten, rot geränderten Augen ansah und schief grinste.

Sargatt setzte sich, zählte die Rillen der Wandtäfelung und gab sich ganz seinem Elend hin.

Sie wissen, worum es geht, fragte Kolberg.

Sargatt verneinte, und Kolberg schob ihm eine Mappe hin. Da. Einbruch im Messegelände. Der Minister wünscht, daß wir uns darum kümmern. Es geht um einen Gestaltsimulator, die Herren werden Ihnen das näher erklären.

Sargatt starrte auf die Mappe, ohne sie anzurühren.

Sie dürfen sie angreifen, schnauzte Kohlberg. Sie ist nicht giftig. Und nach einem irritierten Blick in Sargatts blasses Gesicht: Kaffee?

Heiß und schwarz, bitte.

Kolberg bestellte ihn und wandte sich danach an die Firmenleute. Der GS, bitte.

Der Mann, der sich als Cheftechniker vorgestellt hatte, holte tief Luft, räusperte sich und machte Anstalten, zu einer längeren Erklärung anzusetzen. Das Gerät, das letzte Nacht entwendet wurde, ist einer von drei Prototypen, die wir erstmals der Öffentlichkeit vorgestellt haben. Die Erfindung fußt auf der Nastrowsky-Entdeckung und Derwatts simplifizierter Theorie über die Darstellbarkeit des gekrümmten Raumes. Ohne Ihnen ein allzu großes Geheimnis zu verraten, darf ich sagen, daß es uns gelungen ist, Derwatts Theorie mit Hilfe von ...

Entschuldigen Sie, unterbrach Kolberg. Ich glaube nicht, daß es viel Sinn hat, uns das jetzt zu erklären. Sagen sie einfach, was das Ding kann.

Der Techniker verzog das Gesicht und musterte sein Gegenüber mit gerunzelter Stirn. Man konnte deutlich ablesen, wie er jetzt Barbaren dachte. Alles Barbaren.

Ganz ohne Hintergrundinformationen, fragte er. Na schön. Der GS kann im freien Raum, ohne irgendeine Bildwand oder Ähnliches Gestalten sumulieren, angefangen von Büroklammern über Bücherwände bis zu menschlichen Körpern oder Goldfischen. Dazu erzeugt er eine Art Aura. Berührt man die optische Grenze, entsteht auf der Haut der Eindruck von Körperkontakt.

Mit männlichen oder weiblichen Körpern, fragte Sargatt.

Lassen Sie das, sagte Kolberg. Sie sollten lieber ...

Gerade da kam der Kaffee. Er war heiß, schwarz, aber nicht sonderlich stark. Sargatt rührte mißmutig um. Jetzt waren die Kopfschmerzen vollends unerträglich geworden. Er suchte in seinen Taschen nach einer Tablette, fand schließlich eine, schluckte sie und sagte entschuldigend: Ich bin noch nicht ganz im Tag drinnen.

Dann wird es Zeit, murrte Kolberg. Die Sache scheint ernst. Mit dem Ding kann man anscheinend alles Mögliche anstellen: Alibis fälschen, Leute narren, Überwachungskameras überlisten, Politiker doubeln. Außerdem ist es Ihr Fall.

Wieso, fragte Sargatt erschrocken. Ich arbeite derzeit an den organisierten Autodiebstählen im Zusammenhang mit Menschenschmuggel.

Das muß warten.

Denn die Sache eilt, meldete sich nun der Verkaufsleiter zu Wort, der bis jetzt geschwiegen hatte. Ein gutes Team kann den GS innerhalb von vierzehn Tagen nachbauen. Es wäre eine Katastrophe. Wir haben Unsummen in das Projekt investiert.

Geld, sagte Kolberg. Stellen Sie sich das Gerät lieber in den Händen organisierter Verbrecher oder irgendwelcher politischer Narren vor. Die tanzen uns nur mehr auf der Nase herum.

Na, bravo. Sargatt stützte die Ellenbogen auf dem Tisch auf.

Und so etwas wird einfach der Öffentlichkeit übergeben? – Eine schöne Sache, in die er da hineingeraten war. Wie nannte man das? – Divergierende Interessen. Sicherheit contra Profit. Und dazu ein Minister, der Interesse zeigte. Möchte wissen, wieviel sie ihm dafür bezahlen. Oder will er den Polizeichef absetzen? – In jedem Fall würde er für die Dauer der Ermittlungen zwischen allen Fronten stehen.

Nun schlug er doch die Mappe auf. Protokoll über die Einvernahme der Wachmannschaft. Vermutete Einbruchszeit zwischen Mitternacht und zwei Uhr morgens, eine Liste all der Dinge, die zur näheren Untersuchung weitergeleitet worden waren: Fingerabdrücke, Fußspuren, Gewebefasern. Dann technische Daten über die Alarmanlage und Fotos vom GS von vorn, von oben, von hinten, von der Seite, Gewicht ca. dreißig Kilo, Größe hundertzwei mal neunzig mal siebenundachtzig, also bequem in eine Kiste zu verpacken.

Und die Absicherung, fragte Sargatt.

Das Beste, das man derzeit haben kann. Computergesteuert, von der Firma aus zu bedienen, Fremdzugang theoretisch nicht möglich.

Und praktisch?

Tja, sagte der Techniker. Laut Protokoll war der Alarm eingeschaltet, tatsächlich war er es nicht.

Kolbergs Kopf ruckte in die Höhe. Wie ist das zu verstehen?

Gar nicht. Wir verstehen es selber nicht. Wir arbeiten daran.

Also das Übliche, dachte Sargatt. Endlose Recherchen und das Ergebnis Null. Er schlug die Mappe zu.

Ich möchte mir das an Ort und Stelle ansehen, sagte er. Ein tiefer Seufzer antwortete ihm. Der Kollege vom Einbruchsdezernat hatte ihn ausgestoßen.

Sie berichten mir. Kolberg stand auf. Auch die anderen erhoben sich. Sargatt nickte einen Gruß und beeilte sich, das Konferenzzimmer in Begleitung seines jungen Kollegen zu verlassen.

Draußen sagte er: Was will man von so einem Tag. Zu allem Überdruß hatte er nun Gliederschmerzen. Als ob er in der vergangenen Nacht eine tolle Schlägerei hinter sich gebracht hätte, die nicht zu seinen Gunsten ausgegangen war. Er bewegte sich vorsichtig und ging langsam den Korridor entlang, schaute auf den gemusterten Fußboden und dachte daran, wie er vor langer Zeit über ähnlich gemusterte Fußböden gehüpft war. Auf einen Strich zu steigen bedeutete Unglück, Kopf oder Zahl. Wenn es ihm gelang, bis fünfzig den Atem anzuhalten, würde Vater doch wieder nach Hause kommen. Lauter abergläubische Spiele. Und jetzt jagte er einem Gestaltimulator nach. Es war absurd.

Erzählen Sie schon, sagte Sargatt nach einer Weile. Wie? Am besten auch gleich: wer. Wie heißen Sie überhaupt? Ich habe vorhin Ihren Namen nicht verstanden.

Der andere grinste wieder auf diese herausfordernd spöttische Art. Ich habe keinen gesagt. Mayer zu Ihren Diensten. Emil, setzte er leise hinzu.

Sargatt überging den Namen. Haben Sie etwas dagegen, wenn wir uns in die Kantine setzen? Ich habe noch nicht gefrühstückt.

Mayer nickte ergeben. Während sie ins Parterre fuhren und auch während Sargatt Tee und Toast auf sein Tablett häufte, lieferte er seinen Bericht. Einstiegstelle über den Zaun in der Museumsstraße. Von der Art des Einbruchs her Amateure, was die Alarmanlage betraf, Profis. Mindestens drei Leute, wenn man davon ausging, daß der Fahrer des Fluchtfahrzeuges nicht gleichzeitig einer der Einbrecher gewesen war.

Man weiß etwas über ein Fluchtfahrzeug?

Nein, sagte Mayer. Aber irgendwie muß die Kiste ja transportiert worden sein. Hat die Firma praktisch bereitgestellt. Sie dürften sie mit einem Seil über den Zaun gehievt haben.

Was? Sargatt verschluckte sich leicht.

Es klingt blöd, ich weiß, aber wir haben Fasern gefunden.

Sargatt spürte, wie er zu schwitzen anfing. Vor seinen Augen stand wieder das Bild der vergangenen Nacht, diesmal ohne Alina. Museumsstraße. Der Ort paßte. Drei Leute, das stimmte auch, ebenso die Zeit. Und dann das verrückte Seil. Großer Gott, da hatte er also diesen Einbruch beobachtet. Er konnte das unmöglich zugeben. Ein schönes Schlamassel und alles, weil Alina ... Nein, nicht weil Alina, sondern weil er ein Idiot war, der nicht aufgeben und nicht verlieren konnte. Er stellte sich die Folgen vor, wenn herauskam, daß er einfach nach Hause gefahren war. Ein Disziplinverfahren. Womöglich unehrenhafte Entlassung, sozusagen mit Schimpf und Schande davongejagt, wie man das früher nannte. – Na und? Das war es doch, was er wollte: Weg von hier. Bloß, was danach? Er konnte nichts anderes. Er war der geborene Jäger, eben weil er nicht aufgeben und nicht verlieren konnte. Warten ja, aber nicht aufgeben. Und irgendwann saß man dann in der eigenen Falle. Das Ende des Jägers war, sich in der eigenen Falle zu fangen. Blödsinn. Das klang nach Literatur.

Grippe, fragte Mayer. In seiner Stimme schwang eine doppelte Besorgnis mit, eine um Sargatt und eine um ihn selbst.

Ja, sagte Sargatt. Guter Junge, dachte er. Schiebt alles auf die Grippe. Prächtig. Was für ein Hinweis darauf, mit der aufkeimenden Hysterie Schluß zu machen. Was sollte schon groß passieren können, solange er der einzige war, der Bescheid wußte. Wichtig war, daß ihm niemand dazwischenfunkte. Also einen heroischen Alleingang. Gut. Er war bekannt dafür, daß er gern allein vorging, niemand würde sich dabei etwas denken. Aber, zum Teufel, es war ziemlich unfair. Alles nur, um den eigenen Kopf zu retten. Man schuldete jedem Verbrecher, wie begabt oder unbegabt er sein mochte, daß man sich für ihn interessierte und nicht für einen selber. Und dann mit Erfolg belohnt werden, einfach schändlich.

Wann haben Sie das eigentlich erledigt, fragte er und klopfte auf die Mappe.

Mayer schaute auf die Uhr. Ich arbeite seit genau zwei Uhr dreißig an dem Fall, also seit genau acht Stunden.

Tatsächlich schon halb elf. Sargatt blätterte lustlos in den Unterlagen. Gibt's noch was, das Sie mir sagen sollten?

Ja, sagte Mayer. Die Wachmannschaft hat sich einen Rundgang geschenkt. Es war gestern saukalt. Ich habe das nicht ins Protokoll geschrieben.

Warum nicht?

Es ist vielleicht nicht wichtig. Wenn die Wachmannschaft mitbeteiligt gewesen wäre, hätte man die Runden sehr ernst genommen und den Einbruch mit Wegschauen unterstützt. Wegschauen läßt sich schwer nachweisen. – Der eine Wachmann wird in ein paar Monaten pensioniert.

Ja, sagte Sargatt gedehnt. Jung war der Bursche, mein Gott. Und der armselige, ständig spöttische Zug um die Lippen war Notwehr, reine Notwehr.

Ich wollte nur, daß Sie es wissen, sagte Mayer. War's falsch?

Ein netter Kerl. Ein bißchen respektlos, aber ein guter Junge. Ob das falsch war, so ein Unfug. So warst du nie, dachte Sargatt. Oder doch, ganz am Anfang, ehe du angefangen hast, Karriere zu machen, du Dreckskerl. Wie steht es doch in deiner Dienstbeschreibung? – Einer der Besten oder so ähnlich. Einer der Besten bist du? Ein Dreckskerl bist du. Und nun wirst du diesem netten Jungen vor dir die Unterlagen abnehmen und ihn nach Hause schlafen schicken. Und er wird dir ein Leben lang dankbar sein für deine Großmut.

Wissen Sie was, sagte er. Gehen Sie nach Huase und schlafen Sie sich aus. Ich schau mir das alles allein an.

Mayer blickte überrascht auf. Danke, sagte er, aber er blieb sitzen.

Ist noch was?

Ja, die Stelle am Zaun ist markiert.

Gut. Und jetzt hauen Sie ab.

Ja, sagte Mayer, der Emil hieß. Er erhob sich und ging rasch davon.

Sargatt wartete eine Weile, still vor sich hinbrütend, dann ging er ins Büro. Die Kopfschmerzen hatten vollends aufgehört, dafür spürte er Magenschmerzen. Zuwenig Schlaf, zuviel Kaffee, zuwenig Frieden in der Seele. Und wieder stand Alinas Bild vor seinen Augen. Sie hatte eine eigene Art, sich zu bewegen, zu gehen, den Kopf in den Nacken zu werfen und zu widersprechen. Und dann ihr Profil. Himmel, dachte er, die haben gestern Masken getragen. Profil war das Stichwort. Er hätte eines sehen müssen, aber er hatte keines gesehen. In dem Moment, in dem die Alte losgeschrien hatte, im Moment des erstarrten Erschreckens hätte er ein Profil sehen müssen. Und dann der Ruck der Gesichter in seine Richtung. Kein weißer oder hellerer Fleck zwischen Haaren und Kleidung. Erstaunlich, woran man sich erinnern konnte, wenn man nicht nachdachte. Die alte Frau hatte trotz der Kälte keine Handschuhe getragen. Rissige, abgearbeitete Hände. Hilfsarbeiterinnenhände. Der Stoff ihres Mantels: abgetragen. Eine seltsame Zusammenstellung, diese vier Menschen. Ein großer, kräftiger Bursche, ein nervöser Raucher, ein kleiner Kerl oder eine Frau und dann diese Alte. Die Frage war, was sie miteinander verband. Ein dilettantischer Einbruch und dann das Außerbetriebsetzen einer komplizierten Alarmanlage. Und wenn die Firma log? Aber immerhin, ein Minister zeigte Interesse.

Als erstes rief Sargatt bei der Gesellschaft an, zu der das Taxi gehörte, in das die alte Frau gestiegen war, gab Ort, Uhrzeit und eine Personalbeschreibung durch und zum Schluß seinen Namen und die Rufnummer, unter der er zu erreichen war. Man werde eine Durchsage machen, aber er müsse bis zum Beginn der Nachtschicht warten, lautete die Antwort. Danach suchte er die Unterlagen über den zuletzt als gestohlen gemeldeten Kastenwagen hervor. Er verglich die Nummer mit der, die er sich notiert hatte. Es war dieselbe. Blieb nur noch, das Messegelände zu inspizieren. Er ließ einen Wagen kommen und fuhr hin. Einer der Wachleute von der Tagschicht zeigte ihm die markierte Stelle am Zaun. Jetzt, im Tageslicht sah alles verändert aus, kleiner und auch schäbiger, aber es schien die Stelle zu sein, an die er dachte. Sicherheitshalber ließ er sich in die Museumsstraße fahren. Von hier aus war alles klar. Er zählte die Alleebäume, wie er es in der vergangenen Nacht getan hatte, legte eine Linie von Alinas Haus zu der markierten Stelle, suchte die Toreinfahrt, aus deren Schatten die alte Frau aufgetaucht war. Kein Zweifel. Einem plötzlichen Impuls folgend läutete er den Hausmeister heraus und fragte ihn nach allen alten Damen, die hier wohnten. Seine Personenbeschreibung paßte auf keine. – Eine hie und da auftauchende Besucherin vielleicht? – Eher nicht. – Sonst noch etwas gesehen oder gehört? – Um diese Zeit schlafen doch alle. Sargatt wiederholte das Spiel im Nachbarhaus und dann noch sechs Male, bis er genug hatte. Er war überzeugt davon, daß er nirgends andere Antworten zu hören bekommen würde. Eigentlich gab es keinen Grund, sich so sicher zu fühlen außer dem seiner gesammelten Erfahrungen. Zwanzig Jahre Polizeidienst, das bedeutete doch einiges.

Als er wieder ins Auto stieg, war er völlig durchgefroren. Haben Sie etwas gegen die Kälte, fragte er den Fahrer.

Er hatte, und Sargatt nahm einen großen Schluck. Anschließend ließ er sich zur nächsten Wachstube fahren und fragte nach regelmäßig auftauchenden Pennern, Notquartieren, Zeitungsausträgern und anderen Nachtzustellern. Er hinterließ auch dort seine Telefonnummer und ließ sich zurückbringen. Es war mittlerweile dunkel geworden, und der Spätnachmittagsverkehr ging gerade in den Abendverkehr über. Sie brauchten für den Weg zurück ziemlich lang, und Sargatt überlegte die ganze Zeit über, was er Kolberg sagen würde.

Statt Kolberg meldete sich als erster Mayer. Er wisse jetzt, weshalb der Minister solches Interesse zeige. Der Inhaber von Gestaform sei sein Schwiegersohn.

Sehr freundlich, sagte Sargatt, der wieder Magenschmerzen hatte. Warum helfen Sie mir eigentlich?

Weil Sie in den letzten fünfhundert Jahren der erste waren, der über meinen Namen nicht gelacht hat, antwortete Mayer und legte auf. Wenig später rief er erneut an. Er habe eben einen alten Freund erreicht, Belcyk, ehemaliger Sicherheitsberater bei Gestaform – ob Sargatt interessiert sei ...

Wollen Sie den Fall, fragte Sargatt.

Sie nicht, fragte Mayer zurück.

Nicht besonders.

Eben darum haben Sie ihn. Belcyk ist jetzt zu Hause, die Nummer lautet ...

Sargatt notierte sie und vereinbarte anschließend mit Mayers Freund ein Treffen am späten Abend bei sich zu Hause. Ein Anruf in der Taxizentrale. Noch kein Resultat. Fahndung nach dem Kastenwagen. Zu Sargatts Verwunderung lautete die Antwort, daß man ihn vor kurzem gefunden habe. Der Platz lag drei Quergassen vom Messegelände entfernt, was mehr als erstaunlich war. Die Überprüfung sei noch im Gang, ob Sargatt der Entführungen wegen ein besonderes Interesse habe. Er sagte zögernd ja und betete insgeheim, es möge niemandem auffallen, daß von den Wagen, die sie in diesem Zusammenhang suchten, keiner jemals wieder aufgetaucht war.

Also nicht nach Amras überstellen?

Wieso Amras, fragte Sargatt.

Das Fahrzeug gehört der psychiatrischen Sonderanstalt dort.

So, sagte Sargatt, das muß ich überlesen haben. Vorläufig nicht überstellen, entschied er dann. Nachdenklich legte er auf. Amras erinnerte ihn an Alina. Sie arbeitete dort. War doch ein gutes Stichwort sie anzurufen, um ihr zu sagen, daß der Wagen wiedergefunden war. Und vielleicht kam er über diesen Umweg ins Gespräch mit ihr.

Er versuchte sie zu Hause zu erreichen und danach im Sanatorium. Ja, sie sei da. Es dauerte endlos lang, bis sie an den Apparat kam, und als ihre Stimme dann ertönte, klang sie müde, abweisend und fremd.

Bist du im Streß?

Das bin ich meistens, weiß du doch, antwortete sie. Gibt's was Besonderes?

Mit einem Wort, er hatte ihr gerade noch gefehlt. Ich wollte dich nur fragen, wie es dir geht, sagte er betroffen. – Das Stichwort, schoß es ihm durch den Kopf. Dein Stichwort, du Idiot. Er holte tief Luft und setzte fort: Eben kam die Meldung, daß der Wagen, der euch gestern abhanden gekommen ist, gefunden wurde.

So. Die Ironie war unüberhörbar. Seit wann hast du mit Autodiebstählen zu tun?

Im Moment landen alle auf meinem Schreibtisch.

Hat man dich versetzt?

Nein, sagte Sargatt. Es ist noch immer die Sonderkommission. Wir suchen nach besonderen Wagen, was bedeutet, daß wir uns um alle kümmern müssen, die unfreiwillig den Besitzer wechseln.

Aha.

Sie schwieg, und auch Sargatt wußte nichts weiter zu sagen. Peinlich, dachte er, es ist einfach peinlich.

Geht's dir gut, fragte er schließlich.

Ja, danke. Und dir?

So schlecht wie immer. – Wieder dieses Schweigen. – Tja, das war's. Paß auf dich auf.

Werde ich. Tschüss dann. Damit war das Gespräch beendet.

Tschüs dann, wiederholte Sargatt und legte langsam den Hörer zurück. Tja, das war's anscheinend wirklich. Niedergeschlagen schaute er das Telefon an. Oh Lieb, oh Tod ... So oder so ähnlich lautete der Vers. Ach Alina, du ... Er liebte eine Frau, die ihn nicht wiederliebte, mehr noch, die ihn anscheinend so gründlich satt hatte, daß es nicht einmal mehr zu ein paar unverbindlichen Höflichkeiten reichte.

Gerade da erreichte ihn der Anruf des Ministers. Sargatt hörte schweigend an, was der Minister zu sagen hatte und versicherte anschließend, daß jeder an der Abteilung selbstverständlich sein Bestes geben werde, ob den diesbezüglich von seiten der Firmenleitung, seines Schwiegersohnes also, Zweifel bestünden.

Der Minister reagierte beleidigt. Er melde, bitte, ein politisches und kein privates Interesse an.

Sargatt erwiderte nur knapp: Aber sicher doch und hörte, wie auf der anderen Seite an Stelle einer Antwort der Hörer auf die Gabel gedroschen wurde. Es würde mit Sicherheit eine Beschwerde geben. Und Kolberg würde toben. – Sollte er doch, es war egal. Alles war bedeutungslos: der Groll des Ministers, Kolbergs, der Gestaltsimulator. Was wollte die Menschheit überhaupt mit so einer Erfindung, wenn sie sich nicht einmal auf so einfache Dinge wie die Liebe verstand – sich noch ein Weilchen weitertäuschen, ehe der große Knall kam oder das erniedrigende, persönliche Ende? Aber vielleicht war Liebe von allen Täuschungen die allergrößte. Dann allerdings war alles Täuschung. Man bildete sich ein, daß man in einer wirklichen Welt lebte. Man bildete sich ein, daß es darin wirkliche Dinge gab, weil man sie hören, riechen und berühren konnte. Man zimmerte sich eine Welt aus Einbildung zusammen, zur Einbildung und nannte das Ergebnis Wirklichkeit. Aber was war denn wirklich – der Schreibtisch vor ihm? Die Erinnerung an Alina? Der Sternenhimmel von gestern Nacht? Ließ sich aus der Tatsache, daß ein Dutzend Leute unabhängig voneinander die gleichen Dinge gleich benannten, ein Beweis für die Existenz von Wirklichkeit ableiten? Gewiß nicht. Bloß, wenn sich alle auf die gleiche Art täuschen ließen, war dann nicht die Täuschung Wirklichkeit? Vielleicht gab es eine wirkliche Welt, die sich zu der, in der er und der ganze Haufen verlorener Menschheit lebten, wie der Hintergrund zu einer Bühne verhielt. Und wenn man auf der Bühne stand und seinen Part spielte, war man dazu verführt, den Hintergrund für einen Teil der Bühne zu halten, während in Wahrheit beides nichts miteinander zu schaffen hatte. Die Bühne war irgendwann zufällig vor einem zufällig vorhandenen Hintergrund aufgebaut worden, ohne daß es jemals einen Zusammenhang gegeben hatte oder geben konnte. Und vielleicht hatte der Erbauer der Bühne die Anwesenheit des Hintergrundes gar nicht wahrgenommen, sondern ihn später dazuerfunden, sozusagen als Fiktion einer fiktiven Wirklichkeit. Ebensogut allerdings konnte man einen leeren Raum hinter der Bühne vermuten, das Problem war logisch nicht entscheidbar. Logik. Noch eine Fiktion. In diesem Verwirrspiel, in dem nichts sicher war, stand eines allerdings fest: daß eine weitere Kette langer, öder Nächte vor ihm lag, die er mit niemandem teilen würde.

Er ließ sämtliche Zeitungen kommen, die greifbar waren, um die Schlagzeilen durchzusehen. »Der Kornauer Bote«, erinnerte er sich, hatte eine regelmäßige Rubrik: »Fenster zur Welt«. Ein schönes Fenster. Ein Fenster aus Papier, das in eine Welt aus Papier wies, in der das, was auf Papier gedruckt war, zur verbindlichen Wirklichkeit erklärt wurde. Er faltete die erste Zeitung auseinander, und da war die befürchtete Schlagzeile: »Frecher

Raub auf Messegelände«. Und darunter: »Erfindung des Jahrhunderts gestohlen«. Kolberg hatte also alles an die Presse weitergegeben. Oder die Firma selbst? Jedenfalls bedeutete das, daß er einen Riesenfall am Hals hatte und kein Resultat, mit dem er sich den ärgsten Wirbel hätte vom Leib halten können. Wütend schleuderte er die Zeitungen zur Seite. Leuchtturmwächter mußte ein nahezu idealer Beruf sein.

An dem Morgen, an dem sich der gesuchte Taxifahrer endlich meldete, schneite es in dichten, festen Flocken. Die Autos waren gleichförmig runde Hügel, die in einer Zeile anderer gleichförmig runder Hügel standen und sich kaum voneinander unterschieden. Sargatt stand am Fenster und schaute in den Schneefall hinaus, der Verkehr war zum Erliegen gekommen und die Straßen wirkten seltsam leer und ruhig. Belcyk war zu Besuch gewesen, und sie hatten miteinander eine halbe Nacht hindurch getrunken, zuerst Rum mit Tee, dann Rum mit Tee ohne Tee, und Belcyk hatte Sargatt erklärt, wie einfach es war, den Sicherheitscode der Firma Gestaform zu knacken, wie blöd die Sicherheitsvorkehrungen waren und vor allem, warum. Und der Riesenfall war währenddessen zu einer Lümmelgeschichte verkommen, zu einem Lausbubenstreich, den drei Millionen Heimcomputerbesitzer begangen haben konnten und bei dem eine gütige Oma für ihren Enkel Schmiere gestanden war. Ein unlösbare Geschichte, unlösbar wie alle Geschichten, die keiner Logik folgten, sondern einfach aus Neugier passierten, außer ein dummer Zufall kam dazwischen. Und in diesem Fall hieß der dumme Zufall Sargatt. – Sie waren übereingekommen, daß Belcyk vom Polizeicomputer aus in das Allerheiligste von Gestaform vordringen sollte und eine Nachricht deponieren: Hier spricht Sargatts Geist. Seither ließ Kolberg Sargatt in Ruhe, und statt des Polizeichefs stand der Innenminister auf der Abschußliste. Von dem Moment an, da auf den Monitoren der Firma »Hier spricht Sargatts Geist« auftauchte, war der Raub des Jahrhunderts eine politische Sache und ansonsten ein Dummerjungenstreich. Man sprach von unter der Hand vergebenen Regierungsaufträgen und eingesparten Sicherheitsmaßnahmen. Kein großer Polizeifall mehr. Und nun meldete sich dieser Taxifahrer. Auch recht.

Er konnte sich noch gut an die alte Frau erinnern, auch an die Straße, in die er sie in jener Nacht gebracht hatte, aber nicht mehr an die Hausnummer. Sie fuhren langsam die Gasse entlang, wendeten und fuhren nochmals alles in der umgekehrten Richtung ab.

Schließlich sagte der Taxifahrer: Das ist das Haus. Er deutet auf ein vier Stock hohes Gebäude, dessen Stuckverzierung langsam abbröckelte.

Sind Sie sicher, fragte Sargatt.

Drüben ist ein Zigarettenautomat und hier steht dieser alte, verrostete Container, sagte der Fahrer, das ist es.

Sargatt schaute sich um. Weiter oben in der Gasse stand noch einmal so ein Ding, als ob es vor langer Zeit vergessen worden wäre. Die ganze Gasse wirkte, als ob sie vor langer Zeit vergessen worden wäre und sich nur noch zufällig in dieser Stadt befand. Er bezahlte dem Fahrer eine Entschädigung für den Zeitaufwand, ließ sich eine Quittung geben und schickte ihn weg. Dann betrat er das Haus.

Der Flur, der Stiegenaufgang, die Lichthoffenster und braunen Wohnungstüren sahen erbärmlich alt und verwahrlost aus. Sargatt wanderte bis in den vierten Stock, las Namensschilder, horchte nach Geräuschen, kehrte schließlich ins Parterre zurück und läutete den Hausmeister heraus. Acht alte Frauen wohnten hier, in dieser Gegend gab es fast nur alte Leute, und seine in manchen etwas vage Beschreibung paßte auf drei von ihnen. Zwei waren zu Hause, aber der Gesuchten nur entfernt ähnlich. Die dritte hieß Olga Petrik, und der Hausmeister erinnerte sich auf dem Weg ins Parterre zurück, daß er sie vor ein paar Tagen mit einem Köfferchen das Haus verlassen gesehen hatte. Seither war er ihr nicht mehr begegnet.

Sie meinen, sie könnte verreist sein, fragte Sargatt.

Verreist? Wohin denn?

Zu Verwandten vielleicht.

Von Verwandten wußte der Hausmeister nichts, nur von einem Sohn hatte er gehört, einem Idioten, der in einer Anstalt lebte, keine Ahnung wo.

Sargatt sagte: Ja, dann ist das alles, verabschiedete sich und stieg noch einmal in den vierten Stock hinauf. Die Tür zur Wohnung Petrik hatte drei Schlösser, aber keines leistete ernsthaften Widerstand. Sargatt sperrte sie der Reihe nach auf, schaute sich kurz um und betrat die Wohnung. Sie wirkte ärmlich, aber im Gegensatz zum Haus wohlgeordnet, so wohlgeordnet, wie Räume nur wirkten, wenn niemand in ihnen lebte. In der Küche stand nirgends Geschirr, keine Handtücher, keine Putzlappen, das Bett war abgezogen und mit einer Decke abgedeckt. Über den Ohrensessel neben dem Fenster war ein Schonbezug gebreitet. Kein Foto auf dem Nachtkästchen, keine Pflanzen, kein Tischtuch. Alles vorbereitet für eine lange oder – schoß es Sargatt jäh durch den Kopf – endgültige Abwesenheit. Er warf einen Blick in den Bücherkasten: Jungmädchenromane, eine Rechtschreibfibel, ein Tierlexikon, populärpsychologische Schriften und Berge von Zeitungen. Im Kasten daneben alte Kleider, akkurat aufgehängt, penibel zusammengelegte Leib- und Bettwäsche. In der obersten Schublade der Kommode lag eine Mappe. Dokumente stand darauf.

Sargatt schlug sie auf. Als erstes sah er ein Testament, handgeschrieben und unterschrieben. Das Datum lag sechs Wochen zurück. Darunter Trauungsschein, Geburtsurkunde eines Sohnes, Sterbeurkunde des Mannes und dann noch ein Kuvert. »Für mein Begräbnis« war von der gleichen Hand daraufgeschrieben worden, die auch das Testament abgefaßt hatte. Es enthielt Geld und einen Grabschein. Sargatt stöberte weiter. Ein Fotoalbum. Bilder, die Jahrzehnte zurücklagen. Ein junger Mann und eine junge Frau, die einander anlachten. Ein Hochzeitsfoto der beiden. Das gleiche Paar mit einem Baby und danach Unmengen von Babyfotos. Jos: erste, zweite, dritte Woche, ein ganzes halbes Jahr und dann plötzlich keine Kinderfotos mehr. Ganz hinten waren zwei nicht eingeklebte Bilder. Eines zeigte die alte Frau mit einem etwa vierzigjährigen Mann, dessen Gesicht weder Kind- noch Erwachsensein ausdrückte. Hinten stand: Jos mit mir in Amras und ein Datum vom vergangenen Sommer. Auf dem zweiten Bild war die alte Frau zu sehen, der gleiche Mann – und Alina. Amras, zwei Tage vor Weihnachten.

Sargatt setzte sich, die beiden Bilder in der Hand, in den Ohrensessel am Fenster. Hier mochte sie gesessen sein und nachgedacht haben oder das Entschwinden der Zeit abgewartet. Und er hatte sie gefunden, er wußte, wie sie hieß, aber was hatte er tatsächlich gefunden? Eine behutsam lächelnde Alina, wie er sie niemals kennengelernt hatte. Und noch einen Hinweis auf Amras. Und die Spuren eines einsamen, alten Menschen, dem letzten einer Kette, das allerletzte Glied eines zu Tode erschöpften Lebens. Das waren Antworten, aber keine, die er verstand. Eine Spur, die ins Nichts wies und gleichzeitig zu Alina. War das noch einmal seine Chance? Er steckte die Fotos ein, legte das Album an seinen Platz und schloß die Schublade.

An der Tür des Hausmeisters blieb er kurz stehen, aber da sich nichts dahinter rührte, ging er ohne ein Wort, stieg ins Auto und fuhr los. Er fuhr, ohne an irgend etwas zu denken und erst, als er die Auffahrt der Stadtautobahn hinter sich gebracht hatte, wurde ihm klar, daß er auf dem Weg nach Amras war.

Alina, ach Alina. Aber was konnte er tun? Und überall die gleiche bedrückende Stille im Haus, ein Stillstand der Zeit, der Tod der Zeit, das bedeutete das Ende aller Geschichten. Eine stumpfe Sense, wie er es einmal auf einem Bild gesehen hatte, eine Sanduhr, die das Verstreichen der Zeit nicht mehr abmaß, nicht, weil die Sanduhr an ihrem Ende angelangt war, sondern die Zeit. Und keine dem Leben zugewandte, gütige Hand würde das Leben noch einmal in Gang bringen können, indem sie die Sanduhr auf den Kopf stellte. Er ließ Alina rufen und schaute zu, wie sie den langen, langen Korridor auf ihn zueilte, vorbei an unzähligen Türen, jeder Schritt Eile und gleichzeitig Zögern, sogar ein heimliches Fliehen. Sie floh vor ihm, während sie gleichzeitig auf ihn zueilte. Träume waren so, ob gut oder schlecht. Man wußte in ihnen jäh und zusammengedrängt, was unausgesprochen, unaussprechbar und unwißbar war, solang man sich den Gedanken des Kopfes anvertraute. Man wußte aus einer anderen Tiefe, in der der ewige Kampf zwischen Wahrheit und Lüge aufgehoben war. So hatte es ihm Alina einmal zu erklären versucht und war nicht bis zu ihm vorgedrungen. Und nun stand er da und erlebte einen solchen Traum und wußte plötzlich: Sie war der vierte Mann.

Als sie vor ihm stand, zog er die Fotos aus der Tasche und hielt sie ihr entgegen. Ein großer, kräftiger Mann, ein kleinerer oder ein Mädchen vielleicht, ein nervöser Raucher und eine alte Frau. Die Frage all die Zeit war, was diese vier Menschen miteinander verbindet. Er? Sargatt wies auf die Bilder.

Alina warf einen flüchtigen Blick darauf. Also hast du mich doch erkannt.

Wann – in der Nacht auf der Straße, fragte er verblüfft. Nein. Olga Petrik habe ich wiedererkannt. Der Taxifahrer brachte mich zu ihrer Adresse. Alles andere ist mir eben jetzt klargeworden, als du auf mich zugekommen bist. Hast du mich denn erkannt?

Alina nickte. Ich dachte, daß dein Anruf vor ein paar Tagen damit zusammenhing. Ich dachte, daß du vielleicht nicht ganz sicher warst, aber ich habe erwartet, daß du es mir sagen würdest.

Oh, mein Gott. Sargatt steckte die Fotos wieder ein. Eine Falle? Nachprüfen, ob die Stimme zittert oder ob du dich sonstwie verrätst?

Es tut mir leid.

Ja, mir auch. Er schaute auf den Fußboden. Überall diese verflixten Fliesen. Himmel und Hölle. Und er war immer in der Hölle gelandet. Zu ungeschickt, um zu …

Trotzdem, sagte er. Gibt es eine Antwort darauf, auch wenn du mit mir wie mit einem Idioten reden müßtest?

Zwei und zwei ist vier? Es klang ziemlich verzweifelt.

Nein, sagte Sargatt. Schon lang nicht mehr.

Alina antwortete nicht.

Hör mal, sagte er. Mag sein, daß ich in deinen Augen in diesem Fall nichts zu suchen habe. Ich bin hineingestolpert, wie man über eine Schwelle in ein Zimmer stolpert, das für andere bereitsteht. Aber nun bin ich da.

Nun bist du da. Wann hast du Olga gesprochen?

Gar nicht. Warum?

Weil sie tot ist. Ich weiß es seit heute Morgen. Sie mußte sich operieren lassen. Sie hat die Operation nicht überlebt.

Oh, sagte Sargatt. Darum das Köfferchen und die von allen Spuren des Bewohntseins entleerte Wohnung. Nun gut, die alte Frau war tot. Kein Gericht über Tote. Und Friede ihrer Asche, wie das hieß. Aber was, heiliger Wahnsinn, brachte Alina in dieses Spiel so sehr hinein. Eine Liebe vielleicht? Ganz gewiß eine Liebe.

Was, brüllte er plötzlich, machst du dabei?

Sie hob den Kopf und schaute ihn fest an. Du kannst nicht aufgeben, wie? Gut, ich zeig es dir. Und dann geh und tu, was du willst.

Nein, das war noch nicht der endgültige Tiefpunkt. Der kam erst jetzt. Sie dachte, er würde sie anzeigen. Sie dachte tatsächlich, er könnte sie anzeigen. Recht geschah ihm. So war er. So war er ja. Immer der Fährte nach, mit dem Kopf zu Boden und weder rechts noch links geschaut.

Er folgte ihr in den verschneiten Garten, vorbei am Hauptgebäude, vorbei an den alten, schneebeladenen Platanen des Vorplatzes, vorbei an den Krähen, die wie schwarze Miniaturen in den Wiesen standen, vorbei an allem und vorbei, bis hin zu einem abseits gelegenen Pavillon. Alina öffnete die Türe, wieder ein Korridor, dann ein kleines Zimmer. Ein Bett, ein Schreibtisch, zwei Sessel, ein Kasten. Es war ihr Dienstzimmer. Hinter der Türe stand eine Art Medikamentenwagen. Sie zog die darübergebreitete Decke weg, und Sargatt schaute auf den Gestaltsimulator.

Da war er also. Sargatt setzte sich aufs Bett und schaute Alina zu, wie sie an dem Gerät hantierte, Kabel aufrollte, an Schaltern drehte und er dachte: Versuche nicht so zu tun, als verständest du, was hier geschieht. Sie wird dir irgend etwas zeigen, einen Geist vielleicht, vielleicht deinen Vater. Und dann wird sie dich auffordern: Sag es ihm. So sag es ihm doch, sag ihm endlich, was damals mit dir los gewesen ist, als du von zu Hause ausgerissen bist. Schrei es ihm ins Gesicht. Du wolltest ihn töten. Du wolltest sein Ebenbild in dir vernichten und bist ihm gerade darum ähnlich geworden.

Und jetzt, fragte Sargatt müde.

Warte. Sie verließ das Zimmer, er hörte ihre Schritte draußen, Gemurmel, Geräusche, die er nicht zu deuten vermochte und dann wieder Schritte, die sich nun näherten. Ja, das konnte dieses verfluchte Ding vermutlich auch sein: Therapiebehelf. Hunderttausend oder Millionen solcher Dinger vor hunderttausend oder Millionen Patienten von hunderttausend oder Millionen Psychiatern in Gang gesetzt: Ich zeige dir deinen Feind. Kämpf ihn nieder. Besiege ihn. Und vielleicht würden irgendwann hunderttausend oder Millionen solcher Dinger in einer wüsten Welt einer verlorenen Menschheit Wiesen, Wälder oder Raben vortäuschen.

Die Tür ins Zimmer wurde aufgestoßen, Alina schob einen Mann in einem Rollstuhl herein.

Das ist Jos, sagte sie, Olgas Sohn. Er ist fünfundvierzig Jahre alt. Seit achtunddreißig Jahren lebt er in dieser Anstalt. Achtunddreißig Jahre lang hat sie ihn fast jeden Tag besucht. Bei Schnee, bei Regen, bei Sonnenschein, immer. Man kann den eigenen Tod nicht denken, nicht solang man weiß, daß man erwartet wird, aber Olga war achtzig. Und dann kamen die Schmerzen. Zeit, nach Hause zu gehen, hat sie einmal gesagt. Wir haben ihr versprochen, geschworen, daß wir uns kümmern, ihn gut behandeln werden. Aber da war er mit seinem Warten. Er kann ein einziges Wort, er kann sie ansprechen und er erkennt sie. Und sie wußte das. Sie wußte, daß von der ganzen Welt da draußen für ihn nichts weiter existierte als ihr Bild, ihre Stimme, ihre Hände. Was immer wir ihr versprochen hatten: Es war ein Nichts. Und dann kamen die Berichte über den GS. Die Fachzeitschriften haben schon Monate vor der Ausstellung über ihn geschrieben. Soll ich dir einmal die anderen Abteilungen zeigen? Dich hat das nie besonders interessiert. Hier gibt's keine Heilung, keine Hoffnung auf Besserung, hier gibt es nur den Augenblick.

Sie stellte Jos vor Sargatt, dann einen Sessel in die Mitte des Zimmers und schaltete den Gestaltsimulator ein. Zuerst geschah nichts, nur ein Summen war zu hören. Dann flirrte die Luft über dem Sessel, das Flimmern verdichtete sich und von einem Moment zum anderen saß Olga Petrik da und vom Tonband kam ihre Stimme. Wahrscheinlich ihre Stimme: Jos? Jos, mein Junge.

Alina drehte ihn so, daß er Olga nun sehen konnte. Er hob leicht den Kopf und schaute, und aus diesem Schauen entstand Bewegung, die über sein Gesicht wanderte. Es gibt da einen Ausdruck, dachte Sargatt: »verklärt«. Schwer zu beschreiben, aber gut möglich, daß es das war. »Hingegeben«. Noch so ein Wort. Und: »Im Traum und im Augenblick sind wir Engel, ohne Zeit und ohne Tod«. Hatte ihm Alina das einmal vorgelesen oder es gesagt? Gedankensplitter. Nicht mehr wert als unbrauchbares Papier. Papier, auf dem nichts mehr stehen konnte, da dies auf ihm geschrieben stand. Keine einzige Zeile würde jemals mehr auf Papier geschrieben werden können nach dieser einen. Schrecklich im Grunde und grausam, stellte man es dem Leben gegenüber, aber immerhin, Jos saß da und lächelte eine Art von Lächeln und seine Lippen formten ein Wort. Er, der nichts vermochte, in Windeln verpackt, hin- und hergeschoben, wie ein Baby gefüttert, er hatte anscheinend ein Wort. Und Alina schob ihn näher und legte seine Hand auf die Hand des Phantoms. Er hatte also auch Berührung, nicht bloß ein Wort, er hatte ein Bild – Olga – und ob sie nun lebte oder tot war, was hatte man denn sonst von einander als bloß ein Bild und ein Wort, nämlich einen Namen und wenn man gut dran war eine Berührung. Beneidenswert. Der Kerl hatte alles zusammen, wie erbärmlich er sonst sein mochte. Nun gut, das war es also. Bloß, wie lang, glaubten diese seltsamen Narren hier, konnten sie dieses Spiel betreiben.

Menschliche Natur. Man redet, man schwätzt, man trinkt, man rächt sich unter Umständen, man will seinen Anteil an der Wertschätzung der Welt, man prahlt. Zum Teufel, man konnte es Barmherzigkeit nennen, vor dem Gesetz war es ein Verbrechen. Nein, dachte Sargatt dann. Magie. Das ist das richtige Wort. Bloß: War es ein guter und ein böser Zauber? Irgendwann, und das sehr bald, würde Alina den Kasten wieder abstellen und dann: Aus. Nichts. Ende. Leere. Aber war das immer immer so, ein Leben lang? Öde und darin hie und da ein paar kostbare Momente, die man genoß, nicht weil man ganz klar sah, sondern im Gegenteil, weil all das Klare – die Summe der menschlichen Katastrophen – verzaubert worden war durch einen Traum, eine Illusion, was immer. Er saß also da und wollte ein Geheimnis lüften. Und Alina stand da, nicht um es zu bewahren – sie schuf es. Man sollte es in einem Abra Kadabra, in einem Sesam-schließe-Dich verbergen und nicht daran rühren, damit es bleiben konnte, um es der Erbärmlichkeit menschlicher Existenz und den erbärmlichen Tagen entgegenzustellen.

Und als ihr all das wußtet, sagte Sargatt mehr zu sich als zu Alina, habt ihr euch das Gerät einfach besorgt.

Wir hatten keine Zeit mehr.

Laß. Ich will nicht wissen, wer und wie und wie das mit der Alarmanlage war und ich hoffe, daß ich es nie wissen muß. Ich habe damals in der Nacht auf dich gewartet. Am nächsten Tag war es mein Fall. So bin ich in die Sache hineingeraten, das ist alles. Paß auf das Ding gut auf.

Ja, sagte Alina. Danke.

Du mußt das nicht sagen.

Doch. Ich weiß, was es für dich bedeutet.

Weißt du nicht.

Doch.

Also gut, du weißt es. Wie lang bleiben wir hier?

Eine Weile noch, sagte Alina. Es wäre nicht fair, wenn …

Es wäre nicht fair gewesen. Klar. Olga war zu Besuch. Alina setzte sich zu Sargatt aufs Bett und lehnte sich mit dem Rücken an ihn, Blickrichtung Jos. Erzähl schon, sagte sie. Warum geht es dir nicht gut?

Sargatt hielt sie an Stelle einer Antwort ein bißchen fest, bis ihm klar wurde, daß es nun wohl endgültig aus war. Er hatte seine Chancen gehabt. Früher. Und oben, in Olgas Wohnung.

Und in der Nacht, als er auf Alina gewartet hatte, auch noch, als sie den langen Korridor auf ihn zugeeilt war und er plötzlich alles gewußt hatte. Er hätte nichts fragen sollen. Er hätte, ach, er hätte so vieles …

Ich wollte mich bloß interessant machen, sagte er endlich. Du kennst mich doch. Im Grunde geht's mir immer recht gut.

Wieder der Park. Amras lag auf einer Anhöhe, im Norden und Westen von Wäldern eingeschlossen, im Osten von einem Gitterzaun, im Süden von einer Mauer. Aber jetzt sah man nichts von ihr. Die weißen Wiesen diesseits der Mauer gingen ohne Abgrenzung in die Wiesen jenseits der Mauer über und weiter bis zu einem zugefrorenen Teich, eigentlich einem kleinen See, der schon zur Nachbargemeinde gehörte. Im Sommer wurde die Sicht hinunter von Gebüsch und vom Laub der Bäume behindert, nun reichte der Blick bis zu einer Bucht, in der sich Eisläufer tummelten und über die der Wind Schneefontänen fegte.

Sargatt blieb neben Alina stehen und hielt sein Gesicht in den Wind. Schön hier, sagte er. Glaubst du, daß es wieder schneien wird?

Kann sein.

Es riecht danach.

Verstehst du, daß wir es tun mußten, als wir wußten, daß es möglich ist?

Ja, sagte Sargatt. Er ging auf den abschüssigen Teil der Wiese zu. Die Chancen waren nicht groß, aber auch nicht ganz schlecht. Alle Spuren liefen bei ihm und bei einer Toten zusammen. Und ein bißchen konnte er nachhelfen, falsche Fährten legen, unsinnige Meldungen lancieren. Die Firma würde einem entgangenen Geschäft nachjammern und nach einer Weile entdecken, daß sie es nicht verloren hatte, die Polizei eine Zeitlang noch auf ein großes Verbrechen warten oder auf einen doppelten Minister und irgendwann das Interesse verlieren, wenn nichts dergleichen passierte. Auch die Presse würde ihr Interesse verlieren. Wenn nichts weiter passierte, würde aus diesem wie aus allen Ereignissen, die schon geschehen waren, etwas werden, das sich eigentlich nie ereignet hatte. Blieben Kolberg und Mayer. Kolberg gegenüber war Angriff die beste Verteidigung und Mayer würde er vielleicht sogar eines Tages hierherbringen und Alina bitten … Mayer würde es vielleicht verstehen und den Mund halten.

Der Wind war stärker geworden und hatte die Eisläufer vom See vertrieben. Er wirbelte in der Senke den lockeren Schnee auf, formte groteske Gestalten aus ihm, Spiralen, die über dem Boden tanzten.

Ja, dann, sagte Sargatt. Ich glaube, wir sollten zurückgehen. Du frierst ja.

Ein bißchen.

Dann komm doch unter meine Jacke, dachte er. Nein, das war auch vorbei. Er drehte um und versuchte mit ihren kleinen Schritten im Takt zu bleiben.

Ich werde dafür sorgen, daß der Krankenwagen rasch überstellt wird.

Danke.

Für einen Augenblick trafen sich ihre Blicke. Man konnte nur darüber hinwegreden. Etwa, daß die Gebäude renoviert gehörten. Oder über die Arbeit. Und dann vielleicht ein: Ruf mich doch bei Gelegenheit einmal an.

Paß auf dich auf, sagte Sargatt.

Jetzt waren sie fast beim Hauptgebäude. Alina blieb stehen. Ich dank dir, sagte sie. Ich rufe dich an.

Du mußt nicht.

Ich weiß.

Das Hauptgebäude. Noch ein paar Stufen und dann adieu, mein Herz, adieu.

Alina blieb noch einmal stehen. Wir hatten einmal eine Patientin hier. Sie sprach nie mit uns. Nur manchmal sagte sie einen Vers auf. Es war immer der gleiche: »In meinem Haus wohnte keine Blume, kein Vogel, kein Kind, nur Wind, überall Wind«. – Ich melde mich bestimmt bei dir.

Ja, sagte Sargatt. Er wartete, bis sich die Türe hinter ihr geschlossen hatte und ging dann aufs Osttor zu. Keine Blume, kein Vogel, kein Kind, nur Wind.

Das war's.

Bernd Ulbrich

Frankenstein Monstrum. Heimkehr und Ende

Fast blind hatte er das Licht gesucht. Durch die dichte Mauer der Taubheit drang wie von ferne das Rauschen und Dröhnen der Brandung. Das wilde Wasser holte ihn ein. Aber er orientierte sich an jenem hellen Fleck, der die Sonne sein mußte, und richtete sich wieder auf.

Der Blindheit und Taubheit folgte das Schweigen. Stumm, ohne einen Laut der Freude oder Klage war er in den Wäldern umhergeirrt. Wie lange? Er hatte keine Vorstellung. Nicht einmal der Wechsel von Tag und Nacht, nur der Hunger gab der Zeit ein Maß. Was für eine kurze Spanne waren Tage und Wochen nach der Ewigkeit des Todes im Eis. Eine sinnlose Erwartung dehnte sie. Was erhoffte er?

Allmählich nahm der klägliche Rest von Leben in ihm Verbindung mit der Außenwelt auf. Seine Finger ertasteten die rauhe Rinde der Bäume. Vom Tritt auf Steine oder Geäst schmerzten die Füße. Die Schatten vor seinen Augen nahmen Gestalt an. Auf der Haut spürte er den sanften Druck des Windes. Mit den Empfindungen kehrten andere Sehnsüchte zurück. Doch von den Menschen war er weiter entfernt als je zuvor.

Er vegetierte wie ein Vieh. Manchmal spürte er Wild auf. Aus Dutzenden Metern Entfernung zerschmetterte er Rehen und Wildschweinen mit einem Stein den Schädel. Er zerfetzte die Leiber mit den Händen und schlang das Fleisch roh hinunter. Dazu trank er das noch warme Blut. Die Erinnerung an die andere Welt überfiel ihn im Traum.

An diesem Morgen erwachte das Monstrum, das der Doktor Frankenstein geschaffen hatte, mit wehmütigen Erinnerungen. Ihn, der zweimal gestorben und wiederauferstanden war, der kein wildes Tier, keinen menschlichen Unhold und nicht die Geister der Unterwelt fürchten mußte, schüttelte die Angst vorm Alleinsein, wie die Vorstellung, von der Meute der Menschen gehetzt zu werden. Er lauschte auf die Geräusche im Wald. Die Ängste der Vergangenheit bekamen wieder ein Gesicht. Das Bewußtsein der Verlassenheit erschütterte seine Seele und seinen Körper. Er schluchzte. Jedoch die Augen blieben trocken.

Vielleicht hätten Tränen ihn von dem Krampf erlöst. Tränen

sammeln Trauer wie alle anderen Gifte in sich. Sie müssen herausfließen, sonst erstickt das Denken und jede Empfindung. Sie befreien den Organismus. Er litt an seiner Liebe und an seiner Sehnsucht. Gleichzeitig verfluchte er die Menschen. Doch ohne sie wäre alles sinnlos.

Zum zweiten Mal war er wiedergeboren. Er lebte sein drittes Leben. Die Drei ist eine magische Zahl. Sie hebt die triviale Polarität zweier Elemente auf, löst die Unentschiedenheit starren Gegeneinanders und wird zum bewegenden Element des Universums. Davon wußte Frankensteins Schöpfung nichts. Aber er erinnerte sich der biblischen Dreieinigkeit, und die Zahl flößte ihm Vertrauen und Zuversicht ein. Hoffnung verdrängte Haß und Verzweiflung. Glaube hüllte die Angst ein. Er beruhigte sich.

Von seinem ersten Leben wußte er nichts. Man hatte ihm nur mitgeteilt, er sei zu früh gestorben. Sein zweites Leben war in Verzweiflung und Haß geendet. Mit der Zahl Drei verband sich die überschwengliche Vorstellung des Paradieses.

Er war gestorben und wiederauferstanden. Gott war ihm im Tode nicht erschienen. Wo war Sein Reich?

Hatte nicht der Herr Sein Reich auf Erden angekündigt! Wieviel Zeit war vergangen, zuviel, zuwenig? War Gottes irdisches Reich noch nicht angebrochen, war es schon vorbei? Auch die Ewigkeiten sind endlich, sonst wäre das Morgen kein Trost. Trost aber braucht der Mensch immer. Zukunft und Vergangenheit. Das Gestern ist verklärt durch die Erinnerung. Doch seine Erinnerung bestand aus Grauen und Schrecknis. Seine ganze Hoffnung war das Morgen. Heute! Der Tag schien ihm angebrochen, und er dankte seinen Schöpfern, Gott und dem Doktor Frankenstein für die Gnade der Auserwählung. Er wußte nichts davon, daß den Doktor allein wissenschaftlich-pragmatische Gesichtspunkte geleitet hatten. Herr, erbarme dich seiner!

Im Gebet umfaßte die grobe, rauhe Linke die schmale Rechte. Er war sich seiner körperlichen Besonderheiten bewußt und vermied es, sich über stille Wasserspiegel zu beugen. Allein er wurde erinnert bei jedem Schritt. Das Schuhwerk, das er wie die übrige Kleidung einem Toten, vielleicht war es ein Wilddieb oder ein Flüchtling, abgenommen hatte, bereitete ihm Pein. Der linke Stiefel saß gut, der rechte zwang ihm eine hinkende Gangart auf, bis er sich schließlich nach Tagen der Form seines Fußes anpaßte. Nur wenn er weite Strecken zurücklegte, begann er an Zehen und

Ferse zu drücken. Obwohl er nicht wußte, wo er sich befand, hielt er zielstrebig eine Richtung bei, von der er hoffte, sie würde ihn in die alte Heimat zurückführen. Mit einem schmerzlichen Gefühl umging er jede menschliche Ansiedlung, so selten er sie in dieser Wildnis auch antraf. Er wanderte von Nord nach Süd.

Zu sich gekommen in diesem dritten seiner Leben war er an ödem, felsigem Ufer. Eisschollen krachten in der Brandung. Wahrscheinlich war er auf einer hierher getragen worden. In den ersten Tagen wurde er sich über seinen Zustand nicht restlos klar. Wo war er, wie lange hatte er in Bewußtlosigkeit gelegen? Erst als er den Toten fand und in dessen Tasche das Kalenderbüchlein mit der unheimlichen Jahreszahl, überfiel ihn die Wahrheit mit unbarmherziger Wucht. Er war damals gestorben, zum zweiten Mal. Auch wenn er all die wunderbaren Fähigkeiten seines Körpers zusammenzählte, so erlaubten sie doch nicht die Vorstellung von jahrhundertlangem Schlaf. Der Tod war seiner Wesenheit näher. In der Einöde des ewigen Eises, am Endpunkt seiner damaligen Flucht, hatte er ihn ereilt, und das Eis, im unendlichen Kreislauf der Natur, hatte ihn zurückgetragen, ihn, den die Kunst des Doktors Frankenstein diesem Kreislauf entrissen hatte, und dessen künstliche Ingredienzien die Zerstörung seines Organismus durch Kälte und Wärme verhinderten. Das Herz hatte aufgehört zu schlagen, das Bewußtsein war gewichen. Er war tot gewesen. Die allererste, ungewisse Empfindung ließ ihn an den grellen Widerschein von Blitzen denken. Vielleicht hatten elektrische Entladungen in der Atmosphäre den Herzschlag wieder angeregt. Auch der Doktor hatte mit dieser unheimlichen Kraft experimentiert, um seine Schöpfung zum Leben zu erwecken. Nun lebte sie wieder und konnte das Wunder nicht fassen.

Dies sollte ein drittes und letztes, unwiderruflich letztes Mal sein, nicht kurz und unerfüllt wie das erste, nicht zur Grausamkeit verhärtet wie das zweite Leben. Er wollte bescheiden sein. Liebe erwartete er nicht, nur Verständnis. Das wenigstens mußte möglich sein, selbst wenn Gottes Reich noch nicht angebrochen sein sollte, wenigstens das, und er wollte Gottes Güte auf Erden preisen. Als er soweit mit sich gekommen war, ließ er sich am nächsten Tümpel nieder und betrachtete sich im dunklen, unbewegten Wasser.

Hatten nicht die Verstümmelungen des Krieges oder Folterwerkzeuge, hatten nicht Ausschweifung und Laster, Niedrigkeit und Hochmut das menschliche Antlitz schon furchtbarer entstellt? Aber es war nicht die Tiefe der Narben, nicht die künstliche Disproportion, die den Eindruck des Un-Menschlichen hinterließen. Es war die Anmaßung des widernatürlichen Lebens selbst. Er schwor sich Demut. Der Menschen Barmherzigkeit nicht sicher, rief er Gottes Einsicht an.

Weiter durchwanderte er den Wald von Nord nach Süd. Die Tage wurden angenehmer. Weniger kalt waren die Nächte. Noch immer mußte er seinen Hunger stillen, indem er Wild riß, Wurzeln und Beeren sammelte. Die Wälder wurden weniger einsam. Manchmal, aus dem Versteck von Büschen oder Bäumen heraus, beobachtete er Menschen. Sie bedienten sich einer fremden Sprache. Schließlich erreichte er eine Gegend, wo ihm vertraute Laute ans Ohr schlugen. Doch, obwohl er die Worte erkannte, konnte er mitunter den Sinn des Gesagten nicht enträtseln. Dann blieb er längere Zeit zusammengekauert hocken, denn es erschien ihm müßig, sich jemals wieder zu erheben. Alles war fremd. Wohin sollte er? Doch mit der Zeit vernahm er bestimmte Sentenzen öfter. Er erinnerte sich, sie in anderem Zusammenhang gehört zu haben. Auch wenn er das Wesen dieser Zeit nicht vollends begriff, so erschloß er sich doch das Wenige an Bekanntem und Vertrautem. In einem war er sicher, der Glaube an Gott war nicht erloschen. Denn hin und wieder fand er Unterschlupf in abseits gelegenen Kapellen und konnte die kleine Gemeinde belauschen. Allerdings erschien es ihm noch zu früh hervorzutreten und um Aufnahme zu bitten. Er wollte mehr erfahren, denn er hatte die Worte Glaube, heilig, ewig schon in anderem Zusammenhang, der nichts mit seinem Gott zu tun gehabt hatte, ausgesprochen gehört. Darüber wollte er sich Klarheit verschaffen. Gab es eine neue Religion, die die alte verfolgte? Er wollte seine Vorstellung von seinem Gott nicht ändern, denn das an ihm vollzogene Wunder verdankte er seiner Macht. Mehr denn je brauchte er das unveränderte Bild seines Gottes, denn er war ihm im Tod nicht erschienen. Der Anblick eines über eine Ortschaft aufragenden Kirchturms zog ihn unwiderstehlich an. Manchmal trug ihm der dünne Klang eines Glöckchens die Nachricht vom Tod zu. Er lauschte dem Ruf, wie dem Ausdruck seiner wahren und einzigen Heimat.

Eines Tages konnte er seiner Sehnsucht nicht länger widerstehen. Spät am Abend schlich er hin und wandelte den Rest der Nacht zwischen Gräbern.

Der Kirchhof war der Ort seiner Herkunft. Unter solcher Erde hatte er geruht. Der Geist des Ewigen schwebt über frisch aufgeworfenen Hügeln. Gemauerten Grüften entströmt der Geruch der Vergänglichkeit. Tiefer als anderswo ist die Stille der Nacht, bleicher als sonst reflektieren die Steine das Mondlicht. Stein ist nicht gleich Stein. Den Grenzobelisken unterscheidet vom Grabdenkmal gleicher Form die Absicht. Der Zweck bestimmt den inneren Charakter der Dinge, nicht ihre Ähnlichkeit. Die Materie ist tot. Aber die Idee belebt sie. So ist die Stille des Gottesackers Ausdruck von Werden und Vergehen.

Frankenstein – seit ihm bewußt geworden war, daß er seinen Schöpfer überlebt hatte, führte er in Gedanken dessen Namen – fühlte sich den Toten wie den Lebenden gleichermaßen zugetan. Ohne zu zögern hätte er Hand an sich legen und zurückkehren können in das Dunkel, aus dem ihn die Idee des Doktors Frankenstein, seine ingeniöse Fähigkeit, gerissen hatte. Die Vorstellung ließ ihn lächeln, heiter und voller Schauder. Doch er lebte, und er trug eine Verantwortung gegenüber seinem Schöpfer, Gott oder dem Doktor Frankenstein.

Mit zärtlicher Hand richtete er hier einen eingesunkenen Grabstein auf, riß dort ein Unkraut vom Hügel und sang dabei leise eine Melodie vor sich hin, deren Herkunft er vergessen hatte. Seine Stimme klang ungeübt, und ein Lauscher hätte wohl die Töne nicht als das erkannt, was sie waren. Schließlich, als sich die grauen Schatten des Morgens schon ahnen ließen, legte er sich in einem frischausgehobenen, aber noch leeren Grab zur Ruhe. Sand rieselte herab und bedeckte, weich wie ein Federbett, seinen Leib.

Am frühen Vormittag weckten ihn Geräusche, ein Schurren und Poltern. Ehe er sich besann, war der kleine Ausschnitt des Himmels über ihm verdunkelt. Er wollte aufspringen, den Sarg beiseite stoßen und fliehen. Doch schon drang die Stimme des Predigers an sein Ohr, die von Gott und der Vergebung aller Sünden sprach. Durfte dieser Augenblick geschändet werden? Zu spät, abermals zu spät. Schon war der Leichenbehälter angelüftet. Die Bohlen wurden weggezogen, und der Boden senkte sich auf ihn herab. So kurz sollte das dritte seiner Leben nicht sein. Lebendig begraben, furchtbarer kann kein anderer Tod sein. Er stemmte die Handflächen gegen das Geviert aus billigem Kiefernholz. Die Abwärtsbewegung hielt an und verwandelte sich, sorglich verzögert, wie es dem Ort und den Umständen angemessen schien, in ihr Gegenteil. Von oben antwortete Schweigen dem Vorgang.

Zusammen mit dem Licht des Tages traf ihn ein Schrei aus vielen Kehlen. Er sah hinter schwarzbetuchten Rücken her. Schöße ehrwürdiger Gehröcke flatterten im Fluchtwind. Würdevoll bewahrte nur der Priester Haltung. Er streckte das Buch der Bücher gegen ihn und schrie:

»Weiche, Satan, weiche!« Während er im stillen seinem Herrgott versprach, niemals mehr an ihm zu zweifeln. Nachdem er seine Pflicht erfüllt, wich er selbst, ungesehen nunmehr von der vor ihm her fliehenden Gemeinde.

Nach diesem Erlebnis wagte sich Frankenstein viele Tage nicht aus dem Wald. Der erste Schreck war in Wut umgeschlagen. Die Erschöpfung der Flucht fand in einem Ausbruch von Gewalt ihr Ende. Als er genug Bäume entwurzelt und Felsen zu Tal geschleudert, verkroch er sich wie ein Tier in eine Höhle und weinte sich in den Schlaf.

Die Welt hatte sich verändert, der Mensch war sich gleichgeblieben. Ungemindert haftete Frankenstein das Schisma des Ungeheuers an, und die Ungebührlichkeit seines Lebens bestraften die, die durch den Akt der Zeugung und Geburt das Licht der Welt erblickten. Seine Existenz verdankte er keinem Akt der Liebe. Ließ Gott ihn leiden, weil der Doktor von der verbotenen Frucht gegessen hatte?

Mit der Zeit jedoch hielt die Einsicht in Frankensteins Gedanken Einkehr. Er fragte sich, wie er als Mensch, für den der Friedhof ein Ort des Schreckens und der Furcht ist und der Tod ein schauerlicher Vorgang, reagiert hätte? Er verzieh den Ängstlichen und nahm wieder Nahrung zu sich. Mit der Körperkraft gewann er wieder Mut und klare Überlegung. Menschen wie der Doktor Frankenstein waren selten. Sie lebten ihrer Zeit voraus und kannten keine falsche Furcht noch Ehrfurcht. Leute von solchem Charakter mußte es auch heute noch geben. Sie mochten rar sein. Aber er mußte sie finden. Wenn jemand ihm helfen würde, dann sie. Er stellte sich einen frei blickenden Typ vor, der erhobenen Hauptes seinen Geschäften nachgeht, dem Entgegenkommenden ins Auge schaut und vor niemandem als Seinesgleichen den Hut zieht. Einen, den niemanden öffentlich prügelt und dessen Rede laut und klar ist. Frankenstein sprang auf und stapfte unruhvoll in seiner Einsiedelei auf und ab. Er steigerte sich in Euphorie hinein und war erst gegen Abend in der Lage, über ein planmäßiges Vorgehen nachzudenken.

Lange erwog er Möglichkeiten, sich den Menschen zu nähern. Wie war der richtige Moment zu erkennen, sich ihnen zu offenbaren? Welche Haltungen, welche Worte waren die glaubwürdigsten? Sollte er mit unerschütterlicher Ruhe unter sie treten? Seht, Brüder, ich bin ein Mensch wie ihr, verunstaltet, beschmutzt durch Unrat und Kot, aber ein Mensch! Sollte er in Liebe die Arme ausbreiten und nichts sagen, warten, ob sie ihn annehmen oder verstoßen würden? Ein Drittes gab es nicht! Mit Tapferkeit im Herzen bedachte er beide Möglichkeiten ausgiebig. Er schwor sich, nicht aufzugeben bei einer ersten Ablehnung, beim Ausdruck von Mißtrauen oder Angst.

In den Nächten heftiger Herbstunwetter schlich er sich in die Städte. Geängstigt von ihrer Fremdheit und Größe floh er wieder, suchte eine nächste und noch eine, bis er sich an die himmelstürmende Endlosigkeit der Steinquader gewöhnt hatte. Aber die Angst, die gewaltigen Türme könnten auf ihn niederstürzen, verfolgte ihn noch lange.

Zwischen Häuserzeilen einher raste der Sturm. Äste knickten und peitschten in gnadenloser Bastonade den Umherirrenden. Kein Mensch außer ihm befand sich auf den Straßen. Aber die Fenster waren erleuchtet von hellem Licht. Es verhieß Wärme und Geborgenheit.

Vergeblich suchte er andere Obdachlose, Ausgestoßene, Verlassene. Sollten sie sich unauffindbar verkrochen haben? Hauseingänge und Dachböden fand er leer. Unter Brücken und in Toreinfahrten schliefen nicht einmal Hunde, und in den Kellern von Ruinen wohnten lediglich Ratten.

Vor dort aus beobachtete er tagsüber die Menschen. Er bemerkte weder Aussätzige noch Kriegsinvaliden, weder Bettler noch Vagabunden. Grausamkeiten und Mißhandlungen schienen diesem Volk fremd. Nicht einmal die Offiziere prügelten ihre Soldaten. Niemand war ausgemergelt von der Not, ein jeder gut gekleidet, wenngleich man sich mit den absonderlichsten Moden schmückte. Aber selbst das erschien ihm als verläßliches Zeichen der Toleranz. Männer wie Frauen schritten auf der Straße, in aufrechter Haltung, den Blick frei erhoben. Sie schauten einander an und niemand zog devot vor dem anderen den Hut, niemand bog als Untertan den Rücken. Waren sie womöglich alle von der Sorte, die er suchte? Ich kann es wagen, dachte er entschlossen und wartete doch Tag um Tag. Nur in der Dunkelheit schlüpfte er hervor, schreckhaft wie ein Tier, witternd und beobachtend, als gelte er sein Leben.

Eines Nachts entfernte ihn sein Gang sehr weit, und er fand nicht mehr zurück zu der Ruine, die ihm Herberge geboten hatte. Lange irrte er umher. Doch als der Morgen graute, sah er sich noch immer zwischen neuen, hohen Häusern, deren glänzende Fassade ihm so schön erschien wie von Palästen. Um ihn her war Sauberkeit und Ordnung. Peinlich mühte er sich, seinen Lumpen einige Fasson zu leihen. Doch vergeblich. Notdürftig bedeckten sie die Blöße seines Leibes. Bart und Haupthaar wucherten. Er hatte sich von Ratten und streunenden Katzen ernährt, und seine Augen erfüllte eine Glut wie von tückischer Lust. Aber es war nur der Hunger. Er wollte ins Leben zurückkehren. Doch in Wahrheit sah er einem der Gruft nahen Gespenst ähnlicher als einem Menschen.

Schon öffneten sich die Türen der Häuser. Zu spät, den entscheidenden Schritt noch einmal aufzuschieben. Ohnehin würde sich sein Zustand kaum verbessern. Menschen traten auf die Straße, einzeln und vereinten sich zu Gruppen, die die Bürgersteige füllten. Lärmend rollten Fahrzeuge in alle Richtungen. Manche waren angefüllt mit Reisenden. Dieses eifrige Treiben erhellte das Licht der Morgensonne. Sollte diese frühe Stunde keine glückliche sein? Wie konnten diese Menschen, die so frohgemut den Tag begannen, ihn verstoßen?

Zögernd trat er aus dem Schatten eines kleinen Tannenhains, der wie eine ferne, stille Insel dunkel inmitten dieses Ozeans aus Glanz und Lauterkeit gelegen war. Ohne Scheu kam man ihm entgegen, Arbeitsleute, Schüler, junge Menschen, reife, Burschen, Mädchen. Lachend schwatzten sie sich in den Tag. Andere gingen schweigend, hastig. Wehmütig beobachtete er die Gemeinsamkeit der Menschen. Er seufzte tief und sprach sich Mut zu. Kraft suchend und Freundlichkeit lächelte sein Mund. Schnell, um sich selbst den Rückzug abzuschneiden, eilte er hervor, stellte sich in die Mitte des Wegs, ging langsam ein paar Schritte, hielt inne, um nichts Verdächtiges zu tun. Jetzt konnte man ihn nicht mehr übersehen. Einer Woge gleich rollte der Menschenstrom heran. Er breitete die Arme aus. Doch wie ein Fels teilte er die Flut, kaum, daß sie ihn berührte und schloß sich hinter ihm, als sei gar nichts gewesen. Nicht ein Blick hatte ihn gestreift, nicht ein Ausruf ihm gegolten. Wie empfindungslos und blind waren sie vorbeigeeilt. Erstaunt drehte er sich um. Niemand sah zurück, nicht einer schien von ihm Notiz genommen. War das ihre Art, dem Fremden zu bedeuten, du gehörst zu uns?

Er gesellte sich zu Leuten, die am Straßenrande warteten. Sie ergriffen nicht die Flucht und rückten nicht von ihm ab. Keiner schrie bei seinem Anblick auf. Sah zufällig einer in seine Richtung, so ließ er den Blick anderswohin schweifen, als hätte er ihn nicht wahrgenommen. War das ein Volk von Blinden? Hatten sie keinen Sinn mehr für das Grauen, auch wenn es das Leid des anderen ist? Er musterte sie genauer. Wie merkwürdig leer erschienen ihm ihre Augen. Wie schlaff und gleichgültig starr waren die Mienen, als hätte ein strenger Frost sie eingefroren.

»Ihr da!« rief er.

Niemand reagierte. Manche lasen in der Zeitung. Andere starrten in Gedanken vor sich hin oder in die Luft. Frankenstein erzitterte am ganzen Leib. Furchtbare Ahnung schüttelte ihn. Schwäche ließ ihn dicht vor einen Mann hintaumeln. Er richtete sich auf, bis vor dessen Angesicht.

»Sehen Sie mich an! Was sehen Sie?«

Der Herr musterte ihn kurz und sagte: »Sie scheinen ein Ausländer zu sein. Sie sehen so anders aus. Wären Sie ein Landsmann, würde ich Ihnen sagen, waschen Sie sich einmal, Sie geben ein schlechtes Vorbild für unsere Jugend. Aber da sie ein Fremder sind, entfällt diese Funktion für Sie. Guten Tag, mein Herr!«

»Ich bin Frankensteins Monstrum!!« schrie Frankenstein.

»Bitte, nicht so laut«, sagte der Herr. »Das geht niemanden etwas an.«

»Ich brauche Hilfe«, sagte Frankenstein.

»Sind Sie krank?«

Frankenstein schüttelte den Kopf. »Ich bin ein Ungeheuer.«

»Haben Sie etwas verbrochen, jemanden umgebracht, vergewaltigt, beraubt?«

»Nein«, sagte Frankenstein.

»Dann sehe ich überhaupt keinen Grund zu so vernichtender Selbstkritik. So etwas ist bei uns nicht üblich. Das erschreckt die

Menschen und verunsichert sie. Nun ja, Sie sind fremd hier. Haben Sie sich verlaufen? Wohin wollen Sie?«

»Ich suche ein Asyl.«

»Politisch?« Der Herr rückte etwas von ihm ab. »Damit will ich nichts zu tun haben. Ich wußte gleich, daß mit Ihnen etwas nicht stimmt. Nachher hat man die Staatssicherheit auf dem Hals. Gehen Sie weg. Ich will keinen Ärger. Wer so ausschaut wie Sie, bringt nichts als Ärger. Wir sind nur einfache Menschen. Wir gehen jeden Tag den gleichen Weg zur Arbeit. Wir sind pünktlich und zuverlässig. In unserem Leben hat keine Störung und keine Abweichung Berechtigung. Sie kennen den großen Plan nicht, Sie armer Mensch. Gehen Sie dahin, woher Sie gekommen sind. Ich kann Ihnen höchstens sagen, wie spät es ist.« Damit sprang er auf ein Gefährt auf und fuhr davon.

Frankenstein starrte ihm hinterher, bis das Fahrzeug im Gewühl verschwunden war. »Die Uhrzeit?« murmelte er vor sich hin. »Warum die Uhrzeit?« Er packte die Frau, die neben ihm stand am Arm und zwang sie so, ihn anzusehen.

»Lassen Sie mich los, Sie Schmutzfink. Es ist sechs Uhr einundvierzig. Schauen Sie doch auf Ihre eigene Uhr.« Sie riß sich los und ging einige Schritte weiter.

Frankenstein sanken die Arme herunter. All sein Denken und Empfinden konzentrierte sich in einem furchtbaren Schrei.

»Ich bin ein Toter!!«

Einige Leute sahen kurz und achselzuckend zu ihm hin und wandten sich augenblicklich wieder ab, so als hätten sie nichts Bemerkenswertes erblickt, nichts anderes, als an jedem Morgen an dieser Stelle. Sie standen gleichgültig, warteten, setzten sich in Bewegung, alle im gleichen Moment und Rhythmus, wie eine gutgeölte Maschine. Weder mit Freude noch mit Furcht sahen sie dem Tag entgegen. Sie erkannten Frankenstein nicht, denn sie verschwendeten keinen Gedanken an das Gestern. Vom Heute erwarteten sie nicht Ungewöhnliches. Ein auf den Straßen wandelnder Toter war unmöglich.

Von Grauen angerührt wich Frankenstein zurück vor diesen leeren Augen. Schritt um Schritt floh er, und mit jedem Meter fühlte er sich verwandelt in die Bestie, die er nicht sein wollte. Todeskälte krampfte ihm die Hand zur Klaue. Wahnsinn verzerrte ihm den Mund. Zähnefletschend lachte er. Doch ein Knurren drang aus seiner Kehle, und aufheulend wollte er sich auf die

Menschenmasse stürzen, um das Grauen und die Liebe in ihre Augen zu bannen.

Eine junge Mutter trug ein Kindlein auf dem Arm. Es streckte seine Hand aus und lachte zu ihm hin. Scharf und böse sah ihn das Weib an, wandte sich, daß das Kind ihn nicht mehr sehen konnte, beugte ihm sorgend und strafend den Kinderarm, au, au, du, du, und sang ihm eiapopeia, schlaf ein. Hielt ein Wagen, huschte sie davon mit all den anderen.

Der Herr erzählte seiner Gattin am Abend nichts von der Begegnung, denn er fürchtete in eine Diskussion verwickelt zu werden, aus der seine Frau mit einer anderen Ansicht hervorgehen könnte als er.

Die Passantin berichtete ihrem Mann, daß manche Leute zu faul seien, auf die eigene Uhr zu schauen. Ihrer Schilderung war eine gewisse Empörung anzumerken.

Die junge Mutter sagte zum Vater des Kindes: »Es hat wieder so schrecklich geträumt. Es erzählte von einem Ungeheuer in Menschengestalt. Es hat zuviel Phantasie. Wir müssen einmal zum Arzt mit ihm.«

Frankenstein hatte die Stadt verlassen. Außerhalb der Häusermenge schlug er die Richtung ein, aus der er gekommen war. Er mied die verführerische Einsamkeit der Wälder und ging dicht an der Straße. Nur wenn sie allzusehr von seinem Weg abwich, überquerte er den Graben und wanderte querfeldein. Als die Straße endgültig einen Knick machte, verließ er sie. Über Felder und Wiesen schritt er schnell voran. Ein schmaler Streifen Wald erstreckte sich vor dem Meer.

Weich und fein und hell wie Kinderhaar war der Sand. Leidlich warm stieg die Nässe an seinem Körper hoch. Er weinte nicht. Der Salzgeschmack erlöste ihn von seiner Sehnsucht.

Tor Åge Bringsvaerd
Erzähl mehr davon

»Wollen Sie ihre Beschwerde an jemand bestimmten richten?« fragte die junge Dame. Sie trug die blau-weiße Uniform der Reederei. Und sie lächelte unablässig.

»Nein«, antwortete Winther.

»Die meisten legen Wert darauf, sich bei einer Person zu beschweren«, sagte die junge Dame hilfsbereit. »Viele beschweren sich zum Beispiel vorzugsweise bei einem ihrer Elternteile. Ich bin davon überzeugt, daß –«

Winther schüttelte den Kopf.

»Schon gut«, sagte die junge Dame. »Sollten Sie sich die Sache anders überlegen, brauchen Sie nur Ihr Geburtsdatum eintippen.«

»Das ist derselbe verdammte Computer, mit dem ich ohnehin immer rede«, sagte Winther unfreundlich.

»Natürlich«, lächelte die junge Dame. »Aber würde die Situation nicht an Menschlichkeit gewinnen, wenn wir –«

»Außerdem sind sowohl meine Mutter wie mein Vater tot.«

»Spielt keine Rolle, wenn sie nicht mehr unter uns weilen«, sagte die junge Dame. »Wir haben alle notwendigen Daten. Hier wird keiner vor Ablauf von mindestens hundert Jahren gestrichen. Denn wie Sie sicher wissen, gibt es ja Leute, die meinen, besser mit den Großeltern reden zu können und im übrigen –«

»Schluß damit«, sagte Winther unwirsch. »Ich will lediglich diese verdammte Beschwerde loswerden – und dann mit der nächsten Bahn nach Hause.« Er deutete auf den Riß in der Jacke und zeigte ihr die große Bandage am rechten Oberschenkel. »Sehen Sie nicht, daß ich direkt vom Schiff komme?«

»Von der Blauen Kreuzfahrt 230?« Das Lächeln verwandelte sich in eine mitfühlende Grimasse. »Warum haben Sie das nicht gleich gesagt? Gehen Sie einfach rein. Neunte Tür rechts. Ziehen Sie eine Nummer und richten Sie sich nach den Anweisungen.«

Das Gebäude war riesig. Die Hauptverwaltung der Reederei erstreckte sich über mehrere Viertel im alten Zentrum Oslos, eine Reminiszenz daran, daß Norwegen einst eine bedeutende Seefahrernation gewesen war. Winther hinkte an der einen Wand des großen, tropfenförmigen Vestibüls entlang. Der Fußboden bestand aus dickem Glas. Unter ihm schwammen Tausende von Fischen in allen Farben, Größen und Formen. Winther hatte das Gefühl, auf dem Wasser zu gehen.

Die Tür öffnete sich in einen blauen Korridor. Ein langer, schmaler Darm mit kleinen, halbgeöffneten Zellen zu beiden Seiten. Die ganze Zeit vernahm er murmelnde Stimmen. Mal stärker mal schwächer. Wie eine Dünung. Anschwellend und versiegend. Dazwischen vereinzelte plötzliche Ausrufe. Winther zog eine Nummer aus dem Automaten. Der Nummernzettel war eine Kartenskizze. Sie verwies ihn ans Ende des Korridors. Und ein Stockwerk höher. Er ging langsam weiter. Das Bein klopfte und schmerzte. In mehreren der kleinen Zellen sah er Menschen, die vor lebensgroßen, echt wirkenden Laser-Bildern saßen und weinten. »Na, na«, sagten all die freundlichen Hologramme. »Na, na, na …«

30 TAGE LUXUS KREUZFAHRT. *Kommen Sie mit auf die mikronesischen Inseln. Farbig, spannend, exotisch und unberührt. Weiße Strände, Palmen, Mondschein – und Romantik?*

Jeden Herbst und jeden Frühling wurde die Reklame auf dem Gesellschaftsmonitor ausgedruckt. Rote, gelbe und grüne Streifen mit Bildern lächelnder Menschen, schöne, halbnackte Gestalten. Die Reederei bot Glück feil. So war das. Glück und Erfüllung eines grauen Alltags.

Winther hatte zwei Jahre gespart – und war drei Jahre auf der Warteliste gestanden – um mitkommen zu dürfen.

Auch im Korridor bestand der Gußboden aus Glas. Und sogar die Treppen waren ein Aquarium. Jede Stufe eine schäumende Stromschnelle.

Er erinnerte sich der freudigen Erwartung, als er an Bord ging. Als er an der Reling stand und den Menschen am Kai zuwinkte. Er konnte niemanden erkennen. Aber einige seiner Arbeitskollegen hatten versprochen, zu kommen. Er winkte. Er warf Girlanden. Drei Rollen hatte man ihm zusammen mit der Bordkarte ausgehändigt.

Im oberen Stockwerk war es merkwürdig still. Der Korridor war genauso blau wie der vorige. Aber anstelle der halbgeöffneten Zellen gab es gewöhnliche Türen. Das Licht kam von unten und die Wellen im Fußboden warfen Schatten an Wände und Decke. Das sollte wahrscheinlich dekorativ und beruhigend wirken. Aber Winther wußte nicht recht, ob es ihm gefiel. Ihn schauderte. Ein Gefühl von Kälte. Der Korridor verwandelte sich in eine blaue Grotte. Auch die Fische waren größer hier oben. Er sah einen Schwertfisch, mehrere Thunfische ... und im Dunkeln, dicht an der Wand, entdeckte er einen großen Tintenfisch.

Sie nannten es *Golema* – das Schiff, auf dem nichts schiefgehen konnte, das Schiff, das sich selber steuerte, das Schiff, das auf den leisesten Wink gehorchte, das Schiff, das dir zu Diensten war, dich behütete, wiegte und verwöhnte, das dich vergötterte, das tanzte und für dich sang ... *Golema*, ein technisches Wunderwerk von unbeschreiblicher Schönheit, eine elektronische Königin des Meeres – mit unbegreiflichen Schaltkreisen und eingebauter Fürsorge – eine selbständige Maschine. Keine Menschen arbeiteten an Bord. Die *Golema* war ein Schiff für *Gäste*.

So pries die Reklame.

So stand es an jeder Kabinentür zu lesen.

Er war da. Hier war es.

Eine rote Lampe leuchtete: warten.

Winther sank auf eine Steinbank. Mit beiden Händen hielt er sein Bein fest. Es schmerzte beim Hinsetzen. Und die Jacke ... Zum Teufel damit. Er hatte es nicht einmal geschafft, sich umzuziehen. Darunter trug er nur den dünnen, weißen Pyjama aus dem Lazarett. Und Leinenpantoffeln. Sie hatten ihn direkt aus der Quarantäne geholt. Beförderten ihn mit einem eigenen Auto der Reederei. Sie wollen sich sicher beschweren? hatten sie ihn gefragt. Zuerst war er zu benebelt, um antworten zu können. Wie zwei blau-weiße Geier hatten sie sein Bett umkreist. Sie haben sicher vor, Ihr Recht auf Reklamation in Anspruch zu nehmen? Eigentlich war er froh gewesen, daß alles so abgegangen war. Er hatte Glück gehabt, alles in allem genommen. Aber sie zerrten und zogen an ihm. Wedelten mit Formularen und Zertifikaten vor seiner Nase. Hier unterschreiben, riefen sie. Herr Winther, riefen sie. Es ist nicht nur Ihr Recht, es ist sogar Ihre *Pflicht*, sich zu beschweren! Ja, hatte er schließlich geantwortet. Um sie loszuwerden. Wollte es hinter sich bringen. Die Reederei kommt stets für etwaige Schäden auf, erklärten sie. Und brachten ihn in sitzende Stellung. Warum ist das denn so eilig? knurrte er. Warum *jetzt*? Sie zwangen seine Beine über die Bettkante. Sie tun Ihre Pflicht und wir die *unsere*! riefen sie zur Antwort. Zuerst war er nicht fähig, allein zu stehen. Er mußte sich unbedingt auf jemanden stützen. Und sie waren zur Stelle. Auf jeder Seite einer. Alle Kunden sollen zufriedene Kunden sein, lächelten sie ihn an. Wir können nicht zulassen, daß jemand unzufrieden ist ...

Winther saß auf der Steinbank und jammerte.

Es ging jetzt besser.

Die ersten Tage waren ein Traum. Die Koje, die sich selbst aufräumt. Essen und Trinken zur freien Auswahl. Alles inclusive. Das Unwetter im Kanal. Seekrank in der Biscaya. Trotzdem. Ein Abenteuer. Stets warmes Wasser zum Waschen. Schlafen bei Licht. Jeden Abend Tanz. Alte Filme. Music Hall. Sich an der Bar besaufen. Die kleinen Kartenrunden. Im Liegestuhl an Deck sitzen. Ein gutes Buch – und eine Wolldecke über den Beinen. Schon drei Tage nach der Abreise erreichten sie das Mittelmeer. Zusätzlich zu all den anderen Vorzügen war die *Golema* auch das schnellste Schiff der Reederei. Und alles funktionierte. Alles war perfekt. Blaue Kreuzfahrt 230. Warum war er alleine hier? Warum wartete außer ihm niemand in diesem Korridor? So viele Türen ... sollte da nicht ein ständiges Kommen und Gehen sein ... ein dauerndes Raus und Rein? Er hätte nie einwilligen sollen, herzukommen. Er hätte im Lazarett bleiben sollen. Da hätten sie ihm etwas gegen das Pochen im Bein gegeben, und gegen seine dummen Gedanken auch. Er fühlte sich auf einmal so unendlich traurig. Und all das Wasser im Fußboden! Die Wellen, die um seine Füße schäumten. Die Fische, die zwischen seinen Beinen hin und her flitzten. Einmal schwamm langsam eine Seejungfrau vorbei. Das lange goldene Haar verbarg die nackten Brüste und reichte bis hinunter zum Schwanz. Die Schuppen auf ihrem Bauch glitzerten und blinkten im Licht der Lampen.

Katrine fiel ihm ein.

Sie waren einander begegnet, als das Schiff durch den Suez-Kanal fuhr.

Katrine, an die er lieber nicht denken wollte.

»Winther? Sie können reinkommen.« Der Mann, der vor ihm stand, war groß und stattlich. Sogar seine Haare schienen echt zu sein, dachte Winther und in ihm regte sich eine Spur von Neid. »Mein Name ist Stene.« Der andere streckte ihm die Hand hin. »Tut mir leid, daß wir Sie warten ließen.« Vielleicht plastische Operationen, dachte Winther. Weiß der Teufel, wieviel so ein Leisetreter verdient. Selbst hatte er es längst aufgegeben, sich eine neue Nase leisten zu können.

Katrine hatte seine Nase gefallen. Sie hatte seine Nasenspitze geküßt. »Ich finde sie süß«, sagte sie. Er hatte ihr von seinen zwei Möglichkeiten erzählt: diese Reise oder unters Messer. Beides schaffte er nicht. Man kann nicht alles haben auf der Welt, sagte sie und küßte nochmal seine Nasenspitze und er hatte gesagt, wenn er sie habe, so habe er alles und da hatte sie fast geweint und gesagt, daß sie an ihm ganz besonders seine Nase schätze, denn wäre diese Nase anders gewesen, sie wären einander vielleicht nie begegnet, aber nun stünden sie hier an Deck, eng umschlungen, und betrachteten gemeinsam den Sonnenuntergang, wäre das nicht wunderschön? Ja, dachte Winther, es war wunderschön. Unschuldig und rein. Und so banal und klischeehaft, daß man hätte heulen können. Die übliche Geschichte von zwei grauen Mäusen. Die plötzlich spürten, wie ihre Köpfe leicht wurden wie Luftballons. Und die sich gegenseitig aufregend und einzigartig fühlten. Es war eine schöne Zeit. Auch Katrine fehlte ein Nasenloch. Und immerhin waren ihnen vierzehn Tage miteinander vergönnt.

Warum hatte ihn der Arzt im Lazarett so komisch angeschaut?

Stenes Büro war hell und freundlich. Große, grüne Pflanzen. Bilder mit Birkenwäldern und Multebeermooren an den Wänden. Winther setzte sich auf einen weichen Stuhl aus Kunststoff. Er war nervös ohne richtig zu wissen warum. Dabei sollte Stene nervös sein. Es war Schuld der Reederei. Fehler waren begangen worden. *Gravierende* Fehler. Doch Stene, der ihm den Rücken zuwandte und Kaffee in zwei kleinen Tassen bereitete, wirkte ganz locker und ungezwungen. Ich muß auch versuchen, ruhig zu bleiben, dachte Winther. Ich muß die Beschwerde so kurz und überzeugend wie möglich vorbringen. Kein Wort zuviel. Keine Übertreibungen. Und dann kann ich endlich nach Hause fahren. Die Seejungfrau – die gleiche, die er schon einmal gesehen hatte, er erkannte sie sofort wieder – ringelte sich unter dem Schreibtisch zusammen und starrte ihn mit kalten, meergrünen Augen an.

Die Ausreise ging glatt. Ohne Probleme. Die sichtbaren sowie die unsichtbaren Service-Systeme funktionierten. Bis ins kleinste. Die *Golema* hielt, was sie versprach. Sie war die perfekte Gastgeberin.

»Ich trinke keinen Kaffee«, sagte Winther plötzlich und schob die Tasse weg. Gleichzeitig spürte er, wie es ihn kalt überlief. Wie kann ich nur so etwa sagen, dachte er. Dabei trinke ich Kaffee zu jeder Tages- und Nachtzeit. Dabei brauche ich vier Tassen, um morgens wach zu werden.

»Dann trinke ich eben für zwei«, lächelte Stene. Er beugte sich nach vorne. »Schmerzt es sehr ... Ihr Bein?«

Winther schnitt eine Grimasse. »Ja«, flüsterte er. »Sehr.«

Es begann, als sie am Ziel waren. Auf Mikronesia bemerkten sie die ersten Anzeichen. Zwölf Tage nach der Abreise ankerten sie vor Puluwat, eine der Karolin-Inseln. Endlich sollten sie wieder festen Boden unter den Füßen spüren. Sechs Tage sollten sie im Paradies verbringen. Und die Insel glich wirklich einem Paradiesgarten, breite Sandwege von hohen Kokospalmen gesäumt, alte Brotfruchtbäume, deren Wurzeln sich wie sehnige Fäuste an die Erde klammerten. Gründe Bananen- und Tarowäldchen. Und rundherum: blauer Himmel, blaues Meer. Korallenriffe und kristallklare Lagunen. Die Passagiere rannten wie eine Schar übermütiger Kinder an Land. Hielten sich an den Händen. Johlten und tanzten. Schwärmten aus über die Insel. Winther erinnerte sich, daß Katrine lachte und lachte. Daß sie sich im warmen Sand nackt auszog. Daß sie sich beide nackt auszogen. Daß sie Wein tranken unterm Sternenhimmel und sich in einer Palmenhütte schlafen legten.

»Und die Eingeborenen?« Stene stelle die Frage.

Winther versuchte zu lächeln. »Freundlich. Zutraulich. Kräftig. Ohne Ekzeme. Ohne eine Schramme.«

Er erinnerte sich, daß die Männer nackt waren, abgesehen von einem *Hus* – ein Stück heller Baumwollstoff, der zwischen die Beine gezogen und um den Leib geschlungen wurde, mit lose baumelnden Enden. Die Frauen hatten lange Röcke und die Brüste bedeckt. Alle hatten sie eigene Haare. Und eigene Zähne.

»Und trotzdem ging es schief?« Das war wieder Stene.

Winther nickte.

Stene nickte ebenfalls. Nach einer Pause sagte er plötzlich: »Erzähl mir ein bißchen von Ihren Eltern.«

»Sie sind tot«, sagte Winther kurz.

»Kannst du sie beschreiben?«

»Ich rede ungern von Ihnen.«

»Von den eigenen Eltern?«

Mit zunehmender Verwunderung wurde es Winther klar, daß er sich nicht einmal erinnerte, wie sie hießen.

Katrine war es, die zuerst bemerkte, daß der Horizont zwinkerte.

Und eines Nachts schwankte der Mond hin und her und konnte sich nicht entscheiden, ob er halb oder ganz war.

»Aber ihr habt einfach so getan als sei nichts?«

»Wir wußten, für was wir bezahlt hatten.« Er sagte die Worte langsam. Sprach so deutlich er konnte. Doch er war nicht sicher, ob es richtig klang. Hatte jede Sicherheit verloren. Er schwitzte und seine Hände waren klamm. Das Reden fiel ihm schwerer und schwerer. Die Zunge war ein Holzstück im Mund. Die Lippen klebten fest aneinander. Und die Gedanken kamen in wirrer Folge. Eine Person? Sagte ich nicht ausdrücklich, daß ich nicht darauf bestehe? Wie zum Beispiel, Stene? Warum sie mir nicht einfach einen Monitor geben? Aber Stene war immerhin mitfühlend. Sie ließen ihn zufrieden. Wenigstens brauchte er sich keinem Hologramm anvertrauen. Doch der Oberschenkel. Man wird ihn mir abnehmen, dachte er. Sie werden mir das Bein abschneiden. Abbrechen wie ein trockenes Stück Holz. Verbrennen. Wenn ich nicht bald etwas mit dem verdammten Loch im Schenkel mache. Groß wie ein Weinglas. Tief wie eine Gaffel. Wenn ich mit dem Auge nahe herangehe, sehe ich vielleicht den Fußboden ... sehe ich vielleicht die Fische am Meeresgrund ... sehe ich vielleicht sie, die wartet und nach mir ruft ... die mit geschlossenem Mund ruft, mit offenen Augen wartet ... tief, tief ... da unten.

Als er erwachte, lag er auf einem grünen Tisch, ein Kissen unter dem Nacken. Stene beugte sich über ihn. Und ein Mann mit blauer Schütze und großer Gummi-Brille.

»Nur eine kleine Unpäßlichkeit«, sagte Stene ernst. »Schon vorbei, du kannst beruhigt sein. Kein Grund zur Besorgnis. Wird alles wieder gut werden.«

»Nichts Ungewöhnliches nach all dem, was du durchgemacht hast«, grunzte der Mann mit der Gummi-Brille.

Winther gab keine Antwort. Er lag bewegungslos da und starrte an die Decke. Ihr hättet mich nicht hierherbringen dürfen, dachte er. Ich bin doch krank. Begreift ihr nicht, daß ich krank bin? Ihr hättet mich nie beschwatzen dürfen das Lazarett zu verlassen.

»Winther«, sagte Stene. »Arnold Winther ... Kannst du hören, daß wir mit dir reden?«

»Meine Mutter hieß Ragnhild, geborene Ransvang«, flüsterte Winther. »Mein Vater hieß Carsten.«

Erst auf der Heimreise begann es wirklich schlimm zu werden: die Küste von Indien tauchte lange vor Malaysia auf, Bombay kam vor Kalkutta, eines Abends trieb plötzlich steuerbord der Markus-Platz vorbei und statt mit Sand und Wüste schien Saudi-Arabien von Packeis bedeckt.

Das eigentliche Unglück ereignete sich im Mittelmeer.

Warum war der Fußboden nicht mehr aus Glas? Warum hatte man massive Planken über das Aquarium gelegt? Und die Meerjungfrau ... Winther versuchte, sich aufzusetzen, aber die beiden andern drückten ihn behutsam wieder runter. Was war das für ein Zimmer? Laut sagte er nur: »Die Hologramme ... und alle, die in der unteren Etage saßen ... war da jemand von uns dabei? Katrine? Blaue Kreuzfahrt 230?« Er merkte, wie er stammelte. Stene schüttelte den Kopf. »Da unten werden nur reine Routineangelegenheiten erledigt«, sagte er. »Vergessene Bademützen und zerbrochene Stöckelabsätze. Den wirklichen Beschwerden widmen wir uns immer hier oben.«

»Aber Katrine?«

»Katrine ist tot.«

»Habe ich sie getötet?«

Vielleicht hielt sich die Seejungfrau direkt vor der Tür auf und lauschte? Oder war sie ein Stockwerk höher geschwommen? Vielleicht verbarg sie sich direkt in der Decke über ihm, wartete unter dem Putz, mit offenem Mund, die Arme seitlich ausgebreitet, ganz ruhig ... hielt durch kleine, leichte Schläge mit der Schwanzflosse das Gleichgewicht, blieb stets an derselben Stelle, direkt über ihm und dem grünen Tisch. Wartete sie, daß all das Wasser an eine Stelle floß? Damit die Decke wie ein Damm berste?

Vor Sizilien weckte Katrine erstmals sein Mißtrauen. Und als sie nach Barcelona kamen, war er sich sicher. So sicher wie man nur sein kann. In einer Welt wie der unseren.

»Du glaubst, sie war ein Maschine?«

»Sie war kein Mensch.«

»Welche Vorurteile hast du gegen Maschinen?«

»Sie sind keine Menschen.«

»Was ist schlimm daran, kein Mensch zu sein?«

Wieder war er an Bord der *Golema*. Umgeben von dienenden Geistern. Sichtbare und unsichtbare. Wenn er die Augen schloß, roch er sie, spürte er die Wärme ihrer Haut. Katrine.

»Hast du deine eigenen Haare, Winther?«

Er lachte.

»Hast du deine eigenen Zähne?«

Er gähnte nur ein bißchen lauter.

Die Seejungfrau in der Decke lachte auch. Das Gelächter dröhnte durch mehrere Stockwerke. Winther mußte sich die Ohren zuhalten. Warum hatten sie ihm einen Helm aufgesetzt?

Vor Barcelona wurde es auf einmal stockdunkel. Mitten am Tag. Der Wind verschwand mit einem Seufzer. Und nichts roch mehr so wie gewohnt.

Weil die Ozon-Schicht zunehmend dünner wurde und das Loch über Skandinavien unaufhörlich wuchs, wurde es in den Jahren vor der Jahrhundertwende ständig schwieriger, sich ohne Schutzkleidung im Freien aufzuhalten. Um 2020 hatten die ultravioletten Strahlen die meisten Menschen in ihre Häuser verbannt. Gleichzeitig war durch die vielen Fälle von Hautkrebs die Lebenserwartung drastisch gesunken. Zellen-Gift war nach wie vor das einzige Mittel. Ergebnis: Haarausfall und sich lockernde Zähne. Und draußen wurde die Verunreinigung von Luft und Wasser fortgesetzt wie nie zuvor. Wie hätte man sonst das Konkurrenzprinzip aufrechterhalten und die Arbeitslosigkeit vermeiden können?

»Ist es nichts Lebendiges? Nichts Natürliches?«

Die frische Meeresbrise. Die Möwen, die dem Schiff folgten. Die Gischt. Das glasklare Wasser. Der blaue Himmel.

Sie hatten für eine Traumreise bezahlt.

Im Freien stehen, darüber der Himmel – ohne Maske und Schutzbrille. Tief und lange einatmen – ohne Nasenpfropfen.

»Es ist seinen Preis wert«, sagten sie zueinander.

Alle wußten, daß es Täuschung war.

Als das Licht endlich wieder eingeschaltet wurde, stand Barcelona hochkant und die Rambla sah aus wie ein Fluß, auf der die Autos direkt ins Meer rasten oder zwischen den Wolken verschwanden. Es stank nach Chlor. Die *Golema* rüttelte wie eine alte Waschmaschine auf schiefem Untergrund. Und über alle Lautsprecher flüsterte eine freundliche Stimme: »Wir müssen unsere Passagiere bitten, sofort die Kabinen aufzusuchen. Wir wiederholen: Wir müssen unsere Passagiere bitten, sofort ...« Aber niemand rührte sich vom Fleck. Alle schienen auf Deck festgeklebt und sie starrten hinüber zur Stadt Barcelona, die sich jetzt langsam weiterdrehte ... jetzt stand die Stadt kopf ... jetzt routierte sie schneller ... und schneller ... und –

»Wann erkanntest du, daß Katrine eine Maschine war?«

»Sie bewegte sich nicht.«

»Aber es standen doch alle still?«

»Sie hatte abgeschaltet.«

»Du sagtest: Alle schienen wie festgeklebt?«

Winther erinnerte sich an das Heulen und Schreien. Er erinnerte sich, daß alle wie blinde Hühner herumrannten. Mit kreisenden Armen. Schubsten und traten. Stolperten und fielen. Stiegen sich gegenseitig auf den Rücken.

»Katrine blieb stehen. Sie und ... ihresgleichen. Die blieben stehen. Auch danach. Sie kamen nicht wieder in Gang.

Alle wußten, für was sie bezahlt hatten. Und es ist nicht Schuld der Reederei, daß die Leute das Kleingedruckte nicht lesen. Wie kam er bloß auf die Idee? Winther versuchte, sich wieder aufzusetzen, aber beide, Stene und der Mann mit der Gummi-Brille, legten eine Hand auf seine Brust. Und warum hing der Helm am Tisch fest?

»Erzähle von Katrine.«

»Ich wollte ihr helfen.«

»Obwohl sie eine Maschine war?«

Er erinnerte sich an die sinnlose Raserei. Die blinde Wut. All die Enttäuschung, all der Zorn, all die Verbitterung ... richtete sich gegen diese bewegungslosen Gestalten. Denn plötzlich konnte man sie erkennen. Sie standen da wie Wachsfiguren, wie Gipsmodelle. Überall. An Deck. In den Salons. In den Korridoren. Uhren, die nicht mehr liefen. Maschinen. Automaten mit Haut und Kleidern. Die Schuldigen! Und die Menschen gingen los auf sie. Die Alten wie die Jungen. Warfen die Maschinenmenschen um. Rissen ihnen die Kleider herunter. Zertrampelten die Gesichter. Kratzten die Augen aus. Rissen Arme und Beine vom Rumpf.

Warum spürte er sein Bein nicht mehr? Sie hatten den Verband gewechselt, bemerkte er plötzlich. Er lächelte sie an. Danke. Sie mußten es gemacht haben, während er schlief. Hatte er geschlafen?

Tropfte da nicht Wasser von der Decke?

»Du versuchtest, sie zu beschützen?«

»Ich zerrte sie mit mir.«

Plötzlich verschwand Barcelona an der Steuerbordseite. Das einzige, was sie sahen, war eine riesige graue Metallwand, die rauchte und knisterte. Backbord brannte die Sonne wie Feuer vom wolkenlosen Himmel und Mikronesia stieg langsam aus dem Meer, mit Palmen und Korallenriffen. Die *Golema* glich nun am ehesten einem Schlachthaus. Denn es war nicht zu vermeiden, daß es in all der Verwirrung zu Irrtümern kam und einige besonders Eifrige anstelle der inzwischen zerstörten Maschinen ihresgleichen zu erschlagen begannen. Diejenigen Passagiere, die noch bei Verstand waren, sprangen scharenweise über Bord. Schwammen hinüber zur grünen Insel Puluwat.

»Ich habe sie auf die Schulter genommen. Wie einen Holzprügel ... Ich rannte über den weißen, sonnenwarmen Strand und hatte nur einen Gedanken. Ein Versteck finden.« Ich mußte unbedingt mit ihr allein sein, dachte Winther. Wir mußten miteinander allein sein. Katrine und ich.

Das Loch in der Decke wurde immer größer. Bemerkten sie denn nicht das austretende Wasser... grau und übelriechend? Er fühlte sich schlaff und schläfrig. Der Kopf war warm. Sehr warm. Mein Vater hieß Carsten Winther, dachte er. Arbeitete in eine Plankton-Fabrik. Starb, als ich fünf war. Ich heiße Arnold. Ich heiße Arnold. Ich heiße Arnold. Ragt da nicht eine Hand aus dem Loch da oben? Eine Hand mit Schwimmhäuten zwischen den Fingern? »Wir verlieren ihn wieder.« Der Mann mit der Gummi-Brille beugte sich über ihn, leuchtete ihm mit einem kleinen, stechenden Licht in die Augen. Er hörte Stene fluchen. Und er sah die Hand winken.

Blaue Kreuzfahrt 230. Puluwat. Der einzige Ort, den es lohnt, ihn wiederherzustellen. Alles andere sind Kulissen. Hologramme. Jeder Hafen. Wiederherstellen ist teuer. Puluwat. Zum Glück mußten sie an keinem anderen Ort an Land gehen.

Wo hatte er diese Satzfetzen gehört?

Wiederherstellen ist teuer.

Aber wenn der Ort in Stücke geht.

Denn gemeinsam mit Katrine lief er zum Horizont.

Und der Horizont bestand aus zwei Palmen, die zu berühren ihm nicht gelang. Der Horizont war ein Busch, den er nicht zu erreichen vermochte. Der Horizont war eine unsichtbare Haut. Gegen die er trat. Auf die er einschlug. Wie eine Wand – so kam es ihm vor. Grau und metallfarben. Dieselbe, die sich um Barcelona wölbte. Trotzdem lief er mit dem Kopf dagegen. Trotzdem warf er Steine und Kokosnüsse. Und Katrine lag die ganze Zeit steif und bewegungslos zu seinen Füßen.

Jetzt hatte sie beide Arme, den Kopf und die Schultern durch das Loch gebracht ... sie triefte vor Wasser ... ihr Gesicht war von ihm abgewandt ... das lange Haar pendelte hin und her, wehte wie im Wind, reichte bald bis zum Boden, fegte über die Dielen ... *swisch, swisch.*

»Und dann hast du sie getötet?«

»Ich ging mit ihr zurück zum Strand.«

»Um sie zu ertränken?«

»Ich legte sie ins Wasser. Ich schob sie hinaus. Sie war ein Stock. Sie war kein lebendiges Wesen. Sie war eine Maschine. Die stehengeblieben ist. Ich legte sie ins Wasser. Ich schob sie hinaus. Sie war ein Stock.«

»Aber das war kein Wasser, Winther. Das war nichts!«

Wer sprach da?

»Du hast sie auf den Boden gelegt, Winther.«

Weder Stene noch der Mann mit der Gummi-Brille öffneten den Mund.

»Ich sah sie mit der Flut hinaustreiben!« rief er.

»Du lügst, Winther!«

Sie war nicht nur ein Stock.

Sie war all das, von dem er geträumt hatte.

Der Brand. Wie ein Orkan. Die Flammen, die zischten und prasselten, die über die Erde liefen, auf die Bäume kletterten, auf dem Wasser tanzten. Der Rauch, der aus allen Löchern und Ritzen der Welt drang. Der Schnürboden, der explodierte. Brennende Scheinwerfer, die vom Himmel regneten. Die großen Spielaufbauten, die umkippten und zerfielen.

Und der Geruch ... der Geruch nach verbranntem Fleisch.

Jeder hatte genug mit sich zu tun.

Eingesperrt in den großen Hangar. Den riesigen Schuppen.

Sie war dazu eingesetzt, um einen wie mich zu vergnügen, dachte er. Sie war programmiert. Sie war ein professioneller Gast. Wie viele Kreuzfahrten hatte sie hinter sich? Und trotzdem verzehrte er sich nach ihr. Trotzdem schmerzte es mehr als er zugeben wollte. Trotzdem mußte er sich auf die Lippe beißen. Trotzdem spürte er, wie in ihm die Tränen aufsteigen.

»Du bist böse gewesen, Winther. Sehr, sehr böse.«

»Als der Sand Funken schlug ... als die Steine schmolzen ... Du wandtest dich ab.«

Die Stimmen kamen von allen Seiten.

»Du hast dich zurückgezogen ... Bist wieder zum Schiff hinausgeschwommen.«

Die Stimmen kamen von innen.

»Wie kann ich schwimmen, wenn gar kein Wasser da ist?« murmelte er trotzig.

»Du bist böse gewesen, Winther. Sehr, sehr böse.«

Die Stimmen kamen aus seinem Kopf.

Wände aus Metall. Ein Fußboden aus Beton. Er konnte sich nicht mehr erinnern, was ihn veranlaßte, auf die Spitze des Schornsteins zu klettern. Vielleicht, weil da oben immer noch ein bißchen blauer Himmel war? Als er die Hände in die Luft streckte, spürte er, daß die Wolken nachgaben. Die Decke bestand aus einem riesigen Tuch, imprägniert und über Rippen auf Stahl gespannt. Er versuchte, ein Loch hineinzubohren. Er hatte ein kleines Taschenmesser. Die Flammen züngelten inzwischen höher und höher und große brennende Gasbälle zischten wie losgerissene Ballons durch die Luft.

Das Messer. Das Loch. Die Seejungfrau.

»Du lügst, Winther.«

»Ich erzähle alles so, wie es in meiner Erinnerung ist.«

»Wir wissen, daß du lügst.«

Warum hatte ihn der Arzt im Lazarett so komisch angeschaut?

Swisch, machte ihr Haar. *Swisch. Swisch.*

Wann hatte er sich verletzt?

Er erinnerte sich nicht mehr.

Im Oberschenkel war plötzlich ein klaffender Krater, fast im selben Augenblick wurde das Bein steif und er hatte das einzig Richtige getan ... das Hemd heruntergerissen und straff über das Loch gewickelt.

Warum hatte der Arzt ... und wer benachrichtigte die Reederei? Und wenn alle andern ohnehin alles besser wußten ... warum dann ihr ständiges Fragen und Bohren?

Ich bin der einzige Überlebende, machte er sich klar. Der einzige, der am Leben ist.

Winther öffnete die Augen. Er war wohl wieder eingenickt. Im Raum befanden sich jetzt vier Personen. Stene, der Mann mit der Gummi-Brille, eine ältere Fau – kahlköpfig und zahnlos ... und die Seejungfrau, mit dem Kopf nach unten hängend und ihm den Rücken zukehrend hing sie an ihrem Schwanz, mit weichen, ausladenden Hüften pendelte sie hin und her. Der Tisch, auf dem er lag, war immer noch grün. Und das Loch in der Decke ... triefte vor Nässe. Warum kam nicht das ganze Meer auf sie herunter? Worauf wartete es? Und die kahlköpfige Alte redete und redete. Die Wörter waren blau. Weiß und blau. Entschlüpften ihrem Mund mit kurzen, scharfen Schnalzlauten. Kullerten wie Erbsen über den Boden. Einige waren gelb. Wie Reime hingen sie in der Luft bis sie sich auflösten und verschwanden. Winther lag still da. Schloß vorsichtig wieder die Augen. Sie brauchten nicht merken, daß er zuhörte. Denn jetzt war sein Kopf klar. Der Mund konnte sich bewegen. Die Nase war nicht mehr verstopft und die Gedanken geschärft wie Krallen. Er wollte sich nicht mehr hinters Licht führen lassen. Nicht mehr alles schlucken. Sie besaßen kein Recht dazu. Wie konnten sie es wagen. Aber er verstand nicht, was sie sagten. Er wußte, was einzelne Wörter bedeuteten, ohne jedoch den Zusammenhang zu erkennen. Logische Maschine, sagte sie. Wenn wir den Fehler nicht finden, sagte sie. Ist nicht für produktive Arbeit einsetzbar, rief sie. Jedenfalls nicht, bevor wir die entsprechenden Justierungen vorgenommen haben, flüsterte sie. Sicherheit, krächzte sie. Vorkehrungen treffen, damit so etwas nicht noch einmal passiert, wieherte sie. Alles hat eine Erklärung, blökte sie. Man muß nur weitersuchen, muhte sie, miaute sie, krähte sie, pfiff und seufzte sie. *Swisch*, sang das Haar der Meerjungfrau. *Swisch, swisch*. Winther mußte lachen. Er öffnete den Mund und kreischte wie eine Elster. Alle drehten sich zu ihm um. Beugten sich über den Tisch, auf dem er lag. Faßten ihn an. Tätschelten ihn. *Swisch*. Die kahlköpfige Frau versuchte zu lachen. »Wir könnten ein Hologramm von ihr machen«, sagte sie. »Damit du dich besser erinnerst.«

»Ein Hologramm?«

»Von Katrine. Würde dir das gefallen, Winther?« Die kahlköpfige Alte sprayte sich mit einer Flasche kräftig in die Nase. »Würdest du sie gerne wiedersehen?« Noch war er in Lachstimmung. Noch konnte er nicht aufhören. »Wir könnten sie nackt abbilden«, sagte die kahlköpfige Alte und schniefte ... und schniefend näherte sie sich mit Nase und Mund seinem Gesicht. »Das würde dir doch gefallen, Winther? So naturgetreu wie möglich ... mit dem großen Muttermal auf dem Bauch –« Sie roch nach Salmiak. »Woher weißt du, daß sie ein Muttermal hatte?« kicherte er. »Du hast es doch letztes Mal erzählt«, grinste sie zurück. »Haben wir darüber schon gesprochen?« Er lachte so, daß er fast erstickte. »Mehrmals Winther. Mehrmals ...« Zu dumm, dachte er. Man könnte sich kaputtlachen. Ich habe sie noch nie gesehen. Nie. Mein Lebtag nicht. Wo ist Stene? Stene, kicherte er. Stene, komm her! In dem Augenblick drehte sich die Seejungfrau in seine Richtung. Er sah das verbrannte Gesicht. Die versengten, verkohlten Augen. Und er lachte nicht mehr. Er schrie. Laut und gequält. Stene beugte sich über ihn. »Stene«, schluchzte er. »Wie lange bin ich schon hier?«

»Zwei Jahre, Winther. Zwei Jahre.«

Das Messer. Ihm fiel das Messer ein. Er mußte das Loch bohren. Mußte hinaufkommen. Zur Decke. Er mußte hinaufkommen und hinaus.

Die kahlköpfige Alte kratzte an seinem Oberschenkel. Nein! Sie hatte flinke, kräftige Finger. Nicht den Verband berühren! Zu spät. Sie riß ihn ab. Aber er schrie nicht. Die Seejungfrau schrie. Er war unfähig zu schreien. Sie schrie für ihn. Er drehte den Kopf zur Seite. Wollte nicht hinschauen. Besaß nicht die Kraft dazu.

Der Mann mit der Gummi-Brille drehte seinen Kopf zurück. Mit Gewalt. Nein! Ich will nicht! Die Wunde ... genauso klaffend wie vorher ... genauso groß. Und das nach zwei Jahren? Warum war nichts zugewachsen? Schlagartig ging ihm ein Licht auf. Sie versuchen, mich zu täuschen, dachte er. Ich darf keinem von ihnen trauen. Ich heiße Arnold Winther. Ich bin gerade angekommen. Blaue Kreuzfahrt 230. Er zwang sich, nochmal die Wunde anzuschauen. Warum erkenne ich keine Farben mehr? dachte er. Das ist es doch, was mir fehlt! Ich erkenne keine Farben! Deshalb sehe ich kein Blut. Alles ist plötzlich weiß und schwarz. Unwirklich. Licht und Schatten. Wie ein alter Film. Da unten ist sicher alles blutig. Große, eklige Flecken. Altes, geronnenes Blut. Er spürte, wie ihm übel wurde. Er hatte nie Blut sehen können. Er erinnerte sich an damals, als er sechs Jahre alt war ... »Du kannst gar nicht bluten, Winther.« Das war wieder Stene. Hart. Unbarmherzig. »Du hast kein Blut!« Kein Blut? Was ist das für ein Unsinn? Jeder kann bluten. Er konnte nur keine Farben mehr erkennen. Die Decke war weiß. Der Boden war weiß. Die Wände waren weiß. Der Tisch war weiß. Es lag in der Familie. Er hatte einen Onkel gehabt, der auch nicht ... »Arnold!« Das war die Seejungfrau. Sie rief ihn. Die Seejungfrau war schwarz. Die andern waren weiß. Außer ihm. Er und die Seejungfrau waren dunkel. »Arnold!« Sie winkte. Er wollte zurückwinken, aber Stene hielt seinen Arm fest. Als er klein war, winkt ihm die Mutter immer zu, wenn er ... »Wir dürfen ihn nicht noch einmal verlieren!« Stene war unnachgiebig. Der Mann mit der Gummi-Brille rüttelte ihn. Und die kahlköpfige Frau ... »Wie oft müssen wir das noch durchspielen?« riefen sie einander zu. Oder war er gemeint? »Wie lange sollen wir weitermachen?« Ich weiß es nicht, dachte er müde. Wie lange klettere ich eigentlich schon auf diesen Schornstein? Wie lange gehe ich mit dem kleinen Messer schon auf die Wolken los? Inzwischen kann ich nichts mehr sehen. Alles nur Rauch. Schwarzer und grauer Rauch. Ich muß hinauf zur Decke, dachte er. Muß raus! Die Feuerwehrautos warten unten an der Straße. Sie haben ihre langen Leitern ausgefahren. Die Krankenwagen stehen bereit. Mit aufgerissenen Hintertüren. Ich muß ein Loch in diese verdammte Decke bohren! Warum versuchte Stene ihn daran zu hindern? Warum hielten sie seine Arme fest? Sie wollten ihn daran hindern, das Messer zu benützen. Das war ihre Absicht. Deshalb waren sie so. Aber wenn er das Messer nicht benutzen konnte, wie sollte er jemals ein Loch in die Decke bohren? »Katrine war keine Maschine«, riefen sie. »Siehst du denn nicht, was du bist ... was du bist ... was du bist?« Warum mußten sie ihn ständig anlügen? »Arnold!« Das war wieder die Seejungfrau. Sie rief und winkte. *Swisch* machten ihre Haare. Und jetzt begriff er. Das war Katrine! Um Himmelswillen, das war Katrine! »Ich komme«, rief er. »Ich komme!« Aber der Kopf saß fest. Der Helm. Die Kabel. Alles, was ihn an denTisch fesselte. Reiß dich los, dachte er. »Du hast abgeschaltet.« Stene umklammerte seinen Arm. »Du hast aufgehört zu gehen. Wir wollen wissen, warum. Wir wollen wissen –« Reiß dich los, dachte er. Und er spürte, daß er die Kraft dazu besaß. Daß er viel stärker war, als sie ihm einreden wollten. »Arnold!« Katrine rief ihn. Sie hatte das Muttermal am Bauch. Sie hatte Asche im Mund. Sie war eine Ertrunkene. Aber sie war noch schöner, als er sie in Erinnerung hatte. »Ich komme!« Er warf den Helm an die Wand. Er kippte den Tisch um. Er knurrte wie ein Tier. Er hatte eine Tante gehabt, die davon lebte, Tiere und Vögel zu imitieren. Er hatte einen Großvater gehabt, der in einem zoologischen Museum arbeitete. Die ganze Familie stammte von den Affen ab. Er hieß Arnold Winther. Alles vermengte sich. Er hieß Arnold Winther und alles vermengte sich. Er umarmte eine Seejungfrau. Er lag mitten im Zimmer am Boden und küßte eine Seejungfrau. Sie hing mit dem Kopf nach unten. Er lag unter ihr auf dem Rücken. »Seht ihr sie nicht?« Aber er wußte, daß sie den Kopf schüttelten. Er wußte, daß sie auswichen. Stene ... Stene war der einzige, der noch wagte, ihn zu berühren. »Sie war ein Mensch, Winther. Als du und die anderen Maschinen zum Stehen kamen ... Sie muß versucht haben, dich zu beschützen. Vielleicht so wie du meinst, daß du ...« Sehen sie nicht, wie die Seejungfrau über sie lacht? »Aber du begannst wieder zu ticken und zu laufen, Winther. Die Ursache ist uns nicht bekannt, aber du bist wieder in Gang gekommen. Von allen Maschinen ... warst du die einzige. Deshalb hätten wir auch gerne gewußt –« Hören sie nicht, daß die Seejungfrau singt? »– was passiert ist. Wir vermuten –« Begreifen sie nicht, daß es Katrine ist? Sie ist gekommen, ihm zu helfen. »– daß du sie getötet hast. Aber wir wollen dich nicht bestrafen. Wir wollen es nur wissen ... wollen nur mehr über dich erfahren. Wir wollen dich kennenlernen!« Stene redet. Der Mann mit der Gummi-Brille redet. Die kahlköpfige Frau redet. Ihre Stimmen verwirren sich. Wie Fäden. Die durcheinanderlaufen. Sich ineinander verheddern. Unentwirrbar. »Die *Golema* ... Der komplizierteste elektronische Organismus, der jemals ... Wir müssen herausfinden ... Wir können nicht ... Und du bist der einzige, Winther. Du bist der einzige!« Alles vermengt sich, Katrine. Alles verschwindet. Aber alles kehrt auch zurück. Bald wird sich die Decke heben. Bald wird er wieder Farben erkennen. Katrine hüllt ihn mit ihrem langen, nassen Haar ein. Er liegt da wie in einer dunklen Schilfhütte. »Du bist der einzige«, flüstert ihr Mund. Und draußen vor der Hütte gebärden sich die andern wie verrückt. Schreien und trommeln. Er muß unbedingt das Loch in der Decke finden. Das Loch ist ihr Mund. Er küßt das Loch in der Decke. »Du brauchst das Messer nicht mehr«, flüstert sie. »Ich werde dir helfen ... helfen ... helfen.« Und diesmal glaubt er ihr. Er stößt nicht zu. Er gibt ihr das Messer. Mit dem Griff zuerst. Die blanke und scharfe Stahlklaue. Er wagt es. Ihr zu vertrauen. Und sie lachen gemeinsam in der dunklen Hütte. Um sie steht die WELT in Flammen. Und plötzlich ist ihr Mund nicht mehr das Loch. Denn der Mund ist weich. Warm. Bei ihm. Während die Decke nach wie vor da oben ist. Und sie müssen versuchen, rauszukommen. Alle beide. Müssen verschwinden. Und mit ihrem großen, geschuppten, fischglatten Meerfrauenkörper hat sie den Weg frei gemacht ... hat sie sich durchgezwängt ... und das Loch geöffnet. »Komm«, flüstert sie. »Komm!« Und er klettert in ihr Haar. Hält sich an den Brüsten fest, zieht sich hoch. Klammert sich an ihren Bauch. Hält sich an ihren Hüften fest. Klettert. Drückt sich an ihrem Kinn ab. Drückt den Kopf gegen den schuppigen Unterleib. »Komm!« ruft sie. »Beeil dich! Komm!« Und er klettert weiter. Und er merkt, daß sie sich zusammen mit ihm hocharbeitet. In langsamen Windungen. Wie zwei Schalen hält sie die Hände unter ihn. Schiebt ihn höher und höher. Der Kopf berührt die Decke. Er spürt den Luftzug beim Loch. Er hat das Gefühl, lange, lange unter dem Eis geschwommen zu sein ... und endlich eine offene Stelle. Jetzt hat sie ihren Oberkörper so weit nach oben gebracht, daß sie ihn in den Nakken beißen kann. »Komm«, flüstert sie. »Wir schaffen es, Es ist nicht mehr weit.« Und sie hilft ihm, den Kopf gegen das Eisloch zu pressen. Sie küßt ihm beide Ohren. Immer wieder. In seinem Kopf kracht und knistert es. Und er weiß, daß er bald wieder Farben sehen wird. Denn nicht das Meer erwartet ihn da oben.

Keine geifernden Wellen und kalten Ströme. Sondern der Regenbogen. Jenseits des dunklen Loches wartet ... der Regenbogen.

*

Die junge Dame zog die blau-weiße Uniform der Reederei glatt. Sie versuchte noch ein bißchen mehr zu lächeln. »Wollen Sie sich über etwas Bestimmtes beschweren?« fragte sie.

Die abgerissene Gestalt mit den dunklen Ringen unter den Augen, bekleidet mit einer zerfetzten Jacke über einem dünnen weißen Pyjama und mit dickem Verband um den einen Oberschenkel, schlurft langsam vorbei. Schaut sie nicht an. Bewegt sich mechanisch weiter.

»Nein«, sagte Winther.

(*Lanzarote, Februar 1988*)

Michael Springer
Ite missa est

Daß die Sonne morgen aufgehen wird, ist eine Hypothese; und das heißt: wir wissen nicht, ob sie aufgehen wird.

(*Ludwig Wittgenstein, Tractacus logico-philosophicus*, 6.36311)

I

Er stand am Blumenbeet hinter dem Refektorium und betrachtete eingehend die Blüten. Da er Physik unterrichtet und nicht Naturgeschichte, spottete ich: »Sind es Rosen? Sind es Tulpen? Sind es Hosen? Ohne Stulpen?« Er kehrte mir wortlos den Rücken und näherte einen Finger einem Blütenblatt, ohne es zu berühren, als wäre es vor Hitze rotglühend. »Was haben Sie?« fragte ich, und meine grundlose Heiterkeit wich begründeter Sorge. – »So bunt...« hörte ich ihn murmeln, »so überaus deutlich...« Er drehte sich mir zu und sah über mich hinweg in den Wald. »Sehen Sie«, sagte er laut, als müsse er gleich die Beherrschung verlieren, »haben Sie jemals so Farben erlebt?«

Nun, die Jahreszeit ging ihrem Ende zu, dicht lag das Laub zwischen den Stämmen, zwischen den Ästen taumelten die letzten Blätter zu Boden; im Wald herrschte ein Rieseln und Rauschen, als fiele Regen. Es hatte lange keinen Niederschlag gegeben und seit Wochen raschelten die Blätterhaufen trocken und zerfielen zu Staub, wenn ich in der Früh mit dem Brevier durch den Konviktswald ging.

»Die Farben?« In der Tat, das Herbstlaub leuchtete besonders in diesem Jahr, aber meine Augen werden immer schlechter. Sicher spielen sie mir Streiche: So wie der Herbst kurz vor dem Winter noch einmal eine Blüte vortäuscht, so wie der Sterbende sich vor dem Tode noch einmal kurz besser fühlt, so gaukelte mein erlahmendes Sehvermögen mir zum Spott gestochene Schärfe vor. Aus den Lücken zwischen den blutroten Blättern leuchtete sogar intensives Meerblau.

»Ein schöner Herbst, freuen wir uns daran, ein Geschenk des Himmels«, forderte ich unironisch, aber Pater Seguir hörte nicht. Er kniete am Weg wie in einem bei ihm ungewöhnlichen Anfall von Frömmigkeit und betastete den Kies. »Wenn ich die Hand ausstrecke«, sagte er, »sehe ich zwar die ausgestreckte Hand den Stein berühren, aber ich habe auf der Fingerkuppe keinerlei Tastempfindung.« Ich versuchte ihm aufzuhelfen, aber er stieß mich fort. Wie konnte ich ihm sagen, daß er zum Arzt gehen sollte, ohne ihn zu beleidigen? Also kniete ich neben ihm nieder und befühlte ein Steinchen. Ich sah meine Hand, ich sah grauen Kies, über den ihr Schatten sich senkte, und schließlich – zugegeben, erst nach einer Schrecksekunde – spürte ich den kühlen, steinigen Widerstand. Als ich aufsah, merkte ich, wie er mich triumphierend beobachtete: »Geben Sie's zu«, sagte er, »Sie haben es auch.« – »Oh, ich erlebe noch ganz andere Sachen«, erwiderte ich; zu dumm, das war mir jetzt aus Hoffart so herausgerutscht. – »Was, was, was«, rief Pater Seguir, »so rede!« – »Ich habe seit Wochen... Erscheinungen«, flüsterte ich und hoffte furchtsam auf sein kaltes Gelächter. Aber wir knieten stumm und gebückt, wie betend, und so fanden uns die zwei Schüler aus der Septima, die immer etwas zu tuscheln haben. Erschrocken grüßten sie; aber diesmal ermahnte sie keiner von uns beiden, während der dreitägigen Heiligen Exerzitien gefälligst Einkehr zu halten und das strenge Schweigegebot nicht so unverschämt und fortgesetzt zu verletzen.

2

Charvat und Beifuß heißen die beiden Peripatetiker, wie ich sie bei mir genannt habe, denn sie reden und philosophieren in allen Pausen. Charvat ist frech, Beifuß spielt den längst Aufgeklärten. Charvat ist Externer und bringt Beifuß zweifelhafte Heftchen ins Internat mit: »Frauen für Pleja« mußte ich konfiszieren, weil auf dem schlecht gemalten Umschlag fast entkleidete Mädchen erschrocken von gepanzerten Wesen mit Fliegenköpfen entführt wurden. Ich gebe zu, ich habe den Schund abends gelesen und an einer Stelle – einer bewußtlosen Frau fielen die verkohlten Kleider vom Leibe, und ein Sternenfahrer hüllte sie in eine grobe Decke – sogar schwüle Erregung verspürt. Wenn es nicht zufällig Pater Reiterer gewesen wäre, der abends im Beichtstuhl der Konviktskapelle im Gebet auf die läßlichen Sünden der anderen Patres wartete, hätte ich das nicht einmal gebeichtet. Er gestand mir wenig später, daß auch er sich von Charvat diese utopischen Heftchen gelegentlich auslieh, da ihm, so behauptete er, ihre vulgäre Wissenschaftlichkeit großen Spaß bereite. Er habe festgestellt, daß die Heftchen die Peripatetiker zu ihren Spekulationen animierten, und das finde er gut. Nur worüber, das habe er nicht ganz verstanden. Ach, sagte ich vage, über die Möglichkeit, durch die Zeit zu reisen, indem man sich mit Überlichtgeschwindigkeit durch den gekrümmten Raum in die Vergangenheit oder Zukunft versetze... Für Pater Reiterer natürlich lauter böhmische Dörfer.

Über die Art seiner sogenannten Erscheinung erging Pater Reiterer sich auf Nachfrage in bloßen Andeutungen; sie schienen ihm geradezu die Sprache verschlagen zu haben. Beim Gebet vor allem kämen sie, in der Andacht, in der Kapelle, am Altar, speziell im Augenblick der Wandlung – niemals aber im Freien, nie bei profanen Anlässen wie Essen, Ausscheiden oder Schlafen. Waren es Stimmen? Ja und nein. Es begann als Funkentanz, wie wenn einer mit niedrigem Blutdruck lange gekniet ist und allzu plötzlich aufsteht. Dann dumpfes Rumoren, Rumpeln bis Dröhnen, manchmal hohe Pfeiftöne. Faltengewänder aus irisierenden Stoffen. Weiße Flügel, Fluchten von Spiegelgemächern, hohe Fenster mit Landschaftsaussichten. – Ich nickte mit geneigtem Kopfe, ganz verständnisvoller Beichtvater, und dachte: Er wird einfach alt und adelt das Altern, indem er Gott sich ihm offenbaren läßt – oder wenigstens ein paar mindere Throne und Heerscharen. Wegen seiner Hoffart gab ich ihm zur Buße einen Rosenkranz auf, verschärft durch einen Tag Fasten. Das kann uns Kapaunen nicht schaden und vertreibt vielleicht die Trugbilder.

Mein Farbensehen verschlimmert sich zusehends. Ich erwache, schlage die Augen auf, und sie beginnen zu arbeiten wie eine defekte Fernsehröhre: Nicht unter der getünchten Zellendecke liege ich – sie hat mich mein erwachsenes Leben lang darüber beruhigt, daß die nächtlichen Träume nicht gelten, sondern die lichte Wirklichkeit meines Entschlusses, Mönch zu werden –, vielmehr unter einer körnig gepunkteten, unruhig wabernden Wand, die jeden Augenblick vergeht und entsteht – als wäre ich über Nacht auf die Dimension eines Atoms geschrumpft und sähe als erstes Lebewesen mit eigenen Augen, was kein Mensch jemals sehen kann: den unanschaulichen, rein mathematisch-physikalischen Wellentanz der elementaren Teilchen, welche wiederum gekörnte Wellen sind. Bin ich nun ein Mensch oder ein Mikroskop mit atomarer Auflösung?

Der Heiland am schwarzen Bakelit-Kreuz über der Zellentür wölbt und windet sich, flattert und zappelt. Und so fürchte ich mich beim Aufwachen vor einem, an den ich eigentlich nie geglaubt habe: dem Teufel. Es scheint, als hätte der Diabolos jetzt nicht nur von der gebeutelten Welt draußen, sondern von mir Besitz ergriffen, von meinen Augen, meinen Nerven, meiner Person. Während Pater Reiterers Visionen wenigstens Kitsch-Postkarten des Himmels gleichen, ähneln die meinen einer Demonstration satanischer Macht. Das Chaos hält, nach einem langen Umweg über die ganze aus den Fugen brechende Welt, Einzug in mein armes kleines Hirn.

Ich leistete als junger Mann die Gelübde, weil mich die unfaßliche Ordnung des Universums auf die Knie zwang. Jeder Student der exakten Wissenschaften macht eine einzigartige Erfahrung: Die Welt erweist sich als unermeßlich und zugleich meßbar, unendlich und begrenzt, unüberschaubar und im Prinzip einheitlich, chaotisch und geordnet, zufällig und notwendig, materiell und geistig. Sie widersteht allen einfachen Erklärungen, aber den vertracktesten fügt sie sich mit einer geradezu verzückten Zustimmung. Und dieses Einverständnis besagt immer: Versuche nicht, mich mit deinen nackten Augen zu verstehen, sondern bewehre dich mit ausgefuchsten Instrumenten und spioniere mich aus mit deinem Verstand; denn ich bin zwar nicht Stoff von Deinem Körper, aber Geist von Deinem Geiste. Als müßte man der Natur wie dem Delinquenten bei der Heiligen Inquisition erst die Instrumente zeigen oder sie gar auf die Folter des Experiments spannen und peinlich befragen. Oder, um einen mir sympathischeren Vergleich zu gebrauchen: als läge vor mir ein Haufen Mikado-Stäbchen wie zufällig geworfen da; würde man aber jedes Stäbchen bloß lang genug mit einem gedachten Lineal verlängern, so erwiese sich, daß es auf einen von nur drei verschiedenen Fluchtpunkten ausgerichtet ist.

Und so vermochte ich, indem ich, während ich die Schöpfung betrachtete, zugleich meinen Verstand anstrengte und mein wachsendes Wissen bemühte, geradezu mit freiem Auge Gottes Ordnung wahrzunehmen. Ich schaute sie am Firmament, im Wechselspiel von Sand und Meer, von Jäger und Beute. Meine Gebete waren kein Flehen um kleine Wunder, um Eingriffe in den gewaltigen Schöpfungsplan zum Zwecke der Linderung minimaler Leiden; Gott, mein Synonym für das, was die Wissenschaftler Natur nennen, war zu groß für die Zumutung, längst von ihm vorhergesehene Kastastrophen auf Bitte eines seiner Myriaden Geschöpfe zu unterlassen – sicherlich um den Preis einer insgesamt größeren Unordnung und anderswo vermehrten Leidens. Er sah, daß es gut war, und ich mühte mich in der Andacht, es ebenfalls gut zu finden.

Seit den Farberscheinungen aber beginne ich zu zweifeln. Die gräßlichen Ereignisse draußen in der Welt versuchte ich noch durch äußerste Anstrengung meines Verstandes im Gebet als notwendige Begleiterscheinungen göttlichen Ordnungsschaffens auszulegen, denn wo gehobelt wird, da fallen Späne, und wenn Gott den Kosmos hobelt, dann sind die Späne so groß wie ein Planet. Aber warum zerstört Gott jetzt das Werkzeug meiner Andacht, mein Gehirn? Darin beweist er eben jene Kleinlichkeit, die ich ihm so wenig zutraute, daß ich ihn nie um etwas Persönliches für mich bat. Jetzt aber flehe ich jeden Morgen zu ihm, er möge den Spuk von mir nehmen, den Widersacher aus meiner Zelle scheuchen und dafür sorgen, daß das Emblem seines leiblichen Sohnes – dessen Geschichte ich übrigens aus analogen Gründen wie den gegen private Gebete sprechenden nur metaphorisch nehmen kann, nämlich als die soziale Aufforderung, für Mitmenschen beliebig große Opfer zu bringen – sich nicht länger winden möge wie die Schlange am Baum der Erkenntnis.

3

Es geschehen noch Zeichen und Wunder: Pater Seguir, der pantheistische Meta-Mathematico-Physikus, gesteht mir im Beichtstuhl, er glaube sich vom Leibhaftigen besessen. Ich denke, in seinem fürchterlichen Zustand wäre er sogar für einen Exorzismus nach gutem altem Ritus zu haben. Daß etwas Großes sich anschickt, in diese Welt zu treten, ist nun offenbar. Wenn einen Menschen, nicht mehr den jüngsten, Visionen heimsuchen, denkt er in diesem skeptischen Äon zunächst an psychotische Halluzinationen, an Alters-Erscheinungen. Doch wenn allein schon zwei Menschen zu gleicher Zeit von ähnlichen Erscheinungen heimgesucht werden, schließt dies jeden Zweifel aus, daß es sich um frohe und hohe Botschaften handelt, um Evangelien und Offenbarungen.

Also nichts da von niedrigen Pseudologien, satanischen Grimassen, diabolischem Verwirrspiel! Daran glaubt bezeichnenderweise Pater Seguir, der Jünger der Wissenschaft, welche bekanntlich mit dem Teufel paktiert und ihm zum Zweck der Erkenntnis die Seele verkauft. Nicht ich. Meine Visionen sind eindeutig von Ihm selbst.

Es begann, als ich mich am alltäglichen Höhepunkt der Morgenandacht in der Konviktskapelle zur Gemeinde wandte, um das Wunder der Wandlung zu vollziehen. Nahe vor mir kniete der Ministrant Beifuß mit in frommer Erwartung aufwärtsgehobenem Antlitz, und dahinter im Halbdunkel nur der Zeichenlehrer, ein Weltlicher. Ich hob den Kelch, und aus ihm strömte sofort reinstes Leuchten. Meine sehr schönen Finger, von der Frühkälte blaßrosa wie Porzellan, öffneten sich unwillkürlich, aber der Kelch fiel nicht auf die rot gedeckten Steinstufen vorm Altar. Er verschwand, schlug gleichsam ein unendlich fernes Loch aus purem Licht, und um die sich öffnende Blende gruppierte sich in konzentrischen Ellipsen das Heer aller Engel, und in der Mitte erstrahlte Sein allsehendes furchtbares Auge. Die himmlischen Chöre bestehen, wie mir seitdem bekannt ist, aus höchsten Falsett- und tiefsten Baßstimmen. Ein eisiger Luftzug schlug mir entgegen, dann donnerte mir ein Blitz in die Stirn, und ich kam zu mir, als der Arzt sich in meiner Zelle über mich beugte, hinter ihm der wohlgenährte Pater Rektor, daneben Pater Seguir. Sie waren aber nicht sehr besorgt; Ohnmachten bei der Frühandacht sind wegen der obligaten Nüchternheit erklärlich, um so mehr, wenn man sich wie ich als Vorbereitung auf die Exertitien freiwilliges Fasten auferlegt.

So kommt Er also endlich. Ich bin bereit. Ich sehne mich so nach seiner Ankunft. Alle Anzeichen sind versammelt, alle apokalyptischen Reiter sind längst hin und wider über das Firmament gesprengt. Den Papst hat man mit versteckter Kamera der privaten Bereicherung und der fleischlichen Gier überführt. Die Jesuiten des südamerikanischen Kontinents sind allesamt exkommuniziert, weil einige von ihnen, verzweifelt über die weltliche Politik der Heiligen Kirche, Bomben in die Tempel der Wechsler warfen. Hierzulande leeren sich die Kirchen, die Klöster und Priesterschulen verwaisen. Zulauf haben die Sekten.

Die Kinder kommen zu einer Welt, deren Bestand ihren Eltern nur noch wenige Jahre gesichert erscheint – und zwar nicht wie vor zehn Jahren noch, weil die Menschen sich anschickten, einander in die Luft zu sprengen, sondern weil unser aller kümmerliche Vernunft zusammengenommen nicht reicht, den entfesselten Planeten wieder ins Lot zu bringen. Darum stehen Flammen am Himmel, Rauch ballt sich über den Menschen, die Meere verbrennen, und das Ende der Zeiten ist gekommen. Es ist soweit: Der letzte Tag ist nah.

Vielleicht ist der Lohn für ein besonders kompromißlos dem Glauben geweihtes Leben, daß ich gerade passend für Apokalypse und Jüngsten Tag auf die Welt kam. Es gibt nichts Erhebenderes, als wenn die Schrift sich erfüllt.

Die Schrift erfüllt sich, indem sie augenfällig wird. Sie siegt über alles, was sonst so als Fernsehen ins Auge fällt. Sie überbietet die Flut der Hiobsbotschaften durch das Jüngste – das Wortspiel eines längst verschiedenen Berliner Kabarettisten sei erlaubt – Gerücht. Ich frohlocke. Halleluja.

4

Der erste Schnee ist tatsächlich rot vom Sand der Sahara. Ein ausgewaschenes Schmerzenstuch liegt über den Hügeln um das Konvikt. Mit Pater Reiterer geht es zu Ende; bei jeder Messe stürzt er. Die nächste Wandlung kann ihn töten, aber der Dispens vom Priesteramt würde den Eiferer erst recht umbringen.

Ich unterscheide dumme und kluge Diener des Herrn und hielt Pater Reiterer bisher für einen von den letzteren. Die klugen verlieren in wenigen Jahren den Glauben an die Worte der Schrift im buchstäblichen Sinne; dann konstruiert jeder sich seine ganz persönliche Lebenskrücke aus Resten des Glaubens und aus den Erfahrungen mit der weltlichen Seite der Kirche. Damit will ich sagen: Pater Reiterer hat bis vor kurzem sowenig an das Jüngste Gericht geglaubt wie ich an den Beelzebub.

Aber vielleicht war alles wörtlich gemeint. Vielleicht stimmt jeder Buchstabe der Schrift, der Papst ist wirklich unfehlbar, Gott erscheint demnächst, um Spreu und Weizen zu sondern, und sämtliche Vernunft und Erfahrung, die dagegen sprechen, sind nur eine Prüfung des Glaubens; die Letzten werden die Ersten sein und die Klügsten die Dümmsten.

Um festzustellen, ob das alles nur Folgen des Alterns sind, suchte ich heute im Repetitorium das Gespräch mit den Peripatetikern: Ich bat Charvat und Beifuß, mir etwas Schweres tragen zu helfen, und führte sie in die Klausur. Dorthin kommen die Schüler sonst nur, wenn Pater Rektor sie mit dem Rohrstock auf die Finger schlägt. Darum waren sie recht aufgeregt, stießen sich hinter mir auf dem langen Weg über Treppen und durch Gänge an und wisperten.

In meiner Zelle angelangt sagte ich: »Wie gesagt, Ihr sollt mir etwas Schweres tragen helfen. Es ist aber nichts, was man heben kann, sondern eine unsichtbare Last, die mich seit kurzem bedrückt.« Charvat gab sofort eine ausgezeichnete kleine Pantomime: Er tat, als stürze etwas Schweres auf seinen Kopf, schwankte und wischte sich die Stirn; Beifuß mußte lachen. Sie waren ausgelassen, weil ihnen keine Strafe für geschmuggelte Schundhefte oder gebrochene Schweigegelübde drohte.

Ob ihnen in letzter Zeit sonderbare Dinge auffielen... Phänomene... Ereignisse..., stotterte ich. Beifuß schaute erschrocken drein und schüttelte den Kopf; Charvat blies gleich wieder albern die Backen auf und zuckte übertrieben die Achseln.

Als ich sah, daß ich so nicht weiterkam, brachte ich das Gespräch auf ihr Lieblingsthema: Leben auf anderen Planeten, Raumfahrten und Zeitreisen. Aber auch hier verhielten sie sich zunächst verstockt, als ob ich in für mich gesperrte Bezirke einzudringen suchte.

Schließlich berichtete ich einfach von mir, und was mir in diesen Tagen widerfahren war. Wieder schaute Beifuß erschrokken, während Charvat sich mühsam das Lachen verbiß. Ich stand verärgert auf und öffnete ihnen die Tür meiner Zelle. Da sagte Beifuß endlich: »Uns fällt auch einiges auf...« Sofort schloß ich die Zellentür wieder und setzte mich. Charvat verdrehte die Augen und stieß Beifuß zischend an.

»Pater Reiterer ist krank«, sagte Beifuß dennoch, »und Sie sagen beim Unterricht manchmal minutenlang nichts, bis die Klasse so laut wird, daß Sie weitermachen.« – »Ja, ja. Aber ihr selbst... Seht ihr Dinge, die es nicht geben kann?« – »Schon«, antwortete Charvat, »roten Schnee... und dieses Internat... Wenn ich das sehe, kann ich nicht glauben, daß es so was geben kann.« Beifuß kicherte, sagte aber auf einmal ernsthaft den zweideutigen Satz: »Wir empfangen eine Botschaft vom Ende der

Welt.« Charvat schlug sich klatschend auf die Stirn, machte eine halbe Drehung und verbeugte sich. Erst als ich drohte, ihn hinauszuwerfen und Beifuß dazubehalten, gab er Ruhe.

Beifuß erzählte, bei ihren Spaziergängen entlang der Konviktsmauer hätten sie im Gespräch alle Indizien für eine allgemeine Zunahme der Unordnung gesammelt. – Ich warf ein, das entspräche dem kürzlich durchgenommenen Zweiten Hauptsatz der Wärmelehre, dem zufolge alles dem wahrscheinlicheren, und das hieße nun einmal dem ungeordneteren Zustand zustrebe. – Ihnen ginge es um mehr, sagte Beifuß. Sie hätten im Gespräch eine weltweite Verschwörung aufgedeckt, die darauf hinauslaufe, immer alles zu beschönigen und als geordnet auszugeben, obwohl nichts wirklich in Ordnung sei und das bißchen Schein- und Rest-Ordnung sich rapide verzehre. Wenn man Gegenstände verliere und nie wiederfände, beruhige man sich damit, irgendwo würden sie schon sein. Wenn etwas absolut Unerwartetes eintrete – und dazu zähle genaugenommen schon jeder Blick beim Spazierengehen um die nächste Ecke –, unterstelle man, in den Köpfen der Mitmenschen sei es nichts Neues. Jede Gewohnheit sei aber Illusion, denn jeder Augenblick sei ganz und gar neu, nämlich aus dem Nichts geschaffen. Sie hätten schon lange auf eindeutige Beweise für ihre Philosophie gewartet, und die ersten lägen nun vor. Es gebe neuerdings Kinos, in denen der Besucher durch holographische Steuerung des Lichts sowie quadrophonische Töne so vereinnahmt werde, daß er kaum noch wisse, ob er jetzt im Kino sei oder nicht vielmehr danach beim Verlassen des Vorführraums der Film eigentlich erst beginne. Beim Spazierengehen hätten sie einander auf kleine Überdeutlichkeiten aufmerksam gemacht, auf Unstimmigkeiten, auf den geballten Kitsch der filmreifen, fernsehgerechten Realität. Kurz, es gab überall, ob im Fernsehen, im Kino oder sonstwo, nichts als Licht- und Tongeschehnisse, die insgesamt wirkten, als wäre die Wirklichkeit löcherig, und dahinter erschiene eine andere, genauso echte oder unechte.

Zu meinen, man werde in eine uralte Welt geboren, das setze blindes Vertrauen in die Erzählungen der Mütter, Väter und Patres voraus. Sie aber hätten beschlossen, nicht länger blind zu sein, und sähen seitdem überall die hinfällige Gemachtheit, das schlecht und recht Zusammengeschusterte, das Eben-Erst, das Gerade-Noch, das Vielleicht-auch-Nicht, das Unmöglich-Wirkliche.

Ich bat um ein Beispiel. Da behauptete Beifuß, während Charvat sich hinter ihm an den Kopf tippte, sie hätten in der Dämmerung gesehen, wie eine leuchtende Kirsche über die Konviktsmauer geworfen wurde; doch als sie die kleine Frucht in die Hand nehmen wollten, sei sie ungreifbar gewesen wie ein transparentes Hologramm. Und das sei nur ein Beispiel von vielen.

»Seht ihr darin Offenbarungen? Sind sie Gottes oder des Teufels?« Sie verneinten höflich. Sie hätten gemeinsam eine eigene Theorie darüber entwickelt. Charvat schien sie weniger ernst zu nehmen, er schämte sich und zappelte in der Zelle umher. Aber Beifuß begann zu erzählen.

5

Nach allem, was Pater Seguir mir berichtet, sind die Peripatetiker ein Musterbeispiel für ein eigentlich begnadetes Ungenügen an der Welt und für eine religiöse Glut, die aber durch den Einfluß von utopischer Schundliteratur zu unglücklicher Sehnsucht nach wissenschaftlichen Märchen pervertiert worden ist, so daß sie das Jenseits für ein fernes Milchstraßensystem halten und den Himmel der Offenbarung mit dem der Astronomen verwechseln.

Seit Beifuß und Charvat begonnen haben, die Heftchen zu lesen und darüber zu diskutieren, fragen sie sich nur noch, wie man zu anderen Sternen reisen könnte. Sie langweilen sich, da sie leicht lernen und unsportlich sind, im Internat fast zu Tode. An der Zukunft interessiert sie nur die Möglichkeit, das Weltall nach intelligenten Lebensformen zu durchforschen und mit ihnen in Verbindung zu treten.

Doch wußten sie aus Pater Seguirs Unterricht, daß dafür Entfernungen zu überwinden sind, für die selbst das Licht Tausende von Jahren braucht; ebenso wußten sie, daß nichts schneller sein kann als das Licht. In den Heftchen flog man zwar mit Überlichtgeschwindigkeit durch Falten in der gekrümmten Raumzeit, aber Beifuß und Charvat waren ziemlich sicher, daß das nur ein fauler Trick war, um die Story voranzutreiben: In Wirklichkeit konnte man bestenfalls mit einem mehr oder weniger großen Bruchteil der Lichtgeschwindigkeit reisen.

Also mußten Raumreisen einige Tausende von Jahren dauern, damit man mit einiger Wahrscheinlichkeit auf andere Lebensformen – und mit großem Glück sogar auf intelligente – stoßen konnte. Es gab nur zwei Möglichkeiten, nach so langen Zeiten lebend am Ziel anzukommen (an die Rückkehr dachten sie nicht): Entweder man versetzte sich in Tiefschlaf und verlangsamte die Lebensfunktionen durch Tiefkühlung; diese Verlangsamung reichte aber für nennenswerte Sternenreisen nicht aus. Oder man setzte ein riesengroßes Raumschiff in Marsch, auf dem Hunderte von Generationen einander ablösten, bis die entfernten Enkel der ersten Raumfahrer das Fahrtziel endlich erreichten. Nur mit dieser Möglichkeit hatten Charvat und Beifuß sich ernsthaft beschäftigt.

6

Als die beiden gegangen waren, legte ich ein paar Briketts in den Ofen, um mich zu wärmen. Die Flammen waren unzweifelhaft grün, und alles sonst breit und schräg gestreift. Ich warf mich aufs Bett und schloß die Augen; bald erschien mir eine derart fremde Landschaft, daß ich sie mit bestem Willen nicht zu beschreiben vermag. Ich hatte das Gefühl, sie sei vollständig eßbar wie das Schlaraffenland, und erwachte mit leichter Übelkeit, nur um an der Decke meiner Zelle das nun leider schon gewohnte Farbenrauschen vorzufinden. Dennoch versuchte ich den Gedankengang der Peripatetiker weiterzuspinnen.

Offenbar glaubten Charvat und Beifuß weder an göttliche noch teuflische Botschaften, sondern an außerirdische Sternenfahrer, die kürzlich auf der Erde angelangt waren und uns nun Zeichen machten, um den Kontakt zu knüpfen. Sie hatten Geräte, mit denen sie uns direkt in den Kopf hineinfunken konnten, oder etwas wissenschaftlicher gesagt, sie bedienten sich unserer Gehirne als Empfangsgeräte. Ich muß gestehen, mir gefiel dieser Gedanke sogar besser als Pater Reiterers glühende Überzeugung vom nahenden Weltenende. Aber ich war auch enttäuscht von Beifuß und Charvat; ich hatte sie für einfallsreicher gehalten, ihre geheimgehaltene Idee für origineller.

An diesem Tag eröffnete uns Pater Rektor, das Internat würde früher als sonst Schulferien machen, da fast die Hälfte der Lehrer gleichzeitig krankgemeldet sei.

Ich ging abends durch den rosigen, bläulichen, schmutzigen

Schnee im Konviktsgarten, um mein Brevier zu lesen; aber eigentlich lauerte ich den Peripatetikern auf. Sie kamen nicht. Ich wartete frierend. Ungeheuer groß und grau ging der Mond auf, und mit einem plötzlichen Windstoß fielen Hagelkörner; sie klingelten auf den Dachrinnen, raschelten im nassen Laub, prasselten auf das Treibhaus. Das alles waren nach Meinung der Peripatetiker mögliche Botschaften der Außerirdischen? Wie sollte man erkennen, wo die Sendungen anfingen und aufhörten? Wie lange sendeten sie schon? Wie erkennt man etwas als Zeichen für etwas? Ich blinzelte den Mond an, und die Hagelkörner trommelten auf meine Stirn nach einem unbekannten Morsealphabet. Alles bedeutete etwas anderes... Die Welt war ein aufgeschlagenes Buch, eine einzige Hieroglyphe... Weder Gott noch Teufel, sondern etwas wie wir, entstanden aus Blitzen, die auf einem Planeten in die von organischen Verbindungen wimmelnde Ursuppe schlugen. Und jetzt glaubte ich auf einmal den Gedanken der Peripatetiker zu begreifen, den Charvat vor uns Patres geheimzuhalten suchte.

7

Unwohl erwachte ich, fiebernd raffte ich mich auf und versuchte heiser meinen Unterricht zu halten. Keiner hörte zu, man unterhielt sich über die Bänke hinweg, während ich die Geschichte der Gottesbeweise rekapitulierte; nichts ist besser geeignet, zu zeigen, wie der menschliche Verstand am größten Gegenstand in allen Ehren scheitern muß. Aber die Schüler waren in Gedanken längst draußen, bei den Eltern, in der Welt, in einer Zukunft, die ihnen gehörte, nicht uns. Uns schrieben sie ab.

Ich postierte mich beim Klingelzeichen an der Tür und bat Charvat und Beifuß, einen Augenblick zu bleiben. Beifuß duckte unter meinem ausgestreckten Arm weg und lief durch den hallenden Gang davon. Charvat packte ich am Ärmel und zerrte ihn zurück in die leere Klasse. Er schnitt ein ängstliches, tückisches Gesicht und drohte mit Beschwerde, Gericht und Polizei. Ich schüttelte ihn und zählte auf, was ich begriffen hatte.

»Vor langer Zeit, glaubt ihr, haben Außerirdische ein Schiff zu den Sternen losgeschickt, um andere Intelligenzen zu finden. Ein solches Schiff muß sehr groß sein, damit viele Generationen darauf leben, sich ernähren und sich fortpflanzen können. Das Schiff muß viel größer sein als jedes uns vorstellbare Raumschiff. Es kann nicht aus Metall bestehen und mit Raketenantrieb reisen. Man muß einen großen künstlichen Lebensraum schaffen und durchs All schicken. Dieses Raumschiff ist nichts anderes als unsere Erde: Sie ist ein Sternenschiff, das seit Hunderttausenden von Jahren intelligentes Leben sucht. Jetzt ist es angekommen, und wir empfangen die Botschaften der Lebensform, der wir uns nähern.«

Charvat hielt still. Ich schwieg. Er schüttelte den Kopf. Das sei nichts als weltlich gewendeter Pfaffenglaube, sagte er böse, die Wahrheit sei viel beschämender für unsereinen. Wir würden noch immer glauben, wir wären die Krone der Schöpfung. Aber wir seien nur die zufällige, unwichtige Hülle einer Botschaft, die nicht für uns bestimmt sei; und auch was wir jetzt empfingen, sei keine Antwort an uns, sondern der Versuch, die Botschaft aus uns auszuwickeln. Wir seien die Verpackung eines Buches, die man mit einer Hand wegwirft, während man mit der anderen das Buch aufschlägt.

Ich ließ seinen Ärmel los und hieß ihn gehen. Dann suchte ich Pater Seguir auf, um ihm den Schaden vor Augen zu führen, den seine Wissenschaftelei in den Köpfen dieser jungen, nach Hohem strebenden Menschen angerichtet hatte, und ihm kraft meines Amtes als Religionslehrer aufzutragen, den Schaden im eindringlichen Gespräch wiedergutzumachen. Vor allem Charvat schien mir schon so besessen vom Geist der Verneinung, daß ich an ihm fast verzweifelte. Vielleicht konnte Pater Seguirs gesprächsweise ausgestreckte Hand ihn noch vor dem Sturz ins Bodenlose erreichen und halten.

8

Ich bat Charvat, sich zu setzen. Draußen auf dem Gang liefen die Patres hin und her und riefen aufgeregt nach dem Arzt. »Pater Reiterer ist außer sich vor Sorge um euch«, sagte ich, »vor allem um dich. Bitte erkläre mir eure Gedanken. Glaub mir, ich will euch verstehen, nicht verurteilen. Die Erde, ein Raumschiff, gut – aber wir eine Botschaft?«

Fast hätte ich es schon verstanden, sagte Charvat, die Erde sei eine große Flasche, in der eine Botschaft verkorkt sei, und wer immer uns ins All geworfen habe, habe gehofft, die Flaschenpost würde einmal entkorkt. Wer weiß, vielleicht sei die Flasche zum Absender zurückgekehrt, er könne sich längst nicht mehr erinnern, daß er der Absender sei, und würde es vielleicht nie herausfinden. Oder ein anderer habe die Erde entdeckt, weil sie wie verrückt Fernseh- und Radioprogramme sende, und suche jetzt eine Nachricht darin. Aber das könne nicht die ursprünglich gemeinte Botschaft sein. Sie müsse so verschlüsselt sein, daß sie nach unglaublich langer Zeit noch dieselbe geblieben sei. Und wo auf der Erde gebe es eine Information, die sich gleichbleibe, während alles sich ändere?

Ich sagte: »Gesteine? Die Gase der Atmosphäre? Die Salze im Meer?«

Ich sei nur ein Physiker, sagte Charvat. Nichts von alledem sei im Lauf der Erdgeschichte gleichgeblieben. Jede physikalische, chemische Botschaft wäre längst zerstört worden.

Aber das Leben sei noch viel unbeständiger, sagte ich. – »Nur seine Hülle wechselt«, antwortete Charvat, »nur die Organismen. Nicht die Sprache ihres Programms, der Code.«

Ich verstand. Die stummen Gene waren die Botschaft. Nur ein kleiner Teil der Erbinformation im Zellkern dient der Programmierung der Lebensform; ob Pantoffeltierchen oder Elephant, sie haben die meisten Gene gemeinsam. Und diese Nachricht hat sich – in wechselnder äußerer Gestalt – reproduziert, seit es Leben gibt. Der Sinn des Lebens ist die in seiner Erbmasse verschlüsselte Botschaft. Ob dieses Leben sich unterwegs bis zu einer intelligenten Form entwickelt hat, hat die Schöpfer der Botschaft nicht interessiert. Wir sind uninteressant. Der Mensch ist eine ebenso gute Verpackung – ein ebenso gutes Papier, um darauf die Flaschenpost zu schreiben – wie eine Amöbe. Für die Absender galt es nur eine Methode zu finden, die Botschaft beliebig lange zu konservieren. Und das konnte nicht physikalisch-chemisch gelingen, sondern nur biologisch.

Charvat sah mich stolz an. Die Peripatetiker hatten ganze Arbeit geleistet. Die Religion, die Philosophie, alle Systeme, die dem menschlichen Leben Sinn geben sollten, waren bloße Verbrämungen einer Mission, die den Menschen nicht vorsah. Er störte sogar, indem er den irdischen Lebensraum und somit die Nachricht zu zerstören drohte. Selbst wenn er dazu aufrief, das Leben auf der Erde zu bewahren, trug er, ohne es zu wissen, nur zur Erfüllung der Mission bei, zur Konservierung der Botschaft, deren unerheblicher Teil er war.

Es könnte ja sogar sein, sagte Charvat spöttisch, daß die allerfinstersten Pfaffen recht hätten, wenn sie behaupteten, aus der Schrift folge, die Erde sei vor höchstens sechstausend Jahren erschaffen worden. Man habe vielleicht dieses Raumschiff vor nur ein paar tausend Jahren mit einer künstlichen Erdgeschichte ausstaffiert, um die Nachricht geheimzuhalten, falls intelligentes Leben entstehe und nach seiner Herkunft frage. Es habe immer Leute gegeben, die die Zeugnisse der biologischen Evolution für Fälschungen hielten, zum Beispiel den Archaeopteryx im Britischen Museum, diesen Beweis, daß sich die Vögel aus den Reptilien entwickelt hätten. Die Erbauer des Raumschiffs hätten vielleicht alle Lebensformen zugleich geschaffen und gefälschte Spuren einer Entwicklungsgeschichte hinterlegt. Oder sie hätten die Entwicklung ungeheuer beschleunigt ablaufen lassen und dann den Eindruck erweckt, es habe Jahrmillionen gedauert.

»Aber wo sind die Empfänger der Nachricht«, wandte ich ein, »es gibt kein astronomisches Phänomen, das auf die Annäherung eines fremden Planetensystems hinweist.«

»Wer weiß, ob wir je ankommen«, lachte Charvat. Was wir erlebten, sei am Ende nicht die Manipulation der Flasche durch den edlen Finder, sondern nur der Zerfall der Botschaft, des Papiers und der Flasche nach einer langen Flugzeit. Ihm gefiele diese Idee eigentlich am besten, weil sie dem Ganzen endgültig jeden Sinn nehme.

»Oder wir sind doch im Begriff anzukommen«, sagte ich, und Charvat quittierte den Einwand gleich mit einer höhnischen Grimasse, »die Rotverschiebung, der Urknall, das könnten Indizien für unsere Fahrt sein, und der große Attraktor, auf den die Milchstraßen sich zuzubewegen scheinen, unser Ziel.« – Der sei viel zu weit weg, meinte Charvat, wir seien sozusagen unterwegs verlorengegangen. Wenn wir seit ein paar Jahren begännen, unsere eigene Erbinformation zu entschlüsseln, so läsen wir eine Nachricht von Wesen, die wir nicht kannten, für andere, die uns nie kennenlernen würden.

Er ging, und ich schloß die Augen und verschränkte die Hände zum Gebet. In der Schwärze tanzten bunte Funken und ordneten sich zu einem unendlich tiefen Ornament. Die Tür flog auf, zwei

Patres drängten herein und riefen, Pater Reiterer liege sterbend auf den Altarstufen der Kapelle.

9

Könnte man sich doch zurückwenden und den anderen im Jammertal zurufen, wie recht sie haben, wenn sie glauben, dachte ich. Diesmal war der Blitz heftiger als je gewesen, er riß mir ein Loch, das zu einem schwach ansteigenden Rohr führte, an dessen Ende man mich erwartete. Aber sosehr das leichte Licht dort mich anzog, ich wollte noch nicht hinüber. Hinter mir, unter mir standen die Patres über meinen Körper gebeugt, der etwas würdelos, alle viere von sich gestreckt, auf die Stufen gesunken war. Beifuß hielt noch das Buch, und der Arzt mit der Tasche drängte sich wie durch Wasser schwimmend langsam nach vorn zum Altar. Ich wollte noch einmal zurück, um ihnen ausgerechnet das mitzuteilen, was doch nicht mit Worten zu sagen ist. Als ich mit allergrößter Mühe die sterbensmüden Augen wieder aufriß, schlug Pater Seguir die Hände zusammen, Beifuß ließ das Buch fallen, und der Arzt klappte ungehalten die Tasche zu.

Herbert W. Franke
Besucher vom Himmel

Otar, der Jäger, stand an der Kuppe des Hügels und blickte zum sternenklaren Himmel empor. Obwohl die Nacht trocken und mild war, trug er seinen weißen Pelz, der eigentlich für die Wintertage bestimmt war. Wenn er die Kapuze über den Kopf zog, hob er sich kaum vom Schnee ab – eine perfekte Tarnung gegenüber den Tieren, aber auch seinen Feinden, den Jägern aus der Siedlung jenseits des Flusses.

Heute brauchte er keine Tarnung, ganz im Gegenteil: Es kam ihm darauf an, gesehen zu werden. Und außerdem war der weiße Fellmantel sein wertvollster Besitz, der besonderen Situation eben angemessen.

Was er vorhatte, hätte sicher den Widerstand des Schamanen hervorgerufen, wenn der davon gewußt hätte. Vielleicht hätte sich Otar von ihm abhalten lassen, denn es gab genug Gründe, dieses Wagnis nicht einzugehen. Die Gunst der Götter, oder ihr Zorn... davon hing ja nicht nur das Wohl und Wehe der kleinen Lebensgemeinschaft seines Stammes ab, sondern sicher auch sein eigenes Schicksal. Und einer, der die Götter herausfordert, hat sicher mit schrecklicher Strafe zu rechnen.

Und dennoch... Otar war nicht mehr jung, und er war einer, der beobachten, der denken konnte. Im Gegensatz zu den Meinungen vieler anderer hatte er festgestellt, daß sich die Lebensumstände langsam aber stetig änderten. Gegenüber der Zeit seiner Jugend war die Zahl der Einwohner seines Dorfs auf das Doppelte angestiegen, und das hieß, daß jetzt mehr Nahrungsmittel herangeschafft werden mußten als zuvor. Zugleich aber hatte sich der Wildbestand verringert, und es war nicht schwer zu verstehen, daß daran die verstärkte Jagdtätigkeit schuld war. Der Schamane versuchte diesem Übel entgegenzutreten, indem er die Menschen dazu aufrief, öfter zu den Göttern zu beten, ihnen mehr Opfer zu bringen. Otar aber hatte stille Zweifel daran, daß die Götter daran Gefallen fanden. Vielleicht hatten sie ganz andere Wünsche? Doch der Schamane war ihm recht grob gekommen, als er seine Bedenken geäußert hatte. Und so hatte er sich entschlossen, die Frage selbst zu lösen.

Der Mond hatte sich schon hoch hinauf zum Himmel erhoben,

sein Glanz ließ das Licht der Sterne verblassen. Ob die Götter wirklich von den Sternen kamen? Gerade in den Sommernächten war immer wieder zu beobachten, wie sie mit ihren Flugkörpern hoch oben über dem Land dahinschwebten ... Ein Akt der Kontrolle? Ein Hinweis auf ihre Macht? Ein Zeichen des Besitzanspruchs? Wie schwer war es, den Willen der Götter zu deuten! Vielleicht bekamen sie nicht, was sie wollten, vielleicht wurden sie enttäuscht! Und deshalb hatte sich Otar vorgenommen, seine Frage zu stellen. Er war bereit, seine Ergebenheit auszudrücken, doch er wollte wissen, was die Götter verlangten, um ihnen zu Glück und Wohlstand zu verhelfen.

Der Sommerwind trug mit Flocken versehene Samen mit sich, hob sie in Wirbeln auf, ließ sie wieder sinken. Nun wurde der Tanz der weißen Flocken lebhafter, ein tiefes, wohlklingendes Summen lag in der Luft. Das war das Anzeichen, mit dem sich die Luftschiffe ankündigten ... Und dann sah er eines direkt auf sich zukommen.

Otar hatte den höchsten ihm erreichbaren Hügel bestiegen, um den Göttern entgegenzukommen, und er hatte den weißen Mantel angezogen, damit sie ihn bemerkten. Nun legte er die Waffen, den Speer und das Messer, auf den Boden, richtete sich wieder auf und streckte die Hände hoch. Würden sie ihn sehen? Würden sie ihn aufnehmen? Wenn sie wirklich die Gedanken der Menschen lesen konnten, dann würden sie spüren, wie stark sein Wille war, ihnen gefällig zu sein – und sie würden mit ihm reden.

Unversehens schwebte das Flugschiff über ihm, eine riesige metallene Hand griff nach ihm, hob ihn sanft auf. Ein Greifarm knickte ein, eine Schiebetür glitt beiseite, Otar wurde hineingehoben und dann sanft abgesetzt. Einige Sekunden war es dunkel um ihn, doch dann war er von gleißendem Licht umhüllt. Irgendwo im Hintergrund war das Klatschen vieler Hände zu hören.

Vergeblich versuchte er durch die Wolke aus blendender Helligkeit hindurchzublicken. Erst als er seine Augen abschattete, erkannte er ein Gitter aus kreuz und quer laufenden Streben und glatte Flächen, in denen sich sein Bild spiegelte. Dahinter, und es war eher eine Ahnung als ein mit den Augen aufgefangener Eindruck, befand sich eine unruhige mattfarbene Masse, aus der sich mehrere Reihen blinkender Augenpaare auf ihn richteten.

Otar nahm all seinen Mut zusammen, er kniete auf dem Boden nieder und begann zu sprechen.

»Ich bin mir meines Frevels bewußt«, sagte er, »und ich bitte um Vergebung. Doch ich habe nicht aus Übermut gehandelt, sondern aus Sorge um mein Volk. Wir alle bemühen uns, den Göttern zu Diensten zu sein, sie zu ehren, und ihnen Opfer zu bringen. Doch wir können uns niemals sicher sein, das Richtige zu tun, und deshalb will ich meine Fragen stellen...«

Er sprach in einen Raum hinein, dessen Größe er nicht überblickte, und er sprach zu Wesen, die sich ihm nicht preisgaben. Er wurde unsicher, stockte... sprach weiter. Gelegentlich glaubte er ein leises Raunen wahrzunehmen, ein Zischen und Flüstern, dann war es wieder still. Als er schließlich fertig war, erklang wieder ein gedämpftes Händeklatschten, dazwischen Rufe, Gelächter...

Der Boden unter seinen Füßen schwankte leicht, dann wurde es plötzlich finster. Er fühlte die Greifarme an seinem Körper, Sekunden später schwebte er über der Kuppe des Hügels, wurde hinuntergehoben, aufgesetzt. Über ihm, als dunkler Schatten gegenüber dem vom Mond milchig überzogenen Nachthimmel erkennbar, das Schiff, eine Achteckform mit einer roten und einer grünen Lichterreihe. Und nun schwang es sich empor und entschwand innerhalb weniger Sekunden aus seinem Blickfeld.

Otar hatte gehofft, daß die Götter sein Volk liebten, und er hatte gefürchtet, daß sie ihm böse waren. Doch jetzt wußte er es besser: Diese kleine Lebensgemeinschaft hier unten im Wald am Rande des Flusses war ihnen gleichgültig. Und das war die schlimmste aller Möglichkeiten. Sie durften nicht auf die Hilfe der Götter warten, mußten selbst etwas tun...

Er hob die Waffen vom Boden, zog den Fellmantel an der Brust zusammen – ihn fröstelte. Er hatte viel Zeit zum Nachdenken, der Weg zurück zum Dorf war lang.

Johanna Braun/Günter Braun
Haus der Kindheit

Als ich zum ersten Mal Fax Johannsen aufsuchte, fragte er unwirsch, ob ich die Unterlagen vom Katasteramt und der Stadtbaubehörde bei mir hätte, und als ich die drei abgeschabten Hefter umständlich aus der Tasche zog, nahm er sie mir ruckartig aus der Hand, blätterte sie von vorne und hinten durch und sagte, da läßt sich was draus machen. Ich muß bloß wissen, ob Sie tatsächlich wollen, daß ich das ehemalige Haus *Prälatengasse Sieben* genau wie es gewesen ist, erstehen lasse. Sie müssen mir vorher unterschreiben, daß Sie es wollen. Und daß Sie daran mitarbeiten. Sonst fange ich nämlich nicht erst an.

Wie soll ich mitarbeiten, fragte ich, mir wurde erzählt, Sie würden das alles mit dem Computer machen, die Daten einfüttern und dann das Haus erstehen lassen, Sie würden es irgendwie projizieren, an eine hohe Wand vielleicht.

Das hat man Ihnen erzählt, sagte er, und selbstverständlich könnte ich es machen, in allen Details getreu, denn wie ich hier sehe, haben die ehemaligen Besitzer die gesamte Einrichtung vom Keller bis zum Dach in einer Liste aufgeführt, mit Fotos, Rechnungen und solchen Belegen, und vom Notar bestätigt, weil sie im Fall von Bombenschaden beim Staat Ersatz beantragen wollten. Die haben gute Vorarbeit geleistet. Ich könnte also das Haus von außen und innen und aus verschiedenen Perspektiven einsehbar an jede Wand werfen, die Sie mir vorschlagen. Aber das war es doch wohl nicht. Deswegen sind Sie nicht zu mir gekommen, verehrte Dame.

Wenn Sie es so sehen, sagte ich, bin ich gekommen, um noch einmal, bevor ich sterbe, das Haus *Prälatengasse Sieben* zu sehen, wie es in Wirklichkeit gewesen ist, es ist das Haus, in dem ich aufgewachsen bin, ich hänge an ihm, ich habe tiefe Gefühle für dieses Haus. Als es von Bomben zertrümmert war, konnte ich nicht fassen, daß es nicht mehr sein sollte, ich baute es nachts in meinen Träumen wieder auf. Aber es zu betreten war jedesmal lebensgefährlich. Einsturzgefahr! Ich betrat es in der Angst, die notdürftig geflickten Fußböden würden bei einem unvorsichtigen Schritt einbrechen. Ich wanderte im Traum in einer mangelhaft instand gesetzten heimtückischen Ruine herum. In Wirklichkeit stand gar keine Ruine mehr da, das Haus *Prälatengasse Sieben* war dem Erdboden gleichgemacht. Wenn ich mich aber in meinen Träumen mit einem Haus abfinden mußte, das es in Wirklichkeit nicht gab, dann hätte es doch das unzerstörte Haus sein sollen, wie es vorm Bombenangriff gewesen war. Mein Nachteil war, daß ich mich über das frühere Haus mit niemand unterhalten konnte. Alle, die drin gewohnt hatten, waren im Keller umgekommen. Sie hatten im tief unter dem eigentlichen Luftschutzraum gelegenen Bierkeller aus dem Mittelalter, wo an der Stelle ein Haus mit Bierbrauprivileg gestanden hatte, Schutz gesucht und waren in diesem Gewölbe, das sie für sicher hielten, erstickt, während ein Feuersturm durch die Prälatengasse brauste. Ich hatte zu der Zeit des Angriffs im Schulbunker gesessen. Wenn ich mit jemand, der das Haus gut kannte, Erinnerungen hätte austauschen können, wäre es mir vielleicht eher gelungen, von dem Haus zu träumen, wie es vorm Angriff wirklich war. So konnte ich nur auf mein eigenes Gedächtnis bauen. Eines frühen Morgens schien es mir dennoch zu gelingen, von einem heilen Haus zu träumen. Als ich mein ehemaliges Zimmer besuchte, wie früher lag der schön gewebte Teppich auf den Dielen, merkte ich zu spät, daß unterm Teppich der Boden schadhaft war, und ich brach ein. Zwar heißt es, man könne das Bewußtsein so erziehen, daß es auch in den Traum eingreifen und ihm den erwünschten Ablauf geben kann und auch die Beschaffenheit des Traumgegenstandes bestimmen. *Mir* ist es leider noch nie gelungen, von meinem alten Haus so zu träumen, daß es heil ist.

Fax Johannsen, für seine Jugend ein stark beleibter Mann, knöpfte seinen weißen Kittel auf und sagte zupackend: diesen Mißstand werden wir jetzt beheben. Sehen Sie, Träumen ist eine schwere seelische Arbeit. Wenn noch katasteramtliche und baubehördliche und innenarchitektonische Daten mit in den Traum geführt werden sollen, damit die Umwelt, in der geträumt wird, authentisch dastehen kann, ist das nicht ohne die Computertechnik zu leisten. Doch wie den Computer in einen Traum hineinbringen?

Ich weiß es nicht, sagte ich.

Fax Johannsen wußte es auch nicht. Ich werde also Ihr altes Haus getreu den Unterlagen, die Sie mir mitgebracht haben, in meinen Computer zwar eingeben, so daß ich es projizieren kann, Sie müssen aber Ihre Erinnerungskraft dazutun. Wenn Sie sich sehr anstrengen, ist es möglich, daß an der Stelle, wo vor dreiundvierzig Jahren Ihr Haus zerstört wurde, es wiederersteht, so wie es war.

Wie soll ich mich denn anstrengen, wie?

Er sagte, Sie können beispielsweise längere Zeit ununterbrochen wiederholend die alte Anschrift *Prälatengasse Sieben* eingeben. Während Ihre Finger tippen, erinnern Sie sich gründlich. Ich kann es Ihnen anders nicht erklären. Sie müssen sich erinnern wie der Teufel! Und der erinnert sich bekanntlich ja an alles. Und dann wird in die Projektion des Hauses, die meine Sache ist, die Kraft Ihrer Erinnerung übergehen und der Gefühle, die Sie mit dem Haus verbinden, und ganz allmählich wird das Gewünschte dreidimensional, zum Rein- und Drinherumgehen, an seinem alten Platz erstehen. Sie müssen aber unterschreiben, daß Sie es wirklich wollen.

Wenn ich hineingehen kann, sagte ich, muß es doch einen Halt haben. In eine Projektion kann ich nicht einsteigen.

Das ist es eben, was sich so schwer erklären läßt. Sie müssen sich vorstellen, daß so ein wuchtiges Haus, wie es *Prälatengasse Sieben* gewesen ist, in seiner jahrzehntelangen Standzeit, wenn ich das mal so nennen darf, die Atmosphäre nicht unverändert lassen konnte. Daß seinen Abmessungen entsprechend sich dort etwas verewigt hat. In unsichtbaren Spuren, aber es kann mir keiner widerlegen, daß, wo etwas Massives errichtet wird und einen festumrissenen Platz für sich beansprucht, die Atmosphäre unbeeinflußt bleibt. Und diese Spuren, die in der Atmosphäre nach dem Verschwinden des Hauses verblieben sind, man könnte sie auch Fugen nennen, geben zusammen mit Ihrer sensiblen Erinnerungskraft den Halt. Aber unterschreiben müssen Sie.

Ich dachte, wenn der so auf mein Unterschreiben dringt, ist seine Methode vielleicht nicht seriös.

Soll ich erklären, daß ich auf eigene Gefahr in dieses Haus eintrete?

So ist es, sagte er.

Ich könnte also einbrechen, wie in den Träumen, nur diesmal wirklich?

Das würde ich so nicht ausdrücken, sagte er, ich muß Ihnen allerdings gestehen, daß ich das Haus nicht lange halten kann. Wäre an seiner Stelle inzwischen ein anderes gebaut worden, könnte ich überhaupt nichts machen. Wir haben Glück, daß die

Prälatengasse im heutigen Stadtplan nicht mehr vorkommt, an ihrer Stelle gibt es eine Grünanlage. Ich arbeite daran, in Fallen von Neubebauung eine Möglichkeit der Projektion zu finden, hauptsächlich bemühe ich mich aber zur Zeit, die Standdauer meiner Häuser zu verlängern.

Wie, wenn das Haus, während ich noch drin herumgehe, zu existieren aufhört? Wenn ich etwa im dritten Stock wäre, könnte ich in eine ernst zu nehmende Tiefe stürzen.

Die Gefahr meinte er nicht zu sehen.

Ich fragte, was wäre, wenn Spaziergänger, die unverhofft, wo sie eine Grünanlage erwarteten, ein Haus vorfänden und neugierig hineingehen würden. Wie könnte ich mich dagegen wehren? Ich möchte in diesem Haus allein sein.

Das kann ich Ihnen garantieren, sagte er, wir werden das Haus am späten Abend errichten, und weil um diese Anlage herum die städtische Beleuchtung selten funktioniert, würde ich empfehlen Vollmond abzuwarten.

Wenn Sie das Haus authentisch wiederherstellen, wird es beleuchtet sein, sagte ich, es hatte über dem Eingang eine schmiedeeiserne Laterne und in den Zimmern gab es nicht die trübes Licht verbreitenden einbirnigen Hängelampen, dafür sehr hübsche Wandleuchten und sogar Lüster und stämmige Stehlampen mit Pergamentschirmen, die das Licht vergoldeten. Von außen sah das Haus gewissermaßen plump aus, zu wuchtig, und die Fassade war verräuchert. Das Innere aber... ich kann es Ihnen nicht beschreiben...

Ich habe die Daten, sagte er.

Ich wollte ihm erklären, daß ihm die Daten wenig nützen würden, er müßte das Besondere spüren, was noch so gewissenhaft zusammengetragene Daten nicht wiedergeben können. Wollen Sie nicht mit einsteigen?

Er lehnte ab, er müsse ja das Ganze steuern, und als er sah, daß ich mißtrauisch wurde, sagte er, mir geht es nur darum, daß Sie mir nachher nicht vorwerfen, ich hätte das Haus nicht *richtig* erstehen lassen, und über mich schlecht reden, darum erbitte ich Ihre Unterschrift, daß Sie freiwillig einsteigen, selbst mitarbeiten und also mitverantwortlich sind.

Wofür verantwortlich, ich merkte schon, er wurde ungeduldig. Auch ich konnte es kaum erwarten, daß er anfangen würde, die Daten aus den Katasterakten und Dokumenten der Baubehörde dem Computer einzufüttern, und ich – in sieben Tagen sei Vollmond, sagte er – in das authentisch wiedererrichtete Haus *Prälatengasse Sieben* treten könnte. Das würde der krönende Abschluß meines Lebens sein. Der Kreis, der in dem Haus der Kindheit begonnen hatte, würde dort feierlich zu seinem Schluß kommen, und nur noch eine Sorge bewegte mich, daß ich, wenn ich einmal in dieses schöne Haus eingestiegen wäre, davon so sehr berauscht sein würde, daß ich es immer wieder wollen und danach süchtig werden würde. Ich fragte Fax Johannsen, was er für seine Mühen verlange, er nannte für ein einmaliges dreidimensionales Hausaufrichten inklusive Einsteigmöglichkeit einen Preis, den ich sehr niedrig fand. Sie arbeiten ja mit, erklärte er, und also unterschrieb ich und meldete mich nach sieben Tagen erneut bei ihm.

Wie Johannsen es berechnet hatte, schien Vollmond, und als ich mich dem Bauplatz, wie er die Grünanlage nannte, näherte, konnte ich beobachten, wie das fünfstöckige Gebäude, bei seinen Grundmauern beginnend, als zeichne es eine unsichtbare Hand, sich langsam in die Atmosphäre einpaßte, ein Eckhaus, dem eben jene Hand auf seine Dachkante das steinerne Wappen setzte, gehalten von zwei gedrungenen Löwen, das für das Haus charakteristisch war. Als ich die Messingklinke bewegte, die mir in meiner Kindheit unhandlich vorgekommen war, jetzt aber schon beim leichten Handauflegen nachgab und mir bedeutend kleiner als früher erschien, sagte ich mir, dies sei der typische Eindruck, die der Erwachsene an Kindheitsstätten empfängt, die Schrumpfung und das Unerheblichgewordensein des früheren Monströsen. Das war es aber nicht, was mich beklommen machte, als ich den Flur, das säulenumstandene Entree durchschritt, die mit burgunderroten Teppichen belegten Stufen stieg und schließlich den Messingring der Wohnungstür im zweiten Stock zog und die mit Gräsern und Blumen bemalte Glastür sich langsam öffnete. Nicht die geschrumpften Ausmaße, die sich auch dort zeigten, erschreckten mich. Auch nicht die Quadratmeterzahl der Wohnung, sie war ja nachmeßbar vorhanden, einzelne Zimmer, ich kann es gut und gern behaupten, hatten fast Saalcharakter, und trotzdem fühlte ich mich beengt. Ich fühlte in der geräumigen, wie hieß es doch, der großzügig angelegten Wohnung, Atemnot. Wird denn hier nie gelüftet, sprach ich vor mich hin. Ich wollte ein Fenster öffnen, schwer genug, sich durch Stores und Unter- und Über- und Sonnenvorhänge an einen Fensterknebel heranzuarbeiten, ich wollte es aufstoßen, tief atmen, aber es war verschlossen, der Schließknebel abgezogen. Ach, ja, dachte ich, damit niemand herausfallen kann, zum Beispiel ich, so war das damals. Ich nahm mir vor, um für die vertraute Wohnung, in der ich aufgewachsen war, wieder ein Gefühl zu bekommen, mich in mein Zimmer zu begeben und dort, als wäre Morgen, mit meinem Aufstehen anzufangen, zu spielen, wie in der Wohnung mein Tag gelaufen war. Ich legte mich in mein eisernes Bett, es hatte Messingkugeln auf den Pfosten, und tat, als wachte ich gerade auf. Als ich die Augen halb geöffnet hatte, erblickte ich neben mir auf dem Kopfkissen ein gräuliches verschrumpeltes Etwas. Dieser Anblick vermittelte mir das Gefühl eines plötzlichen glitschig kalten Schlages auf mein Gesicht. Mir war, als hörte ich den Nachhall einer lustig schrillenden Stimme, und ich sprang auf und wandte mich zur nächsten Station meines Tageslaufes, dem weißlackierten Waschtisch, wo in das Becken kaltes Wasser gefüllt war und wo ein weiteres verschrumpeltes Etwas lag, deutlich erkannte ich meine eingestickten roten Initialen. Ich versuchte zu tun, was ich früher auch getan hatte, besonders wenn der Morgen kalt gewesen war: das schrumpelige Etwas ins Waschwasser zu tauchen, mit ihm am Fußboden herumzuwischen und es, wenn genügend Schmutz dran wäre, im Wasser zu schwenken, das gräulich werden mußte, um sich als Nachweis für meine durchgeführte Morgenwäsche zu eignen. Obwohl nun alles authentisch da war, Schüssel, Wasser, Lappen, auch die geschwungene rosenbemalte Porzellankanne, bis an den Rand mit Wasser gefüllt, gelang der alte Trick mir nicht. Der Fußboden war zu sauber, und mir fiel ein, daß es ja Sonnabend war, am Tag zuvor also gescheuert und gebohnert wurde und keine Schmutzausbeute anfallen konnte. So mußte ich auf den Nachweis der Morgenwäsche verzichten. Ich öffnete meinen auf Hochglanz polierten rostbraunen Kleiderschrank, in dessen Türhälften je ein der Länge nach durchgeschnittener Baumstamm mit Astabzweigungen eingelassen war, ich wollte die Schultasche herausnehmen, helles Schweinsleder mit aufgesteppten Taschen, denn auf dem Tisch lag schon die silbrige Dose mit dem Frühstücksbrot, die ich in eine der Taschen da außen hineinzwängen mußte, doch vorher griff ich ein Heft heraus, *Mathematik*. Eine lähmende Angst befiel mich, und ich beschloß, einen Teil meiner Tagesstrecke zu überspringen. Ich kroch ins Bett zurück, als wäre ich krank. Wieder begann die lustig schrillende Stimme zu hallen, ich verstand keine Worte, strengte mich aber auch nicht an, ich sagte mir, daß ich doch eigentlich die vertraute und anheimelnde Schönheit des Hauses und der Wohnung genießen wollte, die einzigartige Atmosphäre meiner Kinderzeit, und ich erhob mich wieder und wanderte durch alle Zimmer. Auch in das Bad, das ganz aus weißem Marmor bestand, schaute ich hinein, und plötzlich sah ich da Haare auf dem blanken Wannenrand. Meine Haare, büschelweis ausgekämmt, der echte Schildplattkamm lag auf dem Boden. Wieso sind da meine Haare, fragte ich entsetzt. Standen die in den Akten vom Katasteramt, hatten die meine Haare mitaufgeführt, schwarz, wie sie damals gewesen waren, um sie eventuell nach einem stattgefundenen Bombenschaden dem Staat in Rechnung stellen zu können? Ich wollte die Haare aufnehmen, sie klebten aber zu fest, ich schätze, es war der bombenfeste Erinnerungskitt, der sie für ewig an den Wannenrad heftete.

Im Wohnzimmer erwartete mich sargförmig das ungetüme schwarze Klavier, ich hob den Deckel vorsichtig. Der seidene Tastenschoner mit eingestickten Chinamotiven, er lag, wie er da immer gelegen hatte, streng ausgerichtet, faltenlos. Ich zog ihn fort, setzte mich auf den Drehschemel und versuchte, mit meinen alten Fingern einige Klänge zu erzeugen. Ich strengte mich sehr an, Töne entstanden nicht. Als ich die Tasten wieder zugedeckt hatte und auch den Deckel schloß, sprang er von selbst auf wie ein Maul und das Klavier bleckte seine makellosen schwarzweißen Zähne und schnappte nach mir. Natürlich sagte ich mir, daß es ja gar nicht nach mir schnappen konnte und vielmehr meine überstarke Erinnerungskraft den Eindruck einer Bewegung, des Schnappens eben, erzeugte, stellte mir aber schaudernd vor, wie dieser Musiksarg sogar noch mich in meinem Alter fressen würde.

Eins muß ich sagen, alles im Haus war sauber und heil, ich konnte unbeschadet auftreten, ohne zu befürchten, einzubrechen. Trotzdem setzte ich die Füße behutsam und faßte keinen Gegenstand energisch an. Wenn ich mich trotzdem unbehaglich fühlte, konnte ich es nicht Fax Johannsen vorwerfen. Er hatte das Haus vollkommen wiederaufgerichtet. Wenn ich mit einer Inventarliste darin herumgelaufen wäre, hätte nichts gefehlt. Das Haus war ein perfektes Museum für bürgerliches Leben in Häusern nach der letzten Jahrhundertwende und zwischen den zwei Weltkriegen. Ich überlegte, ob ich Fax Johannsen nicht vorschlagen sollte, seine Methode dahingehend zu verbessern, daß auch Mitbürger es besichtigen könnten, die mit dem Haus nicht so verbunden waren wie ich. Ein solches Museum wäre raumsparend, jederzeit abräumbar, körperlos aufzubewahren, wodurch die Unterhaltskosten fast entfielen und das mit Eintrittskarten verdiente Geld fast ganz als Reingewinn bezeichnet werden könnte. Doch als ich mich noch danach sehnte, in das authentische Haus meiner Kindheit zurückzusteigen, hatte ich nicht an ein Museum gedacht. Jetzt kam es mir so vor. Ich hielt für möglich, daß ich am Waschtisch, wo neben der Prozellanschüssel das schrumpelige Etwas lag, wenn ich noch einmal hinschaute, ein Schild bemerkte:

Hier manipulierte die Tochter des Hauses ihre morgendliche Körperwäsche? Was nach dem heutigen Stand der Forschungen als eine oppositionelle Tat gegen den reaktionären Reinigungsgedanken der ersten Hälfte des Zwanzigsten Jahrhunderts angesehen werden darf.

Ich verzichtete darauf, nachzuschauen, streifte aber in der Küche am Herd vorbei und hob den Deckel von einem Topf voll grüner mit starrgewordenem Rinderfett grau überzogener Bohnen. Auch an dem Topf konnte ich mir eine Schrift vorstellen:

Der reaktionären Speisenzubereitung der Zeit entsprechend erhielt das Zwangsessen ein unfrisches und deutlichen Vitaminmangel erkennenlassendes Aussehen.

Weil aber der Besuch im Haus meiner Kindheit die festliche Krönung meines Alters sein sollte, hätte ich bei aller Heilheit, Schönheit, Musealität etwas Erhebendes, Menschliches finden wollen. Ich mußte doch endlich Glück empfinden. Mich endlich naiv freuen, anstatt mir zynisch vorzustellen, wie die Erklärungstexte für ein Museum lauten könnten. Das Geheimnisvolle, Phantastische der Kinderzeit, wo hielt es sich versteckt?

Vielleicht im Keller, wo im Winter Birnen und Äpfel lagerten und die grauglänzenden Steinkohlenbriketts mit eingepreßter Aufschrift *SONNE*? Schon an der Kellertreppe zeigte ein weißer Ölfarbpfeil nach unten, und in der Tiefe lief er im Gang zu einer Stahltür weiter. Ich versuchte die Spangen dieser Tür zu lösen. Als Kind war es mir schwergefallen sie aufzudrehen, jetzt brauchte ich sie nur anzutippen und konnte in eine weißgekalkte Schleuse treten, wo eine alte Badewanne mit Wasser und einige gestapelte Wolldecken darauf zu warten schienen, daß jemand sie ins Wasser tauchte, sich überhängte und so durch einen Funkenregen lief. Hinter einer zweiten Tür gelangte ich auf die Treppe aus behauenen mittelalterlichen Feldsteinen, sie führte in den unteren Keller, das Gewölbe, wo einst das Bier gelagert wurde, diese Treppe führte sehr tief, am Ende eines dämmerigen Ganges, lösten sich die Spangen einer dritten Tür sogar von selbst; ich sah die Hausbewohner, so wie ich sie gekannt hatte, in dicken Mänteln vornübergebeugt sitzen. Auf ihren Rücken baumelten an Stoffriemen Behälter der Volksgasmasken, und als ich eintrat, schauten alle auf mich. Eine alte dürre Frau streckte eine Hand aus, um mich hereinzuziehen, die andere Hand hielt einen Gasmaskenbehälter. Sie wollte wohl, daß ich zugreifen und mir das pferdeähnliche Gesicht aus Gummi überziehen und daß ich zu der Gemeinde da unten gehören sollte. *Hier schließt sich keiner aus.* Verstanden? Auch du nicht.

Das baumelnde Licht der eingegitterten Lampe begann zu flakkern. Es schien mir, von der Kellerdecke rieselte Kalk.

Nachher, im säulenumstellten Entree, verhielt ich zitternd und horchend, bevor ich das Haus verließ. Die von Fax Johannsen errechnete Standzeit hatte ich nicht ausgeschöpft und damit Geld verschenkt, ich hätte noch mindestens eine halbe Stunde drinbleiben können. Ich aber lief, so schnell mir das in meinem Alter möglich war, blieb manchmal stehen und schaute mich nach dem Haus *Prälatengasse Sieben* um. Die beiden gedrungenen Löwen, die auf der Dachkante das Wappen stützten, leuchteten weiß. Dagegen fiel aus keinem der Fenster Licht, ich hatte es, wie es sich gehört, bei Verlassen jedes Zimmers ausgeknipst.

Wollen Sie nächste Woche wieder, fragte Johanssen, der, als ich hereinkam, noch am Computer das Haus durch seine Steuerungskünste aufrechterhielt. Ich mochte ihn nicht beleidigen, darum sagte ich: der Eindruck war so stark, daß eine Wiederholung ihn abschwächen würde.

Mir selbst sagte ich, *nie wieder*.

Barbara Neuwirth
Villa Dolorosa

Hinter dem Weißdornbusch saß Catalina und reparierte ihr Radiokassettengerät.

»Sie ist ein seltsames Kind«, hörte sie ihre Mutter zu Tante Oggi sagen.

»Sie kommt in die Pubertät.«

»Nein, das ist es nicht, das haben wir doch mit den beiden anderen Mädchen auch erlebt, die waren trotzig, verlogen, frech, haben sich nicht gewaschen, verstehst du, lauter Verhaltensweisen, mit denen man umgehen kann. Aber Catalina...«

»Sie ist eben frühreif.«

»Oggi«, Catalina wußte, daß ihre Mutter jetzt den Kopf schüttelte, »manchmal ist sie mir richtig unheimlich. Gestern zum Beispiel kommt sie nach der Schule heim und der Briefträger folgt ihr. Er ist wie ein Schlafwandler hinter ihr hergetappt, hat mich gar nicht bemerkt. Und sie hat gelächelt.«

»Wahrscheinlich war er betrunken.«

»Nichts da, als ich ihn angesprochen habe, ist er richtig zusammengeschreckt und dann ›aufgewacht‹. Er war – ja, richtig verhext war er.«

»Bist du eifersüchtig auf deine Tochter?«

»Catalina ist fünfzehn!«

»Na und?«

Jetzt wurden die Teetassen nachgefüllt. Catalina setzte die letzte Diode ein, schraubte das Gehäuse zusammen, schob den kleinen Spiegel zwischen die beiden selbstmontierten Schienen auf der Rückseite, probierte den EIN-Knopf: »... hatte keine Unterstützung von den Teamkameraden bei diesem Match. Schade!« quäkte es aus dem Lautsprecher. Catalina erhob sich und ging auf das Haus zu. Sie achtete nicht auf das entsetzte Gesicht ihrer Mutter, auf das empörte: »Hast du dich da versteckt und uns belauscht?«, winkte nur lässig ab, hob das Radio zum Ohr, balancierte es mit der Schulter und deutete ein paar Tanzschritte zur Musik an.

Das Gesicht von Catalinas Mutter war rot angelaufen, mehr aus Scham, weil Catalina den Vorwurf der Eifersucht mitgehört hatte, dann keifte sie auf Oggi los: »Da siehst du es ja, so ist sie.«

Oggi lächelte: »Eigentlich ganz normal für eine Fünfzehnjährige. Reg dich nicht unnötig auf.«

»Du hast ja leicht reden, du hast ja keine Kinder.«

»Warum wohl?« sagte Oggi trocken.

Catalina holte das alte, brüchige Ballettkleid, das ihr Tante Oggi bei einem Flohmarkt in der Bundeshauptstadt gekauft hatte, aus dem Kasten. Während sie sich zum Schnürsenkelknüpfen hinunterbeugte, daß das steile Rüschenröckchen zum Plafond strebte, summte sie: »... oh lord, won't you buy me a Mercedes Benz ...«

Sie bürstete ihr langes, braunes Haar über den Kopf, warf es dann mit einem Schwung zurück und lächelte sich im messinggerahmten Spiegel an. Dann schulterte sie wieder ihr Radio. Sie benützte den Küchenausgang, weil sie nicht nochmals an Mutter vorbeiwollte, und Tante Oggi war zwar nett, aber: »Trau keiner über dreißig.«

Hinter dem Küchengarten begann der Wald. Jetzt im September blühte fast nichts mehr entlang dieses Weges in den Schatten, aber Grün überwucherte in wilden, fetten Büscheln jeden Blick, emporgeschossene Sträucher, überladene Stauden und dichtes, feistes Gras säumten den Weg. Der letzte Gewitterregen hatte die Fahrrinnen tief ausgewaschen, aber die Bauern hatten sie wenige Tage später mit weißem Flußschotter wieder aufgefüllt, und darauf setzte Catalina jetzt ihre Tanzschritte, wiegte sich vor und zurück, wippte mit dem runden Hinterteil und den schmalen Hüften, zuckte abwechselnd mit den Schultern, schloß beim Singen Sekundenbruchteile lang die Augen, konzentrierte sich ganz auf die Beweglichkeit ihres schmalen Körpers. Sie setzte einen Fuß vor den anderen, legte den Kopf ein wenig in den Nacken, tänzelte einen Halbschritt zurück und sah aus der Biegung des Waldweges einen Kinderwagen hervorrollen.

Erst in dem Augenblick, als sie die Frau erkannte, die den Kinderwagen vor sich herschob, nahm sie die Bewegung wieder auf, trippelte im Takt der Musik weiter. Sie wollte mit dieser Frau nichts zu tun haben, sie hier nicht wahrnehmen. Susanne, die Frau des Apothekers, sah sie ja jeden Tag, wenn sie nach der Schule gegenüber der Apotheke auf den Bus wartete. Und jeden Tag kam der Apotheker auf die Straße und sah zu den Kindern herüber, er beantwortete den vielstimmigen Gruß der Schüler, dann suchten seine Augen Catalinas Augen, und sie strichen mit einem ruhigen Blick über Catalina hinweg. Aber dieses samtene Darüberstreichen bohrte etwas in Catalinas Hirn, eine Schraube, die mit jedem Tag fester angezogen wurde und einen unangenehmen Schmerz verursachte, der an Verbote mahnte. Vor allem Susannes Anblick übergoß diesen Schmerz täglich mit einem klebrigen Gefühl von Unrecht und Scham. Susanne mit dem kleinen Balg, den die städtische Gemeinschaft mit Genugtuung begrüßt hatte, durch den die Apothekerdynastie vorerst wieder einmal gesichert schien; war es nicht schon lästig genug – so der Ausdruck von Catalinas Mutter – in dieser Generation die Einheiratung eines Ortsfremden mitansehen zu müssen?

Da wurde es herbeigeschoben, dieses Kind, dieser sabbernde, meistens kläglich greinende Säugling, der ausnahmsweise heute im Schatten eines winzigen Sonnenschirmes zufrieden lächelnd im Kinderwagen lag, trotz der unruhigen Fahrt auf dem unebenen Boden fest schlief. Susanne war nur zehn Jahre älter als Catalina, aber als sie jetzt das Mädchen in dem rosafarbenen Kostüm sah, beobachtete, wie dieser junge Körper daherflatterte, bekam sie einen verkniffenen Gesichtsausdruck. Die Ungezwungenheit, mit der Catalina sich bewegte, obwohl sie bereits im Blickfeld von Susanne war, empörte Susanne. Sie selbst schritt in ihrem biederen, schmalen Rock und einer graublauen Seidenbluse, bei der sie, verführerisch, wie sie hoffte, die drei obersten Knöpfe offengelassen hatte, hinter dem Kinderwagen einher, und vor ihr sprang dieses ungezogene Mädchen mit dem spöttischen Lächeln um den weichen Mund.

Catalina grinste Susanne ins Gesicht, und Susanne preßte die Lippen zusammen, weil dieses Kind zuerst grüßen mußte und weil etwas in dem Ausdruck des Mädchens ihr Angst machte; und Susanne dachte an die glänzenden Augen ihres Mannes, wenn er nach dem Betrachten der Schulkinder in die Apotheke zurückkehrte. Susanne vergötterte ihren Mann, erst ein kurzes Jahr waren sie verheiratet. Der Verdacht, er würde die eine oder andere der älteren Schülerinnen begehrlich betrachten, hatte ihr schon manche schlaflose Nacht bereitet. Und jetzt kam da dieser Fratz und reckte beim Tanzen ein pralles Hinterteil heraus, es war eine unerhörte Aufforderung, den Blick über diesen jungen Körper gleiten zu lassen, die winzigen, und um so auffälligeren

Brüste zu betrachten, die schmale Taille. Und das Mädchen hatte noch dazu gelächelt, auf eine Art, als wüßte sie über ein Geheimnis Bescheid, bei dem es auf Schönheit und Begehrlichkeit ankam. Susanne ging schneller. Eine kalte Wut krallte sich in ihrem Bauch fest. Sie stieß den Kinderwagen vorwärts, um rasch heimzukommen, ihren geliebten Mann zu finden und umarmen zu können. Der Säugling in dem heftig durchgerüttelten Wagen wachte auf und begann mißmutig zu schreien.

Aus der Ferne hörte Catalina das Kreischen des Kleinkindes. Sie lachte schadenfroh, vor allem, weil sie Susanne nicht mochte, diese unfreundliche Susanne, die jeden Tag wieder einen Schwall von Haß und Todeswünschen in Catalina ablegte, ein Kontingent von bösen Wünschen, die ihr brennender Blick hinter dem Fenster der Parfümerieabteilung aussandte und Catalinas Gemüt überschwemmten, bis Catalina sich *schuldig* fühlte.

Catalina war auf dem Weg zur Ruine. Obwohl etliche Schulkinder im Umkreis von wenigen Kilometern wohnten, war die Ruine so gut wie nie besucht. Weil der Weg sehr stark verwachsen war, mußte Catalina ihr Radio von der Schulter nehmen: Die Büsche griffen immer wieder gierig auf den Weg zu und berührten ihren Körper. Spielerisch drehte und wendete sich Catalina, um auszuweichen. Schattig war es hier, weil die Septembersonne erst nachmittags die Haselbuschfilter durchdringen konnte, weiter in den Wald hinein – die Ruine lag an einer Schlucht – wurde es aber merklich kühler.

Beim ersten Blick auf die Ruine war nicht sichtbar, daß sie direkt am Abhang dieser steilen Schlucht lag, aufgeschossene Weißbuchen und Erlen verbargen den Abgrund, und lediglich die Terrasse, die der Architekt über einen Einschnitt des Grabens in den Hang geschlagen hatte, dieser freischwebende Bogen, bedeutete jäh eine unglaubliche Tiefe. Vom schwer beschädigten Gemäuer der Villa führten rechts und links zur Terrasse Treppen, aber von den Außenmauern des Gebäudes standen auf der südlichen Seite nur mehr einige Stummelzähne. Eine Stelle ließ durch ihre Höhe ahnen, daß das Gebäude zwei Stockwerke gehabt haben mochte, und die vollständig erhaltenen Mosaikböden zeigten den ehemaligen Reichtum des Ortes. Von der Terrasse aus, schräg unter den Zimmern, war ein gewölbter Kellereingang zu sehen, der aber so ungünstig im am Hang kauernden Teil der Villa lag, daß man ihn, ohne sich vielleicht am Seil hinunterzulassen, nicht mehr betreten konnte.

Catalina liebte die Einsamkeit dieses Platzes, die traurige Kühnheit der Terrasse über der Schlucht und den Verfall. Fast jede Woche kam sie hierher, stellte ihr Radio auf der ovalen Terrasse ab und tanzte bis zur Erschöpfung, die sie schwindlig zu Boden gleiten ließ, wo sie in dem mühsam erzeugten Zustand der Trance eine Kraft aus dem Gemäuer in sich fließen fühlte, ein Brennen, das von den Sohlen ausgehend Besitz von ihrem Körper ergriff, bis sie sich einen Moment lang ein klein wenig aus der Erbärmlichkeit ihrer pubertären Verwirrung gelöst glaubte. Der Klinkerboden war unter ihren Schritten inzwischen glattgewischt, sauber wie die überdachte Terrasse im Hof des Apothekerhauses. Bei der Hochzeit hatte Catalina sie gesehen, damals, als die halbe Stadt eingeladen war, um den studierten jungen Apotheker kennenzulernen, der in die Apotheke einheiratete. Gekauft worden sei er mit dem Geschäft, hatte Catalinas Mutter damals gesagt, aber der Vater hatte nur verärgert den Kopf geschüttelt und gemeint, daß Susanne wohl attraktiv genug wäre, um einen jungen Mann zu finden, der nicht die Apotheke als ständige Gloriole über ihrem Kopf schweben sehen würde.

Catalina stieg mit wiegenden Schritten im Takt der Musik die Stufen zur Terrasse hinauf, sie stellte ihr Radio auf die hüfthohe Brüstung und lehnte sich daneben. Dicht bewachsen war die Schlucht jetzt ein irisierendes grünes Meer, das sanft im Nachmittagshauch wogte.

»Du«, sagte jemand.

Catalina schreckte hoch. Hinter ihr stand der Postbote mit überhitztem, roten Gesicht, Catalina hielt sich mit beiden Händen an der Brüstung fest.

»Du, ich bin dir gefolgt«, stammelte er jetzt.

Catalinas Hand tastete zum Radio, schaltete die Musik wieder ab. Jetzt war nur das Rauschen des Laubwaldes um sie, und etwas weiter weg, in der Schlucht, der kurze Ruf des Pirols.

Der Mann atmete schwer. Seine Hand mit dem Ehering nestelte am Gürtel, er öffnete seine blaue Hose, ließ sie, den Blick furchtsam auf Catalinas Gesicht gerichtet, etwas herunter und präsentierte Catalina sein halbsteifes Glied.

»Das bist du«, versuchte er ihr klarzumachen.

Catalina blinzelte auf das Wirrwarr der heruntergelassenen Hosen. Unter ihrem verstörten Blick gewann das Glied an Größe, richtete sich zuckend auf. In Catalinas Gesicht sammelte sich jetzt eine Art Wut, ihr Unterkiefer bewegte sich langsam vor und zurück, mahlte Geräusche aus dem Oberkiefer. Ihre Augenlider zuckten.

Der schwitzende Postbote rutschte nun einen Schritt näher, Catalina sah ihm an, daß er im nächsten Augenblick seine Hände nach ihr ausstrecken würde. Und da begann etwas aus dem kalten Klinker zu steigen, floß in Catalinas Sohlen, füllte langsam ihren Körper mit einer rasenden Kälte, überschwemmte ihr Hirn, daß sie einen Moment erschrocken aufkeuchte. Dann war ihr Gesicht wieder ganz ruhig, nur ihre Augen hatten einen grausigen, leeren Ausdruck bekommen, und sie sagte: »Sie setzen sich jetzt auf die Brüstung.«

Unter ihrem weißen Blick taumelte der Mann auf die Brüstung zu und setzte sich rittlings darauf; seine Erektion ragte inmitten eines Stoffwulstes lächerlich auf.

»Sie setzen sich jetzt nach außen«, befahl Catalina. Umständlich hievte der Postbote die Beine über das Mäuerchen, sein glänzendes Gesicht zu Catalina gedreht. Einen Augenblick lang sah ihn Catalina so, und sie überlegte, ob sie ihm einen Stoß geben sollte; es wäre richtig, ihn von der Brüstung zu schubsen, ihn für sein ekliges Verhalten zu bestrafen, aber dann sah sie auf seine dicken roten Finger, auf den Ehering, der wie ein Einschnitt den Finger von der Hand trennte, dachte daran, was er eben mit dieser Hand getan hatte, sah auf ihre eigenen kleinen Hände und verdrängte den Wunsch.

Statt dessen sagte sie in das von Erwartung aufgequollene Gesicht hinein: »Jetzt springen Sie hinunter.«

Sie beugte sich vor, um den Sturz zu beobachten. Die etwa sechs Meter bis zum ersten Aufprall verliefen ganz ruhig, dann knallte der rote Kopf auf einen Felsen, das Gehirn des Postboten trat aus, und während der augenblicklich erschlaffte Körper weiterstürzte, an einigen Bäumen touchierte, um dann im grünen Dickicht zu verschwinden, verschmierten sich Blut und Hirn auf den Steinen. Catalina trat einen Schritt von der Tiefe zurück, stand einen Moment, ehe sie das Radio mit einem heftigen Griff von seinem Platz riß und an ihre Brust drückte, atmete schwer, drehte die Musik an und begann, mit dem Oberkörper zu nicken. Dann drehte sie die Musik auf die größte Lautstärke, setzte einen Fuß vor den anderen, stellte das Radio neben sich auf den roten

Klinker, schüttelte alle Glieder, warf ihre langen Haare über den Kopf, trampelte gegen den Boden.

Die Kinder drängelten und schrien an der Haltestelle. Nur ein einziges, das stumm dastand, den Kopf wie zum Lauschen geneigt.

Catalina sah zur Apotheke. Susanne stand im weißen Arbeitsmantel vor der Parfümerieauslage und starrte das Mädchen mit der Schultasche böse an, ergänzte den kreischenden Druck von gestern, füllte ein neues Kontingent Haß und Schmerz auf, wo alles Alte durch den Kraftaufwand gegen den Postboten verbraucht worden war, und Catalina saugte den Haß wie ein Schwamm auf. *Wenn du mich lange genug damit fütterst, wirst du selbst daran ersticken.*

Der junge Apotheker erschien in der Tür. Er trat zu seiner Frau, folgte ihrem Blick, sah Catalina zart inmitten der rangelnden Kinder stehen, sah ihr diesmal konzentriert und fragend in die Augen, und als Catalinas Mund zu lächeln begann, legte er den Arm um die Schultern seiner Frau, führte sie weg, damit sie nicht erkennen sollte, daß sie mit Catalinas Lächeln in die unfehlbare Rolle der Unterlegenen verwiesen worden war. Im Abwenden aber noch sprach er mit stummen Lippen zu Catalina, sagte ihr, daß sie ihn ins Herz getroffen hatte. Catalina konnte den Inhalt dieser Botschaft nicht richtig verstehen, weil der Schülerbus vorfuhr und ihr die Aussicht auf die Apotheke verstellte. Und als sie aus dem Bus auf das imposante, alte Haus blickte, war niemand mehr vor dem Geschäft zu sehen.

Die Aufregung, daß der Briefträger verschwunden war, hielt sich in Catalinas Familie in Grenzen. Da ein anderer Postbote die Briefe zugestellt hatte, wurde das Verschwinden nur wie eine lokale Sensation behandelt, nicht wie eine wirkliche Beunruhigung. Catalinas Mutter erzählte jedem, der es hören wollte, daß ihr der Postbote schon in der vergangenen Woche nicht ganz normal vorgekommen wäre, sie schilderte genau den Zustand seiner Tapsigkeit, verzichtete aber regelmäßig, Catalinas Anwesenheit bei dieser Szene zu erwähnen, weil nun ja alles eine andere Bedeutung bekommen hatte, wie sie Oggi genau erklärte.

»So«, sagte Oggi und sandte einen Blick zu Catalina, die sich mit der Vorbereitung auf die nächste Lateinschularbeit plagte, »wie viele Kinder hat er denn zurückgelassen?«

»Du meinst, er hat sich aus dem Staub gemacht?« empörte sich Catalinas Mutter.

»Irgendwie gewiß«, antwortete Oggi und schaute wieder zu Catalina hinüber. Und als sie ans Heimgehen dachte, forderte sie Catalina auf, sie ein kleines Stück des Weges zu begleiten.

»Ich muß doch lernen«, wehrte Catalina ab, aber die Mutter bestand auf der Begleitung: »Du sitzt ja tagaus tagein zu Hause. So wirst du noch fett werden, wenn du dich nie bewegst.«

Oggi betrachtete das schlanke Mädchen an ihrer Seite, als sie vom Haus weggingen.

»Deine Mutter hat Schwierigkeiten mit dem Erwachsenwerden. Bei den beiden anderen waren es auffälligerweise die Töchter, die in die Pubertät kamen, jetzt scheint es statt dir deine Mutter zu sein.«

Catalina antwortete nicht.

»Kennst du die Villa Dolorosa?«

Catalina sah erstaunt zur Tante auf.

»Ja, das ist die Villa da hinten an der Schlucht. Es mag dir absurd erscheinen, aber ich habe sie noch vollständig und benützt gesehen.«

»Diese Ruine?«

Oggi lächelte, weil Catalina ein erstes Wissen preisgegeben hatte.

»Es war die schönste Villa der ganzen Gegend. Ein englisches Ehepaar hat es als Alterssitz bauen lassen. Es war, gelinde gesagt, eine Sensation, als das Gebäude fertiggestellt war. Die Besitzer sind kaum jemals hier gewesen, sie haben in London ein großes Stoffkaufhaus besessen, und die Frau hat die Villa überhaupt nur zweimal besucht. Sie wollte eigentlich nicht hierher. Sie hat das Haus nie geliebt, nicht so wie er ... und dann hat sie es abtragen lassen.«

»Das kann nicht stimmen. Etliches ist noch gut erhalten.«

»Die Auftraggeberin für den Abbruch ist gestorben, bevor das Werk völlig beendet war. Dann war keiner mehr so dumm, Geld für den Abbruch auszugeben.« Oggi setzte eine Pause ein, um Catalina die Frage nach dem *Warum* zu entlocken, aber Catalina schwieg störrisch, bis Oggi weitererzählte. »Es ist ein seltsamer Platz. Ein paar Unfälle sind innerhalb von einem Jahr passiert, Menschen sind ums Leben gekommen.«

»War wahrscheinlich eine böse Hexe daran schuld...«

»Du weißt davon?« Oggi war wirklich erstaunt.

Catalina schüttelte den Kopf: »Wissen? Es ist doch eh immer dasselbe: Wenn etwas Unheimliches passiert, wenn die Männer durchdrehen, dann ist irgendeine Frau schuld, am besten eine schöne, oder auch eine sehr häßliche, und besonders infam ist es, wenn sie nach nichts ausschaut.«

»Sag einmal, woher hast du denn das? Von deiner Mutter bestimmt nicht.«

»Ich lese Bücher.«

»Was? Welche Bücher? Wer gibt dir denn solche Bücher?«

»Geben? Wer gibt mir etwas?«

Oggi beobachtete Catalina: »In deinem Alter war ich der Meinung, elf Zehntel der Menschheit gehörten ausgerottet, so verbittert war ich manchesmal über den ungerechten Lauf der Welt. Also bilde dir nicht allzuviel auf deinen Zynismus ein.«

Catalina sah wieder zur Tante hoch, diesmal lächelten ihre Augen vertrauensvoll.

»Inzwischen bin ich weniger rigoros. Aber es gibt Menschen, denen ich den Tod wünsche.«

Die Blicke der beiden wurzelten eine Sekunde lang ineinander, dann sagte Catalina hart: »Bei dir sind das doch nur Worte. Du fühlst doch gar nichts dabei.«

»Fühlst du es?«

Spöttisch lächelnd schüttelte Catalina den Kopf: »Du bist viel zu ausgeglichen, neben dir fühle ich gar nichts.«

Eine Blässe kroch in Oggis Gesicht: »Manches Mal ist es gut, jemanden Ausgeglichenen zu kennen«, sagte sie und reichte Catalina die Hand.

Am nächsten Nachmittag ging Catalina wieder zur Villa. Seit Tante Oggis Erzählung war ein Schatten auf die Ruine gefallen, und Catalina verspürte ein leichtes Frösteln, als sie das Gebäude betrat. Dieser Engländer, er hatte die Villa geliebt, oder so ähnlich hatte Tante Oggi es doch formuliert? Wie er ausgesehen haben mochte? War auch er hier verunglückt?

Sie hatte sich eine Kassette mit schweren, düsteren Baßsequenzen, Aufnahmen der alten Platte der Rock-Gruppe Led Zeppelin, mitgebracht, nach deren Musik sie nun den Körper bewegte, eine grausige Verzweiflung bei jedem Schlag gegen den Boden loszuwerden glaubte. Es war ein trüber Nachmittag, schwere Gewitterwolken zogen vom Norden her auf, schwefelfarbene Filter über den Horizont spannend, dann setzte ein frischer Wind ein, der sich auswuchs, Zweige aneinanderpeitschte, daß abgeschlagene Blattfetzen vom brüllenden Orkan emporgerissen und aus dem Wald gesaugt wurden. Catalinas Haare wurden vom Wind aufgewirbelt, durcheinandergebracht, in ihr Gesicht geweht. Sie sprang auf der Terrasse mit der Wucht eines Rumpelstilzchens, Schweißtropfen rannen über ihre Schläfen, und sie hoffte auf die niederschmetternde, auflösende Wucht des Regens, aber der Orkan steigerte sich zu einer bösartigen Spitze, die sogar das Radio, das Catalina auch diesmal am Fuß der Brüstung abgestellt hatte, quer über die Terrasse schleuderte, um dann auf einen normalen Sturm zusammenzuschrumpfen, ohne den erlösenden Regen gebracht zu haben. Es wurde lediglich dunkel, die Nacht kehrte zurück zur Villa, und unten am Felsen klebten weiterhin Blut und Hirn.

Als sie zu Hause im warmen Bett lag und die Dunkelheit auch den Sturm gefressen hatte, klopften erste Tropfen auf das Dach herunter und der sanfte Regen setzte ein.

Anderntags wartete der Apotheker in der Ruine auf sie. Noch bevor sie das Gebäude betrat, sah sie seinen großen Körper auf der Terrasse stehen. Er hatte ihr den Rücken zugekehrt, drehte sich erst um, als sie bereits bei ihm auf der Terrasse stand. Bei seinem Anblick hatte sie das Radio angeschaltet, aber sie wußte, daß er sie bereits vorher gehört haben mußte, daß er ihr den Rücken zugekehrt hatte, um es ihrer Entscheidung zu überlassen, ob diese Begegnung stattfinden würde.

Seine hellblauen Augen streichelten ihre glatte Stirn: »Was soll aus uns werden?« fragte er.

Catalina wußte keine Antwort.

»Ich komme hierher, obwohl du mich nicht brauchst und ich eigentlich ganz woanders sein müßte. Ich habe diese Apotheke erheiratet, und man akzeptiert mich jetzt in der Stadt. Ich kann und will diese Stellung nicht gefährden. Ich kann Susanne nicht hintergehen. Ich will sie nicht verletzen.«

Catalina dachte, *warum kommst du hierher? Was soll aus mir werden? Warum tust du mir weh?*, aber sie sagte nichts dergleichen. Schwarze Pupillen fraßen ihre grüne Iris, wie ein kleines

Kaninchen vor der bösen Python starrte sie in sein Erwachsenengesicht. Unten in der Schlucht begann ein Amselmännchen ein wunderschönes Lied zu singen, es war das erste Mal seit dem Todessturz des Postboten, daß dort ein Vogel wieder sang, aber Catalina dachte jetzt nicht an den anderen. Sie zitterte nur vor den Gefühlen, die der vor ihr auslöste, vor dieser knieweichen Sehnsucht, diesem bauchzerfallenden Ziehen in allen Innereien, diesem schwindelerregenden Vakuum im Kopf. Würde er versuchen, sie zu berühren? Sie wußte, daß sie alles mit sich geschehen lassen würde. Er war ihr in ihr geheimes Reich gefolgt und hatte ihr die Wörter der Sehnsucht nachgetragen.

Halb bewußtlos vor Aufregung wartete sie darauf, daß er ihr auf der sonnenüberfluteten Terrasse den Schritt aus der Kindheit heraushelfen würde, aber er schüttelte nur den Kopf: »Es ist verboten. Es ist auch nicht in Ordnung. Ich bin mehr als doppelt so alt wie du. Es würde nicht geheim bleiben ... ich muß auf dich verzichten ...«

Catalina verstand nicht. War er hierhergekommen, um ihre Betroffenheit zu sehen und sich dann abzuwenden? Womöglich gar, um ihr erst den Blick der Liebe zu entlocken und dann darüber zu lachen. Sie hätte schreien mögen, ihm ins Gesicht schlagen, aber eine Berührung war ja ganz und gar unmöglich, nachdem er sie so leicht verschmäht hatte. Ihn zu verletzen, wäre jetzt die einzige richtige Tat gewesen, und sie suchte einen Augenblick lang verzweifelt in dem Haß und der Angst, die Susanne in ihr abgelagert hatte, bis sie in ein Segment vorstieß, das mit dem verräterischen Etikett *Eitelkeit* versehen war. In der Aggression, die ihren Schmerz übertünchen sollte, riß sie das Transistorgerät hoch, drehte es dem Mann so zu, daß sein Blick genau auf den kleinen Spiegel fiel, dann kippte das blendende Glas leicht zur Seite und Catalina sah darin seine Augen, die sich über den Umweg der Spiegelung in die ihren zu bohren schienen, und er sah ihre vor Erregung riesigen Pupillen. Mit einer raschen Handbewegung zog sie den Handspiegel vom Radio herunter und warf ihn, sich über die Brüstung zum Haus hin beugend, in den offenen Schlitz des Kellergewölbes. Gar nicht sehr tief drinnen zersplitterte er.

Der Apotheker starrte Catalina an. Catalina hatte sein Bildnis zerstört. Voll Empörung lehnte sich seine Selbstachtung gegen die Weigerung des Mädchens, gegen seine Ablehnung auf. Ohne zu überlegen, sprang er auf das Mäuerchen und dann, einen Augenblick über dem Abgrund hängend, auf das dunkle Gewölbe zu.

Catalina unterdrückte einen Schrei, als sie den Apotheker im Maul des Kellers verschwinden sah. Er würde nie wieder dort herauskommen. Sie packte ihr Radio und rannte los. Die triebhaften Äste packten sie von allen Seiten, klatschten gegen ihren Körper. Ohne Orientierung taumelte sie jetzt auf dem Pfad vor und zurück; in einer absurden Angst, *nun* jemandem zu begegnen, stolperte sie auf der Stelle und auch wieder zur Villa gewandt, aber sie kehrte nicht zurück – würde er vielleicht nach ihr rufen, dort unten? Wohin sollte sie sich jetzt begeben, wohin dieses Grauen stoßen, das ihr den Blick in die Ferne verstellte? Und während sie rastlos hin und her rannte, brach weiter hinten aus dem Unterholz ein Monstrum hervor, tobte den Weg entlang. Catalina drehte sich dem Knacken der Zweige entgegen, ein Ast schlug ihr dabei auf die Augen. Mit ihren kleinen Fingern bedeckte sie die brennenden Lider, schluchzte auf, krümmte den Körper gegen den Boden, stieß gegen emporgereckte Hände. Zwischen den Fingern hindurch sah sie das Monstrum, den Apotheker, den Geliebten neben ihr auf die Knie gefallen. War er aus dem Kellergewölb, aus dem Reich des Todes heraufgestiegen, hatte er mit dem Hauch des Moders behaftet dieses Verlies wieder verlassen können, um ihr in rasendem Schritt zu folgen, sie hier inmitten einer grünen Einsamkeit zu stellen und für ihren Ungehorsam, für ihr freches Aufbegehren zu strafen?

Er faßte nach ihren Knöcheln, wollte sprechen, aber von seinem Lippen tropfte nur Blut. Mit einem ins Unfaßbare wachsenden Grauen sah Catalina jetzt in seinem halboffenen, hängenden Mund die Scherben des Spiegels glänzen, und sie verstand: alles, was ihn verletzen könnte, war er bereit gewesen, ihretwegen zu verschlingen.

So eindringlich und kraftvoll diese Botschaft der Hingabe auch war, zähneklappernd stieß Catalina die Hand des Apothekers mit dem Fuß weg, rannte durch den dämmernden Wald, verschluckte das Schreien, obwohl sie hinter sich das Röcheln des Verblutenden zu hören vermeinte, lief, lief, lief, bis sie gegen einen Menschen prallte, der sie festhielt.

Tante Oggi. Catalina sah in die aufgerissenen Augen der Tante. Dann schüttelte sie den Kopf, zitterte an der Brust der Tante, die zu schluchzen anfing, das Kind an sich preßte und zu trösten versuchte: »Es ist nicht deine Schuld. Ich habe es auch tun müssen, auch ich hatte diese schreckliche Kraft. Aber sie wächst nicht selbständig in uns, es braucht auch jemanden, der diesen Haß in uns ablegt – und jemanden, der ihn dann an diesem verfluchten Ort von uns absaugt. Es ist dieses Haus an der Schlucht.« Sie streichelte über Catalinas Kopf. »Den hast du geliebt, nicht wahr?«, und in das Zittern des schmalen Körpers hinein flüsterte sie: »Mußt jetzt nicht sagen, wer es war. Ich erfahre es ja sowieso bald. Ruhig, ruhig, jetzt ist es ja vorbei. Ich habe vier getötet, bis der kam, den ich liebte. Er war der fünfte, und ich war gerade vierzehn Jahre alt. Ihre Skelette liegen wohl noch alle im Kellergewölbe unten. Dorthin habe ich sie gelockt, wenn ich nicht mehr wußte, wie ich sie mir vom Leib halten sollte. Es hat sie nie jemand entdeckt, es ist ein dunkler Ort. Den Besitzer habe ich ja erst kennengelernt, da bin ich schon zehn Monate in dem Haus ein- und ausgegangen. Auf Wunsch der Besitzer war dort ein Schachklub eingerichtet worden, als eine Art Gegengeschenk an den Bürgermeister, der fünf gerade sein hat lassen bei der widmungswidrigen Baugenehmigung. Die ehrenwerten Herren der Stadt haben sich jeden Donnerstag dort eingefunden, und ein Kleinhäusler hat den Portier gespielt. Er hat das Haus während der Abwesenheit der Besitzer gehütet. Von den Schülern waren die meisten nicht gut genug, im Altherren-Schachklub aufgenommen zu werden, aber mich haben sie gnädig aufgenommen. Die vier, die dann in den Tod gegangen sind, sie alle sind mir nahegetreten, einer nach dem anderen. Wie ich mich vor ihnen geekelt habe. Als sie sich dann auf mein Wort töteten, habe ich nicht wirklich gelitten. Aber dann habe ich auch ihn getötet«, sie sprach jetzt über den Kopf des Mädchens hinweg, mehr in den Wald hinein, »er war fünfunddreißig Jahre älter als ich. Jede Faser meines Körpers und meines Geistes war von ihm fasziniert. Er war ja verheiratet und nicht darauf gefaßt, daß ich seine Liebe erwidern würde. Ich bin ihm zum ersten Mal begegnet, da hatte sich der vierte gerade auf mein Wort das Messer in die Brust gestoßen. Ich hatte es ihm befohlen. Dieser Mann aber, er wußte nichts von den Toten in seinem Keller, und er begehrte mich ohne Zweifel, aber er war viel zu ängstlich, mich zu berühren. Er hat Gefühle in mir ausgelöst, die er dann mit großer Kraft übersehen hat, aber er war auch nicht fair genug, wirklich zu schweigen und zu gehen. Ich habe ihn getötet, weil er mich *nicht* berührt hat. Ich war so verzweifelt, als ich ihn getötet hatte.«

Sie fand sich wieder mit dem weinenden Kind im Arm: »Deine Mutter weiß nichts davon. Niemand wird dahinterkommen, was mit dem Briefträger und deinem – dem anderen geschehen ist.«

Sie schüttelte Catalina ein wenig von sich weg und sah dem Mädchen in die roten Augen: »Catalina, wenn du ihn wirklich geliebt hast, dann ist deine Kraft jetzt verschwunden. Niemand kann dich mehr mit Haß und Abscheu so auffüllen, daß du mit dieser Kraft Menschen manipulieren kannst. Jetzt mußt du erst recht auf dich aufpassen. Die beiden Männer sind verunglückt; dich wird keiner danach fragen. Aber wenn du ganz sicher sein willst, dann befolge meinen Rat und kehre nie wieder zurück zur Villa Dolorosa.«

Heinz Riedler
Armensalz

Wahrheit ist nichts anderes als eingebleute Überzeugung. Vielleicht war aber nur keine Zeit geblieben, darüber nachzudenken.

Wenn oben auf dem Hügel ein Ahornblatt zu Boden fällt, und unten im Tal rüttelt ein ausgestoßener Lehrer am Schultor – ist das eine dann die Bedingung des anderen und umgekehrt? Wenn ein Geldfälscher auf dem Weg zum Bankgebäude sich stöhnend ans Herz greift und zusammenbricht, und eine Hausmutter in der Vierten Polkolonne löscht umsichtig das Licht aus, bevor sie sich zu Bett legt – ist da der Zusammenhang offensichtlich? Sehen wir schwimmende Protozoen in unseren Augenschleiern, wenn am anderen Ende des Universums eine Galaxie geboren wird? Oder anders gefragt: wenn ein Rudel aufgestörter Köter über den Korridor eines Mietshauses und, vom Licht angezogen, in eine fremde, hell erleuchtete Stube stürmt, aufgrund dieser Peinlichkeit das Heil der Welt aber buchstäblich vor die Hunde geht – fällt es da noch schwer, an den zutiefst ineinander verketteten und unlösbaren Zusammenhang aller Energien und Gedanken, jeglicher Entscheidungen und Handlungen zu glauben?

Andasson hatte wirklich keine Zeit gefunden, sich darüber den Kopf zu zerbrechen. Zuerst kam die Scheidung von Frau und Tochter, ein langwieriger, mit weißen, verkniffenen Anwaltsgesichtern und habgierig wallendem Blut geführter Prozeß, an dem sogar die lokalen Medien ein wenig leckten. Andasson wollte die Tochter für sich, seine Frau kämpfte um das Geld und die Fahrnisse. An der Antwort auf die Schuldfrage blieb kein Zweifel. Das Verfahren endete damit, daß er in Resignation über das Unabwendbare in tiefe Müdigkeit verfiel und alle Auflagen unterschrieb, die der Justitiarultimat ausdruckte. Während seine Frau bloß zur Zahlung eines Jahresvorrats an antidepressiven Pulvern für Andasson bestimmt wurde, mußte er es zulassen, daß sie die bewegliche Habe verkaufen, das Vermögen auf ein antarktisches Konto überweisen und sich samt beider Töchter auf die Passagierliste für den nächstmöglichen Transfer zur IV. Polkolonne setzen lassen durfte. Über die Gründe, die die Frauen bewegen mochten, alle Strapazen der Emigration auf sich zu nehmen, stellte Andasson keine Vermutungen an – Menschen, die sich dorthin begaben, waren in seinen Augen sowieso verkrachte Existenzen, während umgekehrt von den Auswanderern die Zurückbleibenden als gescheitert betrachtet wurden.

Die Appartements in Brighton und Brest würde er freilich aufgeben müssen. Wenn in einem Rechtsfall entschieden wurde, dann unbarmherzig und kompromißlos, so als müsse der Justitiarultimat mit einem einzigen Outputgewitter die Ineffizienz aller im Sande oder besser im manipulierten Softwaregewusel verlaufenen Verfahren kompensieren. Nach einer letzten Nacht im eigenen Bett stand er auch schon, drei Tage nach dem Urteilsspruch, ohne Frühstück im Magen, nur mit Pyjama und Staubmantel bekleidet, vor seiner Bibliothek und sah zu, wie die Exekutoren gewissenhaft jedes einzelne Stück der beweglichen Habe markierten. Wie die Hunde, die mit Pisse ihre Wege kennzeichnen, ohne sich um den ideellen Wert des Besudelten zu kümmern, dachte er verbittert; von nun an würde jede Berührung seiner ureigensten Ledermöbel, der Kochsäule in der Küche, der Trimmgeräte im Badesalon, selbst seiner Anzüge in den Kleiderschränken und den Sensorflächen seiner Privatsafes einen häßlichen Alarm in der Justizzentrale auslösen und ihn den Verlust der Menschenwürde kosten. Was man ihm ließ, war nichts als sein Arbeitsgerät: ein Manuale mit ein paar zarten Steckern daran, die im ganzen Reich in die genormten Anschlüsse paßten, und Dosennahrung für eine Woche. Und natürlich die Lambarden, obwohl er weder Frau noch Tochter darum gebeten hatte. Ein ganzes Rudel Lambarden, das schon im schwarzen Duftsack zum Abtransport bereitlag und mit kläglichem Winseln die Tristesse der Stunde in intensiver Weise illustrierte. Da diese ebenso empfindlichen wie angeblich empfindsamen Zwerghunde, in Schwanz- und Kopfstück eher großen Ratten ähnlich, weder die Kälte der IV. Kolonne ertrugen noch vom anvertrauten Besitzer getrennt werden durften, lag die Verantwortung für ihr weiteres Gedeihen ganz offensichtlich in Andassons Hand. Ironie, dachte er angesichts des in einer Ecke des Spielzimmers pulsierenden und sich lebhaft ausbeulenden schwarzen Sackes, denn seine Frau im Verein mit der Tochter war es gewesen, die auf dem Kauf eines Wurfs der sündteuren Luxustiere bestanden hatte, während ihm diese Art von Hausgenossen gleichgültig war. Ehe er sein Scheckbuch hervorzog, hatte jeder ihrer Bekannten schon ein Lambardenrudel, manche bis an die fünfzig Stück, und es war schwer, sich gegen den Trend zu behaupten, wenn man nicht auf gesellschaftlicher Ebene geschnitten werden wollte. Zugegeben, die Lambarden brachten Leben und funkelndes Licht in die Gleichgültigkeit der Familien, und die optischen Effekte bereiteten manchmal sogar Andasson Freude, wenn er sich an anderen Kunstwerken sattgesehen hatte. Aber jetzt, am gesetzlichen Existenzminimum dahinbalancierend, würde es schwer sein, die anspruchsvollen Tiere zufriedenzustellen. Sie mußten Auslauf haben, mußten geglättet und poliert werden, lehnten Schweinefleisch ab und verbissen sich gern in Seidenschuhen. Üblicherweise stellte man einen Lambardenguard zu ihrer Betreuung ein und ließ drei oder vier Zimmer der Residenz nach den Bedürfnissen der Tiere so kunstgerecht ausstatten, daß deren Reize voll zur Geltung kamen. Von jetzt an müssen Mensch und Tier bescheiden leben, dachte Andasson und genoß ein wenig die billige Schadenfreude über Kreaturen, die nicht ahnten, daß sie erst im fahlen Licht eines Vorstadtslums wieder aus ihrem finsteren Sack hervorbrechen sollten. Einer der Exekutoren hatte ihm gleich beim Eintritt den obligaten Zettel mit einer üblen Adresse zugesteckt und ihm zugeflüstert, den Kassiber nach Kenntnisnahme sofort zu verschlucken – eine Form der halboffiziellen Sozialhilfe, die weder die Selbstachtung der Justiz noch des Verurteilten verletzten.

Die Rituale für die frisch als schuldig geschieden Verurteilten und somit existentiell Vernichteten waren bekannt und ein beliebter Gesprächsstoff im Small talk der Sojaparties. Es war reizvoll gewesen, zwischen Kaviarhäppchen und Pinguincanapées über das Elend der Ausgestoßenen zu plaudern, während die Blicke scheinbar achtlos über Dekolletés und Hosenlätze streiften, und nichts war prickelnder, als über die peinigende Verachtung der Exekutoren und das Gefühl der Einsamkeit im letzten Stockwerk eines armseligen Mietshauses zu sprechen und dabei aus Basaltschalen Champagner von den Gewächshäusern der Antarktis zu schlürfen. So betrachtet, war es vielleicht ein Privileg, am eigenen Leib zu erfahren, wovon bisher nur als einem bösen, am realen Platz der Dinge wesenlosen Traum geredet worden war. Der Druck des Revolvers in der Nierengrube zum Beispiel war etwas, worüber man sich erst nach dem Essen im Rauchsalon zu unterhalten pflegte, wenn man den Schauder hinter Havannaschwaden verbergen konnte. Nun hatte er ihn da –

körperlich, fest, entschlossen und nicht mit einem tiefen Atemzug am offenen Fenster wegzuseufzen. Andasson hielt die Hand hin, um sich für die Blutprobe ritzen zu lassen. Er fand, daß das Messer tiefer drang, als für ein paar Tropfen notwendig wäre, versagte sich aber eine Bemerkung. Der Teppich gehörte sowieso nicht mehr ihm. Ergebenheit war der schnellste Weg, um unbehelligt hinauszukommen und das neue, arme Leben zu beginnen. Da drüben auf dem Tisch, der nicht sein Eigentum war, stand seine Habe: ein Karton mit Konserven, das Manuale für die Dateneingabe, Rollmonitore etc. und ein Rasiergerät. Erst jetzt bemerkte Andasson, daß die Dosennahrung nicht für ihn, sondern für die Lambarden bestimmt war, eine Sinfonie von RAC aus zwölf verschiedenen hochwertigen Menüs. Wo er selbst Kartoffeln für die nächsten Tage herbekam, war offensichtlich seiner Frau und der hohen Behörde gleichgültig. Dem Druck des Revolvers in seine Nieren folgend, machte er einen letzten Rundgang durch die Räume. Er durfte Abschied nehmen, schnell, nur nirgends verweilen, keine Sentimentalität aufkommen lassen; stumm und bleiern standen die Kunstwerke auf den Sockeln, leblos und grau schienen ihm die kostbaren Bilder an den Wänden, die er jahrzehntelang gesammelt hatte. Alles, was ihm ans Herz gewachsen war, würde nun zu Geld gemacht werden und den unsinnigen Ambitionen der IV. Polkolonne zugute kommen. Familienleben auf 82 Grad Süd. Anständigkeit und Biedersinn im ewigen Eis! Für einen, der sich mit Kunst befaßte, war der Zutritt dorthin sowie jeglicher Postverkehr ausgeschlossen. Hier unter seinen Freunden in Brest und Brighton hatte man ihn wenigstens mit heiterem Respekt behandelt und an dem steigenden Kurswert der Bilder, Skulpturen und Art-Disketten das Maß für die Vernunft seiner Dispositionen genommen. Während die gute Gesellschaft mit gewichsten Stiefeln in den Reithallen herumlungerte oder die Anerkennung renommierter Lambardenzüchter suchte, um eine Option auf den nächsten Wurf zu ergattern, verkehrte er in den Ateliers der außergewöhnlichen Talente, sah den Künstlern über die Schulter, wenn sie am Bildschirm arbeiteten und sog, wie seine Freunde den Geruch von Kot und Schweiß der Rennpferde, den Duft von Bakelit, Kadmiumfarben und heißem Marmorstaub in sich hinein. Daß nun aber keiner von denen da war, deren Aufstieg er mitgefördert hatte, kränkte ihn nur am Rande. Er sagte sich, daß es in der momentanen Situation vernünftig sei, sich sowenig Gedanken wie möglich zu machen. Das Naheliegende hatte Vorrang: den Druck des Revolvers in seine Nieren loszuwerden, die geeigneten Dankesworte für die Exekutoren zu finden und den fairen Prozeß zu loben, Grüße an Frau und Tochter mitzugeben, vor allem um die Bereitstellung eines geeigneten Fuhrwerks zu bitten, mit dem man die Lambarden zu der angegebenen Adresse karren könne; er selbst würde gerne hinterherlaufen. »Wasser gibt es wohl überall?« fragte er den Amtsmann mit einer Geste zu dem schwarzen Sack hin, in dem die Tiere auf den Abtransport warteten.

»Sie brauchen sich keine Sorgen zu machen«, antwortete der Exekutor. »Wir bringen alle Ihre Güter nach, wenn Sie Fuß gefaßt haben. Nun fahren Sie schon mit dem Bus voraus und machen sich mit der Wirtin bekannt.«

*

Es ist schön, wenn man Freunde hat. Vom Meer, an dessen Strand er früher oft in langen Spaziergängen seiner Tochter das Spiel der Gezeiten und das Driften der Kontinente erklärt hatte, blieb ihm nur der Gestank nach faulem Tang und das verschlagene Heulen ferner Schiffssirenen. Andasson lernte, sich am Herd kleine Mahlzeiten aus Würsten und Proteinpulver zuzubereiten und mit dem Flaschenöffner umzugehen. Die Leute im Haus taten ihm nichts zuleide, kamen ihm aber auch nicht nahe. Wenn sie ihn im Stiegenhaus trafen, grüßten sie scheu und blieben stehen, um ihn vorbeizulassen. Die Behörde ließ ihm von dem Geld, das er mit dem Manuale reichlich verdiente, genügend, um sich zwei einfache Homespunanzüge und ein wenig Hausrat aus Blech oder Preßglas zu kaufen. Zwei Zimmer, eine kleine Küche mit Badetrichter, in den er sich wöchentlich hineinstellen konnte, um einen Schwall heißer Lauge über sich ergießen zu lassen. Die Mundddusche, die in einer Ecke des Abtritts hing, schmeckte nach Fisch. Manchmal, wenn er das Ohr an die Wand legte, hörte er die überstürzten Dispute der Hausbewohner und ihre ungezügelten Friedensrufe, vor denen er instinktiv in eine Ecke zurückwich. Die meiste Zeit übertönte jedoch das Winseln und Kläffen der Lambarden jedes andere Geräusch. Sie krallten sich an die Vorhänge, die er an die Karniese montieren wollte, und sie huschten über den Tisch und fegten das Tablett hinunter, auf dem er das RAC-Futter aus der Dose aufschlug. Wenn er arbeitete, nagten sie an den Kabeln oder stürzten sich eines Sinnes auf seine Bettstatt, um sie zu verunreinigen, und wenn er sich schlafen gelegt hatte, drängten sie sich in der Küche auf ein bebendes Knäuel zusammen und heulten im schrillen Diskant, daß er sofort wieder aus den Kissen hochfuhr. Gewiß, die Züchter hatten recht, es waren im Grunde prächtige und außerordentliche Tiere. Die Pflege ihres Fells beschäftigte Andasson täglich mehrere Stunden. Da sie als extrem langlebig galten und noch nirgends in seinem Bekanntenkreis der Todesfall eines Lambarden aufgetreten war, fragte er sich, ob es so etwas wie eine mittlere Zerfallszeit des Rudels gebe, aus der man Hoffnung auf das Verschwinden auch des letzten der Meute schöpfen könnte. Er verstand, daß sie durch die ungewohnte Umgebung verstört waren; er als erwachsener Mensch hatte ja Schwierigkeiten genug gehabt, sich zurechtzufinden und nicht am Seelenleid zugrunde zu gehen. Er kaufte, unter Verzicht auf eine Kinokarte oder den längst notwendigen Haarschnitt, bunte Bastbänder und bizarre Glasfiguren, die er an die Wände, kaltleuchtende Lampions und grellakkierte Geflechte aus Aluminiumgitter, die er an die Decke hängte, aber die Schönheit ihrer wie von einem paranoiden Choreographen abgestimmten Bewegungen kam tatsächlich nur im Ambiente der oberen Klassen zur Geltung. Was sie brauchten, war Bewunderung und Wohlstand. Das vollkommen glatte, wie warmes Glas sich anfühlende und doch unglaublich geschmeidige Fell, in dem sich in ständigen spektralen Variationen das Licht der Umgebung spiegelte, das Irisieren der Nackenmuskulatur und der wendigen Läufe, das Changieren Tausender Reflexe und der wirbelnde Strom der leuchtenden Farbkaskaden suchte die Auslöser seiner Prachtentfaltung in luxuriösem Mobiliar, fantastisch komponierten Raumdekorationen und den extravaganten Akzenten teurer Kleidung. Hier, in den dumpfen Mauern der Mietwohnung, die von schlichten Glühschirmen erleuchtet wurde, und im Umfeld ihres grau und billig angezogenen Herrn fand sich nichts, woran sich die Widerspiegelungskraft ihres Fells entfachen konnte, und sie litten darunter, wurden nervös und bissig. Sie waren an das Funkeln, Gleißen, Geplauder sattzufriedener Menschen gewöhnt; in die tröstend hingestreckte Hand Andassons schlugen sie ihre Zähne, anstatt sich streicheln zu lassen, so daß er sie schnell wieder zurückzog. Nachdem er die ersten Tage mit dem Durchstöbern von Trödlerläden nach wohlfeilen Möbeln und dem Entfernen von Schmutz und Spinnweb aus den Ecken seiner Behausung dahingebracht hatte, ohne dabei seine Arbeit am Manuale zu vernachlässigen, kam der Abend, wo ihm zum erstenmal nichts anderes einfiel, als sich auf dem alten Schafsfell seines Bettes auszustrecken und in die Leere zu starren. Nach der Verteilung des Futters gab es nichts mehr zu tun. Darum hatte er diesen Augenblick, wo er Zeit zum Denken finden würde, gefürchtet und so lange wie möglich hinausgeschoben. In den Minuten der Stille, in denen er die kalten Messingstangen des Bettes so fest umklammerte, daß es in den Händen schmerzte, sehnte er sogar die Stunden herbei, in denen er teils geduckt, teils schreiend und aufbegehrend, von den haltlosen Anwürfen seiner Frau in Atem gehalten wurde, die rückblickend so köstliche Szenen, in denen die feiste, sommersprossige Tochter, das Ideal vom neuen antarktischen Leben herausbrüllend, mit der Schere auf ihn losgegangen war und ihn mit dem Rudel der boshaft unter das Solarium gelockten Lambarden geblendet hatte. Nie würde er die schmerzhaft gebündelten, vom Fell der kläffenden Tiere auf ihn gelenkten Strahlen des blendenden Lichts vergessen, die seine Netzhaut zerschnitten, nie das kalte, chirurgische Geräusch des Stahlmessers, als seine Frau am Vorabend des Prozeßbeginns sein geliebtes Baconbild zerstörte. In den Slums war es einsam, wenn man die Gesellschaft der Lambarden subtrahierte. Noch war die Zugehörigkeit zur oberen Klasse an seinen feingeschnittenen Gesichtszügen, der kunstvoll korrigierten Nase und den schmalen, gedehnten Händen, vor allem aber an dem dünnen Wortschatz so penetrant anzumerken, daß er es nicht wagen konnte, die Freundschaft der anderen Hausbewohner zu suchen. Am Abend auszugehen war undenkbar, weil die Tiere, wenn schon nicht pausenlos Nahrung und Wasser, so jedenfalls seine Anwesenheit forderten. Als letztes bewegliches, wenn auch unscheinbares Objekt hatte er sie vor der optischen Deprivation inmitten staubiger Wände, langweiliger Nußholzbilderrahmen und geschmacklosen Muranoglases zu bewahren. Die Zeit bis zur Euthanasierung, dachte Andasson, würde Kraft und Selbstverleugnung kosten. Bevor man abtreten darf, muß man sich bewähren.

Die Freunde kamen, ohne sich anzumelden. Der steigende Lärm vertrauter Stimmen im Stiegenhaus gab ihm gerade noch Zeit, die Lambarden, die schon nervös genug waren, in das hintere Zimmer einzuschließen. Im vorderen legte er Bücher und Schmutzwäsche hastig in getrennte Schrankfächer und versteckte die leeren RAC-Dosen in einer Schublade. Bevor er die Tür öffnete, blieb er kurz in der Diele stehen und holte tief Atem, um sein klopfendes Herz zu beruhigen. Freunde waren es, die hereinbrachen wie ein Regenbogen in der Nacht, wie ein Wirbelwind, hätte er rufen mögen, wenn nicht die Begrüßungsumarmungen und das Aufstapeln der mitgebrachten Geschenke wichtiger gewesen wären. Ach, wie waren sie ihm lieber als das Rudel der Lambarden – das Rudel jener bunten Kryptoelite, die ihn also doch nicht im Stich gelassen hatten! Künstler in einer Sackgasse ihrer Laufbahn, originelle Spielernaturen und mit Narrenfreiheit gesegnete Erfinder, mit denen er seit jeher den Umgang gesucht hatte, ohne Frau und Tochter in Kenntnis zu setzen. Wie sie seine Adresse herausgefunden hätten? Maybee zwinkerte ihm zu, machte die Geste des Handaufhaltens und küßte ihn auf den Mund. Sie ergriffen Besitz von dem Zimmer, wirbelten umher und entfalteten eine Betriebsamkeit, die jede Befangenheit im Keim erstickte. Immerhin war Andasson jetzt der Gescheiterte, während seine Freunde sich bloß einen Abstecher in das exotische Land der Armut leisteten. Von sich aus hatte er niemand einladen wollen, bevor er Fuß gefaßt hatte und sich wieder als Herr der Situation zeigen konnte. Whye und Forwhat machten sich bereits in der Küche zu schaffen, bevor er ihnen die Funktion des altmodischen Gasherdes erklären und sie auf die Möglichkeit einer Explosion hinweisen konnte. Fröhlich verkündeten sie ihre Absicht, ein Souper zur ›Feier des Tages‹ vorzubereiten; Andasson solle ruhig auf der Bettstatt Platz nehmen, denn Sitze gab es zu wenige, und mit seinen Gästen von alten Zeiten schwärmen. Womit er denn nun das Geld für sich, Frau und Tochter verdiene? fragte Now, die Lebenskosten in der IV. Kolonne seien exorbitant und der geforderte Idealismus nötige Respekt ab. Auf 82 Grad Süd empfange man praktischdenkende, sommersprossige Frauen unter Freudentränen, wenn sie die Ärmel hochkrempeln und überdies noch gebärfähig seien. »Sie möchte Kinder«, sagte Now. »Sie glaubt an die Zukunft. Am Tele war sie kurz vor der Abreise noch überzeugt, daß ich mitziehe. Sozusagen den Mangel an Wärme durch einen Überfluß an Lebenskraft kompensieren. Ich bin standhaft geblieben und habe ihr in keinem der Argumente beigepflichtet.«

»Ja, und die Hunde sind ungemein wichtig für Lucie«, sagte Maybee und schmiegte sich an Andasson. »Du kennst Lucie, sie wird vor keiner Verfolgung zurückschrecken, selbst von der Kolonne aus, wenn du die Lambarden nicht pflegst. Wo sind die Viecher denn überhaupt?«

»Da hinten; Hundezimmer.« Andasson deutete mit dem Daumen an die Zwischentür, hinter der es scharrte und winselte. »Finsternis ist das einzig Perfekte, das ich ihnen bieten kann. Es ist doch Renoir gewesen, der Schwarz zum König der Farben erklärt hat?« Jetzt, da er es schaffen wollte, innerlich mit der Vergangenheit abzuschließen, war er es leid, sich über die nachgelassenen Botschaften von Frau und Tochter Kommentare entlocken zu lassen. Er spähte, Maybees Knabbern an seinem Ohr mit halbem Herzen genießend, in die Küche hinaus, ob die Zubereitung des Überraschungsessens Fortschritte machte. Wieviel zerbrochenes Geschirr würde er nach dem Abend auf das Debetkonto buchen können? Auf der Habenseite würden freilich der gute Wille und die gelungene Überraschung stehen. In der letzten Woche hatte er nur Kartoffelpaste aus der Tube und Scharrbrot aus der Folie gegessen; wenn er sich etwas Geld ersparte, setzte er es in Portwein um. Andasson fand es rücksichtsvoll, daß Dönyal, der türkische Kunsthändler, sein eigenes Arrakset mitgebracht hatte, aus dem er nun schon die zweite Flasche öffnete. Ein Bär von einem Mann, hatte Lucie ihn früher bezeichnet, und dies war einer der wenigen Punkte, in denen Andasson ihr beipflichtete. Dönyals massiges Auftreten und die als Tolpatschigkeit getarnte Brutalität hatten schon einige geniale Coups auf dem Kunstmarkt gelandet und unliebsame Konkurrenten vernichtet. Jetzt einer der unkonventionellsten und erfolgreichsten Kunsthändler in Britannien, und früher, aus bettelarmen Verhältnissen in einer türkischen Keusche hochgewachsen, in einem der kunstfernsten und kulturlosesten Berufe als Schafscherer sein Dasein bestritten. Er prostete mit seinem Portweinglas dem Türken zu, der auf dem nachgiebigen Drahtstuhl eine bequeme Position zu improvisieren suchte. »He, entschuldige, was machst du da! Das Manuale ist keine Armstütze!« Andasson sprang auf und packte Dönyal am Rockaufschlag, zwischen Existenzverteidigung und Höflichkeit schwankend. Ein Defekt im Arbeitsgerät würde ihn wochenlang seines Einkommens berauben und damit die pflichtgemäße Betreuung der Lambarden in Frage stellen. Dönyal hatte in einer unwillkürlichen Bewegung, vielleicht aber aus listiger Absicht, das Manuale eingeschaltet und den schweren, bärenstarken Arm auf die Tastatur gelegt. Auf den Rollmonitoren zogen rasende Brigaden von wahnwitzigen Statistiken vorbei, untermalt von Schaubildern in tiefem Violett, und sandten Alarmgeräusche aus. »Das ist die Zukunft!« polterte der Türke und drückte seinen Arm noch fester auf das irritierte Inputbrett, »Die Eingebung ist von mir, die Zukunft wird jetzt offengelegt; das futurologische Cluster.« – Er war also schon wieder – wieder einmal – betrunken, daran bestand kein Zweifel.

Andasson sah sich hilfesuchend um. Daß Maybee, wenn es gut lief, die Nacht mit ihm verbringen würde, war kein Pflaster für den Schaden, den der Türke im Begriff war anzurichten. Für Dönyal waren die paar tausend Pfund, die ein neues Manuale kostete, eine Kleinigkeit; er würde den Grund der Zurechtweisung gar nicht verstehen. Mit Freunden, wenn sie schon den Weg hierher in den Abfall gefunden hatten, durfte man es sich nicht verscherzen, zu kostbar war dieses Gut. Stensel! Stensel mußte die Rettung sein; er stand dem Türken am nächsten und machte sich auch schon daran, dessen Arm von Andassons kostspieligem Manuale zu lösen. »Die Zukunft...?« Er goß Dönyal ein Wasserglas mit Arrak voll und flößte es ihm, den Kopf mit sanfter Gewalt zurückbiegend, ein. »Die Zukunft ist kein Cluster, Freundchen, sondern ein Saitenspiel, so melodisch, daß du den Verstand davor verlierst. Ich wollte übrigens erst nach dem Essen...«

»He, wo ist das Salz!« rief Forwhat aus der Küche, und im gleichen Augenblick schoß eine Dampfwolke über die Decke. »Keine Angst, ich lösche die Schenkelchen jetzt mit Angostura.«

»...erst nach dem Essen«, fuhr Stensel unbeirrt fort, »wollte ich die Zukunft zur Sprache bringen. Whye und Forwhat haben es für mich die vielen Stufen heraufgetragen; ich rate dir, einen Außenlift bauen zu lassen, wenn es deine Mittel erlauben. Im Stiegenhaus stinkt es. Du weißt, daß ich es dir zeigen wollte, alter Zweifler, sobald es immun gegen Störungen ist. Wir sind jetzt tatsächlich jeder Prüfung gewachsen. Seit Jahresmitte verbreiten wir das Futuralgon schon weltweit – mit Ausnahme der IV. Polkolonne natürlich. Als Sales-manager für Westeuropa liebe ich es schon wie mich selbst.« Er wies auf ein militärfarbenes Gepäckstück, das bisher unbeachtet im Türwinkel gelehnt hatte.

»Mit Schmerzen ist es also noch immer verbunden«, murmelte Andasson. Dabei war sein Augenmerk auf den Türken gerichtet, der mit der peniblen Beharrlichkeit Betrunkener eine Taste samt daranhängender Mechanik aus der Verankerung löste.

»Es sitzt ergonomisch im Nacken und du kannst es überallhin mitnehmen. Wenn es richtig angepaßt ist, spürst du gar nichts mehr. Wie eine Regenkapuze, aber für die Unwetter der Zukunft gedacht.«

»Deine Nachbarn«, mischte sich Whye ein, »ich meine, Nummer 12, die vom zweiten Stock, sind die immer so ausgelassen? Als wir den Apparat vorbeitrugen, hämmerte jemand mit aller Wucht von innen an die Wohnungstür. Es hörte sich an, als würde ein Kopf mehrmals gegen die Tür geschlagen. Kein Schrei, nur ein Wimmern zwischendurch und dann Stille. Wir können nicht absetzen, dachte ich, weil wir nicht die Kraft hätten weiterzumachen. Aber Forwhat hat sich nach dem Zettel gebückt, der unter dem Türspalt durchgeschoben wurde. Da.«

Er langte Andasson ein schmuddeliges Papier hinüber, auf dem mit Tintenstift das Wort *bitte* geschrieben stand. Das *E* war zu einem Strahlenkranz zerronnen. »Bitte-was?« Andasson hatte das Bestreben, sich nicht in ein weiteres Problem hineinziehen zu lassen. Angesichts des Umstandes, daß der Türke das Manuale kaputtmachte, war der Zettel doch eine sehr periphere Botschaft. »Es sind die Wokks, weißt du, soviel habe ich beim Lesen des Türschilds herausbekommen. Hafenarbeiter wie die meisten hier. Ich – habe gar keinen Kontakt mit den Nachbarn, und sie wollen das auch nicht. Es ist eine andere Welt. Sie sind mißtrauisch gegen die Reichen und gegen die, die es einmal gewesen sind.«

»Nun laß' nicht den Kopf hängen, Andasson«, begütigte Stensel und klopfte ihm auf die Schulter. »Nimm das Futuralgon einmal für zehn Minuten auf den Hals, und du wirst sehen, daß auch du eine Zukunft hast.«

»Ja, aber – Dönyal … ein neues Manuale darf ich nach so kurzer Zeit ins Armenviertel gar nicht hereinbringen.«

»Hörst du nicht«, schmeichelte Maybee, »er spricht von der Schönheit der Zukunft. Wir können jetzt mit ganz offenen Augen in sie hineingehen, nicht?«

»Und das wahrhaft tierische Gebrüll plötzlich, als wir schon einen Stock höher waren, von unten herauf das ganze Stiegenhaus auffüllend«, sagte Forwhat, »ich konnte kaum auf den Weg vor mir sehen, weil ich das Gerät schleppen mußte, und dann dieses Gebrüll, von schlangenhaftem Zischen durchstoßen, wie ›KREISS-SSEN! KREISS-SSEN!!‹, immer wieder das Schlagen gegen die Tür und ich, der ich glaubte, das Herz müsse mir zerspringen, weil das Gerät so schwer ist, daß es dir das Genick auf die Lendenwirbel drückt.«

»Das ist nicht wahr. Es ist viel Verpackung, weil es empfindlich ist«, verteidigte Stensel sein Produkt, das er offensichtlich als Partyattraktion einsetzen wollte. »Die Armen sind lebhaft, wenn sie Hunger haben. Vielleicht war es auch eine Schwangere, die sich in einem psychischen Ausnahmezustand befand und dadurch gegen die Tür flog, wir wissen es nicht. Andasson hat nichts gehört. Aber das Futuralgon nimmt auch darauf Rücksicht. Nun packt es schon aus, Now und Whye; Forwhat kann derweil das Essen auftragen. Ich wollte eigentlich erst später, nach den Gaumenfreuden, ja...?«

Schon jetzt, obwohl Andasson erst ein kleines Glas Portwein genippt hatte, drohten die Stimmen der Freude zu einem undifferenzierten Hintergrundrauschen zu verschwimmen. Er überlegte, ob vielleicht bei den Wokks unten Hilfe benötigt würde, verwarf den Gedanken aber im nächsten Augenblick, weil er ihn als Ausflucht vor den Konventionen der Geselligkeit entlarvte. Stensel war so begeistert über sein Gerät, daß es eine Kränkung gewesen wäre, ihm nicht beim Auspacken behilflich zu sein. Als er es aus der Holzwolle hob, war er auch gewiß, daß es wirklich nicht weh tun würde.

»Also – auf die Schönheit der Zukunft«, sagte Stensel und wog es in den Händen wie der stolze Vater den anmutig sich biegenden Säugling. »Tatsächlich können wir mit offenen Augen hineingehen und brauchen nicht zu befürchten, daß wir getäuscht werden. Wir vertreiben das Futuralgon jetzt weltweit und sogar schon gewinnbringend, Andasson, auch du mit deinem Manuale wirst dich beteiligen und dadurch dein Einkommen verbessern können. So betrachtet, hat es einen pragmatischen und einen ideellen Wert. Das globale Netzwerk aller relevanten Informationen sendet ihm die Daten zu, hier in diesem Decoder mit Rechenfaust, die das hochkomplexe Zeug verarbeitet. Die Zukunft ist nicht nur beobachtbar, sondern in gewissem Sinne auch machbar.«

»Es ist schön, daß du sagst *In gewissem Sinn*«, tönte der Betrunkene von seinem Vernichtungsplatz beim Manuale herüber.

Mit dem Hals der leeren Arrakflasche stieß er geistesabwesend in die Rollmonitore hinein. »Was soll denn Andasson mit den Zukunftsprognosen anfangen, wenn er nicht einmal mehr das Werkzeug für seinen Brotberuf hat. Sieh an, wie das zerfällt. Die Weiber sind doch gierig die Hyänen, wie Schakale – pah!« Splitternd zerbrach die Scheibe des Zentralscanners unter Dönyals Fausthieben.

»Natürlich, auch jedes Wort, das du sagst, ist von Bedeutung«, versuchte Stensel den Türken zu beschwichtigen, da er um sein Gerät fürchtete. »Es nimmt auch Blutproben, ein kleiner Ritzer im Nacken genügt. Sogar die Geräusche der Lambarden würde es identifizieren und verarbeiten, aber sie sind totenstill.«

»Totenstill?!« Andasson fuhr aus seinem Sitz hoch, um gleich darauf beruhigt wieder niederzusinken, als er ihr leises Hecheln wahrgenommen hatte. »Gut, Stensel, und schön, das Futuralgon ist ein Kontemplationsspielzeug, das man benutzen und nach Gebrauch wieder weglegen kann. Schon in meinem früheren Leben – ich meine, als ich mit Lucie und meiner Tochter beisammen war, hast du uns ja nächtelang über das Gerät unterhalten. Ich gratuliere dir zu deinem Erfolg.«

»Hat Lucie übrigens ihre Goldfische mitgenommen?« grölte Dönyal herüber. »In der Vierten Kolonne gibt es nur bitterkaltes Eis... oh, ich kenne die Kälte, man peitscht den Schafen das Fell herunter, kriecht im Schneesturm unter einen mickrigen Felsen, um nicht zu erfrieren, und läßt sich vom Gutsherrn sodomisieren, weil man Raki aus seinem Keller gestohlen hat.«

»Dönyal wird der erste sein« lenkte Stensel ein. »Sein türkisches Blut ist klarflüssig und unbestechlich. Unter uns gesagt, er ist betrunken, aber seine Kindheit war nicht rosig. Es gibt kaum etwas Entsetzlicheres als die Einsamkeit des Hochlands; daß dabei einer zum Sonderling wird, ist kein Wunder. Lieber möchte ich noch im Dschungel aufwachsen. Andrerseits – er ist gut, er ist als Kunsthändler sogar außerordentlich gut und hat einige Haie aus der Branche düpiert. Also Respekt. Wenn durch Verrücktheits- und Betrunkenheitsakte im Ergebnis des Futuralgons kurzzeitige Schwankungen eintreten, hat das nichts zu bedeuten, denn die Futurologie plant auf lange Sicht. Wir setzen ihm also, dem kaum Widerstrebenden, das Gerät auf den Nacken – so, schließen Sensoren und Mikros an – so, die Ohrenolive, den Sichtnukleus...«

»Entschuldige, ich halte das, unter Freunden, für einen kompletten Blödsinn!« fuhr Lobster Reeson dazwischen, ein dünner kleiner Mediziner mit hageren Gesichtszügen, doch mit ehrfurchtgebietendem Kehlkopf ausgestattet, der eine dröhnende Stimme vernehmen ließ. Die Narbe an seinem Hals war nur mehr ein winziger rosiger Wulst. Reeson hatte bisher noch nicht viel gesagt, da er gleich beim Eintritt, als er eine geschmacklose Bemerkung über die Last des Reichtums gemacht hatte, von Maybee in die Schranken gewiesen worden war. Jetzt war der Punkt gekommen, an dem er sich nicht mehr zurückhalten konnte. »Futurologie ist doch nur eine treuherzige Mischung aus Welterrettungseifer und Fantasielosigkeit. Daran wird auch dein Gerät nichts ändern, das ich übrigens gern einem Test auf Halluzinogene unterziehen würde. So geht das seit Generationen, ein ständiges Nachhinken der Zukunftswissenschaft hinter der davoneilenden Gegenwart. Fantasie wird grundsätzlich nur aus bereits vorhandenen Erfahrungen genährt und ist daher schon morgen hoffnungslos veraltet.«

»Die Paßform läßt sich stufenlos regulieren, siehst du«, stellte Stensel unbeirrt fest und rückte sein Gerät im Nacken des schwankenden Türken fest, dessen rote Schminkpunkte im Gesicht um so schneller zerrannen, je heftiger er schwitzte. »Der Kontakt zwischen Haut und Futuralgon ist ungemein wichtig, aber nicht wichtiger als tausend andere Faktoren. Hier geht es nicht um Fantasie, mein lieber Reeson, sondern um ultimative Berechnung. In fünfzehn Minuten wird Dönyal soviel über die Zukunft wissen, daß er daraus seine persönlichen Konsequenzen ziehen kann. Darum ist es wichtig, daß die Sicherheit der Prognose – sie fängt erst ab der elften Stelle hinter dem Komma zu schwanken an – auch durch den engen Kontakt mit dem Körper des Probanden gewährleistet wird.«

»Die Unmöglichkeit von Berechnungen dürfte noch hinlänglich bewiesen sein!« rief Lobster Reeson und zog das Augenlid des Türken in die Höhe, um seine Reflexe zu prüfen. »Hat er überhaupt Interesse an der Zukunft? Am Glauben an der Voraussagbarkeit ist doch schon ein ganzes Heer von übergreifenden Wissenschaftlern gescheitert, und in ihrem Gefolge eine Invasion von verzweifelten Literaten, die als Parasiten in den warmen Borsten der futurologischen Trüffelschweine mitgeritten sind. Es ist doch ein fragwürdiges Unternehmen, Myriaden von *möglichen*

Szenarien zu entwerfen, deren Realitätswert schneller zerfällt, als sie niedergeschrieben werden können.«

»Doktor, die Zukunft ist einsehbar, klarer als die Vergangenheit. Dönyal braucht nur noch ein wenig Ruhe, um mit dem Gerät sprechen zu können. Diese Antenne hier, über dem Scheitelbein, ist unglaublich wichtig, du darfst sie nicht abbrechen. Sie empfängt ununterbrochen die relevanten Daten aus der Welt und führt sie dem Mikrouniversum des Kalkulationsplasmas zu. Das sind nicht nur Börsenkurse, mein Lieber, nicht nur Erfolgsbilanzen der Rüstungsmaschinerie und Informationen der flächendekkenden Satellitenerkundung. Die Firma hat sich wirklich darum bemüht, Reeson, den Gefühlen, Stimmungsimponderabilien und der Macht der Mikroereignisse genügend Raum zu geben.«

Reeson trat auf seinen Freund zu, als wolle er tätlich werden, und packte ihn am Rockaufschlag. »Das ist Kartenlegerei, Kaffeesatzspekulation. Als Mensch und Mediziner wehre ich mich dagegen. Sinnvolle Voraussagen könnte man bestenfalls für eine Welt ohne Menschen, eine von Robotern beherrschte und biologisch vollkommen tote Welt aufstellen. Die dem Menschen angeborene Paralyse der Vernunft setzt sich über alle Prognosen hinweg. Die Irrationalität des Handelns ließe sich nur durch Irrationales in der Voraussage ausdrücken, wodurch dein famoses Futuralgon in der Beiläufigkeit mündet. Hat es zum Beispiel schon darauf reagiert, daß im zweiten Stock ein Massaker stattzufinden scheint, während wir über das Heil in der Zukunft plaudern? Warum läßt du den armen Dönyal nicht an seinem Arrakplatz sitzen? Forwhat hat doch berichtet, ein Schädel sei gegen die Tür gekracht, als sie deinen Apparat heraufgeschleppt haben.«

»Natürlich werden diese Daten verarbeitet; alle Zufälligkeiten haben wir im Griff«, erwiderte Stensel, sich mit erstaunlicher Geduld den Hemdkragen glättend. »Wir verfallen doch nicht in den alten Fehler, an die lineare Berechenbarkeit der Ereignisse zu glauben. Wie soll ich es dir als Mediziner erklären, Reeson – das Futuralgon arbeitet gewissermaßen auf eine unerhört präzise Weise aus Bauch und Hirn zugleich. Daß die Triumphe der Chaoserkenntnis dem cartesianischen Weltbild den Gnadenstoß versetzt haben, leugnen wir nicht, im Gegenteil, die Crème der fähigsten und nüchternsten Chaosforscher aber auch Systemsynthetiker hat an der Entwicklung des Futuralgons mitgewirkt. Vier Generationen dieses herrlichen Dinges haben wir verworfen, ehe wir damit an die Öffentlichkeit gegangen sind. Dabei ist es etwas sehr Intimes, das Gerät im Nacken zu haben, etwa so wie mit einer Frau zu schlafen, ein unerhörter Kitzel, im übertragenen Sinn, meine ich. Alle Vergangenheit ist so schrecklich, daß wir sie so schnell wie möglich vergessen müssen; aber die Zukunft ist erkennbar, um nicht zu sagen machbar, gerade weil sie nicht auf simple Weise berechenbar ist. Die bedeutenden Männer dieser Welt bedienen sich schon des Futuralgons und stehen in einem ununterbrochenen Austausch objektivierter Zukunftsperspektiven, Lobster, das ist großartig und mit Geld nicht aufzuwiegen. Dönyal wird sich jetzt in einen stillen Raum begeben, ich hoffe, Andasson hat noch einen stillen Raum übrig, und Zwiesprache mit dem Gerät halten. Licht braucht er dazu keines.«

»Umsatzsteigerung mit technoiden Verheißungen, wie gehabt. Das ist Anmaßung!« ereiferte sich Reeson. »Das ist wieder einmal die hochmütige Annahme, gerade hier, gerade heute und jetzt endlich jenen Stand des Wissens erreicht zu haben, der für brauchbare Voraussagen erforderlich ist. Ich passe. Whye, du hast gesagt, es gibt bald zu essen. Kann ich schon einen Happen im voraus haben?«

»Das ist kein Spielzeug, das ist Ernst«, murmelte Stensel und zerrte die Riemen im Nacken des Türken fester. »Andasson, du bist ein Freund, was ist hier im Nebenraum, du hast gesagt, die Lambarden, werden sie sich ruhig verhalten? Das Futuralgon würde anhand des Bellverhaltens und der Ausdünstungen sofort die kurzfristigen Gefahren für Dönyal orten. Er wird jetzt hineingehen und die Tür hinter sich abschließen und über sein Leben sprechen, in die kleine Mikrophonerbse vor seinen Lippen hinein, als läge er in den Armen seiner Mutter. Er ist durch eine Spur Alkohol ein wenig enthemmt, aber zurechnungsfähig, und ist nicht imstande, etwas zu verbergen. Reeson soll sich vollstopfen mit den Schenkeln, die Whye in der Pfanne gebraten hat. Jede Begegnung mit dem Futuralgon kostet viereinhalbtausend Pfund, normalerweise, und die Wartelisten sind lang. Ich habe es gut gemeint, ein Dienst unter Freunden ... aber es ist wahrhaftig kein Spiel.«

Obwohl keiner der Anwesenden in die Debatte zwischen Reeson und Stensel eingegriffen hatte, zeigten die unwillkürlich eingenommenen Gruppierungen, daß sich zwei Parteien gebildet hatten: die Partei der Zukunftsneugierigen und die Partei der

Epikureer. Der Duft aus der Küche war auch unmittelbar verlokkend, während sich die Zukunft nur jenem offenbarte, der den Stenselschen Apparat umgeschnallt hatte. Der Türke, mit letzten geflüsterten Instruktionen versehen, wankte mit dem Gerät im Nacken ins Nebenzimmer, aus dem beim Öffnen der Tür die spiegelglatten, wendigen Rücken der Lambarden aufblitzten. Eben als Reeson zu einem schlüpfrigen Witz über die dampfenden Schenkel ansetzte, die Whye auf einem Tablett hereintrug, bekam Forwhat die Verlegenheit in den Griff, indem sie Musik anbot. Die Infrawellen würden dem Gemüt guttun, sagte sie. Mit weiblicher Intuition hatte sie erfaßt, daß Stensel verstimmt über den Skeptizismus des Doktors und Andasson bedrückt über die Demolierung des Manuales war, und Hunger habe sie sowieso keinen, sie habe schon in der Küche genascht. Also, Tischmusik zum exquisiten Essen. Andasson mußte zugeben, daß in der neuen Umgebung, in die ihn die Unbestechlichkeit des Justitiarultimats verbannt hatte, zuweilen schon die Sehnsucht nach den Genüssen des Gaumens und des Geldes wach wurde. Die Armen aßen nur Brät, halbroh, und natürlichen Kohl mit Flachsen. »Ja, die Armen, ohne Blick in die Zukunft«, bemerkte Reeson zynisch, »sie würden nach einer Woche Leben in der Zivilisation glatt zugrunde gehen. Ich weiß nicht, wie du es aushältst, Andasson, aber ich möchte nicht an deiner Stelle sein.«

Mit vollen Händen in die Sourde-Mousse aus Kolibrikielen greifen, die Zinken in die schlabbrigen Schenkel der Hybridtrappe gestoßen, dazu Champagner aus Brest. Andasson fragte sich ernstlich, wie er den Abend aushalten würde, zumal das Stöhnen des Türken, der mit dem Futuralgon durch das Nebenzimmer taumelte, allmählich das Scharren der Lambarden übertönte. Es war ein kleines, aber notwendiges Glück, daß Forwhat ihr Taschenvib hervorgezogen hatte und es virtuos zwischen den Handflächen knetete. Now und Whye stritten mit heiß aneinandergelegten Köpfen wegen der Saphirnudeln, als ob sie sich die nicht jeden Tag leisten könnten. Dankbar legte Andasson, nachdem er den ersten Hunger gestillt hatte, seinen Kopf an Maybees Brust und wünschte, daß der Augenblick nicht vorbeigehen möge. Er fragte nicht danach, ob der Türke, mit dem Zukunftsaggregat allein im finsteren Zimmer gelassen, von den lästigen Lambarden beschnuppert und stolpernd auf der Suche nach Gleichgewicht an den Vorhängen zerrend, vielleicht schon mehr über die Gewißheit von Untergang oder Weiterleben wußte als sie alle zusammen. Er fragte nicht, warum Forwhat an einem Abend, der fröhlich und ausgelassen sein sollte, gerade das monumentale Credo aus Beethovens ›Missa solemnis‹ aus dem Taschenvib hervorpreßte, wo ein leichter Glass oder einfach die tranquillen Zufallsfrequenzen angebracht gewesen wären. Es wäre tröstlich, Tabakqualm in die Lungen zu saugen, den multiplen Tenor des ›Incarnatus est‹ zu vergessen und die sanfte Wärme von Maybees Körper zu spüren. Er starrte ihr, mehr geistesabwesend als sinnlich, ins Gesicht, und sie beugte sich nieder und leckte seine Augäpfel. Was immer Whye gekocht hatte, es hatte kein Vorbild und wirkte schon durch die Raffinesse der Zutaten in einer gleichzeitig beschwingenden und bedrückenden Weise stimulierend, als wäre man ein Vogel, der an einem klaren Sommertag über der Farbenpracht des Urwalds schwebt, mit schmerzlos durchschossenen Flügeln, eben noch die Schönheit des Augenblicks genießend und schon in der Gewißheit des Absturzes in die tödlichen Schlinggewächse hinab. Das war wohl die wichtigste Eigenschaft eines guten Koches: mit einem Minimum an Zutaten, einem Höchstmaß an Diskretion und Geschmack dem Menschen die wesentlichen Dinge des Lebens erkennbar zu machen, ihn dabei bei klarem Verstand zu halten und dennoch durch den Kitzel des Gaumens verwirrende Gefühle hervorzurufen, intensiver sogar als es die Musik vermag. Whye war ein guter, ein ausgezeichneter Koch; während der Tenor in Forwhats tönenden Handflächen verstummte und der Klang der Streicher durch den Schweiß, der sich rund um die Fläche des Taschenvib bildete, sekundenweise die Tonfarbe ineinandergleitender singender Sägen annahm, war Stensel der erste, der ein völlig neues Lied anstimmte und die anderen Gäste dazu ermunterte, mitzumachen. Now hatte Andassons Kleiderschrank geöffnet und begann, sich mit seinen Sachen, die nach Mottenkugeln rochen, zu kostümieren. Da das Manuale sowieso schon unbrauchbar war, rüttelte Reeson an den Tasten, um, wie er sagte, die Wörter zur Besinnung zu bringen, und malte mit Lippenstift, von Maybee ausgeborgt, brennende Herzen auf das Gehäuse der Rollmonitore. »Das ist Dönyal gewesen!« rief er, »Wo bleibt Dönyal so lange? Was hat ihm deine Nackenklammer zu sagen, oder spielt er Treibjagd mit den Lambarden? He, wißt ihr, daß es kein schöneres Kunststück gibt, als ein Rudel Lambarden im Dunklen mit dem Feuerzeug zu hetzen. Es ist wie ein Schwarm von Irrlichtern, wie tanzende Lava.«

»Und jedes Licht, das zu hell ist, macht sie wahnsinnig«, sagte Now. In ihren Händen hielt sie Bettzeug, mit dem sie einen Aschenbecher umhüllte. Forwhat hatte aufgegeben und sang den Refrain mit, den Stensel krähte: »Wir *alle*... werden wahnsinnig... bei allzu hellem Licht.« Er verstand es, zu den sinnlosen Worten eine so zwingende Melodie zu erfinden, daß man eine verborgene Bedeutung vermuten mochte. Alle sangen dankbar im Chor: »Wir werden – wir alle werden *wahnsinnig* bei allzu hellem Licht«, nur Andasson flüsterte, unhörbar für die Freunde: »Warum habt ihr das getan?« Er hatte das Bedürfnis, die Gesellschaft für ein paar Minuten zu verlassen und allein zu sein, in der Stille nachzudenken. Aber wie sollte er es anstellen, da er Gefangener in der eigenen Wohnung war. Er stahl sich in die Küche hinaus unter dem Vorwand, für Dönyal ein Glas Wasser bringen zu wollen. Der Türke trat mit den Füßen gegen die Tür, panisch, wie es Andasson schien, und die Reaktion war nichts als das erheiterte Gebrüll seiner Freunde. »Wir alle werden wahnsinnig bei allzu *hellem* Licht.« Dönyal stand im Dunkeln und hatte das schmerzende Futuralgon im Nacken. Wenn ihm Stensel nicht half, würde er es niemals mehr herunterbekommen. Es waren liebe Menschen, dachte Andasson, im Grunde hilfsbereit, aber allzu übermütig. Er würde Ärger mit den Nachbarn bekommen. Die Armen sangen nie, beschimpften höchstens einander und schlugen hilflos ihre Kinder. Wenn ihn die drinnen in der eigenen Wohnung nicht vermißten, würde er noch ein paar Schritte weitergehen, aus der Küche hinaus auf den Gang. Sollten sie seine Kleider durcheinanderwerfen und die Papiere als Konfetti benutzen; ohne Manuale mußte er sowieso wieder von vorne beginnen. Maybee hatte ihn nicht festgehalten, als er hinausgegangen war. Gegen das starke Licht der Glühschirme drinnen herrschte hier wohltuende Dämmerung. Man brauchte nur wenige Meter zwischen sich und dem ebenso penetranten wie harmlosen Übermut der Freunde legen, und schon fühlte man sich wieder im gewohnten Rhythmus von schläfrigem Vergessen und wacher Resignation. Daß Dönyal das Manuale zusammengeschlagen hatte, war schlimm, da es die letzte Verbindung mit seinen früheren Tätigkeiten gewesen war. Mit welcher Lust hatte er, ohne sich Zeit zum Essen zu nehmen, die Finger darauf tanzen lassen und die

Früchte seiner Fähigkeiten gleich jeden Abend von seinem Kontostand ablesen können. Es hatte Zeiten gegeben, da war sogar seine Frau stolz auf ihn gewesen. Aber wie einfach war es doch, aus dem vertrauten Arbeitsgerät die letztmöglichen Reserven herauszuholen, gegenüber der Schwierigkeit, jetzt einen Fuß unter den anderen zu setzen und die enge Treppe hinabzugehen. Das Gangfenster stand offen. Andasson spürte die Kälte in seinen Körper kriechen, als füllten sich die Adern mit frischem Schnee.

Im dritten Stockwerk war Ruhe. Er mußt weitergehen, noch tiefer die abgetretenen Stufen hinab sich an die verengende Spindel klammernd. Nur beiläufig nahm er wahr, daß ein Schlüssel im Schloß umgedreht und ein Riegel vorgeschoben wurde. Das gleichmäßige Summen aus den Armenwohnungen war das übliche Geräusch der Generatoren, und daß die Hafenarbeiter von Hustenanfällen gepeinigt wurden, war ihm vertraut. Darüber hinaus hörte er jedoch jetzt etwas anderes, ein hastiges Schaben auf Metall, als kratze jemand an den Stahlplatten hinter der Tür von Nummer 12, auf der der Name WOKK geschrieben stand. Es war nicht Andassons Art, sich um die Nachbarn zu kümmern, denen er rein zufällig zugewiesen war, aber der aufbrechende Schrei, durchdringend wie die Spitze eines Speeres, ließ ihn dennoch zusammenzucken. Wenn er weiter hinhörte, überlegte er, würde er sich aus bürgerlichem Anstand darum kümmern müssen, was bei den Wokks geschah. Er hatte sie ab und zu mit dem Einkauf nach Hause kommen gesehen, eine große Familie mit derben Gesichtszügen, falbem Haar, Kinder, Großtanten, alle mit festen Schuhen die Treppe hinaufstapfend, wer weiß wie viele in der kleinen Wohnung zusammengepfercht saßen und einander den Platz streitig machten. Wenn er sich einmischte, würden sie wahrscheinlich gemeinsam Partei gegen ihn ergreifen. Dann lieber noch das Muster der Fliesen auf dem Gang betrachten, dachte Andasson, wann nimmt sich einer schon Zeit dazu? Rhomben und Rauten in dumpfen Farben, gruppiert um ein regelmäßig wiederkehrendes Mangomotiv... wozu all die Mühe, der bescheidene Einfallsreichtum des Fliesenlegers vor vielen Jahrzehnten, wenn seither niemand mehr einen Blick darauf gerichtet hatte. Andassons Gedanken schweiften ab zu Frau und Tochter, denen er von Herzen wünschte, daß sie ihren Entschluß schon bereuten. Wahrscheinlich glitten sie jetzt auf dem eisigen Parkett der IV. Kolonne dahin, konfrontiert mit den neuen Gegebenheiten, und sehnten sich nach warmen Stuben und alten Freundschaften. Waren nicht auch die Freunde mit in das Verderben gezogen worden, da sie jetzt aus Redlichkeit und Treue in die Slums von Brighton getrieben wurden, um Andasson wenigstens einen Abend lang beizustehen? Fern von oben hörte er schmachvolles Geheul, das sich wie die Stimme des Türken ausnahm.

Viel mehr aber erschreckte ihn das Splittern von Glas, das Knirschen aus der Verankerung gerissenen Holzes und kurz darauf das Prasseln von Scherben, die in den Hinterhof fielen. Es war wie Blitze, die schnell hintereinander knapp über der Bewußtseinsschwelle durch sein Gehör huschten, eine kleine Sekunde nur. Vorsichtig, ohne Hast, ging Andasson über die Fliesen – ein Beobachter sollte ihm nicht freche Neugier vorwerfen – und öffnete das Gangfenster. Aus dem Türspalt der Wokks drang ein eisiger Luftzug, und es war auch ein Fenster dieser unbequemen Familie, vermutlich die Luke eines Abstellkämmerchens oder Abtritts, das in Scherben gegangen war. Das Licht war infolge der Ausdünstungen des nahen Hafens so schwer und diffus, daß man kaum irgendwelche Einzelheiten ausnehmen konnte, und der Geruch nach verbranntem Fleisch aus den nahen Stechviehhallen legte sich wie ein ekelhafter Vorhang über den Stadtteil. Er sah nur, daß aus dem zersplitterten Fenster ein schwerfälliger, weil vollkommen passiver Körper herausgeschoben wurde, allem Anschein nach eine Stoffpuppe, denn an einen Leichnam wagte Andasson nicht zu denken – wie auch an einen Leichnam, wenn aus dem Hintergrund durch das zersplitterte und halb aus dem Rahmen gerissene Fenster ständig wieder die Schreie »Kreiss-ssen! Kreiss-ssen!!« gellten und das Herausschieben des Körpers aus der Fensteröffnung begleiteten, bis die Masse von mehreren Händen gleichzeitig losgelassen wurde und in den Lichthof hinunterstürzte. Lichthöfe, dachte Andasson, sind in den Slums von Brighton etwas Entsetzliches; er hatte von deren Existenz früher nicht einmal eine Ahnung gehabt, und nun mußte er jeden Tag, wenn er sein Staubtuch ausbeutelte, in den Unrat hinuntersehen, der sich auf dem engen Geviert ansammelte. Speisereste, rostiger Hausrat, gebrauchte Windeln, ineinander verkeilte Fernsehapparate und Elektrogitarren, und nun über allem, wie die makabre Garnierung eines Ragouts, der Körper aus der Familie der Wokks. Hatte nicht Whye erzählt, oder war es Forwhat gewesen, daß schon beim Heraufträgen von Stensels Futuralgon der Lärm hinter der Tür dieser armen, verwahrlosten Menschen die Last noch erschwert hatte? Jedenfalls, soviel sah er, als er sich, mit den Händen am Fensterbrett festklammernd, hinausbeugte, wurde der Körper sofort in den Hausflur hineingezogen und verschwand. Es war nicht die Spur eines Zwischenfalls mehr zu sehen. Beruhigt atmete Andasson auf. Wenn ihn jemand angesprochen hätte – es passierte ja immer wieder, daß eine Tür aufging oder einer von denen nach Hause kam –, wäre ein Übelkeitsanfall, gegen den er frische Luft atmen mußte, eine plausible Rechtfertigung gewesen. Wen kümmerte das? Nur kurz dachte er noch daran, daß es seine Pflicht wäre, bei den Wokks anzuläuten und nach dem Rechten zu fragen. Immer wieder las man in den Zeitungen der Armen von Menschen, die Hilfe brauchten und sie nicht bekommen hatten. Ein Zettel, der unter dem Türspalt durchgeschoben wurde, als eben wieder der gellende Ruf »Kreissen! Kreissen!!« durch die Wände jagte, beruhigte ihn vollends. Im Schein der sparsamen Gangbeleuchtung las er die Worte: WIR BRAUCHEN NICHTS. Diese Nachricht hob wohl das Wort BITTE auf, das Forwhat oder Whye mitgebracht hatte. Er war also bereits bemerkt worden und man sandte ihm Botschaften zu, fand es maßgeblich, ob er sich weiterhin einmischte oder wieder hinauf zu seinen Freunden ging, die mittlerweile wohl im Übermut seine bescheidene Einrichtung beschädigten. Warum hatte Dönyal vorhin gerufen? Dönyal war ein Freund, die Wokks nur zufällige Nachbarn. Andasson nahm an, daß ihm die Lambarden, ungewohnt der Dunkelheit, so lange zugesetzt hatten, bis er sie aus dem Zimmer herausließ. Die Vorstellung, bei der Rückkehr in seine Wohnung ein unübersehbares Chaos von beschwingten Freunden, aufgestapeltem Geschirr und häßlich blinkender, die Wände hochjappender Zierhunde vorzufinden, ließ ihn zögern. Er beugte sich vor und versuchte durch das Guckloch der Wohnungstür der Wokks zu spähen. Irgendwo im Stiegenhaus flackerte Gelächter, freudiges, hoffnungsfrohes Lachen auf und erstarb sofort wieder. Von innen hängte jemand einen Fetzen über das Loch, so daß es Andasson angemessen fand, sich zurückzuziehen. Mehr, als sich um die alltäglichen Streitigkeiten der Wokks zu kümmern, war es wohl seine Aufgabe, für das Wohl seiner Gäste zu sorgen und zu fragen, ob ihnen unter den bescheidenen Umständen etwas abginge. Er verwischte das von roten Schlieren durchzogene Wasser, das unter dem Türspalt der

Wokks hervordrang und sich in zögernden Ausläufern über die Gangfliesen verbreitete, mit der Fußspitze und stieg wieder die Treppe zu seiner Wohnung hinauf.

Die schnellen Schritte, wie von eisenbeschlagenen Stiefeln gesetzt, ließen ihn innehalten, bevor er die letzte Stufe nahm. Er spürte, daß sein Herz nicht nur vom ungewohnten Treppensteigen pochte, sondern aus der Befürchtung, von einem Mitglied der Wokkfamilie, unberechenbaren Hafenarbeitern, zur Rede gestellt oder gar verprügelt zu werden. Der Weg über den Gang bis zu seiner Tür, wo er sich bei den ausgelassenen Freunden erst Gehör und Eintritt verschaffen müßte, war zu lang, um ohne Risiko bewältigt zu werden. Andasson war fast erleichtert, als sich aus dem Schatten, der die Treppe heraufstieg, die Gestalt eines Polizisten löste. Er hatte den Rigorizer auf der Stirn in Bereitschaft, wie ein Dentist sein Untersuchungslämpchen, und hielt ein Stilett in der Hand. Andasson blieb stehen, um ihn vorbeizulassen. Daß die Gäste, der betrunkene Türke vor allen anderen, oder die ungewohnt luxuriösen Gerüche aus der Küche die Polizei auf den Plan gerufen hatten, kam ihm nicht in den Sinn, viel weniger noch, daß die allabendlich magisch über die Häuserflächen tanzenden und in dieser Gegend noch ungewohnten Lichtzaubereien der Lambarden etwas damit zu tun haben könnten. Erst als der Polizist nicht an ihm vorbeiging, sondern stehenblieb und knapp salutierte, begann Andasson sich Verteidigungssätze zurechtzulegen.

»Nun – –«, sagte der Polizist. »Ist etwas passiert?«

Andasson wünschte, niemals am Leben der Armen Anteil genommen zu haben. Wie schön könnte er es jetzt an Maybees Brüsten haben, während Forwhat die *Missa solemnis* weiterquetschte. Worauf zielte überhaupt die Frage des Polizisten hinaus? Er hatte nichts gesehen, auch nichts gehört.

»Da oben?« sagte der Polizist und blickte zum Entlüftungsgitter des Stiegenhauses. »Es hängt herunter und ein Vogel hat sich darin verfangen. Und der Zustand ihrer Lambarden ist gut? Verstehen sie, eine Routinekontrolle unsrerseits, und wenn ich ihnen das Stilett an den Hals setze, dann nur, weil die Vorschriften es verlangen. Die Menschen sind unruhig heute Nacht, sie gehen aufeinander los und brüllen wie Tiere vor einem Erdbeben. An den Fassaden flackern Lichter in Purpur und Safrangelb. Glauben sie denn, ich hätte Interesse an ihren Hunden oder gar an ihren

Verpflichtungen für Frau und Tochter«, flüsterte der Polizist und legte seinen Mund versöhnlich an Andassons Schläfe. »Menschenabfall. Ich bin auch einmal reich gewesen – war auch etwas Besseres. Wir vergessen, daß Sie den Gang betreten haben in einer Stunde, wo es ratsam ist, daheim zu sein. Die Feuerwacht wird die Taube befreien, gut? Merken Sie sich: die Feuerwacht wird die Taube befreien, wenn man sie einmal befragen sollte. – Aber warum muß jetzt da noch einer kommen?«

Andasson folgte dem Blick des Polizisten. Am Ende des langen, mit sinnlosen Mangomustern belegten Ganges, dort wo er eigentlich bei der Tür hineingewollt hatte, kam sein Freund Whye heraus, durch die muskulöse Gestalt im Umriß erkennbar, wenn auch das Gesicht im Schatten war. Er schwankte, fing aber seine Bewegung so kontrolliert auf, wie es einem Betrunkenen nicht möglich gewesen wäre. Mit beiden Händen griff er nach dem Futuralgon, das in seinem Nacken saß, und versuchte es herunterzureißen, was ihm auch gelungen wäre, wenn Stensel nicht von hinten wütend an den Riemen gezerrt hätte. Andasson ging mit schnellen Schritten auf die beiden zu und drängte sie in die Wohnung zurück. »Still, wir sollen uns still verhalten. Die Feuerwacht wird die Taube befreien.«

Whye sah ihn verständnislos an. In seinen Augen flackerte die Resignation eines Menschen, der jede Hoffnung verloren hat, und sein Gesicht war grau. Andasson fiel auf, daß nicht nur die Musik aus dem Taschenvib verstummt, sondern auch der Übermut der Gespräche verflogen war. Die Freunde saßen, ängstlich aneinandergerückt, neben den verstreuten Teilen des Manuales und sahen ihm teilnahmslos entgegen. Sein erster Gedanke galt den Lambarden. Wenn sie erwischt waren oder gar das Fell seine Reflexionskraft verloren hatte, würde er nicht wieder ungeschoren davonkommen. Aber sie hatten doch erst vor wenigen Minuten die Fassaden draußen erhellt, und jetzt hörte man sie keuchen und geifern. »Stensel, was ist los, habt ihr euch Sorgen um mich gemacht?« fragte Andasson. Der Türke saß mit zusammengesunkenem Oberkörper auf der Bettkante und hatte den Kopf in den Händen vergraben.

Stensel löste den Apparat mit einem Ruck von Whyes Nacken, als dieser sich ans Herz griff, mit den Anzeichen schrecklicher Atemnot durch das Zimmer stolperte und neben Dönyal der Länge nach auf das Bett fiel, wo er regungslos liegenblieb.

»Ist das ein Stromschlag, oder was? Reeson ist doch Arzt. Stensel, ich habe nicht verlangt, daß du das Futuralgon ausprobierst, hier in meiner Wohnung. Ich habe mich über euren Besuch gefreut, und das Essen war gut. Und nun ...«

»Und nun gibt es keine Zukunft«, sagte Maybee mit fast tonloser Stimme. Obwohl sie noch dort saß, wo Andasson sie verlassen hatte, hätte er sie kaum wiedererkannt. Forwhat legte den Arm um sie, als sie fassungslos den Kopf schüttelte. Ihr Haar war von grauen Fäden durchzogen, grau, jedenfalls unnatürlich blaß, waren auch ihre Hände, und außer verhaltener Angst war nichts in der Leere ihres zerfurchten Gesichts zu lesen. Es ist das Licht, dachte Andasson, eine ungünstige Beleuchtung, die sie so aussehen läßt. Wahrscheinlich ist ihnen das Essen nicht bekommen.

»Wir sollten uns an den Nachtisch machen, und vorher ein kräftiger Schluck. Etwas Heißes, etwas Süßes. Ich kann noch ein paar Limericks über die IV. Kolonne«, sagte Andasson in hilflosem Bemühen, die Stimmung aufzuheitern.

»Andasson.« Stensel nahm ihn an der Hand und führte ihn in eine Ecke des Zimmers, wo er Überblick über den Zustand der Abendgesellschaft hatte. »Andasson, du darfst vor allem nichts an die Öffentlichkeit bringen, was mich ruinieren könnte. Was du glaubst, ist nichts, was du glaubst. Du bleibst die nächsten Wochen hier in der Wohnung, und ich lasse dich mit allem Nötigen versorgen. Auch ein neues Manuale wird dabeisein.«

»Die Feuerwacht wird die Taube befreien«, skandierte Andasson langsam. »Ist es das?«

»Vielleicht auch das. Du bist unten gewesen und hast dort unten etwas gesehen, etwas gehört, ja? Und nur, weil dir unser Lärm hier auf die Nerven gegangen ist, ja? Das Futuralgon nimmt die feinsten Schwingungen auf wie ein Schwamm das Wasser. Keine Information ist ihm zu wertlos.«

»Ja, gut. Aber was ist mit dem Türken los. Ist er zu betrunken, um umzufallen? Und Whye. Warum sieht er durch uns hindurch, als hätte es keinen Sinn mehr, uns wahrzunehmen? Was haben die Hunde angestellt? Ich weiß, daß die Lambarden daran schuld sind.«

»Nein, Andasson, das ist es nicht. Ihr Fell ist glatt wie ein geölter Spiegel. Aber es gibt keine Zukunft mehr.«

»Für mich vielleicht – nicht. Danke für deinen tröstlichen Zuspruch. Und jetzt möchte ich, daß ihr alle nach Hause geht.«

Stensel hatte das Futuralgon an sich genommen, wischte den Schweiß von den Nackenpolstern ab und orderte neue Codes. »Es ist, von seiner Konzeption und Ausführung her, absolut unfehlbar, was die Richtung der Prognose betrifft. Natürlich legt es sich nicht auf Einzelheiten fest.«

»Und?«

»Dönyal kommt heraus aus dem Lambardenzimmer, zerrt sich das Gerät vom Nacken herunter und flüstert nur mehr ›Es gibt keine Zukunft‹, bevor er in undurchdringliches Schweigen verfällt. Natürlich haben wir das Verhalten auf seine Trunkenheit zurückgeführt, der Arrak ist scharf, Arrak mit Quarzmehl versetzt. Jetzt sind die anderen erst neugierig geworden, Maybee vor allem, verzeih mir, ich weiß, daß du heute Nacht mit ihr etwas vorhattest. Die Stimmung war so aufgekratzt, daß wir dich nicht einmal vermißten. Maybee war nicht länger als fünf Minuten mit dem Gerät im Nebenzimmer, und ich schwöre dir, die Lambarden verhielten sich absolut harmlos. Wir mußten Maybee auffangen, als sie herauskam, so kraftlos und erschöpft schien sie. Erloschen, wie eine Tote, deren Körperfunktionen noch eine Zeitlang weiterlaufen. Ihr Haar wird grau, ihr Gesicht wird von Furchen durchzogen. Was sie sagte, waren nur ein paar Worte: ›Es gibt keine Zukunft‹.«

»Sie ist krank. Der Geruch hier in den Slums ist unerträglich. Bei den Wokks unten geht es sehr lebendig zu, kann ich dir sagen, aber man wollte nichts von mir wissen.«

»Andasson, wenn das Futuralgon sagt, es gibt keine Zukunft, dann gibt es auch keine Zukunft. Dasselbe mit Whye, sieh ihn dir an, was mit ihm geschehen ist. Je genauer die Daten sind, und der Informationszuwachs ist in jeder Sekunde beträchtlich, um so intensiver wird die Prognose. Wenn es den Ausweg gäbe, an einen Fehler zu glauben! Sie wissen es, und es greift um sich. Sie hören es nicht nur mit den Ohren, sehen es nicht nur mit den Augen, verarbeiten es nicht nur in ihren Gehirnen. Sie wissen es mit allen Empfindungen und Gefühlen, und es ist wahr. Es gibt keine Zukunft mehr. Wie soll ich das verkaufen?«

»Nun...« Andasson sah sich unversehens aus der Position eines verarmten Freundes, den man besucht, um ihn über einen Schicksalsschlag hinwegzutrösten, in die Rolle eines Kapitäns unter lauter Schiffbrüchigen versetzt. »Vielleicht kann jemand anderer das Taschenvib bedienen, wenn Maybee dazu nicht mehr in der Lage ist. Arme Maybee, was hast du ihr angetan. Es gibt doch ein obertonreiches Frequenzprogramm für emotionelle Erneuerung. Die Zukunft, die es vor einer Minute angeblich nicht gegeben hat, haben wir doch schon durchlebt. Also – was soll's?«

Stensel schüttelte in stummer Resignation den Kopf. Es gab auch keine Lichter mehr an den Fassaden, kein Scharren der Hunde, nur das ferne, durch viele Mauern gefilterte Stöhnen und Händeklatschen der Wokks. Die Rituale der Armen wußten für jede Situation den passenden Ausdruck zu finden. Etwas animalisch Bedrohendes lag in den Schlägen, unter denen der Boden vibrierte. Wahrscheinlich waren es nur Tische, Möbel, die umfielen und wieder an die Wand gestoßen wurden. Wenn Andasson über die Schar seiner Freunde blickte, die mit dem Ausdruck grenzenloser Leere in den Sesseln oder über die Bettkante hingen (die Komödie ist zu Ende, schoß es ihm durch den Kopf, die Marionetten werden entseelt), mußte er Stensel recht geben. An wie vielen Personen wollte er noch seine Zukunftsmaschine ausprobieren und sie rücksichtslos in das Nichts hineinstoßen? Andrerseits – wenn es keine Zukunft gab: sollte man das dann nicht auch wissen?

Andasson schien es, daß Now der einzige war, der außer ihm noch klaren Kopf behalten hatte. Selbst der vorhin so selbstsichere Reeson, ein Arzt, dem kein pathologischer Verzweiflungszustand fremd war, hatte sich nach einem kurzen Versuch mit dem Futuralgon, den er mit spöttischem Lächeln begann, aber mit fahlem Grinsen beendete, auf das Bett neben Dönyal geworfen und lag nun, die Arme ausgebreitet und auf dem Gesicht die Miene des Entsetzens, auf dem befleckten Laken. Sein Mund wiederholte mechanisch die Worte: »Es gibt keine Zukunft. Es gibt keine Zukunft.« Dann, mit einem Ruck, zog er die Hände an die Lippen, um sich selbst zum Schweigen zu bringen.

Now war es, der das Taschenvib vorsichtig aus den Händen Maybees löste und ein paar optimistische Töne hervorzuquetschen versuchte. »Hallo, Freunde, die Zukunft ist da! Hört die Schalmeien der Zukunft.« Wie Spaghetti einer lächerlichen Robotermahlzeit, dachte Andasson, als er die Kabel und Chips aus seinem Manuale über den Boden verstreut sah. Ja, es war gut, wenn Now jetzt Stimmung machte, man müßte sich mit Now verbünden. Spiel uns ein Lied, Now, spiel uns das Lied von der Zukunft.

Aus der Tiefe der Behausung der Wokks gellte ein neuerlicher Aufschrei, der wie die schmerzekstatischen, langgezogenen, kreaturhaften Laute einer Gebärenden klang, so als müßte durch die Geburt eines winzigen Menschenkindes die Welt erschüttert werden. Heftig und achtlos warf Now das Instrument auf die Bettstatt, wo es auf der Brust des Türken landete und noch eine Fontäne heißer Kadenzen in die Luft jagte. »Wir müssen essen, Andasson, du und ich. Wenn die Musik allein nicht Nahrung ist... Forwhat, Whye, ihr famosen Köche, wir wollen den Nachtisch! Was ist mit den Scheibchen von Dachsleber, die ihr vorher geschnitten habt. Magst du grünen Pfeffer, Andasson? Können wir den Türken mit Pernod wieder in Schwung bringen? Stensel, du hast es gehört, dein Futuralgon hat keine Zukunft. Jetzt, wo die Gegenwart zählt, wollen wir zu den wahren Genüssen zurückkehren. Whye wird flambieren, sie kennt sich damit aus. Ah, es gibt doch nichts Verruchteres, als hier in den Slums von Brighton die Spitzenkunst der Küche zu zelebrieren.«

»Freilich, wir wollen essen«, stimmte Stensel halbherzig zu. »Ein leerer Magen spielt manchen Streich; vielleicht läßt sich auch ohne Zukunft leben, einfach im Nichts dahintreiben, ja? Die Leberscheibchen, das ist gut. Die Lebensgeister werden wieder erwachen.«

»Aber wenn, dann mit Armensalz«, sagte Lobster Reeson. Er fand wieder Kraft, den Kopf zu heben. »Diese Gelegenheit lassen wir uns nicht entgehen. Leber ohne Armensalz können wir jeden Tag bekommen, aber...«

»Wha – du hast Armensalz hier und läßt uns verkommen?« Alle Resignation vergessend, sprang Whye hoch und faßte Andasson an der Hand. »Wir gehen, los, sofort, jetzt. Zeig es mir, wo hast du es versteckt?«

»Armensalz ist in dieser Gegend von Brighton etwas ganz Selbstverständliches«, erklärte Reeson, der sich ebenso wie Forwhat und Stensel bei der Erörterung einer Delikatesse halbwegs zu erholen schien. »Es ist nur, weil wir in unseren Kreisen keinen Zugang haben, so absolut kostbar. Und, im Vertrauen gesagt, es ist köstlich. Ich glaube nicht, daß Andasson auch nur ein Stäubchen davon in seinem Speiseschrank hat.«

Während sich Forwhat schon mit neuer Kraft in der Küche an

den Pfannen zu schaffen machte, um die Leberscheibchen vorzubereiten, fragte sich Andasson, ob es für seine eigene Zukunft wirklich besser sei, den neuen Wünschen der Freunde nachzugeben, als sie defätistisch in den Sitzen hängen zu sehen. Schon hatten sich aller Augen, mit Ausnahme des betrunkenen Türken, auf ihn gerichtet, als wäre von ihm der Vorschlag zu der Leberdelikatesse gekommen. Wenn es ihm gelang, Armensalz aufzutreiben, dann würde er wohl auch für frische Brötchen sorgen müssen.

»Andasson, das Armensalz.« – »Ja, gib uns das Armensalz. So köstlich, wie mit dem Salz der Armen zu essen, hier nur heute, ein einziges Mal.« – »Er soll es holen, wenn er es nicht hat.« – »Ja, das Armensalz holen, von denen da im zweiten Stock unten, die sind noch wach.« – »Andasson, du bist uns diesen Freundschaftsdienst schuldig. Wir haben Schenkel gebraten, Wein gebracht, wir haben dich getröstet. Du bist einer der unseren. Bring uns das Armensalz.«

Er stand auf dem Gang, den Porzellannapf in der Hand, von den Freunden hinausgeschoben. Erwartungsvoll steckten sie noch die Köpfe durch die Tür, um zu sehen, ob er auch wirklich hinunterginge. Würde er nicht dem Polizisten erneut in die Arme laufen, und was dann? Die Feuerwacht wird die Taube befreien. Tatsächlich zwitscherte oben über dem Gitter ein Vogel, eher eine Amsel, sang eine Arie, die mit einer jähen Ganztonleiter abbrach. Andasson tastete sich die Stufen hinunter. Die Stiegenhausbeleuchtung war pünktlich abgedreht worden, und nur das blaue Flackern der Notlampen, das durch das billige Rippenglas der Innenfenster schwappte, warf etwas Licht auf das Mangomuster des Fliesenbodens. Daß Armensalz in den Kreisen der Reichen wie ein Kleinod gehandelt wurde, seltener als Trüffel im Vorfrühling, hatte er ab und zu gehört. Es gab noch Köstlichkeiten, die man nicht für Geld kaufen konnte. Nun sollte er, unbekannt und bescheiden wie ein Hausierer, mit einem teuren Napf in der Hand vor die Tür der Wokks gehen und sich mit ihnen anlegen um eines Gaumenkitzels willen, für dessen Wert sie gar kein Verständnis aufbringen konnten. Zugegeben, kein Mittel schien im Augenblick geeigneter, die Stimmung für sich und seine Freunde zu retten, und nichts begehrenswerter als auf den Punkt gebratene Dachsleberscheibchen mit Armensalz. Gesetzt den Fall, es gibt keine Zukunft, dachte er, dann gebietet es vor dem

Sturz in das Nichts das letzte Aufbäumen der Vernunft, alle Rücksichtnahme zu überwinden und das Armensalz zu verlangen. Was könnte schon passieren, als daß sie ihn schlimmstenfalls erschlagen und durch das enge Fenster in den Hinterhof zwängen und hinabfallen ließen. Unten würde man ihn verläßlich an den Füßen hinausziehen und die Spuren verwischen. Er müßte anklopfen, oder die Klingel betätigen, und sagen: ›Bitte, können Sie mir etwas Salz borgen.‹ Ein verständlicher, einfacher Satz. Er würde unverbindlich und ganz sorglos sprechen und sich nicht mit dem geringsten Zucken des Mundwinkels anmerken lassen, daß in den Kreisen der Reichen kostbarer als Diamanten galt, was in den Familien der Armen täglicher Nährstoff war.

Das erste, was ihm im Stockwerk der Wokks auffiel, war das Packpapier, mit dem man mittlerweile das zerbrochene Hinterhoffenster bespannt hatte. Wie die Leinwand eines Schattentheaters zeigte es die wogenden Umrisse eines Paares, das sich in heißblütiger Umarmung verfangen hatte und, ohne darauf Bedacht zu nehmen, in den Bereich des Lichtkegels geraten war. Während die Köpfe ineinander verschmolzen, fuhr die Hand des Mannes immer wieder durch das Haar der Frau, als wolle er den letzten Rest von Widerstand herauskämmen. Eben, als Andasson sich vorneigte, um die Figur der weiblichen Silhouette besser zu erkennen, tippte ihm von hinten jemand auf die Schulter. Es war der Polizist, aber die Wangen waren rosiger, seine Augen leuchteten erwartungsvoll. Entgegen Andassons Befürchtung war er freundlich und ohne Vorwurf.

»Sie sind also auch gekommen, um zu sehen. Ich hätte es mir schon oben denken können, als sie so einsam vor der eigenen Tür gestanden sind. Von dem, was hinter dem Fenster vorgeht, müssen sie sich abwenden. Wichtiger ist es, die Tür im Auge zu behalten.«

Sollte er dem Polizisten gestehen, daß er nur heruntergegangen war, um Armensalz auszuleihen, und sich damit als zynischen Nutznießer des Elends ausweisen? Als er sich umwandte, prallte er zurück und hätte sich am liebsten hinter dem breiten Körper des Polizisten verkrochen; dessen Hand faßte ihn aber mit starkem Griff und führte ihn vor die Tür der Wokks. Dort standen in einem angenäherten Halbkreis, Schulter an Schulter, eine große Zahl von Menschen aus den Nachbarwohnungen und lauschten mit angespannten Mienen den Vorgängen, die sich drinnen, ohne ihr Zutun, jedoch hörbar für alle abspielten. Es gab kein Entkommen. Die unaufhörlichen Rufe: ›Kreissen! Kreissen!!‹ waren jetzt einem kläglichen Wimmern gewichen, das vom Knattern eines fehlgezündeten Motors beendet wurde. Die Nachbarn beachteten ihn gar nicht, während Andasson mit überwachen Sinnen die Gesichter der Umstehenden studierte. Wie sollte er ihnen allen erklären, weswegen er heruntergekommen war? Die Spuren von Ruß, Alkohol und Schlägen waren nur zu deutlich zu lesen, und die gebeugten Schultern, ihre gekrümmte Haltung zeigte, daß sie allesamt im Hafen arbeiteten, dort, wo die schweren Container mit den Gütern für die Reichen ausgeladen wurden. Mit dem Porzellanschälchen in der Hand, in das Armensalz gefüllt werden sollte, fühlte er sich arrogant und überflüssig. Er war froh, daß er nur seinen staubigen Morgenrock anhatte, und die Leute schienen ihn zu akzeptieren, ja, ein Arbeiter, unter dessen Tränensäken die Äderchen wie kunstvolle Marmorierung sein Gesicht durchzogen, winkte ihn mit schweren Händen näher, um ihm die Scharen von Ameisen zu zeigen, die aus den Ritzen des Mauerwerks sich hervorzwängten und unter der Tür in die Wohnung der Wokks hineinkrochen. Die kleinen Körper glänzten wie Kaviar; »Siehst du, man hört es schon«, flüsterte der Mann und griff Andassons Kopf mit seinen mächtigen Pranken, um ihn in die gewünschte Richtung zu zwingen. Wieder hörte man drinnen zerbrechendes Glas, oder Geschirr, wie es bei großen Streitigkeiten üblich ist, und dann die kreischende Stimme eines Mädchens: »Bleiben – du bleibst hier – du – bleibe hier, nicht gehen!« Der Gestank, den die Ameisen verbreiteten, war beinahe unerträglich, aber Andasson schien der einzige zu sein, der ihn bemerkte. Die anderen zuckten zusammen, als der Knall einer Peitsche die Rufe des Mädchens erstickte. Der Geruch verbrannten Holzes, als würde die Tür von innen angesengt, verbreitete sich im Stiegenhaus, und einige der älteren Menschen nickten, als hätten sie nichts anderes erwartet. Der Polizist war bereits in die Ferne gedrängt worden und stand am anderen Ende des Halbkreises. Wenn Andasson die Freunde etwas wert waren, konnte er sie nicht länger warten lassen, sie, die oben von Stensels bedenklichem Futuralgon in die gedrückteste Stimmung versetzt worden waren, vielleicht schon wieder in Apathie versunken, ohne Zukunft auf den Boden geworfen und erstarrt. Was immer auch geschah, er mußte das Armensalz erbitten, wenn er wieder zurück in die Wohnung wollte. Freundschaften zu zerstören ist schlimmer, als Scham zu erdulden. Eine hochhackige Frau im falschen Pelz kam die Stiege herauf, dampfend von der lodernden Kälte der Straße, und läutete an der Tür der Wokks. Sofort verstummten drinnen alle Geräusche. Wenn er sich nun anschloß, hineinschlüpfte, dreist und dumm? Die armen Leute, sagte man, haben ein feines Gespür für Anstand, auch wenn sie nach ihren eigenen Gesetzen leben. Was immer drinnen vorging, er würde sich nicht einmischen und nur mit größter Zurückhaltung einen Becher Armensalz erbitten; wofür es gedacht war, müßte er überhaupt nicht zur Sprache bringen. Er wollte auch nicht hochmütig scheinen, zumal er aus der Wohnung der Wokks, als die Tür sich einen Spalt öffnete, um die Dame im Pelz einzulassen, von einem unglaublich hellen, alle Gesichter schonungslos erleuchtenden Glanz, wie von glühendem Gold über perlendem Quell, getroffen und bis in die tiefsten Blutgefäße hinein erhitzt wurde. Sanfte Blicke und die zurückgeworfenen, schemenhaft verbogenen Leiber, die er durch den Dunst hindurch wahrnahm, standen in seltsamem Kontrast zu den kruden Vorfällen, deren Ohrenzeuge er gerade vorhin geworden war. Er stellte in Rechnung, daß er sich noch nie mit den Lebensgewohnheiten der Armen beschäftigt hatte; vielleicht war es normal, daß, bevor die Tür wieder ins Schloß fiel, ein Eimer Milch über den Gang gegossen wurde und die Füße der Umstehenden bespritzte. Dann setzten wieder die durch Mark und Bein gehenden Schreie der Gebärenden ein. War es vielleicht, daß eine Frau im Sterben lag und im Fieberwahn von ihrer Jugend fantasierte? Dann wäre die Dame mit dem falschen Pelz, die so selbstverständlich Einlaß gefunden hatte und von dem goldenen Glanz nicht verbrannt worden war, eine Abgeordnete des Verwesungstags, dann würden auch die Ameisen dazu passen. Andasson stand nun, da der Halbkreis immer dichter um die Tür zusammenrückte, so eng eingekeilt zwischen den Armen, daß ein unauffälliger Rückzug unmöglich geworden war. Den Salznapf dicht an den Bauch gepreßt, fragte er fieberhaft immer wieder seine widerstreitenden Ängste ab, ob er es schaffen würde, souverän und unverdächtig an die Tür zu klopfen und um Armensalz zu bitten, bevor ihm seine Freunde von oben nachliefen und ihn vor allen Hausbewohnern zur Rede stellten. Nichts wäre ihm in diesen Augenblicken unangenehmer gewesen, als sich mit einer Schar zuversichtlich die Treppe herunterstürmender, aber in ihrer Aufführung ganz unpassender Freunde auseinanderzusetzen, allen voran der betrunkene Türke. Zu sehr fürchtete er das Stilett des Polizisten, als daß er es zu einer Schlägerei auf dem Gang kommen lassen wollte. Geschminkte Gesichter und feines Tuch waren den Armen ein Greuel, und ihre Mahlzeiten kondensierter Abfall von den Tischen der Reichen. Lauernd, aus den Augenwinkeln heraus, betrachteten ihn die umstehenden Frauen, ob er durch eine Geste verriete, nicht zu ihnen zu gehören oder Geringschätzung zu hegen. Er war froh, sein glattes, beinah kinnloses Gesicht mit den Händen bedecken zu können, ohne aufzufallen, da die anderen mit dieser Bewegung jetzt auch einen kleinen Schritt näher zur Tür der Wokks rückten. Genau dies wäre der Moment, sagte er sich, entschieden anzuklopfen und um das Armensalz zu bitten, bevor er in den nächsten Augenblicken mit dem Strom gerissen würde und unterginge. Von oben, aus der Richtung seiner Wohnung, aber schon im Stiegenhaus, riefen sie bereits nach ihm, »Andasson! Nur noch das Armensalz.« Es war die Stimme von Stensel, aber keineswegs übermütig, sondern wie in letzter, unwiderruflicher Trauer befangen, und als sein Kopf von einem Ruck der nachdrängenden Armen nach links gezogen wurde, nahm er ihn gerade noch wahr, wankend wie ein fallender Atlas, das knackende Futuralgon sich in seinem Rücken verbeißend; die Hände hatte er, wie die Armen auch alle, vor den Kopf geschlagen. So war keine Zeit zu verlieren. Andassons Fingerdruck auf den Klingelknopf löste ein gellendes Sirenensignal aus, aber es war unmöglich, zurückzuweichen, da die Leiber der Armen schon nachdrängten, ihn gegen die Tür preßten, die von innen geöffnet wurde. »Die Zukunft!« hörte er Stensel heulen, der ihn noch mit ausgestreckten Armen zu fassen suchte, »Die Hunde!«, und da waren sie auch schon hinter ihm, kläffend, bellend, freche Lambarden, durch die Unachtsamkeit der verfluchten wohlmeinenden Freunde aus der Wohnung gelassen. Sie witterten das Licht und das Blut, und als Andasson in die offenen Arme des alten Wokk fiel, mußte er ihn mitzerren, um ihn nicht umzustoßen. Der stahlharte Schädelknochen stieß an seine Lippen. Wie ein Pfropfen platzte die Meute der Armen in das Zimmer hinein, Schreie durcheinander wie »Es ist!« und »Unser Herr!« in einer Aureole von brennendem, unerträglichem Gold, das hinten aus dem Geviert der Wiege mit der Intensität gebündelter Lasergarben schoß und sich an den Wänden festsaugte, auch diese zum Glühen brachte, kläglich und zart darunter das Wimmern des Neugeborenen, die Dame im falschen Pelz, die jetzt schweißüberströmt und keuchend herankam und die ersten Lambarden, die sich zwischen den Beinen vorgekämpft hatten, mit Fußtritten bedachte und Andasson am Ärmel riß: »Die Tiere weg. Die Tiere! Es ist Gott!«

»Ja, es ist ein Gott, eine Art Gott«, murmelten die nachdrängenden Armen nach, ohne zu begreifen, was sich da vor ihnen abspielte. Immer mehr von den frechen kleinen Luxushunden zwängten sich zwischen Dutzenden Beinpaaren durch, ohne Rücksicht auf die Tritte, die sie bekamen, nur nach vorn, dem Licht zu, das sich schon in den Rücken der vordersten Tiere brach und in tausendfach verzweigten Lichtfingern reflektiert wurde. Wen sollte er nun fragen um Armensalz, wenn ihn keiner zur Kenntnis nahm und alle nur ergriffen auf die Wiege des anscheinend neugeborenen Wesens starrten. Er sah keine Mutter, sah keine Spuren einer Verwüstung, da in dem grellflackernden Goldschein alle Umrisse verschwammen. Stensel stand hinter einem Schrank in der Ecke, ausgebrannt, erschöpft; das Futuralgon hatte sich wie ein selbständiges, häßliches Untier über seinen Kopf gestülpt, und nur die Lippen waren zu sehen, flüsterten unentwegt immer dieselben Worte: »Es gibt keine Zukunft.« Schon umarmten die Menschen einander, drängten immer mehr in das Zimmer hinein, während über allen Rufen die helle Stimme der Dame schwebte: »Hört, ein Gott ist geboren, ein wirklicher Gott!«, und Andasson schien es, je heftiger es aus der Wiege herauswimmerte, als würde sein Körper leichter und er müßte zu singen anfangen, ja er fühlte sich von nie gekannten Schwingungen durchdrungen, die jede einzelne Zelle seines Körpers und seines Hirns angenehm durchfeuchteten; jetzt stimmte auch die Mutter des Neugeborenen, die er noch nicht wahrgenommen hatte, weil sie auf dem Schiffboden in einem Bündel Fetzen lag, in den Jubel ein: »Es ist ein Gott, seht doch das Licht! Rechtfertigt das nicht alle Schmerzen!« und dazu in höchstem Diskant die Stimme der zweiten Frau: »Ja! Ja! Noch niemals ist es so gewesen, es ist Gott für uns alle!«, und im vielfachen Jubelruf wiederholten sie, sangen sie, schrieen sie »Es ist Gott für uns alle!«, während Stensel, aschfahl im Gesicht, tonlos flüsterte: »Es gibt keine Zukunft« und das Gerät aus seinem Nacken zu reißen versuchte.

Später, am selben Abend noch, als er in seiner leeren Wohnung lag, fragte er sich, wie das möglich gewesen war: im Bruchteil einer Sekunde in dem völlig ekstatischen Durcheinander mit einem einzigen Blick die Vollständigkeit der Lambardenmeute zu registrieren. Seine Sinne waren ein Brennglas, in dem die Welt zusammengerafft wurde. Durch alle Widerstände hindurch, immer wieder zurückgestoßen, getreten und beschimpft, hatten es die Tiere verstanden, die makellose Glätte ihres Fells zu bewahren und sich bis auf die letzte Kreatur nach vorn zu kämpfen, an die Wiege des Kindes. Durcheinandergewirbelt von Freude und Unternehmungslust jagten sie in dem freien Geviert herum, schnüffelten am gebeizten Holz und an den Laken. Vielfach, tausendfach brach sich das goldene Licht in ihren wendigen Rücken, wurde widergespiegelt, auseinandergeworfen, zuckte flammend in sonnenhellen Punkten durch den Raum, Lawinen von kaltem Feuer, Sturzbäche von gleißender Helligkeit, die sich selbst verstärkte, vom Fell der Lambarden in schrille Farbfächer zerlegt, Farbenblumen, Stichflammen von Feuerwerken in lautlosen Detonationen auseinandergejagt und in unerträglicher Helligkeit akkumuliert, Sterne auf den Gesichtern der Wokks, ein Blitz, ein Aufschrei des Lichts, zerschmolzene Netzhaut. Und dann war plötzlich alles verstummt.

Graue Dämmerung blieb und das Zimmer und die Seufzer der Menschen, die einander losließen, als wären sie Fremde. Wie vom Wind hinweggefegt, ohne einen Laut, als kennten sie das Gefühl von Schuld, hatte sich das Rudel der Lambarden verflüchtigt. Stensel war es gelungen, sich von dem Futuralgon zu befreien, er hatte es auf den Boden geworfen, wo es weitertickte und aus den Kopfhörern teilnahmslos krächzend seine Botschaft diktierte: »Es gibt keine Zukunft. Es gibt keine Zukunft...« Der eine oder andere sagte es nach, bevor er aus dem Zimmer schlich: »Es gibt keine Zukunft.« Maybee und Whye, Forwhat und Now hatten sich paarweise an den Händen gefaßt und wichen langsam zurück wie Kinder vor dem großen Ungeheuer im Wald. Andasson fühlte nur, was sie sagten, als sie die Lippen bewegten, denn man hörte keinen Ton: »Es gibt keine Zukunft.«

Die Frau im Pelz deckte das Kind, das zu wimmern aufgehört hatte und reglos in seiner Krippe lag, mit einem Flanelltuch zu. Trotz der Schweißspuren in ihrem Gesicht zitterte sie vor Kälte. Andasson wollte ihr die Hand reichen und eine Entschuldigung aussprechen, aber sie kam ihm zuvor.

»Verzeihen Sie«, flüsterte sie, und noch einmal »Verzeihen Sie.« Die winzigen Füßchen des Kindes, die aus der Decke hervorragten, zuckten wie von Krämpfen geschüttelt. Wie Gift, das dem Weg des Herzschlags folgt, bahnte sich ein auswegloses Vernichtungsgefühl durch Andassons Adern, daß nun jede vernünftige menschliche Existenz ihren Sinn verloren habe.

»Ja, sie hat recht, um Verzeihung zu bitten«, sagte Stensel. »Irgend jemand von den Wokks oder ihrer Verwandtschaft hätte dafür sorgen müssen, daß die Lambarden nicht eindringen können. Es hat schon seinen Grund, daß die Tiere in den Besitzungen zerniert werden sollen; eine unerklärliche Entscheidung des Justitiarultimats, dir ihre Pflege anzuvertrauen.«

»Sie haben also das Futuralgon beschädigt, durch ihr Ungestüm. Ist es so?« fragte Andasson.

»Du willst nicht sehen, weil du es nicht ertragen kannst. Das Futuralgon hat nur vorausgesagt, was unabwendbar war. Das Kind ist blind geworden, Freund, es ist augen- und seelenblind geworden durch die ungeheuerlichen und selbst für einen Erwachsenen schwer erträglichen Lichtfokussierungen, die die häßlichen Rücken der Lambarden hervorgerufen haben. Eine edle Rasse. Ob da ein Gott geboren worden ist oder ein armseliger Wurm, ist egal. Es wird niemals sehen, niemals begreifen, nichts verstehen. Wenn die Wokks und ihre Verbündeten daran glauben, hat es für sie schon seine Richtigkeit und, wie das Gerät aufzeigt, Auswirkungen für uns alle. Daß die Tiere doch der Teufel…«

Er lachte bitter. »Und schon rede ich, als glaubte ich auch an die Existenz des Teufels. Ein Gott, der blind ist, taub ist, stumm ist, hilflos und abhängig, kann niemandem nützen. Komm, wir haben hier nichts mehr zu suchen.«

»Oben wird es besser sein?« fragte Andasson.

»Nichts wird besser sein. Vielleicht noch ein wenig heller, bevor das Licht versickert.« Stensel hob das Futuralgon auf und suchte es abzuschalten. Immer noch krächzte und flimmerte es seine Botschaft vom Ende. »Da – ein weltweiter Chor flüsternder Stimmen: *Es gibt keine Zukunft*. Aber warum hat niemand daran gedacht, daß man es abschalten will, wenn es einmal soweit ist. Du verdammte Kassandra!« Stensel warf das Gerät mit einer Wucht, die ihm Andasson jetzt, im Zustand der Resignation, nicht zugetraut hätte, an die Wand. Teilnahmslos sahen die

Freunde, die auf den Boden des Zimmers niedergesunken waren, dem Ausbruch zu. Die Zehen des Kindes hatten aufgehört, sich zu bewegen.

Aus den zwei Teilen, in die das Futuralgon auseinandergefallen war, wisperte es weiter, unbeirrt, und die Atemzüge der Menschen verlangsamten sich. Über die Füße der Gestürzten steigend, verließen Stensel und Andasson die Wohnung der Wokks. Durch das Gangfenster hindurch sah Andasson im Vorbeigehen noch eine Ecke des Hinterhofs und ein Stück der Straße, auf der die Beleuchtung verloschen war.

»Wir werden es doch noch bis hinauf zu mir schaffen?«

Stensel zuckte die Schultern. »Es wird uns nicht berühren. Das Futuralgon ist einer der wenigen von Menschengeist ersonnenen Apparate, die absolut unwiderlegbar sind. Es wird kein Leben sein. Auch nicht der Tod. Vorauszusagen, was kommt, übersteigt selbst seine Grenzen.«

Überall, wo sie vorbeikamen, schlossen sich die Türen und wurden die Riegel vorgeschoben. Ein Lambarde, dessen Fell stumpf und glanzlos geworden war, scharrte mit blutigen Pfoten an einer lockeren Stelle im Mauerwerk und knurrte sie ängstlich an, als sie vorbeigingen.

»Natürlich hättest du nie zugegeben, daß in dieser ekelerregenden Wohnung ein Gott geboren worden ist oder irgend so was. Fantastereien, aufgewärmte Legenden, daran besteht kein Zweifel. Aber Wahrheit ist nichts anderes als eingebleute Überzeugung. Das hat auch mein Gerät verstanden. Die Hypertrophie des Denkens, Freund, hat uns in das Verderben geführt, die Informationshypertrophie. Vor zehn Jahren noch war das Futuralgon nicht denkbar. Auch früher hat es scheußliche Hunderassen gegeben... aber ein überbordener Denkozean, der aus den Hirnschalen ausgebrochen ist, und ich habe geglaubt, damit das große Geschäft machen zu können. Weißt du, irgend jemand treibt Schindluder mit denen, daß sie geglaubt haben, ein Gott liege da in den Fetzen drinnen. Aber ihre Überzeugungskraft war so absolut, daß das Gerät dieser massiven Herausforderung nicht ausweichen konnte. Das Ende des individuellen Denkens hat ja die Konzeption des Futuralgons erst ermöglicht; über die ganze Welt ein waberndes, unfaßbares Spinnweb von Denkvorgängen, aus denen sich auszuschließen es keine Möglichkeit mehr gibt. Die Lehre des reinen Kommunismus war dagegen ein Evangelium der

Egozentrik. Eine Springflut des Denkens«, ächzte Stensel und zog sich am Geländer die Treppe hinauf, »wie gesagt, ein überfließender Denkozean, in dem man nur ertrinken oder hilflos wie Plankton ziellos treiben kann, in den diese Familie Wokk und ihresgleichen, selbstverständlich auch, wie wir, unseresgleichen, eingebunden sind; nicht im gleichen Boot sitzen, sondern im selben Ozean ertrinken, ha!« Er klammerte sich an Andasson und ließ sich von ihm mehr hinauftragen, als daß er noch Kraft zu gehen hatte. »Denkozean, im Futuralgon fokussiert, visuelle Repräsentation kurzgeschlossener Emotionsströme und der mutwillig herbeigeführte Prolaps verhedderter Informationsschleifen ... ja, wir haben an alles gedacht, nur nicht daran, daß jemand mit einer solch vernichtenden Intensität glauben mag, ein Gott sei geboren, und daß die Lambarden zur selben Stunde außer Kontrolle geraten. Andasson, ich habe keine Kraft zu lachen und zu trauern mehr, aber ich könnte dir das anhand von Schaubildern erklären. Freilich ist es auch für Erklärungen jetzt zu spät.«

Andasson sperrte die Tür auf und zog seinen Freund, der verstummt war, hinein, legte ihn auf das Bett. Es war egal, ob er sich einschloß oder einfach wartete. Sollte kommen, wer wollte, er hatte nichts zu verbergen, keine besonderen Hoffnungen, keine besonderen Gefühle. Eigentlich, dachte er, ist es eine Befreiung, am Ende der Zukunft angelangt zu sein. Er rückte den Sessel an das Fenster und beschloß sich der Betrachtung zu widmen, ob es heller oder aber dunkler werden würde. Die fernen Silhouetten der Kräne und der Handelsschiffe am Hafen lösten sich mit der Dämmerung in zäh auf der Stelle verfließende Strähnen. Die Straße war nun so menschenleer, als wäre sie als Denkmal für die abgelaufene Zeit gebaut, dessen Berührung verboten war. Nirgendwo hinter den Fenstern brannte Licht. Ein Möwenschwarm vermischte sich wesenlos mit der Farbe des Himmels.

»Können Sie uns helfen?« Andasson fuhr aus seinen Gedanken hoch. Er hatte die Leute noch nie gesehen, die da in seine Wohnung eingedrungen waren, aber er fühlte sich dennoch nicht bedroht. Erst als er sich aufrichtete und über das von seinen Gästen angerichtete Chaos hinweg zur offenen Tür blickte, erinnerte er sich, daß er absichtlich nicht zugesperrt hatte. Nun gut, sollten sie kommen, ein junger Dockarbeiter oder Lastfahrer, Ruß im Gesicht und mit hängenden Schultern, und seine Frau. Wahrscheinlich einer der Freunde der Wokks.

»Was wollen Sie von mir?« fragte Andasson und sah sich schon während des Sprechens nach einer vollen Flasche um, die er ihnen mitgeben könnte. Wenn es sein muß, dachte er, können sie auch in meinem Bett schlafen und ich stelle mich in die Küche, wasche ihnen ein paar Gläser aus, wenn sie nachher Ruhe geben.

»Es ist nur«, sagte die Frau und trat schüchtern einen Schritt zurück, »wir stören bestimmt nicht ein zweites Mal. Können Sie uns Salz borgen, gewöhnliches Salz, nur ein bißchen. Unsere Vorräte sind zu Ende gegangen. Wir wollten noch ein wenig Brot essen, wissen Sie, und schweigen. Das Salz auf unserer Zunge spüren. Mehr können wir nicht mehr tun.«

Peter Schattschneider

Diamanten-Deal

Das wichtigste, was man über Ross 614/3 wissen muß, ist, daß dieser Planet noch trostloser ist als Ross 614/2. Meiden Sie ihn, wenn möglich, vor allem im Winter. Und versuchen Sie nicht, Schlittschuh zu laufen – dort ist das Eis so rauh wie das Klima.

Im Sommer kann man, wenn man an altem Krempel interessiert ist, die »Arche« besichtigen, ein monumentales Bauwerk aus Holz, das vor allem wegen seiner Sinnleere besticht. Es wird vom Zahn der Zeit und von den Eingeborenen langsam zerfressen.

Wenn Sie schon mal dort sind, lohnt sich ein Abstecher nach Ross 614/1. Die haben immerhin guten Whisky, der Ihnen hilft, zu vergessen, daß diese Reise ein sogenannter »Diamanten-Deal« ist, womit die Rossianer ein Geschäft meinen, aus dem man glaubt gut ausgestiegen zu sein, während allen anderen schon klar ist, daß man sich fürchterlich in die Nesseln gesetzt hat.

Aus dem Reiseführer »Per Anhalter ins All«.

*

Nesco löste den Sicherheitsgurt und schwebte zum Fenster. Was er sah, war nicht gerade überwältigend, aber nach sechs Monaten Flug ist man auch für eine Eiskugel dankbar.

Ross 614/3 war ungefähr so groß und so dicht wie die Erde, aber das war auch schon alles, was diesen Planeten liebenswert machte. Statt Kontinenten, Meeren und Wolken gab es nur strukturloses Grau; Ross 614/3 hatte eine Hülle aus stumpfgrau schimmerndem Eis. Woraus das Eis bestand, wußte Nesco nicht – es war ihm auch gleichgültig. Dafür war Hal zuständig, sein Bordcomputer. Der kümmerte sich um die technischen Nebensächlichkeiten.

Nesco hatte Wichtigeres vor. Nesco verkaufte Waren aller Art. Er transportierte alles, was Menschen oder Aliens brauchten, und wenn es sein mußte, überallhin. Diesmal war es Holz.

Holz war Mangelware auf Ross 614/3, kein Wunder bei Wintern mit Durchschnittstemperaturen von −90 Grad Celsius. Die Eingeborenen waren versessen darauf. Im Winter bauten sie Hütten, und im Sommer aßen sie sie auf. Warum das so war, wußte Nesco auch nicht, und es interessierte ihn herzlich wenig. Sie wollten Holz? Nesco lieferte es! Er kümmerte sich nicht um anderer Leute Angelegenheiten, und er stellte keine Fragen. Im allgemeinen bewahrte ihn dies vor Schwierigkeiten. In diesem Fall sollte es anders kommen, aber auch das wußte Nesco noch nicht.

»Wir gehen runter, Hal!« befahl er und nahm wieder im Cockpit Platz. Hal leitete das Landemanöver ein. Die Eiskugel kippte weg, als sich das Schiff in Bauchlage drehte. Ein sanfter Ruck von den Bremsraketen, und die Verzögerung wühlte in Nescos Magen. Er brauchte einige Zeit, um sich nach sechs Monaten freiem Fall an Gewicht zu gewöhnen.

»Nach Artikel 23 der interplanetaren Reisevorschrift muß ich dir die wichtigsten Planetendaten zur Kenntnis bringen«, meldete sich Hal.

Nesco gähnte. Das interessierte ihn noch weniger als die Eßgewohnheiten der Eingeborenen. »Tu, was du nicht lassen kannst.«

»Der Planet hat Erdgröße und -dichte. Die Atmosphäre besteht in Bodennähe aus Stickstoff und Sauerstoff. Der Edelgas-Anteil ist unter 1%. Das im Sommer vorhandene Kohlendioxyd friert im Winter aus. Der mittlere Atmosphärendruck beträgt in Bodennähe 1000 Hektopascal...«

Nesco dachte an seine Ladung. Er hatte das Holz auf Ross 614/1 gekauft, die Tonne zu hundert Schillint. Nach seinen Informationen mußte er es zu hundert je Kilo umsetzen können, vielleicht mehr. Als erstes mußte er natürlich den Markt sondieren...

»... der Planet läuft auf exzentrischer Bahn um das Zentralgestirn. Periastron bei 100 Millionen km, Apastron bei 210 Millionen km.« Hals monotones Selbstgespräch störte Nesco. Zuerst mußte er ausforschen, ob es auf dem Planeten Konkurrenz gab. Bei nicht kolonisierten Welten ohne menschliche Niederlassung war das schwierig...

»... infolgedessen sind die jahreszeitlichen Temperaturschwankungen extrem. −90 °C im Winter, +20 °C im Sommer...«

»Halt die Klappe«, knurrte Nesco. Was interessierte es ihn, wie heiß es im Sommer werden konnte? Jetzt war Winter, und in einer Woche, wenn er wieder fort war, immer noch.

»... im Winter sublimiert das atmosphärische Kohlendioxyd...«

Nesco hörte weder, was Hal sagte, noch sah er das blau züngelnde Wiedereintrittsplasma vor dem Fenster. Er war ganz beim Geschäft. Wenn ein Konkurrent da war, mußte er ein Termingeschäft arrangieren.

Der Alarm durchbrach gellend seine Gedanken. Das Schiff ruckte und schlingerte gefährlich.

»Ausfall des Navigationssystems«, meldete Hal. »Vermutliche Ursache: Überhitzung der Steuerbord-Tragfläche. Schalte auf Ersatzsystem.« Auf dem Monitor vor Nesco baute sich eine 3-d Darstellung des Schiffs auf. Temperatursensoren malten Isothermen. An der Unterseite des Steuerbordflügels strahlte kirschrot ein heißer Spot.

Als das Schiff in die dichteren Atmosphärenschichten eintauchte, wurde der Spot größer. Er wurde spürbar wärmer, obwohl die Klimaanlage mit maximaler Last fuhr. Nesco war beunruhigt. »Was ist los?« fragte er.

»Wir haben einen Teil des Hitzeschilds verloren – ich kann die Temperatur nicht mehr kontrollieren«, meldete Hal.

Wieder ging ein Ruck durch den Schiffsrumpf. Irgend etwas knisterte, und dann drehte sich die Kiste auf den Rücken. Nesco klammerte sich an die Lehne des Konturensitzes. Er hatte Mühe, seinen Magen hinunterzuwürgen.

»Ersatznavigator ausgefallen«, meldete Hal emotionslos. »Schalte um auf CPU.«

Der Planet, der vor der Bugscheibe taumelte, kippte langsam wieder aus dem Blickfeld.

»He, ich wußte nicht, daß du die Kiste fliegen kannst!« rief Nesco.

Die Antwort ließ diesmal auf sich warten, da die Frage im Hintergrund bearbeitet wurde. »Notprogramm ist vorhanden ... keine ... Optimierung.«

Na immerhin, dachte Nesco. Er selbst war gerade fähig, die Triebwerke zu zünden. Eine manuelle Landung war hoffnungslos.

Die Hitze war kaum auszuhalten. Auch Hal schien Schwierigkeiten zu haben, denn die Statusmeldungen auf dem Monitor fielen immer wieder aus. Bald waren sie knapp über dem Eis. Nesco schloß die Augen und atmete tief, um sich zu beruhigen. Halt durch, bitte, halt durch. Ich werde dir auch immer zuhören, wenn du jetzt durchhältst – – –

Da packte eine Titanenfaust das Shuttle. Die Triebwerke heulten, die Nase kam hoch, und im Bauch des Schiffes knirschte es wie berstendes Eis – dann Stille.

Nesco öffnete versuchsweise die Augen. Im Cockpit sah es schlimm aus. Druckanzug, Walkie, die tragbare Meßstation, die Medicare-Einheit, Disketten und Bücher, kurz alles, was nicht angeschraubt war, lag verstreut. Der Monitor war tot, und aus Hal kam ein dünner Rauchfaden.

Vor dem Bugfenster dehnte sich bis zum schwarzblauen Horizont eine Eiswüste. Stapel von Schnittholz waren im Umkreis von einigen Kilometern verteilt. Das war seine Ladung.

Nesco starrte finster in die eisige Trostlosigkeit. Was nun? fragte er sich wiederholt.

Das Shuttle war bis auf einen Fleck unter der Tragfläche, wo die Keramikverkleidung fehlte und die Metallhaut zerrissen war, in Ordnung. Soweit gut – aber Hal war tot. Und das hieß, daß er hier festsaß, bis Hilfe eintraf. Ohne Hal konnte er nicht starten. Die Funkverbindung war auch dahin.

Nur seine Notruf-Bake lief und würde Hilfe anfordern. Der Haken an der Sache war, daß der nächste Stützpunkt zwei Lichtstunden oder sechs Monate Interplanetar-Fahrt entfernt war. Man soll eben nur kolonisierte Planeten anfliegen.

Er saß also in der Klemme. Zwar hatte er genug Nahrung, Wasser und Energie, aber er mußte *hier* warten – im Umkreis von 1000 km gab es zwei Dörfer, und die würde er zu Fuß nicht erreichen. Das wagte er nicht. Nicht bei −90 Grad.

Er saß auf dieser gottverlassenen Eiskugel fest.

Nesco beschloß, das Beste aus seiner Langeweile zu machen: Er las.

Als er bei § 789 der interplanetaren Reisevorschrift – Kontakt mit Aliens – angelangt war, klopfte es. Draußen standen drei pelzvermummte Eingeborene und entboten ihren Gruß, indem sie unter Verbeugungen rülpsten. Nesco entsann sich der soeben gelesenen Empfehlungen, sich an fremde Gebräuche anzupassen, und antwortete.

Die Verständigung war mehr als schwierig. Mit Hilfe einiger Brocken Esperanto und der offensichtlich überall gültigen Regeln für den Tausch von Besitztümern machten sie ihm schließlich klar, daß sie seine Ladung kaufen wollten. Er glaubte zu verstehen, daß sie ihre Hütten nahezu aufgegessen hatten, da der Winter heuer besonders streng war. Als sie ihr Angebot machten, indem sie aus einem schmutzigen Beutel zehn faustgroße Diamanten holten, mußte er sich setzen.

Allmählich dämmerte ihm, daß ihm nichts Besseres als diese Notlandung hatte passieren können. Es hatte ihn geradewegs zum Endverbraucher verschlagen, und die Nachfrage war ausgerechnet hier sensationell.

Um die zehn Diamanten konnte er sich ein halbes Schiff kaufen.

Der Handel war innerhalb von zehn Minuten perfekt. Nesco verstaute die Steine, und die Eingeborenen begannen das Holz wegzuschleppen. Sie befestigten an jedem Stamm Schnüre und zogen das Holz. Schlitten waren ihnen unbekannt.

Nesco war das gleichgültig. Sie hatten das Holz gekauft und sollten damit machen, was sie wollten. Er genehmigte sich zur Feier des besten Deals seines Lebens eine Flasche Wein und schmökerte weiter in seinen Büchern.

In den nächsten Wochen schleppten die Fremden das Holz weg. Er beobachtete sie oft durch das Fenster, wie sie die schweren Balken zogen, stundenlang, tagelang ohne Ermüdung, und je weiter sie mit ihrer Arbeit vorankamen, desto unruhiger wurde Nesco, ohne sagen zu können, warum.

In der dritten Woche – er war gerade beim Kapitel Planetenbahnen in einem Büchlein namens »Weiße Zwerge, Schwarze Löcher« angelangt – erkannte er schlagartig, daß er einen Fehler gemacht hatte. Er rechnete die Zeiten nach, dann maß er mit dem Echolot die Dicke der Eisschicht. Es waren ungefähr 12 Meter. Darunter war Fels.

+20 Grad Sommertemperatur, hatte Hal gesagt. Und in einem Monat begann der Sommer. Es wurde bereits wärmer.

Nesco suchte verzweifelt einen Ausweg, aber am Ende jedes Gedankens stand das gleiche Bild: Das Shuttle trieb auf einer Eisscholle, die lautlos dahinschmolz.

Aquis submersus. 12 m tief. Sie würden ihn nie finden.

Es gab nur eine Lösung: Er mußte ein Floß bauen! Ein Floß für das Shuttle. Und er, Idiot, der er war, hatte das Holz verkauft. Die halbe Ladung war schon abtransportiert.

Das Archimedische Prinzip war ihm gerade noch vertraut, und so überschlug er im Kopf, daß der verbleibende Rest reichte, das Schiff zu tragen.

Die Aliens waren stur. Er bot ihnen zuerst sechs der zehn Diamanten für den Rückkauf der halben Ladung, dann sieben – sie reagierten überhaupt nicht – acht – sie verbeugten sich und transportierten weiter ab – neun? – ein höfliches Rülpsen – zehn!!

Da erst begannen sie zu palavern. Sie schienen lange Zeit nicht zu verstehen, was er wollte. Das Konzept eines Floßes war ihnen so fremd wie der Radetzkymarsch, aber schließlich waren sie mit einer Rückleihe einverstanden. Er mußte sich verpflichten, ihnen bei seiner Abreise alles Holz zu überlassen. Es gelang Nesco noch, im Gegenzug Arbeitskräfte für den Floßbau zu heuern. Damit waren sie einverstanden, wenn er ihnen freie Kost zusicherte. Sie vereinbarten je ein entrindetes Brett zum Frühstück und zum Abendessen.

Es war eine fürchterliche Pleite – aber besser die Ladung verlieren als das Schiff.

*

Der Bau dauerte zwei Monate. Es wurde ein stabiles Floß, 50 m lang, 20 m breit, mit Querstreben, einer Reling und so etwas wie einem Bug. Das Shuttle war mit Seilen und Stahltrossen vertäut, und es gab ein großes Ruder, das über einen Flaschenzug zu bedienen war.

Während der Bau voranging, wurde es spürbar wärmer. Die Sonne wurde größer, während der Planet dem Periastron zustrebte, und in der Ferne begann das Eis zu dampfen. Die aufsteigenden Schwaden erinnerten Nesco an den Rauch, der aus Hals Innereien gekommen war.

Bald konnte Nesco ohne Helm, pelzbemützt wie die Aliens, ins Freie. Er prüfte täglich das Eis, suchte Risse und klopfte es ängstlich ab; allein die Aliens schienen keine Angst vor der Schmelze zu haben.

Zuletzt bekam das Gefährt einen Mast. Nach schwierigen Verhandlungen war auch ein Segel organisiert. Die Eingeborenen fügten es aus grobgegerbten Häuten zusammen. Dafür hatte Nesco ihnen ein Abschiedsessen versprechen müssen.

Es war eine stolze Arche, die da auf die Sintflut wartete. Auch wenn die Reling vom Abschiedsessen tiefe Bisse davongetragen hatte.

Rahmen

200+

*

Die Suchmannschaft fand Nesco drei Monate später. Es herrschten sommerliche 20 Grad, und die 12 m dicke Kruste aus Trockeneis war längst verdampft, ohne jemals flüssig gewesen zu sein. Außer ein paar Tümpeln gab es ja kein Oberflächenwasser auf Ross 614/3. Nesco hatte zwar nicht auf Luft, aber auf CO_2 gebaut. Die Arche stand auf felsigem Boden. Einige schnellwachsende Pflanzen hatten schon die Reling erreicht.

Nesco stand am Ruder, den Blick nach Norden, wo das Kohlendioxyd zu Eiswolken sublimierte. Der Wind blähte sinnlos das Segel.

Als sie ihn fragten, was er hier tue, erzählte er ihnen etwas von einer Sintflut, die er durch den Verkauf von Diamanten abgewendet hätte.

erklärt Gleichgültigkeit der Eingeborenen gegenüber Eisschmelze

CO_2: Kohlendioxyd

Versetzen Sie sich in die Gestalt Nesco: Stellen Sie sich in Ich-Form vor, wer Sie sind, was Sie interessiert, wofür Sie sich nicht interessieren, welche Ziele Sie verfolgen —

- kann sich direkt aus Text ergeben
- kann durch Ungesprochenes kombiniert / spekuliert werden

Andreas Findig
Gödel geht

»Ein Spiegel, der nicht bricht,
bleibt blind.«
(*Johannes Weißkopf: Principia Poetica*)

Für die folgende wahre Begegnung im Wiener *Café Museum* gibt es in der Geschichte des *Cafés Museum* keinerlei Beweis.

A.F.

Mit einer Verbeugung
vor Douglas R. Hofstadter

I

Wien ist eine merkwürdige Stadt, in der merkwürdige Dinge passieren. Zugegeben: Es gibt auch andere Städte, in denen sich andere Merkwürdigkeiten zutragen, aber das wirkliche Merkwürdige an den wienerischen ist, daß niemand sie bemerkt.

Oder jedenfalls fast niemand.

Es soll hier nicht von fliegenden Untertassen berichtet werden, die unvermittelt vom Tablett eines Kaffeehauskellners aus starten (was niemand, außer dem Kellner, bemerkt ...), schräg über die Innenstadt hinwegziehen, einen eleganten Bogen um den Stephansdom fliegen und mit kreiselnden Zuckerstücken ihren Mocca, ihren Kapuziner, ihre Melange der säbelschwingenden, turbantragenden Besatzung des Mutterschiffs servieren, das irgendwo im Erdorbit auf eine dritte Gelegenheit zur Einnahme der Donaumetropole wartet.

Es soll auch nicht von Autofahrern die Rede sein, die um drei Uhr früh die honorige Ringstraße beehren und feststellen müssen, daß sie nicht vom Fleck kommen, da dieselbe sich dreht wie eine Schellack aus der Ersten Republik und einen behäbigen Walzer aus den Straßenbahnschienen leiert.

(Was niemand oder fast niemand bemerkt, und dieser *Fast Niemand* wird sich davor hüten, es weiterzuerzählen ...)

Wir werden es tunlichst vermeiden, in die Katakomben der sagenumrankten Kanalisation hinabzusteigen – das haben andere vor uns getan, und wieder andere werden es unvorsichtigerweise noch tun.

Keine Rede auch von der jungen Brut des Basilisken in der Schönlaterngasse, zischenden, qualmenden Drachen, die nach 500 Jahren im Keller der »Wunderbar« aus ihren Eiern schlüpfen, durchs Gulli in die gegenüberliegende »Alte Schmiede« geraten, wo ihre Mutter begraben liegt, und daselbst einer Lesung der »Grazer Autorenversammlung« beiwohnen, um alsbald beschämt wieder abzuziehen – ein Haufen frustrierter Ungeheuer, denn so finster wie diese Literaten werden sie wohl nie aussehen.

Nichts von alledem.

Wir wollen unser Augenmerk vielmehr auf eine befremdliche Begebenheit richten, die im Jahre 1929, von allen unbemerkt, einem gewissen Kurt Gödel widerfahren ist.

Der Mathematiker, Sie wissen schon ...

2

Dazumals nämlich, im November 1929, saß Kurt Gödel, der Mathematiker, 23jährig im »Café Museum« am Karlsplatz und spielte Kreisverkehr mit seiner Melange. Das Schlagobers drehte sich wie die Milchstraße, und die Kakaostreusel schmolzen dahin wie Sterne.

Es war schon Abend, und draußen waren die Phantome zurechtgestutzter Stadtbäume zu sehen, die in der Dunkelheit bläulich flirrten. Nur das Trottoir und die Straßen schnitten elektrisch gelb durch den Nebel. Bisweilen ruckte ein Auto vorbei, stach mit seinen Scheinwerfern unbeholfen in die Nacht und wurde von der Wunde verschluckt.

Herinnen im Café hatten die beschaulichen Nachmittagsrunden der lauteren Abendgesellschaft Platz gemacht, die indes noch nicht vollzählig erschienen war. Die »ortsansässigen« Nachmittagsberühmtheiten waren bei Hereinbrechen der Dämmerung, im Bemühen um den Anschein größtmöglicher Geschäftigkeit, aufgebrochen und würden erst nach Abschluß gewisser einschlägiger Luftgeschäfte im »Café Landtmann« oder im »Café Luitpold« wieder zurückkehren.

Die Nachtberühmtheiten, nicht weniger »ortsansässig«, aber

sehr darauf bedacht, im Ruf ständiger Zeitnot zu stehen, bereiteten sich in ihren geheimgehaltenen Absteigen auf den allabendlichen Auftritt vor und ließen das Publikum nach bewährter Theatermanier noch eine Weile warten.

Bereits zugegen waren: Josef Nagler, der Architekt, nebst Schülern, Bewunderern und Intimfeinden. Robert Schnauz-Ischlbrink, der Operettenlibrettist, in Begleitung der Tänzerin Kathy Blumenberg, mit welcher er neuerdings liiert war. Fritzi Pallenheim, in der Mode tonangebend, hatte an einem Fenstertisch Platz genommen und kokettierte mit ihrem Spiegelbild. Der magyarische Dramatiker Sándor Pató redete hitzig auf Doktor Hans Schermeister (alias »Scherm«) ein, den gefürchteten Kolumnisten eines vielverachteten und vielgekauften Boulevardblattes, wobei der dramatische Deklamateur seinen Kopf dergestalt zwischen den gestikulierenden Schulterblättern hervorreckte, daß einem Beobachter die Raubvogelnase schwerlich entgehen konnte, die jeden Unvorbereiteten zum Einnehmen einer geduckten Abwehrhaltung veranlaßte.

Doktor Hans Schermeister freilich gehörte zu den Vorbereiteten und ließ sich durch Patós Tiraden genausowenig beeindrukken wie die beiden Bohemiens am Nebentisch, die seit Stunden geduldig auf Doktor Otto Klein warteten, einen in allen Cafés der Alten Welt bekannten Astrologen, Psychiater, Patienten, poetischen Anarchisten und autodidaktischen Sexualphilosophen.

Außerdem zugegen: Mimi Hollitzer, eine Landadelige aus Litauen, Susan Brunner, die Tochter des englischen Handelsdelegierten, Korrespondentin einer bekannten Zeitschrift für Hausfrau und Hausfreund, Rosetta Tullenberg, die Operndiva, Christoph Valdemar Brigge, Bonvivant, sowie der leere Tisch des unsäglichen Sascha Hoffmann, den zu okkupieren sich niemand angemaßt hätte.

An diesem Novemberabend des Jahres 1929 hatten sich neben den bereits Erwähnten noch eine beachtliche Anzahl von Halbberühmtheiten und Statisten ins »Café Museum« begeben, deren namentliche Aufzählung zu weit gehen würde. Nägelkauende Feuilletonisten saßen da, bridgespielende Fabrikanten, gravitätisch dreinblickende Kunstkritiker, ironisch zurückblickende Kunsthändler, irgendwo wohl auch ein kleiner Künstler; und inmitten dieser leicht inzestiösen Arena der Eitelkeit zog der Ober seine Kreise, befolgte seine verborgene Choreographie, die vom Konzert der Registrierkasse kontrapunktisch begleitet wurde, ließ sich an diesem Tisch zum Kassieren herab, wedelte an jenem den nicht vorhandenen Staub in die Luft, nahm hier einem Zeitungsmarder das vielbegehrte Blatt kurzerhand weg, gab seinem Piccolo einen verstohlenen Klaps und eilte, als Wiederholung eines Grundthemas gewissermaßen, als permanente Conclusio, zu den Schachspielern im rechten Flügeltrakt, stellte das Mineralwasser neben den abgeklärt brütenden Kommerzialrat Ronthe, blieb stehen und schwieg.

Der Ober, schwarzer Frack, weißes Hemd, schwieg.

Kommerzialrat Ronthe, Schwarz, schwieg.

Konsul Tafler, Weiß, schwieg.

Kurt Gödel, in Blickweite sitzend, schwieg.

Irgendwo flüsterte jemand etwas von der Gefährlichkeit der Springer, und Kommerzialrat Ronthe, als hätte er auf diese rührend unbedarfte Bemerkung von den Rängen gewartet, lächelte wissend und tat seinen Zug, was augenblicklich Bewegung in die Nebentische brachte. Es war, als würde das zentrale Thema der Partie Kommerzialrat Ronthes und Konsul Taflers an den Nebentischen aufgenommen, variiert und weitergeführt, so daß sich, wäre das Schachzimmer unendlich lang gewesen, der unendlich lange Kanon einer einzigen Schachpartie unendlich aufgefächert hätte, um irgendwo in sich selbst zurückzuführen.

Der Ober gab durch ein Nicken zu verstehen, daß er mit Kommerzialrat Ronthes Zug einverstanden war, und kehrte ins Zentrum des Cafés zurück, bei solcher Gelegenheit eine Bestellung unseres 23jährigen Mathematikers entgegennehmend, der, der an seinem Mitteltisch vor dem großen Durchgang zum Schachzimmer saß, in seinem Notizbuch blätterte und nachdachte.

3

Was diese Nachdenklichkeit Kurt Gödels betrifft, ist es von Vorteil, zu wissen, daß er einen erschöpfenden Nachmittag am Stammtisch des Versicherungsmathematikers und Schriftstellers Leo Perutz im »Café Herrenhof« hinter sich hatte.

Es war eine jener Runden gewesen, von denen Schriftsteller, Musiker und andere Tagträumer, mit Ausnahme des Logenoberhaupts selbst, ausgeschlossen waren. Man hatte von der Quantorenlogik gesprochen, der Gödel zur Zeit eine Arbeit widmete, von den jüngsten finanzpolitischen Ereignissen im Gefolge des Börsenkrachs, von den Garderoben der Bankiers- und Spekulantenwitwen, vom Weltuntergang wohl auch, besonders aber von einer Ballonverfolgungsjagd, die Tage zuvor vom »Café Landtmann« aus gestartet war, bis weit ins Ungarische geführt hatte und solcherart beinahe Anlaß zu zwischenstaatlichen Konflikten gegeben hätte.

In der Öffentlichkeit war nichts davon laut geworden, aber Leo Perutz, der, wie man so sagt »in engeren Kreisen« verkehrte, war informiert.

Allem Anschein nach hatte die ungarische Regierung, durch den letzten Regierungswechsel und die schwebenden Konflikte zwischen Heimwehren und Schutzbund ohnedies alarmiert, von der österreichischen einen definitiven Beweis gefordert, daß die unglückselige Verfolgungsjagd, in deren Verlauf sämtliche verfolgenden Automobile und Zweiräder auf der Strecke geblieben und die Ballonisten luftkrank geworden waren, keinen Versuch einer getarnten Spionagemission dargestellt habe. Die österreichische Regierung unter Kanzler Schober sah sich naturgemäß außerstande, den gewünschten Beweis zu erbringen, – eine Depesche jagte die andere, und alle Beteuerungen der Österreicher, ihre Darstellung (harmlose Ballonverfolgungsjagd, ungünstige Windverhältnisse, nichtexistente Grenzschranken) entspreche der Wahrheit, änderten nichts an der Tatsache, daß sie dieselbe nicht beweisen konnten.

Wie der Konflikt doch noch beigelegt worden war, darüber hatten sich selbst die redseligsten Informanten aus dem Bundeskanzleramt in Schweigen gehüllt, jedenfalls war die Geschichte für die im »Café Herrenhof« versammelten Mathematiker, Physiker, Metaphysiker und Logiker Anlaß genug gewesen, in eine heftige Debatte über Wahrheit und Beweisbarkeit im Gefolge der Arbeiten von Frege, Cantor, Russell, Whitehead und Hilbert zu verfallen.

Kurt Gödel, seit längerem mit eben diesem Problem befaßt, hatte darauf bestanden, daß es mathematische Sätze gäbe, die zwar nicht beweisbar, aber trotzdem wahr wären, die anderen hatten widersprochen, und der Bankpensionär Bernhard Redl, ein Hobbymathematiker, für den die »Principia Mathematica«

von Russell und Whitehead den Ehrenkodex der k.&k.-Staatszentralkasse ersetzt hatte, war sogar so weit gegangen, mit einem Duell zu drohen.

Großer Gott, dachte Gödel an seinem einsamen aber sicheren Marmortisch im »Café Museum«, ich weiß, daß es wahr ist, aber ich kann es noch nicht beweisen.

Die Schlagobers in seiner Melange zog seltsame Schleifen, während er abwechselnd auf die Blätter seines Notizbuchs und in den großen Spiegel hinter den Schachspielern sah.

Er hatte es durchgerechnet, er wußte, daß es stimmte, aber einige seiner Folgerungsschritte würden noch nicht standhalten, wenn diese radikalen Finitisten sich darüberstürzten.

Die Nichtbeweisbarkeit gewisser wahrer Sätze ist beweisbar

schrieb Gödel in Großbuchstaben in sein Notizbuch.
Er schrieb es für sich, wie eine Beschwörungsformel.

Die Nichtbeweisbarkeit gewisser wahrer Sätze ist beweisbar

schrieb er nochmals, sah aber, bevor er zum dritten Mal ansetzte, ein, daß diese Form der Selbsthypnose eines Wissenschaftlers unwürdig ist, legte den Stift weg und starrte an Kommerzialrat Ronthe vorbei in den Spiegel.

Jemand sagte gerade etwas von der Gefährlichkeit der Türme, als Gödel bemerkte, daß irgend etwas nicht stimmte.

Der hatte ihn doch eben angeblickt.

Der Mann im Spiegel. Er selbst.

Natürlich, dachte Gödel, natürlich hat er dich angeblickt. Schließlich ist er du.

Gödel richtete seine Brille, machte einen Schluck von der Melange und beobachtete dabei aus dem Augenwinkel den Spiegel. Da – er stellte die Melange abrupt zurück, da war es wieder.

Was war da wieder? Gar nichts war da. Du solltest nach Hause gehen.

Um endgültig deutlich zu werden, hob der Mann im Spiegel die Hand und winkte. Reflexartig winkte Gödel zurück, fast gleichzeitig, aber nur fast. Als Gödel begriff, was er da eben gesehen hatte, zog es ihn aus dem Fauteuil: Langsam, den Blick auf den Spiegel gerichtet, stand er auf. Der andere hatte es (fast gleichzeitig) schon getan, lächelte und kam, von den versunkenen Schachspielern unbemerkt, auf ihn zu.

Wir erwähnten ja bereits: Das Merkwürdigste an den Wiener Merkwürdigkeiten ist, daß kaum jemand sie bemerkt; schachspielende Schachspieler schon gar nicht.

»Entschuldigen Sie, wenn ich Ihnen zu nahe trete«, sagte Gödels Doppelgänger verbindlich, »aber ich bin von der Schönheit des Satzes, bei dessen Formulierung ich sie eben spiegeln durfte, einfach hingerissen. Nur darum erlaube ich mir, Ihnen meine Referenz zu erweisen, eine Selbstreferenz gewissermaßen, wie Ihnen sicherlich nicht entgangen sein wird.«

Nein, Kurt Gödel, dem sozusagen echten Kurt Gödel, war das nicht entgangen. Er blickte nervös um sich, konnte aber zu seiner relativen Erleichterung feststellen, daß alles vollauf mit dem Austausch deftiger Indiskretionen und dezenter Hinterfotzigkeiten beschäftigt war.

»Gestatten Sie, daß ich mich einen Augenblick zu Ihnen setze?« fragte Gödels Spiegelpartner und stellte sich vor: »Mein Name ist Gödel.«

Gödel, der sozusagen echte Gödel, hatte sich etwas Derartiges gedacht. Er nickte ergeben, und sie setzten sich.

Es wäre zuviel des Guten, würden wir sagen können, daß eben eine Fuge von Bach durch den Raum schwebte, aber etwas Ähnliches war es schon: Der endlose Gesang der Tramways draußen auf der Straße, begleitet vom erlesenen Kanon der an die Wassergläser anschlagenden Kaffeelöffel, dem sanften Aufsetzen der Schachfiguren, dem ewiggleichen Wechselgesang von »Ober, bitte zahlen!« und »Bittesehr, bittegleich.«

»Je nun«, sagte Kurt Gödel, der sozusagen echte, um keine peinliche Pause aufkommen zu lassen. Sein Doppelgänger nickte ihm aufmunternd zu.

»Je nun«, sagte Kurt Gödel, der sozusagen echte, und versuchte schon wieder seine Brille zu richten. »Da ich mich allem Anschein nach allen Ernstes mit diesem Phänomen, ich meine mit Ihnen, beschäftigen muß, will ich zuallererst einmal festhalten ...« – Kurt Gödel, der sozusagen echte, bemühte sich um eine möglichst wohlgefügte Ausdrucksweise, um der sich ankündigenden Bodenlosigkeit der Situation etwas entgegenzusetzen – »... daß der Spiegel bekanntermaßen eine nullstufige Schleife ist. Es fragt sich bloß ...«, er stockte, suchte nach den richtigen Worten und fand sie nicht.

Die Situation war allerdings wirklich ungewöhnlich.

»... auf welcher Stufe wir jetzt sind«, half ihm der andere Gödel – wir wollen ihn hinfort Gödel 2 nennen – »das wollten Sie doch sagen, nicht? Nun, wir befinden uns zur Zeit an einem Punkt, in einem Gespräch, das außerhalb der Menge aller möglichen Gespräche liegt. Und doch, und doch ...«

»Sie sind verrückt«, sagte der sozusagen echte Gödel, – wir wollen ihn hinfort Gödel 1 nennen – ohne Überzeugung und versuchte, aus dem braunen Zuckersud in seiner Melangeschale die Gegenwart herauszulesen, die aber so unglaubwürdig war, daß er die Tasse empört von sich schob.

»Wie man's nimmt«, meinte Gödel 2 aufgeräumt und sah sich nach dem Ober um, »... geradesogut könnten Sie das sein. Aber wir wollen uns nicht mit kleinlichem Geplänkel aufhalten. Sie werden im übrigen zu wundervollen, wenngleich auf Jahrzehnte hinaus kaum bekannten Formulierungen dieses Phänomens gelangen, und ich, ihr Spiegelpartner, wenn ich mich so nennen darf, werde mich rühmen können, Ihnen zumindest den Anlaß gegeben zu haben. Wenn ...« so fügte Gödel 2 geheimnisvoll hinzu, »... wenn nicht sowieso alles ganz anders kommt.«

(Gekommen sein wird, dachte Gödel 2, fand aber, daß es dafür noch zu früh sei.)

4

Die Flügeltüren am Eingang brachen auf wie beim Besuch des steinernen Gastes, und Franz Hohenhorn, der Dichter, betrat das Café. Sein Aussehen war alles andere als lyrisch. Wohlwollend ausgedrückt besaß er eine gewisse prosaische Leibesfülle, die durch seine weiblichen Gesichtszüge (seine Jünger sagten, durch seine genialischen Locken ...) ins Groteske gesteigert wurde (ins Olympische, sagten seine Jünger).

Franz Hohenhorns melancholische Massigkeit schien indes durchaus anziehend zu wirken. Es gab kaum jemanden im Café, unsere beiden Gödels eingeschlossen, der nicht zumindest über verstohlene Kreisbahnen einen Blick auf den berühmten Dichter geworfen hätte, welchselber so lange in der Tür stehenblieb, bis er sich seiner Wirkung sicher sein konnte. Sodann begab er sich, während er gravitätisch die Handschuhe abstreifte, an den Tisch mit seinen Jüngern und Jüngerinnen, allesamt Adepten der Poesie und literaturbeflissene Damen, die ihn nervös erwarteten.

»Merkurs Mistkübel!«, zischte ein frühpensionierter Bankangestellter und gescheiterter Freizeitschriftsteller.

»Man sagt, er sei neuerdings mit sich selbst liiert«, witzelte die ältliche Frau des Zuckerbäckers in der Falltürgasse.

»Er ist ja so voll in der Taille«, meinte ein Reißverschlußfabrikant, »wahrscheinlich ein neues Gedicht, mit dem er da schwanger geht. Unbefleckt empfangen, versteht sich.«

»Ich muß Sie da korrigieren«, meldete sich Karl Kraushaar, der gefürchtete Friseur der Hautevolee, dreifacher Doktor, wirklicher Hofmanikeur und Privatgelehrter, »man erzählt sich, es sei ein Roman. Eine religiöse Verherrlichung der päpstlichen Korpulenz. *Das Lied von Petri fett*, wenn ich mich recht erinnere ...«

Kurzum: Franz Hohenhorns Auftritt hatte die Wiener Liebenswürdigkeit aufs prächtigste entfacht und den Reigen mehr oder minder versteckter Gemeinheiten einem neuen Höhepunkt zugeführt.

So war es recht.

Der Ober strahlte.

5

Draußen ratterte ein Motorrad mit Beiwagen vorbei, und für einen kurzen Moment schauten aus dicken Schutzbrillen zwei wimpernstarrende Frauenaugen ins Lokal, die in einer Wolke von Nebel und Abgasen wieder verschwanden.

Der magyarische Dramatiker sprang auf und verließ wild fuchtelnd das Café, Doktor Hans Schermeister zündete sich eine Zigarre an und die beiden Bohemiens am Nebentisch begannen sich zu fragen, ob ihr Mentor Doktor Otto Klein vielleicht doch ein anderes Café gemeint hatte. Ja schon, er hatte gesagt, sie sollten sich »im Café« treffen, und in Wien konnte das mit Rücksicht auf gewisse offene Verbindlichkeiten eigentlich nur noch das »Café Museum« bedeuten, aber vielleicht hatten sie sich in der Stadt geirrt? Schließlich waren alle Herrschaften von der internationalen Boheme notorische Globetrotter und Ausreißer. In Anbetracht der Tatsache ihrer gänzlichen Mittellosigkeit hatten unsere beiden Bohemiens also allen Grund, nachdenklich zu werden, zumal der Ober schon gefährlich oft und nahe ihren Tisch tangierte.

Nicht weniger nachdenklich saß unweit ein nicht weniger merkwürdiges Paar, dessen einer Teil, Kurt Gödel, den anderen Teil, Kurt Gödel, mit schmerzlicher Miene musterte.

Das dunkle Sakko war zerknittert und begann bereits speckig zu werden. Der Hemdkragen hatte einen grauen Schweißrand, der auch durch vieles Waschen nicht mehr sauber geworden war, statt dessen begann er auszufransen, die notdürftig reparierte Brillenfassung drohte auf der rechten Seite gefährlich vom Ohr zu rutschen und eine, wie Gödel 1 wußte, kettenlose Taschenuhr dellte ihre unschöne Beule in die Taille seines Gegenüber. Auf die Schuhe sah er lieber gar nicht, sie waren ungeputzt, nach innen getreten (oder vielleicht doch nach außen?) und der linke kleine Zeh war drauf und dran, zwischen Sohle und Leder ins Freie vorzustoßen.

Gödels finanzielle Lage schwebte irgendwo zwischen i, der imaginären Zahl, und allen realen Zahlen unter Null.

1929 lagen eigentlich die meisten Zahlen, die einen Geldwert ausdrücken sollten, entweder unter Null oder aber sie waren imaginär.

Gemach, gemach, dachte Gödel 1.

Es stand nicht gut um ihn, aber es stand auch nicht gut um den Rest der Welt, die Freunde vom »Wiener Kreis« und seine aus einstmals soliden Verhältnissen stammende Familie eingeschlossen. Letztere belegte zwar immer noch eine vornehme Loge im Theater an der Josephstadt, von welcher Gebrauch zu machen Kurt Gödel bei keiner Strauß-Aufführung versäumte, das hatte indes wenig zu besagen. Ein Theater-Abonnement ist für einen Angehörigen des Wiener Bildungsbürgertums so unantastbar wie der Luxus des Zölibats für einen Kapuziner. Was ein wahrhaftiger Wiener Kultur-Liebhaber war (und als solcher verstand sich jeder, vom Staatsminister bis zur Würstelfrau ...), der mochte sein Vermögen verlieren, seine Profession, ja selbst seine Wohnung, aber erst, wenn er sich gezwungen sehen sollte, sein Theaterabonnement auszusetzen, stand der Weltuntergang unmittel bar bevor.

Aber noch war es nicht soweit.

Noch ging das gebildete und eingebildete Wien ins Theater, auch wenn daheim die Pfandleihscheine zum dicksten Buch einer unablässig schrumpfenden Bibliothek heranwuchsen, während draußen auf den Straßen revoltierende Arbeiter niedergeschossen und Justizpaläste in Brand gesteckt wurden. Österreich brannte, aber es brannte unter dem Teppich, und der begann langsam braun zu werden.

Deutsches Geld, die fünfte Kolonne der Nazis, pochte an die Türen des armen Wiener Herzens, das gewillt schien, sich in einem Rest von Stolz die letzten Tropfen abzupressen, um sich solcherart gänzlich zu entleeren. Die bankrotte Bodenkreditanstalt war eben der CA einverleibt worden, was nichts anderes bedeutete, als daß sich zwei rote Zahlenreihen zu einer ruinösen Doppelhelix verschlungen hatten, die das Programm des unausweichlichen Debakels in sich trug. In den Vorstadtsiedlungen wußten die Arbeiter nicht, ob sie Patronen oder Brot kaufen sollten, beides fast unerschwingliche Luxusartikel, wobei sich die Frage stellte, was sie mit den Patronen verteidigen sollten, wenn sie kein Brot mehr hatten.

Der von Doktor Karl Renner entadelte Adel wiederum schmiß weiter mit Kronen-Noten der k.&k.-Bank um sich, die nichts wert waren, und zog, wenn die Situation unhaltbar wurde, entweder die ehrenhafte Konsequenz der Entleibung oder die unehrenhafte der Landesflucht – bloß, daß es ihnen außer Landes nicht besser erging, weil die Länder allesamt selbst nicht nehr wußten, wohin.

Nein wirklich, es stand nicht gut um Wien und die Welt, aber wann hatte es das schon je getan?

Reiß dich zusammen, dachte Gödel 1 und straffte den Rücken. Und Gödel 2, der, seiner Verpflichtungen vorübergehend enthoben, die Musterung seines finster dreinblickenden »Originals« still lächelnd über sich ergehen hatte lassen, nickte wie zur Bestätigung der mannhaften Geste.

»Zufrieden?«, fragte er ironisch, mit Bezugnahme auf seine äußere Erscheinung, und riß damit Gödel 1 endgültig aus seiner selbstbezüglichen Weltbetrachtung.

»Könnte ich eigentlich nicht sagen, nein.«

»Uns sind zwar gewisse Freiheiten gestattet«, sagte Gödel 2 und sah sich nach dem Ober um, der eben seinem Piccolo etwas ins Ohr flüsterte, was diesen veranlaßte, errötend zu den Zeitungen zu eilen und so zu tun, als ob er sie ordnete, »... interpretatorische Freiheiten gewissermaßen, und die größte von allen habe ich mir eben, wie soll ich sagen, explizit herausgenommen, aber trotzdem müssen wir uns innerhalb eines gewissen Rahmens bewegen.«

»Sofern Sie ihn nicht sprengen.«

»Sofern ich ihn nicht sprenge, Sie sagen es, mein Freund. Ich darf Sie doch meinen Freund nennen?«

»Ich bitte darum«, sagte Gödel 1, der unbehaglich die rege Anteilnahme seines Gegenüber am Getriebe des Cafés beobachtete, denn durch allzu augenscheinlich gezeigtes Interesse ein nämliches auf ihren Tisch zu lenken schien ihm wenig wünschenswert.

»Vermutlich«, sagte Gödel 2 laut – er schien seine Befürchtungen nicht im geringsten zu teilen, »... vermutlich wollen Sie wissen, was der wahre Grund meiner, häm, Aufwartung ist ...«

»Ihrer Heimsuchung«, sagte Gödel 1, nun doch schon sicherer und wohl auch etwas unwillig geworden.

Gödel 2 lachte.

»Wenn Sie wüßten, mein Freund, wie nahe Sie damit der Wahrheit kommen. Nun, daß ich nicht nur gekommen bin, um Ihnen zu Ihrer gelungenen, wenngleich noch unvollständigen« – abermals lachte Gödel 2, »... ich sagte *unvollständigen* Formulierung zu gratulieren, werden Sie als wacher und mißtrauischer Geist schon allein aus der Tatsache gefolgert haben, daß ich, anstatt mich sogleich wieder an meinen angestammten Platz zurückzuziehen, noch immer hier sitze.«

»Mich interessiert weniger, daß Sie hier sitzen, oder warum, verzeihen Sie die Unhöflichkeit: Was mich vordringlich beschäftigt, ist, wie Sie es gemacht haben.«

Gödel 2 lehnte sich noch weiter in seinen Rundsessel zurück. Er schien das Gespräch außerordentlich zu genießen.

»Jedes geschlossene System hat ein Loch. Auch ein Café. Gerade Sie sollten das wissen, mein Freund.«

»Wenn ich einmal von Ihrer unwissenschaftlichen Ausdrucksweise absehe, muß ich Sie doch darauf hinweisen, daß uns das

Vorhandensein sozusagen logischer Löcher in geschlossenen Systemen, auf die Sie ohne Zweifel anspielen, noch lange nicht in die Lage versetzt, durch sie hindurchzugehen. Anders ausgedrückt: Als Sie vorhin aus dem Spiegel traten ...«

»Sie meinen, als *Sie* vorhin *hinter* den Spiegel traten«, unterbrach ihn Gödel 2.

Gödel 1 wollte auffahren, hielt aber an sich und erwiderte so gefaßt als möglich: »Ich wüßte nicht, daß ich das getan hätte.«

»Woher nehmen Sie dieses Wissen, mein Freund? Vielmehr: Woher nehmen Sie dieses Nicht-Wissen?«

»Ich habe keinen diesbezüglichen Entschluß gefaßt, ich habe nichts dergleichen in die Wege geleitet, und außerdem ...«

»Und außerdem?«

»Und außerdem ist hier alles wie zuvor, nicht spiegelverkehrt.« »Das sehe ich an den Schachbrettern«, setzte Gödel 1 trotzig hinzu. Freilich wußte er nur zu gut, daß seine Argumentation nicht stimmte. Schließlich war er nicht von ungefähr seit 1926 Mitglied des berüchtigten »Wiener Kreises« und seit etwa zwei Monaten Teilnehmer an Karl Mengers elitärem mathematischen Kolloquium, das ebensogut philosophisches Kolloquium hätte heißen können, denn zu jener Zeit gab es, auch vom Erscheinungsbild her, kaum noch einen Unterschied zwischen den gewagten Thesen eines Ludwig Wittgenstein und den abenteuerlichen Ableitungen eines Johann von Neumann.

Sein Gegenüber gab ihm auch prompt einen sanften Verweis.

»Aber mein lieber Freund«, sagte Gödel 2, »wie könnte etwas spiegelverkehrt sein, wenn Sie doch selbst hinter den Spiegel gegangen sind? Außer allem *davor*, versteht sich. Ich kann es Ihnen allerdings nicht verübeln, daß Sie etwas verwirrt sind. Vielleicht sollten Sie eine Stärkung zu sich nehmen?«

»Schon möglich, daß ich das sollte«, brummte Gödel 1.

Gödel 2 ließ sich durch diese Brummigkeit seiner verunsicherten Vorlage – oder seines verunsicherten Abbilds? – oder wessen auch immer, nicht in seiner guten Laune beirren.

»Da ich«, sagte er, »als Ihr intimster Vertrauter, wenn ich so sagen darf, über den Stand Ihrer Brieftasche im Bilde bin – nun werden Sie nicht unruhig, mein Freund ... also ich denke doch, daß Sie sich heute eine solche kleine Eskapade gestatten dürfen. Sie werden sie im übrigen brauchen. Die Stärkung, meine ich. Soll ich dem Ober winken?«

»Winken Sie nur«, sagte Gödel 1 resigniert, »Er sieht es ohnedies nicht, wenn er nicht will. Das heißt, nein, um Gottes willen ...!«

Aber es war schon zu spät.

6

Nun haben wir uns vielleicht etwas verwundert, weshalb Gödel 2 das Café als ein »geschlossenes System« bezeichnet hat, denn schließlich ist es eines der Hauptmerkmale einer solchen Einrichtung, daß Leute hineingehen und andere herauskommen. Die Doppeldeutigkeit dieser unserer Feststellung wollen wir einstweilen übergehen, es soll aber festgehalten werden, daß Gödel 2 nicht ganz so unrecht hatte.

In der Tat stellt ein Café, zumal ein Wiener Café, einen höchst eigenwilligen und eigengesetzlichen Mikrokosmos dar, dessen empfindliche Balance aufrechtzuerhalten nicht immer eben leicht ist.

Das wahre Wiener Café befindet sich im permanenten Schwebezustand einer schwer durchschaubaren, kakanischen Ordnung und steht also solchermaßen in krassem Widerspruch zur restlichen Welt, die sich in ständiger und ständig zunehmender Unordnung befindet.

Anders ausgedrückt: Das Wiener Café verweigert sich dem fundamentalen Gesetz der Entropie und verstößt damit gegen den zweiten thermodynamischen Hauptsatz, ein Vergehen wider die Naturgesetze, das so gravierend ist, daß es in der Tat einer unvorstellbar hohen Schutzmacht bedarf, um nicht sogleich von den Schergen des Chaos zur Rechenschaft gezogen und nach erfolgter Aburteilung in den Schoß der allgemeinen Unordnung zurückgestoßen zu werden.

Diese Schutzmacht ist der Ober.

Der Ober hatte den Wink Kurt Gödels, desjenigen, den wir als Gödel 2 bezeichnen, gesehen.

Sein rasches Herbeieilen freilich, das so gänzlich seinen sonstigen Gepflogenheiten zuwiderlief, war auf die Tatsache zurückzuführen, daß sein Argwohn schon seit geraumer Zeit geweckt worden war, ein feiner gastronomischer Instinkt, der all jenen Personen oder Ereignissen galt, welche geeignet wären, die diffizilen Mechanismen und ausgewogenen Unwägbarkeiten eines geregelten Caféhausbetriebs zu stören. Und irgend etwas in diesem seinem besonderen Organ – spätere Zeiten würden dergleichen ein inneres Radar nennen, sagte dem Ober, daß vom Tisch Herrn Gödels und seines Gastes eine solche Störung zu erwarten sei. Zudem hatte der neue Gast schon lange genug gewartet, um der Würde des Etablissements gerecht zu werden, wenn auch seine letzte Geste einer Beleidigung seiner, des Obers, Person gleichkam.

Indes, die Neugier obsiegte, der Ober schluckte seinen Stolz, trat an den Tisch Herrn Gödels und seines Gastes, der ersterem frappierend ähnlich sah, und fragte den Ähnlicheren:

»Der Herr wünschen?«

»Verbindlichsten Dank«, sagte Gödel 2 und deutete dabei, sehr zum Entsetzen seines Gegenüber, in den Spiegel, der einen leeren Tisch mit einer Kaffeetasse und einem aufgeschlagenen Notizbuch zeigte, »ich sitze dort drüben und habe mich nur zu einer kurzen Konversation an diesen Tisch begeben. Aber der Herr hätte noch gerne etwas zu sich genommen.« »Der Herr«, Gödel 1, verlagerte unbehaglich sein Gewicht von einem Oberschenkel auf den anderen, vermied es tunlichst, in den Spiegel zu sehen und kam zu der Überzeugung, daß er nun wirklich einer Stärkung bedurfte.

»Einen Whisky bitte«, erwiderte er den fragenden Blick des Obers, »einen doppelten.« Es kam ihm zu spät in den Sinn, daß er sich, oder sie beide, mit dieser Bestellung nur noch verdächtiger gemacht hatte.

»Einen doppelten Whisky, Herr Gödel?«, fragte der Ober tonlos zurück.

Er wußte nun mit Sicherheit, daß etwas nicht stimmte. Nichtsdestoweniger gehörten gelegentliche Marotten und Ausschweifungen von seiten seiner Stammgäste zu jenen Dingen, die er stillschweigend zu akzeptieren, ja nachgerade zu behüten und zu pflegen hatte, eben darum, weil sie das waren, was sie waren: Geringfügige Einbrüche in den gewöhnlichen Ablauf, ein sozusagen minimaler und notwendiger Tribut an das Chaos, die Beschwichtigung der Unordnung zum höheren Zwecke der Ordnung.

»Ja«, sagte Gödel 1, »mit Eis.«

»Einen doppelten Whisky mit Eis«, bestätigte der Ober, ohne die Miene zu verziehen, und enteilte.

Er würde den Tisch im Auge behalten.

Das würde er, ja.

7

Wie jeden Abend um diese Zeit knarrten die Flügeltüren am Eingang erwartungsvoll, aber Peter Mutzenberg, der Mädchenentdecker, schien heute nicht kommen zu wollen. Er entdeckte wohl gerade ein Mädchen.

Im Schachzimmer sagte jemand etwas von der Gefährlichkeit der Bauern, und in der Tat steuerte die strategische Gesamtsituation im Café auf ein Überhandnehmen der kleinen und unbekannten Gäste hin, der Kiebitze und Adabeis, die sich im großstädtisch affektierten Ambiente suhlten, der Beamten und Reisenden aus Böhmen, Mähren, Ungarn, Galizien und Kroatien, der herausgeputzten Mädchen aus den Vorstädten, der galanten Hochstapler in schuldig gebliebenen Maßanzügen aus den Ateliers von Knîze und Prix, der dünkelhaften Studenten und prahlerischen Kleinbürger. Sogar ein verirrter Leutnant aus Linz versuchte tapfer gute Miene und Figur zu machen und dachte mit Wehmut an das »Café Luitpold« in München, das seinem bayuwarischen Gemüt so viel mehr entsprochen hätte.

Die pikierte Prominenz suchte Zuflucht in Igelstellungen der Nichtbeachtung, ein Widerspruch in sich, und drohte unruhig wenn nicht gar abtrünnig zu werden.

Der Ober war alarmiert.

Wie der allgegenwärtige Verteidiger einer Geisterfestung wieselte er um den unbesetzten Tisch Sascha Hoffmanns, der letzten honorigen Oase der Abwesenheit, und verscheuchte durch heftiges Wedeln mit dem »Prager Tagblatt« und der »Czernowitzer Morgenzeitung« jeden sich nähernden Angehörigen des überbordenden Plebs.

Hie und da konnte man einen übermütigen Aristokraten oder einen edeltrotzkistischen Intellektuellen bei unbeholfenen Fraternisierungsversuchen beobachten, aber was davon zu halten war, wußte die alteingesessene »Museums«-Schickeria nur zu gut. Es war nichts anderes als die zeitweilige und überdies rasch wieder abklingende Liebe des hochgezüchteten Rennpferds zur verlorengegangenen Welt des Ackergauls, die Sehnsucht nach der Extravaganz des Normalen.

»Nein!« sagte Gödel 1, der nachgedacht hatte.

»Nein!« sagte er heftig. »Das können Sie nicht. Sie können hier nicht einfach so aus dem Spiegel herauskommen und dann zu allem Überfluß auch noch behaupten, ich selbst wäre hinter den Spiegel gegangen. Das können Sie nicht einfach so tun. Jedenfalls nicht widerspruchsfrei«, fügte er leiser hinzu.

»Die Freiheit zum Widerspruch ...«, Gödel 2 lehnte sich genüßlich in seinen Sessel, »ist in der Tat ein Grundrecht, auf das ich großen Wert lege.«

Er grinste, und Gödel 1, einem geistreichen Gedankengang stets aufgeschlossen, hatte Mühe, seine Anerkennung (wenn nicht gar seinen Stolz, denn schließlich saß er ja seinem eigenen Spiegelbild gegenüber ...) hinter einer Art Schmollen zu verbergen. Er richtete sich die Brille, stierte in die plötzliche Leere seines Notizbuchs, murmelte eine Verwünschung und grinste schlußendlich zurück.

Nun ja, sagen wir: Er lächelte.

»Außerdem mag ich keinen Whisky. Ich trinke selten Alkohol.«

»Ich weiß«, seufzte Gödel 2, »ich weiß. Sie befleißigen sich überhaupt einer geradezu anrüchtigen Redlichkeit. Sie trinken nicht. Sie essen mit der maßlosen Mäßigkeit eines Hungerkünstlers« – als er das sagte, verzog sich sein Gesicht zu einer so verkniffenen wie unergründlichen Grimasse, die aber sogleich wieder verschwunden war, »und außerdem«, fuhr er beharrlich fort, als Gödel 1 ihn unterbrechen wollte, »... außerdem zeigen Sie nicht die geringste Spur von Eitelkeit; ein Umstand, den ich allerdings zu schätzen weiß, da er mich gewisser Verpflichtungen enthebt. Und natürlich halten Sie sich von den Frauen fern.«

»Das ist nicht wahr!«

»Was, mein Freund, was ist nicht wahr?«

»Daß ich ... Ach was, Sie wollen mich doch nur provozieren.«

»Ja«, sagte Gödel 2 ungerührt, »seit unserer Geburt tue ich nichts anderes. Sie aber auch. Sehen Sie ...«, Gödel 2 beugte sich vor, und Gödel 1, daran gewöhnt, daß ein vorgebeugtes Spiegelbild dieselbe Haltung bei ihm selbst voraussetzte, tat es ihm automatisch gleich, »sehen Sie«, sagte Gödel 2 und unterstrich dabei seine Worte mit beiden Händen, so daß sie einen verschlungenen Tanz in der Luft vollführten, »... es ist nun einmal so, daß Ihr Verhalten meines provoziert, und meines, auch wenn Sie es nicht wahrhaben wollen, beeinflußt das Ihre. Gewisse Leute nennen dergleichen eine verwickelte Hierarchie. Wir beide, Sie und ich, sind komplementäre Stränge einer einzigen Doppelhelix.«

»Kompliment«, sagte Gödel 1 säuerlich, »jetzt ist es Ihnen gelungen, mich gänzlich zu verwirren. Was bitte ist eine Doppel ...«

»... Helix. Eine Doppelhelix ... wie soll ich das sagen ... sie ist eine organische Maschine, die sowohl zur Speicherung als auch zur inhaltsbewahrenden Umwandlung von Information dient. Sie hat die Form einer ineinander verschlungenen Doppelspirale. Aber das konnten Sie natürlich nicht wissen, schließlich sind Sie kein Biologe. Verzeihen Sie.«

Gödel 1 war es im Augenblick nicht darum getan, herauszufinden, woher sein Gegenüber dieses obskure Wissen bezog, ein Umstand, der ihn vorderhand vor weiteren bemerkenswerten Einsichten bewahrte. Von denen hatte er zur Zeit ohnedies genug.

Wenn die Ohnmacht eine Art Sicherheitsschaltung des gesamten Körpers ist, dann ist das Ignorieren eine Sicherheitsschaltung des Gehirns. Und natürlich das Vergessen. Aber das Vergessen ist Sache der Kinder, der Liebenden und der Alten, nicht die eines Mathematikers.

»Wenn ich Sie recht verstehe«, hakte Gödel 1 an anderer Stelle nach, die natürlich, wir wissen es, recht eigentlich *beinahe* dieselbe war, »... wenn ich Sie richtig verstehe, beschränkt sich Ihre ... Tätigkeit nicht allein darauf, mich widerzuspiegeln; vielmehr sind Sie einer Eigeninitiative fähig, die ich auf mich selbst«, er rutschte unbehaglich etwas tiefer in das Fauteuil, »gewissermaßen rückwirkt?«

»Gewissermaßen ja«, bestätigte Gödel 2, und: »lassen Sie es mich so sagen, mein Freund: Optische Regeln für die Manipulation von Spiegelbildern sind in Wahrheit auch«, er betonte dieses *AUCH*, »praktische Regeln zur Manipulation der Originale.«

»Aber das ist ungeheuerlich!«

»Ich könnte nicht ernstlich behaupten, daß Sie unrecht haben.«

»Täten Sie es nur«, sagte Gödel 1, »täten Sie es nur.« Er sah in den großen Spiegel hinter den Schachtischen, ebenjenen Spiegel, dem sein »Gast« entstiegen war, und war mit einem Mal sehr darüber erleichtert, dort, wo er sich selbst oder eigentlich sich selbst und seinen Doppelgänger sehen hätte sollen, nichts, absolut nichts zu sehen.

Außer seinem Notizbuch, versteht sich.

Nicht auszudenken, dachte Gödel 1, wenn wir plötzlich vier wären; und, dachte er, wie werde ich ihn wieder los? Wie geht er wieder? Und wann?

Aber er getraute sich nicht, Gödel 2 danach zu fragen, und dieser, mit einem wissenden Zug um den Mund, machte keine Anstalten, sich weiter zu erklären. Er schien vielmehr das Absonderliche – ach was: *Die Ungeheuerlichkeit* – ihrer Lage völlig vergessen zu haben und flirtete über drei Tische hinweg ungeniert mit der Sitzkassierin, ein Verhalten, das Gödel 1 sowohl Empörung als auch Bewunderung abnötigte, hatte er selbst doch immer Schwierigkeiten gehabt, sich einer Frau zu nähern, geschweige denn ihr freimütig und unverblümt den Hof zu machen.

Sie waren schon ein seltsames Paar, der unscheinbare Herr Gödel und sein selbstsicheres, pflichtvergessenes Spiegelbild.

Mit einem Wort: Sie waren komplementär.

In naher Nachbarschaft, am Tisch der beiden sitzengelassenen Bohemiens und exakt unter dem Scheitelpunkt jener Blickparabel, die sich von Gödel 2 zur Sitzkassierin und von der Sitzkassierin zu Gödel 2 spannte, war eine Doppelconference ganz anderer Art im Gange, die sich im wesentlichen, unterbrochen bisweilen durch das ostentativ langsame Vorbeischreiten des Obers, auf das Aufzählen von Städtenamen und Lokalen beschränkte.

»Größenwahn«, sagte der eine, Valentin Heller, dem Vernehmen nach ein vielversprechender junger Maler.

Das war der Name des Cafés in Berlin.

»Nein«, sagte der andere, Alfred Bogansky, welchselber im Verdacht stand, heimlich der Schriftstellerei zu frönen.

»Wenn er in Berlin ist, ist er im Romanischen Café.«

»Dôme«, sagte Heller.

»Flore«, widersprach Bogansky.

Paris also.

»Ich habe ihn kürzlich vom Continental reden hören. Dort soll sich etwas zusammenbrauen.«

»Aber das wäre in Prag!«

»Ich weiß, ich weiß.«

»Ich kann mir beim besten Willen nicht vorstellen, daß er dem Arco untreu wird.«

»Treue«, dozierte Valentin Heller, »ist eine Eigenschaft der Mittelmäßigen. Sie hängt mit Reue zusammen, und unser Doktor Klein bereut nie.«

»Vielleicht, daß er nach Budapest ins Abbazia ...«, mutmaßte Bogansky.

»Ins Odeon.«

Zürich.

»Ins Verbano.«

Ascona.

Sie begannen sich mit dem Gedanken vertraut zu machen, dem Ober ihre letzten Pfandleihscheine aus der Pfandleihanstalt Dorotheum in Rechnung geben zu müssen. Für diesen, den Ober, würde es ein Geschäft werden, und er wußte es, auch wenn er sie mit einem finsteren Blick bedachte, als er endlich den bestellten Whisky an den Tisch Kurt Gödels brachte.

An diesen Tisch.

8

Man sollte es nicht glauben. Frauen bringen alles durcheinander, sogar die wichtigste Begegnung im Leben zweier Männer, die eigentlich einer sind.

Eigentlich.

»Verwickelte Hierarchie, so nannten Sie das wohl?«

Gödel 1 klang bissig, als er das sagte, während Gödel 2, geistesabwesend, weil eigentlich drei Tische weiter, im Begriff stand, den Whisky zu leeren, der ersterem zugedacht gewesen wäre.

»Verzeihung.«

Gödel 2 riß sich von der Sitzkassierin los und stellte den Whisky zurück.

»In der Tat, so nannte ich es. Sie sind meine Interpretation, und ich bin Ihre.«

»Eine sehr freie, wenn ich so sagen darf.«

»Isomorphie«, sagte Gödel 2, »auch zweistöckige Entsprechung genannt«, bei dem Wort »zweistöckig« schielte er nach dem Whisky, »ich entspreche Ihnen, und Sie entsprechen mir.«

»Was noch zu beweisen wäre.«

»Beweisbarkeit ...«, begann Gödel 2 im Habitus eines Dozenten.

»Ich weiß, ich weiß«, Gödel 1 winkte ab. »Wem sagen Sie das?«

Wem sagte er das eigentlich wirklich? Oder was sagte er eigentlich wirklich? Und wer?

»Was ich meine«, sagte Gödel 2, »ist, daß wir verschiedene Versionen einer *möglichen* Person sind, die einander gegenseitig beschreiben. Beschreibungen von Beschreibungen gewissermaßen«, er stockte. »... zwar gleichberechtigt, aber nicht gleich. Es ist, wie wenn zwei Instrumente, sagen wir ein Cembalo und eine Bratsche, sozusagen im Gleichklang befindlich denselben Ton anstimmen und doch verschieden klingen.«

»Ein Cembalo?« fragte Gödel 1.

»Und eine Bratsche«, sagte Gödel 2.

»Oder ein Tänzer und eine Tänzerin, die denselben Walzer tanzen«, fragte Gödel 1. »Sie nach rückwärts, und er nach vorn?«

»Mit Einschränkungen«, sagte Gödel 2.

»Weshalb?«

»Sie müssen tanzen können.«

»Davon war ich ausgegangen«, Gödel 1 begann wieder mißmutig zu werden. »Trotzdem sehe ich einen Fehler. Der Tänzer und die Tänzerin tanzen zwar denselben Tanz, das stimmt, aber sie sind nicht gleichberechtigt. Der Mann fängt an. Er führt.«

»Sind Sie sicher?« fragte Gödel 2.

»Nein«, sagte Gödel 1 und dachte dabei an eine ganz bestimmte Dame, die ihm, als er sie zum ersten und bisher einzigen Mal aufgefordert hatte, zwar wohl die Peinlichkeit erspart hatte, ihre tänzerische Überlegenheit durch ein offenes Übernehmen des Führungsparts herauszukehren, und die nichtsdestoweniger seine, Gödels, Selbsteinschätzung, ein Walzervirtuose und insbesondere ein fulminanter Johann-Strauß-Interpret zu sein, in Grund und Parkett gewirbelt hatte. Sie führte eben rückwärts.

Besagte Dame hieß Adele Porkert, trat, wie er inzwischen wußte, im Vergnügungscafé »Nachtfalter« auf und war Gödels *Große Unbekannte*, die verwirrende Variable, die seine nächtlichen Gleichungen zuzeiten gehörig durcheinanderbringen konnte. Gödels einziger leidlicher Trost bestand darin, daß sie ihn jeden Morgen im Fenster des Hauses Langegasse 65, schräg gegenüber seiner eigenen Wohnung, ihrer berückenden Silhouette teilhaftig werden ließ und im übrigen keiner seiner Ableitungen über das erste »Für alle C gilt, wenn ...« hinaus folgen hätte können.

In dieser *Mondo senza gente* war er der Virtuose, aber sosehr er es bisweilen genoß, die Saiten jenes abstrakten Instrumentariums zum Klingen zu bringen, sosehr gereute ihn die Tatsache, daß außer einigen Freunden vom »Wiener Kreis« und diesem und jenem fernen Korrespondenzpartner niemand sein Spiel zu hören vermochte.

Das Blut des Mathematikers.

»Sie hätten öfter ins ›Nachtfalter‹ gehen sollen«, sagte Gödel 2 unvermittelt. »Diese Dame, Adele Porkert, paßt gut zu Ihnen. Nicht für immer zwar, aber für eine gewisse Zeit.«

»Ich sehe nicht, was ... Madame Porkert mit unserer Begegnung zu tun hat«, Gödel 1 versuchte, brüsk zu wirken, ein Unterfangen, das das unsichere Flattern in seiner Stimme nur noch verstärkte. »Lassen Sie sie aus dem Spiel. Bitte.«

»Wie Sie wünschen, mein Freund. Da drüben ...«, Gödel 2 deutete über seinen Rücken in den Spiegel, »habe ich allerdings schon seit geraumer Zeit das Vergnügen ihrer näheren Bekanntschaft; einer *sehr nahen* Bekanntschaft, wenn Sie verstehen, was ich meine.«

»Sie haben sich unterstanden ...!«

»Ich habe nur das getan, was Sie auch tun werden. Die Mathematik ersetzt nicht alles.«

Gödel 2 winkte ab, als Gödel 1 etwas sagen wollte, und dieser ließ es. Er war erschüttert. Sein Spiegelbild hatte ihn hintergangen. Adele, seine große Unbekannte, hatte ihn betrogen. Nein: Sie hatte sich ihm unmöglich gemacht.

»Die Grenzen der Sprache«, sagte Gödel 2 versöhnlich, »... der gewöhnlichen wie auch der Formelsprache, sind *nicht* die Grenzen der Welt, auch wenn Ihr Freund Wittgenstein das immer behauptet. Die imaginäre Zahl ersetzt keine reale Frau.«

Er log.

»Er wußte sehr wohl, daß sich Gödel 1 seiner unerlaubten Liebe nie nähern würde; und er wußte, daß er selbst, indem er den Spiegel verlassen hatte, im Begriff stand, ebendiese Entwicklung herbeizuführen.

Nun gut.

Wenigstens war es ihm gelungen, sein »Original« vom leidigen wunden Punkt abzulenken. Gödel 1 nämlich brauste auf.

»Das sagt er nicht! Ludwig sagt nicht, daß die Grenze der Sprache die Grenzen der Welt sind. Er sagt lediglich, daß die Welt nur insofern existiert, als wir sie definieren.«

»Wo liegt da der Unterschied?«

»Im Verstehen.«

»Sie meinen im Glauben, fürchte ich. Mein lieber armer Freund ..«, sagte Gödel 2, »mein lieber armer Freund«, und tatsächlich machte sich so etwas wie Kummer in seinem bis dahin so aufgeräumten Gesicht breit, »Sie werden mir zugestehen, daß diese Argumentation äußerst windig ist. Es genügt nicht, die Grenzen des alten Denkens immer weiter und weiter hinauszuschieben. Wir müssen das alte Denken zugunsten eines radikal neuen völlig, ich betone, *völlig* aufgeben. Abschied. Exit. Ende der Vorstellung.«

»Sicher«, sagte Gödel 1, »jaja, sicher. Aber können Sie mir einmal sagen, wie ich von meinem alten Denken zu einem neuen gelange, wenn ich doch nur das alte habe, um hinzukommen?«

»Ganz einfach: Sie übergödeln sich.«

»Wie bitte?«

Gödel 2 lachte wieder.

»Über-gödeln«, sagte er, »über-gödeln. Es steht gleichermaßen für eine höhere Form des Überlistens. Ein gewisser J. R. Lucas wird diesen Begriff erfinden, und ob Sie es glauben oder nicht, mein Freund, er wird dabei tatsächlich auf Ihren Arbeiten aufbauen, und er wird dabei tatsächlich beweisen oder zumindest zu beweisen versuchen, daß diese Ihre Arbeiten ihrerseits ... beweisen«, er lachte ob dieser absurden Anhäufung und führte sie genüßlich zu Ende, »... beweisen also, daß der menschliche Geist jedem möglichen formalen System überlegen ist; ebendarum überlegen ist, weil jedes mögliche formale System dem *informellen* System, in dem es entstanden ist, dem menschlichen Geist nämlich, inert ist, und nicht umgekehrt.«

Er fixierte Gödel 1, der aber schwieg.

»... Ich spreche vom kybernetischen Kollaps, wenn Sie verstehen, was ich meine: Jedes geschlossene System, so komplex es auch sein mag, kann kurzgeschlossen werden, der menschliche Geist aber *impliziert* den Kurzschluß, wenn er ihn nicht geradezu voraussetzt, und das wiederum bedeutet, daß er offen ist. Wir können aus uns selbst heraustreten.

(Wohin?, wollte Gödel 1 fragen, aber er fragte es nicht. (Woher?, wollte er fragen, woher wissen Sie das alles? Woher wissen Sie, was sein wird? Und natürlich: Woher kommen Sie eigentlich? Aber wenn der Fragen zu viele sind, wartet ein kluger Mann, bis sie sich gegenseitig beantwortet, sozusagen weggekürzt haben und entweder keine oder nur noch eine übrigbleibt ...)

»Im übrigen«, fuhr Gödel 2 fort, »im übrigen glaube ich, daß sämtliche Religionen, wenn sie von Erleuchtung sprechen, nichts anderes als diesen Kurzschluß meinen. Aber das soll nicht unser Problem sein; schließlich sind wir Wissenschaftler und keine Erweckungsprediger, nicht wahr?«

Gödel 1 hatte während dieses kleinen Vortrags wie hypnotisiert das Gesicht seines Gegenübers angestarrt und erwachte erst jetzt aus seiner denkwürdigen Selbstbeschau.

Er war geschmeichelt. Er sah sich in seinen radikalsten Axiomen bestätigt, ja er war glücklich.

Glücklicherweise ist das Glück ein nur schwer erträglicher Zustand, ein Zustand jedenfalls, der dem dialektischen Erkennen diametral entgegengesetzt ist, und so rief der ihm eigene Reflex dem Glück und der Zufriedenheit gegenüber auch alsogleich Gödels Widerspruchsgeist auf den Plan.

Dialektischer Masochismus, dachte er zynisch. Ich möchte glauben, was ich höre, aber ich darf es nicht.

»Weshalb?« fragte Gödel 2, denn Gödel 1 hatte laut gedacht.

»Weil ... weil mir keine schlüssigen Folgerungsregeln zur Verfügung stehen, die es mir erlauben würden, so weit zu gehen. Selbst wenn ich davon ausgehe, daß Ihr Auftauchen hier den Tatsachen entspricht – und das muß ich wohl oder übel, denn ansonsten müßte ich meine gesamte Wahrnehmung in Frage stellen, selbst dann also kann ich es immer noch nicht beweisen. Ein Faktum übrigens, das sich *logisch* aus dem System meiner Wahrnehmung selbst ableiten läßt ... Ich meine, um es punktuell auszudrücken: Übernatürliche Ereignisse sind möglicherweise die natürliche Folge, wenn man sich zu exzessiv mit übernatürlichen

Zahlen und kollabierenden Systemen beschäftigt. Dennoch ...«

Er brach ab, denn Gödel 2 schlug sich vergnügt auf die Schenkel und lachte so laut, daß selbst Kommerzialrat Ronthe indigniert von seiner Partie aufsah, um freilich sogleich wieder zu ihr zurückzukehren.

»... Dennoch«, fuhr Gödel 1 fort, »kann ich mir nicht vorstellen, daß wir aus unserem System herausspringen können. Unser Denken vielleicht, obwohl ich auch das bezweifle, denn schließlich kann ich es mir nicht vorstellen; ganz gewiß aber nicht wir selbst.«

»Nun«, sagte Gödel 2, immer noch vor Vergnügen glucksend, »Sie mögen recht haben, aber wir können uns zumindest modifizieren. Bis zur Unkenntlichkeit, wenn Sie verstehen, was ich meine.«

»Ich habe Sie sofort erkannt.«

»Naja«, sagte Gödel 2. »Ich frage mich, wen Sie *glauben* erkannt zu haben. Aber wollen wir das einstweilen beiseite lassen. Sie würden sich jedenfalls wundern, wenn Sie einen meiner Kollegen, respektive einen *Ihrer Aspekte* sehen könnten. Sagen wir so ab der dreiundzwanzigsten Stufe.«

»Wie meinen Sie das?«

»Ja glauben Sie denn, mein lieber armer Freund ...«, – sehr zur Verärgerung des »Originals« schien das eine neue Lieblingsformulierung seines erschreckend plastischen Spiegelbildes zu werden, und Gödel 1 nahm sich vor, sie sich bei nächster Gelegenheit energisch zu verbitten, »... glauben Sie denn, wir hätten *da drüben*«, er deutete über Kommerzialrat Ronthes Pfeifenrauchwolke hinweg, »keine Spiegel? Und in denen wiederum ...«

Er brauchte nicht weiterzureden. Gödel 1 hatte begriffen, und für die Dauer eines delirös langen Moments begann ihm schwindlig zu werden, während er versuchte, dem leeren Whiskyglas einen allerletzten Tropfen abzutrotzen, was selbiges strikt verweigerte.

Es war noch nicht über seinen Schatten gesprungen.

Das Glas nämlich.

Die Dinge, dachte Gödel 1 fast zärtlich, die Dinge wissen noch, was sich gehört.

Er stellte das Glas zurück, fixierte sein Gegenüber und rang sich die Frage ab, die er schon lange hatte stellen wollen.

»Jetzt einmal rundheraus, mein Freund«, Gödel 1 gebrauchte diese Anrede zum ersten Mal, wenn auch eher im Tonfall einer Drohung denn einer Vertraulichkeit. »Was ist das *da drüben*?«

»*Das da drüben*«, sagte Gödel 2 mit einer großartigen, an Polykrates gemahnenden Geste, »ist *Spiegelland*.«

9

Die Flügeltüren am Eingang seufzten vernehmlich, und Sissy Zobel, die Freundin berühmter Männer, betrat das Café, ein Umstand, der unversehens Bewegung in die stagnierenden Tischrunden brachte.

Sie selbst, Sissy Zobel, in einem engtaillierten Pariser Taftkostüm, in hohen Schuhen aus Krokodilleder, die die Grandezza ihrer schmalen Knöchel aufs anmutigste betonten, und gekrönt von einem flachen Hut, über dessen schlichtem Grau der schwarze Schleier mondäner Anrüchigkeit schwebte, ging über die von ihr verursachte Unruhe mit einer Art aufreizenden Unschuldigkeit hinweg, während sie eher bescheiden denn forsch den noch immer unbesetzten Tisch Sascha Hoffmanns ansteuerte.

Das nämlich durfte sie, sie und keine andere in ihrer Eigenschaft als vielverfemte – und – verehrte *Anima* des Wiener literarischen und intellektuellen Lebens, der hymnische Sonette und ätzende Spottgedichte in gleichem Maß zuteil geworden waren, und deren permanenter Balanceakt zwischen anregendem Gedankenaustausch hier und erregender Körperlichkeit da ihr den so schmeichelhaften wie denkwürdigen Ehrentitel *Die totale Muse* eingetragen hatte.

In der Tat saß im ganzen Café kein Mann, der nicht versucht hätte, ein Bild ihrer – latente Laszivität ausstrahlenden – Gestalt für den Tabernakel seiner geheimsten Wünsche zu ergattern. Und keine Frau, deren Nase nicht um etliches spitzer und deren Schulterpartie nicht um etliches steifer geworden wäre.

Wenn es jemanden gab, ihn selbst ausgenommen, der geeignet schien, die berühmt-berüchtigte Maxime Sascha Hoffmanns, an dessen Tisch sie inzwischen Platz genommen hatte, *Nichts ist dem gesellschaftlichen Vorwärtskommen dienlicher als ein schlechter Ruf*, sowohl zu beweisen als auch in vollendeter Konsequenz zu praktizieren, dann war es Sissy Zobel. Wiewohl sie aus ihrem Atheismus kein Hehl machte, sprach man von ihrer gottgegebenen Gabe, den Menschen, und namentlich den Männern, angenehm zu sein, sei es nun in den Wiener literarischen Salons der Berta Zuckerkandl und Alma Mahler, bei den illustren Tratsch-Matineen unter der Patronanz ständig wechselnder neureicher Mäzene, den Empfängen und Soireen in den letzten Bastionen des resignierten kakanischen Adels, den politisch ambitionierten Runden im Haus des Staatsrechtlers Professor Edmund Bernatzik oder aber auf einer der fragwürdigen Gesellschaften in einer gewissen Bad Ischler Villa, die von sexueller Libertinage und dem Genuß exotischer Rauschmittel geprägt waren. Diese beiden letzten waren es denn auch, ihr eifriges und nicht bloß wortgewandtes Eintreten für die sexuelle Revolution und ihr Hang zu verbotenen, zumal orientalischen Genüssen, die sie in den Augen der einen in den Rang einer anarchistischen Göttin und in denen der anderen auf das nicht minder bemerkenswerte Podest einer begnadeten Hure erhoben.

Begnadet jedenfalls allemal.

»Was ist der Unterschied zwischen einer Hure und einer Muse?« versuchte sich die plötzlich bläßlich wirkende Modistin Rosina Thielenbach, geborene Unterdörfler, an einem Witz, und lieferte, da von den anwesenden Herren keine Reaktion erfolgte, die über ein höfliches Wiegen des Kopfes hinausgegangen wäre, die Antwort gleich mit: »Eine Hure läßt sich bezahlen, und eine Muse schenkt sich her.«

Weshalb das für jede brave Angetraute nicht gleichfalls gelten sollte, versäumte sie hinzuzufügen (abgesehen von der Höhe der Gegengeschenke, versteht sich, die in ersterem Fall von der Dankbarkeit und Zuneigung der solcherart Beschenkten, in zweiterem aber vom Ehekontrakt abhing ...).

Die beiden mittellosen Bohemiens, die wider alle Hoffnung noch immer auf ihren treulosen Mäzen warteten, waren seit dem Eintreten Sissy Zobels in ein gemeinsames, andächtiges Schweigen verfallen, Konsul Tafler, ein untadeliger Gentleman in Schachbelangen, mußte Kommerzialrat Ronthe durch mehrmaliges Räuspern darauf aufmerksam machen, daß dieser Gefahr lief, sich ein unnötiges Schach und einen totalen Zusammenbruch seiner linken Flanke einzuhandeln, und Gödel 1 hatte in Anbetracht seines galoppierenden Herzens aufgehört an kollabierende Systeme zu denken.

Gödel 2 sowieso.

»Angesichts einer solchen Vollkommenheit«, sagte er leiser als gewöhnlich, »muß ich mich wirklich fragen, ob Ihr Unvollständigkeitssatz nicht unvollkommen ist.«

»Aber ich habe ihn doch gar nicht geschrieben!« protestierte Gödel 1.

»Man könnte am Zweifel zweifeln«, sinnierte Gödel 2, ohne auf den Einwurf seines »Originals« einzugehen.

Nicht am Zweifel sondern schlichtweg an ihrer Wahl zweifelten in diesem Moment die Kavaliere wohl aller anwesenden Damen, welchselbe sich denn auch, ganz gegen ihre sonstigen Gepflogenheiten, zu einer tischübergreifenden Verschwörung zur Abwehr der gemeinsamen Feindin formiert hatten.

»Wer alles in die Hannd nimmt, darf sich nicht wundern, wenn einem niemand mehr die Hand gibt«, sagte Auguste Brunner, Flüster-Diseuse am Volkstheater, in Anspielung auf den langen, ebenmäßig geformten Elfenbein-Zigarettenspitz, den zu benützen Sissy Zobel sich eben anschickte.

»Oder in den Mund«, kam ihr Frieda Schimek, intime Kennerin des Bassena-Klatsches und der Journalistik, zu Hilfe. »Aber es soll ja zum Beruf einer Muse gehören, jeden dahergelaufenen Dichter zu küssen.«

»Den Dichter«, ergänzte Steffi Oplatek, die kommende Charakterdarstellerin, der freilich selbst der Ruf charakterlicher Fragwürdigkeit anhing, »und seinen Griffel.«

Man sieht also: Die berückende Erscheinung Sissy Zobels hatte dem goldenen Wiener Herzen, welches eine beschönigende Metapher für den kaisergelben Wiener Neid ist, und namentlich dessen weiblicher Hälfte eine kräftige Belebung zuteil werden lassen, genug an Belebung jedenfalls, um es bis zum Eintreffen der nächsten *Persona non grata*, deren entsprechende Respektabilität vorausgesetzt, herzhaft hinterhältig pulsieren zu lassen.

So war es recht.

Der Ober schlug einen Haken um seinen Piccolo, eilte flugs von einem Ende des Cafés zum anderen und wieder zurück, um nur ja keiner Stilblüte verlustig zu gehen, servierte Sissy Zobel, die lächelnd inmitten des Aufruhrs saß, mit ausgesuchter Unterwürfigkeit ihre Melange mit Cognac und strahlte.

Wir wollen uns für diesen schwärmerischen Ausritt entschuldigen, ohne ihn deswegen zu bedauern, denn fraglos wäre es ein Versäumnis, im Banne sozusagen übernatürlicher Ereignisse, als welches das Zusammentreffen Kurt Gödels Nummer Eins mit Kurt Gödel Nummer Zwei sicherlich gelten darf, die natürlichen ganz und gar außer acht zu lassen, zumal, wenn sie von so ausgesuchter Schönheit sind, daß sie auf ihre Art ohnehin ans Übernatürliche grenzen.

(Immer vorausgesetzt, die Natur des Übernatürlichen gestattet es sich selbst, unter natürlichen Gegebenheiten überhaupt bestehen zu können – ein logistischer Purzelbaum, der in einem Wiener Caféhaus an Wahrscheinlichkeit gewinnt, denn dieserorts herrscht, wir haben bereits darauf hingewiesen, jene Atmosphäre grenzgängerischer Künstlichkeit, die solche akausalen, oder vielleicht sollten wir sagen *anderskausalen* Kapriolen überhaupt erst denkbar macht ...)

Nun ja.

Die Beweisführung unseres Beweispaares, dem wir der Einfachheit halber die Gödelnummern Eins und Zwei zugeordnet haben, war ob Sissy Zobels Erscheinen, vielleicht aber auch aufgrund der sich immer deutlicher abzeichnenden Unwegsamkeit des zu erkundenden Terrains, ins Stocken geraten.

Aber was galt es denn eigentlich zu beweisen?

Oder, um es mit den Worten Doktor Hans Schermeisters auszudrücken, mit denen er aus Anlaß seiner Besprechung von Franz Hohenhorns neuestem Sonettenband (»*Das himmliche Herz*«, Prag 1929) die, was man so nennt, literarisch interessierte Öffentlichkeit in heilsame Verwirrung gestürzt hatte: *Was wollte uns der Dichter damit fragen?*

Gemach, gemach ...

»Mit den Frauen«, sagte Gödel 1, ohne dabei seinen Blick in Sissy Zobels Richtung (und darüber hinaus ...) aufzugeben, »ist es wie mit einem komplexen Endlos-Code, der sich selbst zum Inhalt hat: Man glaubt, auf der richtigen Spur zu sein, und weil das stimmt, ist man bald in der Spur, und die hat keinen Boden.«

Er nickte sich selbst zu und wandte seinen Kopf wieder ab, als ihm bewußt wurde, weniger Sissy Zobel als vielmehr Adele Porkert angesehen zu haben, die, objektiv betrachtet, gar nicht da war.

»... Aber Sie wollten mir von *Spiegelland* erzählen.«

»Wollte ich das?« fragte Gödel 2.

»Ich denke doch.«

»Nun gut«, sagte Gödel 2, »wenn Sie wollen.«

Und er erzählte.

Spiegelland, so erzählte Gödel 2, sei, wie er, Gödel 1, sich denken könne, das Land hinter den Spiegeln; hinter den *diesseitigen* Spiegeln, um genau zu sein (Er werde sich dazu noch äußern ...), und in *Spiegelland* lebten Menschen (Er spreche die Anführungszeichen mit ...) wie auf dieser Seite. Damit er richtig verstanden werde: Wenn er sage, in *Spiegelland* lebten Menschen (Die Anführungszeichen könnten nicht entschieden genug betont werden ...) wie hier, so hieße das eben nicht, daß die Wesen, die in *Spiegelland* lebten, Menschen wären, sondern daß sie *lebten* wie hier die Menschen lebten.

Gleichberechtigt aber nicht gleich.

(Er wiederholte sich, ja, ...)

Die »Menschen« in *Spiegelland* (Er setze bei ihm, Gödel 1, ein selbstständiges Setzen von Anführungszeichen voraus ...) verfügten, abgesehen von ihrer offensichtlichen (hier lachte Gödel 2), ihrer offensichtlichen Verpflichtung also, der nämlich, die Menschen auf *dieser Seite* widerzuspiegeln (Oder vielleicht sollte er sagen: Abgesehen davon, daß sie sich dieser ihrer Pflicht, sehr im Gegensatz zu den »Hiesigen« bewußt wären ...) über ein großes Maß an Freiheit, da ihnen die lebensnotwendigen Dinge sozusagen »gratis« ins (wenn er so sagen dürfe ...) »Haus geliefert« würden – ein Umstand, der dazu geführt habe, daß sich viele von ihnen den schönen Künsten und der Philosophie verschrieben hätten. Der Mathematik etwa. Er, Gödel 1, könne vielleicht schon erahnen, worauf er, Gödel 2, hinauswolle.

»Nein«, sagte Gödel 1 grimmig, »erzählen Sie weiter.«

»... Ich meine«, fügte er hinzu, »wenn Sie so freundlich wären.«

»Aber sicher«, sagte Gödel 2, und er erzählte weiter.

Er, Gödel 1, so sagte Gödel 2, dürfe sich *Spiegelland* nicht etwa als eine spiegelverkehrte Kopie der hiesigen Seite vorstellen, vielmehr sei *Spiegelland* viel fragmentarischer, in Teilbereichen sozusagen amorph und manchmal so flüchtig wie schwebende Gaswolken oder die filigranen Gebärden eines Kinder-Kaleidoskops, und den Bewohnern von *Spiegelland* stehe es frei, diese sich ständig verschiebenden und wie eine Digitaluhr pulsierenden, er meine wie Pendel hin- und herschwingenden Zwischenräume entweder nach ihrem Gutdünken zu gestalten oder aber leer (Er müsse auch hier ein Anführungszeichen setzen ...), »leer« also zu belassen.

Ob er ihm folgen könne?

Er habe auch gar nichts anderes erwartet.

Natürlich rühre die Durchlässigkeit der Architektur in *Spiegelland*, wie er, Gödel 1, ganz richtig erraten, Verzeihung, *gefolgert* habe, von dem Umstand her, daß nicht jeder Teil der hiesigen Seite überhaupt oder aber unablässig gespiegelt werde, und er rechne dabei Schaufenster, Messinguhren und Autokarosserien durchaus mit ein, wenngleich, das müsse er zugeben, Spiegelungen oftmals derart verschlungenen Wegen, einer so ganz und gar verworrenen Ineinanderschachtelung von Brechungen folgten, daß die Gebäude in *Spiegelland*, zumindest von ihrem äußeren Erscheinungsbild her, im großen und ganzen tatsächlich den hiesigen entsprächen.

Innen freilich sehe die Sache schon anders aus.

Der Turm des Stephansdoms zum Beispiel, von dem man doch annehmen könnte, daß er in *Spiegelland* nicht vorhanden sei, da es in seiner Höhe keine spiegelnden Flächen gäbe, vorbeifliegende Düsenjets vielleicht ausgenommen, er meine Ballons oder Flugzeuge, ... dieser berühmte Nordturm also wäre in *Spiegelland* nichtsdestoweniger eigentlich immer zu sehen, wenn auch meistens unscharf oder gar doppelt, da es vollauf genüge, wenn er sich in einem offenen Wohnhausfenster in Kaisermühlen spiegle. Oder in den Brillengläsern eines ehrfürchtig aufblickenden Touristen.

Was nun die Leute in *Spiegelland* betreffe (Die Leute wohlgemerkt und nicht die Menschen. Er könne, auf die Gefahr hin, ihn, Gödel 1, zu beleidigen, nicht oft genug auf die Anführungszeichen hinweisen ...), die »Leute« also, die, wie er bereits erwähnt habe, über ein Übermaß an Freizeit verfügten, zumal, wenn sich ihre sogenannten Originale (auch hier seien Anführungszeichen zu empfehlen ...) einer so noblen Zurückhaltung in ihrer Selbstbeschau befleißigten, wie er es von ihm, Gödel 1, dankenswerterweise behaupten könne ... (»Bitte, bitte!« sagte Gödel 1. »Nicht der Rede wert.«) ... oh doch, oh doch, so habe dieses ihr Übermaß an Freizeit, er wiederhole sich abermals, verbunden mit, auf der hiesigen Seite unvorstellbaren, gestalterischen Freiräumen eine Kunst – und – Philosophierichtung hervorgebracht (Kunst *und* Philosophie wohlgemerkt – die beiden Begriffe wären in *Spiegelland* unmöglich zu trennen ...), die in der *Anbetung des großen Null-Spiegels* gegipfelt hätten, einer Tätigkeit, welche am ehesten mit gemeinschaftlichem Meditieren umschrieben werden könnte.

Die Leidenschaftlichkeit, oder aber, um es in der Terminologie der Leute (der Leute!) von *Spiegelland* zu sagen, die Leidenschaftslosigkeit, mit der sie die *Anbetung des großen Null-Spiegels* betrieben, habe denn auch zu einer Reihe bedauerlicher Unfälle geführt, da die solcherart Beschäftigten (die solcherart *Ent*schäftigten, würde man in Spiegelland sagen ...) vergessen hätten, ihrer Pflicht der hiesigen Seite gegenüber nachzukommen, so daß sich einzelne Menschen morgens, meistens morgens, oder aber auch bei ihrer Abendtoilette plötzlich einem leeren Spiegel gegenüber gesehen hätten, ein Umstand, der die Erklärung vieler angeblich unerklärter Herzinfarkte und die eigentliche Grundlage so mancher Religion sei.

Er selbst, Gödel 2, habe sich eine solche Nachlässigkeit allerdings noch nie zuschulden kommen lassen.

»Das stimmt«, sagte Gödel 1 ergeben und fasziniert, »das heißt: einmal, als ich rasch weggesehen habe ...«

»Aber ich bitte Sie«, sagte Gödel 2. »Ich bitte Sie. Wir wollen uns doch nicht in Lappalien verlieren. Ich appelliere an Ihr Unterscheidungsvermögen.«

Gödel 1 nickte stumm.

Im übrigen, fuhr Gödel 2 fort, im übrigen gebe es eine sozusagen osmotische Wechselwirkung zwischen der geistigen Beweglichkeit eines diesseitigen Menschen und dem Spielraum, den er seiner Spiegelung lasse, der Zeit also, die er ihm gebe, um sich in die *Anbetung des großen Null-Spiegels* zu vertiefen, weshalb es auch im Volksmund heiße, wer zuviel in den Spiegel blicke, werde dumm oder aber er verliere seine Seele.

»Jetzt werden Sie mystisch!« protestierte Gödel 1.

»Ich denke«, erwiderte Gödel 2, »daß ich das schon lange bin. Seit ich hier bin, um genau zu sein. Bedenken Sie bitte, wem Sie gegenübersitzen. Meinen Sie nicht, daß ich einigen Anspruch darauf habe, als ... nun, als eine Art übernatürliches Wesen zu gelten?«

»Sie haben«, sagte Gödel 1 vorsichtig, während er seine Brille auf das Nasenbein zurückschob, von wo sie während der Schilderung seines Gegenübers gefährlich abgerutscht war, »... Sie haben des öfteren darauf hingewiesen, kein Mensch zu sein. Stimmt das?«

»Ja natürlich.«

»Wie darf ich das verstehen?«

»Wir beide sind Sätze des Systems ›*Gödel*‹, Sie selbst sind außerdem ein Satz des Systems ›*Mensch*‹, ich nicht.«

Gödel 1 schwieg. Was sonst hätte er tun sollen?

11

Draußen knatterte ein Motorrad vorbei, und abermals schauten für einen flüchtigen Moment zwei große Frauenaugen hinter Schutzbrillen ins Café herein, zu sehr Phantom schon, um noch von irgend jemandem wahrgenommen zu werden, zu sehr schon Teil der vorgerückten Nacht, vorüber-und-hinweggeweht von der tobenden Ordnung der Stadt.

Herinnen, im fragilen Gefüge des Cafés, begann sich der Sog der Müdigkeit an den ungeübteren Gästen zu schaffen zu machen, lange noch bevor für die alteingesessene Caféhausklientel die ersten wahrhaft befruchtenden Höhepunkte in Sicht waren, ja sogar lange bevor sich das Gros der eigentlichen Nachtschwärmer überhaupt eingefunden hatte. Einzelne Paare zuerst, die Frau voran, Minuten später die glücklosen Hausfreunde und einsamen Jäger aus den Vorstädten und schließlich ganze Gruppen lösten sich wie Blätter von den Tischen und wirbelten hinaus auf die Straße.

Zurück blieben die gelichteten, sich jetzt auch freier gebenden

Runden vorgeblicher und tatsächlicher Genies, kommender und angekommener Künstler, geheimer und einschlägig beleumundeter Größen, die sich selbst zuzeiten gern als »Inventar« bezeichneten.

Kurt Gödel zum Beispiel. Und sein Gast.

»Es muß«, sagte Gödel 1 nach einigem Sinnieren, einem Sinnieren freilich, das eher der Frage gegolten hatte, ob er noch eine Melange oder noch einen Whisky bestellen sollte, und selbst diese scheinbar so profane Frage hatte sich als vorläufig unentscheidbar erwiesen, »... es muß doch eine überzeugende und wohlgeformte Erklärung geben ...«

»Wohlgeformt!« lachte Gödel 2, »das ist gut.«

»... eine Erklärung, die uns endlich auf den Punkt bringt.«

»Vor dem Punkt«, meinte Gödel 2, der das leere Whiskyglas in seinen Händen hielt und ganz den Eindruck machte, als ob er die Initiative zu einer Bestellung ein zweites Mal übernehmen wollte, »kommt der Satz. Sie beschäftigen sich mit dem Theorem, noch bevor Sie sich über ein einziges Axiom im klaren sind. Von Erzeugungsregeln ganz zu schweigen.«

»Touché!« sagte Gödel 1 mit einem betretenen Lächeln. »Wir kommen nicht weiter.«

»Oh doch, wir nähern uns dem Kern der Sache.«

»Am Kern hat sich schon so mancher die Zähne ausgebissen. Zurück bleibt ein Loch.«

»... das der Kern ist.«

»Ihre Lieblingstheorie, wie es scheint.«

»Und Ihre«, sagte Gödel 2 gewinnend.

»Gewonnen«, sagte Gödel 1, »was kommt danach?«

»Die Siegesfeier.«

»Ich will Ihnen nicht im Wege stehen. Feiern Sie nur.«

Statt zu feiern oder auch nur Anstalten in dieser Richtung zu machen, wurde Gödel 2 unvermittelt sehr nachdenklich, um nicht zu sagen: Er wurde traurig. Gödel 1 hakte nicht nach. Der Stimmungsumschwung seines Gegenüber schien ihm nun doch zu gravierend, um ihn leichthin abzutun oder zu übergehen.

»Sehen Sie«, sagte Gödel 2 endlich, »es gibt in meinem und Ihrem Leben einen blinden Fleck, und ich habe mich oft gefragt, was er verbergen mag ...«

Er seufzte.

»Verstehen Sic mich recht«, sagte er, »ich weiß, was dabei herauskommt, aber nicht, auf welche Art und um welchen Preis.«

»So erklären Sie sich doch! Worauf wollen Sie hinaus?«

»Ich will darauf hinaus ... Nun, um es kurz zu machen, mein Freund: Ich komme nicht nur aus dem Spiegel, ich komme auch aus einer spiegelverkehrten Zeit.«

»Sagten Sie Zeit?«

»Ich sagte Zeit.«

»Sie wollen damit andeuten ...«

»Ja, mein Freund, ich will damit sagen, daß ich aus der Zukunft komme.«

»Und der blinde Fleck ...«

»... ist diese Begegnung, ganz recht.«

12

Die Flügeltüren am Eingang salutierten geräuschvoll, und er war da: Sascha Hoffmann. Er selbst.

Man soll nicht glauben, daß sich jetzt etwa ein anerkennendes oder abkanzelndes Murmeln, ein Zischen und Scharren, ein Deuten und Nicken erhoben hätte, wie das bei Erscheinen einer der wohl umstrittensten Personen im Dunstkreis des geheimen geistigen Olymps zu erwarten gewesen wäre, jenes Olymps nämlich, den die einen im »Café Herrenhof«, die anderen hier im »Café-Museum« und wieder andere im freilich etwas aus der Mode gekommenen »Café Central« vermuteten.

Nein, Sascha Hoffmann, das wandelnde Lexikon, der besessene Anti-Bourgeois, die kritische Instanz *in persona*, war viel zu wichtig, um auf solch plumpe Art wichtig genommen zu werden. Alles, mit Ausnahme Sissy Zobels, die wenig damenhaft winkte und »Juhu!« rief, gab sich nonchalant, wenngleich das den Frauen sichtlich schwerer fiel als den Männern.

Nun war Sascha Hoffmann beileibe kein Frauenheld, das heißt: Er hatte nicht das Aussehen, das man gemeinhin von einem Frauenhelden erwarten würde (Genauer noch: Er sah nicht so aus, wie Männer, die gerne Frauenhelden wären, meinen, daß sie als solche auszusehen hätten ...), ganz im Gegenteil. Sascha Hoffmann war klein, ungewöhnlich klein, und das sogar in Kreisen, in denen die Figur des, man verzeihe den Gemeinplatz, gnomenhaften jüdischen Intellektuellen durchaus keine Seltenheit war. Er war schmächtig, und sein Gesicht, wenngleich klug und mit hypnotisch grünen Augen begnadet, rutschte leicht aus dem Gefüge und wurde von einer erschreckenden Besessenheit entstellt, die zwar seiner intellektuellen Glaubwürdigkeit, kaum aber seinem männlichen Charme zugute kam.

Außerdem sollte er verwachsen sein, ein Gerücht, über dem sich die Geister schieden, auch wenn seine ausgesuchte Kleidung nichts von einem solchen mutmaßlichen körperlichen Defekt erkennen ließ. Trotzdem: Wie er jetzt auf Sissy Zobel zuging, lächelnd und mit der Sicherheit des Siegers, konnte man sich des Eindrucks nicht erwehren, daß irgendwo in diesem Körper ein Kolben ständig gegen den Zylinder schlug, daß irgendwo ein rotes Lämpchen ständig seinen Schmerz ins Nervenzentrum dieser komplexen Maschinerie schrie, und er selbst, Sascha Hoffmann, trug mit seinen Äußerungen durchaus dazu bei, solchen Vermutungen immer neue Nahrung zu geben.

»Die Heiligen hinken«, hatte er einmal in jenem Tonfall ehrfürchtiger Blasphemie gesagt, wie er so vielen *Atheisten aus Anstand* (auch einer seiner Begriffe) eigen ist. »Jeder wahre Adept«, hatte er gesagt, »hat einen Buckel, einen Aussatz, einen *produktiven Defekt.*« Und in einem seiner zahlreichen philosophischen Fragmente (»*Im Mahlstrom Malkuths* – Bekenntnisse eines abergläubischen Agnostikers«, unveröffentlicht) führte er den Gedanken weiter:

»Verzicht auf Schönheit, *auf diese Art* Schönheit, ist der Tribut, der uns an den Pforten der Erkenntnis abverlangt wird. Ein Schlemihl ist ewig jung, *weil er den Weg der Krücke wählt.* Krükken altern nicht ...«

Wie auch immer: Sascha Hoffmann wirkte auf Frauen. Seine erste Ehefrau, die umschwärmte Tochter eines angesehenen Budapester Kieferchirurgen, hatte mit ihrem Vater und dem großbürgerlichen Leben gebrochen und war ihm in seine Wiener Wohnung gefolgt, die den tabakgeschwängerten Flair einer konspirativen Kommandozentrale hatte, wohl wissend, daß Sascha Hoffmann die uneingeschränkte Promiskuität propagierte und von sich selbst behauptete, das einzige Säugetier, das er zu lieben imstande sei, wäre seine dreibeinige schwarze Katze.

Sie hatte grüne Augen. Die Katze.

Nach drei Jahren fruchtloser Domestizierungsversuche und wochenlangen Aufenthalten zuerst in der Nervenheilanstalt Steinhof und danach in einem Bad Ischler Nobelsanatorium starb Sascha Hoffmanns erste Frau an einer »versehentlichen« Überdosis Morphium.

Seine zweite Frau ging nach Südamerika, wo sie sich einer obskuren Freiheitsarmee angeschlossen haben soll, seine dritte Frau verschwand in den Armenvierteln Londons, seine vierte erlag einer Gehirnhautentzündung und seine fünfte hatte Zuflucht in einem abgeschiedenen Trientiner Kloster gefunden, was sie nicht daran hinderte, ihm täglich einen Brief zu schreiben, der für gewöhnlich mit *»In Liebe zu Dir und dem Herrn«* endete.

Diese fünf und alle Frauen dazwischen, die unglückseligen Protagonistinnen jener »Gschpusis«, die eine spätere Generation als »One-Night-Stands« bezeichnen würde, waren sich bis zuletzt darin einig gewesen, ihn, Sascha Hoffmann, trotz alledem oder gerade darum über alles zu lieben, und obwohl die Fama von Sascha Hoffmanns fataler Wirkung auf Frauen inzwischen weit über Mitteleuropa hinausgedrungen war, schienen die Damen der Gesellschaft Schlange zu stehen, um in die Fußstapfen ihrer bedauernswerten Vorgängerinnen zu steigen.

Das Rätselraten war beträchtlich.

Man sprach von magischen Fähigkeiten, okkulten Operationen, geheimnisvollen Sexualpraktiken und einer anrüchtigen Dämonie, die Frauen dazu bewog, sich auf diesen tantrischen, mitunter sogar tödlichen, Teufelspakt einzulassen.

Trotzdem war Sascha Hoffmann wohlgelitten, und selbst die untadeligsten Tugendwächter konnten ihm nicht wirklich böse sein (von den Wächterinnen gar nicht erst zu reden – die nahmen moralischen Urlaub ...).

Die griffigste Benennung dieser bemerkenswerten Regung stammte natürlich wieder von Sascha Hoffmann selbst. Er nannte sie *»wohlwollende Antipathie«*. Und genau das war es, was die, wenn man so sagen darf, »Belegschaft« des Cafés Sascha Hoffmann entgegenbrachte: Rückhaltlose Sympathie und wohlwollende Antipathie. Und als es ein ohnedies nur geduldeter Heimwehrmann tatsächlich wagte, ein deutliches »Bolschewistischer Judenbastard!« in seine Richtung zu zischen, wurde er von einer solchen Woge des Stirnrunzelns und unverhohlener Verachtung erfaßt, daß er im Nu aus dem Caféhaus hinweggespült war.

Man sieht also: So unnachsichtig die Wiener sein können, so hinterhältig und meuchlerisch, so sehr stehen sie auch zu jenen Verfemten, die imstande sind, ihren Attacken lange und geistreich genug zu trotzen; die es fertigbringen, ihre eigenen Obsessionen auszuleben und, das Wichtigste, ungestraft davonzukommen. Im Grunde ihres Herzens sind alle Wiener Anarchisten, was der eigentliche Grund dafür sein dürfte, daß sie sich einen Beamtenapparat erschaffen haben, der so schwerfällig und verfilzt ist, daß es ihm praktisch unmöglich ist, irgend etwas zu bewerkstelligen.

Außerdem sind alle Wiener Psychotherapeuten, besonders die Hausmeister, denn wer könnte einen Neurotiker besser verstehen als ein Neurotiker, und schließlich ist jedes Stiegenhaus nichts anderes als eine permanente Encountergruppe.

Aber genug davon.

Näheres sollte der Interessierte in Sascha Hoffmanns Broschüre »*Über die Barmherzigkeit des Bassena-Klatsches*« nachlesen, sofern es ihm gelingt, das seltene Druckwerk ausfindig zu machen.

Fragen Sie Ihren Antiquar.

13

»Sie leben also rückwärts?« fragte Gödel 1.

Er hatte seit der bestürzenden Eröffnung seines Gegenüber schlafwandlerisch in seinem Notizbuch geblättert, willkürlich Ecken umgebogen, eine Gleichung korrigiert und seinem letzten Satz »*Die Nichtbeweisbarkeit gewisser wahrer Sätze ist beweisbar*« ein mißmutiges »*Na wenn schon!*« hinzugefügt.

»Ja, ich ... kam in die Welt, als Sie aus ihr gingen. Ihr Tod wird meine Geburt sein. Und umgekehrt.«

»Wie ...«, fragte Gödel 1, der nicht zu bemerken schien, daß Gödel 2 noch etwas sagen wollte, etwas, das genau abgewogen, sorgfältig formuliert sein mußte, »... wie werde ich sterben?«

»Ich glaube, es wäre nicht gut, Ihnen das zu sagen« – Gödel 2 wirkte verlegen, »Sie werden alt. Um genau zu sein ...«

»Ich will nicht wissen, *wann* ich sterbe«, fuhr Gödel 1 dazwischen, »sondern *wie*. Und ich denke doch, daß Sie mir eine Antwort schuldig sind. Immerhin haben Sie mein ganzes Leben durcheinandergebracht, und zwar für immer, ist Ihnen das eigentlich bewußt? Mein Weltbild. Mein Selbstverständnis. Alles!«

Gödel 2 nickte unsicher.

»Ich bitte um Verzeihung, wenn ich ...«

»Verzeihung! Verzeihung! Ich will keine Entschuldigungen, sondern klare Erklärungen. Sie bilden sich doch nicht wirklich ein, daß ich das alles so ohne weiteres hinnehme? Daß ich Sie mit einem Händedruck verabschiede, wenn Sie wieder zurückgehen ...« – er blickte ihn herausfordernd an. »Ich meine: *Wenn* Sie wieder zurückgehen ... Und daß ich sage: Es hat mich sehr gefreut, und den Rest meines Lebens mache ich einen großen Bogen um jeden Spiegel und zucke jedesmal zusammen, wenn ich an einem Schaufenster vorbeigehe, einmal ganz davon abgesehen, daß ich nie sicher sein kann, ob Sie nicht im nächsten Caféhaus auf mich warten. Nein, mein Freund, so geht das nicht, so nicht!«

Gödel 2 war durch diesen Ausbruch seines ansonsten so gutmütigen »Originals« erheblich aus der Fassung gebracht.

»Aber mein Freund«, sagte er betroffen, »verzeihen Sie ... Ich meine: Vielleicht habe ich wirklich einen Fehler gemacht, aber ich versichere Ihnen, daß ich nie gewagt hätte, diesen Schritt zu tun, wenn Sie ...«

»Jaja, die Schönheit des Satzes, bei dessen Formulierung Sie mich spiegeln durften«, schnaubte Gödel 1.

»Aber nein«, wehrte Gödel 2 ab, »Ich hätte nie gewagt, diesen Schritt zu tun, wenn ich nicht meine, ich meine Ihre ... ich meine: Wenn es nicht eine Niederschrift dieses Gesprächs gegeben hätte mit einer genauen Zeitangabe und der ausdrücklichen Ermunterung, was sage ich: der dringenden Bitte, genau das zu tun, was ich getan habe.«

»Sie wollen damit sagen ...«

»Ich will damit sagen, daß i ... ich meine, daß Sie einen Bericht über diese Begegnung anfertigen werden, den ich gelesen habe. In meiner Vergangenheit, Ihrer Zukunft.«

Er brach ab; um Gödel 1 Gelegenheit zu einem Einwurf zu geben, der aber hatte sich wieder beruhigt, ausgesetzt auf den Klippen einer plötzlichen Gewißheit, die Worte nicht zuließ.

»... einen lückenhaften Bericht, wie ich zugeben muß, wenngleich ich annehme, daß diese Lückenhaftigkeit Absicht war, ich meine: Absicht sein wird. Was ich sagen will: Eigentlich hatte ich gar keine Wahl, denn hätte ich nicht eben diesen Schritt getan, von dem ich wußte, daß er auf *dieser Seite*, hier also, in meiner jetzigen Gegenwart, Ihrer damaligen Vergangenheit also ...«

Er holte Luft.

»... von dem ich also wußte, daß er bereits getan worden war, dann hätte das unabsehbare Folgen haben können. Wenn zum Beispiel Ihre Arbeit ›*Über formal unentscheidbare Sätze der Principia Mathematica und verwandter Systeme*‹ gar nicht geschrieben worden wäre, eben darum, weil Sie und nicht ich ... aber was sage ich ... es hätte jedenfalls, auch wenn sie geschrieben worden wäre, etwas später, zur Folge haben können, daß Sie nicht nach Princeton gerufen worden wären, und daß ich selbst möglicherweise viel später geboren worden wäre, ich wage kaum daran zu denken, in einem KZ der Nazis höchstwahrscheinlich ... aber Sie hören ja gar nicht zu!«

»Wie«, fragte Gödel 1 beherrscht, »werde ich sterben?«

Gödel 2 rückte geräuschvoll seinen Sessel zurecht, als hoffe er, der Nachhall des Knarrens werde sich mit seiner Antwort vermischen und als ein ungefährer akustischer Wirbel im Ohr seines Gegenüber versickern, verständlich zwar und trotzdem unverstanden.

»Sie werden verhungern.«

Gödel 1 starrte ihn entgeistert an.

»Ich fürchte, ich verstehe nicht, oder ...«, er fuhr sich mit der Hand durch den Kragen, »... So arm werde ich sein?«

Er hatte verstanden, aber falsch.

»Nein, nein. Sie werden wohlhabend sein. Sie werden berühmt sein. Drüben in Amerika. Man zählt mi ... ich meine, man wird Sie zu den bedeutendsten Gelehrten Ihrer Zeit zählen. Ihre Frau, Ihre dritte Frau, wird Sie anbeten und aufs rührendste umsorgen. Zu Ihren Freunden zählen Leute wie Einstein, Oppenheimer, Johann von Neumann, Hermann ...«

»Lassen Sie die Namen«, sagte Gödel 1, »ich will es nicht so genau wissen. Aber warum, um alles in der Welt, sollte ich unter solchen Umständen verhungern?«

»Nahrungsverweigerung«, sagte Gödel 2 knapp, »Tod durch Entkräftung in fötaler Position.«

14

Wir wissen nicht wirklich, was uns bewegt, Dinge zu tun und andere zu lassen. Wir wissen nicht wirklich, was uns bewegt. Und wir wissen nicht wirklich, was es eigentlich ist, das da bewegt wird.

Einer steht auf und sagt: »Ich will dieses.« Ein anderer steht auf und sagt: »Ich will jenes.« Und ein dritter bleibt sitzen und sagt: »Ich will gar nichts mehr« (was natürlich nicht stimmt, denn tatsächlich will er ja sitzen bleiben ...).

Was ist der Wille?

Eine Abfolge kurzlebiger Impulse in einem verworrenen Netzwerk aus Nervensträngen und Synapsen. Das Aufleuchten von Sternschnuppen und Kometen in der schwarzen Einsamkeit unseres Gehirns. Die rätselhafte Schrift kriegführender Ameisen auf dem Boden eines dämmrig dichten Waldes. Der kryptische Ratschluß eines schmerzenden Zahns. Myriaden Fermente, Hormone, Eiweißmoleküle und Spurenelemente, die in immer neuen Paarungen die Polonaise des permanenten Urknalls tanzen.

Wir wissen nicht wirklich, warum wir tun, was wir tun. Weshalb wir heute essen, was wir gestern nicht gegessen haben. Weshalb wir einen ganz bestimmten Abstand zu den Häuserwänden halten, wenn wir eine Straße entlanggehen, ebenjenen Abstand, der uns vielleicht das Leben rettet. Oder der es uns kostet. Vielleicht.

Ein beliebiger Blick in eine beliebige Richtung auf einer beliebigen Party: Der Anfang einer lebenslangen Leidenschaft. Ein zufälliger Griff nach einem unscheinbaren Taschenbuch in einer trübseligen Bahnhofsbuchhandlung: Der Anfang einer intellektuellen Besessenheit.

Feindschaft: Das Resultat der Kollision zweier überreizter Nervensysteme an einem Föhntag.

Freundschaft: Dieselben Nervensysteme ausgeruht bei klarem Wetter gegen Ende des Winters.

Zum Beispiel gegen Ende des Winters.

Und wenn wir schon nicht wissen, was uns im Leben bewegt, wie sollten wir dann verstehen, was uns zum Tod drängt?

Wie sollten wir dann begreifen, was es war, das Kurt Gödel, den Mathematiker, 72jährig (1978) dazu bewog, der materiellen Welt ein endgültiges *Nein!* entgegenzutrotzen, ein *Nein!*, das so weit ging, daß er sich weigerte, sie weiter in sein Verdauungssystem einzulassen.

Die materielle Welt nämlich.

Vielleicht hat es etwas damit zu tun, daß Reinheit nur in jenen Dingen existiert, die es nicht gibt.

Materia ultima: *Keine Materie.*

Ain Soph Aur: *Die pure Idee.*

Vielleicht hat es etwas damit zu tun, daß der wahre Beweggrund unserer mühseligen Manöver darin besteht, die Bewegungen, die Manöver überhaupt zu beenden.

Auf Grund zu gehen. Vor Anker.

Vielleicht war der Tod Kurt Gödels, diese Rückentwicklung ins Stadium eines Embryos und darüber hinaus, zugleich die Geburt eines neuen Wesens, eines Wesens, das nicht mehr darauf angewiesen war, real zu sein.

Vielleicht.

15

»Zu verhungern«, sagte Gödel 1, »es muß gräßlich gewesen sein.« Und zum ersten Mal verspürte er einen stechenden Schmerz in seiner Magengegend, den flüchtigen Vorboten jenes inneren Leidens, das ihn durch zwanzig Jahre seines Lebens begleiten sollte, blutig und von einer so grellen Intensität, daß irgendein Teil seiner gemarterten Psyche schlußendlich beschließen würde, den Schmerz durch den Tod zu überwinden.

»Keineswegs«, sagte Gödel 2 in gespielter Leichtigkeit. »Für mich war es ein ständiges Zunehmen der Kräfte. Ich verspürte von Tag zu Tag mehr Appetit. Allerdings hatte ich auch immer öfter Schmerzen. Eine Magenkolik, wissen Sie. Aber ich denke, Schmerzen gehören dazu, wenn man ins Leben hineinwächst.«

Im Schachzimmer sagte jemand etwas von der strategischen Bedeutung der Läufer im Endkampf, und an Sascha Hoffmanns Tisch hatte sich inzwischen ein kleiner Kreis zugelassener Zaungäste eingefunden, rastlose Wandervögel in den Gefilden des kategorischen Zweifels, die darauf warteten, eine Krume von Sascha Hoffmanns Sinnfälligkeiten oder ein Kringel von Sissy Zobels Sinnlichkeit zu ergattern.

Am besten beides.

Der Ober, zufrieden über das nun doch einsetzende Orchestrarium verschwörerischen Gemurmels, die Beiläufigkeiten wohlinformierter und wohlmeinender Denunzianten, die Rinnsale erbaulicher Anekdötchen, die sich anschickten, das Reservoir für die morgigen Klatschkolumnen zu füllen, hatte ob dieser erfreulichen Entwicklung darauf vergessen, Kurt Gödel und seinen Gast an ihren Konsumationsrückstand zu erinnern, eine Unfreundlichkeit, die einem berufenen Wiener Caféhauskellner (der er war), ungeachtet der wirtschaftlichen Konsequenzen, ohnedies widerstrebte, sodaß er sie leicht beiseite schieben konnte; oder *»verdrängen«*, wie dieser neumodische Arzt gesagt hätte.

Gödel 1 und Gödel 2 war es ganz recht so. Sie hatten Ereignisse zu besprechen, denen gegenüber sich der kürzlich losgetretene Börsenkrach wie das Schnalzen eines Knallfrosches ausnehmen würde.

Oder ausgenommen hatte.

»Nein«, sagte Gödel 2, »meine Geburt, Ihr Tod, war nicht gräßlich. Das Gräßliche kam danach. Der Krieg in Indochina. Die Kommunistenhetze. Ich weiß nicht, wie ich es nennen soll: Eine Art kollektiver geistiger Vergiftung. Und dann natürlich der Weltkrieg ...«

»Aber ich dachte, Sie leben rückwärts«, sagte Gödel 1, »der Weltkrieg ging zu Ende, als ich zwölf war.«

»Mein lieber armer Freund«, sagte Gödel 2, und Gödel 1 war es inzwischen entfallen, daß er sich diesen Ausdruck verbitten hatte wollen, »... mein lieber armer Freund, die Geschichte erlaubt sich zwar keine Wiederholungen, aber sie ist jederzeit bereit, sich in den abscheulichsten Variationen zu verlieren. Keine Goldberg-Variationen, sondern Giftgas- und Bombenvariationen. Vollendete Fugen des organisierten Abschlachtens, die dort beginnen, wo sie aufgehört haben, nur eine Kadenz höher. Im letzten Krieg waren es 60 Millionen. Ich meine im nächsten.«

»60 Millionen was?«

»60 Millionen Tote.«

Gödel 1 glaubte es nicht.

Er glaubte es nicht, aber er zog es in Betracht. Wissenschaftler sind so. Er zog es in Betracht, und er hatte Skrupel.

Wenn ich es in Betracht ziehen kann, dachte er, dann können auch *Sie* es. Es ist, als würde ich sie legitimieren. Aber wer bin ich denn? Ein armer Schlucker, der sich den Luxus der Wahrheit leistet, und sei sie noch so entsetzlich, nein, nicht den Luxus der Wahrheit, den *der Möglichkeit*.

Aber 60 Millionen?

60 Millionen!

»Wer?« fragte er tonlos.

»Die Nazis ...«

»Also doch.«

»... und das Geld. Die Rüstungsindustrie. Die Industrie überhaupt. Die Banken. Besonders die Banken. *Sie* eben. Zyniker von Dollars Gnaden. *Sie* brauchen die Kriege. *Sie* werden sie immer brauchen.«

»Ich kann es nicht glauben«, sagte Gödel 1. »Und Sie können es mir nicht beweisen. Ich werde mich weigern ...«

Er brach ab, als er der mitleidigen, kaum noch belustigten Augen seines Gegenübers gewahr wurde.

»Also gut«, sagte er, »ich werde so tun, als ob ich Ihnen glaubte. Was geschah vorher? Wie kam es dazu? Was soll ich tun?«

»Gar nichts«, sagte Gödel 2 in Beantwortung der dritten Frage. »Sie können gar nichts tun. Wenn Sie auch nur irgend etwas verlauten lassen, wenn Sie das kleinste Ereignis zu beeinflussen versuchen – ich bezweifle, daß das gelingen könnte, jedenfalls nicht *in dieser Welt*, aber gesetzt den unwahrscheinlichen Fall, es gelänge, dann könnte das zur Folge haben, daß die Geschichte noch schlimmer verläuft. Nicht sieben Millionen Juden, sondern alle. Nicht ein Dresden, sondern zwanzig. Nicht zwei Atombomben, sondern hundert.«

»Hahn!« rief Gödel 1 erregt.

»Ja«, sagte Gödel 2. »Die Kernspaltung Ihres Kollegen Otto Hahn. Aber er wird es nicht sein. Er wird die Bombe nicht bauen.«

»Die Faschisten«, fragte Gödel 1. »Werden es die Faschisten sein?«

»Die Nazis fangen den Krieg an, aber die Amerikaner bauen die Bombe.«

»Und setzen sie ein?«

»Und setzen sie ein. Ich kann Ihnen nicht alles erzählen, aber das Wichtigste ...«

Und Gödel 2 erzählte Gödel 1 das Wichtigste. Er begann bei ihm selbst (oder sich?) und endete bei sich selbst (oder ihm?). Dazwischen lag die totale Niederlage des brüchigen humanitären Konsens unter dem Druck der kreatürlichen Not. Dazwischen lag die freiwillige Selbstaufgabe der Intelligenz zugunsten des nackten Überlebens; des Überlebens menschenleerer Körper mit humanoiden Formen, die sich in einem wütenden Wundbrand, von den eigenen, unerträglich gewordenen Zügen im Gesicht des sogenannten Feindes in einen kannibalistischen Amoklauf getrieben, so lange gegenseitig zerfleischten, bis ihnen die Zähne ausfielen.

Dazwischen lag ein Krieg, der damit endete, daß die Sieger aufhörten, weiter zu siegen, aufhören mußten, *bis zur Endlösung* weiter zu siegen, um den Besiegten Gelegenheit zu geben, den Siegern das Geld zu bezahlen, das diese gebraucht hatten, um sie zu besiegen.

Dazwischen lag der erbärmliche Totentanz der Dummheit, der Lüge, des Nachplapperns, der Propaganda und des kategorischen Kapitalismus (nicht unbedingt der des Hasses, denn Haß ist eine Folge von Kriegen, nicht ihre Ursache ...).

Aber wir wollen nicht vom Krieg reden, der Krieg spricht für sich selbst, und er spricht eine Sprache, die Papier in Asche verwandelt, eine Sprache also, die wir hier nicht brauchen können, die wir *nirgendwo* brauchen können.

Auch Gödel 2 sprach wenig vom Krieg, und das wenige brachte er mit der Hastigkeit einer MG-Salve hinter sich.

Zuvor sprach Gödel 2 von Gödel, und danach sprach Gödel 2 von Gödel, aber weil, wie wir wissen, kein Mensch eine Insel ist, und schon gar nicht eine, auf der sich Robinson und Freitag in Ruhe und Abgeschiedenheit einander annähern könnten, auf der Original und Spiegelbild, linke und rechte Gehirnhälfte wie im hermetischen Uterus eines Alembic durch das *magnum opus* zu einem Bild, zu einem Gehirn, rechte und linke Herzkammer zu einem einzigen *Haus der Harmonie*, rechter und linker Lungenflügel zu einem *Belvedere des offenen Atmens* verschmelzen könnten, weil also ein Mensch keine solche Insel ist, sondern Teil eines synergetischen Netzwerks, in dem jede Schaltstelle, jeder Brunnen, wenn man so will, vom selben unterirdischen See gespeist, belebt oder vergiftet wird, darum sprach Gödel 2 notwendigerweise auch davon, wie der Mensch und Mathematiker Kurt Gödel in diese kollektive Katastrophe hineingezogen werden würde (beziehungsweise hineingezogen worden war), wie er an ihr teilhaben und aus ihr herausstolpern würde (herausgestolpert war), entstellt und verkrüppelt wie alle, die den Krieg oder den Frieden überlebten.

Er sprach davon, wie Gödel im nächsten Jahr, 1930, als Folge dieser Begegnung vielleicht, als Folge jedenfalls seiner fiebrigen Arbeiten an der Festigung der Quantorenlogik und der Demontage der *»principia mathematica«* mehrere Monate im Sanatorium Purkerdorf verbringen würde, ein Probelauf gewissermaßen für eine viel längere, viel tiefer reichende Agonie. Wie 1931 seine berühmteste Arbeit erscheinen werde, er brauche sich nicht näher dazu zu äußern – die Fachwelt werde elektrisiert sein, die übrige Welt werde ein halbes Jahrhundert länger brauchen, und auch dann werde sich ihre Reaktion auf ein galvanisches Zucken in den Bestsellerlisten beschränken.

Wie er aufgrund ebendieser Arbeit zu Vorlesungen an das *»Institute for Advanced Study«* in Princeton geladen werden würde, an welchem er ab 1938 zum ständigen Mitglied avancieren sollte, dem Jahr seiner Heirat mit Adele ...

»Adele Porkert?« fragte Gödel 1 hoffnungsvoll.

»Nein«, sagte Gödel 2. »Adele Nimburski, Ihre zweite Frau. Die Ehe mit Adele Porkert wird nicht klappen. Sie werden sie heiraten, aber es wird nicht klappen, so leid mir das tut.«

Gödel 1 wollte widersprechen, aber Gödel 2 ließ ihn nicht zu Wort kommen.

16

Er erzählte Gödel 1 vom Bürgerkrieg zwischen Heimwehren und Schutzbund, vom Erstickungstod der österreichischen Demokratie, vom Austrofaschismus, vom tödlichen Attentat auf seinen Philosophieprofessor Moritz von Schlick und davon, wie er selbst zwei Jahre danach, 1938, auf der Strudelhofstiege von einem Nazi-Schlägertrupp zusammengeschlagen werden würde.

»Aber warum?« fragte Gödel 1. »Moritz von Schlick ist« – er lachte trocken – »*Arier*. Er gehört sogar zum altdeutschen Adel.«

»Wissen Sie«, sagte Gödel 2, »diesen Leuten ging es nie wirklich um völkische Abstammung. Was definiert schon ein Volk? Eine zufällige Anhäufung bestimmter genetischer Gemeinsamkeiten, die in 1000 Jahren völlig verwischt, ausgebleicht, bis, ich wiederhole mich, *bis zur Unkenntlichkeit* verändert sind. Aber Ideen, geistige Werte sind nie zufällig. Und sie haben kein Ablaufdatum.

»Ablaufdatum?« fragte Gödel 1.

»Ja«, sagte Gödel 2, »der Zeitpunkt, zu dem etwas ungenießbar wird. Das Ablaufdatum der Nazis wird 1945 sein, aber in Konserven überdauern sie wesentlich länger. Schon gut, Sie haben ja recht, ich sollte keine Witze darüber machen. Was ich sagen möchte, ist einfach nur dies: Wovor *diese Leute* wirklich Angst haben, *die Macher*, das sind Menschen, die ihre Zugehörigkeit, ihre Gemeinschaft nach geistigen Gesichtspunkten wählen und nicht nach rassischen oder nationalen. *Diese Leute, die Macher* fürchten die internationale Wissenschaft, die internationale Kunst, die internationale Boheme und natürlich auch internationale Religionen wie die Pest, und für ihren Körper, den Staatskörper, den Bankenapparat sind sie das wirklich: *Die Pest.* Die Theorien Albert Einsteins, Ihre eigenen Arbeiten ...«

»Was«, fragte Gödel 1, »haben meine Arbeiten mit Politik zu tun?«

»Sie sind jüdisch.«

»Ich bin kein Jude.«

»Ich spreche von Ihren Arbeiten. Bedenken Sie, daß Sie ein Schüler Hans Hahns sind. Hans Hahn ist Jude.«

»Ach so«, sagte Gödel 1. »So ist das.«

»Ja«, sagte Gödel 2. »Soll ich fortfahren?«

Er erhielt keine Antwort.

17

Wir wissen nicht wirklich, was andere hören, wenn wir zu ihnen sprechen. Einer sagt *nein* zu einem Gedankengang, und der andere meint, er hätte *nein* zu seiner Person gesagt. Ein zweiter sagt *ja* zu einem Menschen, so wie er ihn kennt, und der andere meint, er hätte *ja* zu einer Verschwörung gesagt, zur Aussperrung der Allgemeinheit, zu einem der vielen konspirativen Verbrechen im Namen von Freundschaft und Liebe.

Wir wissen nicht wirklich, was wir einander sagen, wenn *»etwas sagen«* das ist, was der jeweils andere versteht, aber sicher ist, daß wir es tun; daß wir einander *etwas* sagen.

Nichts, was gesagt wird, wird gehört als das, was es heißt, aber vielleicht wird es gehört als das, was es bedeutet.

Soll sein.

Wir wissen nicht wirklich, was Gödel 1 hörte, als Gödel 2 ihm von seiner Emigration in die USA erzählte, von seinen Erfolgen daselbst, vom Ende des Zweiten Weltkriegs, vom Anfang des Indochinakriegs, von seiner, Gödels, zunehmender *Angst vor Nähe und Berührungen*, die eigentlich die Angst vor deren unausweichlichem Ende, *dem Ende der Berührungen*, sein würde; von seiner Angst vor Vergiftung, einer Vergiftung, die lange schon stattgefunden haben würde, vielleicht schon jetzt, hier im Café oder noch früher stattgefunden habe; von seiner blutenden Seele, er wolle den Euphemismus entschuldigen, seiner blutenden Seele, die ihre blutige Inschrift auf seine Magenwände schreiben würde, von niemandem entziffert und von den Ärzten wieder und wieder entfernt.

Das Menetekel der Magengeschwüre.

Von seinem Tod schließlich, er habe ihm schon davon berichtet ... von diesem, ja, von diesem Tod. *Wie auch* ..., Verzeihung, wie aber auch von der herausragenden Bedeutung als Mathematiker, von seinen Arbeiten, besagtem Unvollständigkeitssatz, dem Beweis der Widerspruchsfreiheit der Kontinuumshypothese und des Auswahlaxioms mit den Axiomen der Mengenleere ... (»Aber wie ...«, sagte Gödel 1), den kosmologischen Lösungen der Einsteinschen Gravitationsgleichungen (»Wie könnte ...«, sagte Gödel 1), der Rechtfertigung des Programms der »Formalisierung« durch ein »merkwürdiges Resultat« und und und.

Was Gödel 1 aus alledem heraushörte, wissen wir nicht, aber wir wissen, wie er darauf reagierte und wohin es ihn führte.

»Sie mögen«, sagte Gödel 1 – er hatte, von den wissenschaftlichen Details abgesehen, fast teilnahmslos zugehört, »... Sie mögen mich für verrückt halten, aber ich verspüre nicht das geringste Verlangen, das alles zu erleben. Ich habe keine Lust.«

»Ich weiß«, sagte Gödel 2, »darum bin ich gekommen.«
Und dann ging alles sehr rasch.

18

Im Schachzimmer hatte die zentrale Partie Kommerzialrat Ronthes und Konsul Taflers das Mittelstadium der Materialschlacht hinter sich gelassen und näherte sich ihrem Ende, einem für beide Parteien, ungeachtet ihres Ausgangs, rühmlichen Ende, was von den Anfängerscharmützeln, die an den Nebentischen stattgefunden hatten und inzwischen längst versiegt waren, nur in den wenigsten Fällen gesagt werden konnte.

Wenn Ruhm mit Raum zusammenhängt, wie manche Linguisten meinen, dann war der Ruhm der zur Neige gehenden Partie in der Tat ein großer, denn aufgeräumt hatten sie gründlich, Kommerzialrat Ronthe als riskanter Kalkulierer und Konsul Tafler als gewiefter Diplomat.

Die Opfer: Alle Bauern mit Ausnahme eines weißen und eines schwarzen. Alle Türme. Alle Springer mit Ausnahme eines weißen. Alle Läufer mit Ausnahme eines schwarzen. Und eine Fliege, die sich schuldig gemacht hatte, Konsul Tafler auf eine Lücke in seiner Deckung aufmerksam zu machen (Kommerzialrat Ronthe haßte Fliegen, besonders solche, die sich nicht an die ihnen zugeteilte Jahreszeit hielten. Schließlich schrieb man November ...).

Die Könige, der Masse ihres Fußvolkes beraubt, hatten begonnen, sich selbst in Bewegung zu setzen und längst die Seiten gewechselt, um solcherart dem Wettlauf ihres letzten Aufgebots, dessen Ziel die wundersame Entpuppung einer Dame aus einem Bauern war, einen zumindest symbolischen Hintergrund zu geben: *Die Macht der Krone* (deren Errettung vor der nahenden Ohnmacht von ebendiesen Bauern abhing ...).

Was Macht anbelangt, wenn auch nicht die der Krone, sondern lediglich die des Geistes und der beredten Verzauberung, so hatten wenige Tische weiter Sissy Zobel und Sascha Hoffmann, wiewohl kein Paar, die Rolle der Königin und des Prinzgemahls eines kleinen Hofstaats von Verehrern übernommen, einer Mini-Monarchie spintisierender Nachtschwärmer, die sich anschickte, ihre Interessensphäre bis an die Grenzen des frühen Morgens auszudehnen (vielleicht sogar darüber hinaus, das hing von der

Sicherung der Nachschublinien und vom Staatsschatz ab ...).

Die beiden Bohemiens hatten sich dazu durchgerungen, ihren letzten Pfandleihscheinen Adieu zu sagen und vom Ober, der erste Anzeichen von Müdigkeit zeigte (zum Beispiel hatte er dem Tisch Kurt Gödels und seines Gastes noch immer keine Visite abgestattet und schien dieser unausweichlichen Begegnung nachgerade mit Vorbedacht auszuweichen ...), mildtätigerweise einen Nußlikör als Draufgabe erhalten, ebenjenen Nußlikör, mit dem eine Gruppe anarcho-aristokratischer Intellektueller im vormaligen »Gibson-Room« soeben den baldigen Ausbruch der Revolution feierte, den sie höchstselbst herbeizuführen gedachte.

(Einer der Toasts, die sie ausbrachten, galt neben Fürst Bakunin und Max Stirner dem »Alten Prohaska«, welches der Wiener Kosename für den verblichenen Kaiser Franz Joseph ist. Und da sie alle kakanischer Grundstimmung waren, sollte es niemanden wundern, daß sie sich die Kapuzinergruft zum Tempel ihrer atavistischen Polit-Religion und insbesondere Franz Ferdinand zu ihrem Märtyrer erkoren hatten.)

Friede.

»Ich glaube, ich weiß, warum Sie gekommen sind«, sagte Gödel 1, »Sie wollen tauschen.«

»Ich will heim. So wie Sie.«

»Ja«, sagte Gödel 1. »Heim.«

»Außerdem müssen wir es tun. Ich habe es gelesen. Nächstes Jahr. Vor meiner Einlieferung ins Sanatorium.«

»Sie haben es aufgeschrieben?«

»Ich *werde* es aufschreiben.«

»Daß wir es getan haben?«

»Ja.«

»Gut«, sagte Gödel 1 – er klang erleichtert, fast euphorisch. »Was muß ich tun?«

»Sie gehen einfach weiter. Genau an der Stelle, an der ich ihn verlassen habe. Ihr Körper wird zu einer optischen Information, die in Nullzeit durch die Membran diffundiert. Man wird Sie als ›körpereigen‹ einstufen. Keine Scherben.«

»Keine Scherben«, wiederholte Gödel 1, »ein gutes Mantra.«

Er griff nach seinem Notizbuch, aber Gödel 2 kam ihm mit sanfter Bestimmtheit zuvor.

»Sie werden es drüben nicht brauchen«, sagte er.

»Aber die Arbeiten ...«

»Ich kenne sie alle, und ich werde sie gewissenhaft aufschreiben.«

Gödel 1 nickte.

»Ihre Brieftasche«, sagte Gödel 2 und hielt ihm die Hand entgegen. »Auch die werden Sie nicht brauchen.«

Gödel 1 kramte die Brieftasche aus seinem Sakko und reichte sie dem Freund.

»Kommen Sie gut heim.«

»Sie auch. Adieu.«

Und Gödel ging durch den Spiegel, vorbei an Konsul Tafler und Kommerzialrat Ronthe, der niedergeschmettert vor sich hinpaffte. Die Diplomatie hatte wieder einmal den Sieg davongetragen.

Keine Scherben.

Der Ober war rasch herbeigeeilt (»Bittesehr, bittegleich ...«), als Gödel 2 mit lauter Stimme zu zahlen begehrte, und obwohl er das unbestimmte Gefühl nicht los wurde, auf irgendeine diffizile Weise betrogen zu werden, war es ihm unmöglich, herauszufinden, wie. Vielleicht, daß der Nußlikör, den ihm die kakanische Revolutionsrunde aufgedrängt hatte, seiner gastronomischen Aufmerksamkeit einen gewissen Abbruch getan hatte.

Er nahm sich vor, in Zukunft politisch standhafter zu sein. Gödel 2 holte seinen (ja, *seinen* ...) Mantel vom Kleiderständer, winkte noch einmal seinem Spiegelbild, das fast gleichzeitig zurückwinkte, und ließ sich von den Flügeltüren auf die Straße schieben.

Er würde ins »*Nachtfalter*« gehen.

In der Mitte des Cafés zog eine einsame Fliege ihre Schleifen, aber niemand bemerkte sie.

Die Schleifen sahen so aus:

$$\infty$$

Epilog

Es gibt eine Photographie, aufgenommen 1954 in Princeton, die Albert Einstein und Kurt Gödel zeigt, wie sie still vor sich hinlächelnd über den Rasen des Institutsgeländes spazieren. Im Hintergrund ist eine Baumreihe zu sehen, und am Bildrand strebt eine kleine Straße dem leeren Himmel zu.

Nun ist bekannt, daß Albert Einstein gerne und oft lachte, eine Neigung, die sich seiner Umgebung gleichsam epidemisch mitteilte; das so seltene Lächeln Kurt Gödels auf jenem Bild ist indes nicht allein dem unwiderstehlichen Einfluß des großen Zenmeisters der Wissenschaft zuzuschreiben.

Nein, Kurt Gödel schmunzelt, weil er Albert Einstein soeben gestanden hat, nicht Kurt Gödel, sondern dessen Spiegelbild zu sein. Und Albert Einstein grinst – der Leser wird es unschwer erraten haben, weil er nicht Albert Einstein ist.

Und nun wollen wir uns bedenken.
Herr Ober, eine Melange!
Bitte.

Copyrightvermerke, Quellen- und Übersetzungshinweise

J. G. Ballard, »Das Meer erwacht« (Now Wakes the Sea). Aus J. G. Ballard, *Das Katastrophengebiet*, Suhrkamp Verlag Frankfurt/M. 1983. Aus dem Englischen von Charlotte Franke.

Ulrich Johannes Beil, »OFF oder Doktor Faust inkognito«. Aus: *Literatur in Bayern*, 10/1987.

Ambrose Bierce, »Ein Bewohner von Carcosa« (An Inhabitant of Carcosa). Aus: Ambrose Bierce, *Das Spukhaus*, Insel Verlag Frankfurt/M. 1969. Aus dem Amerikanischen von Anneliese Strauß.

Adolfo Bioy Casares, »Eine Reise oder Der unsterbliche Zauberer«. (Un viaje o El Mago immortal). Aus: Adolfo Bioy Casares, *Die fremde Dienerin*, Suhrkamp Verlag Frankfurt/M. 1983. Aus dem Spanischen von Joachim A. Frank.

Algernon Blackwood, »Kein Zimmer mehr frei« (The Occupant of the Room). Aus: A. Blackwood, *Besuch von Drüben*, Insel Verlag Frankfurt/M. 1970. Aus dem Englischen von Friedrich Polakovics.

Johanna Braun, Günter Braun, »Haus der Kindheit«. Erstveröffentlichung.

Tor Åge Bringsvaerd, »Erzähl mehr davon« (Fortell mer om 1988). Deutsche Erstveröffentlichung. Aus dem Norwegischen von Lothar Schneider.

Dino Buzzati, »Der Eiffelturm« (Il torre Eiffel). Aus: Dino Buzzati, *Die Maschine des Aldo Christofari*, Suhrkamp Verlag Frankfurt/M. 1985. Aus dem Italienischen von Hilde Linnert.

Jonathan Carroll, »Die Tücke des Subjekts« (A Lick of Time, Copyright © 1989 by Jonathan Carroll. Abdruck mit freundlicher Genehmigung der Liepman AG Zürich). Aus: Jonathan Carroll, *Die panische Hand*, Suhrkamp Verlag Frankfurt/M. 1989. Aus dem Amerikanischen von Franz Rottensteiner.

Julio Cortázar, »Die Insel am Mittag«. Aus: Julio Cortázar, *Der Verfolger*, Suhrkamp Verlag Frankfurt/M. 1978. Aus dem Spanischen von Fritz Rudolf Fries. © für die deutsche Übersetzung Aufbau-Verlag Berlin und Weimar 1973. Nutzung der Übersetzung mit feundlicher Genehmigung des Aufbau-Verlags, Berlin und Weimar.

Erckmann-Chatrian, »Die Krabbenspinne« (L'araignée crabe). Aus: Erckmann-Chatrian, *Das Eulenohr*, Suhrkamp Verlag Frankfurt/M. 1984. Aus dem Französischen von Hilde Linnert.

Andreas Findig, »Gödel geht«. Erstveröffentlichung.

H. W. Franke, »Besucher vom Himmel«. Erstveröffentlichung.

Stefan Grabiński, »Der weiße Wyrak« (Biały wyrak). Aus: Stefan Grabiński, *Das Abstellgleis*, Insel Verlag Frankfurt/M. 1971. Aus dem Polnischen von Klaus Staemmler.

Marianne Gruber, »Wind über der Bucht«, Erstveröffentlichung.

Alexander Grin, »Die Macht des Unfaßbaren«. Aus: Alexander Grin, *Der Rattenfänger*, Suhrkamp Verlag Frankfurt/M. 1986. Aus dem Russischen von Brigitta Schröder.

Rudyard Kipling, »Die Gespenster-Rikscha« (The Phantom Riksha). Aus dem Englischen von Friedrich Polakovics.

Gérard Klein, »Das Tal der Echos« (La vallé des échos). Aus: Franz Rottensteiner, Hrsg., *Blick vom anderen Ufer*, Suhrkamp Verlag Frankfurt/M. 1977. Aus dem Französischen von Willy Thaler.

Stanisław Lem, »Unser Mann in Hiroshima« (Człowiek z Hiroshimy). Aus: Stanisław Lem, *Irrläufer*, Insel Verlag Frankfurt/M. 1989. Aus dem Polnischen von Hanna Rottensteiner.

H. P. Lovecraft, »Die Musik des Erich Zann« (The Music of Eric Zann). Aus: H. P. Lovecraft, *Cthulhu*, Insel Verlag Frankfurt/M. 1968. Aus dem Amerikanischen von H. C. Artmann.

Guy de Maupassant, »Das Hilfswerk für freiwilligen Tod« (L'endormeuse). Aus: Guy de Maupassant, Gesamtausgabe der Novellen und Romane Bd. 7 (*Der Rosenjüngling der Mad. Husson / Die nutzlose Schönheit*). Aus dem Französischen von Ernst Sander. Alle Rechte an der deutschen Übersetzung bei Wilhelm Goldmann GmbH, München.

Barbara Neuwirth, »Villa Dolorosa«, Erstveröffentlichung.

Heinz Riedler, »Armensalz«, Erstveröffentlichung.

Peter Schattschneider, »Diamanten-Deal«, Erstveröffentlichung.

Paul Scheerbart, »Die wilde Jagd«. Aus: Paul Scheerbart, *Rakkóx der Billionär*, Insel Verlag Frankfurt/M. 1900.

Cordwainer Smith, »Die Frau, die in der Seele segelte« (The Lady who sailed the soul). Aus: Cordwainer Smith, *Sternträumer*, Insel Verlag Frankfurt/M. 1975. Aus dem Amerikanischen von Rudolf Hermstein.

Michael Springer, »Ite missa est«. Erstveröffentlichung.

Bernd Ulbrich, »Frankensteins Monstrum. Heimkehr und Ende«. Erstveröffentlichung.

Über die Autoren

J. G. Ballard (geb. 1930) ist einer der bemerkenswertesten Bilderträumer der Science-fiction, ein ungemein dichter symbolischer Schriftsteller. Auch wenn sein Roman *Das Reich der Sonne* durch die Spielberg-Verfilmung breite Anerkennung gefunden hat, sind die Kurzgeschichten doch seine eindrucksvollsten Texte. Sie liegen in zahlreichen Bänden in der »Phantastischen Bibliothek« vor; u. a. in *Mythen der nahen Zukunft, Der ewige Tag, Billenium* und *Der tote Astronaut*.

Ulrich Johannes Beil (geb. 1957). Studium der Germanistik, Philosophie, Theologie und Politologie, Dr. phil. Gedichtbände *Blickwechsel, Guetaria* und *Dieser Tag geht*, Lyrik und Essays in *Akzente, Süddeutsche Zeitung, Die Welt*, Erzählungen in verschiedenen Suhrkamp-Anthologien, darunter *Der Eingang ins Paradies*.

Ambrose Bierce (1842-1914), wichtiger amerikanischer Autor unheimlicher Erzählungen, ein Autor von scharfer Beobachtungsgabe, Zynismus und schwarzem Humor.

Adolfo Bioy Casares (geb. 1914) publizierte unter vielen Pseudonymen und häufig zusammen mit Jorge Luis Borges. Neben seinen zahlreichen phantastischen Erzählungen, von denen *Die fremde Dienerin* (1983) eine Auswahl vorstellt, schrieb er die beachtlichen phantastischen Romane *Morels Erfindung* (1940) und *Fluchtplan* (1945).

Algernon Blackwood (1869-1951) war wohl der wichtigste Vertreter der englischen Gespenstergeschichte in diesem Jahrhundert. Viele seiner Erzählungen liegen in den bislang fünf Auswahlbänden in der »Phantastischen Bibliothek« vor.

Johanna Braun (geb. 1929) und Günter Braun (geb. 1928) veröffentlichen ihre Texte stets unter dem gemeinsamen Namen. Sie sind die führenden Vertreter humoristisch-satirischer SF in der DDR, fast alle ihre phantastischen Texte liegen in der »Phantastischen Bibliothek« vor.

Tor Åge Bringsvaerd (geb. 1939), norwegischer Schriftsteller und Dramatiker, Autor vieler satirischer, grotesker und surrealistischer Texte, die häufig zur phantastischen Literatur zählen. Zwei seiner Romane liegen in der »Phantastischen Bibliothek« vor: *Die Stadt der Metallvögel* (st 1510) und *Minotaurus* (st 1651), ein weiterer Roman wird vorbereitet.

Dino Buzzati (1906-1972), italienischer Autor schauerlicher, phantastischer und absurder Kurzgeschichten, der häufig mit Kafka, Borges und Calvino verglichen wurde, ein Meister der knappen Story.

Jonathan Carroll (geb. 1949), studierte englische Literatur und »Creative Writing«, unterrichtet an der American International School in Wien. Wurde mit seinen phantastischen Romanen rasch bekannt: *Das Land des Lachens, Laute Träume* und *Die Stimme unseres Schattens*. Ein Kurzgeschichtenband erschien unter dem Titel *Die panische Hand* (1989) als Welterstveröffentlichung in der »Phantastischen Bibliothek«.

Julio Cortázar (1914-1984), unverwechselbarer, argentinischer Erzähler des Phantastischen, dessen Werke inzwischen komplett im Suhrkamp Verlag vorliegen, darunter *Album für Manuel, Ende des Spiels, Das Feuer aller Feuer, Die geheimen Waffen* und *Rayuela*.

Erckmann-Chatrian, eigentlich Émile Erckmann (1822-1899) und Alexandre Chatrian (1826-1890), zwei elsässischer Erzähler, die neben ihren realistischen Romanen auch zahlreiche gelungene phantastische Erzählungen schrieben, die zu Klassikern des Genres geworden sind.

Andreas Findig (geb. 1961). Früher Buchhändler und Buchdisponent, jetzt Journalist und freier Schriftsteller in Wien. Veröffentlichungen in zahlreichen Anthologien und Literaturzeitschriften, u. a. in *manuskripte, Protokolle*, und der *Neuen Zürcher Zeitung*. Ein Hörspiel und ein Kinderbuch sind in Vorbereitung.

Herbert W. Franke (geb. 1927) studierte Physik, Mathematik, Chemie, Psychologie und Philosophie. Franke ist Autor zahlreicher Fach-, Sach- und Science-fiction-Bücher und gilt als der wichtigste deutschsprachige SF-Autor, fast alle seine SF-Bücher sind in der »Phantastischen Bibliothek« erschienen, der SF-Almanach *Polaris 6* war seinem Schaffen gewidmet.

Stefan Grabiński (1887-1936), wichtigster Vertreter der unheimlichen Geschichte in Polen. Zwei Auswahlbände seiner Erzählungen (*Das Abstellgleis* und *Dunst*) erschienen in der berühmtem »Bibliothek des Hauses Usher«.

Marianne Gruber (geb. 1944), Schriftstellerin aus Wien, Autorin der beiden antiutopischen Romane *Die gläserne Kugel* (1981) und *Zwischenstation* (1986) und der Erzählungssammlung *Protokolle der Angst*. Sie war in zahlreichen Anthologien der »Phantastischen Bibliothek« mit Beiträgen vertreten.

Alexander Grin (1880-1932), in sibirischer Verbannung als Sohn eines adeligen polnischen Revolutionärs geboren, gehört zu den wichtigsten russischen Autoren des Phantastischen im 20. Jahrhundert. Auch im deutschen Sprachraum wird er durch neue Übersetzungen zunehmend bekannter.

Rudyard Kipling (1865-1936), in Bombay geborener englischer Autor, dessen umfangreiches literarisches Werk auch einige subtile Gespenstergeschichten umfaßt. Eine Gesamtausgabe seiner phantastischen Erzählungen in der Übersetzung von Friedrich Polakovics befindet sich in Vorbereitung.

Gérard Klein (geb. 1937), französischer SF-Autor und Herausgeber der

Reihe »Ailleurs et demain« bei Robert Laffont und einer Taschenbuchreihe bei Livre de poche.

Stanisław Lem (geb. 1921), weltberühmter polnischer SF-Autor mit einer Weltauflage von rund 20 Millionen Exemplaren und Übersetzungen in 36 Sprachen. Fast sein gesamtes Werk liegt bei Insel und Suhrkamp in deutscher Übersetzung vor.

H. P. Lovecraft (1890-1937) ist der bedeutendste amerikanische Autor unheimlicher Erzählungen im 20. Jahrhundert. Zu Lebzeiten nur in billigen phantastischen Zeitschriften veröffentlicht, errang er nach seinem Tode Weltruhm. Alle seine Erzählungen liegen in verschiedenen Sammelbänden in der »Phantastischen Bibliothek« vor.

Guy de Maupassant (1850-1893), französischer Meister der Novelle, in der er menschliche Seelenregungen scharfsinnig analysiert. Viele seiner Geschichten befassen sich mit Randerscheinungen der Psyche, mit Wahn und abartigen Seelenregungen.

Barbara Neuwirth (geb. 1958), Studium der Anthropologie, Erzählungen in Zeitschriften und Anthologien, ein Erzählungsband *In den Gärten der Nacht* in der »Phantastischen Bibliothek«.

Heinz Riedler (geb. 1941), Schriftsteller und Graphiker, Beiträge in Anthologien und Literaturzeitschriften. Mehrere Bücher, *Treffpunkte* (Kurzprosa, 1969) und die Romane *Du holde Kunst* (1983) und *Eine Nacht im Musikverein* (1985).

Peter Schattschneider (geb. 1950), Physiker an der Technischen Universität in Wien, Dr. techn. Außer zahlreichen Beiträgen in Anthologien liegen in der »Phantastischen Bibliothek« auch zwei Bücher von ihm vor: *Zeitstopp* (st 819) und *Singularitäten*, »ein Episodenroman im Umfeld schwarzer Löcher« (st 1021).

Paul Scheerbart (1863-1915), deutscher Phantast, dessen kosmische Erzählungen von skurriler Eigenart sind. Fand große literarische Anerkennung, stieß aber auch auf heftige Ablehnung. Viele seiner Bücher, darunter *Die große Revolution, Der Kaiser von Utopia* und Lesabéndio liegen in der »Phantastischen Bibliothek« in Neuausgaben vor.

Cordwainer Smith (1913-1966), Pseudonym von Paul Myron Anthony Linebarger, Professor an der John-Hopkins-Universität, China-Kenner und Spezialist für psychologische Kriegführung. Seine mythisch geprägten SF-Erzählungen zählen zu den eigenständigsten Leistungen im Genre, lassen aber viele literarische Einflüsse erkennen, u. a. auch von Alfred Döblin.

Michael Springer (geb. 1944) studierte in Wien theoretische Physik und promovierte in Physik, literarische Texte in *Protokolle* und *manuskripte*, zahlreiche Hörspiele. Romane: *Was morgen geschah* (1979), *Bronnen* (1981), *Leonardos Dilemma* (1986, erscheint in der »Phantastischen Bibliothek«).

Bernd Ulbrich (geb. 1943) war ursprünglich Chemiker, lebt jetzt als freier Schriftsteller in der DDR. Er veröffentlichte zwei Kurzgeschichtensammlungen: *Der unsichtbare Kreis* (1977) und *Störgröße M* (1980).

Stanisław Lem

Sein Werk im Insel Verlag

Also sprach Golem. Aus dem Polnischen von Friedrich Griese. Leinen

Dialoge. Aus dem Polnischen von Jens Reuter. Gebunden

Eden. Roman einer außerirdischen Zivilisation. Aus dem Polnischen von Caesar Rymarowicz. Gebunden

Erzählungen. Aus dem Polnischen von I. Zimmermann-Göllheim, Klaus Staemmler und Caesar Rymarowicz. Gebunden

Essays. Aus dem Polnischen von Friedrich Griese. Gebunden

Friede auf Erden. Aus dem Polnischen von Hubert Schumann. Gebunden

Das Hospital der Verklärung. Roman. Aus dem Polnischen von Caesar Rymarowicz. Leinen

Imaginäre Größe. Aus dem Polnischen von Caesar Rymarowicz und Jens Reuter. Leinen

Irrläufer. Erzählungen. Mit einem Vorwort von Stanisław Lem. Aus dem Polnischen von Hanna Rottensteiner. Kartoniert

Kyberiade. Fabeln zum kybernetischen Zeitalter. Mit Zeichnungen von Daniel Mróz. Aus dem Polnischen von Jens Reuter u.a. Gebunden

Lokaltermin. Roman. Aus dem Polnischen von Hubert Schumann. Gebunden

Mehr phantastische Erzählungen. Herausgegeben von Franz Rottensteiner. Gebunden

Memoiren, gefunden in der Badewanne. Aus dem Polnischen von Walter Tiel. Gebunden

Mondnacht. Hör- und Fernsehspiele. Aus dem Polnischen von Charlotte Eckert, Jutta Janke und Klaus Staemmler. Gebunden

Phantastik und Futurologie I. Autorisierte Übersetzung aus dem Polnischen von Beate Sorger und Wiktor Szacki. Gebunden

Phantastik und Futurologie II. Übersetzung aus dem Polnischen von Edda Werfel. Gebunden

Die phantastischen Erzählungen. Herausgegeben und mit einem Nachwort von Werner Berthel. Mit Illustrationen, einem Interview und Anmerkungen zur Rezeption von Franz Rottensteiner. Gebunden

Philosophie des Zufalls. Zu einer empirischen Theorie der Literatur. Gebunden

Philosophie des Zufalls. Zu einer empirischen Theorie der Literatur 2. Aus dem Polnischen von Friedrich Griese. Gebunden

Provokationen. Aus dem Polnischen von Friedrich Griese, Jens Reuter und Edda Werfel. Gebunden

Rückkehr von den Sternen. Roman. Aus dem Polnischen von Maria Kurecka. Gebunden

47/1/8.89

Stanisław Lem

Sein Werk im Insel Verlag

Sämtliche Erzählungen vom Piloten Pirx. Aus dem Polnischen von Roswitha Buschmann, Kurt Kelm, Caesar Rymarowicz und Barbara Sparing. Gebunden

Solaris. Roman. Aus dem Polnischen von I. Zimmermann-Göllheim. Gebunden

Sterntagebücher. Erweiterte Ausgabe. Mit Zeichnungen des Autors. Aus dem Polnischen von Caesar Rymarowicz. Gebunden

Die Stimme des Herrn. Roman. Aus dem Polnischen von Roswitha Buschmann. Gebunden

Summa technologiae. Aus dem Polnischen von Friedrich Griese. Gebunden

Der Unbesiegbare. Utopischer Roman. Aus dem Polnischen von Roswitha Buschmann. Gebunden

Die Untersuchung. Kriminalroman. Aus dem Polnischen von Jens Reuter und Hans Juergen Mayer. Gebunden

Die vollkommene Leere. 15 fiktive Rezensionen. Aus dem Polnischen von Klaus Staemmler. Gebunden

Gespräche

Stanisław Lem / Stanisław Bereś: Lem über Lem. Gespräche. Aus dem Polnischen von Edda Werfel und Hilde Nürenberger. Gebunden.

47/2/8.89